Das Buch

Als Carrys Ehemann bei einem Autounfall ums Leben kommt, gerät das Leben der Familie völlig aus den Fugen. Carry zieht sich in sich zurück, da sie mit ihrer Trauer und den Schuldgefühlen nicht zurechtkommt. Sie lässt sich gehen und kümmert sich weder um den Haushalt noch um ihre 15-jährige Tochter Ruth, die bald das Gefühl bekommt, sie hätte nicht nur den Vater, sondern auch die Mutter verloren. Die gutgemeinten aber oft wenig feinfühligen Ratschläge von Großmutter Dana treiben Carry zur Verzweiflung. Erst als ihre alte Jugendliebe Jess wieder in Carrys Leben tritt und ihr einen Job anbietet, erwacht sie aus ihrer Lethargie. Dana und Ruth sind jedoch von der plötzlichen Nähe der beiden nicht begeistert. Jess war Dana schon zu Schulzeiten wegen seiner verrückten Ideen suspekt, und Ruth sieht ihr eigenes freundschaftliches Verhältnis zu Jess gefährdet. Als Ruth ihre Mutter und Jess in flagranti erwischt, ist das mehr, als sie ertragen kann …

Als es schon fast zu spät ist und das Band zwischen ihnen zu zerreißen droht, erkennen die drei Frauen, dass sie ihre Zukunft nur erfolgreich meistern können, wenn sie zusammenhalten.

Der Autor

Patricia Gaffney war fünfzehn Jahre lang als Journalistin tätig. Sie hat bereits zahlreiche Romane geschrieben und gilt in den USA als erfolgreiche Schriftstellerin. Heute lebt sie mit ihrem Ehemann in Pennsylvania und arbeitet als freie Schriftstellerin. Mit ihrem Roman *Garten der Frauen* (01/13259) gelang ihr auch in Deutschland ein phänomenaler Erfolg.

Patricia Gaffney

Fluss des Lebens

Roman

Aus dem Amerikanischen
von Caroline Einhäupl

WILHELM HEYNE VERLAG
MÜNCHEN

HEYNE ALLGEMEINE REIHE
Band-Nr. 01/13435

Die Originalausgabe
CIRCLE OF THREE
erschien bei Harper Collins, New York

Umwelthinweis:
Dieses Buch wurde auf
chlor- und säurefreiem Papier gedruckt.

Taschenbucherstausgabe 11/2001

Printed in Germany 2001
Umschlagillustration: Pictor International, München
Umschlaggestaltung: Nele Schütz Design, München
Satz: Leingärtner, Nabburg
Druck und Bindung: Clausen & Bosse

ISBN 3-453-19578-7

http://www.heyne.de

1

Es ist normal, dass man nach dem Tod eines geliebten Menschen Schuldgefühle hat. Schuld und Trauer gehören zusammen, so sagt man. Wahrscheinlich, weil man selbst noch lebt. So vieles ist »normal« – in manchen Kulturen sogar der Kindesmord. Raven, der ausgesprochen seltsame Freund meiner halbwüchsigen Tochter, hat mir erst kürzlich anvertraut, dass das weibliche Wasserhuhn alle Küken bis auf zwei totpickt, weil es einfach zu mühselig wäre, alle durchzufüttern. So ist das Leben.

Hinter dieser Schuld-ist-normal-Binsenweisheit steckt die Annahme, dass man eigentlich nichts getan hat, was den Tod des geliebten Menschen herbeigeführt hat. Und genau das ist der Haken. Fünf Minuten, bevor mein Mann mit dem Auto gegen einen Baum fuhr und dabei umkam, hatte ich einen Streit provoziert. (Das war nicht das Einzige, was ich getan habe, aber das Offensichtlichste.) Einen unglaublich dummen Streit: Warum konnte nicht *er* Ruth am nächsten Tag zu ihrem Fußballspiel fahren, warum musste immer *ich* das tun? Wann war er das letzte Mal bei einem Elternsprechtag gewesen, bei einer Schulveranstaltung? In wenigen Jahren würde Ruth volljährig und aus seinem Leben verschwunden sein. Wollte er wirklich den Rest der Jungmädchenzeit seines einzigen Kindes hinter der verschlossenen Tür seines Arbeitszimmers damit verbringen, Klausuren zu korrigieren und Artikel zu schreiben – ja, das habe ich gesagt –, obskure Artikel über mathematische Spitzfindigkeiten, die alle Jubeljahre einmal in noch obskureren Zeitschriften veröffentlicht wurden?

Es war Freitagnacht, elf Uhr. Wir waren auf dem Weg nach Hause, nach einem Abendessen bei meinen Eltern, zu dem Stephen sowieso nicht hatte gehen wollen –, aber das wollte er nie, deshalb nehme ich mir das nicht so sehr zu Herzen. Ich verzeihe es mir. Er sagte, er sei müde, doch ich dachte mir nichts dabei. Ruth war, Gott sei Dank, nicht dabei. Sie war zu einer Geburtstagsparty mit Übernachtung bei einer Freundin eingeladen. Ich hatte den ganzen Abend einen angespannten Frieden aufrechterhalten, hier die Wogen geglättet, da etwas zurechtgebogen. Meine Mutter hatte Stephen immer gemocht – ich weiß nicht recht, warum –, aber er mochte sie nie und bis zum heutigen Tag hat sie keine Ahnung davon. Das ist mein Verdienst. Während unserer ganzen Ehe, achtzehn Jahre lang, habe ich regelmäßig seine Unhöflichkeit, ja manchmal sogar seine offene Verachtung überspielt und Erklärungen gefunden. »Er schwebt in höheren Sphären«, witzelte ich, weil er sich gar nicht erst die Mühe machte, aus seinem Arbeitszimmer zu kommen, wenn Mama auf einen ihrer (zugegeben ärgerlichen) unangekündigten Besuche hereinschneite. Und sie lässt sich leicht von dieser in ihren Augen intellektuellen Überlegenheit einschüchtern (die einzige Ausnahme davon scheint interessanterweise mein Vater zu sein), deshalb war es nie schwer, ihr weiszumachen, dass Stephen nicht kalt und geringschätzig war, nein, sondern ein Genie. Genies sind exzentrisch und barsch, sie bleiben für sich, sie haben keine Zeit, liebenswürdig zu ihrer Schwiegermutter zu sein.

Angst löste den Streit im Auto aus. Ich hatte an diesem Abend etwas gesehen, das mir Angst machte: eine Ähnlichkeit zwischen meinem Mann und meinem Vater, bei der mir schlecht wurde. Meine Wut auf Stephen, der Versuch, ihn aus der Reserve zu locken, ihn dazu zu bringen, mich anzuschreien – das wäre ideal gewesen –, war eine Möglichkeit, mir einzureden, ich hätte die Ähnlichkeit nicht gesehen.

Mein Vater, George Danziger, lehrte vierzig Jahre lang englische Literatur am Remington College. Vor kurzem ist er pensioniert worden und schreibt jetzt mit einem Kollegen zusammen ein Buch über irgendeinen bedeutungslosen Dichter des achtzehnten Jahrhunderts, dessen Namen ich vergessen habe. Mein Vater ist ein kleiner, untersetzter Mann mit hängenden Schultern und einer Glatze. Er hat einen Bauch, er schlurft und meistens ist seine Weste oder sein Mantelärmel mit Asche aus seiner Pfeife beschmutzt. Sein Gesicht ist für gewöhnlich ausdruckslos und wahrscheinlich kommt er dem Klischee des geistesabwesenden Professors aus einem Comic so nahe, wie es nur geht. Aber seine hängenden Gesichtszüge und seine sparsamen, phlegmatischen Bewegungen haben immer noch eine Art zerknitterte Würde, für mich jedenfalls. Stephen war physisch das Gegenteil. Mittelgroß, mit dem gestählten, muskulösen Körper eines Läufers, mit hübschen, scharfen Gesichtszügen – wie Ruth – und einem Kopf voller kurzer, lockiger sandfarbener Haare. Schnelle, ökonomische Gesten. Und immer eine Ruhelosigkeit in sich, eine Ungeduld seiner Umgebung gegenüber, die verletzend sein konnte, wenn man sie persönlich nahm.

Mama und ich machten den Abwasch, während die Männer nach draußen gingen, damit Pop seine Pfeife rauchen konnte – ein verbotenes Vergnügen im Haus meiner Mutter. Ich beobachtete sie nebenbei durch das Küchenfenster, wie sie da neben dem gusseisernen Tisch in der kühlen Luft des Spätsommerabends standen, mit hochgezogenen Schultern, die Kragen ihrer kurzärmligen Hemden wärmend hochgeschlagen. Sie hatten sich nicht viel zu sagen, aber das war nie anders gewesen. Das College war alles, was sie gemeinsam hatten, und Stephen nahm es meinem Vater im Stillen nach drei Jahren immer noch übel, dass er ihm geholfen hatte, dort einen Lehrauftrag zu bekommen. Sie hielten einen männlichen Abstand zueinander, und wenn sie miteinander sprachen, sahen sie sich nicht an. Sie traten von einem Fuß auf den anderen, die Hände in den Taschen vergraben, und blinzelten in den Nachthimmel hinauf als säßen sie im Kino.

Und in diesem Augenblick sahen sie, so verschieden sie auch waren, völlig gleich für mich aus. Identisch. Ich hatte meine Hände in heißem Wasser, aber ich spürte trotzdem die Kälte, die mich traf, wie die Schneide eines Messers auf bloßer Haut. Der frostige Gedanke, dass sie gleich *waren*, kroch in mich hinein.

Unmöglich – Stephen war eigensinnig, launisch, konnte gemein sein, Stephen war *voller Leben*. Ich dachte daran, was Unzufriedenheit und Enttäuschung aus meiner Mutter gemacht hatten und wem sie die Schuld dafür gab, und ich dachte: Und wenn ich nun den gleichen Fehler wie sie gemacht und einen Mann geheiratet habe, der so abwesend und unerreichbar ist wie mein Vater? Nicht einen ähnlichen Fehler, sondern *genau den gleichen*?

Also fing ich Streit an. Im Gegensatz zu meinem Vater konnte Stephen gut herausgeben – sehr gut sogar. Mit seiner zuverlässigen Waffe, mit kalter, trockener Logik, schlug er meine weinerlichen, zusammenhanglosen Wutanfälle immer, es war kein echter Wettkampf, eher wie der Kampf mit einem Schwert gegen einen Luftballon. Aber an jenem Abend war es mir egal, ich wollte Lärm, einen Aufstand, Taten. Ich wartete, bis wir auf dem Clay Boulevard waren, einem geraden, vierspurigen Highway ohne Ablenkungen. Es war mir egal, worüber wir stritten, aber ich war müde und die Aussicht, Ruth am nächsten Tag zu ihrem Fußballspiel nach Charlottesville zu fahren, bedeutete, um sechs Uhr früh aufstehen zu müssen. Also wählte ich das.

Stephen sagte kein einziges Wort. Es ist jetzt vier Monate her und ich kann mich nicht erinnern, dass er an jenem Abend im Auto irgendetwas gesagt hat. Das macht mich unaussprechlich traurig. Ich dagegen hatte eine ganze Menge zu sagen, bis er die Scheibe herunterkurbelte – das erste Anzeichen, dass etwas nicht stimmte. Es war kühl, ich hatte die ganze Zeit an der Heizung herumgefummelt, damit es etwas wärmer wurde, und dachte nun, er wollte verhindern, dass die Scheiben beschlugen.

»Willst du gar nichts dazu sagen?« – Ich höre immer noch meine zänkische, schrille Stimme. Er verzog das Gesicht zu einer Grimasse, aber ich konnte seine Hautfarbe in der Dunkelheit nicht sehen, nur, wie er den Mund verzog.

»Was ist los?« Ich machte mir immer noch keine Sorgen, war nur verwirrt. Er sagte meinen Namen: »Carrie«, mehr nicht. Er fasste sich kein einziges Mal an die Brust, die berühmte Geste eines Mannes, der einen Herzinfarkt erleidet. Er umklammerte seinen Arm, bevor er gegen die Tür sank. Es passierte alles sehr schnell. Gerade fuhren wir noch in unserer Spur, eine Sekunde später schlingerten wir über den Mittelstreifen,

Scheinwerfer blendeten uns, Hupen heulten auf, Autos wichen aus. Ich griff ins Steuer, wir wurden etwas langsamer, aber Stephen hatte immer noch den Fuß auf dem Gaspedal und ich konnte meine Beine nicht schnell genug entwirren, um ihn wegzuschubsen. Panik erfasste mich. Darunter spürte ich Trauer, weil es das Ende war, mein Ende, zerschmettert bei hoher Geschwindigkeit in einem Haufen Metall und Glas. Ich dachte nicht bewusst an Ruth, aber sie war das Gewicht, der Schatten in meinem Kopf, der sich langsam über alles senkte. *O mein Baby.*

Gelenkt ist nicht das richtige Wort – irgendwie *bekam* ich uns über zwei Fahrbahnen mit Gegenverkehr, ohne etwas zu rammen. Wir schlingerten über den Straßenrand, einen Kieshang hinunter und holperten eine flache Anhöhe hinauf. Durch die heftigen Bewegungen des Wagens wurde Stephen zurückgeschleudert, sodass schließlich sein Fuß vom Gaspedal rutschte. Vielleicht wären wir von allein zum Stehen gekommen, aber wir streiften eine Baumreihe, die direkt hinter der Anhöhe stand. Der Wagen schleuderte herum, als die Stoßstange sich verhakte, und rammte rückwärts einen Baumstamm. Mein Kopf schlug gegen irgendetwas, ich glaube, es war die Scheibe auf meiner Seite, dann sprang die Tür auf – mein Sicherheitsgurt bewahrte mich davor, dass ich herausflog.

Lichter, Lärm. Ich war bewusstlos, bis zwei Jungen, Studenten am Remington College, meinen Gurt aufmachten und mich aus dem Auto zogen. Sie ließen nicht zu, dass ich mich aufsetzte, zwangen mich, mich auf den Boden zu legen.

»Wo ist mein Mann? Wie geht es ihm? Mein Mann …« Sie wollten mir nichts sagen. Dann war Polizei da, der Krankenwagen, Sanitäter.

»Ist mein Mann tot?«, fragte ich einen jungen Mann in einer Sanitäterjacke und hielt seinen Ärmel fest, bis er mir eine Antwort gab. »Ma'am«, sagte er, »wir tun, was wir können.« Da waren sie gerade dabei zu reanimieren, wie ich später erfuhr, sie versuchten, Stephens Herz wieder zum Schlagen zu bringen. Aber es schlug nicht wieder.

Das habe ich getan. Man kann viel oder wenig daraus machen, dessen bin ich mir bewusst. Ich habe beides gemacht. Unzählige Male. Wie man es auch dreht und wendet, ich glaube, dass ich, die lebt und der es vier Monate nach dem Tod meines Mannes gut geht, eine Schuld habe, die über das hinausgeht, was man allgemein als »normal« bezeichnet. Ruth und meine Mutter sagen, es wird Zeit, dass ich mich zusammenreiße, wieder anfange zu leben, einen richtigen Job finde. Ist das herzlos? Es stimmt, ich bin in einer schrecklichen Verfassung, für niemanden gut, und meine Tochter braucht mich mehr denn je.

Aber sie wissen nicht, dass da noch mehr ist. Der Streit im Auto war nur eine von meinen zahllosen Verfehlungen, von meinem Versagen, das Tüpfelchen auf dem i. Vor allem eines quält mich. Für sich genommen ist es eine Kleinigkeit, unbedeutend. Alltäglich. Aber schäbig – und schmerzlich zu erzählen. Obwohl es nichts ist, dessen man sich wirklich schämen muss. Ach, was soll's, es war so – in der Nacht, bevor Stephen starb, haben wir miteinander geschlafen. Das sollte eigentlich eine schöne Erinnerung sein, ein Trost – *wenigstens waren wir uns noch ein letztes Mal nahe* –, ein Segen, ein winziges Plus auf der guten Seite der großen Waage des Lebens. Aber ich habe sogar das zerstört. Ich weiß, es ist eine Kleinigkeit, aber ich kann es mir nicht verzeihen. Als der Körper meines Mannes zum allerletzten Mal mit meinem vereint war, habe ich die Augen geschlossen und geträumt, er wäre jemand anders.

2

Heute Morgen, bevor ich zur Schule ging, habe ich meiner Mutter so eine lustige Nachricht auf den Küchentisch gelegt.

»Juhu, ich hab tierischen Thunfischsalat gemacht. Zum Mittagessen oder wann du willst! Küsschen, Ruth. PS: Jamie und Caitlin kommen vielleicht heute Nachmittag zum Hausaufgaben machen mit. OK?«

Ich hab einen großen Kussmund gemalt und »schmatz« darunter geschrieben, mit einem dicken Ausrufezeichen.

Das war so etwas wie ein Kode. Sollte heißen: »ISS zur Abwechslung mal was Gesundes – und könntest du bitte angezogen sein, wenn ich nach Hause komme, damit meine Freundinnen dich nicht in Daddys altem Bademantel sehen?«

Na ja, Jamie und Caitlin sind gar nicht mit zu uns gekommen, das war nur ein Trick, aber er hätte sowieso nicht funktioniert, weil Mom nirgends zu sehen war, und genau da, wo meine Nachricht lag, lag auch ein genauso gewollt fröhlicher Zettel von ihr.

»Hi! Getränke und Snacks im Kühlschrank – übertreib nicht.« Sie hatte einen Smiley gemalt. »Ich mache einen Mittagsschlaf, könntet ihr bitte unten arbeiten? Ihr müsst nicht super leise sein. Ich umarme dich. PS: Sollen wir heute Abend Pizza holen?«

Seit Dad tot ist, ist das so bei uns. Sie schläft, wenn ich zur Schule gehe, sie schläft, wenn ich nach Hause komme. Ich weiß nicht, was sie den ganzen Tag macht, jedenfalls weder kochen noch putzen. Essen – ich weiß, dass sie das tut, weil sie in den letzten vier Monaten ungefähr fünf Kilo zugenommen hat. Sie isst Spaghetti mit Butter, Kartoffelbrei mit Soße, Minutenreis mit Pilzsuppe aus der Dose, ohne Wasser dazu zu tun – richtig fettes Zeug, Kohlehydrate pur. Wenn ich da bin und etwas koche, isst sie richtig, aber wenn ich nicht da bin, isst sie nur immer Müsli, Kuskus, Popcorn und Nudeln. Aus Frust wahrscheinlich.

Was sie sonst noch macht, wenn ich in der Schule bin, sind Blumengestecke. Sie hat einen »Job« bei einem Kunstgewerbeladen in der Stadt, der einer Frau gehört, die ihr ungefähr zwei Cent pro Gesteck bezahlt, es ist also nur eine Frage der Zeit, bis wir in einer Holzkiste unter der Leap-River-Brücke landen. *O Mann*. Wahrscheinlich darf ich gar nichts sagen, weil ich auch noch keinen Job gefunden habe. Ich passe auf den einjährigen Harry auf, das Kind von unseren Nachbarn, aber die Harmonds gehen abends nicht viel aus, sodass ich davon nicht gerade reich werde.

Ich weiß nicht, was passieren wird. Ungefähr einen Monat nach dem Unfall kam Grampa vorbei, ohne Gram, was sowieso schon ziemlich komisch war, und hatte ein langes Gespräch mit Mom, bei dem ich nicht dabei sein durfte. Nachdem er gegangen war, holte sie mich zu sich und teilte mir die schlechten Nachrichten mit. Das Ende vom Lied war, dass wir arm sind. Am Anfang fand ich das irgendwie cool.

»Du meinst, so was wie mittellos?« Nicht einfach arm, was irgendwie schlimmer ist, weil es so unspektakulär ist. Offensichtlich hatte mein Vater nicht lange genug in Remington gelehrt, um eine Pension zu kriegen. Alles, was wir haben, ist unser Erspartes, die Sozialversicherung und seine winzige Lebensversicherung.

Ich lasse Mom nicht merken, dass ich enttäuscht bin, aber eigentlich sollte ich im nächsten Sommer, wenn ich sechzehn werde, ein Auto bekommen, entweder ein hübsches gebrauchtes oder ein billiges neues. Das kann ich mir jetzt abschminken. Und ich muss vielleicht nach Remington gehen. Das ist das Schlimmste, niemand aus Clayborne geht dahin, es sei denn, er muss – nicht weil das College schlecht ist oder so was, sondern einfach weil es *hier* ist. Mein ganzes Leben lang wollte ich auf dieselbe Universität wie mein Vater gehen, nach Georgetown (wenn sie mich nehmen), oder auf die University of North Carolina, aber das geht jetzt beides nicht mehr. Vielleicht kann ich ja noch auf die University of Virginia gehen, aber ich muss auf jeden Fall in Virginia bleiben.

Ich muss immer wieder daran denken, was passiert wäre, wenn ich an dem Abend auch im Auto gesessen hätte. Erstens wäre ich wahrscheinlich gefahren, weil ich gerade den Führerschein mache und Mom mich meistens fahren lässt, sogar nachts, damit ich üben kann. Und selbst wenn er dann immer noch den Herzinfarkt gehabt hätte, hätten wir wenigstens keinen Unfall gehabt. Ich hätte ihn ins Krankenhaus fahren können und er wäre wahrscheinlich gerettet worden. Meiner Meinung nach könnte es auch gut sein, dass er gar nicht erst einen Herzinfarkt gehabt hätte, weil alles, die Atmosphäre, der ganze Abend, anders gewesen wäre, wenn ich dabei gewesen wäre. Ich habe einfach dieses starke Gefühl, dass er noch leben würde, wenn ich nicht zu Jamies Geburtstag gegangen wäre. Dann wäre sein Schicksal anders verlaufen. Niemand weiß, ob sein Herz nicht genau im richtigen Rhythmus weiter geschlagen hätte, wenn er im Auto entspannt gewesen wäre und den Mond betrachtet hätte, anstatt auf die Straße zu achten. Manchmal konnte ich ihn zum Lachen bringen. Was wäre gewesen, wenn er irgendeiner meiner blöden Geschichten zugehört hätte, anstatt Mom oder dem Radio? Ich glaube einfach, dass dann alles anders gekommen wäre.

Ich habe ein Bild auf meinem Nachttisch. Dad, Mom und ich Weihnachten vor drei Jahren, kurz bevor wir nach Clayborne gezogen sind. Das ist die Stadt, in der meine Mutter groß geworden ist, aber sie ist weggegangen, als sie achtzehn war. Wir drei stehen in einer Reihe vor dem alten Haus in Chicago und zeigen unsere Weihnachtsgeschenke. Mom hat den Mantelärmel hochgeschoben und zeigt die Uhr, die Dad ihr geschenkt hat. Ich habe ihm einen grünen Schal mit passenden Handschuhen geschenkt, deshalb hat er die Hände ausgestreckt und den Schal um das Gesicht gewickelt, sodass man nur seine Augen sieht. Ich sehe noch idiotischer aus in meinen neuen Jeans, den Stiefeln und dem Parka. Ich grinse und zeige auf meine Ohren, die neue Löcher haben. Richtig bescheuert.

Irgendwann in diesen Weihnachtsferien, vielleicht am Tag, nachdem das Foto gemacht wurde, gingen mein Vater und ich auf dem See Schlittschuh laufen. Mom wollte eigentlich mitkommen, aber in letzter Sekunde sagte sie, dass sie viel lieber mal einen ganzen Nachmittag lang das Haus für sich haben wollte. Also gingen nur wir zwei. Am Anfang war ich in seiner Gegenwart ganz schüchtern. Wir hatten seit – ich weiß gar nicht seit wann – nichts mehr zusammen unternommen. Ich war richtig albern, weil ich ihn ganz für mich allein hatte, es kam mir fast vor wie eine Verabredung mit einem Jungen. Ich tat so, als wären wir ein Paar, beobachtete die Leute, die uns anschauten, und überlegte, ob sie wohl dachten, dass er mein Freund sei. Er war vierzig, aber damals sah er ziemlich jung aus, es hätte gut sein können.

Nach dem Eislaufen gingen wir in ein schickes Café am Ufer und tranken heiße Schokolade, und als ich ihm da in der roten Kunstledernische gegenübersaß, an meinen wunden Ohrläppchen herumfummelte, Vierteldollarmünzen in die Musikbox warf und Songs wie »Hound Dog« und »Lipstick on Your Collar« spielte, hatte ich das Gefühl, dass dies der Anfang unserer richtigen, wahren Beziehung war. Mein Vater hatte einfach nur darauf gewartet, dass ich größer wurde. Ich redete viel, erzählte ihm von der Schule und meinen Lehrern, ja sogar von dem Jungen in meinem Geschichtskurs, den ich besonders mochte, erklärte, dass Mathe mein absolutes Lieblingsfach sei – eine leichte Übertreibung – und dass ich wahrscheinlich in Georgetown Mathematik studieren wolle, um dann an irgendeiner bekannten Universität zu unterrichten.

Es war richtig toll. Er redete auch, lachte über meine Witze und erzählte mir Dinge, die ich noch nicht wusste. Wie er zum Beispiel einmal mit ein paar Freunden aus der Highschool den Unterricht geschwänzt hatte und zum Cashbox Hill – das ist auf dem Land in New Jersey, wo er her kommt – Schlitten fahren gegangen war. Dort war er in einen Stacheldrahtzaun gerutscht und hatte sich unter dem Haaransatz den Nacken aufgeschnitten. Er zeigte mir die Narbe, die ich vorher noch nie gesehen hatte, und in dem Augenblick war alles so *richtig*. Wir konnten über alles reden, es gab keine Geheimnisse, alles war so, wie es sein sollte.

Das Komische ist nur, dass der Tag nichts verändert hat. Als er vorbei war, waren wir wieder dieselben Menschen wie vorher, als wäre nichts geschehen. Er war nett zu mir, wie immer, aber er schlug nie wieder vor, dass wir etwas zusammen unternehmen sollten, nur wir beide. Man könnte sagen, er ging zurück in sein Arbeitszimmer und machte die Tür wieder zu.

Ich glaube, ich war damals einfach noch nicht erwachsen genug – ich war erst zwölf –, und das Traurige ist, dass er jetzt, wo ich wahrscheinlich endlich alt genug bin, um seine Freundin sein zu können, nicht mehr da ist. Wir haben unsere Chance verpasst. Es wird nie so sein, wie ich es mir erträumt habe. Ich dachte ... das klingt vielleicht dumm, aber ich dachte, wir würden Partner sein, wenn ich mein Examen und meinen Doktortitel habe. Ich habe uns als Team gesehen, in irgendeinem irren, alten Haus in Georgetown, wo wir zusammen Bücher schreiben, komplizierte Formeln lösen, an denen die mathematische Welt sich seit Jahren, seit Jahrhunderten, die Zähne ausbeißt. Ich sah uns vor mir, am Ende eines Tages, im Büro meines Vaters, wie wir uns an seinem Schreibtisch gegenübersitzen, die Füße hochlegen, Kaffee trinken, uns gegenseitig Komplimente machen und den nächsten Tag planen. Van Allen & Partner hätte auf dem Schild an der Tür gestanden. Stephen und Ruth Van Allen, Mathematiker.

Nein, das ist Quatsch. Ich weiß nicht mal, was Mathematiker tun außer lehren, und darüber hat mein Vater sich immer beschwert. Er machte sich über die anderen Professoren in seiner Abteilung lustig, die nur weiterkommen, weil sie sich einschleimen oder politische Spielchen treiben, während er seine Arbeit tat und sich ums Geschäftliche kümmerte. Er war ein Einzelgänger.

Deswegen wäre es richtig cool gewesen, Partner zu sein. Ich glaube, ich hätte ihn aufheitern können, wenn ich erst einmal mein Matheexamen gehabt hätte, und er wäre stolz auf mich gewesen. Ich hasse es, dass das nie geschehen wird.

Ich muss was mit meinen Klamotten unternehmen. Ich hab einen Test in einer Zeitschrift gemacht, bei dem man seinen persönlichen Stil rausfinden kann. Es gab verschiedene Typen: lustig, poppig, gammlig, wild, gesellig, den Rest hab ich vergessen. Caitlin und Jamie haben den Test gemacht und sie waren beide lustig, aber ich hatte für alles zu wenig Punkte. Gott, wie erbärmlich. Dasselbe passiert mit meinem Zimmer – inzwischen hasse ich es richtig. Ich habe einen Dixie-Chicks-Kalender – ekelhaft! Ich kann es kaum erwarten, dass das Jahr um ist! – und ein Bild von Leo D., ein Poster von Natalie Imbruglia und ein paar ausgeschnittene Fotos von Clare Danes und George Clooney, Siouxsie Sioux und den Banshees. Was soll das? Was genau bedeutet das? Ich werde alles abnehmen, wegschmeißen, die Wände kahl lassen und warten, bis mein Zimmer sich von allein, ganz organisch, wieder füllt. Dann werden wir weitersehen.

Heute Abend kam nämlich Raven nach dem Essen kurz vorbei und in der Nanosekunde, die Mom uns in meinem Zimmer allein ließ, murmelte er angewidert: »Ein Happening. *Nein!*«

Aber das war gar nicht das Schlimmste. Ich habe hinterher zu Mom gesagt, wenn sie sich nicht anständig anziehen kann, wie man es am Tag tut, ihre *eigenen* Kleider, nicht die ihres toten Mannes – hätte ich beinahe gesagt, aber das klang gemein und außerdem versuchen wir das Wort »tot« zu vermeiden, es sei denn, es gibt einen echten Grund es zu sagen –, dann könne sie einfach in ihrem Zimmer bleiben, wenn ich Besuch habe. Es ist komisch, bis jetzt habe ich mir immer Sorgen gemacht, was sie wohl von Raven hält, aber heute Abend fragte ich mich nur, was er von *ihr* halten muss. Sie hatte eine alte Jogginghose von Dad an, eines von seinen karierten Flanellhemden und seinen grauen Bademantel aus Wolle. Ach ja, und ein Paar von seinen alten Sportsocken. Also wirklich. Kein Make-up natürlich und ich weiß nicht, wann sie sich das letzte Mal die Haare gewaschen hat. Sie hat goldbraune, ganz glatte Haare und bis jetzt habe ich sie immer darum beneidet. Ich habe Locken, das hasse ich, und meine Haarfarbe ist auch nicht besonders schön, finde ich, eher aschblond wie Dads.

Egal – und ihr Teint hat sich verändert, früher war er ganz zart und hell, aber jetzt sieht sie immer so grau aus, wahrscheinlich, weil sie so viel Junkfood isst. Sie ist einfach ausgelaugt.

»Äh, meine Mom ist immer noch ziemlich fertig«, erklärte ich Raven, als er ging, und er sagte: »Offensichtlich.« Was ich eigentlich überflüssig fand.

Aber er war nett. Er kam vorbei, um mir ein Buch zu leihen, ausgewählte Geschichten von Edgar Allen Poe. Er mag alles, was gruselig ist. Nach Poe sind seine Lieblingsautoren Anne Rice und Edward Gorey. Mir ging es sowieso nicht so gut und dann hörte er einfach nicht auf, darüber zu reden, dass alles zu Ende geht, alles verloren ist und die einzige Stimmung, die zu diesem Leben passt, Melancholie sei, was mich natürlich nicht gerade aufmunterte. Aber ich finde es cool, dass er wirklich

Black mit Nachnamen heißt. Sein Vorname ist Martin, aber sein Nachname ist Black. Raven Black, rabenschwarz. Das ist wie ein Zeichen.

Nachdem er gegangen war, kam meine Mutter in mein Zimmer und setzte sich zu mir aufs Bett, wo ich versuchte, meine Hausaufgaben zu machen. Sie ist mit Sicherheit noch nicht wieder die Alte, denn in letzter Zeit hat sie nicht einmal gesagt, was für ein Saustall mein Zimmer ist.

Sie sagte nichts, also las ich weiter und dachte mir, irgendwann wird sie schon sagen, was sie will. Sie fing an, an der Decke zu zupfen, die sie mir zu meinem dreizehnten Geburtstag genäht hat. Die Decke hat blaue und grüne Sterne und ist so ungefähr das Einzige in meinem Zimmer, was mir noch gefällt.

»*Was ist*?«, fragte ich schließlich und sie lächelte unsicher und sagte: »Tut mir Leid wegen heute Abend. Wahrscheinlich geht's mir noch nicht besonders.«

»Schon okay«, sagte ich.

»Es wird bald besser sein.«

»Ich weiß.«

»Wie geht's dir, Kleine?«

»Gut«, sagte ich.

»Wirklich?« Sie berührte mit dem Handrücken meine Wange. »Wie läuft's in der Schule?«

»Wie immer. Ich habe eine Zwei in der Französischarbeit.« Von dem Mathetest erzählte ich ihr nichts, sie hätte eine Krise gekriegt. Algebra sollte mein bestes Fach sein. »Was bedeutet es, wenn man eine wunde Stelle im Mund hat, die nicht weggeht?«

»Lass mal sehen.«

Ich zeigte ihr das gespannte weiße Bläschen auf der Innenseite meiner Wange, auf das ich immer wieder aus Versehen draufbeiße.

»Oh, das ist nur eine kleine Aphte. Das geht wieder weg.«

»Eine Aphte? Das ist Krebs.«

»Ach was.«

Ich sehe auch Flecken vor den Augen, das könnte ein Warnzeichen für einen erhöhten Augeninnendruck sein. Und einer von meinen Knöcheln ist größer als der andere.

»Also«, sagte sie und streckte sich auf dem Bauch aus. »Was ist das mit dir und Raven?«

»O Mann, nichts, Mom, mit *uns* ist nichts.«

»Geht er in dieser Aufmachung in die Schule?«

»Sie lassen ihn nicht.«

»Aha. Magst du ihn?«

»Herrje, er ist nicht mein Freund oder so was. Er ist einfach Raven.«

»Schon gut. Okay. Wo wohnt er?«

»Keine Ahnung.«

Sie schüttelte eines von meinen Kissen auf, schob es sich unter die Brust und umarmte es. »Na gut, ist ja auch nicht so wichtig.«

»Genau.« Ich setzte mich auf und begann, ihr den Rücken zu massieren, das liebt sie. »Du bist wahnsinnig verspannt. Deine Schultern sind hart wie Marmor. Hast du heute Blumengestecke gemacht?«

»Eine Weile.« Sie seufzte ins Kissen und ich dachte, sie genießt die Massage, aber dann sagte sie mit einer übertrieben panischen Stimme: »Ich muss wirklich bald eine richtige Arbeit finden.«

»Das wirst du schon. Und ich auch. Jetzt suchen sie überall Aushilfen für das Weihnachtsgeschäft, ich kriege bestimmt einen Job in der Mall.«

»Hmm. Aber wie kommst du dahin?«

»Du könntest mich fahren«, sagte ich.

»Nicht, wenn ich auch arbeite.«

»Wir könnten beide dort arbeiten.«

»Hey, das wäre toll.«

Das wäre es. Na ja, kommt drauf an, wo. Ich spürte, dass sie sich endlich entspannte. Ihr Nacken fühlte sich nicht mehr wie ein Betonklotz an. Als ich klein war, dachte ich immer, ich könnte ihr Leben ein wenig verlängern, wenn ich ihre Füße massierte oder ihr einen Gefallen tat. Wenn sie mich bat, wegen eines Aspirins nach oben zu laufen oder etwas aus der Tiefkühltruhe im Keller zu holen, meckerte ich zwar und ließ mir viel Zeit, aber innerlich war ich froh, weil ich von der Idee besessen war, dass ich ihr mit allem, was ich für sie tat, ein paar Minuten mehr Leben schenkte. Wenn ich den Tisch deckte oder die Zeitung hereinholte oder schneller am Telefon war als sie, bekam sie am Ende ihres Lebens immer ein paar Extraminuten dazu. Das summierte sich.

»Hey, Mom, wusstest du, dass der Blutdruck sinkt, wenn man einen Hund hat?«

»Hmm.«

»Aber weißt du, was richtig cool ist? Man hat herausgefunden, dass auch der Blutdruck des *Hundes* sinkt. Findest du das nicht auch cool? Können wir uns einen Hund anschaffen?«

»Nein.«

»Warum nicht?«

»Ach, Süße. Es geht einfach nicht.«

Früher ging es auch nicht, weil mein Dad allergisch gegen Katzen, Hunde oder Mäusehaare war, egal was. Ich dachte, vielleicht jetzt ... »Jess hat vier Hunde«, sagte ich, »und ungefähr fünfzehn Katzen. Und eine Krähe, die an seine Hintertür kommt und sich füttern lässt. Ich wette, Jess würde uns ein Kätzchen geben. Katzen sind nicht schwierig.«

»Ruth.«

»Ich weiß, aber er hat so viele Tiere und wir haben kein einziges.«

»Jess hat eine Farm.«

»Na und?«

Jess ist super. Er ist ein Freund von Mom von früher und er hat eine Farm direkt am Leap River, die fast hundert Hektar groß ist, und zweihundert Holsteinkühe. Letztes Jahr musste ich eine Arbeit über einen hier ansässigen Industriezweig schreiben und ich habe mir Jess' Milchfarm ausgesucht und alles über Kühe gelernt. Und für mein Biologieprojekt für den Tag der offenen Tür habe ich ein Modell der vier Kuhmägen gemacht (das Rumen, der Omasus, der Abomasus und das Retikulum), und dabei hat er mir auch geholfen. Ich liebe es, auf seiner Farm herumzulaufen, obwohl ich seit Dads Tod nicht mehr da war – Mom war einfach zu fertig. Mir fehlt die Farm und mir fehlt Jess.

Sie rollte sich auf den Rücken und wir streckten uns nebeneinander aus. »Das war klasse«, sagte sie. »Danke. Und übrigens, dieses Zimmer ist ein Saustall.« Wir lächelten die Decke an. Sie hat mal ein Mobile für mich gebastelt, das an der Lampe hängt – sieben Pferde, die galoppieren, tänzeln oder springen, mit der Laubsäge ausgesägt und in unterschiedlichen Farben angemalt. Es stammt noch aus meiner Pferdephase. Ich sollte es abnehmen, aber es gefällt mir immer noch.

»Mom? Weihnachten wird ganz schön traurig werden, oder?« Thanksgiving war schon schlimm genug gewesen.

Sie sagte: »Ja«, und ich war froh, dass sie nicht log. »Weil es das erste Weihnachten ist. Aber wir werden es schon schaffen. Manchen Dingen – kann man nicht aus dem Weg gehen. Ich fürchte, da müssen wir einfach durch.«

»Vermisst du Dad sehr?«

»Ja.«

»Ich auch. Gehen wir trotzdem zu Gram zum Abendessen?«

»Ja, natürlich.«

»Und gibt es auch Geschenke?«

»Unbedingt. Obwohl ...«

»Ich weiß.« Nicht so viele.

»Die Hauptsache ist, dass wir zusammen sind. Wir haben immer noch uns.«

»Ja.«

Nur, dass ich sie nicht habe. Sie hat mich, aber sie ist allenfalls halb die Mutter, die ich gewohnt war. Als Dad starb, habe ich ihn verloren und einen Teil von ihr. Ich bin fast ein Waisenkind.

Sie sagt, dass es ihr immer besser geht, aber ich sage, nicht mal im Traum. Vielleicht geschieht ja ein Wunder und Weihnachten wird alles anders. Aber das glaube ich nicht. Ich glaube, sie hat Recht. Manchen Dingen kann man nicht aus dem Weg gehen, da müssen wir einfach durch.

3

Das Telefon riss mich aus meinem komatösen Schlaf auf dem Sofa im Wohnzimmer. Mit klopfendem Herzen hob ich sofort ab und vergaß, mich erst einmal zu räuspern und fröhlich hallo zu sagen. »Carrie, Kleines, bist du das?«, fragte die Stimme meiner Mutter. »Was ist los?«

Das passierte immer wieder. Es musste irgendwie mit meiner Telefonstimme zusammenhängen: Wenn ich mir keine Mühe gab, fröhlich und völlig klar zu klingen, dachten die Leute, dass mit mir irgendwas nicht stimmte. Bist du krank? Hast du geschlafen? Hast du geweint? Heute hätte ich alle drei Fragen mit Ja beantworten können.

»Oh, hallo Mama. Es ist nichts, alles in Ordnung. Wie geht es Pop?«

»Was machst du?«

»Im Moment?« Die Uhr auf dem Kaminsims zeigte zehn nach zwölf. »Ich wollte gerade weggehen. Bin sozusagen schon auf dem Weg. Ich muss ein paar Sachen erledigen, einkaufen, zur Bank, zur Post, so was ...« Ich nahm das Telefon mit in die Küche und sank auf einen Stuhl am Tisch. Völlig kraftlos.

»Ich wollte euch vor dem Essen im Frauenclub einen Auflauf vorbeibringen. Ruths Lieblingsessen – Béchamelkartoffeln.«

»Also, das –«

»Ich habe genug für eine ganze Kompanie. Du bist doch noch eine halbe Stunde da, oder?«

Ich legte den Kopf auf den Eichentisch. O Gott, all die Krümel und Flecken und Wasserränder. Wann hatte ich den Tisch das letzte Mal sauber gemacht? Der Ärmel meines Nachthemds blieb kleben.

»Äh, könntest du das Essen einfach in den Kühlschrank stellen? Weil ich weggehen ...« Meine Mutter machte wunderbare Béchamelkartoffeln. Sie würden mich über den Tag retten. Die Logistik dieses Unternehmens stürzte mich allerdings in eine peinliche Situation: Ich würde mich oben verstecken und warten müssen, bis sie kommt, die Auflaufform in den Kühlschrank stellt und wieder geht. Nein, nein, es funktioniert sowieso nicht – sie würde das Auto sehen.

»Schon gut«, sagte sie, »dann eben nicht, wenn du nicht mal da bist.« Beleidigt. »Vielleicht später, nach meinem Lunch, obwohl ich nicht versprechen kann, dass dann noch was übrig ist.«

»Das wäre besser. Und wenn du später kommst, siehst du auch Ruth.«

Das hob ihre Stimmung. »Wie geht es meinem Baby? Ich möchte, dass ihr beide nächsten Freitag zum Abendessen kommt, Carrie. Du musst mal raus.«

»Freitag …«

»Nur du und Ruth, ein Familienessen. Es ist eine Ewigkeit her.«

»Vier Monate.« Auf den Tag genau. Seit Stephens Tod.

Auch sie merkte es. Zu schnell sagte sie: »Freitagabend, abgemacht, es wird bestimmt schön, das verspreche ich. Und jetzt überlasse ich dich deinen wichtigen Pflichten.«

»Dann – kommst du also später?«

»Nur, wenn es keine *Umstände* macht. Wenn es dir wirklich nicht zu viel ist.«

Ich versuchte, das Telefon an meinem Ohr zu balancieren, ohne es festzuhalten, damit ich beide Arme auf den Tisch legen und zusammensacken konnte. Den ganzen Tag so bleiben, schlaff und sabbernd, völlige Leere im Kopf.

»Carrie? Ich hab nur Spaß gemacht. Wenn du willst, könnte ich sofort kommen. Süße, möchtest du reden?«

Ich konnte nicht mal meine Zunge dazu bringen, sich zu bewegen. Wollte ich reden?

Unabsichtlich schniefte ich ins Telefon. Schnell machte ich ein Hüsteln daraus und sagte: »Mir geht's gut. Schon viel besser. Ich muss jetzt los, aber später sehen wir uns auf jeden Fall, okay? Tschüs, Mama.«

Wie gern würde ich den Gedanken meiner Mutter, die mich betreffen, Urlaub verordnen! Wenn sie sich zum Beispiel den Kopf stoßen würde – nicht schlimm, nichts Bedrohliches oder Schmerzhaftes oder Langwieriges, nur eine kleine Gehirnerschütterung, die für sechs Wochen eine Amnesie verursacht. Wunderbar, keine Anrufe, keine Besuche, keine Aufläufe, keine guten Ratschläge. Keine Tyrannei. Wenn meine Mutter von mir Besitz ergreift, bin ich nur halb ich selbst. Sie saugt die andere Hälfte aus und verschluckt sie. Und zurzeit bin ich so schwach, dass ich von Glück sagen kann, wenn es nur die Hälfte ist.

Ich hing über dem Tisch, bis mein Nacken schmerzte. Dann stand ich langsam auf, ein bisschen schwindelig – niedriger Blutzucker? Blutdruck? Niedriger irgendwas. Ich stellte einen Becher Wasser mit einem Teebeutel in die Mikrowelle. Kaffee konnte ich nicht mehr trinken, der wirkte wie ein Hammer, ich wollte wach *sein*, nicht wach geprügelt werden. Ich trug den Becher und eine Hand voll Kekse in Stephens Arbeitszimmer. An der Tür fiel ich in mich zusammen und betrachtete das Chaos, das ich darin angerichtet hatte.

Vor sechs Wochen hatte ich die Idee gehabt, dass es mich trösten könnte, wenn ich sein Allerheiligstes, sein Lieblingszimmer im ganzen Haus, zu meiner Blumenwerkstatt machen würde. So würde ich ihm nahe bleiben, dachte ich, die Erinnerung an ihn lebendig halten, nicht so einsam sein, wenn ich allein war. In allen Punkten falsch, und jetzt hatte ich sein Zimmer ruiniert. Er hatte es sauber und ordentlich gehalten wie ein Labor. Ich hatte Besenginster und wilden Wein, Farn und Goldrute, Christusdorn und Zaubernuss auf seinem ehemals grauen, nüchternen Teppich verstreut. Bis auf seinen Schreibtisch war jeder freie Fleck mit Samenschoten, Nüssen, Ästen, Stängeln, Zweigen, Blumen, Behältern, Treibholz, Blumendraht, Pfeifenreinigern, Bändern, Kieselerde, Sand, Borax, Ton und Wurmstein bedeckt. Und über allem lag ein unsichtbarer Dunst, ein Alptraum für jeden Allergiker, ein Nebel aus trockenem Blumenstaub und Pollen. Stephen wäre hier drin gestorben.

Aber seinen Schreibtisch berührte ich nie. Warum nicht? Direkt vor seinem Stuhl aus Edelstahl und Leder lagen die Notizen, die er sich für einen Artikel über die Berechnung von definierten Integralen gemacht hatte. Ich hatte weder seine

Kleidung weggegeben, noch hatte ich seine Seite im Medizinschrank oder seinen Nachttisch ausgeräumt. Ruth sagte nichts, aber sie musste mein Verhalten sehr sonderlich finden. Ich fand das auch. Ich war mir nicht sicher, was dahinter steckte, aber dass es eine traurige, wehmütige Möglichkeit war, mich ein wenig länger an meinen Mann zu klammern, glaubte ich nicht. Es war etwas Komplizierteres. Weniger Löbliches.

Ich setzte mich auf meinen gewohnten Platz auf dem Boden. Sogar wenn die Fensterläden offen waren, war das Licht schlecht, doch bis jetzt habe ich noch nicht die Energie aufgebracht, eine Stehlampe aus einem anderen Zimmer hereinzustellen. Ich vergesse es immer wieder. Bis vor kurzem bezahlte Margaret Sachs mir acht Dollar für jedes Gesteck aus Trockenblumen und die Weihnachtsarrangements, die sie mit gutem Gewinn in ihrem Laden in der Myrtle Avenue verkauft. Doch letzte Woche gingen mir die Vorräte aus, sodass ich zu Miniaturgestecken übergehen musste. Ich hatte die Wahl, entweder kleinere zu machen oder in die Welt hinauszugehen und Material einzukaufen, all die Schilfkolben, Disteln, Lorbeerzweige usw. usw., die das Werkzeug zu meinem nicht besonders lukrativen neuen Beruf waren. Das konnte ich nicht. Eine Art Agoraphobie – ich hoffte, dass sie vorübergehend war. Wie auch immer, jetzt bezahlte Margaret mir nur noch vier Dollar pro Gesteck.

Ich rechtfertigte die Kürzung vor mir selbst damit, dass ich ja nun in derselben Zeit doppelt so viel machen konnte, sodass ich eigentlich nicht weniger verdiente. Aber das stimmte nicht – wenn es so wäre, würden mir auch doppelt so schnell die Vorräte ausgehen, oder? Nein, es lag einfach daran, dass mein Verstand auch auf Miniaturgröße geschrumpft war.

Der Nachmittag verging. Bei der Arbeit an den kleinen Gestecken verfiel ich in eine Art apathische Trance. Wenn ich wieder auftauchte, weil ich keine Tannennadeln mehr hatte oder es zu dunkel war oder mein Hintern taub geworden war, merkte ich, dass ich sechs oder sieben Blumenkompositionen gemacht hatte, die alle identisch waren. Rund, fächerförmig, mit Schlangenlinien, eine Pyramide – egal, was für ein Design ich für die erste gewählt hatte, die anderen waren genaue Nachbildungen. Ich fand das eher entsetzlich. Margaret glaubte, es wäre Absicht – »*Die* sind aber hübsch, sie werden weggehen wie warme Semmeln«, sagte sie und bat mich, mehr von dieser unbewussten Massenproduktion herzustellen. Aber ich wollte nicht. Jedenfalls nicht mit Absicht.

Heute holte mich der Hunger aus meiner Trance. Mit steifem Hals und steifen Beinen stolperte ich in die Küche. Gleich drei – Ruth würde bald nach Hause kommen. Der Hüttenkäse roch komisch, aber ich kratzte die oberste Schicht ab und aß aus der Mitte, während ich aus dem Fenster über der Spüle auf die Einfahrt des Nachbarhauses starrte. In unserer gemeinsamen Einfahrt holte Modean Harmon gerade ihren einjährigen Sohn aus seinem Autositz und trug ihn und eine Tüte mit Lebensmitteln ins Haus. Ich wünschte, ich hätte daran gedacht, sie zu bitten, mir ein paar Sachen mitzubringen. Darin war sie wunderbar. Sie war in allem wunderbar. Modean war schüchtern und ruhig, jünger als ich, sehr zurückhaltend. Erst nach Stephens Tod haben wir uns etwas angefreundet. Und das ging nicht von mir aus, *sie* war diejenige, die auf mich zukam. Stephen machte sich nichts aus Dave, ihrem Mann, einem Zahnarzt, deswegen freundeten wir uns nie als Paar an. Aber nach dem Unfall hat Modean mir das Leben gerettet. Sie sagte nicht viel und versuchte nie, mich aus meiner Trauer herauszuholen. Sie stellte einfach Lebensmittel in den Kühlschrank, harkte das Laub in meinem Garten, fuhr Ruth zur Schule, wenn sie den Bus verpasst hatte. Später versuchte ich, es wieder gutzumachen, indem ich auf den kleinen Harry aufpasste, wenn Ruth keine Zeit hatte, aber das war nicht schwer, nicht einmal für mich. Er war ein großes, grinsendes Ei von einem Baby, er lachte die ganze Zeit. Das Schwerste war, ihn seiner Mutter zurückzugeben, wenn sie nach Hause kam.

Es klingelte an der Tür.

Wer? dachte ich und schlich auf Zehenspitzen zur Tür. *Wer quält mich jetzt*? Meine Mutter konnte es nicht sein, sie klingelte nie, und wenn die Tür zufällig einmal abgeschlossen war, hatte sie einen Schlüssel. Lange Buntglasfenster rahmten die Tür auf beiden Seiten ein – ich hatte letztes Jahr einen Kurs belegt und sie selbst gemacht, als es noch nicht wichtig war, Besucher beäugen zu können. Doch durch die mit Blei eingefassten, blauen und gelben Scheiben konnte ich nur einen großen Schatten erkennen. Ich öffnete die Tür einen Spalt. Jess Deeping schaute mich durch den Schlitz an und trat überrascht einen Schritt zurück. »Hallo, komme ich ungelegen?«

Ich schob ihn ins Wohnzimmer und zog mich mit der Entschuldigung zurück, dass ich Kaffee machen würde. Das würde Wasser auf Ruths Mühle sein. *Ich hab's dir gesagt, ich hab dir gesagt, zieh dich vernünftig an.* Ich sah sowieso grauenhaft aus, aber Stephens Red-Bull-Jacke über meinem ältesten Flanellnachthemd machten es noch schlimmer. Ich war nicht eitel, aber ich hatte immer noch etwas Stolz, einen Funken, einen letzten Rest. Während ich den Kaffee abmaß, beobachtete ich, wie zwei dicke Tränen der Scham auf den Tresen tropften. Das war nichts Besonderes, ich weinte fast jeden Tag wegen irgendetwas. *Vielleicht kann ich nicht tiefer sinken,* dachte ich hoffnungsvoll. *Vielleicht bin ich jetzt ganz unten angelangt.*

Als ich ins Wohnzimmer zurückkam, betrachtete Jess vornübergebeugt, die Hände auf dem Rücken verschränkt, ein paar kleine Aquarelle, die ich von Ruth gemalt hatte, als sie klein war. Sie waren nicht besonders gut, aber ich konnte mich nicht von ihnen trennen. Ich habe sie eingerahmt und hinter den Klapptisch gestellt, wo sie von der emaillierten Lampe halb versteckt werden. Jess hatte seinen schweren Mantel abgelegt – ich hatte natürlich vergessen, ihn ihm abzunehmen. Er hatte sich fein gemacht, die Hose mit Bügelfalte und ein blauer Pullover mit rundem Ausschnitt, der nagelneu aussah. Ein Weihnachtsgeschenk? Er hatte keine Familie, keine Frau mehr. Wer schenkte Jess etwas? Sein Haar war dünner geworden und dunkler, karamellfarben. Als wir uns mit elf Jahren zum ersten Mal sahen, war es weizenblond gewesen. In der Highschool hatte es goldblonde Strähnen und fiel bis auf die Schultern. In meinem verbotenen Traum, dem, den ich mir nicht verzeihen kann, fiel es über unsere Gesichter und bedeckte uns wie ein gelber Vorhang.

»Die sind gut«, sagte er und richtete sich auf. »Warum hast du aufgehört zu malen?«

»Woher weißt du, dass ich aufgehört habe?«

»Ruth hat es mir gesagt.«

»Ah.« Hätte ich wissen müssen. Ich setzte mich auf die Klavierbank, schlug die Beine übereinander und verschränkte die Arme. »Ich bin erkältet«, sagte ich. Das stimmte zwar, aber es erklärte nicht annähernd, was ich sagen wollte.

»Ich habe oft an dich gedacht«, sagte er vorsichtig. »Wie kommst du so zurecht?«

»Ganz gut.« Ich nickte viel, damit es ehrlicher klang. Der alte Wunsch, ihn zu meinem Vertrauten zu machen, rührte sich in mir. Wie einfach wäre es gewesen zu sagen: *Ich bin innerlich tot, Jess. Wegen Ruth mache ich weiter, aber ich werde ihr nicht gerecht. Ich weiß nicht, was ich tun soll.*

»Es geht schon. Ich komme zurecht, du weißt schon. Es ist schwer«, gab ich schließlich zu. »Aber es geht uns gut, Ruth und mir. Im Wesentlichen. Erzähl mir von dir. Was machst du so?«

Er lächelte ein wenig grimmig, um mich wissen zu lassen, dass er mir kein Wort abkaufte. »Oh, das Übliche. Um diese Jahreszeit ist immer am wenigsten zu tun. Deshalb lasse ich es langsam angehen. Ich werde faul.«

»Das bezweifle ich. Musst du nicht trotzdem zwei Mal am Tag zweihundert Kühe melken?«

»Ganz so viele sind es nicht.«

»Das hat Ruth mir erzählt. Stimmt es nicht?«

»Na ja, ich habe über zweihundert, aber nicht alle geben Milch. Vielleicht hundertfünfzig.«

»Und was ist mit den anderen fünfzig?«

»Kälber, Zuchttiere, Jungtiere. Ein paar alte Damen.« Er steckte die Hände in die Hosentaschen und sah sich im Zimmer um. »Dein Haus gefällt mir.«

»Komisch, dass du noch nie hier gewesen bist.« Weil ich ihn nie eingeladen habe. Es war in Ordnung, ihn auf seiner großen, geschäftigen, weitläufigen Farm zu besuchen, und Ruth war immer dabei. Aber hier, in meinem Haus, nur Jess und ich? Verboten. Man musste die Regeln nicht laut aufsagen, um sie zu kennen.

»Hast du es ganz allein renoviert?« Er stand ziemlich steif da und wippte ein wenig auf den Zehen. Er fühlt sich unwohl, dachte ich plötzlich. Das passte überhaupt nicht zu Jess. Ich hatte ihn seit Stephens Beerdigung nicht mehr gesehen. Einmal hatte er angerufen. Ruth war drangegangen und sie redeten eine ganze Weile lang miteinander. Ich schüttelte den Kopf und winkte ab, als sie fragte: »Willst du mit Mom sprechen?« Dann entstand eine peinliche Situation, weil er Ja sagte und sie sich schnell irgendeine Ausrede einfallen lassen musste. »Mist, gerade war sie noch da. Ich glaube, sie ist weggegangen. Wahrscheinlich während wir miteinander geredet haben.« Er hatte nicht wieder angerufen.

»Das meiste«, erklärte ich. »Ruth hilft mir manchmal beim Streichen. Es ist noch nicht alles fertig. Kann nämlich sein, dass ich ...« Ich beendete den Satz nicht und überlegte, wie offen ich sein sollte. War es zu persönlich, wenn ich ihm erzählte, dass ich das Haus vielleicht verkaufen musste? Doch Ruth liebte es. Und unser über hundert Jahre altes Haus fraß das Geld und würde keinen Gewinn bringen. Ich lächelte Jess an. »Ich musste einige Pläne zurückstellen, sagen wir es mal so.«

»Du brauchst einen Job.«

»Weiß Gott, das stimmt. Entschuldige mich einen Moment –« Ich stand auf, um den Kaffee zu holen.

Er folgte mir in die Küche. »Das ist ja unglaublich«, sagte er, während er zwei Becher mit Kaffee füllte und seinen mit Milch versah.

»Was?«

»Dieser Raum. Hast du das alles selbst gemacht, Carrie?«

»Jawohl.« Ich habe die Fliesen hinter der Spüle bemalt und mit einer Schablone eine Bordüre auf die Tapete gezeichnet, ich habe sogar die alten Bodenfliesen verlegt, die ich bei der Auflösung eines Herrenhauses billig erstanden hatte. Ich war eine gute Handwerkerin. »Bis auf den Tresen. Ich habe den Schiefer gefunden, aber ein Mann hat ihn geschnitten und für mich eingebaut. Und die Schränke waren bereits drin, ich habe sie nur renoviert.«

Es war ein schöner Raum, mein Lieblingszimmer in diesem Haus. Ich hätte ihn größer machen können, wenn ich die Wand zur Speisekammer herausgebrochen hätte. Das war sogar erlaubt, obwohl die Vorschriften des Denkmalschutzes sehr streng waren. Aber das Haus war hundertzwanzig Jahre alt – und wer hatte damals schon eine große Küche? Als ich die Entscheidung traf, waren wir nur zu dritt. Und jetzt nur noch zu zweit.

Jess fuhr mit der Schuhspitze über die Teppichmatte, auf der er stand. »Und die?« Er sah lächelnd auf, zog eine Augenbraue hoch und rieb sich mit dem Handrücken über die Brust – eine Kombination von Gesten, die ich nur zu gut kannte. Egal, in welchem Licht und aus welchem Blickwinkel, ich sah immer noch den Jungen in seinem männlichen Gesicht. Manchmal war ich voller Zärtlichkeit. Es war gefährlich und es stimmte nicht einmal, aber manchmal hatte ich das Gefühl, als würde ich Jess besser kennen als jeder andere, als wäre ich die Einzige, die ihn sah, wie er wirklich war. Aber das war nur die Macht der Erinnerung. Und die Einsamkeit. Manchmal spielt der Verstand uns Streiche.

»Ich fürchte, die auch«, sagte ich verlegen. SWEET HOME stand über einem Bild von unserer Fassade auf dem Teppich und das Datum des Baujahres in grünem und grauem Garn. »Mein erster und letzter Versuch im Teppichknüpfen. Es hat Monate gedauert.« Und er war nur einen Quadratmeter groß. Von allen Tätigkeiten, die ich je angefangen hatte, sei es aus Neugierde, Interesse, Langeweile, Verzweiflung, egal – war das Teppichknüpfen bei weitem das Mühseligste gewesen. Die Beschäftigung, bei der ich mir immer lächerlich vorgekommen war.

»Du bist eine Künstlerin.«

»Nein.« Ich lachte. »Eine frustrierte vielleicht. Stephen hat immer gesagt, ich lasse es am Haus aus.« Aber ich war so dankbar. Es war, als hätte Jess einen haarfeinen Draht in mir zum Vibrieren gebracht. Ich bin so dumm.

Er stellte seine Tasse ab und kam um den Küchentisch herum, den ich wohlweislich als Abstandhalter benutzt hatte –

wir hatten über die ganze Länge des Raumes miteinander geredet. »Ich habe einen Job für dich.«

»Was?«

»Ich kann dir Arbeit anbieten.«

Ich sah mich in seinem Stall Kühe melken. Ich hätte gern gelacht, aber ich fühlte mich wie vor den Kopf geschlagen. Töricht, aber ich dachte, er wäre wegen etwas anderem gekommen. »Was für eine Arbeit?«

»Ich suche einen Künstler. Der etwas tun soll. Etwas schaffen.« Er musterte mich von Kopf bis Fuß. »Du bist einfach die Beste.«

Ich errötete. Wenn er sich über mich lustig machte, war dies das erste Mal. »Brauchst du jemanden für – für –« Mir fiel nicht ein, wie man das nannte, diese Leute, die für Matratzen warben, indem sie in einem großen Bett im Schaufenster schliefen, während draußen die Leute vorbeiliefen und sie anstarrten. Ich hatte es einmal in einem alten Film gesehen.

»Du würdest nicht sehr viel verdienen.« Da war der Haken, aber das Leuchten in seinen Augen zog mich magisch an. »Aber mehr als bei Margaret Sachs.«

»Woher weißt du das denn? Von Ruth«, beantwortete ich mir die Frage selbst. »Also, das sagt nicht viel, glaub mir. O Jess, ich brauche eine *richtige* Arbeit.«

»Es ist eine richtige Arbeit.«

»Worum geht es?«

»Das ist eine lange Geschichte. Erinnerst du dich noch an Eldon Pletcher?«

»Nein. Eldon? Ich erinnere mich an Landy Pletcher.«

»Eldon ist Landys Vater.«

»Landy – du meinst den, mit dem wir zur Schule gegangen sind?« Ein Junge, der in der Highschool zwei Klassen höher war als Jess und ich. Ein schüchterner, schwerfälliger Junge, entsann ich mich. Sein Vater hatte Tabak angebaut.

Jess nickte. »Also«, sagte er und strich sich mit seinem langen Zeigefinger über die Koteletten, während er überlegte, wie er es erklären sollte. »Hast du von den Archisten gehört?«

»Den was?«

»Nein, da warst du schon weggezogen. Es überrascht mich allerdings, dass deine Mutter sie nie erwähnt hat. Sie – sie sind –« Er kratzte sich am Kopf und sah lächelnd auf den Boden. So männlich, dachte ich, mit seiner tiefen Stimme und den rauen Händen, der vom Wetter gegerbten Haut um die Augen. Stephen war ein Kopfmensch gewesen, aber Jess lebte aus dem Bauch. Einen Mann wie ihn war ich in meinem Haus nicht gewohnt. »Also«, sagte er. »Vor ungefähr zwanzig Jahren – da bist du gerade weggegangen – gründete Eldon, Landys Vater, eine religiöse Gruppe, die sich Archisten nannte. Auch als Söhne Noahs bekannt. Es war eine kleine Gruppe, die hauptsächlich aus Einheimischen bestand. So klein allerdings auch wieder nicht, denn in ihren besten Zeiten zählte sie ein paar hundert Seelen. Hast du nie von ihnen gehört?«

»Nein. Wann war ihre beste Zeit?«

»Ich weiß es nicht genau. Vor zehn Jahren? Ich bin mir nicht sicher, woran sie glauben, außer an eine große Flut, aber wahrscheinlich das Übliche. Abkömmlinge der Protestanten aus dem Süden.«

»Keine Schlangenbeschwörung?«

»Nein.«

»Vielweiberei? In Zungen sprechen?«

»Nichts dergleichen.« Er lachte, aber in Wirklichkeit wollte er mich beruhigen. »Sie sind gute Menschen, nicht sehr gebildet, aber sie meinen es gut. Freundlich. Sie predigen nicht, dass sie den einzig wahren Glauben haben.«

»Deshalb ist ihre Blütezeit wohl auch vorbei. Wie bei den Shakern. Nein, warte, sie sind ausgestorben, weil sie sich nicht fortpflanzen wollten.«

»Stimmt. Egal …«

»Egal. Was für eine Arbeit ist es?«

»Nachdem Eldon seine göttliche Eingebung hatte, versprach er Gott, dass er die Arche nachbauen würde, bevor er stirbt.«

»Die Arche nachbauen?«

»Um die Welt vor einer zweiten verheerenden Sintflut zu bewahren, bildlich gesprochen. Von seiner eigenen unsterblichen Seele ganz zu schweigen.«

»Bildlich gesprochen?«

»Er glaubt tatsächlich, dass er direkt in die Hölle kommt, wenn er sein Versprechen nicht hält.«

»Das hat er dir erzählt?«

»Landy hat es mir erzählt. Er hat vor zwölf oder fünfzehn Jahren die alte Price Farm gekauft und ist jetzt mein Nachbar. Wir sind Freunde. Wir helfen uns gegenseitig.«

»Verstehe.«

»Wo war ich stehen geblieben?«

»Eldon Pletcher will die Arche Noah nachbauen. Soll sie auch vom Stapel laufen?«

Das sollte ein Scherz sein, aber Jess sagte: »Ja, auf dem Leap River.«

»Du machst Witze. Und ich soll der Skipper sein.«

»Hä?«

Ich runzelte die Stirn. Er sah so dämlich drein. »Das war nicht ernst gemeint«, sagte ich. »Verstanden?«

»Verstanden. Stimmt, du sollst nicht der Skipper sein.«

Völlig verwirrt hob ich hilflos die Hände. »Was dann?«

»Eine Arche braucht Tiere. Sozusagen. Eldon glaubt, dass Gott nichts dagegen hätte, wenn Bilder oder Modelle Seine Kreaturen auf der Arche repräsentieren würden – allerdings, um ehrlich zu sein, ist er sich da noch nicht sicher.«

»Wer? Gott?«

»Eldon. Aber er will, dass sie gut aussehen, du weißt schon, realistisch, und das Problem ist, es gibt unter den paar Archisten, die noch übrig sind, keine Künstler.«

Ich fing an zu lachen. »Und da komme ich in die Geschichte?« Etwas hinter dem Fenster über Jess' Schulter erregte meine Aufmerksamkeit – die Stoßstange des Buicks meiner Mutter tauchte in unserer Einfahrt auf.

»O nein.«

»Halt, warte, denk darüber nach.«

»Nein, ich meine –«

»Du könntest es. Du bist eine Künstlerin, Carrie, das sieht jeder.« Zur Bekräftigung deutete er mit einer ausladenden Armbewegung auf die Küche. »Und ich weiß, dass es verrückt klingt, es ist völlig absurd. Aber das ist doch das Schöne daran, oder?« Oh, ich hatte diesem unbekümmerten Glanz in seinen Augen noch nie widerstehen können. »Keine Ahnung, was er dir bezahlen wird. Die Leute sagen, er hat Geld, aber niemand weiß es –«

»Jess«, sagte ich warnend.

Die Hintertür flog auf und Ruth platzte mit von der Kälte geröteten Wangen herein. Wenn sie lächelt, geht alles nach oben, der Mund, die Augen, die Wangen, die Augenbrauen. Oh, Licht meines Lebens, mein Augapfel. Liebe zu meiner Tochter überwältigt mich in ganz unerwarteten Momenten und ich zappele darin, halte mich an etwas fest, das nicht mehr lange sein wird.

»Hey Jess«, rief sie. »Ich hab deinen Wagen gesehen! Hallo.«

»Ruth – ich glaube es nicht! Du bist gewachsen.«

Lachend standen sie sich einen Augenblick lang unsicher gegenüber, bis sie sich schließlich schnell umarmten. Ihre Freude überraschte mich – ich wusste nicht recht, was ich davon halten sollte. Ruth hatte mich ein halbes Dutzend Mal seit Stephens Tod gefragt, ob wir Jess auf seiner Farm besuchen konnten, die Hunde und Katzen, all die faszinierenden Dinge auf einer Milchfarm. Aber ich lehnte immer ab, weil ich zu müde war, zu fertig, wer weiß was. Ich war noch nicht so weit. Ruth hatte ihn vermisst, das war offensichtlich, und es war meine Schuld. Noch eine Schuld mehr.

So überrascht Ruth war, Jess zu sehen, so verblüfft war meine Mutter. Sie hatte eine echte Spätzündung. Da stand sie, in ihrer damenhaften Pracht für den Lunch, Pelzjacke über einem marineblauen Kostüm, Pelzhut, mittelhohe Pumps, marineblaue Handtasche. O Gott, und da kam Birdie hinter ihr her, ihre lebenslange Bridge Partnerin und älteste Freundin. Seit ich mich erinnern kann, ist sie so etwas wie eine halb verrückte Tante für mich. Plötzlich wimmelte es in der Küche von Frauen.

»Mama, erinnerst du dich an Jess Deeping?«, sagte ich mit Gastgeberinnenstimme und dachte, *wenn sie so tut, als ob sie ihn nicht kennt, bringe ich sie um*.

Doch sie sagte: »Aber *natürlich* erinnere ich mich«, in ihrem besten Südstaatenamerikanisch. »Sie waren bei der Beerdigung meines Schwiegersohns, das war ganz *reizend* von Ihnen.« So eine vollendete Heuchlerin. Fünfundzwanzig Jahre lang, bis zu Stephens Beerdigung, war Mama hocherfreut gewesen, dass sie Jess Deeping nicht mehr zu Gesicht bekam.

»Und Birdie«, sagte ich, »– Jess, das ist Mrs. Costello, eine gute Freundin meiner Mutter.« Sie begrüßten sich mit den üblichen Floskeln, nett, Sie kennen zu lernen, wie geht es Ihnen. Und dann, weil die Stille so erwartungsvoll und ich so nervös war und alle mich anstarrten, platzte ich mit dem Allerschlimmsten heraus: »Jess hat mir einen Job angeboten.«

»Einen Job?« Birdies blassblaue Augen glitzerten vor Interesse. Sie rieb sich die Hände.

»Wow. Was für einen Job?«, wollte Ruth wissen.

Meine Mutter sagte nichts. Sie starrte stur geradeaus.

Jess machte ein gehetztes, ungläubiges Gesicht. Der Blick, den er mir zuschoss – *Carrie, was zum Teufel …* – hätte mich einschüchtern sollen, aber das tat er nicht. Aus irgendeinem Grund stachelte er mich noch an. Wir gegen sie: wie in alten Zeiten. Einen Augenblick lang schloss er die Augen. Dann, mit einem gequälten und hoffnungslosen Lächeln, erzählte er allen von der Arche Noah.

4

Im Frühjahr werde ich siebzig. Seit neun Monaten bin ich neunundsechzig und ich habe eigentlich keine Minute davon genossen. Manchmal komme ich mir vor, als säße ich in einem Auto, das mit Höchstgeschwindigkeit auf einen Pflasterstein in der Straße zurast, in den jemand eine gigantische 70 gemeißelt hat. Die Gegend mag schön sein, aber ich sehe nur diese Zahlen, bedeutend und schwer kommen sie schnell näher. Ich kann an nichts anderes mehr denken.

Es muss mir wirklich schlecht gehen, wenn George es bemerkt. »Dana«, sagte er neulich Abend zu mir. »Ärgert dich irgendwas?« Na, da war ich hellwach, das war, als hätte ein Blinder gefragt: »Hat jemand das Licht angemacht?« Ich überlegte, was Georges Aufmerksamkeit auf mich gelenkt haben konnte. Nichts – ich hatte ihn gebeten, seine großen Füße aus dem Weg zu nehmen, damit ich unter seinem Schreibtisch Staub saugen konnte. Ich hatte am Telefon mit Birdie gestritten, die fand, ich sollte nicht für den Vorsitz des Frauenclubs von Clayborne kandidieren. Ich hatte in der Küche lautstark das Geschirr in die Schränke gepfeffert, einfach nur, um Krach zu machen. Ich hatte zweimal innerhalb einer Stunde bei Carrie angerufen, um ihr gute Ratschläge zu geben. Es musste an der Häufung liegen, alle vier Ereignisse addierten sich, denn für sich genommen war keines davon besonders bemerkenswert. Aber man stelle sich vor, George *hatte* etwas bemerkt! Wie schon gesagt, ich wurde hellhörig.

Er saß an seinem Schreibtisch und arbeitete an dem Buch, das er seit eineinhalb Jahren mit einem Kollegen zusammen schreibt. Es ist über einen Dichter aus dem siebzehnten Jahrhundert namens – ach, ich habe den Namen vergessen. Alexander Pope hat ihn Namby Pamby getauft, weil er so kitschig schreibt, und so nenne ich ihn auch. George tut es Leid, dass er mir das überhaupt erzählt hat. Er schwört, dass das Buch im Mai fertig ist. Dann werde ich Königin von England. Als George vor zwei Jahren pensioniert wurde, dachte ich, jetzt beginnt ein neues, interessantes Leben für uns. Wir würden reisen, vielleicht zusammen eine Fremdsprache lernen, eine leichte Sportart ausüben. Miteinander reden. Nun, Überraschung, bis jetzt ist nichts daraus geworden. Er verbringt immer noch seine gesamte Zeit in seinem Arbeitszimmer, hinter verschlossener Tür, wo er liest und schreibt und nicht mit mir redet. Ungefähr vor einem Monat rief Carrie einmal abends an und klagte mit weinerlicher Stimme: »Mama, es ist so still in diesem Haus. Es ist, als wären *alle* gestorben, nicht nur Stephen.« Ich habe es nicht gesagt, aber ich dachte, o Süße, so ist es in meinem Haus die ganze Zeit.

Ich schob ein paar Papiere zur Seite und setzte mich auf den Schreibtisch, direkt neben den Computer, sodass er mich anschauen musste. »Ob mich irgendwas ärgert?« Er machte bereits ein Gesicht, als täte es ihm Leid, dass er gefragt hatte. »Meine Arthritis. Die Medikamente, die ich gegen meinen hohen Blutdruck nehmen muss. Dass ich langsam senil werde. Und das sind nur die Dinge, die mir auf Anhieb einfallen.«

»Ha, ha«, sagte er in dem Versuch, mich aufzuheitern. Er hatte die Brille hochgeschoben, sie saß mitten auf seinem kahlen, sommersprossigen Schädel. Er schrumpft bereits – wenn er Auto fährt, braucht er ein Kissen, damit er über das Lenkrad schauen kann. Ich schrumpfe auch, aber nicht so sehr wie er. Er ist zwei Jahre jünger als ich, sieht allerdings älter aus. Hoffe ich jedenfalls.

»George«, sagte ich, »denkst du nicht, dass man in unserem Alter etwas wissen sollte?«

Er wandte mir sein gutes Ohr zu. »Was meinst du?«

»Als du jung warst, sagen wir mal, so alt wie Ruth, hast du da nicht gedacht, dass Leute, die so alt sind wie wir, etwas *wissen*? *Irgendetwas*? Ich habe das geglaubt. Aber hast du nicht das Gefühl, dass alles immer noch genauso geheimnisvoll ist wie mit fünfzehn?«

Er blinzelte verständnislos mit den Augen. Er ist der Intellektuelle in der Familie. Ich habe ihn zum Teil wegen seines Verstandes geheiratet und wo hat es mich hingebracht? »Was ist los?« fragte er, aber sein Blick schweifte bereits ab. Er zappelte unruhig, als der Bildschirmschoner aufflackerte, ein mahnendes Zeichen, dass die Zeit verging.

Was los ist? Wenn ich das wüsste, könnte ich es in Ordnung bringen. »Oh, ich glaube, ich habe seit dem Unfall das Gefühl, ich bin nicht mehr ich selbst.« So nennen wir Stephens Tod: den Unfall.

George nickte ernst. »Er fehlt uns allen.«

Ich nickte auch ernst, aber das war es nicht. Ich glaube, er fehlt nur Ruth wirklich. Das klingt schrecklich, ich nehme es zurück – Carrie ist in einem furchtbaren Zustand, manchmal denke ich, sie wird nie wieder die Alte sein. Und ich? So sehr ich meinen Schwiegersohn mochte, so sehr er mir auch für Carrie gefiel – fehlen tut er mir nicht. Nicht, dass er kein guter, anständiger, bewundernswürdiger Mensch gewesen wäre, ein guter Ehemann und Vater, all das. Und doch hielt er immer Abstand und jetzt kommt es mir so vor, als hielte er einfach ein bisschen mehr Abstand.

»Weißt du, ob Herzkrankheiten in Stephens Familie erblich sind?«, fragte ich. »Birdie sagt, *ich* hätte gesagt, sein Vater sei auch daran gestorben, aber das stimmt überhaupt nicht. Das habe ich nie gesagt. Oder weißt du was davon?«

»Also, irgendwo klingelt's da –«

»Nein, es war etwas anderes, keine Herzkrankheiten. Stephens Infarkt war ein Zufall, es gibt *keine* Herzkrankheiten in der Familie.«

»Mag sein.« Er zuckte die Achseln. Er stellt nicht dieselben Assoziationen her wie ich – einer der vielen Unterschiede. Stephens Tod war Stephens Tod. Deswegen machte sich George kein bisschen mehr Sorgen um seine Prostata und dachte auch nicht darüber nach, sich einen Platz in Hill Haven zu kaufen. Er schaute nicht sein altes Gesicht im Spiegel an und fragte sich, wo das Leben geblieben war. Wahrscheinlich lebt George nur nach dem Verstand, manchmal allerdings scheint es mir, als sei es nicht immer *sein eigener*.

Er fing an, mit den Fingern auf die Leertaste der Tastatur zu trommeln. »Rate mal, wer heute Nachmittag bei Carrie war«, sagte ich, damit er mir weiter zuhörte. »Als ich mit Birdie und Ruth dort ankam.«

»Wer?«

»Rate.«

»Ich weiß es wirklich nicht.«

»Komm schon.«

»Dana –«

»Schon gut. Jess Deeping.«

Er machte ein verständnisloses Gesicht. Dann: »Oh – der … der Knabe, der im Stadtrat ist?«

»Ja – der, der mit Carrie befreundet war, als sie in der Highschool waren.« Mein Gott, Männer. »Das weißt du doch noch, oder? Du fandest ihn genauso unpassend wie ich.«

»Der? Wirklich?« Kaum zu glauben, aber erst jetzt wurde ihm klar, dass der Stadtrat von Clayborne und der Jugendfreund seiner Tochter ein und derselbe waren. »Nun, es ist wohl etwas aus ihm geworden. Hattet du und Carrie einen schönen Nachmittag?«, fragte er höflich, während sein Blick wieder zum Bildschirm wanderte.

»Weißt du was?« Ich beugte mich vor. Er sah stirnrunzelnd meine Hüfte an, die seine Papiere zerknüllte. »Erinnerst du dich an die Archisten?«

»Die Artisten?«

»*Archisten*. Diesen religiösen Kult, den es vor Jahren hier gab. In der Zeitung stand ein Artikel darüber. Diese Leute, die sich Archisten nannten. Die Söhne Noahs.«

»Nein.«

»Natürlich erinnerst du dich. Der Anführer war dieser Tabakfarmer, Pletcher oder so ähnlich. Carrie ist mit dem Sohn zur Schule gegangen.«

»Oh, ja, ja, ganz vage. Aber ich glaube, es war kein Kult, es war eine Sekte. Ich dachte, sie wären inzwischen ausgestorben.«

»Kult, Sekte – nein, sie sind nicht ausgestorben, und der alte Mann lebt immer noch. Und dem Sohn gehört nicht nur die Farm neben Jess Deepings, nein, sie sind auch noch gute *Freunde*.«

»Was du nicht sagst.«

»Und – jetzt hör genau zu – dieser Kult ist wild entschlossen, eine Arche zu bauen – eine Arche, ich sage *Arche* – und Jess Deeping will, dass Carrie die Tiere baut!«

»Was?«

»Eine lebensgroße Arche! Sie wollen sie auf dem Fluss zu Wasser lassen. Zu Gottes Ehren! Kannst du dir das vorstellen?«

»Nein.« Und dann brachen wir in ein herrliches Gelächter aus, so hatten wir seit Jahren nicht gelacht, wir schüttelten uns richtig. »Das hört sich doch völlig absurd an!«

»Ich weiß! Du hättest hören sollen, wie Jess Deeping versucht hat, es uns zu erklären.«

»Was hat Carrie gesagt?«

»Sie hat natürlich Nein gesagt.« Aber für mein Gefühl nicht nachdrücklich genug, sie hatte Raum für Hoffnung gelassen, hatte die Tür nicht ganz zugemacht. »Ich glaube nicht«, hatte sie Jess Deeping erklärt, und: »Ich kann es mir einfach nicht vorstellen. Aber ich bin geschmeichelt, weil du an mich gedacht hast.« Pah. Es war nicht schmeichelhaft, es war erschreckend.

»Sie braucht allerdings Arbeit«, sagte ich zu George. »Und zwar bald, sonst muss sie das Haus verkaufen.«

»Ich bin immer noch der Meinung, dass sie das tun sollte. Und in ein kleineres Haus ziehen.«

»Ich weiß, aber Ruth liebt es. Nein, Carrie braucht einen gut bezahlten Job, das ist es. Sie muss aus dem Haus kommen, muss aufhören, diese verdammten Blumengestecke zu machen. Herrgott, ich kriege eine Gänsehaut von diesen getrockneten kleinen Dingern! Sie sehen aus wie Nester, wie tote Tiere. Wenn sie vor zwanzig Jahren ein Examen gemacht hätte, wäre all das nicht nötig. Sie könnte Kunst in der Mittelschule unterrichten, vielleicht sogar in der Highschool. *George!*«

»Hmm.«

»Ich habe Brian Wright für morgen Abend zum Essen eingeladen.«

Da sah er auf. »Wozu? Brian Wright? Ich dachte, Carrie und Ruth kommen morgen Abend.«

»Er überlegt, ob er eine Assistentin einstellen soll.«

»Brian? Woher weißt du das?«

»Er hat es mir gesagt – ich bin ihm zufällig in der Bank begegnet. Das ist ein gutes Zeichen. Warte es ab. Brian ist auf dem aufsteigenden Ast.«

George schnaubte.

»Doch. Er hat Grips, er macht etwas aus sich. Carrie könnte es viel schlechter treffen.«

George machte ein alarmiertes Gesicht.

»Mit einem *Chef*, meine ich. Sie könnte auf einen schlechteren *Arbeitgeber* treffen. Mehr sage ich gar nicht.«

Argwohn ließ ihn einen Moment lang die Augen verengen. Doch dann verlor er das Interesse und wandte sich wieder ganz seinem Computer zu. Meine Zeit war um.

Ich servierte Schmorbraten. Ich kann auch raffinierte Gerichte kochen – neulich habe ich mal Huhn Monterey für die Becks gemacht und letzten Monat eine Peking-Ente für den Dekan und seine Frau. Aber Brian Wright ist geschieden, seine Frau hat die Kinder und er lebt allein und eine innere Stimme hat mir gesagt, dass Schmorbraten genau das Richtige ist. Warm und heimelig.

Ich fand, dass der Abend gut verlief. Brian kam als Erster, und als Carrie ihn sah, war sie nur einen winzigen Augenblick lang nervös, aber ich glaube nicht, dass irgendjemand außer mir das bemerkt hat. Na ja, und sie natürlich. Gott sei Dank sah sie zur Abwechslung mal wieder gut aus. Sie hatte eine Hose und einen Pullover an, sehr hübsch, und das Haar mit einer Haarspange zusammengenommen, ja sogar ein wenig Make-up aufgelegt, halleluja! Verglichen mit dem letzten Mal, als ich bei ihr war, sah sie aus wie Grace Kelly. Sie ist zweiundvierzig, aber sie sah immer jünger aus, bis Stephen starb. Und Ruth, Gott segne sie, wird jeden Tag süßer, das schwöre ich. Ich wage vorauszusagen, dass sie hübscher als Carrie wird. Sie muss sich noch ein bisschen austoben und ihr Gleichgewicht finden, aber eines Tages …

Wir nahmen die Drinks im Wohnzimmer, wo sich herausstellte, dass Brian Krafttraining macht. Das wusste ich nicht. Ich dachte, er wäre untersetzt, ein wenig übergewichtig, aber von wegen, das sind alles Muskeln. Jetzt sehe ich es auch – er hat diese abfallenden Schultern, die so typisch bei Bodybuildern sind, und sein Hals hat den gleichen Umfang wie mein Oberschenkel. Er ließ das Zimmer kleiner wirken, und das nicht nur durch seine physische Ausstrahlung. Er ist so voller Energie und Enthusiasmus, richtig extrovertiert. Er war wie ein frischer Luftzug in meiner traurigen, stillen Familie. Er trägt einen Mecki und einen sauberen, kleinen Ziegenbart. Ausgerechnet. Normalerweise mag ich Haare im Gesicht eines Mannes nicht, ich finde es ungepflegt, und Männern über zehn sollte es verboten sein, einen Mecki zu tragen. Aber irgendwie schafft es Brian Wright, diese beiden modischen Fehltritte wieder wettzumachen. Vielleicht liegt es an seiner Größe.

Wenn jemand so groß ist, sollte man vielleicht darüber hinwegsehen.

Und das Essen? Er verschlang gierig alles, was man ihm vorsetzte, und ich hielt die Schüsseln in Bewegung. Von diesem Essen gab es keine Reste. Ich weiß, dass George ihn nicht mag, aber er gab sich Mühe, unterhaltsam zu sein, und das half, die Augenblicke, in denen Carrie abschaltete, zu überspielen. Das passiert immer wieder, eben war sie noch freundlich und aufmerksam und einen Moment später ist sie völlig in Gedanken versunken. Ich mache mir solche Sorgen um sie! Am liebsten würde ich sie fragen: »Süße, nimmst du Drogen?« – und damit meine ich nicht die, die die Ärzte verschreiben.

Ich war diejenige, die schließlich das Gespräch auf das Geschäftliche brachte. Ich wartete, bis wir mit dem Essen fertig waren und die zweite Tasse Kaffee tranken. Wir saßen immer noch am Esstisch. »Und, Brian«, sagte ich beiläufig, »wie läuft die Andere Schule?«

»Super, einfach super, Mrs. Danziger, das war bis jetzt das beste Semester von allen. Zur Zeit laufen zwölf Kurse und für das Wintersemester sind sechs weitere geplant. Im Frühjahr werden wir zu vier Quartalen übergehen können.«

»Das ist ja wundervoll – und in so kurzer Zeit!«

»Drei Jahre sind es jetzt.« Er lächelte bescheiden, aber stolz in seine leere Puddingschüssel. »Über mangelndes Wachstum kann ich mich jedenfalls nicht beklagen, das steht fest. Das Ganze hat eingeschlagen wie eine Bombe.«

»Nun, die Stadt brauchte es offensichtlich«, sagte ich.

»So ist es«, pflichtete er mir bei und zwinkerte mir zu. »Sie wusste es nur nicht.«

Die Andere Schule ist eine von diesen alternativen, »freien« Schulen, die von der Stadt gefördert werden und die in Großstädten sehr gut ankommen, aber in kleinen Städten wie Clayborne noch nicht so bekannt sind. Bis auf das College gibt es in unserem Gebiet, das drei Gemeinden umfasst, keine Einrichtungen für Erwachsenenbildung. Brian erkannte die Gelegenheit und gründete die Schule, fing ganz klein an, praktisch in seiner Freizeit, während er weiter als Verwaltungsbeamter in Remington arbeitete. Die Schule wurde schneller größer, als man gedacht hatte, und schließlich gab er seinen Verwaltungsposten auf, um ganz als Unternehmer zu arbeiten. »Er ist verrückt«, sagte George und viele waren seiner Meinung, auch Carries Mann. »Es wird nicht laufen und er wird sein letztes Hemd verlieren«, sagten sie, aber das geschah nicht und jetzt fragten sie sich nur noch, warum nicht schon früher jemand auf die Idee gekommen ist.

»Die Arbeit muss sie ja schrecklich in Trab halten«, sagte ich, »ans Büro angebunden, ohne nennenswerte Freizeit. Es sei denn, natürlich, Sie haben eine gute Hilfe.«

Carrie stellte ihre Tasse ab und sah mich an. Ich dachte, sie hätte längst begriffen, worum es geht, aber offensichtlich kapierte sie das Spiel erst jetzt. Normalerweise ist sie nicht so langsam.

Brian griff es sofort auf, ein schlauer Junge – natürlich half es, dass ich den Samen bereits gesät hatte.

»Interessant, dass sie das sagen, denn zufällig suche ich tatsächlich eine Hilfe. Nicht offiziell, ich habe noch keine Anzeige aufgegeben, ich halte einfach die Augen auf.« Er sah Carrie direkt an. »Es ist zu viel für mich geworden. Es gibt eine wunderbare junge Frau, die mir hilft, aber sie ist eher eine Sekretärin, befolgt Anweisungen. Was ich brauche, ist jemanden, der Entscheidungen treffen kann, einen *klugen Kopf*, der mit den Kursleitern auf deren Niveau reden kann. Chris – das ist meine Sekretärin – ist ein Goldstück, ohne sie wäre ich verloren, aber jetzt brauche ich wirklich jemanden, der eine Stufe höher steht, Sie verstehen sicher, was ich meine.« Die Wangen über seinem Ziegenbart glühten vor Gesundheit. »Kann ich noch eine Tasse Kaffee haben?«

Carrie räusperte sich. Ich, ihre Mutter, hörte Belustigung, Resignation, Skepsis und Neugier heraus, aber ich denke, Brian hörte nur, dass sie sich räusperte. »Wie interessant«, sagte sie trocken. »Erzählen Sie weiter.«

»Nun …« Er wandte ihr ruckartig seinen Körper zu, wobei er einen muskelbepackten Oberschenkel über den anderen wuchtete. »Ich suche jemanden, der mir die Last ein wenig abnimmt, das heißt, mit den Anzeigenkunden verhandelt, mit dem täglichen Ärger umgeht, die Broschüre für die Kurse entwirft – das ist eine der wichtigsten Aufgaben, von denen ich mich komplett freimachen möchte, und es ist eine große Sache. Jemand, der Ansprechpartner für unsere derzeitigen Referenten ist und gleichzeitig neue wirbt. Ich suche jemanden, mit dem ich mich über neue Kurse austauschen kann, über neue Blickwinkel, damit das Ganze frisch und lebendig bleibt. Denn man muss regelmäßig Neues bringen, man muss in diesem Geschäft immer am Ball bleiben, sonst ist man in null Komma nichts erledigt. Ich habe vier Zeitungen abonniert und lese wahrscheinlich noch mal acht online, tagein, tagaus. Man *muss* frisch bleiben. Vielen Dank.« Er hielt inne, um seinen Kaffee zu trinken.

Ich wurde selbst ganz aufgeregt – vielleicht sollte er *mir* den Job geben. Die Andere Schule biete Kurse an wie: »Computer beißen nicht«, »Ihr Garten – ein Weinberg«, »Van Gogh aus der Nähe betrachtet«. Sie finden wöchentlich abends statt, in der Vereinigungskirche oder dem Elks Club, wo immer es einen leeren Raum gibt und einen Besitzer, der ihn an Brian vermietet. Carrie hat letzten Sommer einen Kurs in Emaillieren gemacht, Birdie und ich haben »Die Freuden der Großelternschaft« belegt. (George wollte natürlich nicht mitmachen, aber das war auch gut so, denn, offen gesagt, war das Ganze reine Zeitverschwendung.) Die Kosten sind niedrig und die Lehrer werden danach bezahlt, wie viele Teilnehmer sich eintragen. Viel wird es wohl nicht sein. Für die Verhältnisse in Clayborne macht Brian vermutlich trotzdem ein Vermögen.

»Trotzdem ist es ein riskantes Unternehmen, ohne Scherz.« Er schob seinen Stuhl vom Tisch weg, wischte sich den Mund mit der Serviette ab, knüllte sie zusammen und legte sie neben den Teller. Er ist *riesig*. Seine Schultern sind so breit, dass ich die Stuhllehne nicht sehen konnte. »Eine Rezession würde ich zum Beispiel noch nicht durchstehen. Ich meine, es kann alles Mögliche passieren. Ich will ehrlich sein – wenn ich jemanden einstelle, trägt er das gleiche Risiko wie ich.«

Auf jeden Fall bewunderte ich seine Offenheit. Ich persönlich hätte für mein Leben gern so eine Arbeit, das Risiko, das

Neue, nichts ist bis ins Kleinste geplant. Ich warf Carrie einen Blick zu, die nachdenklich die Fingerspitzen gegeneinander presste.

»Darf ich bitte aufstehen?«

Arme Ruth, sie langweilte sich fürchterlich. »Natürlich«, sagte ich. »Warum schaust du nicht zusammen mit deinem Großvater ein bisschen Fernsehen?« … während ich mit dem Abwasch anfange und Carrie und Brian sich ein wenig unter vier Augen unterhalten – das war mein Hintergedanke. Aber ehe ich das sagen konnte, stand Brian auf und verkündete, dass er jetzt gehen müsse, weil er morgen früh raus müsse, das Essen sei wunderbar gewesen, vielen Dank und so weiter und so weiter, auf Wiedersehen.

Die Leute – hauptsächlich Birdie, aber manchmal auch Carrie – behaupten, ich hätte kein Taktgefühl. Das stimmt nicht. Zufällig glaube ich, dass es eine Zeit für Takt gibt und eine Zeit für Taten, und diese Situation war das perfekte Beispiel. Takt brachte solch ein Geschäftsessen zustande und Taten brachten es zu einem erfolgreichen Ende.

»Auf Wiedersehen, Brian, ich habe mich so gefreut, dass Sie kommen konnten, es war wirklich schön, Sie zu sehen! Carrie, würdest du Brians Mantel holen? Ruth, Liebes, geh du nur fernsehen. George, könntest du mir in der Küche helfen?«

Perfekt. Jeder tat, was er sollte. Außer George, der in den Garten ging, um seine Pfeife zu rauchen. Ich habe natürlich nicht spioniert, aber ehe ich die Küchentür schloss, sah ich, dass Carrie und Brian im Flur eng beieinander standen und ernsthaft miteinander sprachen. Er beugte sich zu ihr vor, sie lehnte sich zurück.

»Warum hast du mir das nicht vorher gesagt, Mama? Ich hätte einfach gern gewusst, dass er kommt.«

»Warum hätte ich das tun sollen? So hast du dir wenigstens keine Gedanken gemacht. Betrachte es als ein stressfreies Vorstellungsgespräch. War das nicht viel angenehmer, als in seinem Büro zu sitzen und Fragen zu beantworten?«

»Aber wenn er nun gar kein Vorstellungsgespräch mit mir führen wollte?«

»Doch, doch, er wollte es, das habe ich schon auf der Bank geklärt. Was du nicht verstehst, ist, dass das alles von Brian ausgeht, nicht von mir.«

»Stimmt, das hatte ich vergessen.«

»Und? Was hat er gesagt? Wirst du den Job nehmen?«

Carrie richtete sich vor der Spülmaschine auf und warf das Haar über die Schulter. »Wir werden beide darüber nachdenken.«

»Oh. Aber er hat dir den Job offiziell angeboten?«

»Wahrscheinlich. Sozusagen. Er hat mir erklärt, was ich tun müsste.«

»Und was müsstest du tun?«

»Na ja, hauptsächlich muss wohl die Broschüre für die Kurse, die im Frühjahr beginnen, geschrieben werden. Neue Sponsoren und Anzeigenkunden müssen geworben werden. Man muss Werbeanzeigen konzipieren und überlegen, wo man sie platzieren könnte. Redaktionelle und administrative Aufgaben nannte er es.«

»Mein Gott, das klingt schrecklich spannend.«

»Findest du?«

»*Ja!* Das hört sich an, als wärst du für alles verantwortlich. Was ist *seine* Aufgabe?«

Sie lächelte, wurde lockerer und ihre Laune besserte sich. »Es könnte durchaus gelingen. Es klingt nicht allzu schwer, wahrscheinlich kann ich es lernen.«

»Soll das ein Witz sein? Er kann von Glück sagen, dass er dich kriegt. Habt ihr über Geld geredet?«

»Nein. Ach, und er sagte, er sei froh, dass ich mich mit Computern auskenne. Mama, was, um alles in der Welt, hast du ihm erzählt?«

»Nichts. Nur, dass du in deinem letzten Job in Chicago vor drei Jahren eine sehr wichtige, administrative Position in einem hoch technisierten Büro hattest.«

»Ich war Teilzeitassistentin in Stephens Abteilung im College.«

»Habe ich das nicht gerade gesagt?«

Wie gut es tat, Carrie lachen zu hören! Ruth hörte uns und kam dazu. Sie ging zur Spüle und schubste ihre Mutter mit der

Hüfte zur Seite, um sich ein Glas Wasser zu holen. Carrie wollte ihr eine Locke aus dem Gesicht streichen, doch sie wich ihr aus und trank. »Und? Nimmst du diesen Job?«

»Ich weiß nicht, Süße. Wir haben ausgemacht, dass wir noch einmal darüber reden wollen.«

»Du und Mr. *Wright*?« Heftig stellte sie das Glas ins Spülbecken. Sie machte ein angewidertes Gesicht und verzog hässlich den Mund.

Carrie runzelte die Stirn. »Willst du nicht, dass ich für ihn arbeite?«

»Gott, Mom, das ist mir so egal.«

»Bis jetzt ist noch nichts offiziell. Vielleicht bietet er mir den Job ja gar nicht an.«

»Oh, er wird ihn dir anbieten, keine Sorge. Jede Wette.«

»Woher weißt du das?«

»Machst du Witze? Gott, das ist doch so *offensichtlich*. Der Typ ist *scharf* auf dich.«

Carrie starrte sie an, dann begann sie zu lachen. »Das ist wirklich lustig. Junge, Junge, bist du eigentlich jemals unrealistisch?«

»Nein.«

»Ruth, was soll ich bloß mit dir machen?«

»Herrje, Mom, bist du immer so schwer von Begriff?«

Diese Unterhaltung passte mir nicht. Ich unterbrach sie und fragte Ruth: »Wie geht es deinem Freund?«, in der Hoffnung, ihre Laune zu verbessern. »Der, den ich neulich an der Bushaltestelle kennen gelernt habe.«

»Mama«, sagte Carrie.

»Ich habe keinen Freund, Gram.«

»Du weißt schon«, sagte ich. »Die Möwe, dieser dünne Hering –«

»Wenn du von Raven sprichst – er ist nicht mein Freund.«

»Da bin ich aber erleichtert.« Ich lachte, hoffte, sie würde mitlachen. »Am liebsten hätte ich zu ihm gesagt: ›Süßer, wo ist dein Kalender, Halloween ist schon *vorbei*.‹«

»*Mama!*«

»*Was?*«

Es war ein kalter, regnerischer Tag, als ich diese Person kennen lernte, nicht mehr als fünf Grad, aber alles, was Raven anhatte, war eine Lederhose und ein schwarzes Netzhemd. *Ein Netzhemd.* Sein Gesicht war weiß geschminkt und der Mund war mit schwarzem Lippenstift ausgemalt, der über die Mundwinkel hinausging und ihm ein unheimliches Grinsen verlieh – mich schüttelte es. Er hatte sein Haar schwarz gefärbt, an den Wurzeln wuchs es blond nach und er trug es auf der einen Seite abrasiert und lang und strähnig auf der anderen, was absolut lächerlich aussah, wie Michael Jackson oder Dracula. Ich war schrecklich neugierig und wollte wissen, wie er sich mir gegenüber verhalten würde, deshalb winkte ich aus dem Autofenster, bis er zu mir herüberkommen musste. Also, das war, als schüttelte ich einem Vampir die Hand. Seine schwarzen Lippen bewegten sich, er muss also gesprochen haben, aber was, kann ich nicht sagen. Dann ging er rückwärts zur Bushaltestelle und den anderen Jugendlichen zurück, und ehe ich mich versah, war er verschwunden. Als hätte er sich in eine Fledermaus verwandelt, wie Bela Lugosi.

Ruth sagte: »Ich geh wieder fernsehen«, und ging zur Tür.

»Aber ich bin sicher, er ist ein netter Junge. Hey, wie wär's mit Eis? Soll ich dir was bringen?«

»Nein danke, Gram.«

»Wir haben Schokolade *und* Vanille.«

»Nein danke«, rief sie aus dem Esszimmer.

Ich konnte hören, dass im Fernsehen ein Footballspiel lief. »Sag Grampa, er soll etwas anschauen, was dir gefällt.«

Carrie schüttelte über mich den Kopf.

»Was ist? Was habe ich denn gesagt? Vielleicht hätte ich das mit Halloween nicht sagen sollen. Ja, ja, schon gut, ich hätte gar nichts – aber hast du den Jungen mal *gesehen*?«

»Er ist eigentlich sehr nett.«

»Sicher. Das haben sie über die beiden vom Columbine College auch gesagt.«

Carrie wandte mir den Rücken zu und begann, die Gläser abzutrocknen.

Ich ließ ein wenig Zeit verstreichen. »Jetzt hör mal zu. Ich hoffe, du weißt, dass ich dich zu nichts drängen möchte, aber –« Diesmal klang ihr Lachen nicht so erfreulich. Eher wie ein Schnauben. Ich ignorierte es. »*Aber* ich finde, du solltest Brian Wrights Angebot annehmen.«

»O Gott.« Ihre Schultern sackten herunter. »Ich weiß es einfach nicht.«

»Du solltest es aus vielerlei Gründen tun. Erstens musst du dann nicht selbst suchen.« Wozu sie im Moment sowieso nicht in der Lage ist, sie könnte das Haus nicht mal verlassen, um Lebensmittel einzukaufen. »Zweitens klingt es nach einer netten Arbeit, mit Verantwortung und Zukunft. Drittens würde es dich aus deinem Tief holen, weil du aus dem Haus gehen und mit anderen Menschen zusammen sein musst. Viertens: Brian wäre ein großartiger Chef. Und fünftens brauchst du das Geld.«

»Du hast ja Recht«, sagte sie leblos und starrte ihr Spiegelbild in der schwarzen Scheibe an, die Ellbogen auf den Küchentresen gestützt. »Du hast Recht, du hast Recht, du hast Recht.«

»Und sechstens«, sagte ich, um sie aufzuheitern, »niemand sonst hat dir einen Job angeboten, außer Jess Deeping. Tiere für eine Arche bauen.«

»Warum nennst du ihn immer Jess Deeping?«

»Wie bitte?«

»Du sagst immer seinen Nachnamen. Nie nennst du ihn nur Jess – das hast du noch nie getan.«

»Wirklich? Ist mir gar nicht aufgefallen.« Warum war heute Abend jeder sauer auf mich? »Wie auch immer. Ich komme einfach nicht über diese Geschichte mit der Arche hinweg. War das nicht urkomisch? Sogar dein Vater hat sich kaputtgelacht. Du und Tiere für eine Arche bauen – das fehlte gerade noch. Was wollte er dir dafür bezahlen?«

»Ich weiß es nicht, Mama, so weit sind wir gar nicht gekommen.«

»Das hoffe ich.«

»Jess hätte mich sowieso nicht bezahlt, sondern die Kirche.«

»Die *Archisten*. Ich staune immer wieder, was die Leute sich alles ausdenken, um eine neue Religion zu gründen. Als Nächstes kommen die Söhne Jonas' – die Walisten.«

Carrie rang sich ein Lächeln ab.

»Ich wusste gar nicht, dass du und Jess Deeping – entschuldige, *Jess* – wieder Freunde seid. Ja, ich war überrascht, ihn bei Stephens Beerdigung zu sehen.« Aber noch überraschter war ich, ihn in Carries *Küche* zu sehen. Was für ein Schwachsinn. Ich hatte dieses Thema überhaupt nicht zur Sprache bringen wollen und jetzt war ich mittendrin.

»Warum sollten wir nicht wieder Freunde sein? Es ist – ich dachte, Ruth hat ihn dir gegenüber vielleicht erwähnt.«

»Warum sollte Ruth Jess Deeping mir gegenüber erwähnen?«

»Weil sie – na ja, angefangen hat es, als wir ihm letztes Jahr im Frühling irgendwann zufällig im Eisenwarenladen begegnet sind.« Endlich drehte Carrie sich um und lehnte sich gegen den Tresen. »Ruth mochte ihn und hinten in seinem Pick-up wuselten jede Menge Hunde herum, das fand sie natürlich toll. Sie musste für die Schule eine Arbeit über einen örtlichen Industriezweig schreiben und hatte die Idee, Jess deswegen anzurufen und ihm eine Million Fragen über die Milchfarm zu stellen. Und dann« – sie machte eine vage Handbewegung – »ist es einfach, du weißt schon –«

»Kuhmägen«, erinnerte ich mich. »Das Biologiereferat.«

»Genau. Noch mehr Fragen. Und so – na ja, egal, das war's, Ende der Geschichte. Bleiben die Gläser hier oder kommen sie ins Esszimmer?«

»Ich muss sagen, ich finde es ein bisschen seltsam, dass ich jetzt zum ersten Mal davon höre.«

»Wovon?«

»Du weißt, wovon ich rede.«

»Nein, weiß ich nicht, wirklich nicht.«

»Na gut, dann vergiss es. Die guten Gläser kommen in den Mahagonischrank im Esszimmer, in das oberste Fach, bitte. Danke.«

Wir starrten uns an, nur ein paar Sekunden lang, aber ich hatte das Gefühl, als wäre es viel länger. Stritten wir uns? Früher haben wir das getan, aber dann war es irgendwann vorbei – Carrie baute eine Mauer um sich auf. Ich würde alles geben, um die Nähe, die wir früher hatten, wiederzubekommen.

Aber sie ist verschwunden, und was ich auch tue, ich kann sie nicht wiederherstellen. Ich dachte, dass sich das Muster ändern würde, als sie nach zwanzig Jahren nach Clayborne zurückzog, und dass wir wieder Freundinnen werden würden wie – ja, wie wann? Als sie so alt war wie Ruth vielleicht. Das war unsere beste Zeit. Die einzige Zeit, in der Carrie mich genauso geliebt hat wie ich sie.

Ich frage mich, woran es liegt. Was mache ich falsch? Jede Mutter schwört, sie will nur, dass ihre Kinder glücklich sind, aber in meinem Fall stimmt es. Ich liebe meine Tochter mehr als alles auf der Welt, sogar mehr als meine Enkeltochter, aber sie lässt mich nicht an sich heran. Sie ist wie ein Schatten, der sich bewegt, wenn ich mich bewege, ich kann sie nicht berühren. Sie zieht sich zurück, wendet sich ab, weicht aus. Habe ich ein kaltes Kind großgezogen? Oder liegt es an mir? Wir sind uns nicht einmal mehr nah genug, um zu streiten.

»Esszimmer«, sagte Carrie und ging, die Hände voller Weingläser, hinaus.

5

Ich ging zu Fuß von der Schule nach Hause, weil ich den Bus verpasst hatte, und Caitlin und Jamie, mit denen ich normalerweise bis zur Madison Avenue gehe, wenn das passiert, waren schon weg. Ich kam an einem Laden vorbei, den ich schon früher bemerkt, aber noch nie betreten hatte. Was diesmal meine Aufmerksamkeit erregte, war ein Schild im Schaufenster, auf dem stand: IMMER MÜDE?

Ich bin es nicht, aber meine Mom. Und immer traurig – vielleicht gab es auch dagegen etwas. Unter dem Schild stand eine große Pyramide aus Tablettenschachteln und noch ein Schild, auf dem stand: »Reine, natürliche Algen, wild gewachsen in den von Gletschern gespeisten Seen Ontarios, sorgen für Energie, Vitalität und geistige Klarheit.« Ich ging hinein.

Krystal's Mother Earth Palace für Naturheilmittel hieß der Laden. Er hätte genauso gut *Hitze und Weihrauch* heißen können, denn das war es, was mir entgegenschlug und mich traf, noch ehe ich die Tür hinter mir schließen konnte. Es war, als ginge man durch ein Fegefeuer, in dem parfümierte Holzscheite verbrannt wurden. Ich wickelte mich aus meinem Schal, knöpfte meinen Mantel auf und nickte der einzigen Person in dem Laden zu, einer Frau, die Gläser auf einem Regal hin und her rückte.

»Kann ich helfen?«, fragte sie über das Gedudel von Zithermusik hinweg. »Nein, danke«, sagte ich, »ich schaue nur.«

Reine, natürliche Algen kosteten $ 16,95 die Flasche. Glück gehabt, Mom. Gram und Grampa haben mir zu Weihnachten einen Haufen Geld geschenkt, aber trotzdem musste ich mit meinem Vermögen sparsam umgehen. Wer wusste, wann ich wieder etwas bekam? Ich ging zu den Regalen mit den Vitaminen, die zwei ganze Wände einnahmen, und überlegte, ob ich vielleicht Eisentabletten kaufen sollte. Eisen, Eisen ... die Sachen waren hier nicht alphabetisch geordnet wie in der Drogerie. Litt Mom unter chronischer Müdigkeit? Das würde eine Menge erklären. Wenn ja, dann brauchte sie *Fibro Malic* oder *Aqua Flora*. Oder *Protykin*, ein hochwirksames Antioxidant, dass freie Radikale abfängt, die schwere Verwüstungen anrichten, indem sie Zellen und Gewebe zerstören. Gut, aber was genau war ein freies Radikal? Ich stellte mir vor, dass es wie ein kleiner Bumerang aussah, der durch die Luft fliegt und durch die Poren oder die Nase oder das Essen in dich eindringt. Niemand ist vor ihnen sicher. *Fibro Malic* hin oder her, irgendwas kriegt dich immer.

Wow, in diesem Laden gab es Pillen gegen alles. Prostataprobleme, Gelenkschmerzen, Haarausfall, Atembeschwerden, fleckige Haut, hormonelles Ungleichgewicht. Die beiden letzten Beschwerden habe ich. Und in jüngster Zeit habe ich einen sehr langsamen Herzschlag, manchmal kann ich meinen Puls überhaupt nicht finden. Diese leicht zu schluckenden Kapseln könnten helfen – revolutionäre Studien haben den schützenden Effekt von Vitamin E auf das Herz bewiesen. Unter manchen Produkten klebten Aussagen von Kunden am Regal. Vor einer Anmerkung über ein wundersames Abführmittel blieb ich stehen. Ein Typ namens Clifford C. aus Spaulding, Virginia schrieb: »Ich habe es einen Monat lang jeden Tag genommen und ich war erstaunt, wie viel Gift und Schlackenstoffe da herauskamen.« Nachricht an Cliff: *Widerlich!*

Der Weihrauchgeruch war gut, wenn man sich daran gewöhnt hatte, eine Mischung aus Zitrone und Zimt. Er kam aus einem Topf auf einem Holzofen im hinteren Teil des Ladens. Ein Bücherregal und zwei weiche, verschlissene Stühle grenzten den Teil ab, was gemütlich wirkte wie ein winziges Wohnzimmer. Die Bücher handelten, wie man es erwartete, von New-Age-Zeug, Kräutermedizin, spiritueller Heilung, Zwölf-Stufen-Programmen. Ich fuhr mit den Fingern über die Buchrücken und zog eins heraus. *Lebe gut, lebe ewig*. Ach ne. Ja, genau. Ich nahm das Buch mit zu einem der Stühle und setzte mich.

Also, was dich auch quält, mit diesem Buch wirst du gesund. Akne, Allergien, Anämie, Ärger. Hängebauch, Hämorrhoiden, Heiserkeit. Neid, Nesselfieber. Phobien, Psychosen, Partnerprobleme.

Herzkrankheiten, Seite 253.

O Mann. Lauter Dinge, lauter Tricks, die er hätte probieren können, Vorsichtsmaßnahmen, die er hätte treffen können. Er hätte es ablehnen können, Fleisch zu essen oder Milchprodukte und Fertigprodukte. Er hätte Chrom nehmen können, Magnesium, Vitamin C und E und Selen. Er hätte Yoga machen können. Oder meditieren, hätte sich vorstellen können, wie er mit Leichtigkeit durch seine vier Herzkammern hinaus in die Koronararterien schwimmt, mit einem heilenden, blauen Licht die Wände der Gefäße anstrahlt und all seine Sorgen loslässt. »Stellen Sie sich etwas vor, das Ihrem Herzen Sorgen macht, zum Beispiel Wut, Trauer oder Ungerechtigkeit. Werfen Sie es über die linke Schulter und lassen Sie es los.«

»Das ist ein gutes Buch. Ein Sonderangebot, vierzig Prozent billiger, weil Weihnachten vorbei ist.« Die Frau, die die Regale eingeräumt hatte, ließ sich auf den anderen Stuhl plumpsen und sofort sprang eine flauschige, weiße Katze, die ich irgendwie vorher nicht gesehen hatte, auf ihren Schoß. »Was schaust du nach?« Sie hatte ein rundes, lächelndes Gesicht, das von einer Menge rötlicher Haare eingerahmt war, zu dünnen Zöpfen geflochten und mit goldenen Perlen zusammengebunden. Und sie hatte eine leise, freundliche, heisere Stimme, die ihrer neugierigen Frage die Spitze nahm.

»Herzkrankheiten.«

»Hast du Schwierigkeiten mit dem Herzen?«

»Nein.« Ich schlug das Buch zu und presste es an mich. »Aber mein Vater. Er hatte eine koronare Herzerkrankung wegen Arteriosklerose, hohem Blutdruck und einem erhöhten Cholesterinspiegel. Er ist gestorben.« Die Frau nickte traurig. »Aber er war kein Typ A. Er hatte kein Übergewicht und hat nicht geraucht. Alle zwei Tage ist er laufen gegangen.«

»Was war sein Dosha?«

»Wie bitte?«

»In der Lehre des Ayurveda gibt es drei Doshas, *Pitta*, *Vata* und *Kapha*. *Pittas* sind leidenschaftlich, feurig und jähzornig und interessanterweise leben sie oft in New England. *Vatas* sind kreativ und romantisch, haben meistens Locken und trockene Haut und können seltsam werden und ziemlich abheben, wenn sie nervös sind. *Kaphas* sind eher phlegmatisch und nachgiebig, Menschen mit großen Augen, die dazu neigen zuzunehmen. Das sind unsere Stubenhocker. Wir haben natürlich alle drei in uns, aber ein Element überwiegt normalerweise.«

»Äh, also, er war wohl hauptsächlich … Was war das Erste?«

»*Pitta*. Hatte er rote Haare und Sommersprossen?«

»Nein.«

»Blond?«

»So ungefähr. Hellbraun.«

»Da hast du's. Kräftiger Stoffwechsel und ein effektives Verdauungssystem, der typische *Pitta*. Es ist eine Schande, dass er nicht *Arjuna* genommen hat. Das ist ein Kraut, das den Herzmuskel stärkt und die Heilung unterstützt. Es tut mir so Leid.« Sie beugte sich vor, die Stirn vor lauter Mitgefühl zerfurcht. »Ich weiß einfach, dass es geholfen hätte.«

Ich presste das Buch an die Brust und schaute auf das Feuer im Ofen. Trübes Orange hinter der schmutzigen Scheibe. Ich hatte bei den Markus in der Küche am Herd gestanden, als ich vom Unfall meiner Eltern erfuhr. Wir machten Sahnebonbons, Jamie, Caitlin, Marianne Werner und ich. Es war ungefähr halb zwölf mitten in der Nacht und wir stritten uns, ob wir Walnüsse hineintun sollten oder nicht. Das Telefon klingelte, hörte aber auf, ehe Jamie den Hörer abnehmen konnte. »Meine Mom ist drangegangen«, sagte sie und rührte wieder in dem Topf auf dem Herd. Kurz darauf kam Mrs. Markus mit Mr. Markus in die Küche. Er hatte schon seinen Schlafanzug und einen Bademantel an, aber sie war noch richtig angezogen. Ich dachte, dass wir zu laut gewesen waren und sie ihn mitgebracht hatte, damit er ein Machtwort sprach. Aber sie blieben an der Tür stehen und sagten kein Wort, also nahm ich an, sie wären wegen der Sahnebonbons gekommen. Ich wartete die ganze Zeit darauf, dass Jamie ihnen sagte, dass sie noch nicht fertig waren. Mr. Markus sagte: »Ruth?« Mir war nicht einmal klar gewesen, dass er meinen Namen kannte. Kaum hatte er das gesagt, wusste ich, dass etwas Schreckliches geschehen war.

»Möchtest du einen Tee? Ich heiße übrigens Krystal.« Die Frau stand auf, ging hinter den Ladentisch und kam mit zwei Keramikbechern wieder. »Heute gibt es Chrysanthementee.«

»Aha«, sagte ich.

»Gut für die Kapillaren.«

»Wirklich?«

»Ohne Frage. Hast du in letzter Zeit Kopfschmerzen gehabt? Oder unter Schlaflosigkeit gelitten?«

»Ja, habe ich.«

»Das wird dir helfen. Und du wirst merken, dass du besser sehen kannst.«

»Wow. Danke.« Ich nahm den Becher, den Krystal mit Tee aus einer Messingkanne vom Ofen gefüllt hatte. »Hmm«, sagte ich höflich. »Er ist ein bisschen ...«

»Bitter? Tu etwas Honig hinein. Hier. Ich trinke ihn nur noch pur, aber es hat auch eine Weile gedauert, bis ich mich daran gewöhnt habe.« Die weiße Katze sprang wieder auf ihren Schoß. Über das Zischen aus dem Ofen hinweg hörte ich sie schnurren. Krystal hatte ein hübsches Gesicht und war ein bisschen dick. Sie sah aus wie Tracy Chapman, nur weiß und älter. Wahrscheinlich ein *Kapha*. Was ich nicht verstand, war, wie sie in diesem völlig überheizten Laden so dick angezogen sein konnte. Sie trug ein langes, braunes Wollkleid mit einem gelben Rollkragen und darüber eine Art bunte Tunika, die von einem leuchtend roten und orangefarbenen Schal zusammengehalten wurde. An den Füßen hatte sie mit Perlen bestickte Mokassins und lange Strümpfe. Sie musste doch kochen!

»Ich heiße Ruth«, sagte ich schließlich. »Ruth Van Allen.«

»Hallo.« Sie strahlte. Ihr Gesichtsausdruck war warm, freundlich und sanft. »Es ist ruhig heute. Nicht viele Kunden.«

»Dann können Sie wohl keine Hilfe gebrauchen, oder?«

»Wie?«

Ich starrte in meinen Becher, über mich selbst erstaunt. »Ich meine, jemanden, der für sie arbeitet. Nach der Schule, drei Stunden vielleicht, von drei bis sechs, und am Wochenende.« Ich sah auf. Krystal wirkte nicht verlegen oder ablehnend, sie sah nachdenklich aus. »Seit mein Vater gestorben ist, suche ich einen Job.« Das war ein bisschen übertrieben – ich hatte mir überlegt, ob ich mir einen Job suchen sollte, aber dies war das erste Mal, dass ich deswegen etwas unternahm. Dass Mom jetzt Arbeit hatte, hatte mich angespornt.

»Ich könnte tatsächlich jemanden gebrauchen.« Krystal stellte ihren Becher auf die Armlehne des Stuhls. Sie drehte die träge Katze um, wiegte sie wie ein Baby und lächelte in ihr selig entrücktes Gesicht. »Ich mache einen Kurs in Naturheilverfahren und brauche Zeit zum Lernen. Du bist auf der Highschool?«

»Im zweiten Jahr. Ich habe um Viertel vor drei Schluss und könnte fünf nach hier sein, jeden Tag, bis auf montags und donnerstags. Fußballtraining.«

»Das wäre toll. Weißt du irgendwas über Naturheilverfahren? Gesunde Ernährung? ... nicht so wichtig«, sagte sie, als ich nicht antwortete. »Du würdest sowieso hauptsächlich die Ware auffüllen und nicht die Kunden bedienen. Ich könnte es dir beibringen.«

Sobald sie gesagt hatte: »Ich könnte es dir beibringen«, wollte ich den Job unbedingt. Ich *musste* ihn kriegen! Ich konnte alles lernen, über Ayurveda, Vitamine, Aromatherapie. Alles war hier, das Geheimnis war hier, in diesem Raum – und vor ein paar Minuten wusste ich noch nicht mal, dass es ein Geheimnis gab. Jetzt und hier öffnete sich ein Weg für mich – ich musste nicht warten, bis ich einundzwanzig, fünfundzwanzig oder dreißig war, um es zu lernen.

»Es wäre wirklich super«, sagte ich und versuchte, nicht in die Luft zu springen oder zu schreien oder sonstwas Idiotisches zu tun. »Ich bin verantwortungsbewusst. Ich habe eine Sozialversicherungsnummer. Samstags und sonntags kann ich den ganzen Tag arbeiten.«

»Also, sonntags habe ich zu.«

»Oh.« Ich wurde rot und hoffte, dass ich nicht ihren Glauben oder so was beleidigt hatte. »Soll ich irgendein Formular ausfüllen?«

Sie zuckte mit den Schultern, wobei sie immer noch die Katze wiegte. »Keine Ahnung. Was für ein Formular? Du könntest mir vielleicht deine Telefonnummer dalassen.«

Mom würde mir eine Menge Fragen stellen. Wie viel ich verdienen würde, zum Beispiel. Aber ich wusste nicht, wie ich danach fragen sollte, ohne unhöflich zu sein. Ich beschloss, Mom den Mindestbetrag zu nennen, und wenn es dann mehr war, um so besser.

Die Glocke über der Tür bimmelte und jemand kam herein. Krystal sah sich um, stand aber nicht auf. Sie war eine sehr zurückhaltende Geschäftsfrau. Deshalb liebte ich sie schon jetzt. »Also«, sagte ich, »ich glaube, ich muss jetzt nach Hause. Danke für den Tee, er war sehr gut. Wann soll ich denn anfangen? Ich meine ...« Ich wurde schon wieder rot. »Ist es abgemacht? Machen wir das wirklich?«

»Ja! Ich habe ein wunderbares Gefühl deswegen, du nicht?«

»Doch! Auf jeden Fall.«

»Weißt du, ich studiere unter anderem auch Auras. Deine ist graublau – heute jedenfalls – und passt hervorragend zu meiner silbriggrünen. Ich weiß, dass wir super miteinander auskommen werden. Du bist ...« Sie kniff die Augen zusammen und musterte mich. »Wassermann – stimmt's?«

»Krebs.«

»Ich wusste, dass es eins von beiden ist. Ich bin Fisch, auch ein Wasserzeichen. Ruth Van Allen, wir werden uns miteinander vertragen wie zwei Karpfen im Wasserlilienteich.«

»Oh, Wahnsinn.« Fasziniert schlang ich die Arme um mich.

Ich wachte aus einem Traum auf, den ich in letzter Zeit oft habe: Ich renne, um einen Zug zu kriegen. Es ist Nacht und sehr neblig, es regnet. Ich höre den Zug pfeifen und fange an zu rennen. Ich habe meine schwarze Jeans an und meinen olivgrünen Pullover mit dem V-Ausschnitt – aus irgendeinem Grund ist das sehr wichtig, weil es immer dasselbe ist – und ich laufe neben dem Zug her, der immer schneller wird. Ich strecke die Hand aus, fasse nach dem kalten Metallgriff der Tür und ziehe mich hoch, *wuusch*, und der Zug fährt noch schneller. Ich hänge da, spüre den nassen Wind in meinem Gesicht – und das war's. Ich habe diesen Traum *ständig*. Ich laufe in meinen schwarzen Jeans und dem grünen Pullover mit dem V-Ausschnitt hinter dem Zug her.

Dann konnte ich nicht wieder einschlafen. Ich stand auf, um mir etwas zu trinken zu holen, und hörte unten den Fernseher.

»Mom? Bist du noch auf? Es ist halb vier.«

»Nein, ich bin nicht mehr auf. Ich bin eingeschlafen und gerade aufgewacht.«

Ich tat so, als glaubte ich ihr. Sie schläft fast nie nachts – entweder läuft der Fernseher oder das Radio oder der CD-Spieler – und morgens behauptet sie, sie sei gerade aufgewacht. Dann schläft sie den ganzen Tag. Sie hat es immer noch nicht geschafft, die Weihnachtsdekoration abzunehmen. Nicht, dass sie dieses Jahr viel aufgehängt hätte.

»Was schaust du dir an?«, fragte ich.

»Nichts Besonderes. Einen Film.«

Ich schubste sie ein wenig beiseite, damit ich mich neben sie aufs Sofa setzen konnte. Alle Lichter waren aus. Sie kauerte unter einer Decke, die Gram ihr zu Weihnachten geschenkt hat, in einem von Dads alten, grauen Hemden und ihrem Nachthemd. Sie sah furchtbar aus. »Das sehe ich. Wie heißt er?«

»Warum bist du auf? Du sollst lieber schlafen.«

»Ich gehe gleich wieder.«

»Er heißt ›Kennwort 777‹, mit James Stewart. Ich dachte, es wäre ein Hitchcock, ist es aber nicht.«

»Wer ist der Typ da?«

»Er ist seit elf Jahren im Gefängnis, weil er einen Polizisten umgebracht hat. James Stewart ist ein Reporter, der glaubt, dass er unschuldig ist, und versucht, ihn rauszuholen.«

Ich liebe es, mit Mom alte Filme anzuschauen. Das ist so ungefähr das Beste, was wir zusammen machen. Das und einkaufen gehen und danach in einem Restaurant zu Mittag essen – obwohl wir das schon sehr lange nicht mehr gemacht haben. Aber früher war es so. Fast immer haben wir Eis bestellt anstatt richtiges Essen und sie tat immer so, als wäre das schrecklich aufregend und spannend und verboten. »Wir werden deinem Vater nichts davon erzählen«, sagte sie dann ganz leise und bestellte zwei große Eisbecher, einen mit Nüssen und einen ohne, und ich fügte immer hinzu: »Was er nicht weiß, macht ihn nicht heiß.« Dann lachten wir und aßen Eis, bis wir Bauchschmerzen hatten.

Der Film war ziemlich gut. James Stewart holte Richard Conti in letzter Sekunde aus dem Gefängnis, indem er ein Foto präsentierte, auf dem eine Zeitung mit Datum zu sehen war, was bewies, dass er unschuldig war. Am Ende sah man Richard Conti, wie er aus dem Gefängnis kam und seinen Sohn und seine Frau mit ihrem neuen Mann traf. Sie hatte sich scheiden lassen, aber sie liebte ihn immer noch, doch sie ging nicht zu ihm zurück, weil sie jetzt E. G. Marshall hatte.

»Würdest du wieder heiraten?«

Wir schauten beide starr auf den Bildschirm. »Ich weiß nicht, Süße. Ich glaube nicht, nein. Ich kann es mir nicht vorstellen.«

»Und wenn du dich verliebst? So alt bist du doch noch nicht.«

Sie verzog das Gesicht. »Ich fühle mich steinalt.«

»Ach was. Aber in zehn Jahren könntest du doch jemanden kennen lernen und dich wieder verlieben. Warum nicht? So was gibt's.«

Sie zog die Knie unter ihrem Nachthemd hoch, ließ den Kopf sinken und wühlte mit den Fingern ihre Haare durcheinander.

»Ich meine ja nur, dass es möglich ist«, sagte ich und berührte ihren Fuß. Sie hatte ein Paar von Dads alten Wollsocken an. Als er noch lebte, hat sie nie seine Sachen angezogen. »Stimmt doch. Du kannst nicht ewig traurig sein. Niemand kann das, außer in Büchern. Die Menschen machen einen neuen Anfang. Sie leben weiter.« Das hatte ich aufmerksam beobachtet. »Sonny Bonos Frau ist auch neun Monate nach seinem Tod wieder ausgegangen. Weißt du noch? Und nach Dianas Unfall sind die Prinzen zu Partys und so gegangen, in der Zeitung waren Fotos von ihnen, sie lachen und sehen glücklich aus und man hätte nie gedacht, dass das je möglich wäre, so wie sie auf der Beerdigung aussahen. Erinnerst du dich?«

»Ja.« Sie legte den Arm um mich. Ich kuschelte mich an sie, ich mochte ihre Wärme und den Duft nach Flanell, ja sogar den Geruch ihrer schmutzigen Haare. »Erzähl mir, wie dein Tag war.«

»Das habe ich doch schon getan. Ach ja, wir haben in Erdkunde einen Film gesehen. Über das schottische Hochland, das unglaublich kalt und öde ist, aber wunder-, wunderschön, und es gibt dort mehr Schafe als Menschen. Ich hab darüber nachgedacht, wie cool es wäre, dort zu leben.«

»Warum? Wenn es doch kalt und kahl dort ist und kein Mensch dort lebt?«

»Einfach so. Dir kann nichts passieren, weil niemand weiß, dass du überhaupt da bist. Und die Miete wäre billig.«

Ich bin heute Abend wirklich mit dem Gedanken eingeschlafen, wie es wäre, dort ganz allein auf einem Hügel in einem kleinen Steinhaus mit Strohdach zu leben, nur mit einem schwarzweißen Collie als Gefährten. Ich könnte Schriftstellerin oder Malerin sein. Die Leute würden über mich reden, das amerikanische Mädchen, das allein lebt und mit niemandem spricht. Sie würden mich beobachten, wie ich mit meinem Hund über die Klippen laufe und der Wind durch mein Haar und unter mein schwarzes Cape bläst. »Wie allein sie sein muss«, würden die Einheimischen sagen, wenn sie meine einsame Gestalt sehen. Ich hätte einen Wanderstock. Ich würde mit einem angedeuteten Akzent sprechen. Dann würde ein gut aussehender, älterer Mann in das Haus auf dem benachbarten Hügel ziehen. Er wäre auch ein Künstler, aber ein gequälter, erfolgloser. Ich würde seine Muse werden. Mit mir kann er wieder gruselige Gedichte schreiben. Zusammen gewinnen wir den Pulitzer-Preis und in seiner Dankesrede sagt er, dass er ohne mich gar nichts wäre. Wir würden ganz viel Geld bekommen und für immer in der unfruchtbaren Heide leben.

»Ich kann es kaum erwarten, bis mein neuer Job losgeht«, sagte ich. »Wann fängst du an?«

»Nächste Woche. Montagmorgen.«

»Dann solltest du dich lieber darauf vorbereiten. Um elf ins Bett gehen, zum Beispiel. Stimmt's? Damit du morgens aufstehen kannst.« Ich hab ihr zu Weihnachten eine Strumpfhose und neues Parfum geschenkt und noch einen neuen Digitalwecker, sie hat also keine Ausrede.

»Gute Idee«, sagte sie.

»Ich fange morgen an.«

»Ich weiß.«

»Es ist echt cool, Mom, echt.« Sie nickte und lächelte, aber ich wusste, dass sie es nicht so aufregend fand wie ich. Aber nur, weil sie es nicht kapierte. Wenn sie Krystal erstmal kennen lernte und den Mother Earth Palace und das ganze Zeug da gesehen hatte, würde sie es auch cool finden. Wie alle anderen. Caitlin sagte: »Wow, das ist ja abartig«, was »gut« heißen sollte, und Raven fand es obercool und meint, es wäre eine exzellente Wahl. Als Erstes muss ich in einem von Krystals Büchern etwas über Halsschmerzen nachlesen, weil ich seit zwei Tagen welche habe. Nur ganz wenig und nicht schlimm genug, um zu Hause zu bleiben, aber so fangen viele Sachen an, auch Speiseröhrenkrebs. Aber das ist es wahrscheinlich nicht. Eher eine Erkältung.

»Was wirst du an deinem ersten Tag anziehen?«

Mom lachte. »Ich habe absolut keine Ahnung. Glaubst du, ich muss mich fein machen?«

»Hauptsache, du zeigst viel Bein, das wird ihm gefallen, diesem Mr. *Wright*.«

»Ruth, was ist los mit dir? Warum magst du Brian nicht?«

»Einfach so.«

»Aber warum?«

»Er ist ein Ekel. Hast du nicht gemerkt, wie er dich angegafft hat?«

»Wie er mich angegafft hat?«

»Wie er *alles* gemacht hat.«

Sie schüttelte den Kopf, als redete ich in einer anderen Sprache. »Süße – Brian ist in Ordnung, er ist eben ein Mann. Er wird ein guter Chef sein, aber mehr nicht. Du weißt schon, was ich meine?« Sie versuchte, es mit einem Witz abzutun. Ich zog die Schultern hoch. »Hör zu«, sagte sie. »Es ist wichtig, dass du das weißt. Ich bin kein – Freiwild oder so was.«

»Herrje, Mom, du kennst vielleicht Ausdrücke!«

»Ich will dir nur sagen, dass ich nicht zu haben bin. Niemand nimmt den Platz deines Vaters ein. Es wird sich nichts ändern.«

»Genau.«

»Ist das Zustimmung oder Sarkasmus?«

»Kanntest du ihn schon, bevor Dad gestorben ist?«

»Ja, natürlich. Allerdings nicht gut. Wir sind ihm ab und zu bei Veranstaltungen im College begegnet.«

»Wie war er da?«

»Er war nett – warum? Was meinst du?«

»Hast du seine Augen neulich abends beim Essen nicht gesehen? Und vorher, bei den Drinks, wie er dich angemacht hat?«

»Ruth, also wirklich – wovon redest du? Brian ist freundlich, ein angenehmer Mensch, und er mag andere Menschen. Er ist ein bisschen distanzlos, wenn er mit dir redet, er – berührt einen manchmal, einfach nur, um Kontakt aufzunehmen. Es bedeutet gar nichts. Das ist wahrscheinlich der Grund, warum er bei seiner Arbeit gut ist. So ist er eben.«

»Genau. Wie Bill Clinton.« Mom lachte, also lachte ich auch. Ich wollte sowieso nicht mehr darüber reden. »Wo ist die Andere Schule überhaupt?«, fragte ich. »Wenn sie in der Nähe vom Mother Earth Palace ist, könnten wir manchmal nach der Arbeit zusammen nach Hause gehen.«

»Gern, nur dass ich wahrscheinlich mit der Arbeit gerade fertig bin, wenn du anfängst.«

»Ja, wahrscheinlich«, sagte ich. »Schade.«

Sie umarmte mich und ich wusste gar nicht, warum, bis mir klar wurde, dass sie es cool fand, dass ich mit ihr von der Arbeit nach Hause gehen wollte. Manchmal ist sie so leicht zu durchschauen.

»Hör mal, du«, sagte sie. »Ich werde deinen Rat befolgen und mich bessern. Ich werde anfangen, früh ins Bett zu gehen, mich anständig anziehen. Aber du weißt, dass es mir wirklich gut geht, oder? Verstanden?«

»Klar«, sagte ich. »Ich weiß.«

»*Wirklich* gut. Mach dir also keine Sorgen um mich.«

»Okay. Und du machst dir keine Sorgen um mich.«

»Keine Chance, ich bin deine Mutter, das ist mein Job.«

»Ernsthaft, Mom, weil es mir nämlich auch gut geht.«

»Ich weiß.«

»*Ehrlich.*«

»Ich weiß.«

Also, irgendjemand log hier. Ich fragte mich, ob sie wusste, dass wir es beide waren, und ob sie dachte, dass ich ihr glaube, und ob sie mir glaubte. Doch das war nicht so wichtig, nicht, solange wir uns auf dem Sofa aneinander kuschelten, ihr Arm um meinen Arm und mein Kopf auf ihrer Schulter. Solange wir zusammen Bob Doorman im Fernsehen sahen, wie er eine prächtige Treppe hinunterging und erklärte, warum der Film »Elefantenpfad« ein Klassiker war und was Elizabeth Taylor während der Dreharbeiten alles gemacht hatte. Hier, unter Grams weicher Decke, waren wir sicher. Wir hatten uns, wir waren praktisch eins und das war, als wären wir vollständig. Heute Abend jedenfalls.

6

Mit achtzehn war ich schrecklich aufgeregt, weil ich Clayborne verließ, um in die Großstadt zu gehen – nach Washington D. C. Ich ging dort aufs College, lernte Stephen kennen, heiratete, zog nach Chicago und bekam Ruth. Ich glaubte, das Kleinstadtleben hinter mir zu haben, zumindest aber den Süden. Ich hatte nie angenommen, dass Stephens sympathisches, liberales College ihm eine Festanstellung verwehren würde, dass sich das Glück wenden und ihn sehr nachhaltig in die Arbeitslosigkeit stürzen würde. Sein Stolz ließ es nämlich nicht zu, eine x-beliebige Stelle zu akzeptieren – außer am Remington College, und das auch nur, weil mein Vater an einigen Fäden zog.

Als wir vor drei Jahren zurück nach Clayborne zogen, war ich voller Zweifel. Ich hatte Angst. Alles, was mich in meiner Heimatstadt wahnsinnig gemacht hatte, war immer noch existent und das meiste davon konnte man in einem einzigen Wort zusammenfassen: *Enge*. Aber während meines zwanzigjährigen selbst gewählten Exils, war etwas mit mir geschehen. Enge bedrückte mich nicht mehr – ich konnte sogar Vorteile darin erkennen. Mein Gott, ich wurde alt.

Es war nicht etwa so, dass sich in Clayborne *nichts* geändert hatte – dort, wo es früher hübsche Farmen gegeben hatte, waren Einkaufszentren mit den üblichen Ketten aus dem Boden geschossen. Es gab neue Bürohäuser aus Glas und Metall, ein paar Straßen in der Stadt waren zur gepflasterten, mit Gaslaternen bestückten Fußgängerzone geworden. Es gab eine neue, vierspurige Brücke über den Leap River und der alte Fußweg war einem Trimm-dich-Pfad gewichen. Aber die Treffpunkte der Collegestudenten befanden sich immer noch in denselben zweistöckigen Holzhäusern in der Remington Avenue, wie zu der Zeit, als ich ein Teenager war. Nur die Namen hatten sich geändert. Die Studenten trugen andere Kleidung, andere Frisuren, aber ihre Gesichter sahen immer noch gequält, sorglos, eingebildet, verängstigt oder völlig ausgepowert aus – wie in den Sechzigern oder Siebzigern. Und das

College verlieh Clayborne immer noch einen Hauch von Kultur und Bildung. Ohne den wären wir nur irgendein verschlafenes Bilderbuchdorf am Fuße der Berge gewesen, mit schwachen Banden zur Konföderation und altmodischer Architektur. Mit diesem Flair waren wir das Charlottesville des armen Mannes. Ein Möchtegern Chapel Hill.

Meine Familie hatte die örtliche Zeitung, den *Morning Record*, immer verschmäht. Pop las nur die *New York Times* oder, aus Jux, den *Richmond Times-Dispatch*. Stephen wusste nicht einmal, dass der *Morning Record* existierte. Aber ich mochte die Zeitung. Wenn ich in der Stadt war, kaufte ich mir immer eine und las sie mit so viel schuldbewusstem Vergnügen, als wäre sie der *National Enquirer*, was sie mit Sicherheit nicht war. Der *Record* hielt alles für erwähnenswert: was es in der Schule zum Mittagessen gab, die Namen der Menschen, die ins Krankenhaus mussten – zum Glück, ohne die Diagnose zu nennen –, jede Minute der Sitzung des Ausschusses für Flächennutzung oder des Gesamtelternrates, alle Eintragungen im Grundbuchamt. Sie druckten, wie viel man für sein Haus bezahlt oder für seine Farm bekommen hatte. Ein faszinierendes Lesevergnügen. Meine Lieblingsrubrik war der Polizeibericht, weil es kaum irgendwelche echten Verbrechen gab – Vandalismus durch Teenager, Fahren unter Alkoholeinfluss, Trunkenheitsdelikte von Collegestudenten, peinliche »Sittlichkeitsverbrechen«, die sich meist als Pinkeln in der Öffentlichkeit herausstellten. Das war so ungefähr alles. »Fahrerflucht« bedeutete, dass jemand einen Briefkasten gerammt hatte und weitergefahren war. Die gebräuchlichste Überschrift bei Verkehrsunfällen war: »Niemand wurde verletzt.«

Nach Chicago war Clayborne der Himmel auf Erden. Als junges Mädchen hatte mich unsere verschlafene Stadt wahnsinnig gemacht, aber jetzt mochte ich sie. Und es lag nicht *nur* daran, dass die Jahre mich in ein Fossil verwandelt hatten, wie meine Tochter behauptete. Es lag auch an Ruth selbst. Es konnte immer noch irgendetwas Schlimmes passieren – das wusste ich, ich war ja nicht blind –, aber es war eher unwahrscheinlich. So einfach war das. Hier in Clayborne, Virginia, war die Wahrscheinlichkeit gering, dass meiner Tochter etwas zustoßen würde. Oft musste ich mich daran erinnern. Die Nähe zu meiner Mutter, so hatte ich mir oft klarmachen müssen, war ein geringer Preis für unseren Seelenfrieden.

»Schau mal, das war mein erster Freund«, sagte ich an einem kühlen, sonnigen Sonntagnachmittag mitten im Januar zu Modean, meiner Nachbarin. Wir saßen auf einer Bank auf dem Monroe Square, Claybornes Zentrum, und ich suchte nach Gesprächsstoff, damit sie nicht gleich wieder aufstand und mich zum Weiterjoggen zwang.

»Wo?« Sie kniff ihre freundlichen, kurzsichtigen Augen zusammen, schaute über den Beton und die Wiese zu den Müttern, die Kinderwagen vor sich herschoben, zu den sich kabbelnden Studenten, den alten Männern, die Schach spielten. Ich zeigte auf ihn. »Ach *der*. Hmm, sieht wirklich gut aus.«

Der Soldat der Konföderierten stand seit 1878 in der Mitte des Monroe Square – so besagte es die Plakette. Er war keine Berühmtheit. Clayborne hatte viele Söhne in den Krieg zwischen den Staaten geschickt, spektakulär war allenfalls ihr Tod. Er saß nicht mal auf einem Pferd, er war nur ein einfacher Soldat, das Gewehr über der linken Schulter, das rechte Bein im Lauf ausgestreckt, schreitet er mutig Richtung Norden in den Kampf. »Ich habe früher richtig für ihn geschwärmt. Ich habe ihm sogar einen Namen gegeben«, beichtete ich Modean.

»Was für einen denn?«

»Beauregard Rourke. Für mich einfach Beau. Ich kurvte immer mit meinem Fahrrad um ihn herum und dachte mir wunderbare Geschichten aus.«

»Zum Beispiel?«

»Zum Beispiel …, dass ich eine wunderschöne Spionin aus Philadelphia und er mein geheimer Kontaktmann wäre. Und mein heimlicher Liebhaber.«

»Wie romantisch.«

»Ich hatte bereits kapiert, dass ein Freund aus Bronze immer so ist, wie man ihn haben will. Und dass er sich nie verändert.«

Modean fragte: »Carrie, wie war euer Weihnachtsfest?« Sie hatte mir diese Frage schon am Tag zuvor gestellt, als sie und Dave von ihrem dreiwöchigen Aufenthalt in Atlanta zurückkamen, wo seine Familie lebt, und ich hatte geantwortet: »Schön! Alles ging gut, wirklich, viel besser, als ich erwartet hatte.«

Doch jetzt sagte ich ihr die Wahrheit. »Es war traurig«, sagte ich und beugte mich hinunter, um durch den Turnschuh eine wunde Stelle an meiner Ferse zu reiben. »Ruth war so süß! Sie hat alles Erdenkliche getan, um mich aufzuheitern. Ich habe mir für sie die gleiche Mühe gegeben, sodass wir um eins beide völlig erschöpft waren, und da mussten wir noch zu meiner Mutter.«

»Und wie war es bei ihr?«

»Ganz okay. Eigentlich wie immer. Meine Cousinen waren da und Tante Fan, die Schwester meines Vaters. Du weißt ja, bei solchen Gelegenheiten, den großen Familienfesten, übernimmt immer meine Mutter das Kommando. Das ist ihre Show. Stephen – na ja, er neigte dazu, sich so weit wie möglich rauszuhalten. Das war seine Art, damit umzugehen.«

Modean nickte. »Ja, ich weiß, er war in Gesellschaft immer eher still. Richtig schüchtern.«

Schüchtern? So könnte man es auch sehen. »Jedenfalls mochte er Familienfeste nicht besonders«, sagte ich. »Er war mehr der Beobachter. Wenn überhaupt. Ich hab die Arbeit gemacht und Stephen … nahm teil.«

»Ja, ja. So sind die Männer.«

»Ich weiß schon«, sagte ich schnell, »sie sind alle gleich.«

Modean, die in jedem Menschen nur das Gute sah, war die Letzte, bei der ich mich über Stephen beschweren konnte. Nicht, dass ich mich überhaupt über ihn beschweren wollte. Aber irgendjemandem wollte ich erklären, warum ich ihn während der Feiertage nicht gerade schrecklich vermisst hatte. Ich wollte Modean sagen, wie gut er sich unsichtbar machen konnte. Er tat seine Pflicht – hängte die Lichterketten auf, schrieb die Schecks aus, kaufte den Alkohol, wenn wir eine Party hatten – und dann verschwand er. Es war jedes Jahr dasselbe und irgendwann gewöhnte ich mich daran, alles selbst zu machen. Wie sollte ich ihn da an Weihnachten bei meiner Mutter vermissen? Seine Abwesenheit fiel auf, doch sie war nichts Besonders. Mamas Show lief auch ohne ihn ab wie immer.

»Wir hatten es ganz nett in Atlanta«, erzählte Modean mir. »Daves Vater hat ein Alkoholproblem, ich glaube, das habe ich dir schon mal erzählt, aber wegen des Babys hat er sich gut benommen. Trotzdem waren wir die ganze Zeit ziemlich angespannt, und niemand wusste, ob es gut geht. Ich machte mir Sorgen um Dave, weil er sich Sorgen um seinen Vater machte. Wahrscheinlich haben sich alle unablässig Sorgen gemacht.«

Modean war die perfekteste Freundin, die ich je hatte. Sie war gutherzig, glücklich, einfach, direkt und ruhte in sich. Ich hatte meine zynische Suche nach dem Riss in der Fassade längst aufgegeben – heimliches Trinken, plötzlicher religiöser Wahn, Kleptomanie. Es gab ihn nicht und sie war ein Muster an Vollkommenheit, außerdem mit Sinn für Humor begnadet. Dave war groß und dünn, mit vollem, grauem Haar und einem permanent überraschten Ausdruck im Gesicht, als könne er die erstaunliche Wende, die sein Glück genommen hatte, nicht fassen. Er war schon älter und seit fünfzehn Jahren Witwer, als er Modean fand. Und Harry war das perfekte Baby für diese perfekten Eltern. Ich hielt es mir zugute, dass ich diese Familie niemals hasste, nicht einmal, als ich im schlimmsten Selbstmitleid steckte.

Mich mit Ruth als Komplizin zu zwingen, mit ihr laufen zu gehen, war die erste Gemeinheit, die Modean mir antat. »Du musst stark werden, Carrie, du musst wieder zu Kräften kommen. Wie willst du einen Achtstundentag durchstehen? Du wirst noch vor dem Mittagessen im Büro kollabieren.« Sie hatte in allem Recht und trotzdem war mir das Joggen zuwider. Als es mir noch besser ging – vor Stephens Tod –, bin ich ab und zu mit ihm gelaufen, aber besonders gut hat es nie geklappt. Ich tat es nur, um ein bisschen Zeit mit ihm zu verbringen, dabei zog er es eigentlich vor, allein zu joggen. Das klassische Missverständnis.

»Fertig?« Modean sprang auf und begann, Dehnübungen zu machen. Halbherzig ahmte ich sie nach, steif wie ein Brett. Sie war zehn Jahre jünger als ich, doch selbst in ihrem Alter war ich nicht so fit. Sie war klein, aber kräftig, mit krausen, blonden Haaren, zarter Haut und blonden Wimpern über blauen Augen. Sie sah aus wie ein junger Vogel. »Alles klar?«, fragte sie und lief los. Ich folgte ihr ächzend. Von unserer Straße bis zum Monroe Square waren es nur elf Blocks und sie lief die Entfernung regelmäßig zehn Mal, ohne auch nur einen Tropfen Schweiß zu vergießen. Ich hingegen keuchte bereits, wenn wir an der Jefferson Street waren.

»Bist du für den neuen Job gut vorbereitet?« Sie verlangsamte ihren Schritt und lief mir zuliebe praktisch auf der Stelle. »Was ziehst du morgen an?«

»Keine Ahnung«, stieß ich nach Luft schnappend hervor, »außer Brian gibt es nur noch eine Angestellte, ich denke, es geht eher lässig zu.«

»Einen Hosenanzug vielleicht.«

»Das habe ich auch gedacht.«

»Hohe Absätze?«

»Am ersten Tag?«

»Ja.« Sie blieb stehen, damit ich zu Atem kam. »Ich habe einen neuen Blazer. In Atlanta gekauft. Ich glaube, er würde dir passen, und mit schwarzen Hosen sieht er bestimmt umwerfend aus. Er ist genau das Richtige, richtig büromäßig, ich weiß gar nicht, warum ich ihn mir gekauft habe, außer dass er mir gefallen hat. Ich würde ihn dir leihen – wenn er dir steht, würde ich ihn dir sogar schenken. Ich kann mir sowieso nicht vorstellen, wann ich ihn anziehen soll.«

Modeans einziger Fehler war, dass sie zu gut war. Ich hatte noch nie eine Freundin ohne Ecken und Kanten gehabt – kein dunkler Fleck, irgendeine Engherzigkeit, nicht der Anflug von Sarkasmus, nichts. Normalerweise war *ich* in meinen Freundschaften mit Frauen die Gute – im übertragenen Sinne. Ich war diejenige, die mit offenem Mund sagte: »Oh, das ist ja *schrecklich*«, während ich schuldbewusst das Lachen über die gemeinen Sprüche oder den Hohn der anderen unterdrückte. Aber wenn ich mit Modean zusammen war, war ich die Böse. Ich fürchtete, dass ich dem nicht gewachsen war, dass wir uns irgendwann miteinander zu Tode langweilen und unsere Wege sich trennen würden. Nun, ich hoffe es nicht. Denn ich mag sie sehr.

Die Andere Schule befand sich in einem alten Laden mit zwei Räumen auf der Nordseite – der heruntergekommenen Seite – der Virginia Street. Zur Linken hatte Dr. Jawaharlal, der Chiropraktiker, seine Praxis, zur Rechten lag die Cobra Taekwondo-Schule. Gegenüber sah man das streifige Schaufenster von *Coyle's Appliances*, das mit gelben, abblätternden, drei Jahre alten »Geschlossen«-Plakaten gepflastert war. Es gab in Clayborne keine echten Slums und auch kein Ghetto, jedenfalls keines in einem kleinen, abgegrenzten Bereich der Stadt. Doch wenn es einen wirtschaftlich benachteiligten Stadtteil gab, dann war die North Virginia Street sein Epizentrum.

»Na dann, hallo!«, sagte Christine Fledergast, nachdem ich ihr erklärt hatte, wer ich war. Sie sprang von ihrem Schreibtisch hinter einem taillenhohen Resopaltresen auf, der quer durch den schmalen vorderen Raum der Anderen Schule verlief. Hinter ihr führte ein dunkler Gang zu einem zweiten Büro – vermutlich Brians. Christine kam mit ausgestreckter Hand hinter dem Tresen hervor, ein großes Willkommenslächeln auf dem langen, außergewöhnlich klaren Gesicht. Sie war mindestens ein Meter achtzig groß, schlaksig, mit groben Knochen, sprödem, blondem, kurz geschnittenem, fransigem Haar – keine modischen Fransen, eher so, als hätte sie sie selbst geschnitten.

»Hallo, wie geht's, toll, Sie kennen zu lernen! Brian ist nicht da – hat er Ihnen das gesagt? –, er kommt erst morgen zurück, deswegen werde *ich* Ihnen wohl heute erst mal zeigen müssen, wo's lang geht – tut mir Leid. Er wird Ihnen alles Wichtige dann morgen erzählen.«

Zurückhaltende Bescheidenheit war, wie ich bald herausfand, typisch für Christine Fledergast. Bis mittags hatte ich kapiert, wer das Büro leitete, und das war nicht Brian. Wenn er einen klugen Kopf brauchte, der Entscheidungen treffen konnte, war ihrer genau der richtige. Wundersamerweise schien sie mich nicht abzulehnen, obwohl ich eigentlich ihre Vorgesetzte war. Wie war das nur möglich? Sie war drei Jahre lang Brians rechte Hand gewesen. Mein unbedeutendes Arbeitsleben war rein akademischer Natur gewesen, meilenweit von einem wachsenden, dynamischen Unternehmen wie der Anderen Schule entfernt. Was dachte Brian sich? Was sah er in mir, was ich selbst nicht sah?

»Es ist super, für Brian zu arbeiten«, vertraute Chris mir bei einem Thunfischsandwich und einer Cola im Creager's, dem nächstgelegenen Restaurant, an. »Wenn man mal freihaben will, muss man nur fragen. Und obwohl es nur ein kleines Unternehmen ist, zahlt er alle Versicherungen. Er hört zu, er weiß gute Einfälle zu schätzen und er verlangt nicht, dass man mehr arbeitet als er.«

»Gut zu wissen«, sagte ich. Mein Gehalt war nämlich eine große Enttäuschung gewesen. Brian versicherte mir, dass es nur vorläufig so niedrig sei, in ein paar Monaten würde er mir ein Gehalt zahlen können, das »meiner mehr würdig war«. Ich war mir nicht sicher, was das bedeutete, aber es war schön zu wissen, dass ich bis dahin im Gegenzug für die armselige Bezahlung gute Arbeitsbedingungen genießen würde.

Chris' Mann Oz war Pharmavertreter. »Er ist viel unterwegs. An Weihnachten kam er abends um zehn von einer Reise zurück und einen Tag später war er schon wieder weg. Ich habe ihn eine Woche lang nicht gesehen! Er hat keine Vorstellung, keinen *Schimmer* davon, wie es ist, für zwei Kinder Weihnachten zu organisieren.«

Sie war überhaupt nicht geschminkt. Sie trug flache Schuhe, hatte die Schultern ständig hochgezogen und schlurfte. Sie war absolut unattraktiv im herkömmlichen Sinne, aber ich mochte ihr Gesicht vom ersten Augenblick an. Plötzlich schlug sie sich mit der Hand vor den Kopf. »O Gott, Carrie, es tut mir leid!«

»Warum? Was tut Ihnen Leid?«

»Dass Sie mir zuhören müssen, wie ich mich über Oz beklage. Ich und meine große Klappe! Ich rede immer, bevor ich denke.«

»Oh, nein, schon gut, keine Sorge.«

»Ach was, für Sie müssen es furchtbare Feiertage gewesen sein. Ich kann es mir nicht einmal vorstellen. Brian hat mir das von Ihrem Mann erzählt, wie plötzlich es kam. Es tut mir so schrecklich Leid.« Ihre haselnussbraunen Augen füllten sich mit Tränen.

Na toll. Und ich weinte natürlich gleich mit. Ich kicherte schniefend, reichte ihr ein Kleenex und nahm mir selbst auch eins. Im Duett putzten wir uns die Nase.

Chris entschuldigte sich – »Das können Sie sicher gerade noch gebrauchen, es tut mir so Leid, ich weine sogar bei Werbung für Hundefutter« – und wurde rot. »Das ist natürlich keine Hundefutterreklame, ich meine, das hier ist *viel* ernster.«

Ich hatte gerade einen Schluck getrunken. Als ich mich verschluckte, breitete sich ein feiner Pepsinebel über meinem Teller aus. Chris starrte mich einen Moment lang entgeistert an, dann begann sie zögernd zu kichern. Es dauerte nicht lange und wir saßen uns kreischend vor Lachen gegenüber. Sie lachte stoßweise, wie eine Irre. Der Klang stachelte mich so an, dass ich gar nicht aufhören konnte. Nach einer Weile wusste ich überhaupt nicht mehr, worüber wir lachten, aber zum Teil war es wohl die Erleichterung darüber, dass man nicht so verdammt vorsichtig miteinander umgehen musste.

Wir beschlossen, uns zu duzen. Fledergast war Oz' Name, sie hieß eigentlich O'Donnell. Ich erzählte ihr, dass ich früher Danziger geheißen hatte. Wir redeten über unsere Hobbys, dass ich gern handwerklich arbeite, dass sie Unterricht in kreativem Schreiben nimmt. Aus irgendeinem Grund erzählte ich ihr von Jess und den Archisten. Da ich von Ruth und meiner Mutter nur Ablehung gewohnt war, überraschte mich Chris' erfreuter Blick. »Wie lustig«, rief sie. »Da hättest du bestimmt viel Spaß. Und du machst es nicht?«

»Wann denn? Ich kann nicht, ich habe einfach keine Zeit.«

»Ja, ich weiß. Wenn ich Zeit hätte, wüsste ich, was ich täte – ich würde Kinderbücher schreiben.«

»Wirklich?«

»Eins habe ich schon geschrieben – na ja, eigentlich sogar drei, als Andy klein war. Aber jetzt ist er elf und ich habe nicht mehr die Ausrede, dass ich sie für ihn schreibe. Es fehlt mir.«

»Hast du je versucht, sie zu verkaufen?«

»Oh, nein. Obwohl sie gar nicht so schlecht waren. Aber es waren keine Bilderbücher, und ich bezweifle, dass ich sie irgendwo untergebracht hätte. Aber ehrlich, schlecht waren sie nicht.«

»Ich wette, sie waren toll.«

»Wenn wir doch bloß kein Geld verdienen müssten! Verstehst du?«

Ich lachte.

»Wäre die Welt dann nicht glücklicher? Die Arbeit ist okay, ich beschwere mich nicht, aber was hat sie mit *uns* zu tun? Für Brian ist es die beste Arbeit, die es geben kann, aber nur, weil sie *seine* ist. Ich bin richtig neidisch. Ich glaube, Menschen, die ihre Lebensaufgabe gefunden haben, sind die glücklichsten Menschen der Welt. Na komm, sag schon, dass ich Recht habe –«

Wieder lachten wir, aber sie hatte tatsächlich Recht. Es war ein entmutigender Gedanke an meinem ersten Arbeitstag in meinem neuen Job.

Drei Wochen später stützte Brian die Hände auf meine Schreibtischkante, die Gewichtheberschultern angezogen, den Kopf zwischen den Schultern, der Blick entschlossen. »Anfang nächsten Jahres können wir vier Quartale anbieten. Garantiert. Wir haben spätestens im Sommer, wenn nicht jetzt schon zu viele Kurse pro Semester. Und das haben wir Ihnen zu verdanken, Carrie.«

»Oh, nein, das stimmt nicht, aber trotzdem danke.« Das war keine falsche Bescheidenheit. Ich hatte lediglich ein paar Kontakte geknüpft, ein paar Anrufe getätigt, mit Brian über neue Kunden gesprochen, mehr nicht. Mir die Erweiterung der Anderen Schule um ein volles Quartal zuzuschreiben war zu viel der Ehre. Aber es war genau die Art von Übertreibung, die Brian exzellent beherrschte. Das Erstaunliche war nur, dass es funktionierte, selbst wenn man es durchschaute. Ich warf Chris über seine Schulter hinweg einen Blick zu. Sie zwinkerte mir zu.

»Doch, doch, sagen Sie nichts, ich weiß, wer hier Veränderung reinbringt. Neue Ideen, frischen Wind, das ist es, was wir brauchen. Langeweile, Trägheit, das darf nicht passieren. Es ist wie beim Auto fahren – man will ans Ziel kommen, man hält nicht an, um sich auszuruhen, nein, man kurbelt das Fenster herunter und lässt sich den kalten Wind ins Gesicht wehen. Das sind Sie, Carrie, eine frische Brise.«

Ich lachte und fühlte mich gegen meinen Willen geschmeichelt. Oh, er redete solch einen Blödsinn!

Meine neue Arbeit war längst nicht so interessant, wie er sie geschildert hatte. Vielleicht lag es auch an mir. Chris hatte für zwei gearbeitet und es war mein Job, ihr die Hälfte abzunehmen. Im Augenblick war es eine Herausforderung, aber ich fragte mich unweigerlich, wie lange noch.

Dennoch war es die Sache wohl wert, trotz der lächerlichen Bezahlung und all dem, denn ich musste jeden Tag um sieben aufstehen, duschen, mich anständig anziehen, aus dem Haus gehen. Vernünftige Mahlzeiten zu vernünftigen Zeiten einnehmen. Niemand, nicht einmal Margaret Sachs, bedauerte, dass die Fließbandproduktion von Miniaturblumengestecken zu Ende war. So wenig ich mir auch vorstellen konnte, dass diese Arbeit eine Perspektive hatte – Brian hatte fertig gebracht, was weder meine Mutter, noch meine Schuldgefühle gegenüber Ruth oder fünfzig Milligramm Zoloft geschafft hatten – meine Rückkehr in die Realität. Eine Hälfte von mir mochte immer noch im Nichts schweben, abwesend und gleichgültig, im Sumpf der Trauer und Schuldgefühle, die der Tod eines Familienmitglieds mit sich bringt – *das ist ganz normal* –, aber die andere Hälfte kämpfte. Es war ein Anfang.

Brian beugte sich näher zu mir. Bei jedem anderen Menschen, besonders einem Mann, wäre ich zurückgewichen, hätte die förmliche Distanz gewahrt, aber bei Brian gewöhnte ich mich langsam an seine enthusiastischen Invasionen in meine Sphäre. »Das Sommersemester wird es beweisen«, prophezeite er leise. Ich konnte den Zimtkaugummi riechen, den er nach jeder Zigarette kaute. »Das ist der Schlüssel. Dahinter wartet Großes. Das ist unsere nächste Hürde. Richtig? Also, läuft alles nach Plan? Haben Sie Lois Burkhart wieder an Bord geholt? Sie müssen sie festnageln, Carrie –«

»Habe ich.«

»– weil diese Finanzkurse im Sommer der Renner sind. Nach dem fünfzehnten April will jeder was Neues anfangen, eine neue Seite aufschlagen. Dann lesen die Leute im Mai unsere Broschüre und können es kaum erwarten, sich für ›Ein Leben ohne Schulden‹ oder was auch immer einzuschreiben.«

»Sie ist dabei.«

»Und Albert Meyer. Den will ich wieder für den Börsenkurs haben und er hat noch nicht bestätigt. Rufen Sie ihn an und verpflichten Sie ihn. Ich finde, wir sollten im Sommer mehr von diesen Gefühlsduselei-Kursen anbieten, die bringen uns Frauen. Ja, ja, ich weiß, aber es stimmt! Biete ›Beziehungen im Millennium‹ an – das fällt mir gerade spontan ein – und du hast gleich fünfzehn, zwanzig Frauen, die bereit sind zu reden, und keinen einzigen Mann. Hab ich Recht?«

»Wahrscheinlich.«

»Gut, denken wir also darüber nach. Holt jemanden vom Sozialdienst oder einen Psychologen von der Uni. ›Sei dein eigener Therapeut‹ – wie klingt das? ›Lerne, dich selbst zu mögen.‹ Wir haben nämlich genug technisches Zeug, genug Computerkurse, Internet und Kleingeschäfte, wir müssen das Ganze für den Sommer ein wenig mit Mädels aufpeppen. Ich weiß!«, rief er lachend aus und hob die Hände. »Aber Sie verstehen doch, was ich meine? Okay, ich bin ein sexistisches Schwein und jetzt mache ich, dass ich hier rauskomme.«

»Wo gehen Sie hin?«

»Hab eine Verabredung mit Hal Wiley von der Zeitung.«

»Wegen einer Anzeige?«

»Klar, wegen einer Anzeige, aber ich will mit ihm darüber reden, ob er unsere Broschüre im *Record* bringt. Den gesamten Stundenplan für den Sommer.«

»Er soll sie drucken?«, fragte ich. »Das wäre ja super!«

»Nein, nicht drucken. Er soll sie als Beilage bringen. Denkt nur mal an die Verbreitung! Und es ist natürlich ein Dienst an der Gemeinde, zum Teufel noch mal.« Brian grinste und breitete die Arme aus. Er sah aus wie ein Verteidiger auf dem Sportplatz. »Hey? Glaubt Ihr, er wird es machen?«

Wir Frauen tauschten einen Blick aus. »Ich glaube«, sagte Chris mit Überzeugung, »er wird gar nicht wissen, wie ihm geschieht.«

Ein Teil meiner Arbeit bestand darin, die Kursbeschreibungen der Lehrkräfte – diese kurzen, mit Versprechungen gefüllten Absätze, die jeder Kurs in der Broschüre bekam – zu bearbeiten. Die meisten brauchten ein bisschen mehr Zunder, »Anmache« nannte Brian es, besonders solche Kurse, die sich sowieso schon trocken anhörten – »Funken für Amateure«, »Problemlösung«, »Der Kräutergarten im Herbst«. Doch aus jeder Kursbeschreibung konnte man mehr machen und mittlerweile gelang mir das richtig gut. Titel waren meine Stärke. Was letztes Jahr noch »Langsamer Walzer, Foxtrott und Jitterbug« hieß, wurde im nächsten Semester zu »Let's Dance«. Das alte »Wie schreibe ich ein Drehbuch für Fernsehen oder Kino« wurde zu »Rutsch rüber, Quentin Tarantino«. Und so weiter.

Selten erhielt ich Beschreibungen, die von vornherein zu sehr anmachten, aber die von Lois Burkhart war eine Ausnahme. Sie war Filialleiterin der *Farmers and Merchants Bank* am Monroe Square und schickte mir ihre Kursbeschreibung per E-Mail:

Carrie – habe Ihre Nachricht in Sachen Broschüre erhalten. Habe sie unter die Lupe genommen und etwas geglättet. Auf ein Neues. Hier der zweite, revidierte Waschzettel:

WIRF DIE FESSELN AB!

Kreist der Pleitegeier über Ihrem Haus? Wächst Ihnen alles über den Kopf? Ruinieren Schulden und Sorgen Ihr Leben? Werfen Sie die Fesseln der Pfändung und der Abhängigkeit ab! Lernen Sie mit einem Profi, wie Sie ein Finanzgenie werden. JETZT! Nie wieder die Angst, dass das Telefon oder die Türglocke klingelt – könnte es wieder ein GLÄUBIGER sein? Kein Schwindel, kein Trick! Weniger ausgeben, mehr sparen – klingt einfach, aber ist es das? Lernen Sie es mit Lois. Bringen Sie einen Taschenrechner und guten Willen mit und Sie werden nie wieder eine schlaflose Nacht wegen schmieriger Profitgeier verbringen. Erfolg garantiert. Ein Begleittext kann beim Kursleiter erworben werden (freiwillig; $ 45).

»Hallo, hier Lois Burkhart, was kann ich für Sie tun?«

»Lois, hier ist Carrie Van Allen.«

»Carrie! Hallo, wie geht es Ihnen?«

Sie hatte eine helle, heitere Stimme voller Wärme und Vertrautheit, wie eine Sprecherin im Fernsehen, die für ein weibliches Hygieneprodukt wirbt. »Ich habe gerade an Sie gedacht. Haben Sie meine letzte E-Mail bekommen?«

»Ja – ich glaube jedenfalls, dass es die letzte ist. Deshalb rufe ich an.«

»Diesmal habe ich es auf den Punkt gebracht, finden Sie nicht? Offen gesagt, war ich am Anfang nicht Ihrer Meinung, ich fand sogar, Sie sind ein bisschen – na ja, ha, ha! Sagen wir einfach, ein bisschen *streng*. Aber dann bin ich den Text noch mal durchgegangen und jetzt sehe ich selbst, dass er besser ist. Also vergeben und vergessen. Sie hatten Recht und ich nicht«, erklärte sie großherzig.

Lois behauptete, wir hätten uns schon mal gesehen, ja, sie erinnere sich ganz genau an mich. Möglich war es – ich hatte ein Konto bei ihrer Bank, obwohl ich höchstens jedes zehnte Mal an den Schalter ging und sonst immer Geld am Automaten holte. Angenommen, sie hatte Recht und wir kannten uns – machte es das leichter oder schwerer, ihr zu sagen, dass ihre Kursbeschreibung immer noch furchtbar war?

»Also, es ist jetzt schon viel besser«, sagte ich vorsichtig, »viel, viel besser, keine Frage.«

»Ich habe die ganzen Ausrufezeichen herausgenommen. Das macht es glaubwürdiger, wie Sie gesagt haben. Damit hatten Sie Recht.«

»Na ja, *alle* sind nicht raus. Habe ich glaubwürdig gesagt? Und –«

»Aber *die meisten*. Sie wollen doch, dass es ein bisschen lebendig klingt, oder?«

»Auf jeden Fall, unbedingt. Es muss lebendig klingen.«

»Wo liegt dann das Problem?«

Warum hatte ich ihr nicht eine E-Mail geschickt? »Nun, die Sache mit der Garantie.« Und das war erst der Anfang. »Wie soll das funktionieren, ich meine, wer würde bezahlen –«

»Oh, das ist unwichtig, völlig irrelevant.«

»Schon, aber wer –«

»Carrie, kein Mensch wird sein Geld zurückverlangen!« Ein hartes, keckerndes Lachen tönte durch die Leitung.

»Es ist einfach so, dass wir normalerweise keine Erfolge garantieren, verstehen Sie, ich meine, *nie*, das dürfen wir nicht und außerdem –«

»Dann nehmen Sie's raus. Nur zu. Streichen Sie es.«

»Ich fürchte, das müssen wir auch.«

»Tun sie's. Noch was?« Die Hygieneprodukt-Stimme wurde schneidend und geschäftsmäßig. Immer noch melodisch, aber jetzt verkaufte sie eine Sturmversicherung.

»Also, die Sache mit dem Verkauf des Begleittextes …« Es war so viel leichter, über die kleinen Fehler zu sprechen, die schnell ausradiert waren, als den viel schwierigeren Punkt, nämlich die grenzenlose Geistlosigkeit dieser Beschreibung, anzusprechen. »Und die Erwähnung Ihres Namens im Text, das ›Lernen Sie es mit Lois.‹ Eigentlich wollen wir den Eindruck erwecken, dass jemand anders, eine objektive, unparteiische Person diese –«

»Halt, warten Sie. Was genau soll das heißen?«

»– kleinen Absätze schreibt. Wie bitte?«

»Sie glauben, dass ich das brauche? Dass ich einen Kick aus diesen Texten kriege? Meinen Sie das damit?«

»Nein, nein. Natürlich nicht.«

»Nun, so ist es auch nicht. Ich tue Ihnen einen Gefallen, aber wenn Sie wollen, können Sie es streichen. Streichen Sie alles, was Ihnen nicht gefällt, und schreiben Sie den Text selbst.«

»Jetzt warten Sie doch mal, Lois, das meine ich doch gar nicht. Es gehört einfach zur Politik der Schule, dass wir nichts verkaufen. Nie. So bleibt alles … es sieht einfach besser aus, mehr nicht. Es tut mir Leid, wenn man Ihnen das nicht vorher erklärt hat.«

»Sie müssen mir nichts erklären. Ich unterrichte seit zwei Jahren an der Anderen Schule und es gibt sie erst seit drei Jahren. Das war lange, bevor Sie ein Stern an Brian Wrights Himmel wurden. Ich habe ein Diplom in Naturwissenschaften und zwei Drittel der Scheine in Rechnungswesen. Ich bin stellvertretende Filialleiterin der fünftgrößten Bank in Virginia. Ich weiß, was ich tue. Eine absolut gelungene Kursbeschreibung für Ihre Broschüre zu überarbeiten ist offensichtlich *Ihr* Job.«

»Oh, Lois …«

»Bis jetzt hat übrigens niemand je Schwierigkeiten mit meiner Beschreibung gehabt.«

»Nein? Nun, es gibt immer ein erstes –«

»Ich habe sie verbessert, das ist der einzige Unterschied. Die Garantie, der Begleittext – das alles sind unternehmerische Schachzüge. Aber ich erwarte ja gar nicht, dass Sie das zu schätzen wissen. Sagen Sie Brian, er soll mich anrufen, ja?«

»Natürlich, wenn Sie –«

»Und wenn ich nichts von ihm höre, werde ich ihn selbst anrufen.«

»Gut«, schnappte ich. Wir legten gleichzeitig auf. Die Hand noch auf dem Hörer, fiel es mir ein. »Oh, *nein!*«

»Was ist?« Chris hatte irgendwann aufgehört zu tippen, damit sie zuhören konnte. »Was war denn los?«

»Ich habe ganz vergessen – Brian hat einen Kredit bei ihrer Bank.«

»Na und? Sie ist kein Kredithai. Was ist passiert?«

»Nein, aber – o Gott. Ich hätte netter sein sollen. Aber zum Schluss war sie so unfreundlich!«

»Du hast nichts Schlimmes gesagt. Ich hab's gehört.«

»Ich hätte wahrscheinlich nachgeben sollen. Sie schreiben lassen, was sie will. Aber es ist *Schwachsinn!*«

»Das stimmt und wir können die Broschüre so nicht rausgehen lassen. Brian ist bestimmt deiner Meinung, du wirst schon sehen.«

»Sie will ihn anrufen.«

»Lass sie doch.«

»Oh, *Mist*.«

»Carrie, entspann dich, wir hatten auch schon vorher verrückte Lehrer, jede Menge. Und Brian gibt auch nie klein bei, wenn es um die Schule geht. Da war mal dieser Tankstellentyp, er sollte ›Das Auto – kein Geheimnis‹ unterrichten, du weißt schon, für Mädchen und Frauen. Er stellte sonntags, wenn sowieso geschlossen war, seine Werkstatt zur Verfügung und die Teilnehmerinnen sollten ihre Autos mitbringen und konnten sie während des Kurses durchchecken. Das war super und wir erwarteten große Resonanz und wollten sogar einen regelmäßigen Kurs daraus machen.«

»Und dann?«

»Dieser Typ hat geglaubt, er kriegt umsonst eine Werbung für seine Tankstelle in unserer Broschüre, und wollte auch noch Gutscheine für einen Ölwechsel an alle Teilnehmerinnen verteilen. Brian hat abgelehnt. Keine Werbung, kein Verkauf, keine Gutscheine, nichts, hat er gesagt. Der Typ meinte, dann nicht, und wollte den Kurs nicht geben. Aber Brian blieb hart und das war's.«

»Aha. Ist Lois eine gute Lehrerin?«

Chris zuckte die Achseln und verzog das Gesicht.

»Sie ist gut, stimmt's?«

»Keine Ahnung. Wahrscheinlich. Ich hab gehört, dass sie ganz gut ist.«

»Na prima.«

»Aber das *macht* nichts.«

»Ich weiß, ich bin es nur einfach nicht gewohnt.«

»Was, mit Leuten zu streiten?«

»Alles. Mein letzter Job bestand darin, für Professoren zu recherchieren. Irgendetwas nachschlagen und Notizen machen. Meistens kommunizierte ich über Zettel.«

»Kann sein, aber du machst deine Sache hier großartig. Du kannst gut mit Menschen umgehen, wirklich, Carrie. Ich weiß,

Brian redet manchmal ziemlich viel Blödsinn, aber du leistest wirklich exzellente Arbeit, da hat er Recht.«

Ich dankte ihr gerührt. Chris war so ein großzügiger Mensch. Aber es ärgerte mich, dass es mir im Grunde ziemlich gleichgültig war. Tief drinnen bedeuteten mir ihre und Brians Lobpreisungen nicht viel.

Ich schob es immer wieder auf, Jess anzurufen. Brian wollte, dass er wieder, wie im letzten Jahr, einen Kurs im Fliegenfischen gab. Ich ließ die ganze Woche verstreichen, ich weiß nicht mal, warum. Am Freitag, als das Wochenende drohte, konnte ich es nicht länger hinauszögern.

Ich starrte aus dem Schaufenster in den kalten, grauen Tag und dachte über eine Geschichte nach, die Chris mir von ihrem Sohn Andy erzählt hatte. Er hatte letzte Woche in der Schule einen Streit. Der Frechste aus der Klasse hatte ihn Mädchen genannt, weil er klein war und Geige und Klavier spielte. Andy hatte schreckliche Prügel bezogen und Chris musste am Montag zu einer Klassenkonferenz erscheinen.

Jess und ich haben uns vor dreißig Jahren auf eben diesem Schulhof bei einem Streit kennen gelernt. Wir waren gerade in die Sechste gekommen. Er war nicht in meiner Klasse, aber ich kannte ihn vom Sehen. Eigentlich kannte ich ihn sogar ein bisschen besser als die anderen Kinder, denn er hatte bereits den Ruf, ein wildes Kind zu sein. Und exzentrisch. Er war eher ein Kind vom Lande als ein Stadtjunge, ein großer und bedeutender Unterschied in der sechsten Klasse. Er küsste Kühe – das wusste ich genau, denn es war Hauptgesprächsthema auf dem Schulhof. Ja, er küsste Kühe, nämlich die auf der Milchfarm seines Vaters, und er gab es zu – im Nachhinein musste er gemerkt haben, wie unklug das war, aber da war es zu spät. (Eine meiner lebendigsten Erinnerungen an unsere spätere, jugendliche Liebesaffäre ist der Abend, als Jess mich dazu überredete, selbst eine zu küssen. Auf die Nase, mitten zwischen die feuchten, weit auseinander stehenden Augen mit den langen Wimpern. »Siehst du, Carrie, sie mag es.« Es kam mir auch so vor. Sie war eine zweijährige, braun-weiße Guernsey-Kuh namens Magnesia.) Jess fuhr mit dem Schulbus und stieg an einem matschigen Weg mitten im Nichts aus und die Tatsache, dass man sein Elternhaus von der Straße aus nicht sehen konnte – Platanen und die Steigung des Wegs verbargen es – machte ihn noch geheimnisvoller. Oder lag es an der Hetze gegen ihn, an der allgemeinen Meinung in der Schule, dass Jess nicht ganz wie die anderen war? Dies reichte damals in Clayborne – heute wahrscheinlich auch noch –, um ein Kind zu isolieren und abzustempeln.

Bei dem Streit auf dem Schulhof ging es nicht um das Küssen von Kühen, es ging um Jess' Mutter, die »verrückt« war. Das war mir neu. Ich befand mich auf dem Heimweg, als ich zufällig an Jess und Mason Beckett vorbeikam, die sich prügelten. Drei von Masons Freunden standen aufgeregt und provozierend um sie herum und schrien, dass Jess Deepings Mutter eine Irre, nicht ganz richtig im Kopf, geisteskrank sei, Mason sollte ihn fertig machen, umbringen, ihm das Hirn rausreißen. Aber es war umgekehrt: Mason lag unten und verlor und bis zu dem Zeitpunkt, als seine Kumpel sich auf die beiden stürzten, um ihm zu helfen, dachte ich, Jess würde *ihn* umbringen.

Ich war ein Wildfang, aber ich war klein und ein Mädchen und sie waren zu viert. Trotzdem war ich kurz davor, mich auf das Durcheinander von Ellbogen und Fäusten zu stürzen, nur um zu sehen, was dann passieren würde. Meine spontane Loyalität Jess gegenüber war nichts Besonderes: Er war eindeutig der Unterlegene und Mason Beckett war ein stadtbekanntes Arschloch. Später haben wir das Ganze verklärt, aber damals war es nur natürlich für mich, dass ich ihm zur Hilfe kam.

Statt mich jedoch in die Schlägerei zu stürzen, rannte ich in das Schulgebäude und holte den erstbesten Lehrer, den ich zu fassen bekam, den alten Mr. Thayer. Er machte dem Kampf ein Ende, der inzwischen ziemlich heftig geworden war – der dürre, schlaksige Jess war voller Blut und das stammte nicht nur aus Masons Nase. »Er hat angefangen«, schworen die Jungen und ich, Mr. Thayers einzige unparteiische Zeugin, konnte es, wenn ich ehrlich war, weder bejahen noch verneinen. Aber ich wusste, *warum* sie sich geprügelt hatten, und obwohl es gefährlich war, vier rachsüchtige Jungen zu verraten, zögerte ich nicht.

»Sie haben ihn verhöhnt!« Ein neues Wort, ich hatte es in dem Jahr gelernt. Es bedeutete: jemanden verspotten und das war auf dem Schulhof ganz besonders strikt verboten. »Sie haben gesagt, dass seine Mutter verrückt ist, dass sie in der Irrenanstalt ist und dass er auch verrückt ist. Sie haben schlimme Ausdrücke über seine Mutter gesagt!«

Jess schaute mich nicht an. Wenn Mr. Thayer ihn nicht am Hemd festgehalten hätte, hätte Jess mir auch noch den Rücken zugewandt. Ich wollte, dass er aufsah, mich wahrnahm. Eigentlich wollte ich, dass er sich bei mir bedankte. Aber er stand dort mit gesenktem Kopf, wischte sich das Blut aus seinen blonden Haaren und sah mich kein einziges Mal an. Was für eine Enttäuschung – beinahe ein Verrat. Ich hatte angenommen, wir wären jetzt zusammen, ein Team. Ein Paar.

Jahre vergingen und wir sprachen kein einziges Mal miteinander. Aber ich beobachtete ihn, nahm ihn wahr, und ich wusste, dass er mich auch wahrnahm. Einmal saß ich bei einer Versammlung hinter ihm und fixierte seinen Nacken. Würde mein Hals auch so dünn und zerbrechlich und nervös aussehen, wenn ich mir die Haare abschneiden ließ? Hatten Mädchen auch diese zwei knotigen Sehnen, diese sensiblen Stränge, die mit dem Drehen des Kopfes auftauchten und wieder verschwanden?

Von diesem Tag an schenkte ich den Nacken von Jungen besondere Aufmerksamkeit – genau genommen tue ich das heute noch. Manche waren gerade und uninteressant, manche kurz und muskulös, kaum zu sehen (wie Brians), manche waren lang und sehnig wie der Hals einer Giraffe. Ich war immer fasziniert von denen, die eine flache Kuhle zwischen den Sehnen hatten. Diese kleine Einkerbung, diese sanfte Kuhle, war in meinem Kopf für immer mit Unerfahrenheit und Stolz und scheuem Mut verbunden.

Ich suchte Jess' Nummer in meiner Rolodexkartei, obwohl ich sie auswendig kannte, und gab zaghaft die Ziffern ein. Beim vierten Klingeln ging sein Anrufbeantworter an.

»Hallo. Hier ist Jess Deeping«, sagte seine überraschend steife und förmliche Stimme. Einen Augenblick lang erkannte ich sie gar nicht. »Bitte hinterlassen Sie eine Nachricht nach dem Ton und ich werde so bald wie möglich zurückrufen. Danke.«

Ich legte auf.

Ich stellte ihn mir an seinem Schreibtisch in seinem voll gestopften Büro vor, wie er seine Ansage formulierte, sie in die Maschine sprach, es vielleicht ein zweites Mal probierte, weil er mit dem ersten Versuch nicht zufrieden war. Die Ansage sollte gut sein, er wollte herzlich und ernst klingen. Das war ihm wichtig.

Jess' Büro war früher das Wohnzimmer seiner Eltern gewesen – »Salon« hatte seine Mutter es genannt, wie er mir einmal erzählt hatte. Wenn wir unsere Hausaufgaben machten, saßen wir immer auf dem gefederten Sofa, auf dem eine indianische Decke lag, ich am einen Ende, Jess am anderen. In einem Alkoven gab es eine Sitzbank unter einem Fenster. Man konnte ihn von der Tür aus nicht sehen, weil er sich in einer Ecke befand. Manchmal saßen wir am Spätnachmittag dort, unsichtbar für die traurige, langsame Mrs. Deeping, sollte sie zufällig vorbei kommen. Dort hat Jess mich zum ersten Mal geküsst, auf dieser Bank, an einem regnerischen Nachmittag im Frühling, und anschließend malten wir unsere Namen auf die beschlagene Scheibe. Damals blickte man auf eine große, ebene Weide. Sie lag vor einem Ahornwäldchen, das die überschwemmten Wiesen und den Fluss verdeckte. Vor ein paar Jahren hat Jess den langen Streifen Land hinter der Weide gekauft, die Bäume gefällt und am Fluss einen Steg gebaut. Dort ging er schwimmen, Forellen angeln und nutzte ihn als Anlegestelle für sein kleines Boot, die *Cud*. Sein Haus ähnelte kaum noch dem alten Bauernhaus, in dem er aufgewachsen war, er hatte angebaut, manches weggerissen und etliche der kleinen, düsteren Räume mit den niedrigen Decken renoviert. Alles, was noch vom ursprünglichen Gebäude übrig war, war der Salon. Sein Büro.

Ich wählte seine Nummer noch einmal. Räusperte mich, während die Ansage lief.

»Jess, hier ist Carrie, ich rufe für die Andere Schule an. Keine Ahnung, ob du weißt, dass ich jetzt hier arbeite. Äh ... Brian wollte wissen, ob du im Juni wieder einen Kurs im Fliegenfischen gibst. Würdest du bitte zurückrufen und eine Nachricht hinterlassen, wie du dich entschieden hast. Egal, wann, auch am Wochenende, okay? Danke.«

Ich hätte beinahe aufgelegt.

»Und – was ich noch sagen wollte: es tut mir Leid wegen der Tiere für die Arche und dass das so gelaufen ist. Meine Mutter – o Gott. Na ja, du weißt schon. Egal.« Ja, ich kann großartig mit Menschen umgehen. »Ruth vermisst dich und lässt grüßen. Sie will dich irgendwann mal besuchen kommen. Sie hat die verrückte Vorstellung, dass sie auf deinem Gelände allein Auto fahren kann – keine Ahnung, wer ihr den Floh ins Ohr gesetzt hat. Also dann. Bis bald. Vergiss den Kurs nicht. Tschüs, Jess.«

Ich weiß nicht, ob ich auf eine Einladung aus gewesen war oder nicht, ehrlich nicht. Aber am nächsten Tag, am Samstag, rief er an und lud mich und Ruth zum Tee ein. Ja, zum Tee. Nach dreißig Jahren war er immer noch für eine Überraschung gut.

7

»Mom, dieses Auto ist eine richtige Klapperkiste. Weißt du, was Connie Rosetta von ihrem Vater zum sechzehnten Geburtstag bekommen hat? Ein nagelneues Kabrio. In den *Schulfarben*.«

»Was ist ein Kabrio?«

»*Gott*, Mom, ein offener VW.«

»Aha.«

»Das hier ist das blödeste Auto in der ganzen Stadt. Wer kauft sich so ein Auto?« Einen Chevy Cavalier, schmutzig braun, natürlich ohne Kassettenrekorder, nur mit Radio. Und natürlich Automatik, sodass man nicht mal runterschalten oder im Leerlauf den Motor aufheulen lassen kann. »Wer hat es gekauft«, fragte ich sie, »du oder Dad?«

»Wahrscheinlich wir beide.«

»*Gott*.«

»Fahr vorsichtig in den Kurven, du wirst ein bisschen zu schnell. Achtest du auch auf den Tacho?«

»Ja, ja. Hey, schau mal, Jess hat ein neues Schild.«

»Fahr langsamer.«

»Mach ich ja. Ist das nicht cool?« DEEPING FARMS stand in Weiß und Gold auf grünem Untergrund auf einem Holzschild gleich hinter den steinernen Torpfosten. Ich lenkte den Chevy auf den Kiesweg und fuhr Mom zuliebe ganz langsam. »Aber warum steht da ›Farms‹? Er hat doch nur eine Farm, oder?«

»Ich glaube, hinter Locust Dale hat er noch eine. Sie ist verpachtet.«

»Das wusste ich gar nicht. Hey, wem gehört das Auto? Mr. Green jedenfalls nicht.«

»Wer ist Mr. Green?«

»Jess' Mitarbeiter. Glaubst du, er hat ein neues Auto? Jess, meine ich.« Nicht neu, gebraucht, wie ich jetzt sah. Ein grauer Ford Taunus, fast so hässlich wie unser Auto. Hoffentlich gehörte er nicht Jess. Aber genauso hoffte ich, das außer uns nicht noch jemand da war. Ich wollte, dass wir nur zu dritt waren.

Jess Farm ist echt schön, bis auf das Haus. Alles passt zusammen. Alle Scheunen und Ställe haben den gleichen Sockel aus Stein und alle sind leuchtend weiß gestrichen, mit einem roten Rand. Sogar die Silos sind weiß mit rotem Dach. Die Zäune sind ganz gerade und ordentlich, nicht kaputt oder verrottet, wie man es auf vielen Farmen sieht. Jess hält sogar den dreckigsten Ort, nämlich den schlammigen Hof, wo die Kühe auf das Melken warten, so sauber, wie es nur geht, indem er frisches Stroh aufschüttet, und manchmal bringt er die Kühe sogar woanders hin, damit der Hof trocknen kann. Als ich zum ersten Mal auf der Farm war, habe ich mich gar nicht wieder eingekriegt, weil alles so perfekt aussah, wie eine Spielzeugfarm, die liebe kleine Kinder mit Bausteinen neben ihre Eisenbahn gebaut haben. Es gibt natürlich Kuhscheiße und so was, ich meine, es ist auf jeden Fall eine echte Farm, aber – sogar die Kühe sind sauber und stehen nicht mit ekligen Hinterteilen rum, weil sie sich die ganze Zeit im Dreck wälzen. Das ist bestimmt ganz schön viel Arbeit, die Farm so sauber zu halten. Wenn man bedenkt, wie viel einfacher es wäre, alles schleifen zu lassen. Und verlockend, weil man doch wahrscheinlich genauso viel Milch bekommen würde. Jess muss ganz schön viel Stolz besitzen.

»Da kannst du umdrehen«, sagte Mom. »Park hier, das ist gut.«

»Ich weiß, mach ich.« Ich hielt an, stellte die Automatik auf P, drehte den Schlüssel um und zog die Handbremse an. Ehe wir aussteigen konnten, waren wir von einer Horde wilder Hunde umringt.

Eigentlich waren es keine wilden Hunde und es waren auch nur vier. Ein Fremder hätte bestimmt Angst bekommen und so sollte es wahrscheinlich auch sein. Ich stieg aus und klatschte in die Hände und Red, der älteste Hund, kam gleich zu mir. Dann trottete Mouse näher, der kleine graue. Ich musste in die Knie gehen, damit Tracer auch kam, sie ist ein Schäferhundmischling. Der alte Tough Guy kommt nie – bis jetzt habe ich ihn noch nicht mal gestreichelt, er hat viel zu viel Angst. Jess hat mir erzählt, dass er einmal den Mann von UPS gebissen hat, aber nur, weil der ihn aus Versehen getreten hat.

»Hallo.«

»Hi, Jess!« Ich sprang grinsend auf und wusste nicht, was ich tun sollte. Er sah gut aus und schien sich echt zu freuen, dass wir da waren. Am liebsten hätte ich ihn umarmt, aber irgendwie tat ich es doch nicht. Es hat was mit Mom zu tun. Als könnte sie denken, es wäre nicht fair meinem Vater gegenüber oder so was.

»Schön, dass ihr gekommen seid«, sagte Jess und ging dann rückwärts auf eine der Scheunen zu, anstatt das Haus anzusteuern. Er hatte eine braune Cordhose an, ein blaues Hemd und eine offene Lederjacke darüber. Und richtige Schuhe. Seine Haare waren frisch gekämmt, das sah man an den Spuren des Kamms. Er trägt es zurückgekämmt und lang und vorn wird es schon ein bisschen weniger. Er ist groß und eher dünn, aber ich weiß, dass er stark ist, weil ich einmal gesehen habe, wie er ein sechzig Kilo schweres Kalb hochgehoben hat, als wäre es meine Büchertasche.

»Tracer kann ein neues Kunststück«, sagte er, immer noch rückwärts gehend. »Willst du es sehen?« Tracer ist der klügste von den vier Hunden. Als Jess ihn fand, konnte er bereits Pfötchen geben, aber Jess hat ihm beigebracht, wie man sich abklatscht – das ist so lustig! Er rief den Hund und der kam angerannt und setzte sich brav hin. Er streckte die Hand aus, machte mit Daumen und Zeigefinger eine Pistole nach und schrie: »Peng!«

Tracer fiel auf den Bauch, rollte sich herum und streckte alle viere von sich.

Was für ein Theater – Mom lachte fast so sehr wie ich. Dann versuchte ich es und wieder gab Tracer eine perfekte Vorstellung ab. »Ein toller Hund! Er ist wirklich klug.«

»Er ist ein Genie.«

»Was kann er noch?«

»Also, im Moment arbeiten wir am Kühe melken«, sagte Jess ohne eine Miene zu verziehen. Einen Augenblick lang sahen wir ihn an, dann brachen wir erneut in Lachen aus. »Lasst uns zuerst hier hineingehen«, sagte er. »Es sei denn, ihr verhungert schon. Tut ihr das?«

»Nein«, antworteten wir, »eigentlich nicht.«

»Gut, es gibt nämlich jemanden, den ihr kennen lernen solltet.«

Ich war noch nie in dieser Scheune gewesen. Sie war kleiner als die Hauptscheunen, wahrscheinlich war sie für Traktoren und Maschinen und große Geräte gedacht. Die rote Doppeltür war so hoch wie ein Garagentor. Jess zog eine Tür auf und wir gingen hinein. Und richtig, dort standen Traktoren und Mähdrescher, oder was das waren, große, gelbe Fahrzeuge auf riesigen schwarzen Rädern, mit Schneideblättern und Schaufeln und rostigen Zahnrädern. Es roch nach Diesel, Sägespänen, Heu und Farbe und es war beinahe genauso kalt wie draußen. Ganz hinten brannte an der hohen Balkendecke ein Licht und ich sah einen Mann, der sich mit dem Rücken zu uns über einen Holzbock beugte und etwas sägte.

Mist, ich hatte nicht gewusst, dass außer uns noch jemand da war. Ich dachte, wir wären allein. Wir liefen auf den Mann zu und auf halbem Weg über den hallenden Holzboden ging mir ein Licht auf: Das war dieser Pletcher, der die Tiere für die Arche baute. Jess hatte uns ausgetrickst.

Gleich darauf sagte er: »Carrie, du erinnerst dich doch an Landy, nicht wahr?« Und zu mir: »Ruth, das ist Mr. Pletcher, mein Nachbar. Landy – Carrie, jetzt Van Allen, und ihre Tochter Ruth.«

Landy – was ist das bloß für ein Name? Er war klein und schmächtig und lächelte, ohne die Zähne zu zeigen. »Carrie? Also, ich muss schon sagen ...« Er legte die Säge weg und nahm seine alte, fleckige John-Deere-Mütze ab. Er hatte stumpfe, strohblonde Haare, die am Hinterkopf schon ausgingen. Er schüttelte Mom die Hand und sie sagte: »Landy, es ist eine Ewigkeit her! Wie geht es dir? Du siehst immer noch aus wie früher.« Dann war er wohl schon immer so hässlich gewesen. Ich musste ihm auch die Hand geben und seine Hände waren rau wie Schleifpapier, mit großen knotigen Beulen auf den Knöcheln, es fühlte sich an wie ein Strumpf voller Steine.

»Du aber auch«, sagte er, »ich hätte dich überall erkannt«, und dann wurde er rot unter seinen Bartstoppeln. Er trug Arbeitskleidung, einen Baumwolloverall, darüber eine schmutzige, beigefarbene Windjacke und klobige, mit Dreck verkrustete Stiefel. »Seit wann bist du wieder zu Hause?«

»Seit fast drei Jahren. Wir wohnen in der Leap Street, Ruth und ich. Wir – ich habe im September meinen Mann verloren. Ich weiß nicht, ob Jess dir das erzählt hat.«

»Das hat er und es hat mir sehr Leid getan.« Sein Gesicht wurde noch runzliger. »Ich weiß, wie das ist.« Wie denn? Woher sollte er das wissen?

»Danke«, sagte Mom schnell. »Nun, was soll das hier werden?«

Als ob wir das nicht wüssten. Jess hat uns doch alles darüber erzählt, als er neulich da war und versuchte, Mom zu diesem verrückten Job mit der Arche zu überreden. Der Vater von diesem Typ, Eldon, war in den siebziger Jahren Tabakfarmer und er hatte Geld und war wohl auch ein ziemlicher Draufgänger, hat Karten gespielt und getrunken und seine Frau betrogen. Dann bekam er Lungenkrebs – eine ganz schöne Ironie, finde ich – und auf seinem Totenbett hatte er einen Traum und wurde plötzlich religiös. Er gab Gott ein Versprechen oder schloss mit ihm vielmehr einen Handel ab: Wenn Er ihn am Leben ließ, würde er, Eldon, seinen sündigen Lebenswandel aufgeben und eine Kirche gründen, die auf der Geschichte Noahs beruhte. Und um den Herrn zu preisen, würde er eine Arche bauen, sie mit Tieren füllen und vierzig Tage und Nächte lang auf dem Leap River segeln. Wie man sieht, hat Gott ihn tatsächlich am Leben gelassen, also musste er diese Religionsgemeinschaft gründen, die sich die Archisten nennt. Aber leider hat er es nie geschafft, die Arche zu bauen, und jetzt liegt er wieder im Sterben – diesmal wohl endgültig, weil er inzwischen ungefähr achtzig ist. Also ließ er sich von seinem Sohn versprechen, dass der sie für ihn bauen würde, und das einzige Problem ist, dass Landy das kaum schaffen kann, weil die anderen Archisten ihm nicht helfen und die Zeit knapp wird, und an dem Punkt hat Jess gehofft, dass Mom einsteigen würde. Ich glaube, diese Leute haben alle eine Macke.

Landy begann, Mom seine Arbeit zu zeigen, die ziemlich armselig war. »Bis jetzt habe ich erst vier gebaut«, sagte er, während er Bretter oder so etwas unter einem anderen Holzbock hervorzog, flache Figuren aus Holz, die braun, grau und gelb angemalt waren. Wenn man genau hinsah, konnte man erkennen, dass das graue Brett ein Elefant sein sollte und das gelbe eine Giraffe, aber die beiden braunen hätten alles Mögliche sein können.

»Bären, oder?«, riet ich.

Er ließ die Schultern hängen. »Das da schon. Aber das ist ein Känguru.«

»Ach so. Schön«, sagte ich höflich. »Aber müssen Sie nicht von jedem zwei machen?«

Landy zog den Kopf ein, kratzte sich am Hals und murmelte etwas.

»Wie bitte?«

»Äh, darüber reden wir noch. Ich hoffe, es bleibt mir erspart. Müssen wir noch besprechen.«

»Landy, wie geht's deinem Vater?«, fragte Mom.

»Nicht sehr gut. Probleme mit dem Herz. Er wird jeden Tag schwächer.«

»Das tut mir Leid. Lebt deine Mutter denn noch?«

»Ja. Ja, sie lebt noch.«

Kein Mann von vielen Worten. Ich sah mich um, ob ich nicht irgendwas tun konnte. Dieser Teil der Scheune war Jess' Werkstatt, voller Werkzeug, Maschinenteilen, Werkbänke und unterschiedlichster Sägen. Es gab jede Menge elektrische Sägen – warum benutzte Landy eine Handsäge? Und überhaupt, warum arbeitete er in Jess' Scheune, warum nicht in seiner eigenen? Angeblich wohnte er doch nebenan. »Bauen Sie auch die Arche?«, fragte ich.

»Ha«, machte er und zog wieder den Kopf ein. Entweder war er echt schüchtern oder nicht ganz dicht.

Jess sagte: »Die ist noch in der Planung.« Und er sagte es so sicher und fest, irgendwie so beiläufig, dass ich das Gefühl hatte, wenigstens einer hier sei ganz normal. »Ja, es gibt tatsächlich einen Plan. Kommt mit und schaut ihn euch an.«

Wir gingen zu einer der Werkbänke, auf der ein großes Blatt Papier mit dem Entwurf einer Arche lag. Sie hatte genauso spitze Enden und ein Häuschen oben drauf wie die Archen, die man immer auf Bildern sieht. In der dritten Klasse hatte ich eine Brotdose mit einer Arche und den Tieren drauf, ich weiß nicht mehr, warum, jedenfalls sah die auch so aus.

»Cool«, sagte ich. »Wie groß wird sie?« Als ich aufsah, grinsten Landy und Jess. »Was ist? Was ist daran so komisch?«

»Darüber sind wir uns auch noch nicht einig«, erwiderte Jess und er und Landy fingen an zu lachen.

Landy hatte eine große, schwarze Lücke zwischen seinen Vorderzähnen, deswegen versuchte er wohl immer zu lächeln, ohne den Mund aufzumachen. »Mein Vater möchte gern, dass sie dreihundert Ellen lang, fünfzig Ellen breit und dreißig Ellen hoch ist.«

»Was ist eine Elle?«, fragt Mom, ehe ich was sagen konnte.

»Die Entfernung von der Spitze des Mittelfingers bis zum Ellbogen«, erklärte Jess. »Biblisch gesprochen.«

»Und wie viel ist das?«

»Das sind ungefähr hundertvierzig Meter in der Länge, zwanzig Meter in der Breite und fünfzehn Meter in der Höhe.«

»Wow«, staunte ich. »Das ist größer als ein Football-Feld!«

»Um Himmels willen«, sagte Mom.

Alle machten ein deprimiertes Gesicht.

»Eine Elle geht also von hier bis hier«, sagte ich und zeigte es an meinem Arm. »Wie viel wird das sein? Vierzig Zentimeter? Gut, aber das ist bei jedem anders. Wie wäre es, wenn ihr den Arm eines Kindes messt? Der ist wahrscheinlich nur ein Viertel so groß wie der eines Mannes, aber trotzdem ist es eine Elle.«

Alle starrten mich an.

»Stimmt doch, oder? Die Arche könnte immer noch dreihundert Ellen lang sein, aber statt hundertvierzig Meter wären es nur noch fünfunddreißig Meter. Was immer noch riesig ist. Steht in der Bibel, wessen Arm man als Maß nehmen muss?«

Man hätte meinen können, ich hätte gerade die elektrische Glühbirne erfunden. Jess und Landy sahen zuerst total verblüfft aus, dann erschien ein Hoffnungsschimmer auf ihren Gesichtern. »Was meinst du?«

»Keine Ahnung und du?«

Mom fragte: »Könntet ihr das bauen?« Und Landy sagte: »Ich glaube schon. Ich hoffe es. Er ist sehr vernünftig – ich glaube, wenn ich es ihm erkläre, wird er zustimmen.«

Ja, ja, der alte Eldon, allzeit vernünftig.

Landy sagte, er würde Mom gern wegen einiger Dinge um Rat fragen, wenn sie nichts dagegen hätte, wo sie doch eine Künstlerin sei. In dem Moment wusste ich, dass er schüchtern war und nicht verrückt: Er hatte direkt ihre Schwachstelle getroffen. O nein, sagte sie, sie hätte überhaupt nichts dagegen, und dann unterhielten sie sich fröhlich über Sperrholzstärken und wie man sie anmalen kann.

Todlangweilig. »Gibt's neue Kälber?«, fragte ich Jess.
»Zwillinge. Willst du sie sehen?«
»Aber sicher!« Und weg waren wir.

Als wir über den schmutzigen Hof zu dem richtigen Stall gingen, in dem die meisten Kühe im Winter standen, überlegte ich, wie viel ich zu Jess über dieses Projekt mit der Arche sagen konnte. Es sah ganz so aus, als wäre es auch sein Ding, und ich wollte seine Gefühle nicht verletzen. Ich fing so an: »Will Landy alle Tiere bauen? Wirklich *alle?*«

»Wahrscheinlich nicht.«

»Verstehe. Das wäre doch auch fast unmöglich. Wie viel Arten gibt es, tausend? Nein, eher eine Million. Jede Menge Tiere, an die man normalerweise nicht denkt, der Wombat zum Beispiel oder das Wiesel. Das Vielfraß. Der Würger.«

Jess grinste, was mich ermutigte. »Das Weißschwanzgnu. Der Schakal. Die Hunde! Hey, wenn ihr Hunde nehmt, müsst ihr dann nicht von jeder Rasse einen bauen? Nach der Flut will man doch nicht nur noch Dalmatiner um sich haben?«

»Da ist was dran.«

»Und Fische. Ihr müsst alle Fische machen. Krabben und Elritzen und Barsche, Thunfische – es muss doch Millionen geben!«

»Vergiss die Reptilien nicht.«

»Ja, immer zwei Schlangen und Echsen und so. Und die Schnecken!« Wir fingen beide an zu lachen und es war super, ich kam mir richtig erwachsen vor, wie wir uns da über diese Erwachsenengeschichte lustig machten, die sich Erwachsene ausgedacht hatten, die sich aber als total verrückt erwies. »Das Ganze ist doch verrückt, oder?«, fragte ich, um ganz sicher zu gehen.

»Es ist völlig verrückt.«

»Genau! Aber warum macht ihr es dann?«

»Himmel, wenn ich das wüsste. Hast du noch nie etwas völlig Sinnloses getan? Einfach, weil du es tun wolltest?«

»Nicht, dass ich wüsste. Spielen und so tun als ob, das schon, aber dafür ist man doch irgendwann zu groß, oder?«

Jess lächelte nur und zog eine Augenbraue hoch. Sie hatte in der Mitte eine Narbe und er hatte mir mal erzählt, wie das passiert war. Als er zwölf war, hatte ihn sein Pony – es hieß Dylan – durch einen Stacheldrahtzaun gezogen. Meistens sieht Jess so aus, als mache er Spaß, weil er so viel lächelt und diese schiefe Augenbraue sieht dabei so lustig aus, so allwissend. Aber manchmal schauen seine Augen, die ganz hellgrau sind, richtig verträumt und in die Ferne und dann sieht er richtig traurig aus.

Im Kuhstall war es viel wärmer. Jess hat ungefähr zweihundert Stück Vieh, hauptsächlich weibliche – das sind die Kühe –, und im Januar und Februar sind sie im Stall. Er schwört, dass es ihnen nichts ausmacht, nicht mal, dass sie den ganzen Tag in ihren Boxen stehen müssen, bis auf die zwei Male, um vier Uhr nachmittags und um fünf Uhr morgens, wenn sie gemolken werden. Er nennt sie »meine Mädels«. »Hier kommen meine Mädels«, sagt er, wenn sie aus dem Stall trotten und sich auf dem Melkplatz tummeln. Am Anfang, als ich zum ersten Mal in der Nähe solch einer Horde stand, haben sie mir Angst eingejagt, aber da wusste ich noch nicht, wie sanft sie sind. Für mich sehen sie alle gleich aus, fette, schwarz-weiße Holsteinkühe mit süßen, leeren Gesichtern. Aber Jess weiß genau, wer wer ist – jedenfalls behauptet er das. Und eins kann ich kaum glauben: Er sagt, er kennt ihre *Namen*. »Okay, wer ist das?«, frage ich immer und zeige auf irgendeine Kuh. »Cinnamon«, behauptet er dann, wenn sie in der Nähe steht, oder: »Kann ich nicht sagen«, wenn sie zu weit weg ist. »Könnte Tulip sein, aber ich kann sie nicht genau erkennen.« Durchaus möglich, dass er mich auf den Arm nimmt, aber ich glaube es nicht. Ich glaube, er kennt seine Kühe wirklich alle beim Namen.

»Ich verstehe, warum du sie magst«, sagte ich und lehnte mich neben Jess an die Tür zu dem Stall, wo die Kälber geboren werden. Ich schaute mir die zwei schlafenden Kälberzwillinge an. »Sie sind hübsch. Sie haben keinen …« Mir fiel das richtige Wort nicht ein. »Sie könnten sich niemals etwas Böses ausdenken.«

»Nein.«

»Sie sind einfältig. Sie haben eine gute Seele.«

»Es sei denn, sie brechen dir den Fuß.«

»Ja, stimmt, das muss ganz schön wehtun. Welche war es?« Letzten Sommer war Jess auf dem Feld von einer Kuh auf den Fuß getreten worden und sie wollte partout nicht mehr weggehen, stand einfach auf seinem Fuß, bis er gebrochen war. Jess musste zwei Monate lang an Krücken gehen.

»Das muss Crocus gewesen sein.«

»Hast du sie noch?«

»Klar.«

»Jess, darf ich die Kälber streicheln?«

»Sicher.«

Aber ich blieb stehen, wo ich war, neben ihm, einen Fuß auf der untersten Sprosse des Gatters, die Arme auf der obersten verschränkt. Der Stallgeruch nach Kühen, Urin, Dünger und Futter ist irre. Wenn man reinkommt, haut es einen fast um. Dann gewöhnt man sich daran und es ist nicht mehr so schlimm. Das hat mich überrascht, ich meine, dass die ganze Kuhscheiße und so nicht zum Himmel stinkt. Der Geruch bleibt einem noch eine Weile lang in der Nase, wenn man wieder draußen ist, aber es stört einen im Grunde nicht. Es ist ein frischer Geruch, schwer und süß, wie feuchtes Gras und Erde. Fast mag ich ihn.

»Und«, sagte Jess in die friedliche Stille hinein, »wie läuft's bei dir so? Was macht die Schule?«, fügte er hinzu – falls ich nicht über persönliche Dinge sprechen wollte.

»In der Schule ist alles okay. Ich habe eine ziemlich coole Englischlehrerin, Mrs. Fitzgerald. Wir lesen Gedichte. Und sie lässt uns Tagebuch schreiben.«

»Wer sind denn deine beste Freunde?«

»Oh ... Jamie. Und ein Junge.« Jess machte ein interessiertes Geräusch. »Ich gehe nicht mit ihm oder so was. Sein Name ist Raven. Gram findet ihn verrückt. Mom auch, aber sie sagt es nicht, sie versucht, locker zu bleiben, aber es ist ganz offensichtlich.«

»Warum ist er verrückt?«

»Keine Ahnung«, erwiderte ich lachend. »Er ist es auch eigentlich nicht, er schminkt sich nur und zieht sich wie ein Vampir an, mehr nicht.« Ich lachte wieder, diesmal direkt in Jess' Gesicht. Ich war nahe dran, einen Lachkrampf zu kriegen, obwohl ich dachte, dass ich dafür eigentlich schon zu alt war. »Er ist irre schlau, ich glaube der Schlauste in der ganzen Klasse, wahrscheinlich müsste er gar nicht zur Schule gehen. Wir machen schon mal was zusammen. Er hat mir ein Buch mit Gedichten geschenkt – als mein Vater starb. Ich mag ihn, aber es ist nicht die *große Leidenschaft* oder so was.«

Ich merkte, dass er über meine Worte nachdachte und überlegte, ob er etwas sagen sollte oder nicht. Schließlich hielt er es nicht mehr aus, aber er achtete darauf, dass seine Stimme ganz beiläufig klang. »Er zieht sich wie ein Vampir an?«

Ich legte den Kopf auf die Arme und schnaubte. Warum war das so komisch? Ich hatte das Gefühl, dass ich gleich hysterisch werden würde. »Manchmal, ja. Einfach so. Es bedeutet nichts. Es soll seine Angst und seinen Ekel gegenüber unserer Kultur ausdrücken.«

Etwas rieb sich an meinem Bein – ich schaute hinunter und entdeckte eine dünne, staubige schwarze Katze. Ich streichelte sie behutsam, bis sie davonschlich. »Welche war das?«, fragte ich Jess herausfordernd und er sagte: »Blackie.« Ich wusste nicht, ob er mich auf den Arm nahm oder nicht. »Mein Vater war allergisch gegen Tierhaare und so, deswegen durften wir keine Tiere haben«, sagte ich. »Nicht mal eine Katze.«

»Ich mag Katzen.«

»Deine sind okay.« Er hatte ungefähr ein Dutzend Katzen oder Katzenjunge, die alle draußen lebten und deren Aufgabe es war, Mäuse zu fangen. »Aber andere sind oft hinterhältig. Einmal hatte ich für zwei Tage ein Meerschweinchen, aber Dad sagte, ich müsste es wieder weggeben. Dann bekam ich Fische, Goldfische, doch die sind nur gestorben. Es war eklig. Ich bin morgens aufgewacht und mein neuer Goldfisch klebte auf meiner Kommode.«

Jess beugte sich vor und streichelte die rosafarbene Nase von einem der Kälber und ich konnte sein Rasierwasser riechen. Es roch nach Zitrone. Mein Vater benutzte Old Spice, das ist süßer und prickelt mehr in der Nase als Jess' Rasierwasser. »Ich war ein wenig älter als du«, begann er ernst, als wollte er mir eine Geschichte erzählen, »als ich meinen Vater verlor. Er hieß Wayne. Meine Mutter hieß Ora.«

»Wayne und Ora Deeping.« Das klang richtig ländlich.

»Er war klein und zierlich, nur ein Meter fünfundsechzig groß. Er bekam schon mit zwanzig eine Glatze.«

»Bist du sicher, dass du nicht nach ihm gerätst?«

»Darin jedenfalls nicht. Aber in anderen Sachen.«

»Woran ist er gestorben?« Das interessiert mich zurzeit am meisten – woran die Leute gestorben sind.

»Es war ein Unfall. Mit dem Mähdrescher.«

Ich wusste nicht, was ich sagen sollte.

»Er fehlt mir immer noch. Es ist jetzt neunzehn Jahre her. Ich glaube, ich bin nur seinetwegen hiergeblieben. Wollte für ihn etwas aus der Farm machen und ich glaube, ich habe es geschafft.«

»Ja, bestimmt. Du bist sicher reich.«

Er lachte, Gott sei Dank, denn ich merkte erst, wie unhöflich das war, nachdem es mir rausgerutscht war. »Mein Vater hat schwerer gearbeitet als jeder Mann, den ich kenne. Er lehrte mich, wie – nun, die Arbeit zu lieben und alles zu geben. Er war sehr still. So hat er sich immer bewegt –« Jess richtete sich ganz langsam und vorsichtig auf. »Langsam wie eine Schildkröte, damit er nur ja seine Kühe nicht erschreckte. Und es hat funktioniert, ich habe noch nie so glückliche Kühe gesehen. Sein Arzt sagte immer, er hätte überhaupt keinen Blutdruck.«

Der Tod ist wirklich etwas Seltsames. Hier stehe ich, mein Vater ist tot und da steht mein Freund Jess und sein Vater und seine Mutter sind tot. Jeder stirbt. Abermillionen Menschen sind tot. Alle Menschen, die vom Beginn der Zeitrechnung an, vom Anfang der Welt an gelebt haben, sind schon tot. Ich stelle sie mir aufeinander gestapelt vor, wie einen gigantischen Holzstapel, Milliarden Kilometer hoch. Wie konnte Gott, wenn es ihn überhaupt gibt, glauben, dass das ein guter Plan war? Das ist doch nur schrecklich, das absolut Schlimmste.

»Mein Vater ist an Herzversagen gestorben«, sagte ich. Jess wusste das natürlich, aber jetzt erzählte ich ihm meine Geschichte. »Er fuhr mit meiner Mutter an einem Freitagabend nach Hause. Sie waren zum Essen bei meinen Großeltern gewesen, aber er war nicht betrunken oder so. Er lehnte sich an die Autotür und sein Herz hörte einfach auf zu schlagen. Vielleicht sogar schon, bevor das Auto gegen den Baum fuhr. Davor war er immer gesund gewesen, nicht mal erkältet. Na ja, vielleicht manchmal.« Ich legte die Finger auf die Lippen und flüsterte: »Manchmal glaube ich, es wäre besser gewesen, wenn es *sie* getroffen hätte und nicht ihn. Und dann – bin ich doch froh, dass er es war, denn wenn sie tot wäre, wäre es noch schlimmer. Und dann fühle ich mich ganz schlecht, weil ich nur an mich denke und nicht an meinen Dad. Mom ist immer noch total fertig und ich kann nichts für sie tun, ich kann es nicht rückgängig machen. Ich kann gar nichts machen, nichts. Ich verstehe nicht mal, warum er starb. Warum ist er gestorben? Weiß das irgendjemand? Wissen Pfarrer so was? Philosophen? Du weißt es auch nicht, oder?«

Natürlich sagte Jess Nein. Das Erstaunliche war, dass ich all das sagte, dass ich eine richtige kleine Rede hielt, ohne in Tränen auszubrechen. Das munterte mich auf – ein Zeichen, dass ich erwachsen wurde.

Wenn jemals irgendwas mit Mom wäre – sagen wir, sie bekommt einen Job in einer anderen Stadt oder so was –, würde Jess mich bestimmt bei sich wohnen lassen, hier auf der Farm. Am Anfang würde er vielleicht denken, ich sei eine Nervensäge, aber das würde sich bald ändern. Ich könnte für ihn kochen und sauber machen. Ich könnte ihm helfen. Und abends würden wir zusammen am Küchentisch sitzen, oder im Sommer auf der Veranda, und uns gegenseitig Gesellschaft leisten. Er hat eine Schaukel. Er muss ganz schön einsam sein, so allein wie er hier lebt. Ich wäre seine rechte Hand. Raven könnte manchmal vorbeikommen, sich vielleicht ein bisschen Geld verdienen, wenn er Jess nachmittags hilft. Ich bin mir sicher, dass sie sich mögen würden. Sie haben mehr gemeinsam, als man auf den ersten Blick merkt. Mom würde am Wochenende zu Besuch kommen. Am Anfang hätte sie natürlich ihre Bedenken, aber dann würde sie sehen, wie gut ich hier alles zusammenhalte.

Ich hörte, wie eine Tür zufiel und ein Auto angelassen wurde. Als wir aus dem Stall kamen, fuhr Landy gerade in seinem Ford Taunus davon und Mom stand auf dem Hof und winkte ihm nach. Wahrscheinlich waren sie jetzt Freunde. »Hat jemand Hunger?«, fragte Jess und dann gingen wir ins Haus und tranken Tee.

Das Haus war eigentlich überhaupt nicht wie ein Bauernhaus. Es war modern, hauptsächlich aus Stein gebaut, zweistöckig und weiß gestrichen, und drinnen gab es ein Wohnzimmer, ein Esszimmer und so weiter und alles war so eingerichtet wie in einem Mittelklassehaus in irgendeinem Vorort. Irgendwie eine Enttäuschung. Am besten waren noch die Küche und das Büro, wahrscheinlich waren das die einzigen Zimmer, die Jess benutzte. Alle anderen waren groß, sauber, leer und irgendwie deprimierend.

Der Küchentisch war für drei gedeckt, mit blau-weißen Sets und dazu passenden Servietten, Tellern, Tassen mit Untertassen und einer Teekanne. »Setzt euch.« Jess begann, auf dem Herd einen Topf mit Milch aufzuwärmen.

»Kann ich dir helfen?«, fragte Mom. Sie wirkte fröhlich, aber ein bisschen nervös.

»Nein. Mögt ihr Kuchen?«

»Riecht es hier so gut danach? O *Mann.*« Plötzlich hatte ich richtig Hunger. Er holte eine Kastenform aus dem Ofen und stellte sie auf den Tisch. »Wow, hast du den selbst gebacken? Fantastisch. Mom backt nur noch ganz selten.«

»Na los, schneid dir ein Stück ab. Ich habe auch Sandwiches.«

»Nein, wir warten auf dich«, sagte Mom.

»Nun mach schon.«

»Okay«, sagte ich, »wenn du darauf bestehst.«

Der Kuchen war super, noch warm vom Ofen, mit viel Zimt und Zucker bedeckt und innen ganz weich. »Saure Sahne«, sagte Jess, als ich ihn nach dem Geheimnis fragte. »Warum backst du nicht mehr?«, fragte er Mom dann.

»Ich weiß, es ist dumm, aber nur für uns beide lohnt es sich kaum. Und jetzt, da ich arbeite –«

»Sie will nur nicht dick werden«, erklärte ich. »Und sie war auf dem besten Wege dazu, aber jetzt hat sich das Blatt …« Mir fiel das richtige Wort nicht ein.

»Gewendet«, sagte Mom kalt. »Vielen Dank.«

»*Ich* danke«, sagte ich, während Jess meine Tasse mit heißem Kakao füllte und ein Marshmallow obendrauf setzte. »Krystal isst keinen Zucker, aber ich schon. Eines Tages werde ich damit aufhören, aber noch bin ich nicht so weit.«

»Der Kuchen ist köstlich, Jess, ehrlich. Ich wusste gar nicht, dass du so ein guter Koch bist.«

»Danke. Tee oder Kaffee?«

»Tee bitte. Danke.«

Irgendwie waren sie sehr förmlich und steif miteinander. Freundlich, aber auch richtig … wachsam. Ich sagte: »Und ihr seid also alle zusammen in die Schule gegangen, ihr beide und Landy?«

Sie fingen beide gleichzeitig an zu antworteten. Mom hielt inne und Jess sagte: »Landy ist älter, er war ein paar Jahre über uns. Vor ungefähr fünfzehn Jahren hat er die Nachbarfarm gekauft, kurz nachdem seine Frau gestorben war. Er ist ein guter Nachbar. Wir helfen uns gegenseitig.«

»Dann wart *ihr* beide in einer Klasse? Seid ihr genau gleich alt?« Sie nickten. »Landy sieht viel älter aus als ihr. Vielleicht ist er mal sitzen geblieben?«

»Nein, das glaube ich nicht. Er hat schreckliche Arthritis in seinen Händen, Jess.«

»Ich weiß. Deshalb kann er meine elektrischen Sägen nicht benutzen – ich fürchte, er würde sich den Arm abschneiden.«

»Er kann die ganze Arbeit doch nicht mit einer Handsäge schaffen!«

»Nein.«

»Was wird er also tun?«

Jess schüttelte den Kopf. Nach einer Weile sagte er: »Ich werde ihm helfen, die Arche zu bauen.«

Ich verschluckte mich beinahe an meinem Kakao. »Hör auf. Nein! *Echt*?«

Er lächelte. Dann schaute er Mom an, doch sie blieb stumm. »Er hat nur vier Monate Zeit für alles. Er ist zwar nicht ganz allein, ein paar Mitglieder der Gemeinschaft helfen ihm, wenn sie können. Aber sie sind alt und oft – heute zum Beispiel – kommen sie gar nicht.«

»Er gehört der Gemeinde nicht einmal an«, sagte Mom. »Ich konnte es kaum glauben, als er mir das erzählte.«

»Nein, er ist Methodist.«

»Wow«, sagte ich. »Landy ist kein *Archist?* Warum tut er das dann?«

»Für seinen Vater. Weil er es versprochen hat.«

»Wahnsinn. Dann glaubt er gar nicht daran!« Das wurde ja immer seltsamer. »Und wieso hat er nur vier Monate Zeit?«

Jess machte ein komisches Gesicht, irgendwie verlegen oder so. Als er sich mit beiden Händen die Wangen rieb, erinnerte mich das kratzende Geräusch seiner Barthaare an Dad. »Also, laut Eldon steht in der Bibel, dass die Sintflut im sechsten Jahrhundert von Noahs Leben war, im zweiten Monat am siebzehnten Tag. Offenbar ist das der siebzehnte Mai.«

»Na dann«, sagte Mom und wischte sich den Mund mit der Serviette ab. »Dann ist vielleicht wenigstens schönes Wetter.«

»Das ist doch völlig verrückt«, versuchte ich den beiden klarzumachen. »Wisst ihr, wie viele Tiere es gibt? Auf der ganzen *Welt?*«

»Eldon hatte einen Traum und darin kamen *Vertreter* aller Tiere vor«, sagte Mom ganz ernst. »Also muss er nicht alle bauen. Zum Glück.«

»Wow, was für ein *praktischer* Traum! Aber trotzdem muss er von jeder Sorte zwei machen, was die Arbeit automatisch –«

»Ich hatte eine Idee«, unterbrach sie mich. »Ich finde, dass Landy beide Seiten bemalen könnte, nicht nur eine, jede in etwas anderen Farben – oder sogar Strukturen –, sodass die eine Seite das männliche und die andere das weibliche Tier repräsentiert. Beim Bär zum Beispiel könnte die eine Seite braun und die andere schwarz sein – oder heller und dunkler, egal. Männchen und Weibchen. Man könnte sogar« – sie lachte – »auf beiden Seiten unterschiedliche Gesichtsausdrücke malen, grimmig und freundlich, wild und schläfrig – keine Ahnung.« Sie schnitt ein Gesicht. »Schon gut, ich habe mich mitreißen lassen. Aber Landy fand die Idee super.«

Ich hatte einen schrecklichen Verdacht. »Du willst ihm doch nicht etwa helfen?«

»Nein. Keine Angst. Ich habe schließlich schon einen Job.«

»Auch nicht als Beraterin?«, fragte Jess. Er grinste, aber ich glaubte nicht, dass das ein Witz sein sollte.

»Hey«, sagte ich, »wusstest du, dass ich auch einen Job habe?«

»Irgendwer hat es mir erzählt. Wer war es nur? Ich glaube, Bonnie.« Bonnie Driver, seine frühere Frau. Ich bin mit Becky befreundet, ihrer Tochter, sie ist in meiner Klasse. Ich hatte eine ganze Menge Fragen über Jess und seine Ex, aber ich wusste nicht, wie ich sie stellen sollte. Es hatte den Anschein, als redeten sie noch miteinander, ich meine, sie hassten sich nicht oder so was. Becky ist nicht Jess' Tochter, ihr Vater ist Mr. Driver, dann mussten sie also schon mindestens fünfzehn Jahre geschieden sein, so alt ist Becky nämlich. Da war Jess ungefähr siebenundzwanzig. So jung. Wann hatte er geheiratet? Warum haben sie sich getrennt?

»Soll ich euch nun von meinem neuen Job erzählen oder nicht?«

»Unbedingt.« Jess schob seinen Teller zurück, stützte die Ellbogen auf den Tisch und legte das Kinn in die Hände. Mom stand auf und ließ Wasser über das schmutzige Geschirr laufen. »Wie heißt der Laden noch? Ich habe ihn schon gesehen, war aber noch nie drin.«

»Mother Earth Palace für Naturheilverfahren. Es ist viel mehr als nur ein Laden für Bio-Lebensmittel, wir bieten noch vieles anderes an.«

»Und das wäre?«

»Also, zum Beispiel können wir den biologischen Typ eines Menschen bestimmen. Da wird Speichel, Blut und Urin getestet, um seine biologische Grundveranlagung festzustellen. Und wir machen Haaranalysen, Irisdiagnostik – dabei untersucht man das Auge, die Iris, und kann sehen, ob jemand eine Krankheit hat. Das macht Krystal, sie hat ein Zertifikat für Irisdiagnostik und eins für Reflexzonenmassage und im Augenblick macht sie eine Fortbildung für kraniosakrale Therapie.«

»Dann gefällt dir der Job?«

»Er ist super! Ich lerne echt viel. Krystal lässt mich im hinteren Teil des Ladens die Aromatherapie durchführen, das ist wie eine Kur, du kannst einfach vorbeikommen, dich hinlegen und riechst dann so eine Essenz, die deine ganze Einstellung verändern kann. So muss man nicht sämtliche Aromen kaufen, man macht einfach eine Behandlung, wenn man sie braucht. Ihr solltet es auch mal versuchen.«

»Krystal ist deine Chefin?«

»Ihr gehört der Laden. Kennst du sie? Krystal Bukowski?«

»Ich glaube nicht.«

»Sie ist von hier, deshalb dachte ich, du kennst sie vielleicht. Sie ist allerdings jünger als du. Ich finde sie toll – sie wohnt über dem Laden und heizt mit einem Holzofen. Sie hat drei Katzen und mehrere Freunde, die hin und wieder vorbeikommen. Sie ist Vegetarierin, versucht aber Veganerin zu sein, da darf man überhaupt keine Tierprodukte essen, nicht mal Milch oder Butter. Sie bringt mir bei, richtig zu atmen, weil ich manchmal echt überdreht sein kann, und es beruhigt dich, wenn du richtig atmest. Was ich an ihr mag, ist, dass sie nicht drumherum redet, sie kommt direkt zur Sache, zu dem, was wichtig ist, und das ist nicht etwa Schule oder Studieren oder die Aufnahmeprüfung fürs College.«

»Nicht?«

»Nein, es ist das Leben im Hier und Jetzt. Man soll ein sanftes Leben führen, das niemandem wehtut. Das ist wie ein spiritueller Weg, den man entlangfliegt wie ein Schmetterling, ohne das Wachstum der Natur zu stören, also ohne irgendeine Zerstörung auf dem Weg zu hinterlassen. Und es bedeutet, Gottes Universum mit höchstem Respekt, Liebe und Feingefühl zu begegnen.«

Jess nickte nachdenklich. »Das sind gute Ziele. Da kann man wirklich nichts dagegen sagen.«

»Und natürlich fängt alles bei dir selbst an, man muss auf seinen Körper achten, der im Grunde sowieso das Einzige ist, worüber man irgendeine Kontrolle hat. Man kann zum Beispiel, sagen wir mal, EDTA nehmen, das ist ein Komplex, der dein Blut von Blei und Quecksilber reinigt, was wahrscheinlich jeder in sich hat, ohne es zu wissen. Orale Chelierung nennt man das. Ich nehme es und spüre jetzt schon den Unterschied, nach einem Monat. Es gibt also eine ganze Menge, was wir tun können, was jeder tun sollte. Um sich gesund zu halten.«

Wow, ich redete wirklich viel. Aus irgendeinem Grund berührte Jess meine Hand. Ich lächelte und er sagte: »Das wäre schön.«

»Was?«

»Wenn wir die Dinge kontrollieren könnten. Eine Pille nehmen, damit unser Leben funktioniert.«

Ich zog meine Hand weg. »Das meine ich nicht. Ich weiß, dass das nicht geht.« Hielt er mich für blöd? »Ich will nur sagen, es gibt ein Mittel für alles, wenn man weiß, was man hat. Du solltest einfach mal vorbeikommen.«

»Das mache ich bestimmt.«

»Weil wir nämlich *alles* haben. Man muss schließlich nicht alle Beschwerden hinnehmen, die einen überfallen. Nimm zum Beispiel trockene Haut – die du an den Händen hast, wie ich sehe, und brüchige Fingernägel.« Er blickte auf seine Hände. »Und das ist nur ein Beispiel, es fällt mir nur gerade so ein. Also, wir haben *Miracle 2000*, das besteht aus Collagen und Protein und dem Extrakt von Weintraubenkernen und es kann das Altern der Haut, Haarausfall und brüchige Nägel verhindern, während es gleichzeitig Kraft, Ausdauer und Beweglichkeit verbessert. Viele Kunden bestätigen das. Ich denke mir das alles nicht aus.«

»Nein, nein!«

»Ich sage nur, dass man etwas tun kann. Man darf nicht so passiv sein.«

»Noch ein bisschen heißen Kakao?«

»Nein, danke. Man kann im Schlaf Gewicht verlieren – bei uns gibt es *Night Slim*, eine Mischung aus Chrom, lipotrophen

Stoffen und speziellen Aminosäuren, die Fett abbauen, während man schläft. Na gut, das brauchst du wahrscheinlich nicht, aber was ist mit Schleim? Wusstest du, dass der Tod im Darm anfängt?«

»Ruth«, sagte Mom von der Spüle her, »wolltest du nicht eine kleine Spritztour mit dem Auto machen?«

»Allein?« Der Stuhl kratzte über den Boden, als ich aufstand.

»Geht das, Jess? Ich will nicht, dass sie auf öffentlichen Straßen fährt. Nur Seitenstraßen und nur auf deinem Gelände. Und irgendwo, wo es keine Straßengräben gibt.«

Ich durfte also allein fahren! Zum ersten Mal, und es war supercool, auch wenn die Schotterstraße holprig und kurvig war und ich natürlich nicht schnell fahren konnte. Aber dass ich allein war, machte es wett – keiner beobachtete jede meiner Bewegung und sagte mir, dass ich langsamer fahren, den Blinker einschalten, dies oder das tun solle. Lieber Himmel, ich kann es kaum erwarten, bis ich endlich meinen Führerschein habe! Wie soll ich noch sieben Monate aushalten, bis das wahre Leben beginnt?

Aber als ich zurückkam, war irgendwas passiert. Mom und Jess standen auf der Veranda, hatten beide ihre Mäntel an, und noch ehe ich aussteigen konnte, kam Mom schon rüber und stieg auf der Beifahrerseite ein. »Was ist los?«

»Nichts. Bedank dich bei Jess, Süße, und lass uns losfahren. Es wird langsam spät, er muss die Kühe melken.«

»Habt ihr euch gestritten?«

»Nein, nein, alles in Ordnung.«

Nein, das war es nicht, sie hatte irgendetwas. Jess kam, legte die Hände an die Tür auf meiner Seite und beugte sich zum Fenster hinunter. Auch er sah traurig aus. Ich dachte, *kaum bin ich eine Viertelstunde weg, passiert was*. Die Hunde umringten verwirrt das Auto. »Also dann«, sagte ich, »tschüs, Jess. Danke, es war wirklich toll bei dir.«

»Fand ich auch. Komm bald wieder.« Er sah zu Mom hinüber.

»Jess – es tut mir Leid.«

»Was, Carrie?«

Sie machte eine unbestimmte Handbewegung und lachte komisch. »Dass ich so schrecklich bin. Alles meine Schuld. Bis bald – fahr los, Ruth.«

»Schon gut, schon gut.« Ich hatte den Motor gar nicht erst ausgemacht. Jess richtete sich auf und trat zurück. Als er in die Hände klatschte, rannten die Hunde alle zu ihm. Ich löste die Handbremse, legte den Gang ein und gab Gas. Kreischend machte das Auto einen Satz nach vorn – ich trat auf die Bremse. Mom stützte sich am Handschuhfach ab. Schleudertrauma.

Ich schaute mich nach Jess um. Er gab sich Mühe, nicht zu grinsen. Das brachte mich zum Lachen. Und dann lachte Mom! Ganz plötzlich fühlte ich mich albern und glücklich, alles war so *super*. Beinahe hätte ich Jess den Stinkefinger gezeigt! Stattdessen tippte ich mir mit dem Finger an die Nase und Jess winkte und lächelte breit, während wir uns entfernten.

»Das war wirklich toll, ich hatte viel Spaß.«

»Ich auch.« Ihre Nase war ganz verstopft. Mom klang, als hätte sie eine Erkältung.

»Was war denn los?«

»Nichts.«

»Ach, komm.«

»Nichts, wirklich, ich wurde einfach plötzlich traurig.«

»Hat Jess irgendwas gesagt?«

»*Nein*. Doch – er fragte mich, wie es mir geht. Mehr war nicht nötig.« Sie lachte wieder, aber ich sah, dass sie ein Taschentuch aus ihrer Manteltasche kramte und sich das Gesicht abwischte.

»Scheiße. Weinst du etwa?«

»Nein, ich weine nicht und sag in meiner Gegenwart nicht Scheiße.«

»Entschuldigung. Mom?«

»Es geht mir gut, wirklich.« Sie machte ein abwehrende Handbewegung. Dann verbarg sie das Gesicht im Taschentuch und verharrte für eine ganze Weile so.

Die Landschaft, die sanften Hügel, die braunen Felder, der weißgraue Himmel, alles, was vorher noch so schön gewesen war, wirkte jetzt nur noch kalt und tot. Ich zählte Telegrafenmasten und die gelben Linien auf der Straße, die kahlen Bäume. Scheiße, Scheiße, Scheiße. Ich glaube, das hört nie auf. Kann die Trauer um einen Menschen ein ganzes Leben dauern? Ich dachte, es ginge ihr besser, dachte, die Arbeit würde ihr helfen. »Ich weiß nicht, was ich machen soll«, sagte ich leise, so leise, dass sie es nicht hören konnte. »Hey, Mom?«

Sie richtete sich auf, putzte sich die Nase und wischte sich über die Augen. »Was?«

Ich hatte meinen Walkman dabei, in dem Nylonbeutel, den ich zurzeit als Tasche benutze. Mit einer Hand suchte ich danach und ertastete ihn ganz unten am Boden. »Setz die Kopfhörer auf.« Gut, die Kassette war zurückgespult, stellte ich fest. »Es ist das erste Lied. Drück auf ›Play‹ und hör es dir an. Hör auf den Text.«

»Was ist es denn?«

»Hör einfach zu. Es ist ein Lied.«

Herrje. Es dauerte ewig, bis sie raushatte, wie man die Ohrstöpsel richtig in die Ohren steckte, welchen Knopf man drücken musste und wie man die Lautstärke einstellte. *Das ist keine Hirnoperation,* hätte ich am liebsten gesagt, aber so ein dummer Spruch hätte sie im Augenblick nur verletzt.

»Wer singt da?«

»*Belle*. Sie war mal bei den *Storm Sewer Troupers*. Das ist ihr erstes Soloalbum.«

»Belle?«

»Schhh, hör einfach zu.«

»Ich kann den Text nicht verstehen.«

»Mach es lauter.«

Wieder fummelte sie herum, dann hörte ich endlich über dem Dröhnen des Motors den hohen, blechernen Klang der Musik. Der Refrain ist das Beste.

I am water, I am stone.
Take my heart, I'll take you home.
You're not gone, I've got you here, love,
There's no such thing as good-bye.

Und dann diese unheimlichen Harmonien, die sie aus ihrer Stimme herausholt: *Ah-eeeee, oh don't go, oh-weeeee, stay in my soul,* immer wieder singt sie das mit einer schmerzverzerrten Stimme, die einem mitten ins Herz geht, direkt ins Mark. Ich bekomme jedes Mal eine Gänsehaut.

»Es geht darum, wie man über den Schmerz hinwegkommt, wenn man jemanden verloren hat«, erklärte ich. »Sie sagt, dass man ihn nicht wirklich verloren hat, solange man sich an ihn erinnert.«

Mom nickte langsam. Sie hatte die Augen wieder geschlossen, aber jetzt lächelte sie. Ja, eigentlich machte sie ein Gesicht, als würde sie gleich anfangen zu lachen.

Belle ist wirklich super. Besser als jede Therapie.

8

Stephen und ich haben uns in einer Bar kennen gelernt. Nicht besonders romantisch, aber ich war so beeindruckt von dem, was ich für sein angespanntes, grüblerisches Alleinsein hielt, dass ich unser erstes Treffen mit der dunklen Romanze eines Romans der Schwestern Brontë überfrachtete. Es war in Washington, im Sommer 1981. Ich war dreiundzwanzig, wohnte am Logan Circle und begann langsam an meiner künstlerischen Begabung zu zweifeln – eine weise Voraussicht, wie sich herausstellte. Er promovierte gerade in Mathematik in Georgetown. Wenn ich das gewusst hätte, als ich ihn im *Rainy's*, einer überhitzten, schmuddeligen Kneipe in der M Street kennen lernte, hätte ich seine Melancholie vielleicht nicht so unwiderstehlich gefunden. Ich hielt ihn für einen Künstler oder Schriftsteller – aus kindischen Überlegungen: seine Intensität, die Art, wie er die Zigarette hielt, die Tatsache, dass er nichts sagte, mich aber permanent anstarrte.

Ich war mit Freundinnen dort, meinen Mitbewohnerinnen einer von Kakerlaken verseuchten Maisonettewohnung in der

15th Street. Die heißen Blicke, die irgendwann auf Gegenseitigkeit beruhten, gingen so lange hin und her, bis ich die Initiative ergriff, etwas, das ich sonst nie tat, vor allen Dingen nicht bei fremden Männern in Bars. Ich rauchte nicht, aber ich trank. An jenem Abend trank ich so viel Chardonnay, dass es, wenn auch nicht ganz normal, so doch unvermeidlich erschien, aus der Packung meiner Freundin eine Zigarette zu stibitzen, damit zu Stephen an die Bar hinüber zu gehen und um Feuer zu bitten.

Ich weiß noch, was seine ersten Worte waren. »Kannst du hier weg?« Aufregend und direkt. Ich war hingerissen von dem, was dahinter stand: Das Schicksal hatte uns zusammengeführt, wir hatten beide bloß darauf gewartet. Wir gingen nur in ein Café um die Ecke, aber ich wäre auch zu mehr bereit gewesen – wahrscheinlich zu allem, was er wollte. Es dauerte sehr lange, bis ich verstand, dass sein heißes Interesse an mir, seine Verzückung, die schmeichelnde Beachtung, die er mir schenkte, ebenso eine Illusion waren wie meine Zigarette.

Ich frage mich, ob ich Raven, Ruths Freund nur toleriere, weil ich weiß, was ihn für sie so anziehend macht. Es ist dieselbe faszinierende Andersartigkeit, die romantische Persönlichkeit eines Einzelgängers, die auch Stephen so anziehend machte – und davor natürlich Jess. Wie gut wir Frauen uns doch selbst betrügen können. Irgendwann glauben wir, was wir uns die ganze Zeit vorgemacht haben.

Stephen zog mich auch wegen der Andersartigkeit seines *Wissens* an. Er las Bücher mit Titeln wie *P-Lösungen bei zyklischen Quotientensingularitäten* und ich verstand nie auch nur ein einziges Wort von dem, was er mir darüber erzählte. Ich hörte ihm gern zu, obwohl er genauso gut einer tauben Frau ein Konzert hätte erklären können. Ich überließ ihm größtenteils die Führung in unserer Beziehung, weil ich ihn für ein Genie hielt. Ich nahm sein Schweigen, seine geistige Abwesenheit als Zeichen für Tiefe, als Beweis für ein Wissen auf einem Gebiet, das ich nie betreten, geschweige denn verstehen würde. Und damals war ich wirklich ruhelos, ließ mich leicht beiseite schieben, war unfähig, mich meinen verschiedenen Kunstprojekten zu widmen – zweifellos, weil ich nicht wusste, was ich tat. Ich glaube nicht, dass er die Mathematik mehr liebte als ich die Kunst, aber er hatte Biss und ein Ziel und ich nicht. Ich beneidete ihn.

Er war sehr förmlich, sogar ein bisschen prüde und ich stellte fest, dass es mir Spaß machte, ihn an unpassenden Orten zu verführen. Eines Nachmittags besuchte ich ihn überraschend in seiner Nische in der Universitätsbibliothek und er fing an, mit mir über irgendeine Formel oder ein Problem, an dem er gerade arbeitete, zu reden. Wie üblich verstand ich kein Wort, aber seine Konzentration, seine Leidenschaft dafür erregten mich. Vielleicht war ich auch eifersüchtig. Ich entsinne mich, dass ich mich zwischen ihn und die Tischkante quetschte – sein Körper und die Trennwand der Nische schützten mich vor Blicken –, meine Bluse aufknöpfte und meinen BH auszog. Er war sauer, schockiert, entschlossen, nicht darauf zu reagieren. Aber ich zwang ihn. Ich konnte ihn aus sich herauslocken und das gab mir das Gefühl von Stärke – auf diese Weise glaubte ich ein wenig von der Macht zurückzubekommen. An jenem Tag liebten wir uns im Stehen, hinter den Bücherstapeln, und es war nicht das einzige Mal. Ich dachte allen Ernstes, das machte uns gleich.

Ich habe oft darüber nachgedacht, wie der Sex später war, nachdem wir verheiratet waren. Und was es bedeutet, dass er mir jetzt nicht besonders fehlt. Ich weiß, dass ich innerlich irgendwie abgestorben bin, aber es ist mehr als das. Am Ende war es nur noch Sex, nicht mehr viel Nähe, und meistens küssten wir uns nicht einmal. Am Ende? Nein, das stimmt nicht, es fing schon früher an. Als Ruth klein war. Deswegen fehlt es mir nicht sehr. Oder nicht mehr als vorher.

Eines war seltsam bei Stephen. Wenn er mich in den Arm nehmen oder berühren wollte, kam er immer von hinten. Ganz selten umarmte er mich direkt oder küsste mich auf den Mund oder auf die Wange. Immer von hinten. Dann presste er sich an meinen Rücken, schmiegte sich an meinen Hals oder meine Wange. Beim Sex war das anders – er konnte und wollte von Angesicht zu Angesicht mit mir schlafen –, aber am Tag, im Stehen, vollständig angezogen, konnte er mir im wahrsten Sinne des Wortes nicht in die Augen sehen.

Ich hatte Ruth an dem Nachmittag bei Jess nicht angelogen, ich wusste ehrlich nicht, was mich aus der Fassung gebracht hatte, warum ich plötzlich wieder so weinerlich wurde. Es war das Übliche, nehme ich an: zu viele Gefühle unter einem losen Deckel, kombiniert mit zu viel Empfindlichkeit, was Jess betraf. Ich war wie ein Gartenschlauch, der nur an der Düse zugedreht ist, und Jess war die heiße Sonne: Ist man ihr zu lange ausgesetzt, entstehen Risse.

Bis dahin hatte ich mich richtig wohlgefühlt – beim Tee in seiner Küche, beim halben Hinhören auf Ruths unschuldige Monologe. Beim Wiedersehen mit dem scheuen, unsicheren Landy – nach so vielen Jahren! – und bei der Erinnerung daran, warum ich ihn immer gemocht hatte. Es war gut, einfach dort zu sein, auf Jess' Farm, in der winterlichen Stille, wo alles so weit, grau und absolut still war, der Geruch nach Rauch aus dem Holzofen in der Luft. Dort bei Jess fühlte ich mich zum ersten Mal entspannt, ohne Schuldbewusstsein, ohne großes Hin und Her. Keine Schuld.

Dann fuhr Ruth mit dem Auto fort und wir waren unter uns. Ich spülte das Geschirr ab und sah aus dem Küchenfenster auf die weiße, geschwungene Linie eines Zaunes in der Ferne. »Schneit es?«, fragte ich und Jess kam zu mir herüber und stellte sich neben mich. Ich dachte, ich hätte Schneeflocken gesehen, aber er sagte, nein, das sei Asche. Mr. Green verbrenne heute hinter einer der Scheunen Gestrüpp. Wir betrachteten die ab und zu vorbeifliegenden Flocken, standen dicht nebeneinander, ohne zu sprechen, bis er sagte: »Weißt du noch, wie du das erste Mal mit mir geredet hast, Carrie? Es schneite. In der elften Klasse – erinnerst du dich?«

Ich sagte: »Ja, ich erinnere mich«, und da fiel mir auf, dass dies etwas war, was wir noch nie zusammen getan hatten: Wir hatten nie Erinnerungen ausgetauscht. Die Umstände unserer Trennung hatten nostalgisches Erinnern unmöglich gemacht, zumindest, was gemeinsame Erlebnisse betraf. Dabei sehnte ich mich eigentlich danach, ihm zu erzählen, woran ich mich am besten erinnerte, und ihn sagen zu hören, was ihm am meisten bedeutete.

»Ich weiß noch, was du anhattest«, fuhr er fort und trat mit Absicht ein wenig beiseite – damit unsere Unterhaltung zwanglos blieb. »Einen roten Mantel mit Kapuze. Einer karierten Kapuze. Und Stiefel – ich musste bei ihrem Anblick an alte Folksongs denken. Aus spanischem Leder.«

»Ich hielt dich für einen ziemlich wilden Kerl«, sagte ich. »Ich fürchtete mich davor, mit dir zu sprechen. Ich hatte so viele Geschichten gehört ...« Er lächelte, aber es stimmte. In der elften Klasse war Jess dafür berühmt, dass er den Wasserturm in der Cherry Street erklomm, um Eindruck bei einem Mädchen zu schinden. Oder dafür, dass er beinahe ertrank, als er wegen einer Mutprobe den Leap River durchschwamm. Die beste Geschichte aber war, dass er in einem Buch über Zeremonien der Indianer gelesen hatte, wie man den Teufel austreibt, und so eine Zeremonie nachmachte, *nackt und im Regen*, nur für seine verrückte Mutter. Ein wilder Junge.

»Aber dann hast du doch mit mir gesprochen«, sagte er. »Ich weiß noch, was du gesagt hast.«

»Nicht viel, soweit ich mich erinnere.« Ich erinnerte mich genau. Während der Weihnachtsferien war seine Mutter bei einem Brand in der Psychiatrischen Klinik in Culpepper, wo sie sich seit vielen Jahren immer wieder einmal aufgehalten hatte, ums Leben gekommen. Ich hatte die Neuigkeit im Klassenzimmer gehört, begleitet von aufgeregtem Geflüster, dass es da *verdächtige Umstände* gab. Hatte sie selbst das Feuer gelegt? Wollte sie das Haus in Brand setzen oder einfach nur Selbstmord begehen? Über Nacht wurde Jess Deeping noch interessanter. Der sensationelle Tod seiner Mutter schien irgendwie zu passen, im Nachhinein war er vielleicht sogar vorhersehbar gewesen. Es passte einfach zu dem, was alle mittlerweile von ihm erwarteten.

Die Kinder, die ihn kannten, waren auf eine schüchterne, unbeholfene Art nett zu ihm, während die Kinder, die ihn nicht kannten, ihn verstohlen und fasziniert anstarrten. Ich gehörte zu den letzteren. Ich sah ihn draußen auf den Bus warten. Er saß ganz allein auf einer Bank auf dem asphaltierten Weg, der zum Schulparkplatz führte. Alle anderen waren entweder drinnen und drückten sich an der beschlagenen Scheibe der Eingangshalle die Nase platt oder drängten sich frierend unter dem schmalen Dachvorsprung vor der Tür, um eine verbotene Zigarette zu paffen. Normalerweise war ich zurückhaltend und distanziert, besonders, wenn ich mit einem Jungen allein war, den ich nicht kannte. Deshalb weiß ich heute nicht mehr, was mich dazu bewog, mich von der schnatternden und lachenden Schar meiner Freundinnen zu entfernen und hinauszugehen, um mit Jess zu sprechen. Dass er so allein war, nehme ich an. Die Traurigkeit, die ihn wie ein Mantel umgab. Beklommen und atemlos wegen meines Wagemuts, aber mit dem undeutlichen Gefühl, dass das Unausweichliche jetzt geschehen würde, ging ich zu ihm. Ich erinnere mich genau – ich verkläre es nicht. Während ich in meinen neuen Stiefeln durch den knirschenden Schnee ging, habe ich wirklich gedacht: *Es wird Zeit*.

Er beobachtete mit gerunzelter Stirn, wie ich immer näher kam. Er sah sogar kurz über seine Schulter, um herauszufinden, auf wen ich, außer ihm, wohl zusteuern konnte. Seine Haare, seine Schultern und seine Oberschenkel waren ganz weiß vom Schnee. Er muss doch frieren, dachte ich, nur in diesem Sweatshirt mit Kapuze. Nicht mal den Reißverschluss hatte er zu gemacht. Ich blieb vor ihm stehen. »Hallo«, sagten wir beide. Er setzte sich etwas aufrechter hin, als klar war, dass ich nicht vorbeigehen würde, dass ich bleiben und mit ihm reden wollte. Unter dem abgetragenen Stoff seiner Jeans zeichneten sich seine spitzen Knie ab. In den sechzehn Jahren meines Lebens hatte ich noch nie etwas so Männliches gesehen wie Jess' lange Beine.

Das mit deiner Mutter tut mir Leid – dies war die einzige Botschaft, der einzige Zweck meiner nervenaufreibenden Wanderung durch den Schnee, aber jetzt brachte ich die Worte nicht heraus. Meine Hand schloss sich um ein Päckchen Kaugummi in meiner Manteltasche. Ich zog es heraus und bot ihm eins an. Von nahem war sein Gesicht nicht so glatt und hübsch, wie ich gedacht hatte. Ich sah Makel – Pickel auf seinem Kinn, ein paar Bartstoppeln, die er beim Rasieren übersehen hatte. Eine Augenbraue war etwas höher geschwungen als die andere, was ihm einen skeptischen oder verwegenen Ausdruck verlieh. Die Nägel an seinen großen, trockenen, von der Kälte geröteten Händen waren bis aufs Fleisch abgekaut. *Oh*, dachte ich, *er ist nicht für mich bestimmt*, und ich war erleichtert und enttäuscht zugleich. *Er ist nur ein ganz normaler Junge*. Dann verzog er den Mund zu einem großen, traurigen und überraschten Lächeln und das war's. In meinem Kopf machte es Klick. Ja.

»Danke.« Vorsichtig zog er einen silbernen Streifen Wrigley's aus der Packung. Er betrachtete ihn für einen Augenblick, dann steckte er ihn in die Tasche seines Sweatshirts. Ich erinnere mich daran, als sei es gestern gewesen. Ich spüre den nassen Schnee auf meinen Wangen. Ich kann beinahe den Kaugummi riechen.

Ein Windstoß traf mich. »Es ist kalt«, sagte ich.

Er sah fort, über meine Schulter. »Da kommt dein Bus.«

Mist, dachte ich, während ich bestürzt beobachtete, wie der Bus die schmale Straße auf den Wendeplatz zurumpelte. Doch gleichzeitig machte mein Herz einen Satz – *er kennt meine Busnummer*. »Es tut mir Leid, dass du deine Mutter verloren hast«, sagte ich schnell. Und Jess' Augen füllten sich mit Tränen. Ich war schrecklich verlegen. Mir wurde erst heiß, dann kalt. Ich starrte auf meine Füße, krank vor Kummer, ich steckte bereits bis über beide Ohren drin.

»Sie hat sich nicht umgebracht«, sagte er. Er versteckte sein Gesicht nicht – es war ihm überhaupt nicht peinlich, dass er weinte. Als die Tränen seine Wangen hinunterliefen, wischte er sie mit dem Handrücken ab.

»Nicht?«

»Nein, hat sie nicht, es ging ihr besser, sie hätte bald nach Hause kommen können. Sie hat im Bett eine Zigarette geraucht.«

»Oh.«

»So ist es passiert.«

»Oh.«

Ich warf einen Blick auf die Schüler, die sich vor dem Bus aufreihten, überschlug, wie viel Sekunden mir noch blieben, ehe ich losrennen musste, um den Bus noch zu erwischen. »Wenn meine Mutter sterben würde …« Aber das konnte ich mir nicht vorstellen. »Ich weiß nicht, keine Ahnung, was ich tun würde.«

Sein Lächeln hatte zwei Stufen. Die erste war qualvoll und tapfer, die Grimasse eines Helden, nur einen Sekundenbruchteil später gefolgt von seinem echten, frohen, natürlichen Lächeln. Dann sah er aus, als wüsste er, dass die Welt traurig und hinterhältig war, er sie aber trotzdem liebte. »Man tut, was man immer getan hat«, sagte er. »Es ist nur nicht mehr so gut wie vorher.«

»Ja. Mein Gott, Jess.« Allein seinen Namen auszusprechen machte mich schwindelig. »Ich muss jetzt gehen.« Sein Gesichtsausdruck blieb unverändert, munter und lebendig, aber ich dachte, so bald ich weg bin, wird er wieder in der Traurigkeit versinken, aus der ich ihn aufgeschreckt habe. Ich wollte nicht gehen. Die letzten beiden Kinder stiegen in den Schulbus und verschwanden. »Ich kann nicht«, sagte ich, obwohl er mich um nichts gebeten hatte, und rannte los.

Ein Feigling. Damals schon. *Warum hast du den Bus verpasst*? hätte meine Mutter wissen wollen und schon da hatte ich meine Befürchtungen, wie ich ihr das mit Jess, überhaupt *irgendwas* mit Jess erklären sollte. Das hatte nichts mit Instinkt oder plötzlicher, kluger Intuition zu tun. Eher mit dem Begreifen eines einfachen physikalischen oder chemischen Gesetzes: Öl und Wasser mischen sich nicht.

»Das war das zweite Mal, dass du mich gerettet hast, Carrie«, sagte Jess jetzt und ich lächelte, als ich an das erste Mal dachte – die Prügelei auf dem Schulhof in der sechsten Klasse. »Niemand außer dir hat sich getraut, irgendwas über meine Mutter zu sagen. Als wäre es gar nicht geschehen. Ich fand dich richtig mutig.«

»Mich?« Wie lachhaft. Jess war einfach zu gut für mich, das wusste ich damals schon. Ich war jung und konnte nicht verhindern, dass ich ihn ständig mit den Augen meiner Mutter sah. Er machte mir Angst. Angst und Erregung, Angst und Begehren, Angst und Liebe – die nächsten zwei Jahre wand und drehte ich mich zwischen diesen beiden Extremen. Dann verlor ich ganz den Mut und lief weg.

»Zweimal hast du mich gerettet, Carrie, und du kanntest mich nicht einmal.«

»Na ja, das erklärt doch alles. Erst *nachdem* ich dich kannte ...« Ich schluckte. Was so spielerisch begonnen hatte, ging direkt in die Wahrheit über. »... wurde ich zum Feigling«, zwang ich mich, den Satz zu Ende zu bringen.

Ich ging zu der Bank unter dem gegenüberliegenden Fenster, kniete mich mit dem Bein darauf und sah mich mit aufgesetzter Munterkeit in seiner Küche um. »Dein Haus hat sich sehr verändert. Du hast so viel umgebaut, ich erkenne es kaum wieder. Wie es früher war.«

»Ich habe es kaputtgemacht.«

Ich lächelte unsicher. »Das hört sich aber komisch an.«

»Es ist wahr. Es hat eine Weile gedauert, bis ich begriff, was ich getan habe. Ich erzähle es dir, wenn du versprichst, nicht zu lachen.«

»Was meinst du, Jess?«

»Versprich es.«

»Nein – in Ordnung. Ich werde nicht lachen.«

»Ich habe versucht, es zu einem Haus zu machen, das deine Mutter nicht schrecklich finden würde. Ich verurteilte dich dafür, dass du ihr nachgegeben hast, aber dann habe ich kapiert, dass ich irgendwie dasselbe tue. Ich glaube, es ist einfach so, dass deine Mutter stärker ist als wir beide.«

Ich starrte in sein gequältes, amüsiertes Gesicht. Wie typisch für ihn, meinen schlimmsten Fehler mit mir teilen zu wollen.

»Nachdem mein Vater tot war und es für dich und mich keine Hoffnung mehr gab, weil wir beide mit jemand anderem verheiratet waren, begann ich, das Haus zu verändern. Ich erkannte den Grund dafür erst, als ich fertig war. Eines Tages sah ich mich um und da wurde mir schlagartig klar, dass ich alles Bäuerliche entfernt und ein Haus geschaffen hatte, für das sich Mrs. Danziger nicht schämen müsste, wenn sie darin leben würde. Scheiße, Carrie, es ist grauenvoll geworden, nicht wahr?«

Ich schlug die Hand vor den Mund.

»Lach nur ja nicht«, warnte er mich und lächelte traurig. »Meine Herde ist dreimal so groß wie die meines Vaters. Ich verpachte Land in Oalpark und Locust Dale. Ich bin wohlhabend und respektabel. Ich bin ein Gentleman Farmer. Zum Teufel noch mal, ich bin im Stadtrat! Und das verdanke ich alles deiner Mutter.

»Jess …«

»Ich wollte es ihr zeigen. Und dir auch. Und ich habe damit nur erreicht, dass ich das hübsche kleine Haus *meiner* Mutter zerstört habe. Findest du das nicht lustig?« Er kam näher. »Hey, Carrie. Nicht weinen. Ich habe dir das nicht erzählt, um dich traurig zu machen.«

Wo war die Bitterkeit, warum war er nicht wütend?

»Entschuldige, ich weine wegen jeder Kleinigkeit. Da ist Ruth«, flüsterte ich, als ich das Auto kommen hörte. »Ich weiß nicht, was ich dazu sagen soll. Gib mir ein bisschen Zeit, Jess. Damit ich noch etwas anderes denken kann als: Es tut mir Leid. Ich habe es so satt, dir immer zu sagen, wie Leid es mir tut.« Ich nahm meinen Mantel und ging hinaus zu Ruth.

Was würde ich mit diesem neuen Wissen anfangen? Er hatte Recht, es war lustig. Und doch auch so traurig. Ich wünschte, er hätte es mir nicht erzählt – dabei hatte ich es doch schon immer gewusst. Im Auto dachte Ruth, ich würde um Stephen weinen. Sie tat ihr Bestes, um mich zu trösten. Die doppelte Absurdität machte mich fertig. Da war Jess, der wegen meiner Mutter sein Haus ruiniert hatte, und hier saß ich und fand Trost in den Worten von *Belle*, früher Sängerin bei den *Storm Sewer Troupers*. Oh, manchmal könnte mein Herz vor Zärtlichkeit schmelzen. Selbst wenn ich ertrinke, das Ende vor Augen habe, retten mich die Menschen, die ich liebe, vor dem Abgrund. Und in letzter Zeit haben manchmal sogar glückliche Momente die Dunkelheit durchschnitten, Blitze voller Hoffnung am schwarzen Himmel, die mich daran erinnern, dass es mir besser geht.

Und das war geschehen.

Ruth war gerade fünf geworden und das süßeste, klügste kleine Mädchen, mein Grund zu leben. Für Stephen und mich ging das Beste zu Ende, wenn das Beste die Zeit meint, in der man glaubt, das Leben sei eine ansteigende Linie, wie eine Kurve des Börsenmarkts in guten Zeiten. Meine Erwartungen waren in den ersten Jahren nach Ruths Geburt immer geringer geworden, in einer Phase, die mit Stephens Rückzug zusammenfiel, dem Beginn seiner Verwandlung in den gedämpften, verschlossenen Mann, der er bleiben würde, bis er starb. Ironischerweise stieß mich das, was mich am Anfang anzog, am Ende ab und das war allein meine Schuld. Ich habe ihn gründlich missverstanden. Also – das Beste war vorüber, doch ich wusste nicht, dass es so war, weil ich mittendrin lebte, ich befand mich in dem verwirrten, aber hoffnungsvollen Stadium, in dem es immer noch möglich schien, unsere Ehe zu kitten – wenn auch nur, weil die Alternative undenkbar erschien. Meinem Kind den Vater nehmen? Nicht, wenn ich es verhindern konnte. Und ich hatte damals noch Energie, das Gefühl, etwas tun zu können, zu handeln. Sah mich als einen Menschen, der imstande war, etwas zu verändern.

Wir hatten Washington in dem Jahr, als Ruth geboren wurde, verlassen und waren nach Chicago gezogen, wo Stephen eine Stelle an der Universität bekommen hatte. Dass er die Welt der Mathematik nicht erleuchten würde, weder als Lehrer noch als Theoretiker, war ein anderer bedrückender Gedanke am Horizont in jener Zeit und ich begriff erst viel zu spät, wie sehr ihn sein berufliches Versagen demoralisierte. Ich hätte es wissen müssen, aber ich lebte in der irrigen Annahme, dass Frau und Kind das Wichtigste für das Glück im Leben eines Mannes waren. Doch nicht in Stephens. Aber er hatte eine schreckliche Kindheit gehabt, einen Verlust nach dem anderen erlitten – konnte er da etwas anderes als ein trauriger Mensch werden? Vorsichtig, verschlossen und spröde?

Wir hatten seit Wochen geplant, für ein langes Wochenende nach Hause zu fahren – zu mir nach Hause, nach Clayborne –, um meine Eltern zu besuchen, und ich wollte zu unserem fünfzehnjährigen Klassentreffen gehen. Ein oder zwei Tage vorher hatten wir Streit. Ich weiß nicht mehr, was ihn auslöste, ich erinnere mich nur noch, dass er schlimmer war als die üblichen Streitereien, weil Stephen sich zum ersten Mal wehrte. Gleichgültig, wie es anfing, bald gaben wir uns gegenseitig die Schuld daran, dass wir unglücklich waren, wärmten alte Vorwürfe auf und entdeckten neue, sagten uns grundlos verletzende Wahrheiten. Als es vorbei war, schien es so, als hätten wir zur Abwechslung einmal ein Ziel erreicht, einen Punkt, an dem sich der Weg tatsächlich gabeln konnte. Wir sprachen kaum miteinander. Er weigerte sich, mit zu meinen Eltern zu fahren – und später ging mir durch den Kopf, dass das vielleicht die ganze Zeit sein Ziel gewesen war, da er diese sozialen Verpflichtungen hasste, bei denen er als *»der Mann von«* noch mehr in den Hintergrund rückte, als es ihm lieb war. Am Ende fuhren Ruth und ich allein und wohnten in meinem alten Zimmer im Haus meiner Eltern (es ist jetzt ein Gästezimmer, alle Spuren der kleinen Carrie waren im Zuge einer der vielen Renovierungsphasen meiner Mutter längst vernichtet worden). Stephen habe in letzter Minute an einem Kongress für Mathematik teilnehmen müssen, erklärte ich meiner Mutter und sie glaubte mir.

Das Klassentreffen fand im Madison Hotel statt, Claybornes vornehmster Herberge mitten in der Stadt. Was dann geschah, scheint aus heutiger Sicht unausweichlich, aber damals entfaltete sich jede Minute wie eine langsame Überraschung, die Entdeckung eines komplizierten Geheimnisses. Jess und ich hatten keinen Kontakt gehalten, keine Weihnachtskarten, keine Glückwünsche zur Hochzeit. Als er und Bonnie sich scheiden ließen, schrieb ich ihm einen ganz kurzen Brief, in dem ich ihm mitteilte, dass es mir Leid täte, den ich dann aber zerriss. Wir hatten uns seit der Abschlussprüfung an der Highschool nicht mehr gesehen.

In einer Gruppe von Menschen, die sich alle mit Handschlag begrüßten, schüttelten auch wir uns herzlich die Hände. Chamäleons waren wir, fügten uns nahtlos ein. Wir benahmen uns so gut, nicht mal *ich* schöpfte Verdacht. Die halbe Nacht führten wir einen Tanz aus Zusammenkommen und Weggehen auf, wir trennten uns und fanden uns wieder, bis wir schließlich einfach beieinander blieben – ich für meinen Teil, weil ich aufgegeben hatte, so zu tun, als wollte ich woanders sein.

Es war nicht so, dass wir wieder da anfingen, wo wir aufgehört hatten, so als wären die fünfzehn Jahre dazwischen nie gewesen. Zum einen hatte Jess sich verändert. Offensichtlich – er war dreiunddreißig und nicht mehr achtzehn –, aber es war mehr als das. Er hatte nicht nur sein Haus ausgemistet, das weiß ich jetzt, er hatte auch sich selbst entrümpelt – jedenfalls hatte er es versucht. Er hatte sich zurückgenommen, sich den Konventionen angepasst – das sind nicht die richtigen Worte, ich kann das neue Phänomen Jess einfach nicht beschreiben. Wie auch immer, wichtig ist nur, dass es nichts ausmachte, weil es sowieso nicht funktionierte. Ich habe damals seinen dunklen Anzug, seine Paisley Krawatte, seine gescheitelten Haare und sein nüchternes, zurückhaltendes Benehmen durchschaut und ich durchschaue es heute noch.

Wir unterhielten uns. Ich erzählte ihm alles über mein Leben, außer, dass ich nicht glücklich war. Er tat dasselbe und vermied gewissenhaft alle Themen, die mit seiner Ex-Frau zu tun haben konnten. Wir tanzten kein einziges Mal, berührten uns nicht. Wir blieben bis zum Schluss, machten alles mit, die Trinksprüche, die Witze, die Reden, die Spiele. Er begleitete mich zu meinem Wagen und wir verabschiedeten uns voneinander. »Tschüs, Jess.« »Gute Nacht, Carrie.« Unsere Hände berührten sich und er sagte: »Du könntest auch mit zu mir kommen«, und ich sagte: »Gut«, und wir stiegen in sein Auto und fuhren zu ihm nach Hause.

Es war eine warme Juninacht, ich erinnere mich an Wärmegewitter in der Ferne und einen mondlosen Himmel voller Sterne. Sollte das von Bedeutung sein. Rückblickend sucht man immer nach einem Schuldigen, nach dem Schurken, den man verantwortlich machen kann, selbst wenn es ein seelenloser Himmel ist, egal, Hauptsache, wir können ihm die Schuld zuschieben. Ich entsinne mich, dass ich mir hinterher wünschte, ich hätte zu viel getrunken, dann hätte ich meiner Litanei von Beweggründen Alkohol hinzufügen können. Aber keine Chance: Ich war nüchtern und hatte einen klaren Kopf und alles, was ich tat, tat ich wohlüberlegt und mit voller Absicht. Da haben wir's. *Mea culpa*. Ökumenischer kann Schuld nicht sein.

Ich hoffe, ich habe meine sexuellen Schuldgefühle nicht an Ruth weitergegeben. Ich weiß nicht mal, woher sie kommen. Litanei, *mea culpa*, ökumenisch – ich bin doch gar nicht katholisch! Und wie wär's damit: Der einzige Trost, den ich in den Nachwirkungen meiner Nacht mit Jess finden konnte, lag in dem Wissen, dass es mir keinen Spaß gemacht hat. Wenigstens war es für keinen von uns eine übersinnliche Erfahrung. Die Nacht endete mit Unbeholfenheit und Reue und ich litt deswegen noch lange unter Bedauern, Depressionen und Schuldgefühlen. Das hat mir meine Mutter nicht beigebracht, oder? Ich bin es gewohnt, sie für die meisten meiner Fehler verantwortlich zu machen, besonders für meinen fehlenden Mut. Aber wenn sie hieran einen Anteil hat, dann nicht als drohende moralische Gestalt. Vielleicht als gesellschaftliche. Die Göttin der Hochnäsigkeit, die einen geschmacklosen One-Night-Stand beobachtet.

Wir schafften es nicht mal bis nach oben. Im Nachhinein frage ich mich, ob Jess von Anfang an fürchtete, es würde nicht funktionieren, und nur deshalb auf dem Sofa im Wohnzimmer mit mir schlief, weil er mir keine Zeit zum Nachdenken lassen wollte. Wenn es so wäre, bräche es mir das Herz, denn das ist wirklich untypisch für ihn. Wir taten beide nicht so, als wären wir zum Reden zu ihm nach Hause gefahren. Wir küssten uns, noch ehe wir ganz durch die Tür waren, innige, leidenschaftliche Küsse, in denen unsere Vergangenheit und die Gegenwart zusammenflossen, als wären all die Jahre nicht gewesen. Wir redeten kaum – wie hätten wir können? Alles hing davon ab, dass möglichst wenig Worte fielen. Doch am Ende war es unser schuldbewusstes, unnatürliches Schweigen, das den Zauber zerstörte. Ich löste mich, wurde innerlich kalt. Es war nicht die Rückkehr zur Vernunft, eher eine zunehmende Hoffnungslosigkeit, wie ein dunkler, schmutziger Nebel, der eine Aussicht trübt, die noch Sekunden zuvor hell und scharf gewesen war. Es konnte nicht funktionieren, würde zu viele Menschen verletzen. Je weiter wir gingen, desto unerfüllbarer wurde es. Ich fing an zu weinen, noch ehe es vorbei war.

Jess hielt inne, zog sich an, sagte, er würde mich zu meinem Auto zurückfahren. Bis dahin hatte ich keine Ahnung, was es für ihn bedeutete. Hatte es ihm gefallen, fand er, dass wir gut zusammen passten? Ich glaube es nicht. Zu viele Schatten hingen darüber, zu schrecklich war es am Ende. Ich erinnere mich mehr an die Küsse als an den Sex. Ich glaube, mein Verstand schaltete sich aus, als er in mich eindrang, ich glaube, es war einfach zu viel. Zu viel. Heute kann ich sagen, dass es zu früh geschah, dass ich immer noch viel zu sehr mit meiner Ehe beschäftigt war, dass ich mich innerlich überhaupt noch nicht von Stephen gelöst hatte, nicht bereit war für einen anderen Mann, nicht einmal für Jess, vor allem nicht für Jess. Aber damals war alles nur ein großes Elend.

Der Rest liegt unter einem peinlichen Schleier. Ich entschuldigte mich immer wieder – er wurde immer stiller. Ich versprach, ihm nie wieder wehzutun – er sagte, das sei unmöglich. Ich weinte erneut. Verständlicherweise wollte er die Unterhaltung nicht fortsetzen. Er drängte mich, seinen Wagen zu verlassen und in meinen einzusteigen, aber ich zögerte es immer wieder hinaus. Ich wollte ihn trösten, wollte, dass er mir verzieh. Dumm, egoistisch, unmöglich.

Jahrelang dachte ich, was bin ich für eine *Niete*. Was für eine *Niete!* Ich wünschte, Jess wäre wütend geworden oder hätte mich *merken* lassen, ob er wütend war, das hätte wenigstens die verwaschenen, schwammigen Konturen schärfer gemacht, hätte uns etwas Handfestes gegeben, worauf wir zurückblicken können, etwas, an dem wir uns festbeißen können. Wirklich, ich wünschte alles Mögliche – dass es nicht geschehen wäre, dass es wundervoll gewesen wäre, dass es zwar schrecklich, aber würdevoll gewesen wäre. Stattdessen trat die schlimmste aller Möglichkeiten ein.

Ich habe es Stephen nie erzählt. Er wusste von Jess – meinen »Liebsten aus der Highschool« hatte ich ihn getauft und einmal war ich so weit gegangen zu sagen: »Wahrscheinlich war ich in ihn verliebt.« Stephen kaufte mir meine belanglosen Sprüche ab, hinterfragte sie nie, bohrte nie nach. Ich hätte es getan. Wenn Stephen vor mir jemanden geliebt hätte, hätte ich alles wissen wollen. Wie war sie, warum mochtest du sie, wie ist es zu Ende gegangen? Doch sein Desinteresse an Jess war typisch, man könnte sogar sagen symbolisch für ihn.

Auf dem Heimflug fasste ich den Entschluss, mich wieder der Rettung meiner Ehe zu widmen. Irgendetwas Gutes musste das Debakel mit Jess doch haben, dachte ich und außerdem schuldete ich es Ruth – meinem Goldschatz, Ruth, die vor sich hin plapperte, während sie die Füße in den neuen Lackschuhen, die ihre Großmutter ihr gekauft hatte, von sich streckte und die Seiten ihres Buches umblätterte. Der Gedanke, dass ich das sichere, stabile Leben meiner Kleinen in Gefahr gebracht hatte, ließ mich vor Schreck erstarren. Alles, alles, was ich tun musste, um die Familie zusammenzuhalten, war es wert. Keine Sünderin empfing ihre Strafe je freudiger.

Ich ging zu einer Psychologin, die mir erklärte, ich sei depressiv, und mir Tabletten verschrieb. Ich begann, mich besser zu fühlen. Später kam eine Zeit, Ruth war ungefähr acht, da brachte Stephen das erstaunliche Opfer und ging mit mir zu einer Eheberatung. Vier Monate lang. Dann erklärte er unsere Ehe für geheilt und schenkte mir einen Smaragdring zum Hochzeitstag. Und das war das Ende der Geschichte.

Jess ist immer noch meine einzige … wie sagt man … Indiskretion. Ich verabscheute es, dass ich untreu gewesen war, dass ich nie wieder behaupten konnte, Treue und Aufrichtigkeit gehörten zu meinen Tugenden. Aber über die Jahre verblasste meine harte Selbstgerechtigkeit, wie das mit solchen Dingen oft geschieht, und ich vergab mir beinahe gänzlich. Und am Ende blieb nur noch Verlust.

Doch tief drinnen war ich immer froh, dass er es gewesen war. Von Zeit zu Zeit zogen mich andere Männer an, aber ich gab der Versuchung nie nach. Reiner Selbstzweck, ich weiß, aber ich finde, wenn man seinen Mann betrügen will, sollte man wenigstens so viel Würde besitzen, es mit jemandem zu tun, den man sein ganzes Leben lang geliebt hat.

9

Wenn man, was Gott verhindern möge, in ein Pflegeheim musste, war Cedar Hill wahrscheinlich genauso gut wie jedes andere. Wenigstens war es neu. Ich musste mir keine Sorgen mehr machen, dass George mich – oder ich ihn – nach Pacific Acres steckte, dieses deprimierende, verfallende, grauenvolle angebliche Altersheim draußen an der Route 15, das vor fünfzehn Jahren Claybornes bestes gewesen war. Wie so manches Beerdigungsinstitut sah Cedar Hill viel hübscher aus als die Nachbarhäuser. Anscheinend hatte man versucht, dem Heim mit den grauen Steinen und den Holzschindeln einen luxuriösen, herrschaftlichen Anstrich zu geben, aber es funktionierte nicht. Die vielen Rollstuhlrampen, die schwarzen Gummimatten auf dem Fußboden und die automatischen Türen verrieten es. Und all das Laub – Herr im Himmel, wenn man in Cedar Hill als Gärtner sein Geld verdiente, könnte man sich nach sechs Monaten zur Ruhe setzen und nach Florida ziehen.

Helen Mintz' Zimmer lag im dritten Stock des Flügels A. Birdie und ich trugen uns wie immer an der Rezeption in die Besucherliste ein, wo ein neues Mädchen Dienst hatte, das uns nicht kannte. »Warum arbeitet so ein hübsches Mädchen an solch einem Ort?«, fragte Birdie, als wir den mit malvenfarbenem Teppichboden ausgelegten Flur entlanggingen, der so breit war, dass zwei Rollstühle nebeneinander Platz hatten.

»Warum will überhaupt jemand hier arbeiten?« Ich senkte die Stimme, weil wir am Lift ankamen, wo vier oder fünf alte Damen schweigend in ihren Rollstühlen warteten. Wie Kühe, dachte ich nicht besonders nett, geduldig und stumm. »Gott sei Dank, dass *manche* es wollen«, flüsterte ich Birdie ins Ohr. »Ich könnte es nicht, ich bin viel zu gemein. Sie sind einfach besser als wir, Bird, das ist alles.«

»Oh, ja«, stimmte sie mir mechanisch zu. Aber wenn ich es recht bedenke, würde Birdie eine ziemlich gute Pflegerin für die Alten und Schwachen abgeben, deren Bedürfnisse zu befriedigen nicht allzu schwierig sein dürfte – baden, füttern, Windeln wechseln, Medizin geben. Ich sah sie vor mir, wie sie das alles mit vielen schnellen Bewegungen erledigte und dabei viel zu viel Energie verschwendete. Und sie würde die ganze Zeit reden.

Endlich kam der Lift. Es dauerte ewig, bis all die alten Damen an Bord waren, und es war ein Wunder, dass die Rollstühle sich nicht ineinander verhakten. Allerdings waren sie ein paar Mal kurz davor. Als wir endlich zwischen all den Krückstöcken, brüchigen Hüften und elektrischen Rollstühlen eingequetscht waren, fing ich Birdies Blick auf und wir mussten wegsehen. Das ist kein Humor, das ist der reine Horror. Tut mir Leid, aber da kann man doch nur lachen, oder?

Helens Tür stand offen. »Huhu, jemand zu Hause?« Keine Antwort, aber das hatte nichts zu bedeuten. Birdie stieß die Tür zu dem winzigen Wohnzimmer auf, das mit Möbeln vollgestopft war und nach irgendeinem Frischeduft stank. Der Fernseher lief ohne Ton. »Helen? Huhu!«

Eine schwache Stimme aus dem Schlafzimmer: »Hallo?«

Wir gingen hinein und Birdie rief: »Hallo! Du siehst aber gut aus!«

»Hey, Helen, wie geht es dir?«, fragte ich und lächelte fröhlich. »Gut, er ist nicht da«, murmelte ich, während ich meine Handschuhe abstreifte und den Mantel aufknöpfte. Mein Gott, war das heiß, es mussten mindestens fünfundzwanzig Grad hier drin sein.

»Ja, Gott sei Dank«, erwiderte Birdie leise und trat ans Bett, um Helen zu umarmen. »Hallo, Liebes, wie geht es dir? Du siehst hübsch aus! Ist das ein neues Bettjäckchen? Wir haben doch immer gesagt, dass Rosa deine Farbe ist. Du siehst wunderbar aus, ich wette du hast dir gerade erst die Haare frisieren lassen. Sie sind hübsch, dieser Farbton gefällt mir.«

Ich beugte mich von der anderen Seite des Bettes zu ihr hinunter. »Hallo, Helen, ich bin's, Dana.«

»Dana.« Sie zwinkerte mit ihren dünn bewimperten Augen. Unmöglich zu sagen, ob sie mich erkannte oder nicht.

»Birdie und ich sind gekommen, um dich zu besuchen. Das letzte Mal waren wir vor ungefähr drei Wochen hier, weißt du noch?«

»Sicher. Natürlich. Wie geht es euch?« Sie wirkte wie eine chinesische Puppe, an die dicken Kissen gelehnt, zart und zerbrechlich. Das bläuliche Haar war eine Perücke – ich sah näher hin –, kleine Löckchen, die unter einem tief liegenden Scheitel an den Seiten klebten und zu dem fleckigen, von Falten durchzogenen, bräunlichen Gesicht grotesk aussahen.

Früher hatte sie langes, welliges, kastanienbraunes Haar gehabt, das sie offen trug, bis sie fünfzig wurde. Dann verkündete sie eines Tages im Bridge Club: »Ich bin zu alt für lange Haare«, und eine Woche später tauchte sie mit einem Kurzhaarschnitt auf. Sie sah richtig niedlich und jung aus und wir ließen uns eine nach der anderen auch die Haare schneiden. Oh, Helen war einmal die Trendsetterin in unserem Club. Eine richtige Dame. Noch im letzten Herbst spielte sie vom Krankenhausbett aus die Gastgeberin, besser gesagt vom Rollstuhl aus, achtete darauf, dass wir alle saßen und mit Pfefferminzschokolade und Coca-Cola-Dosen versorgt waren, und war die Wortführerin bei unseren fröhlichen Gesprächen. Heute suchten Birdie und ich uns selbst einen Stuhl und die Unterhaltung ging von uns aus. Alles, was die arme Helen herausbrachte, war: »Ach, wirklich. Was du nicht sagst«, und dabei lächelte sie süß.

Birdie tat emsig die Neuigkeiten aus ihrem eigenen Leben kund, dann erzählte sie alles über alle anderen, die ihr einfielen. Doch sie vergaß Eunice. »Eunice wurde die Gebärmutter herausgenommen«, warf ich ein, als sie Atem holte. Helen und Eunice Shavers waren dreißig Jahre lang Partnerinnen beim Bridge gewesen – genau wie Birdie und ich. »Sie hat gesagt, es habe sich nicht das Geringste verändert, aber Henry hat *trotzdem* kein Interesse.«

Birdie kicherte. Helen lächelte und nickte. »Ach, wirklich?«

»Dana kandidiert für den Vorsitz des Frauenclubs«, informierte Birdie sie als Nächstes. »Niemand kann es ihr ausreden.«

»Die meisten wollen es mir gar nicht ausreden.«

»Vernünftige Menschen können es ihr nicht ausreden.«

»Einige Leute sind einfach eifersüchtig.«

»Einige Leute haben beschlossen, lieber blind und taub zu werden, damit sie die Schrift an der Wand nicht lesen können. Hochmut kommt vor dem Fall.«

»Oh, sei still.«

Helen lächelte und ihr Blick wanderte friedlich zwischen Birdie und mir hin und her. Ich glaube, da hat sie uns erkannt, in der Sekunde. Wir hatten andauernd solche kleinen, bissigen Wortgeplänkel, dafür waren wir im Bridge Club bekannt. Ich glaube, dieses hier trug dazu bei, Helens Erinnerungsvermögen in Gang zu setzen. Endlich sickerte es zu ihr durch: Oh, *ihr* seid's.

Früher hatte sie einen messerscharfen Verstand. Sie hätte ohne zu zögern freiwillig und unentgeltlich im Krankenhaus, auf der Krebsstation, im Hospiz oder beim Roten Kreuz geholfen. Ein echter Dynamo, auch wenn es nur dazu diente, aus dem Haus zu kommen. Vor Jahren sind wir vier, Helen, Eunice Shavers, Birdie und ich, mal für ein paar Tage nach Richmond gefahren, wir wohnten im Jefferson Hotel, gingen einkaufen, besuchten eine Show – ein richtiges Damenwochenende. Samstagabend saßen wir in der Hotelbar, quasselten und amüsierten uns. Waren sorglos. Ein Mann tauchte auf und begann, mit Eunice zu reden. Nun ist Eunice normalerweise eine vernünftige Frau, aber an jenem Abend war sie noch ausgelassener als wir. Sie unterhielten sich, bis es spät wurde und es Zeit war aufzubrechen. Eunice wird es bis an ihr Lebensende leugnen, aber sie war drauf und dran, mit dem Mann zu gehen. »Wir müssen jetzt los«, sagten wir ihr immer wieder, aber sie rührte sich nicht von der Stelle.

Helen rettete das Ganze. Ich sehe sie immer noch vor mir, wie sie den Mann von Eunice wegscheuchte, sich zwischen die beiden drängte wie ein Schäferhund, mit herausgestreckter Brust und hochgerecktem Kinn. Er war ein schmierig aussehender Typ mit silbrigen Haaren und einem grünen Sportmantel aus Kaschmir. Er verkaufte Golfausrüstungen, das weiß ich noch. Er und Helen hatten einen

Wortwechsel. Wir haben nie erfahren, was sie zu ihm gesagt hat, und hinterher bemerkte sie nur: »Ich habe ihn an seine guten Manieren erinnert.« Aber es wirkte – Mr. Grünmantel zahlte die Rechnung für uns alle, küsste Eunice die Hand und wünschte uns eine gute Nacht. So war Helen, effizient wie der Teufel, aber immer eine Dame. Ich habe mir diese Kombination immer auch für mich gewünscht.

Jetzt rutschte Helen bereits wieder in ihre eigene Welt hinein. »Carrie arbeitet für Brian Wright«, erzählte ich ihr mit lauter Stimme. »Du kennst ihn, er leitet dieses Programm für Erwachsenenbildung, wo wir einen Kochkurs gemacht haben. Du, Maxine Stubbs und ich, vor ungefähr zwei Jahren.«

»Ja, oh, ja.«

»Sie verdient nicht viel, aber Brian ist ein richtiger Draufgänger, ich habe große Hoffnung, dass es Carrie weiterbringt. Die Arbeit kann ihr Tür und Tor öffnen. Du weißt doch, dass sie ihren Mann verloren hat«, erinnerte ich Helen, die lächelte und sagte: »Ach, stimmt.«

»Und Ruth arbeitet in einem Bioladen«, fuhr ich entschlossen fort, »dieser Sowieso-Palace in der Remington Avenue. Sie findet es wunderbar. Und sie lernt Auto fahren. Das macht Carrie schreckliche Sorgen. Alles wiederholt sich, nicht wahr? – Ich war ein Nervenbündel, als *sie* fünfzehn war und fahren lernte. Aber Ruth ist in Ordnung und wenigstens raucht sie nicht.«

»Nicht, dass du wüsstest«, sagte Birdie.

»Nicht, dass ich wüsste.«

Der älteste Sohn von Birdies Tochter, Jason, hat Drogen genommen und wer weiß, was noch alles, bis er vor drei oder vier Jahren aus seinem schicken Internat in Minneapolis flog. Ich nehme an, seitdem hat er sich gebessert, aber Birdie ist immer noch empfindlich, wenn von den vollkommenen Enkelkindern anderer Leute die Rede ist. Ich versuche, Rücksicht darauf zu nehmen, aber ab und zu kann ich nicht widerstehen, mit Ruth anzugeben. Der perfekte Teenager. Ein Wunder, dass sie sich so gut gemacht hat, wenn man bedenkt, wie nachgiebig Carrie sein kann – ja, das ist wirklich ein Geheimnis. Aber ein gutes, deswegen nehme ich es nicht genauer unter die Lupe. Einem geschenkten Gaul schaut man nicht ins Maul, oder?

Birdie sagte: »Was hörst du von Raymond, Helen?«

»Oh, Herrgott noch mal!« Ich hätte es kommen sehen, hätte ihren Gedankengängen folgen und sie ablenken müssen.

»Was denn? Was habe ich denn gesagt? Oh.« Birdie sah, wie sich Helens Augen mit Tränen füllten, und warf mir einen gequälten Blick zu. Alte Närrin. Jeder wusste, dass die Erwähnung ihres Sohnes Raymond die sicherste Methode war, Helen zum Weinen zu bringen. Er lebte jetzt in Florida, in Key West oder an einem dieser Orte, wo sich die Schwulen sammeln. Er besuchte sie nie, und soweit ich wusste, rief er auch nicht an. Und wenn er anrief, war seine arme Mama nicht in der Lage, sich später daran zu erinnern.

»Helen, Liebes?« Birdie stand auf, beugte sich über sie und tätschelte ihre zitternden Hände. »Komm schon, Süße.« Die Tränen flossen weiter, aber inzwischen wusste Helen wahrscheinlich gar nicht mehr, warum sie weinte, sie wusste nur noch, dass sie traurig war. Lieber Gott, dachte ich, gib mir die Kraft, mich rechtzeitig umzubringen. Lass mich nicht so werden, ich schwöre, vorher puste ich mir das Hirn weg.

Kein besonders frommer Wunsch, aber ich meinte es sowieso nicht ernst. Ich sagte so etwas andauernd – »Lieber schlucke ich Unkrautvertilger, als dass ich senil werde und in einer Windel ende.« Aber es ist seltsam, je älter man wird, desto mehr schwindet das Interesse daran, sich selbst zu entsorgen. Eigentlich sollte es umgekehrt sein.

»Was, zum Teufel, geht hier vor?«

Calvin Mintz, in einem karierten Hemd, füllte mit seiner breiten Gestalt den Türrahmen aus. Ein Mann seines Alters sollte eigentlich bereits schrumpfen, aber Cal war in den letzten zwanzig Jahren keinen Zentimeter kleiner geworden und hatte auch nicht ein Pfund abgenommen. Und das Alter hatte auch sein Temperament nicht gezügelt. Er sah so wütend aus wie ein Bär.

»Hallo, Calvin«, zwitscherte Birdie. »Helen geht es gut, wirklich. Nicht wahr, Liebes? Schau mal, wer gekommen ist: Calvin!«

Helen lächelte müde und blinzelte, während Birdie ihr die Wangen mit einem Taschentuch trocknete. Ich stand auf und überließ Calvin meine Seite am Bett. Er küsste oder berührte seine Frau nicht. Er stand über ihr, ein ungeschlachter Mann mit einem fleischigen Gesicht und nicht sichtbaren Lippen, kleinen Augen, die so dunkel und schnell waren wie Birdies, aber viel entschlossener. Ein gemeines Gesicht, dachte ich immer. Er besuchte Helen jeden Tag, saß von morgens bis abends bei ihr. Solch eine Hingabe. Solch eine Treue. Was für eine Schande, dass er die eine oder andere dieser guten Eigenschaften nicht gezeigt hatte, als sie sie noch zu schätzen gewusst hätte. Ich verachtete ihn, verachtete jeden Mann, der so verschlossen war, so *gehemmt*, dass er nur nett zu seiner Frau sein konnte, nachdem sie die Fähigkeit, ihn zu erkennen, verloren hatte.

»Es ist Zeit für deine Mal- und Bastelstunde«, sagte er mit einer Stimme, die mir einen Schock versetzte – so sanft und besorgt, dass ich sie kaum erkannte. »Zwei Uhr, auf geht's, braves Mädchen.« Er streckte den Arm nach hinten aus und schnippte mit seinen dicken Fingern. »Oh!«, piepste Birdie, als ihr klar wurde, dass er Helens Morgenmantel vom Fußende des Bettes haben wollte. Bastard – das war schon eher seine Art. Sie reichte ihm den Morgenmantel und trat näher, um ihm zu helfen, doch er drehte ihr den Rücken zu und fummelte Helens dürre, schlaffe Arme allein hinein. Es war, als sähe man einem Vater zu, der sein kleines Mädchen anzieht.

Ich sah mich nach dem zusammengeklappten Rollstuhl um und öffnete ihn, ohne zu fragen. Cal hob Helen aus dem Bett, setzte sie vorsichtig hinein und ordnete den Kragen ihres Morgenmantels. »Weg da«, sagte er. Ich stand im Weg, ich blockierte den Weg zur Tür, keine Frage. Seine Gemeinheit half mir, eine Entscheidung zu treffen.

»Wir kommen mit«, sagte ich fröhlich und beugte mich hinunter, um Helen in die Augen zu sehen. »Wäre das nicht toll?

Birdie und ich werden mitkommen, Liebes. Wir *spielen* alle zusammen.«

»Spielen«, sagte Helen glücklich und überrascht. Sie strahlte. »Au ja, lasst uns spielen.«

Calvin fluchte tatsächlich. Widerlicher Typ. Birdie machte ein verwirrtes Gesicht. Ich wirbelte herum und ging vorneweg zur Tür hinaus.

Die Mal- und Bastelstunde war genau so erbärmlich und deprimierend, wie ich sie mir vorgestellt hatte. *Lieber Gott, bring mich um*, betete ich mit neuem Nachdruck. *Erlöse mich von dem Elend, ehe es so weit kommt.* Acht alte Damen, sieben davon in Rollstühlen und ein munteres Mädel mit einem Gehwagen, saßen an Kartentischen und lernten von einer Achtzehnjährigen, die Cheerleader hätte sein können, wie man aus rotem Fotokarton und kleinen Papierservietten eine Valentinskarte machte. Na gut, vielleicht war sie auch zweiundzwanzig, aber keinen Tag älter. Und »lernten« war eine Übertreibung. Debbie, der Cheerleader, machte die Runde und bastelte für alle Damen die Karten, beugte sich mit ihren schlanken Armen über die krummen, arthritischen Schultern und flötete: »Ist das nicht hübsch? Für wen ist denn Ihre Karte? Ich wette, Sie haben eine ganze Menge Verehrer, Margaret! Ich wette, Sie sind eine richtige Herzensbrecherin!« Und Margaret kicherte oder Nancy Jo machte ein verständnisloses Gesicht und Rebecca klapperte mit ihrem Gebiss.

Calvin ließ natürlich nicht zu, dass Debbie Helens Valentinskarte bastelte, nein, er musste es für sie tun, schnitt Herzen aus weißen Spitzendeckchen aus und klebte sie auf größere, blutrote Fotokartonherzen. Hätte man es nicht besser gewusst, wären seine Geduld und sein Zartgefühl rührend gewesen. Wenn man nicht immer wieder während der letzten fünfunddreißig Jahre die ganzen Geschichten über Calvin Mintz' Missachtung, Kälte und Gemeinheit gehört hätte. Wenn er seine Frau vermisste, dann nur deshalb, weil niemand mehr da war, den er schikanieren konnte. Dafür bekam er von mir kein Mitgefühl. *Erstick daran, du Mistkerl.* Typen wie Calvin, diese dominanten, verächtlichen Kerle, brachten das Schlimmste in mir zum Vorschein.

Es war eine idiotische Idee gewesen, mit zur Bastelstunde zu gehen. Helen merkte nicht einmal, dass wir da waren. »Lass uns gehen, Birdie«, sagte ich. Ich hatte nur Calvin ärgern wollen. Mission ausgeführt, wenn auch nicht besonders befriedigend. »Bird?«

Völlig versunken in die Aufgabe, ein halbes Dutzend kleine, rote Herzen auf ein großes, weißes Herz zu kleben, blickte sie auf. Ihr grauer Wollmantel ließ sie klein erscheinen, sie sah aus wie eine Obdachlose. Sie machte ein dümmliches Gesicht. »Ich dachte, ich könnte eine Karte für Kenny basteln.« Das war ihr jüngster Enkel. Sie zwinkerte mir zu – und der Kloß, der sich in meiner Brust bilden wollte, schmolz dahin. Nur einen Augenblick lang –, aber nein, Birdie war in Ordnung, sie hatte ihre fünf Sinne beisammen, mehr oder weniger, wie immer. Sie konnte einem zwar schrecklich auf den Wecker gehen, aber man musste sie einfach gern haben. Doch wie sie da am Tisch gesessen hatte, wie sie die Herzen angeschielt und sie mit steifen Fingern mit einer Kinderschere ausgeschnitten hatte, hatte mir gar nicht gefallen. Sie passte zu gut dort hin. Als wäre sie da zu Hause.

Ich nicht, dachte ich wild entschlossen. Ich werde nicht hier landen. Ich schwöre bei Gott, vorher springe ich von der Brücke in den Leap River.

Kaltes Februarzwielicht senkte sich vor der Schiebetür aus Glas über den gepflasterten Innenhof. Der graue Himmel ließ mich erschauern. Ich hasse den Winter. Ich hasse das Ende der Sommerzeit. Draußen watschelten Graugänse um einen künstlichen Teich am Fuße des abfallenden Rasens. Im Sommer war es hier bestimmt nur halb so schlimm. Da konnte man wenigstens raus. Ich beobachtete, wie ein Weißwedelhirsch über den Rasen galoppierte und keine fünfzehn Meter entfernt zum Stehen kam. Hübsches Tier. Eine Hirschkuh. Sie schnupperte mit ihrer zarten Schnauze in der Luft, erzitterte und sprang dann auf den Innenhof zu.

Die kommt direkt auf mich zu, dachte ein Teil von mir vor Angst erstarrt. *Natürlich nicht*, spottete der vernünftige Teil. *Das kann doch gar nicht sein*. Ich hatte gerade noch Zeit, »Pass auf!« zu schreien und eine erstaunte Birdie am Mantelkragen von ihrem Stuhl zu zerren, ehe ein hoffnungsloses Chaos ausbrach.

Der Schock zu sehen, wie plötzlich eine Glasscheibe zersplittert und Scherben auf dich zufliegen, war nichts im Vergleich zu dem Anblick eines *Tieres*, das hinterherstolpert. Ein großes, braunes, nacktes *Tier*, mit hängender Zunge und weißen, panisch rollenden Augen. Es machte Geräusche – noch ein Schock, ich dachte immer, Hirsche wären ganz still –, raue, vibrierende, wiehernde Geräusche, durch seine geblähten Nüstern. Es sprang in den Raum, stieß einen Tisch um, dann noch einen und krachte mit seinem geweihlosen Kopf gegen eine Wand. Außer Birdie und Debbie, dem Cheerleader, schrie niemand, wir anderen waren wie versteinert, stumm vor Schreck. Als das Tier auf Helens Rollstuhl zusteuerte, warf sich Calvin mit ausgebreiteten Armen vor sie und schützte sie mit seinem Körper.

Niemand unternahm etwas. Ich schob Birdie beiseite. »Baaah!«, schrie ich. »Hooooh!« Die verängstigte Hirschkuh schlingerte vor mir und stieg auf die Hinterbeine. Ich wedelte mit den Händen über meinem Kopf. »Waaaah!«, schrie ich die ganze Zeit, während ich mit langsamen, furchtsamen Schritten auf das Tier zuging, versuchte, ihm einen neuen Fluchtweg zu versperren und es immer näher auf die zerbrochene Tür zu zu lenken. Auf seiner Stirn und der Brust waren Blutflecken. Wieder brach es aus und stieß einen zusammengeklappten Rollstuhl um. Wie eine Wilde rannte ich auf das Tier zu. Unbeholfen drehte es sich – ich entdeckte noch mehr Blut an seinen Vorderbeinen – und krachte gegen die geschlossene Tür zum Flur.

Debbie hörte auf zu schreien und kroch aus der Ecke auf eine Stehlampe aus Metall zu, die die Hirschkuh umgeworfen hatte. Sie ergriff sie mit beiden Händen, wie eine Lanze. Die Lampe hatte einen billigen Metallschirm, der nach oben offen war. Debbie zielte mit dem Schirm voraus auf das Tier, dessen Brust sich keuchend hob und senkte, während es die Lampe anstarrte. Dann kapierte ich es. Debbie dachte, sie könnte es lähmen, wenn sie es mit dem Licht blendete.

Das war so dumm, dass es mir Mut gab. Ich umrundete die jetzt bewegungslose Hirschkuh und trat auf eine Krücke zu, die ich unter einem der nicht umgestoßenen Tische liegen sah. Als ich nah genug war, beugte ich mich hinunter und schnappte sie mir.

»Jaaah! Verschwinde! Hau ab!« Ich schwang die Gehhilfe durch die Luft. »Schlagen Sie zu!«, rief Debbie neben mir. »Schlagen Sie zu!«, und zusammen gingen wir mit wackeligen Schritten auf das Tier zu, bis das Licht ausging – sie hatte den Stecker herausgezogen. Das Tier war offenbar verwirrt und schwang erschöpft den Kopf hin und her. »Waaah!«, schrie ich wieder und drohte mit der Gehhilfe. Plötzlich drehte es sich um. Mit einem gewaltigen Satz sprang es durch die zerschmetterte Tür, über Glasscherben und Valentinskarten, schoss davon und sein weißer Schwanz wehte wie eine Friedensfahne.

Mit klopfendem Herzen und völlig außer Atem stand ich da. Birdie kauerte in einer Ecke und rief mit krächzender Stimme: »Dana?« Alle hatten benommene Gesichter.

»Ist jemand verletzt?«, fragte Debbie. Ein Wunder – niemandem war etwas geschehen. Eine Frau, die in selbst gestrickte Schals eingewickelt war, weinte leise, zwei andere alte Damen trösteten sie. »Gut, wenn niemand verletzt ist, rufe ich jetzt den Sicherheitsdienst«, verkündete Debbie. »In Ordnung? Ich bin *gleich* wieder da.«

Calvin kauerte vor Helen und tätschelte ihre Hände, mit denen sie sich am Rollstuhl festklammerte. »Das war aber ein Ding, was, Helen?«, sagte er mit munterer Stimme, als wären wir gerade Zeugen eines erfreulichen, aufregenden Ereignisses wie dem Start eines Heißluftballons oder eines Sternschnuppenregens geworden. »Ich habe einen ganz schönen Schreck bekommen, das kann man wohl sagen. Aber jetzt geht es uns wieder gut, nicht wahr? Wir –«

»Du hast Raymond gezwungen, auf die Jagd zu gehen.« Helen reckte mit feuchten, glühenden Augen anklagend ihren dünnen, sehnigen Hals. »Weißt du noch? Du hast ihn gezwungen, mit dir zum Bear Lake hinaufzugehen. Du und dein ungehobelter Freund. Wie hieß er noch? Bobby Mahr. Ray war elf Jahre alt und du hast ihn einen Weichling genannt, weil er nicht auf die Jagd gehen wollte.«

Calvin starrte sie blöde an, öffnete und schloss sprachlos den Mund.

»*Weißt du noch*?«, fragte sie ungeduldig.

»Ja.«

»Und *verdammt seist du*, dass du ihn gezwungen hast, auf eine Hirschkuh zu schießen. Er hat daneben geschossen – aber stellt euch vor, er zwingt einen kleinen Jungen, auf einen Hirsch zu schießen! Stellt euch *das* vor!« Mit geballter Faust hämmerte sie auf die gepolsterte Lehne des Rollstuhls.

»Helen …« Calvin legte die Hände auf die Knie und ließ den Kopf hängen.

»O je«, sagte Birdie mit zitternder Stimme, als sie merkte, dass er weinte. Ich wusste, dass ich eigentlich hätte wegsehen sollen, aber ich konnte es nicht.

Helen lehnte sich zurück. Der stechende Blick verlor sich, sie streckte eine zitternde Hand aus und tätschelte traurig seine Glatze. »Wir haben ihn verloren«, sagte sie. »Da hat es angefangen. Unser Baby. Wo ist er, Cal, ist er tot?«

»Nein, nein. Nein, er lebt in Miami.«

»Aber wo ist er? Wo?«

»Er ist in Miami.«

Sie welkte dahin, klinkte sich einfach aus, eine Glühbirne, die verlöscht. Cal Mintz zog ein zerknittertes Taschentuch aus seiner hinteren Hosentasche und verbarg sein Gesicht darin.

Auf der Heimfahrt wollte ich nur meine Ruhe haben, aber Birdie hielt grundsätzlich nie den Mund. »Werden überhaupt irgendwelche Kinder normal?«, wollte sie wissen.

Eine törichte Frage, die mir auf die Nerven ging. »Meine haben sich gut gemacht«, sagte ich.

»Oh, ich weiß, unsere nehmen keine Drogen, trinken und stehlen nicht. Ich meine aber, kümmern sich die Kinder wirklich um uns, wenn sie erwachsen sind?«

»Was redest du da? Natürlich tun sie das.«

»Aber nicht genug, Dana. Spürst du das denn nicht? Es ist nicht genug. Alles, was wir für sie getan haben – wofür war das? Ich wäre für Mattie und Martha gestorben, ich hätte *alles* für sie getan. Meine Babys. Und was ist jetzt? Sie können nicht mal Weihnachten ihre Mutter besuchen. Ich bin Witwe und ich habe meine Enkelsöhne seit anderthalb Jahren nicht gesehen.«

Ich wollte etwas Tröstliches, Mitfühlendes sagen, aber ich hatte Birdie mit ihren Kindern erlebt. Sie konnte nie den Mund halten, *wollte* ihnen nicht zuhören und bei ihrem unaufhörlichen, nervösen Geplapper verdrehten sie nur die Augen. Sie hörte nie lange genug auf zu reden, um zu erfahren, wie sie lebten, also hatte sie keine Ahnung, was für Erwachsene aus ihren Kindern geworden waren. Sie brachte sie zur Verzweiflung und die Kinder brachen ihr das Herz.

Und was habe *ich* getan? Carrie ist nur nach Clayborne zurückgekommen, weil sie musste – wegen Stephens Arbeit. Es liegt nicht daran, dass ich zu viel rede, das glaube ich nicht. Es ist irgendwas anderes. Das Schlimmste ist, dass auch sie Nähe sucht, aber es gelingt uns beiden nicht, die Mauer zu überwinden. Es ist traurig und es ist falsch für zwei Menschen, die sich am nächsten sein sollten – Mutter und Tochter.

Doch ich glaube, Töchter wollen zu viel. Carrie will, dass ich alles gut finde, was sie tut. »Bedingungslose Liebe« nennt man das. Aber welche Mutter will ihr Kind nicht in die richtige Richtung lenken, wenn sie merkt, dass es vom Weg abkommt?

»Ich weiß nicht mal, warum wir Kinder bekommen haben«, sagte Birdie. »Ich glaube, nur, weil wir einfach schwanger wurden. Habt ihr, du und George, eure Kinder geplant?«

»Nein.«

»So geht es den meisten Menschen. Was *tun* sie nur für uns?«

»Bird, du bist melancholisch.« Ich streckte die Hand aus und tätschelte ihre schmale Schulter.

»Man denkt, sie machen dein Leben schöner«, sagte sie. »Man denkt, sie machen dich glücklich.«

Man denkt, sie geben deinem Leben einen Sinn, korrigierte ich sie im Stillen. Und eine Weile lang funktioniert es, aber schließlich werden sie erwachsen und verlassen dich und dann ist niemand mehr da, der jenen Schlag mildert, den die Erkenntnis, dass es keinen Sinn gibt, dir versetzt. Jedenfalls nicht dein Mann, das steht fest.

»Aber glückliche Familien gibt es nur im Fernsehen«, sagte Birdie. »Im wirklichen Leben können es die Kinder gar nicht erwarten, von zu Hause wegzukommen. Es ist so unfair.« Sie schniefte und blinzelte heftig mit den Augen. »Dabei will man nur ein bisschen von ihnen geliebt werden, mehr nicht. Und man versucht, ihr Leben glücklich zu machen.«

Und vielleicht geht beides nicht, kam mir in den Sinn. In der Tat, vielleicht schließt das eine das andere aus.

10

Der Elternsprechtag der Clayborne Highschool zog sich bis in den Abend, damit auch die berufstätigen Eltern Gelegenheit hatten, ihn zu besuchen. Eine aufmerksame Regelung, aber ich war bereits spät dran, bevor ich überhaupt loskam. Ich hatte geplant, zur gewohnten Zeit an der Anderen Schule Schluss zu machen, nach Hause zu fahren, ein Sandwich zu essen, mich umzuziehen, falls dafür Zeit blieb, Ruth um viertel nach sechs im Mother Earth Palace abzuholen, sie bei ihren Großeltern vorbeizubringen, wo sie zu Abend essen sollte, und nicht später als sieben in der Schule zu sein – dann konnte ich in anderthalb Stunden fertig sein, Ruth abholen, nach Hause fahren und zusammenbrechen.

Nichts klappte. Mittags fiel Brian ein, dass er die endgültige Liste der Kurse für den Herbst *heute* brauchte, nicht erst morgen, um sie einer Bewerbung für ein kleines Stipendium beizulegen, das bis sechs Uhr abends abgestempelt sein musste. Wir schafften es gerade, aber dann war es zu spät, um noch nach Hause zu fahren. Ich hatte nichts zu Mittag gegessen, deshalb hielt ich bei Creager's, um schnell etwas zu mir zu nehmen, wo mich die langsamste und dümmste Kellnerin der Welt bediente und ich mir eine Magenverstimmung holte. Und Kopfschmerzen. Als ich endlich in zweiter Reihe vor dem Mother Earth Palace hielt, wo Ruth *draußen* auf mich warten sollte, was sie aber nicht tat, war es bereits viertel vor sieben.

Ich war Krystal schon einmal begegnet, nicht lange nachdem Ruth bei ihr angefangen hatte. Sie war jung und flott, unkompliziert und lässig. Das Wort »fuck« kam ihr sehr beiläufig über die Lippen. Aber irgendwie wirkte sie auch rückständig. Oder waren Hippies wieder in? Ruths Reaktion auf meine zaghafte, nur sehr widerwillig gestellte Frage, ob es möglich war, dass Krystal Marihuana rauchte oder sogar über den Ladentisch verkaufte, war vorhersehbar. »Herrje, Mom – spinnst du?«

»Hallo, Krystal«, rief ich, nachdem ich sie in dem gemütlichen hinteren Teil des Ladens erspäht hatte, wo sie in einem bequemen Sessel neben dem knisternden Ofen lümmelte. »Ist Ruth da? Ich will sie abholen.«

»Hallo, Carrie.« Sie hatte eine leise, rauchige Stimme, sehr beruhigend. Sie wäre bestimmt ein guter Hypnotiseur. »Ruth? Nein, sie ist schon weg.«

»Sie ist schon weg?« Ich ging ein bisschen weiter in die erstickende Hitze hinein. »Wann?«

»Oh …« Sie schaute durch die Glastür in den Ofen, als wäre dort drin eine Uhr. »Vor einer Stunde? Na ja, um sechs, als wir zugemacht haben. Wie spät ist es?«

»Aber sie sollte hier auf mich warten! Sie ist schon um sechs gegangen?«

»Ja. Wahrscheinlich hat sie's vergessen.« Krystal lächelte tröstend. Sie hatte trockene, rötliche Locken, heute unter einem ledernen Stirnband gebändigt, die wie ein lodernder Heiligenschein vom Kopf abstanden.

»Wissen Sie, wo sie hin wollte? Ist sie nach Hause gegangen?«

»Keine Ahnung. Sie hat nichts gesagt, sie ist einfach gegangen, wie immer.«

Sie hob die weiße Katze von ihrem Schoß hoch, setzte sie sanft auf den Boden und stand auf. »Probleme?«

»Kann ich mal telefonieren?«

»Klar.«

Ruth war nicht zu Hause. Der Anrufbeantworter ging an und ich überlegte, ob ich eine sarkastische Nachricht hinterlassen sollte, aber Krystal hörte zu. Das konnte Ruth in Verlegenheit bringen. Ich rief meine Mutter an.

»Hallo, Mama. Ruth ist nicht zufällig bei dir, oder?« Vielleicht hatte sie etwas durcheinander gebracht und eine ihrer Freundinnen gebeten, sie dort vorbeizufahren.

»Ruth? Nein. Sollte sie? Ich dachte, du bringst sie her! Fährt sie selbst? Aber das darf sie doch noch nicht –«

»Das ist eine lange Geschichte – wir haben uns verpasst. Ich ruf später noch mal an, okay? Sobald ich weiß, wo sie ist.«

»Glaubst du, es ist etwas passiert?«

»Nein, nein, nur ein Missverständnis. Ich ruf dich wieder an. Mach dir keine Sorgen.«

Mist.

»Haben Sie ein Telefonbuch?«, fragte ich und Krystal durchstöberte ihren Laden, bis sie es schließlich unter einem kleinen Tresen fand, versteckt unter lauter Dosen mit Aloe, Astragalus und Vitamol. Wie hieß Caitlin mit Nachnamen? Es lag mir auf der Zunge. Alle Nummern von Ruths Freundinnen waren in unserem Kurzwahlspeicher eingegeben, ich hatte keine Ahnung, wie sie lauteten.

Caitlin, Caitlin … ich kam nicht drauf. Dann eben Jamie, Jamie Markus.

Sie war nicht da. Mrs. Markus mutmaßte, dass sie bei Caitlin war, und gab mir die Nummer. Caitlin McReynolds.

Mrs. McReynolds sagte, dass Caitlin bei Becky Driver sei. Mit Jamie. Aber ob Ruth auch dort war, wusste sie nicht. Ich rief bei den Drivers an.

»Oh, hallo Mom.«

»Warum bist du nicht hier?«

»Wo hier?«

Meine Erleichterung darüber, dass sie lebendig und unverletzt war, verflog sehr schnell. Übrig blieb nur Ärger. »Ich bin bei Krystal«, sagte ich und biss wütend die Zähne zusammen. »Wo bist du?«

»Oh, Mist, ich hab's vergessen. Ich sollte zu Gram gehen, stimmt's?«

»Ganz genau.«

»Hab ich vergessen.«

»Hast du auch vergessen, nach Hause zu gehen?«

»Nein, weil ich wusste, dass du nicht da bist.«

»Wenn du wusstest, dass ich nicht da bin, wie konntest du dann vergessen, dass du zu deiner Großmutter gehen solltest?«

»Keine Ahnung, ich hab's einfach vergessen.«

Ich rieb heftig über meinen Nasenrücken. »Jetzt habe ich keine Zeit mehr, dich abzuholen.«

»Das macht nichts, wir wollten sowieso gerade essen.«

»Und ich habe auch keine Zeit mehr, deine Großmutter anzurufen und dich zu entschuldigen. Das musst du machen.«

»Oh, *Mom*.«

»Ruth? Das meine ich ernst.«

»Okay, okay.«

»Sobald wir aufgelegt haben. Und wie willst du nach Hause kommen?«

»Jamie fährt mich.«

Jamie war sechzehn, seit viereinhalb Monaten. »Nein«, sagte ich, »ich hole dich auf dem Heimweg ab. Ungefähr um halb neun.«

»Nein, Mom, was soll das? Sie kann mich fahren – und überhaupt, *halb neun?* Bis dahin haben wir noch nicht einmal unsere Hausaufgaben gemacht.«

»Oh, du bist zum Hausaufgaben machen zu Becky gegangen?«

»Ja. Bin ich! Zum Teil. *Wirklich*.«

Ich war zu müde, um weiter zu streiten. Stephen hat immer gesagt, ich gebe zu schnell nach, ich sei zu nachsichtig, ich hätte kein Rückgrat. Stimmt alles. Wahrscheinlich ruinierte ich unsere Tochter. Ich ging hauptsächlich deshalb zum Elternsprechtag, weil Ruths Noten schlechter wurden, und das war zweifellos auch meine Schuld. Ich fühlte mich wie eine Invalide, wie amputiert, ich hatte keine Kontrolle mehr, alles rutschte mir weg.

»Sieh zu, dass Jamie vorsichtig fährt, und ich will, dass du um halb zehn zu Hause bist.«

»Halb zehn? *Gott*, Mom. Zehn, okay? Jamie muss sogar erst um elf zu Hause sein.«

»Das wage ich zu bezweifeln.«

»Zehn, Mom.«

»Viertel vor zehn und keine Minute später. Hast du gehört?«

»*Okay*.«

»Was machst du, wenn wir aufgelegt haben?«

»Essen.«

»Ruth –«

»War ein Scherz, Mom, verstehst du, ein Witz. Ha ha.«

»Bis viertel vor zehn. Ich könnte mir vorstellen, dass wir eine Menge zu besprechen haben.«

Das wirkte. Sie verabschiedete sich, ohne noch einen Witz zu machen.

»Nehmen Sie Leinsamen?«

»Wie bitte?«

»Leinsamenöl«, sagte Krystal und verstaute das Telefonbuch wieder. »Das ist sehr gut für den Blutdruck. Gibt es in Kapseln. Man nimmt es mit Salbeitee, einem Nerventonikum.«

»Ja, das ist – bestimmt gut. Haben Sie zufällig ein Aspirin?«

Sie lachte freundlich. »Nein. Kopfschmerzen?«

»Fangen gerade an. Paracetamol?«

»Tsss, Carrie. Belladonna, Mutterkraut, Weidenrinde, Wintergrün, Mädesüß.«

»Ich verstehe.«

»Autogenes Training, Akupressur, Aromatherapie, Obst- und Gemüsesafttherapie, Massage. Das kann ich Ihnen anbieten.«

»Ha, ha. Aber kein Paracetamol?«

»Kennen Sie Ayurveda? Wenn Sie einen *Vata*-Kopfschmerz haben, könnten Sie es mit einem einfachen Warmwasser-Einlauf versuchen. Oder die Kopfhaut und die Fußsohlen mit Sesamöl einreiben und anschließend heiß duschen.«

»Oh, danke, ich –«

»Wenn es aber ein einschießender, brennender *Pita*-Kopfschmerz ist, kann eine Sandelholzpaste, die man auf Stirn und Schläfen aufträgt, Wunder vollbringen. Bei einem *Kapha*-Kopfschmerz – wird es schlimmer, wenn Sie sich vorbeugen? – tut eine Spülung der Nase mit einer Salzwasserlösung gut.«

»Das ist interessant. Ich werde darauf zurückkommen. Aber ich bin schon spät dran und parke in der zweiten Reihe, ich lauf jetzt lieber los.«

»Also, laufen würde ich jetzt nicht empfehlen. Sie sollten sich Ihren Schmerz als etwas anderes vorstellen, bevor er richtig Fuß fassen kann, sagen wir, als einen Kobold. Reden Sie mit ihm. Schließen Sie Freundschaft. Versuchen Sie, einen Handel abzuschließen – Sie versprechen, vernünftiger zu essen und mehr zu schlafen, und Ihr Kobold verspricht, sich diesmal zurückzuziehen.«

»Das werde ich tun. Ich versuche es im Auto«, versprach ich und floh.

Was ich im Auto versuchte, war, möglichst schnell zu fahren. Auf der Cemetery Road, in der Nähe des Friedhofs, sozusagen im Niemandsland zwischen bewohntem und ländlichem Gebiet, da wo die Häuser aufhörten, aber die Maisfelder noch nicht begannen, flackerte plötzlich ein blaues Licht in meinem Rückspiegel auf. Polizei.

Ich fuhr langsamer, hielt aber nicht an – vielleicht fuhren sie ja vorbei, vielleicht waren sie hinter einem Kriminellen her. Ich zuckte vor Schreck zusammen, als die Sirene ertönte. *Wiiip! Wiiip!* Nein, ich war gemeint. Sie meinten *mich!* Mein Fuß auf dem Bremspedal begann zu zittern und meine Hände am Lenkrad wurden feucht. *Beruhige dich.* Ich war nur zu schnell gefahren und hatte nicht etwa eine Bank ausgeraubt. Aber ich hatte Angst und darunter war ich wütend und über allem breitete sich langsam das Gefühl intensiver, beinahe schmerzhafter Frustration aus.

»Hallo, Officer.« Ich versuchte es mit einer fröhlichen, flirtenden Stimme. »Gibt es ein Problem?«

»'n Abend, Ma'am. Haben Sie es eilig?« Er trat nicht nach vorn, sondern blieb neben meiner Schulter stehen, sodass ich mir den Hals verrenken musste, um ihn zu sehen. Eine gute Taktik – das hinderte bewaffnete Hitzköpfe daran, ihm ins Gesicht zu schießen.

»Führerschein und Fahrzeugpapiere, bitte.« Ich fummelte sie aus dem Handschuhfach und reichte sie ihm. »Wohin so eilig, Ma'am?«

»Zur Highschool. Elternsprechtag.« Sehen Sie? Ganz vernünftig und unschuldig.

»Aha. Gibt es einen Grund, warum Sie dreiundfünfzig Meilen in der Stunde fahren, wenn nur fünfunddreißig erlaubt sind?«

Ich tat verständnislos. Sollte ich die Wahrheit sagen? Dass ich spät dran war? Oder lieber alles leugnen? »Dreiundfünfzig!«, sagte ich nachdenklich. »Sind Sie sicher?« Ich konnte sein Gesicht immer noch nicht sehen, aber seine Stimme klang jung und unsympathisch. »Ich fahre nie zu schnell, ehrlich. Es war ein dummes Missgeschick. Ich bringe gerade meiner Tochter das Auto fahren bei und normalerweise bleibe ich *unter* dem Limit.«

»Ma'am, würden Sie bitte die Warnblinkanlage betätigen?« Ich tat es und er schlenderte zu seinem Streifenwagen und stieg ein. Ich hörte ihn über Funk reden. Ich brach in Tränen aus.

Was um alles in der Welt war mit mir los? Ich wollte nur noch schluchzen, tagelang. Es war verrückt, ich konnte es nicht erklären. Als er zurückkam und mir durchs Fenster einen roten Zettel in die Hand drückte, hatte ich mich noch kaum wieder unter Kontrolle.

»Ich werde Sie diesmal nur verwarnen, Mrs. Van Allen.«

»Oh, danke –« Demütigende Tränen strömten über mein Gesicht. »Entschuldigung.« Ich suchte nach einem Taschentuch und putzte mir die Nase. »Danke. Ich bin – ich werde – ich werde es nicht wieder tun.«

Jetzt endlich beugte er sich zum Fenster hinunter und sah hinein, ein bisschen spät, aber wahrscheinlich, um zu überprüfen, ob ich getrunken hatte. Ich sah sein Gesicht im Licht des Armaturenbretts. Jung, ja, er war noch ein Junge. »Das sollten Sie auch nicht, denn wenn ich Sie das nächste Mal erwische, werde ich nicht so großzügig sein.«

»Nein, ich weiß. Wird nicht wieder vorkommen. Keine Sorge.«

»Sie wollen doch keinen Eintrag in der Verkehrssünderkartei riskieren?«

»Nein.«

»Sie wollen Ihrer Tochter ein gutes Beispiel sein?«

»Ja, natürlich.«

»Gut, Ma'am. Fahren Sie ab jetzt vorsichtig.«

»Werde ich tun. Danke, Officer –« Mit zusammengekniffenen Augen versuchte ich, sein Namensschild zu lesen. »Sherman.«

Er folgte mir bis zur Highschool. Ich fuhr mit übertriebener Vorsicht, immer fünf oder sechs Meilen unter dem Limit, und achtete darauf, dass ich genau in meiner Spur blieb. Ich weinte nicht mehr, aber ich war immer noch nahe dran. Wie konnte ich nur so merkwürdig überreagieren? Woher kam diese kindische Scham und Wut? So hatte ich mich noch nie benommen, nicht wegen einer derart trivialen Geschichte. Ich sah doch wieder ganz normal aus, ich trug Hosenanzüge und arbeitete am Computer, manchmal weinte ich tagelang nicht. »Carrie kommt langsam wieder auf die Beine«, erzählte meine Mutter bereits ihren Freundinnen und sogar Ruth machte sich nicht mehr so viele Sorgen um mich. Aber da sieht man, dass eine Kleinigkeit genügte, um mich aus dem Gleichgewicht zu bringen. Officer Sherman hatte mir nicht mal einen Strafzettel gegeben.

Meine alte Schule hat 1990 ein neues Gesicht bekommen, getönte Scheiben und eine neue rote Backsteinfassade, tatsächlich mal eine geschmackvolle, harmonische Bereicherung. Jetzt sah sie nur noch halb so alt aus, wie sie wirklich war – fünfunddreißig. Doch die meisten Verschönerungen im Innern waren nur oberflächliche Kosmetik, und wenn ich zum Tag der offenen Tür oder zu einem Konzert von Ruths

Chor oder zu Projekttagen hierher kam, war es wie eine Zeitreise: wegen des Geruchs, der sich nie änderte, der immer diese feuchte, süßliche Mischung aus Kreidestaub, Moder, nasser Wolle und Schweiß blieb. Sobald ich ihn einatmete, war ich wieder siebzehn und tausend Erinnerungen bombardierten mich. Wie reife Früchte fielen sie auf meinen Kopf.

Bitte heute Abend keine Erinnerungen. Ich war nicht ich selbst, mein armer Kopf schmerzte bereits, ich war schrecklich müde und ich wollte nur noch nach Hause und mir die Decke über den Kopf ziehen. Außerdem war ich schwach und verletzlich und Erinnerungen an die Highschool waren immer auch Erinnerungen an Jess. Ich musste mich darauf konzentrieren, wer ich heute war, nicht, wer ich früher gewesen bin. Eine alternde Witwe, die wegen ihrer schwierigen fünfzehnjährigen Tochter hier war. *Denk an Ruth und daran, dass du bald zu Hause bist*, sagte ich mir. *Ruth und zu Hause*. Das sollte genügen, um die Erinnerungen zu verdrängen.

Vor den Türen der Klassenzimmer, in denen die Lehrer saßen, die Ruths schlimmste Fächer unterrichteten – Biologie, Geschichte und erstaunlicherweise Mathe –, standen lange Schlangen. Doch irgendwie war das tröstlich, man war nicht allein. Vielleicht waren diese Lehrer inkompetent, vielleicht hatten viele Kinder noch schlechtere Noten.

Aber nein. Mrs. Ready, die Biologielehrerin, und Mr. Von Bretzel, der Geschichtslehrer, erwiesen sich unglücklicherweise in den zehnminütigen Gesprächen als durchaus fähige Lehrer, sie waren sympathisch und verständnisvoll und kamen noch vor mir auf Stephens Tod zu sprechen. Es gab keine Ausflüchte. Ich hatte gehofft – das wurde mir klar, als ich merkte, dass es nicht funktionieren würde –, Ruths Schwierigkeiten ihren gleichgültigen und unsensiblen Lehrern in die Schuhe schieben zu können.

So muss es sein, wenn man bei der Beichte auf den Priester wartet, dachte ich, als ich schließlich in der Schlange hinter zwei anderen Müttern vor Mr. Tambors Tür stand. Fühlten sich meine Leidensgenossinnen auch so schuldbewusst wie ich, persönlich verantwortlich für die akademischen Mängel ihrer Kinder? Aber wie konnte Ruth in Algebra versagen? Da musste ein Irrtum vorliegen, Mathe war immer ihr bestes Fach gewesen. Jetzt war es Englisch, was überhaupt keinen Sinn ergab. Nein, es musste ein Irrtum sein.

Schließlich steckte Mr. Tambor den Kopf zur Tür heraus. »Wer ist die Nächste?«

Die Tafel an der Stirnseite des Klassenzimmers war mit Formeln und Gleichungen übersät – schon bei dem Anblick spürte ich ein Kribbeln im Magen. Anders als bei Ruth war Mathe immer mein schlechtestes Fach gewesen. Der rundliche, dunkelhäutige Mr. Tambor hatte einen Kranz schwarzer Haare am Hinterkopf und genau drei sehr lange Strähnen, die quer über seine Glatze gekämmt waren. Wie leicht es war, sich über einen Lehrer, der so aussah, lustig zu machen, wusste ich aus eigener Erfahrung. Aber Mr. Tambors braune Kuhaugen blickten freundlich drein, und wenn er lächelte, sah er aus wie ein indischer Prophet, vielleicht Meher Baba. Ich mochte ihn sofort. Statt sich hinter seinem Lehrerpult zu verschanzen, deutete er auf eine Schulbank in der ersten Reihe und ließ sich selbst an einem gegenüber nieder, nicht ohne zu warten, bis ich mich gesetzt hatte.

Ich stellte mich vor und er sagte mit sehr trauriger Stimme: »Ah, Ruths Mutter. Es tut mir sehr Leid, dass Sie Ihren Mann verloren haben.«

»Danke.« Er hatte eine förmliche Art zu sprechen, aber den östlichen Akzent bildete ich mir sicher ein, er kam doch wohl nicht wirklich aus Indien. »Ich bin sehr besorgt über Ruths Noten in Mathematik, Mr. Tambor. Sie war immer so gut in Mathe – sie spricht sogar davon, es auf dem College zu belegen. Ich kann mir gar nicht vorstellen, was passiert ist«, sagte ich. Was nicht ganz ehrlich war. »Ich meine, von einer Eins auf eine Vier in drei Monaten – das macht mir Sorgen.«

»Ja, das macht tatsächlich Sorgen.« Er legte nachdenklich oder eher andächtig die Fingerspitzen gegeneinander. »Haben Sie Ruth gefragt, wo das Problem liegen könnte?«

»Sie sagt, es sei so schwierig geworden. Und sie gibt zu, dass sie nicht mehr so viel lernt.«

Mr. Tambor schürzte die Lippen. »Mr. Van Allen lehrte Mathematik auf dem College«, stellte er fest.

»Das ist richtig, ja.«

»Für höhere Semester, Topologie, numerische Methoden, Zahlentheorie und so weiter.«

»Ja.«

»Und Ruth stand ihrem Vater sehr nahe?«

Ich hatte die Frage kommen sehen, deshalb war ich nicht überrascht. »Eigentlich nicht. Nicht so nahe, wie sie es sich immer gewünscht hätte.« Dass ich einem völlig Fremden die Wahrheit sagte – das überraschte mich.

»Ach so?« Seine Lippen formten einen kleinen, fleischigen Kreis. »Sie hat in der Klasse manchmal von ihm erzählt. Immer mit großem Stolz.«

»Wirklich?« Oh, warum war das nur so traurig?

»Aber natürlich hat Ruth in Wahrheit keinen mathematischen Verstand. Ich wünschte, es wäre anders – sie ist wirklich intelligent. Aber sie wird jetzt nicht mehr Mathematik studieren. Das ist klar.«

»Nicht? Warum nicht?«

Er lächelte und antwortete nicht.

»Warum nicht? Wollen Sie sagen, dass sie nur gut in Mathe war, um ihrem Vater zu gefallen? Und jetzt, da er tot ist –?«

»Ja, das glaube ich. Sie etwa nicht?«

»Ich … Also, ich habe keine Ahnung.« Ja, natürlich, es war offensichtlich. Trotzdem wehrte ich mich dagegen. Ich konnte den Gedanken nicht ertragen, dass Ruth sich nur so viel Mühe gegeben hatte, damit Stephen Notiz von ihr nahm. Dass sie sich sogar gegen ihre Natur verhalten hatte, um seine Liebe und seine Aufmerksamkeit zu bekommen.

»So traurig ist das nicht«, sagte Mr. Tambor und beugte sich näher zu mir, wobei seine eckigen Schultern die Nähte seines billigen weißen Hemdes dehnten. »Wir werden ihr helfen. Sie wird wieder Dreien und Zweien schreiben, das kann sie. Das kommt schon wieder in Ordnung. Ja? Kopf hoch. Alles wird gut.«

Ich nahm das makellos zusammengefaltete Taschentuch, das er mir, noch warm, aus seiner hinteren Hosentasche reichte. Warum sollte ich verlegen sein? Ich hatte heute Abend bereits vor einem Polizisten geweint, warum nicht auch vor Ruths Mathematiklehrer?

»Vielen Dank«, sagte ich und gab ihm das Taschentuch zurück, nachdem ich mir die Wangen abgetupft, aber vorsorglich nicht die Nase geputzt hatte. »Sie sind sehr nett. Jetzt weiß ich, warum Ruth Sie so toll findet.«

Er legte die Handflächen aneinander und deutete eine kleine Verbeugung des Dankes an.

»Kommen Sie aus Indien?«, fragte ich. Er hatte die Atmosphäre ungewollt persönlich werden lassen. »Oder … aus Pakistan?«

Mr. Tambor machte ein erstauntes Gesicht. »Nein, aus Italien.«

»*Wirklich*?«

»Früher hieß meine Familie Tamborini. Wir haben Tambor daraus gemacht, als Onkel Guido in seinem Friseurladen niedergeschossen wurde.«

»Nein!«

»Nein.« Er lächelte von einem Ohr zum anderen. »Das war ein Scherz. Ich komme aus Ahmedabad.«

Ich lachte und wurde rot und beschloss, dass ich verliebt war.

Zuerst erkannte ich Bonnie Driver nicht, wahrscheinlich, weil ich gedacht hatte, dass sie zu Hause war und drei Teenager beaufsichtigte, von denen einer meine Tochter war. Sie lief vor mir den Gang entlang und ich dachte: »Das sieht doch aus wie Bonnie Drivers spitzer, kleiner Hintern.« – Solche Dinge bemerkt man an den Ex-Frauen seines Ex-Freundes. Das schwingende, kinnlange Haar kam mir auch vertraut vor, aber ich erkannte Bonnie erst, als sie sich ein wenig umdrehte und ich ihr Profil sah. Eine lange, intelligente Nase, sanfte, braune Augen, ein freundlicher Mund – sie war süß und ein liebenswerter Mensch und jeder mochte sie. Ich mochte sie auch. Zu schade, dass sie mich nie leiden konnte.

Als ich ihren Namen rief, drehte sie sich um. »Carrie – hallo. Ruth hat gesagt, dass du hier sein würdest. Ich habe die Mädchen Dan überlassen und bin gleich nach dem Essen hergekommen. Findest du Elternsprechtage nicht auch grauenhaft? Wie geht's dir?«

»Ich wusste nicht, dass sie zu euch wollte, tut mir Leid, wenn es unpassend kam. Wir haben alles durcheinander –«

»Oh, überhaupt nicht. Ruth ist wunderbar, ich finde es schön, wenn sie bei uns ist, und Becky auch. Und, erzähl, wie ist dein neuer Job?«

Sie war wirklich nett. Als Stephen starb, schickte sie mir einen lieben, mitfühlenden Brief, der mich zum Weinen brachte. Wir kannten uns nicht mal – und kannten uns doch. Sie war ein Mensch, der jemandem, den er nicht mochte, trotzdem großzügig eine Beileidskarte schickte, einfach, weil es sich so gehörte.

»Ach, der Job ist ganz okay. Na ja – nicht unbedingt das, was ich mir erhofft hatte«, sagte ich aus irgendeinem Grund ehrlich, »aber es geht. Für die Rechnungen reicht's.« Gerade so.

»Vielleicht gefällt dir die Arbeit irgendwann noch besser.« Sie lächelte aufmunternd. »Manchmal dauert es eine Weile.«

Es war durchaus möglich, dass sie mich doch mochte. Warum auch nicht? Wegen Jess konnte sie nicht eifersüchtig sein. Sie hatte schließlich gewonnen, sie hatte ihn geheiratet, dann hatte sie sich von ihm scheiden lassen, alles lange nachdem ich von der Bildfläche verschwunden war. Trotzdem spürte ich immer eine gewisse Kühle unter der Freundlichkeit, als beobachte sie mich, sammele Daten, beurteile mich reserviert. Sie wollte mich mögen, wusste aber nicht, wie sie über ihren Schatten springen sollte. Wir waren fasziniert voneinander. Wir hatten weiß Gott viel gemeinsam. Na ja, jedenfalls eins.

»Ich habe gehört, dass Jess dich gebeten hat, ihm bei der Arche zu helfen.« Jetzt war ihr Lächeln nicht mehr ganz so natürlich, so amüsant schien sie die Sache doch nicht zu finden. »Eine verrückte Geschichte, findest du nicht? Der arme, alte Landy, er tut mir wirklich Leid.«

Ich hatte vergessen, dass sie Landy kannte – er musste Jess' Nachbar geworden sein, als sie noch verheiratet waren. »Ganz schön verrückt«, pflichtete ich ihr bei. »Aber irgendwie wünschte ich, ich *könnte* ihnen helfen.«

»Mir kommt das Ganze seltsam vor, so als sollte man sich da besser raushalten. Wenn man nicht aufpasst, verschlingt es einen.« Dieses allgemeine *man*, das sie benutzte … Bestimmt meinte sie nicht mich persönlich. »Und jetzt, da die Öffentlichkeit davon weiß, wird es nur noch mehr aufgebauscht. Ich würde wirklich nichts damit zu tun haben wollen – aber so bin ich nun mal.«

»Was meinst mit ›da die Öffentlichkeit davon weiß‹?«

»Hast du gestern nicht die Zeitung gelesen?«

»Nein. Den *Record?*«

»Auf der ersten Seite – Eldon Pletcher hat versprochen, lauter neue Spielgeräte für den Point Park anzuschaffen, wenn man ihm erlaubt, seine Arche direkt am Wasser an den Fischereistegen zu bauen. Und dann vierzig Tage lang damit auf dem Fluss zu segeln. Der Stadtrat berät bei der nächsten Zusammenkunft darüber. Das ist kein Witz.«

Und Jess war im Stadtrat. »Wahnsinn«, war alles, was ich herausbrachte.

Wir redeten noch eine Weile über unsere Töchter und ihre verschiedenen Freundinnen, dann nutzten wir die Termine bei den Lehrern als Entschuldigung und trennten uns. »War schön, dich zu sehen«, sagten wir und: »Pass auf dich auf«, aber wir waren beide nicht so scheinheilig zu sagen: »Ruf mich mal an«, oder: »Warum treffen wir uns nicht mal?« Ich wusste nicht, warum ihre Ehe gescheitert war – Jess hätte es mir wahrscheinlich erzählt, wenn ich gefragt hätte, aber das wollte ich nicht. Auch wenn ich neugierig war. Aber die Tatsache, dass diese Ehe bestanden hatte, oder eher die Tatsache, dass sie beendet war, hielt Bonnie und mich auf Abstand. Was bedeuten musste – ach, keine Ahnung, was es bedeutete. Es *schien* zu bedeuten, dass ich da irgendwie involviert war, und ich hatte keine Ahnung, was ich davon halten sollte. Also dachte ich nicht darüber nach. Nicht viel jedenfalls.

Drei Mütter und ein Vater warteten in der Schlange vor der Tür von Mrs. Fitzgerald, Ruths Englischlehrerin. Mein Mut sank. Wenn ich mich anstellte, bedeutete das mindestens eine halbe Stunde Wartezeit, vielleicht sogar mehr. Nein, beschloss ich, zum Teufel damit, ich würde nach Hause gehen. Ruth war gut in Englisch – nur deswegen hatte ich mit Mrs. Fitzgerald reden wollen, um zur Abwechslung einmal etwas Gutes über Ruth zu hören. Aber jetzt war ich einfach zu müde.

Der Weg aus dem Gebäude hinaus führte an einer verschlossenen Doppeltür zu einem Treppenhaus vorbei. Heutzutage sogar *abgeschlossen*, dessen war ich mir sicher, aber zu meiner Zeit stand sie immer offen. Idiotisch – denn die Treppe führte hinunter zum Raum des Hausmeisters, in den Heizungskeller und die berüchtigte Gerätekammer, Nr. B 45. Auch als Knutschkammer bekannt. Auch nach all den Jahren konnte ich mich noch an das gedämpfte Zischen der Boiler und Wasserkessel hinter der Trennwand erinnern, an den Geruch nach Öl und Elektrizität und Desinfektionssmittel, das trübe, körnige Licht der flackernden, fluoreszierenden Neonröhre hoch oben zwischen den Rohren an der Decke. In meinem letzten Schuljahr war ich dort in den Wintermonaten jeden Tag um 12 Uhr 35 für die kostbare Fünfzehn-Minuten-Pause, die wir zwischen unseren Essenszeiten gemeinsam hatten, mit Jess verabredet gewesen. Wir waren nie allein, andere Pärchen trafen sich in den dunklen Ecken neben uns, aber für einen öffentlichen Ort war der Geräteraum bemerkenswert intim.

Seitdem hatte ich eine Hand voll Liebhaber gehabt und einen Langzeit-Ehemann und mit dem einen oder anderen von ihnen hatte ich meiner Vorstellung nach so ziemlich alles getan, was gesunde, vernünftige, phantasievolle Menschen auf sexuellem Gebiet tun. Aber Jess' Küsse waren noch immer die erotischste Erinnerung meines Lebens, das Kriterium, die Messlatte für jede physische Leidenschaft. Entwicklungsstillstand nannte ich es, nachdem wir Schluss gemacht hatten. Ich versuchte, die Erfahrung zu entmystifizieren, indem ich mit Freundinnen auf dem College darüber redete, sie schilderte und darüber lachte. »In dieser muffigen Gerätekammer haben wir uns an die Wand gepresst und so lange geküsst, bis uns der Mund wehtat! O Gott, es war so komisch!« Eine Lüge. Und ich wusste, dass ich ihn sogar verriet. Doch es half nichts, dachte ich, ich musste mich selbst retten. Ich war jung, dumm und kurzsichtig. Zu viel Selbsterkenntnis wäre gewesen, als hätte mir jemand mit einem grellen Licht in die Augen geleuchtet.

Während ich mir den Mantel zuknöpfte und versuchte, mich daran zu erinnern, wo ich den Wagen geparkt hatte, merkte ich, dass ich erregt war. Lächerlich. Aber ich war es, mein Bauch fühlte sich gespannt und schwer an, von der Schwerkraft heruntergezogen. Es lag an der Atmosphäre, an den Umständen und der Macht der Umgebung. Wenn ich mich schon wie ein Schulmädchen fühlte, dessen Hormone verrückt spielten, welcher Ort kam dafür mehr in Frage als meine alte Highschool?

Fühlte Ruth sich so? Verwirrender Gedanke. Natürlich fühlte sie sich so, es musste doch so sein. Wir sprachen ab und zu über Sex, dass es klug war zu warten, wie wichtig es war, sich zu schützen, und so weiter. Allerdings sprachen wir nie darüber, nicht in aller Offenheit, wie es für Frauen war, welchen Platz es in ihrem Leben einnahm. Konkret wurden wir nie. Ich sagte mir, dass sie immer noch zu jung dazu war, doch das war nur eine Ausrede.

Meine Mutter war relativ offen, was Sex betraf, sogar, als ich klein war – offen heißt, dass sie ihre Meinung sagte, nicht, dass sie liberal oder großzügig war. Seit ich sechs Jahre alt war, lautete die Botschaft klar und deutlich: Lass es sein. Gute Mädchen warten, billige nicht. *Ordinäre* Mädchen, sollte das heißen. Denn in Mamas Augen gab es nichts Niedrigeres, als ordinär zu sein. Lieber ohne Moral, pervers, lieber ein Serienmörder als *ordinär*. Das war ihr größtes Vorurteil. In gewissem Sinne definierte es sie, das war das Motiv hinter allen Entscheidungen in ihrem Leben, ob großen oder kleinen.

Nun, jeder brauchte einen Plan, ein Modell für die richtige Lebensweise. Nicht ordinär zu sein war auf gewisse Weise ein Standard für zivilisiertes menschliches Verhalten, der nicht schlechter war als viele andere auch. Doch seine Grenzen – festgelegt durch Snobismus, Intoleranz, Rassismus, Klassendenken – hatten mich beinahe mein ganzes Leben lang zum Wahnsinn getrieben. Dabei lag es gar nicht unbedingt an der Philosophie, die dahinter steckte, sondern viel mehr an der Kraft, mit der meine Mutter daran glaubte, und an ihrer starken Persönlichkeit, dass ich ihr während meiner ganzen Kindheit verwirrt und widerwillig Folge leistete. Ich glaube, das war der *Hauptgrund* – nicht der einzige –, warum ich nicht bei Jess geblieben bin. So sehr ich ihn liebte, so sehr ich ihn wollte. Erstaunlich, im Nachhinein betrachtet.

Oder vielleicht auch nicht. Nein, wahrscheinlich nicht. Man konnte seiner Mutter nicht alles in die Schuhe schieben. *Ich* war diejenige, die von seiner Leidenschaft für mich eingeschüchtert war, seiner wilden, exzessiven Glut – wie es mir vorkam. Ihm nicht nachzugeben war die einzige Möglichkeit für mich, ihn unter Kontrolle zu halten. Instinktiv fürchtete ich das Chaos, wenn ich nachgab, wie eine Art Zerstörung.

Eine andere Form zu sagen, dass ich mich feige davongemacht hatte.

Ich bedauere so vieles. Ich zitterte, während das Gebläse im Auto kalte Luft an meine Schienbeine blies und ich an der Stelle, wo der Polizist mich angehalten hatte, unsicher langsamer fuhr. Genau … da war es gewesen. Wenn ich früher aus dem Büro gegangen wäre, wenn Ruth an der verabredeten Stelle auf mich gewartet hätte, wenn ich ein bisschen später bei Krystal losgefahren wäre, wenn ich ein bisschen früher …

Wenn, wenn. Und wenn ich Jess geheiratet hätte? Er hatte mich gefragt. Als ich zu Thanksgiving zu Hause war, im ersten Semester auf dem College. Beinahe hätte ich Ja gesagt. Er hat mich nicht gedrängt. Er sagte, er würde warten, bis ich das Examen gemacht habe, aber dann wollte er, dass ich zurück nach Clayborne kam und mit ihm auf der Farm lebte.

Am Anfang reizte mich diese Aussicht durchaus. Ich liebte sein Haus, das Land. Mit Jess dort leben? Das Paradies. Aber um Weihnachten bekam ich Zweifel. Auf dem College zu sein war unglaublich, es übertraf all meine Erwartungen, ich konnte förmlich spüren, wie ich mich in den Menschen verwandelte, auf den mich meine Kindheit, meine Familie – meine Mutter – vorbereitet hatte. Männer, die Rechtsanwälte wurden, Künstler, Wissenschaftler, wollten mit mir ausgehen. Im Laufe der Zeit ließ ich mich darauf ein. Irgendwann erschien mir der Gedanke, mich den Rest meines Lebens auf einer kleinen Farm in Virginia um Kühe zu kümmern, immer weniger nahe liegend, bis er mir schließlich völlig – abwegig vorkam.

Also gab ich Jess einen Korb. Wir lebten uns auseinander, merkte er das denn nicht? Wir hatten nicht mehr so viel gemeinsam, wir hatten unterschiedliche Ziele. Was mich heute, all die Jahre später, quält, ist, dass ich mir wirklich nicht vorstellen konnte, dass ich ihm wehtat – er konnte doch sicher sehen, dass ich Recht hatte, er musste mir zustimmen, es war so eindeutig, dachte ich. Was für eine oberflächliche, egoistische kleine Kuh ich war. Und als ich merkte, *dass* ich ihm wehgetan hatte – bot ich ihm an, mit ihm zu schlafen! Endlich! Was für eine großherzige Geste, das perfekte Abschiedsgeschenk. Bei der Erinnerung daran krümme ich mich immer noch. Zu Jess' Ehren und zu meiner ewigen Schande lehnte er es ab. Danach habe ich ihn fünfzehn Jahre lang nicht wieder gesehen.

Ich öffnete die Tür zu unserem dunklen, kalten Haus mit einem Schaudern, ja, beinahe mit einem Gefühl der Bedrohung. *Ich bin so leer wie dieser Flur. Ich bin so kalt wie dieses Wohnzimmer*. Es war erst kurz nach neun. Ruth würde frühestens in einer halben Stunde nach Hause kommen. Manchmal fühlte sich die Einsamkeit wie Panik an, ein tief sitzendes, dumpfes Gefühl im Zwerchfell. Etwas zu trinken? Nein, ich könnte in Tränen enden. Schon wieder. Aber Kaffee würde mich wach halten. Ich hängte meinen Mantel in den Schrank im Flur und ging nach oben. Vielleicht würde ein heißes Bad die Kälte aus meinen Knochen vertreiben. Vielleicht wurde ich krank.

Der Anrufbeantworter im Schlafzimmer blinkte. Es dauerte ewig, bis das Band zurückgespult war – das hieß, es war meine Mutter. Ich legte mich zum Zuhören aufs Bett.

»Hallo, ich bin's«, tönte ihre herrische, selbstbewusste Stimme durch die Stille. »Ich dachte, du wärst schon zu Hause. Ruf mich an, wenn du Zeit hast. Ich habe eine Idee – ich erzähle es dir, wenn wir telefonieren.« Aber nein, sie konnte nicht warten. »Was hältst du von einer kleinen Reise? Nur wir drei, für ein Wochenende, irgendwohin, wo es interessant ist.« *Wir drei?* Ich, Mama und Pop? Wie bizarr. »Ich glaube, das würde uns allen gut tun, wirklich. Vielleicht Ende des Monats, wenn es ein bisschen wärmer ist. Wir könnten nach Richmond fahren, nach Washington oder Baltimore, wohin wir wollen. Ich weiß, dass Ruth samstags arbeitet, aber einmal kann sie doch bestimmt einen Tag frei nehmen.«

Oh, *die* drei. Ein Frauen-Wochenende. Das war nicht ganz so bizarr.

»Kann natürlich sein, dass der Verkauf von Abführmitteln dann einen Einbruch erleidet, aber die Homöopathie wird es überleben, wie wir wissen«, witzelte sie fröhlich. »Carrie, du musst das Band sofort löschen, hast du gehört? Okay, ruf mich an, wenn du nach Hause kommst und es nicht zu spät ist. Ach übrigens – Ruth hat angerufen. Es gab ein Missverständnis, ihr habt alles durcheinander gebracht. Wir haben sie vermisst, aber wir verstehen es. Sie ist eine Süße, ich könnte sie fressen. Lass uns nach Washington fahren. Glaubst du nicht auch, dass ihr das am besten gefallen würde? Na gut, ruf mich an. Ich liebe dich. Bis bald.«

Ich zog mir die Decke über die Beine und verschränkte die Arme vor der Brust. Ein Wochenendtrip mit Ruth und meiner Mutter – eine gute Idee. Theoretisch. Drei Generationen von Frauen aus der Familie Danziger, alle unterschiedlichen Alters und in unterschiedlichen Phasen ihres Lebens, losgelassen auf die Hauptstadt der Nation. Könnte lustig werden. Es könnte aber auch ein Desaster werden. Es war eine dieser Ideen, die, abstrakt betrachtet, unwiderstehlich und nahe liegend waren, und sobald man darüber nachdachte, konnte man ihrer

Verwirklichung praktisch nicht mehr ausweichen. Schicksal. Und sei es deshalb, weil alle Argumente dagegen neurotisch klangen.

Ich erwischte mich dabei, wie ich eindöste. *Steh auf, zieh dich aus*. Gleich. In einer Minute.

Ich saß auf dem Rücksitz der Familienkutsche, einem blauen Ford, den wir hatten, als ich in der Junior Highschool war. Erst dachte ich, Mama würde fahren, aber jetzt sah ich, dass es Ruth war. Bäume und Himmel flogen am offenen Fenster vorbei, intensive Farben, blau-grün, blau-grün, blau-grün, und der Wind blies mir ins Gesicht. »Nicht so schnell«, warnte ich, aber Ruth hörte nicht auf mich, wandte nicht einmal den Kopf. Dann saß plötzlich Stephen neben mir auf dem Rücksitz, sein Schenkel streifte meinen. Ich wollte, dass Ruth sich umdrehte und uns sah, sah, dass wir zusammen waren. Ich rief sie, aber sie hatte Kopfhörer auf, versunken in einem coolen, leisen Rhythmus bewegte sie die Schultern. Ich konnte Stephens Gesicht oder seinen Oberkörper nicht sehen, nur ein Bein in seiner alten, grünen Cordhose. Ich bewegte meine Hand auf seinem Oberschenkel, betrachtete die Konturen meiner Finger, hell auf dunkel, und dann war es Jess' Bein.

Er legte sein Kinn auf meine Schulter – meine nackte Schulter, plötzlich war ich nackt – und küsste mich unters Kinn. »Warte«, flüsterte ich. Obwohl ich die Augen geschlossen hatte, konnte ich die verwirrenden Lichtstreifen sehen. Blau-grün. Blau-grün, flogen sie immer schneller am Fenster vorbei. Ruth fuhr zu schnell, etwas Schreckliches würde geschehen. Jess presste mich nach unten, gegen den Sitz. Unsere Beine waren ineinander verschlungen, seins dicht mit blonden Härchen bedeckt, ich wollte über seinen Schenkel streichen und die feinen Härchen zausen, sie mit meiner Handfläche glätten. Ich öffnete den Mund, um Ruth zu sagen, dass sie langsamer fahren soll, und Jess ließ seine Zunge hineingleiten und wir liebten uns, bis das Heulen einer Sirene mein heißes Blut gefrieren ließ.

Ruth fuhr immer noch zu schnell, aber jetzt in Zeitlupe. Jess merkte nichts, hörte nicht auf, mich zu streicheln, und ich konnte ihn nicht anschreien, weil Ruth es hören würde. Obwohl der Wagen sich immer noch bewegte, steckte Officer Sherman seinen Kopf zum Fenster auf der Fahrerseite hinein und gab Ruth einen Strafzettel. Dreh dich nicht um, betete ich, schau bitte nicht her, während ich völlig außer mir versuchte, Jess' glatte Schulter wegzuschieben. Officer Sherman löste sich auf, verwandelte sich in Mr. Tambor. »Es ist Ihre Schuld«, sagte er traurig und wedelte mit seinem Finger vor meinem Gesicht herum. »Sie versagt in allen Fächern. Daran haben nur Sie Schuld.«

»Mom?«

»Hey!« Ich rappelte mich auf, stützte mich auf die Ellbogen und räusperte mich. »Da bist du ja. Wie spät ist es?« Ich setzte ein gutmütiges Lächeln auf, falls der Traum irgendwelche Spuren hinterlassen hatte.

»Ungefähr zehn.« Sie machte eine vage Handbewegung und drückte ostentativ einen Stapel Bücher an ihre Brust. Ich klopfte auf das Bett und sie ließ sich neben mich fallen, verstreute die Bücher auf der Decke. »Hast du geschlafen? In deinen *Klamotten*?«

»Nein, nein. Ich habe nur mit geschlossenen Augen nachgedacht.« Ein Witz von Stephen. Wir lächelten matt. »War es schön bei Becky?«

»Ja. Ich habe gehört, dass du ihre Mutter in der Schule getroffen hast.«

»Ja, wir haben uns nett unterhalten. Was gab's zum Essen?«

»Eintopf. Und zum Nachtisch Kuchen, der vom Geburtstag ihrer kleinen Schwester übrig war. Sie ist zwölf geworden. Er hat echt gut geschmeckt.«

Ihre Arme schauten nackt unter dem mausgrauen, kurzärmeligen Pullover hervor. Lange, blasse Kinderarme, ihre Ellbogen wirkten so zart und schutzlos. »Ist dir nicht kalt?«, fragte ich und kniff sie in eine Hautfalte am Ellbogen.

»Doch, es ist eiskalt hier drin. Bist du ... gerade nach Hause gekommen?« Sie gähnte beiläufig und studierte gelangweilt die Linie zwischen Wand und Decke. Mein Herz zog sich zusammen. Hilflose Liebe durchflutete mich. *Bleib so, verändere dich nicht, werde nicht älter*.

»Ich habe mit allen Lehrern außer Mrs. Fitzgerald gesprochen.«

»Oh, Scheibenkleister, Mom. Sie ist die Beste.«

Scheibenkleister. Wie nett wir miteinander sein konnten. Seit Jahren bemühte ich mich Ruth zuliebe um eine anständige Sprache und jetzt tat sie dasselbe für mich. »Wir reden morgen darüber«, sagte ich, »heute ist es zu spät. Du siehst müde aus, du gehst jetzt ins Bett. Aber eins kann ich dir sagen – niemand hat mir heute Abend etwas erzählt, das ich nicht schon wusste.«

Erleichtert senkte sie den Kopf.

»Allerdings werden wir in Zukunft einiges ändern. Was das Lernen betrifft.«

»Gut, okay.«

»Gut, okay. Das ist kein Scherz.«

»Ich *weiß*.«

Ich dachte darüber nach, was Mr. Tambor gesagt hatte. Dass sie wahrscheinlich nicht Mathematik studieren würde, weil Stephen nicht mehr da war. Sie musste nicht mehr versuchen, ihm zu gefallen. Ich war anders – ich hatte schon aufgegeben, meinem Vater zu gefallen, als ich viel jünger als Ruth war – ungefähr dreizehn. (Das Datum wusste ich ziemlich genau, ich hatte es mithilfe eines sehr gründlichen Therapeuten vor neun Jahren in Chicago herausgefunden.) Ich hatte nicht aufgehört, ihn zu lieben, aber ich gab es auf, väterliche Gefühle von ihm zu erwarten. Doch Ruth hatte Stephen noch nicht aufgegeben. Es tat mir in der Seele weh zuzuschauen, wie sie im wahrsten Sinne des Wortes bis zu dem Abend, an dem er starb, versuchte, seine Aufmerksamkeit und seine Liebe zu erringen. Das machte mir am meisten Angst – ihre Beharrlichkeit, einem jungen Hund gleich, ihre Hoffnung. Mit fünfzehn überzog eine hauchdünne Schicht Skepsis ihre Sprache, ihr schlechtes Teenager-Benehmen, aber darunter lag ein großes, niedliches Lächeln. Ich zählte die Tage, bis jemand es gedankenlos und mit willkürlicher Grausamkeit ausradierte, ihre Unschuld tötete – bitte, lieber Gott, lass es nicht mich sein.

»Geh ins Bett, Süße«, sagte ich. »Aber zuerst gib mir einen Gute-Nacht-Kuss.« Das rote Licht am Anrufbeantworter erinnerte mich an etwas. »Ach ja, Gram hat angerufen. Sie will irgendwann mit uns ein Wochenende verreisen. Nur wir drei, nach Richmond oder Washington zum Beispiel.«

»Gott, wie absurd. Müssen wir?«

»Willst du nicht? Ich dachte, es könnte lustig werden.« Ihr Gesicht spiegelte unglaubliche Abscheu wider. Übten sie das vor dem Spiegel? Gab es einen Kurs »Verächtliche Grimassen, die deine Mutter mit Sicherheit verletzen«? »Also«, sagte ich ein wenig steif, »das besprechen wir auch später. Jetzt mach, dass du ins Bett kommst, du siehst erschöpft aus.«

»Bin ich auch, richtig fertig sogar. Kann ich morgen zu Hause bleiben?«

»Nein, du warst heute zu Hause.«

»Ja, aber heute hatten wir frei. Ich bin wirklich richtig kaputt.«

»Dann hättest du dich heute erholen sollen.«

»Heute war ich nicht müde. Ich bin *jetzt* müde.«

»Dann geh ins Bett.«

»Ich könnte Pfeiffersches Drüsenfieber haben. Ich könnte ein chronisches Müdigkeitssyndrom haben. Wahrscheinlich habe ich gerade jetzt eine Leberfunktionsstörung.«

»Gute Nacht, Ruth.«

»Oh, Mom.« Mit wütendem Gesicht schnappte sie sich ihre Bücher und stürmte davon. Vom Flur aus rief sie noch: »Becky darf morgen zu Hause bleiben!«

»Ach wirklich? Jetzt fange ich langsam an –«

Sie hörte nicht hin. »Mrs. Driver hat viel mehr Mitgefühl als du«, schloss sie schneidend, ehe sie ihre Schlafzimmertür gerade so laut zuschlug, dass man ihre Wut und schlechte Laune bemerkte, Ruth aber nicht für Türen zuschlagen bestrafen konnte. Sie beherrschte den Unterschied perfekt. Sie hatte geradezu eine Kunstform daraus entwickelt.

Ich ließ mich ins Kissen fallen. Bonnie Driver hatte noch viel mehr, was ich nicht hatte. Eine hübsche Portion Selbstmitleid wäre jetzt richtig tröstlich. Ohne Stephen sollte ich mich eigentlich *weniger* minderwertig fühlen als früher. Hier handelte es sich schließlich nur um einen Teenager, der mich klein machte.

Anhaltende Höhenflüge waren nicht erlaubt. Ich konnte mich nicht erinnern, meine Mutter als kleines Mädchen über einen längeren Zeitraum gehasst zu haben, obwohl es wahrscheinlich der Fall gewesen war. Der Unterschied bestand darin, dass Mama streng und stark war und ein dickeres Fell hatte, und wenn man sie verletzte, war sie nicht beleidigt oder deprimiert, sondern wurde wütend.

Ein Wochenende mit Mama und Ruth. Na gut, vielleicht. Vielleicht war es genau das, was Ruth brauchte. Vielleicht lehrte ihre Großmutter sie ein paar wichtige Lektionen über das Leben. Lektionen, die ihre Mutter ihr in einer Million Jahren nicht beibringen konnte.

11

Ich hätte Landy anrufen und nach dem Artikel über die Arche Noah in der Zeitung fragen können. Das war nur logisch, schließlich war die Arche sein Projekt. Aber ich rief Jess an. Ich wollte aus erster Hand erfahren, wie die Abstimmung des Stadtrats ausgegangen war, rechtfertigte ich mich vor mir selbst. Ignorierte die Tatsache, dass Landy zweifellos auch bei der Sitzung anwesend war und mir genauso aus erster Hand hätte berichten können.

Jess war nicht da, wie immer. Farmer verbrachten anscheinend nicht viel Zeit im Haus. Ich hinterließ eine Nachricht. Er rief zurück, als ich auf der anderen Leitung versuchte, einen Kursleiter zu überreden, für den Sommer Wildwasser-Rafting anzubieten. Gegen drei Uhr nachmittags gelang es uns endlich, miteinander zu sprechen.

»Hallo – was habe ich da über Geräte für den Spielplatz gehört?«, fragte ich ganz geschäftlich. »Will Pletcher jetzt den Stadtrat bestechen?«

»Er sieht es eher als Anreiz. Wie geht es dir, Carrie?«

»Glaubst du, es funktioniert?«

»Na ja, der Schatzmeister hat gestern Abend ein bisschen gerechnet und kam auf knapp neunundzwanzigtausend, wenn alle Geräte im Park erneuert werden sollen.«

»Neunundzwanzigtausend *Dollar?*«

»Und das ist nicht mal die beste Ausstattung. Keine Frage, es gibt eine Opposition gegen die Arche im Stadtrat, aber ich glaube, bei so viel Geld werden eine Menge ästhetischer Empfindlichkeiten über den Haufen geworfen.«

»Das würde mich nicht überraschen.« Warte nur, bis meine Mutter davon hört. Eine voll bestückte Arche in den Leap River vom Stapel zu lassen, klang selbst in meinen Ohren verrückt.

»Inzwischen werden Landys Tiere jeden Tag hässlicher, Carrie.«

»Das tut mir Leid.«

»Der *Morning Record* schickt nächste Woche einen Reporter vorbei, der ein paar Bilder machen soll. Für einen Artikel.«

»Aha.«

»Es ist nur eine Frage der Zeit, bis Eldon und die Archisten sich lächerlich machen. Und Landy natürlich auch.«

»Tut mir Leid«, wiederholte ich. »Ich kann nichts dagegen tun.«

»Du könntest rauskommen und uns helfen.«

»Jess – wie, um alles in der Welt, bist du da reingeraten?«

Er seufzte. »Es fing alles so harmlos an. Landy hatte ein Holzprojekt – so nannte er es – und bat mich, meine Handsäge benutzen zu dürfen. Und als Nächstes war ich schon dabei, Nashörner auszusägen.«

»*Du* baust jetzt die Tiere?«

»Ja, und dabei habe ich absolut keine Zeit, ich muss eine Arche bauen. Das Original wurde aus Gelbholz gebaut. Hast du zufällig eine Ahnung, wo wir das kriegen könnten?«

»Welche Stärke?«

»Sehr witzig.«

»Wann werden deine Kühe gemolken?«

»Ich wusste doch, dass ich etwas vergessen habe.«

Ich lachte. »Das ist alles deine eigene Schuld. Du hättest Nein sagen können.«

»Hätte ich. Aber es gefällt mir. Die Idee gefällt mir.«

»Aber es ist so *verrückt!*«

»Das ist es ja, was mir gefällt.«

Ich lächelte vor mich hin. Das war der Jess, den ich kannte.

»Und du brauchst es, Carrie.«

»Ich *brauche* es? Oh, ich versichere dir, dass ich es bestimmt nicht brauche.«

»Gut, dann brauche ich dich eben.« Einen Moment lang herrschte Stille. »Komm am Samstag vorbei, ja? Bring Ruth mit.«

»Nein, nein, ich kann nicht. Und Ruth muss sowieso arbeiten.«

»Dann komm allein.«

»Ich kann nicht, Jess, wirklich.«

»Denk darüber nach. Bitte versuch zu kommen.«

»Andy hört mit dem Geigespielen auf«, verkündete Chris Fledergast und trat an meinen Schreibtisch, während sie ihren Mantel anzog und sich einen Wollschal um den Hals wickelte. »Vielleicht auch mit Klavier, aber diese Entscheidung haben wir auf den Sommer verschoben.«

Ich schaltete meinen Computer aus. War es tatsächlich schon fünf? »Andy hört auf, Geige zu spielen? Warum?«

»Weil er es hasst.«

»Ja, natürlich, aber …«

»Ich weiß. Glaub mir, wenn es nach mir ginge, würde das nicht passieren.« Sie zog ihre braune Wollmütze so tief in die Stirn, dass sie ihre Augenbrauen verdeckte. So unbeholfen und schlaksig sie nach außen wirkte, so anmutig war sie im Inneren, ein durch und durch sanfter Mensch. »Das ist alles Oz' Schuld«, sagte sie und legte die Enden ihres Schals auf der Brust übereinander, ehe sie den Mantel zuknöpfte.

»Oz will nicht, dass Andy Geige spielt?«

»Das ist es nicht.« Sie lächelte Brian an, der aus seinem Büro hereinkam. »Ich erzähle Carrie gerade, dass Andy mit dem Geigespielen aufhört und mit Klavier vielleicht auch.«

»Wie kommt's?« Brian drapierte einen muskelbepackten Schenkel auf meiner Schreibtischkante und setzte sich.

»Ach, er hasst das Üben und das Vorspielen. Manchmal sagt er schon, dass er Musik überhaupt hasst.«

»Das ist nur eine Phase«, behauptete Brian. »Wie alt ist er jetzt, zehn?«

»Neun. Er sagt, er will Baseball spielen.«

»Und Oz ist natürlich ganz dafür«, riet ich. Ich hatte Chris' Mann erst einmal gesehen, als er sie zur Arbeit gefahren hatte und für einen Augenblick mit hereingekommen war, um mich kennen zu lernen. Er war nett, ich mochte ihn, er war groß und stark, ein ganz schöner Macho – ich konnte mir vorstellen, dass er nichts dagegen hatte, wenn sein Sohn das Klavierspielen aufgab.

»Nein, das ist es nicht«, sagte Chris. »Es ist keine Macho-Geschichte, verstehst du, es ist nicht so, dass Oz will, dass er ein harter Kerl wird oder so.«

»Aha.« So viel zu meiner Menschenkenntnis.

»Er sagt, wir sollten Andy erlauben, selbst zu entscheiden.« Sie blickte düster zu Boden und knetete ihre behandschuhten Finger. »Ach, ich weiß nicht. Ich frage mich einfach, woher er wissen soll, was gut für ihn ist. Er ist neun, woher soll er es wissen?«

»Stimmt«, sagte Brian, »aber wenn er es doch hasst?«

»Ich weiß. Ach, ich weiß es eben *nicht*. Wir haben hin und her geredet, Oz und ich.«

»Ich musste Klavier spielen«, sagte ich. »Vier Jahre lang und ich kann kein einziges Stück mehr.« Was nicht ganz stimmte, ich konnte »Für Elise« spielen und »Country Gardens«.

»Ich wollte immer Klavier spielen«, erzählte Brian, »aber meine Leute konnten es sich nicht leisten. Und ich wäre gut gewesen. Jetzt ist es zu spät.«

»Andy ist sehr musikalisch, sein Lehrer sagt, er habe Talent. Mir ist klar, dass er Baseball spielen will – er würde auch jedes Mal lieber Eis essen als Spinat, aber wir erlauben es nicht. Und jetzt sagt Oz, er sei alt genug, seine eigenen Entscheidungen zu treffen.«

»Na ja, wenn er Geige spielen soll –«

»Er wird wieder anfangen – behauptet Oz.« Chris schüttelte sorgenvoll den Kopf. »Wir werden sehen.«

Ich versuchte, mir vorzustellen, was ich tun würde, wenn Ruth mit etwas aufhören wollte, worin sie gut war, sagen wir mal – mit Lesen. Nein, das ist ein schlechtes Beispiel, denn das müsste ich natürlich verhindern. Aber – sagen wir, sie wollte den Sport aufgeben, sowohl Fußball als auch Volleyball, und ihre Zeit nur noch damit verbringen, Bilder von Models in Designerklamotten zu malen. Nur als Beispiel. Würde ich das erlauben, obwohl sie kein Talent zum Malen hat, aber eine ausgezeichnete Sportlerin ist?

Ich war mir nicht sicher. Wahrscheinlich.

Doch ich wusste, wer solch eine Entscheidung vehement missbilligen würde. Mama. Wenn sie zu wissen glaubte, was gut für einen war, hatte man keine Chance. Sie würde so lange auf einen einreden, bis man ganz klein mit Hut war und nachgab.

»Chris«, sagte Brian, »haben Sie die Gehaltslisten ausgedruckt, bevor Sie den Computer ausgemacht haben?«

»Liegen in Ihrem Fach.«

»Großartig. Gehen Sie jetzt nach Hause?«

»Das hatte ich eigentlich vor, ja.« Sie grinste mich an und breitete die Arme aus. *Warum habe ich wohl den Mantel an?* Wir lachten manchmal hinter Brians Rücken über ihn, aber auf eine nette Art, tolerant und liebevoll, wie Frauen über Männer lachen, die sie mögen. Doch Brian nutzte Chris aus. Sie war wirklich klug, aber sie spielte sich nicht in den Vordergrund. Sie tat, was er ihr sagte, clever und effizient, weil sie glaubte, dafür habe er sie eingestellt – sie arbeitete hart und war loyal. Wenn er das zu schätzen gewusst hätte, wäre es etwas anderes gewesen, aber das tat er nicht. Er hielt es für selbstverständlich.

Brian ließ seine Fingergelenke knacken, eine seiner jungenhaften Angewohnheiten, und baumelte mit dem Bein hin und her. »Ich brauche jemanden, der mir beim Nachdenken hilft«, sagte er stirnrunzelnd. »Müssen Sie auch gleich nach Hause?«, fragte er mich.

»Hmm …«

»Wir könnten es mit einem Abendessen kombinieren. Ein frühes Essen und dabei reden wir … wenn Sie Zeit haben. Ich muss noch mal zu Carmichael wegen dieser Remington

Geschichte und ich weiß nicht genau, was ich ihm sagen soll.«

Das Remington College hatte uns kürzlich ein interessantes Angebot gemacht: Aus reinem guten Willen und um die Beziehung zur Gemeinde zu pflegen, wollte das College Brian gestatten, seine Kurse kostenlos auf dem Campus abzuhalten, hauptsächlich am Abend, in freien Kursräumen, man würde sogar auf dem Campus dafür Reklame machen und die Schule unter der Rubrik »gemeinsame Veranstaltungen mit der Gemeinde« in das jährlich erscheinende College-Programm aufnehmen. Ich fand es phantastisch, aber Brian war vorsichtig.

»Nun, ich könnte schon«, stellte ich fest. »Ruth geht heute nach der Arbeit zu einer Freundin und wird erst spät nach Hause kommen, also passt es mir heute Abend ganz gut.«

»Großartig!« Brian sprang mit einem Satz von meinem Schreibtisch und brachte den Monitor meines Computers zum Wackeln. »Ich brauche noch zehn Minuten, dann können wir los. Wir nehmen meinen Wagen.«

»Hey«, sagte Chris, als er in seinem Büro verschwunden war. »*Mich* lädt er nie zum Essen ein. Wahrscheinlich muss man gut aussehen und Single sein.«

Aber sie machte nur Spaß – ich warf ihr einen Blick zu, um mich zu vergewissern, und sie grinste.

»Zu windig?« Brian berührte einen Knopf, der diskret an der mit Leder bezogenen Innenseite der Tür seines Lincoln Continental angebracht war, und das Fenster ging geräuschlos zu. »Ich finde nur, dass es unser Image verwischen könnte. Ist es die Andere Schule oder das College? Manche Leute werden den feinen Unterschied nicht bemerken.«

»Brian, wo fahren wir hin?« Wir waren schon seit zwanzig Minuten unterwegs und fuhren über Land.

»Tolles Lokal, Sie werden sehen.« Er legte seinen rechten Arm über meine Rückenlehne, lehnte sich zurück und lenkte mit links. »Sie meinen wahrscheinlich, es ist egal, was die Leute denken. Solange es uns mehr Einschreibungen bringt.«

»Nein, das meine ich nicht.«

»Ich verstehe Ihre Haltung. Vermutlich bin ich zu Besitz ergreifend.«

»Nein, ich finde, Ihr Einwand ist durchaus berechtigt. Oberstes Gebot der Schule ist Unabhängigkeit. Es ist die *Andere* Schule. Die meisten Leute sehen darin etwas Alternatives.«

»Genau, sie steht außerhalb, ein wenig abseits von den anderen. Auf dem Campus wäre sie nur eins von vielen Weiterbildungsprogrammen. Die Leute würden denken: Fortbildung, Erwachsenenbildung, Zusatzausbildung, Andere Schule. Und das ist falsch, das sind wir absolut nicht.« Brian schlug mit der Hand auf das Lenkrad, um seine Worte zu unterstreichen. Der Geruch seines Rasierwassers war schon im Büro kräftig, in einem geschlossenen Wagen wirkte er betäubend. Und der Lincoln war riesig, aber Brians massiger Körper ließ den Vordersitz beinahe kuschelig klein wirken.

»Auf der anderen Seite kann man die Vorzüge nicht ignorieren«, sagte ich. »Die Bequemlichkeit – man müsste sich nie mehr um freie Unterrichtsräume rangeln. Aber das ist nur ein Punkt. Dann die Einschreibungen. Ich habe keine Ahnung, wie viel mehr es werden würden –«

»Viele. Denken Sie mal an die Studenten, die sich mit Naturwissenschaften, Trigonometrie oder der Geschichte des Rokoko in Belgien herumschlagen – und dann sehen Sie einen Aushang, dass in der Woche darauf ein preiswerter Kurs stattfindet mit dem Thema ›Wie man schon bei der ersten Verabredung aufs Kreuz gelegt wird‹ und er ist *direkt gegenüber* – das gibt eine mächtige Zunahme bei den Einschreibungen.«

»Das soll ein Witz sein, oder?« Bei Brian konnte man sich nie sicher sein.

»So war's gemeint. Doch wir müssten auf jeden Fall Kurse anbieten, die für die Studenten attraktiv sind, viel mehr als bisher. Das wäre nur vernünftig. Die Kundschaft steht praktisch vor der Tür.«

»Aber ›Wie man schon bei der ersten Verabredung aufs Kreuz gelegt wird‹ – das ist –«

»… ein Beispiel! Natürlich würden wir es nicht so nennen.« Er versetzte meiner Schulter einen spielerischen Klaps. »Ich zähle darauf, dass Ihnen etwas Geschmackvolles einfällt – ›Wie überwindet man Schüchternheit in persönlichen Beziehungen‹, etwas in der Art. Ha, ha!« Er lachte laut – er lachte immer laut über seine eigenen Witze. »›Befreien Sie sich von unangemessener Scham‹ – gefällt Ihnen das? Ha, ha, ha, ha!« Er hatte den Blinker gesetzt, bremste und bog auf den Parkplatz vor einem lang gestreckten, mit Schindeln verkleideten, neonbeleuchteten Restaurant ein. »Da sind wir«, verkündete er, während er in die Lücke zwischen zwei glänzenden Pick-ups einfädelte. »Schon mal hier gewesen, Care?«

»CACTUS FLATS« stand auf dem blinkenden, grüngelben Plastikschild. »Cocktails, Bier, Steaks und Chilis. Fr., Sa., So. Livemusik.« »Nein«, sagte ich. »Ich bin zum ersten Mal hier.«

»Es wird Ihnen gefallen. Mögen Sie Rib-Eye-Steaks? Die besten in der ganzen Gegend. Das hilft, wenn man Country Music nicht ausstehen kann.«

Cactus Flats war ein altmodisches Gasthaus, niedrig und staubig, es stank nach Bier und es war groß genug, um die drei Hauptattraktivitäten – Trinken, Essen und Tanzen – in separaten Räumlichkeiten unterzubringen. Hier sollte Brians Brainstorming stattfinden? An diesem Abend gab es keine Livemusik, es war Donnerstag, aber die Musikbox war genau so laut wie eine Band und lief ohne Pause. Nach einer Weile gingen mir die krächzenden Melodien von George Jones, George Strait und Vince Gill ins Ohr. Es stimmte: Je älter ich wurde, desto besser vertrug ich Country Music, und das nicht nur, um Ruth in Verlegenheit zu bringen (wie sie behauptete). Ich konnte den Text verstehen und mitsingen – war das zu viel verlangt? Anspruchslos, nannte Stephen es immer. Carrie ist und bleibt eben das Mädchen vom Lande, pflegte er zu sagen. Und das in keinem besonders netten Ton.

Wir setzten uns in eine Nische vor einer knorrigen Kiefernwand, die mit Sätteln, Sporen, Cowboyhüten und Kuhhörnern geschmückt war. Mir taten die Kellnerinnen in ihren engen Jeans Leid, die in hochhackigen Cowboystiefeln steckten. »Kommen Sie oft hierher?«, fragte ich Brian bei einem schwungvollen Song von Patty Loveless. Ich musste meine Frage schreiend wiederholen, nicht so sehr wegen der Musik, sondern um Brians Aufmerksamkeit zu erregen. Denn er war weit weg. Sobald er bei der Kellnerin unsere Drinks bestellt hatte – Lone Stars, was sonst –, tauchte er in eine andere Welt ein, schien sich in der Musik zu verlieren und dem … Nun, *Ambiente* war nicht das richtige Wort für Cactus Flats. Dem Erlebnis. Er sang sogar mit – ich konnte seine hohe Fistelstimme über Pattys hören. Manchmal lief ich Ruth über den Weg, wenn sie Walkman hörte. Dann hatte sie auch diesen intensiven, abwesenden und entrückten Gesichtsausdruck und jaulte zu den Songs von Bands mit Namen wie Hole und Anthrax.

Brian grinste selig und nickte auf meine Frage. Oder wackelte er im Takt mit dem Kopf? Ich konnte es nicht unterscheiden. Als das Bier kam, stieß er so heftig mit mir an, dass ich fürchtete, die Krüge könnten zerspringen. »Ist das nicht klasse, Carrie? Ist das nicht der beste Ort zum Entspannen?«

Ich nickte lächelnd. Ja, er hatte Recht. Wirklich. Aber ich wünschte, ich hätte es ein wenig früher gewusst. Ich hätte mich umfassender entspannen können, wenn ich gewusst hätte, dass es darum geht. Doch diese Seite hätte ich an Brian nie vermutet. Erstaunlich. Er hatte sein Jackett ausgezogen, die Hemdsärmel aufgerollt und die Krawatte gelockert. Er wirkte jünger, sorglos, nicht annähernd so angespannt wie sonst, wie er da an der Wand lümmelte, einen Fuß auf den Sitz hochgezogen, und mit der Faust den Rhythmus gegen die Holzwand schlug.

Die Musik wechselte. Plötzlich rief er: »Two-Step!«, packte mich am Arm und zog mich hoch. Ich versuchte, mich zu wehren, aber es war albern, David gegen Goliath. »Ich kann das nicht!«, schrie ich und fiel in Trab, um mit ihm Schritt zu halten, während er mich auf eine riesige, fast leere Tanzfläche zog. »Warten Sie, Brian! Ich kann das nicht!«

»Natürlich können Sie das.« Er riss mich an sich, legte einen fleischigen Arm fest um meine Taille und drückte mit dem anderen meine rechte Hand nach unten. »Sie müssen nur rückwärts gehen. Ich gehe vorwärts, Sie rückwärts.« Er demonstrierte es, indem er in mich hineinlief. Es war, als würde ich mit einem Bären tanzen.

Einem großen, schwitzenden, männlichen Bären. Als der Schock verflog und sich das Geheimnis des Two-Steps mir langsam enthüllte, versuchte ich herauszufinden, was ich empfand. Wie war das? Gefiel es mir, an Brians starken, harten Gewichtheberkörper gepresst zu werden? Ja und nein. Schwer zu sagen, die Situation war zu unklar: Ich konnte die Tatsache nicht vom Kontext trennen. Der Kontext war, dass es sich um Brians Körper handelte, Brian, mein Kollege, Brian, der alle zwei Wochen meinen Gehaltsscheck unterschrieb. Wie sollte ich wissen, was ich empfand? War das hier ein gutes, sauberes Vergnügen? Wollte er nur ein bisschen tanzen?

Als der Tanz zu Ende war, keuchten wir beide. Auf dem Weg zurück zum Tisch hielt er meine Hand und schwenkte sie kraftvoll und übermütig hin und her. Oh, dachte ich, das hat nichts zu bedeuten. Die Direktheit, der Mangel an Berechnung, das *Ungestüme* an der Art, wie er mich berührte – ich begriff schließlich, dass Brian einfach so war, freundlich und plump, er wollte einfach Spaß haben. Und ich war eine Idiotin, weil ich mir Gedanken machte. Ich sah immer alles viel zu kompliziert.

Die Kellnerin kam, um unsere Bestellung aufzunehmen. Brian stürzte sich genauso ungestüm auf das Steak wie in den Two-Step, aber in diesem Fall hatte ich nichts dagegen. »Erzählen Sie es nur nicht Ruth«, witzelte ich. »Sie versucht, mich zur Veganerin zu machen.«

»Wie läuft es denn so zu Hause?«, fragte er, stützte die Ellbogen auf und beugte sich vor. »Wie kommt Ruth ohne ihren Vater zurecht? Es muss wirklich hart für euch beide sein.«

»Er fehlt uns sehr. Manchmal habe ich das Gefühl, es wird leichter, und dann passiert wieder irgendwas. Aber es geht uns ganz gut. Ich weiß nicht, was ich ohne Ruth tun würde – sie ist meine Retterin.«

»Ich bin sicher, sie sagt dasselbe über Sie.«

Ich machte ein zweifelndes Gesicht. »Schwer zu sagen. Sie wissen doch, wie Kinder sind.«

»Oh, ja, das weiß ich.« Seine waren neun und zwölf, zwei Jungen. Er sah sie an den Wochenenden, in jeden zweiten Ferien und einen Monat im Sommer. »Craig will diesen Sommer in ein Computer-Camp – das ist der letzte Schrei.«

»Ich dachte, es sollte ein Basketball-Camp sein.«

»Das war letzte Woche. Er ist das Gegenteil von Gordon, der seine Meinung nie ändert.«

»Aha.« Gordon, der Zwölfjährige, wollte Leadgitarrist in einer Heavy-Metal-Band werden. »Ich frage mich, wer schwieriger zu erziehen ist«, sinnierte ich, »Jungen oder Mädchen.«

»Jungen«, sagte Brian sofort und erzählte eine Geschichte, wie Craig und Gordon einmal eine Matratze in Brand gesetzt hatten, weil sie eine brennende Kerze, mit der sie eigentlich gar nicht hantieren durften, unter dem Bett versteckt hatten. Das erinnerte mich daran, wie Ruth einmal so viele Zeitungen in den Kamin gestopft hat, bis der Schornstein und schließlich sogar das Dach brannte. »Wenn der Nachbar nicht die Flammen gesehen und die Feuerwehr gerufen hätte, wäre das Haus abgebrannt.«

»Ach, das ist noch gar nichts«, sagte Brian und berichtete, wie Craig und Gordon beschlossen hatten, »Auto zu fahren«, indem sie es die Auffahrt hinunter auf die befahrene Straße schoben, wo es wie durch ein Wunder auf dem Grünstreifen zwischen zwei Fahrspuren zum Stehen kam, ohne Schaden anzurichten. »Sie wollen nicht zufällig tanzen, oder?«

»Was?«

»Sie machen so ein komisches Gesicht. Ganz versunken in die Musik.«

»Oh, nein«, sagte ich lachend, »erzählen Sie weiter, ich höre zu.«

Doch das stimmte nicht. Ich hörte Neil Young zu, der »Helpless« sang. Das war früher mein Lieblingssong gewesen. Ich hatte ihn so oft gespielt, dass mein »Déjà vu«-Album ganz zerkratzt war. Jess lieh sich von einem Freund einen Kassettenrekorder, nahm »Helpless« siebenundzwanzig Mal hintereinander auf, auf beiden Seiten der Kassette, und schenkte sie mir zu meinem achtzehnten Geburtstag. Bis heute ist es das süßeste, lustigste, liebste Geschenk, das mir je jemand gemacht hat. Ich zwang mich, wieder in die Gegenwart zurückzukehren.

Während wir die Steaks aßen, erzählte Brian mir seine Lebensgeschichte. Er wuchs in North Carolina auf, als ältestes von drei Kindern, kam nach Clayborne, um aufs Remington College zu gehen, machte seinen Abschluss in Betriebswirtschaft, heiratete ein Mädchen aus dem Ort und blieb. Er wurde gleich Unternehmer, begann als Betriebsberater und gründete eine Firma für Zeitarbeit. Doch in Clayborne gab es nicht genug Menschen, die eine Betriebsberatung oder einen Job auf Zeit brauchten, sodass er scheiterte. Dann wurde Norma schwanger und der arme Brian musste sesshaft werden und eine richtige Arbeit finden – Buchhalter am College. Er fand das schrecklich. »Ich ertrage es nicht, für jemand anderen als für mich selbst zu arbeiten, das ist mein Problem. Ich habe keine Geduld. Andere sind mir nicht schnell und nicht vorausschauend genug«, sagte er leidenschaftlich und stach mit der Gabel auf ein Stück Fleisch ein. »Wenn was schiefgeht, will ich nur mir allein die Schuld daran geben müssen.«

»Gut zu wissen.«

»Nicht, dass ich ein Kontrollfreak wäre, wenigstens glaube ich das nicht. Finden Sie, dass ich ein Kontrollfreak bin?«

»Nein.« Ja.

»Gut, bin ich nämlich auch nicht. Ich suche mir gute Leute, sage ihnen, was ich erwarte, und dann mische ich mich in ihren Aufgabenbereich nicht mehr ein. Stimmt's?«

»Stimmt, Chef.«

»Stimmt, weil es nicht nötig ist. Sie sind gut in dem, was *Sie* tun, Carrie, ich bin gut in dem, was *ich* tue. Zusammen sind wir ein Team.«

»Und Chris ist gut in dem, was *sie* tut.«

»Klar.« Er prostete mir mit dem letzten Schluck Bier zu und signalisierte der Kellnerin, dass sie noch eins bringen sollte.

»Für mich nicht«, sagte ich.

»Nein? Sicher? Na gut, das ist auch mein letztes. Nie mehr als zwei, wenn ich noch fahren muss.«

Das zweite Bier löste seine Zunge und er begann über seine Ex-Frau zu reden. Das tat er sonst nie, machte nicht mal einen Witz über sie. Das wusste ich, weil Chris mir erzählt hatte, dass es eine bittere Trennung gewesen war, noch heute sprachen sie nur miteinander, wenn es sich nicht vermeiden ließ, und Brian war tief verletzt, weil Norma das Sorgerecht für die Kinder zugesprochen bekommen hatte. Jetzt bekam ich zu hören, was für ein Miststück Norma war. Er benutzte nicht diesen Ausdruck, aber das brauchte er auch nicht. Eine manipulative, dumme, kindische, gehemmt aggressive Frau, unvernünftig, verschlagen, voller Vorurteile und intellektuell eine Niete – das entsprach so ziemlich genau der Definition eines Miststücks.

Ich hörte zu, bis ich es nicht mehr aushielt, dann entschuldigte ich mich und ging auf die Damentoilette. Auf dem Weg rief ich von einem öffentlichen Telefon im Gang aus Ruth an. Sie war bei Jamie und diesmal hatte ich die Nummer dabei.

»Mom«, sagte sie sofort, »wo, um alles in der Welt, *bist* du?«

Ich hatte mich an den Lärm gewöhnt. Es dauerte einen Augenblick, bis mir klar wurde, dass sie die Musik im Hintergrund hören konnte, im Moment lief gerade ein Bluegrass-Stück, viele Geigen und ein Banjo. Ich lachte. »Ach, in einem Lokal namens Cactus Flats. Eine Art Rasthaus, es ist –«

»An der Route 29? *Da* bist du?«

»Warst du schon mal hier?«

»Nein, aber ich habe davon gehört. Was *machst* du da?«

»Na ja, Brian wollte etwas mit mir besprechen und da – es war sowieso Zeit zum Essen –, da sind wir eben hierher gefahren. Es gefällt ihm, er war schon öfter hier. Genauer gesagt kommt er wohl regelmäßig her.«

»Etwas besprechen?«

Auf Ruth war Verlass, sie hörte sofort den einzig schwachen Punkt in meiner Erklärung heraus. »Ja, genau. Wir haben uns

Gedanken über die Schule gemacht, ob man ihr vielleicht ein neues Image geben sollte.« Im Auto, auf der Fahrt, aber das zählte auch. »Wie geht's dir? Hast du deine Hausaufgaben fertig? Ich wollte nur, dass du weißt, wo ich bin, falls du eher nach Hause kommst als ich, obwohl –«

»Gute Idee, ich will nämlich gerade gehen.«

»Oh, so früh schon? Das ist ja –«

»Es ist nicht mehr früh, Mom, es ist acht Uhr. Sogar schon *zehn nach.*«

»Wirklich? Also, so spät ist das nun auch nicht. Gut, dann geh nach Hause. Hast du deinen Schlüssel? Schließ die Türen ab und –«

»Ich *weiß.*«

»Jamie soll erst wegfahren, wenn du sicher im Haus bist. Mach das Licht auf der Veranda an, damit sie es merkt.«

»Mom, ich weiß.«

»Gut.«

»Und wann kommst du nach Hause?«

»Auch bald. Wir trinken noch einen Kaffee.«

»Du hast getrunken.«

»Wie bitte?«

»Etwa nicht? Ich merke es. Ich merke es an deiner Stimme.«

»Ruth –« Am liebsten hätte ich gelacht, aber dann konnte sie denken, ich sei betrunken. »Süße, ich habe ein Bier getrunken. Ungefähr vor einer Stunde.«

»Ach so. Und *er?*«

»Er?«

»Ist das ein Date?«

»Nein, das ist kein Date. Ich habe dir gesagt –«

»Ach, stimmt, eine geschäftliche Besprechung, ein Geschäftsessen im Cactus Flats. Der ist wirklich gut, Mom.«

»Hör zu. Ich – wir reden natürlich auch über andere Dinge und wir haben vor dem Essen einen Drink genommen, aber mehr nicht. Wir sind nicht –«

»Es ist mir sowieso total egal.«

»Schön, aber es ist kein Date.«

»Gut, super.«

»Ruth!«

»Und wenn es eins wäre, wär's mir auch egal.«

»Aber das ist es nicht.«

»Okay.«

Ich schlug leicht mit der Stirn gegen den schwarzen Metallrahmen der Telefonkabine. »Wir reden darüber, wenn ich zu Hause bin.«

»Dann schlafe ich schon.«

»Gut, dann eben morgen.«

»Wozu? Deiner Meinung nach gibt es doch nichts zu bereden. Ich muss Schluss machen. Viel Spaß noch.«

»Ruth –«

Sie hängte ein.

In der Damentoilette beugte ich mich über das Waschbecken und sah mir in die Augen. *Ist das ein Date?* Ich wusste es ehrlich nicht. Unsicher zog ich mir die Lippen nach und dachte, das würde ich sonst auch tun. Ich tat es auch, wenn ich mit Freundinnen ausging, es hatte nichts zu bedeuten.

Am Ende verließen wir das Lokal erst nach neun. Es war »Open Mike Night«, junge Talente durften sich am Mikrofon versuchen, und Brian bestand darauf, mindestens zu bleiben, bis es anfing. Ich machte mir Sorgen wegen Ruth – wegen ihrer Verdächtigungen, nicht wegen ihrer Sicherheit –, aber er bettelte und beschwatze mich so lange, bis ich nicht mehr Nein sagen konnte. Und dann musste ich zugeben, dass »Open Mike Night« ein echter Heuler war. »Hab ich doch gesagt«, krähte Brian und klatschte und pfiff für einen jungen Mann, dessen Imitation eines schmierigen Hank Williams Jr. den Laden zum Kochen brachte. »Das hier kommt gleich nach Karaoke.«

»Das hat wirklich Spaß gemacht«, sagte ich wahrheitsgetreu auf der Heimfahrt. »Ich bin richtig froh, dass wir hier waren.«

»Prima. Ich dachte mir doch, dass es Ihnen gut tun würde, mal auszugehen.«

»Danke, Brian.« Ich lächelte ihn warmherzig an. Der Gedanke, dass er einen Ort wie das Cactus Flats nur mir zuliebe ausgesucht hatte, veränderte die Lage. »Das war sehr nett von Ihnen.«

»Na ja, manchmal merken wir einfach nicht, wenn wir uns festgefahren haben und ein wenig Abwechslung brauchen. Wir sind dann wie gelähmt.«

»Das ist wahr.«

»Sie haben Stephen verloren, aber Sie sind trotzdem am Leben. Das dürfen Sie nicht vergessen. Und es ist auch nicht gut für Ruth, wenn sie Sie die ganze Zeit nur deprimiert erlebt.«

»Nein. Also ... ich würde nicht sagen, dass ich die ganze Zeit deprimiert bin.«

»Sie müssen einfach öfter mal raus.«

»Wahrscheinlich.«

»Mit Sicherheit. Es ist jetzt sechs Monate her.«

Sechs Monate. Da schwang etwas mit. *Sie war in einem Country-&-Western-Laden, obwohl ihr Mann erst seit fünf Monaten tot ist.* Das klang gefühllos, war grenzwertig verabscheuenswürdig. Doch nach *sechs* Monaten bewegte man sich schon auf akzeptablem Gebiet. Nach sechs Monaten konnte man in ein Gasthaus gehen und es klang ehrbar. Aber mit einem Mann? Hmm. Das trübte das Wasser. Wenn es sich bei dem Mann allerdings um deinen Chef handelte, war es doch bestimmt etwas anderes.

Für wen machte ich diese Rechenspielchen? Nicht für mich und nicht für meine Freunde, denen es völlig egal war, ob ich mit einem Mann, Chef oder nicht, zum Essen ausging. Es war für meine Mutter. Ich war zweiundvierzig und in meinem Kopf liefen immer noch Gespräche mit ihr ab, mentale Dialoge, imaginäre Debatten. Manchmal war ich dabei ich selbst, manchmal meine Mutter. Eine Form der Selbstzensur. Taten das alle Töchter? Tat Ruth das auch? Waren wir bei genauem Hinsehen alle in unserer Persönlichkeit gespalten, von Anfang an dazu bestimmt, beides zu sein, der Ruf und das verzerrte Echo, der Hauptdarsteller unseres Lebens und der Kritiker? Ein ausgeklügeltes System von Mutter Natur, zur Kontrolle und Wiederherstellung des Gleichgewichts? Sehr wirkungsvoll, und was dabei an Spontaneität verloren ging, wurde durch besonnene Lebensweise wieder wettgemacht. Als Mutter und Tochter erkannte ich das Für und Wider leicht. Mamas emotionale Bindung an mich war lästig, ermüdend und ungesund – meine Bindung an Ruth war liebevoll, selbstlos, sensibel und gütig. Dass keines der beiden Extreme richtig oder falsch war, dämmerte mir jetzt, in meinem hohen Alter.

Wir holten meinen Wagen beim Büro ab und Brian bestand darauf, bis nach Hause hinter mir herzufahren. Ich hatte vor, ihm an der Tür Gute Nacht zu sagen oder noch besser auf dem Gehsteig am Wagen. Doch er parkte, stieg aus und kam mit mir hinein. Ich wusste gar nicht, wie das passiert war – eben standen wir noch auf der Veranda und ich suchte in meiner Tasche nach dem Schlüssel, dann waren wir in der Diele und er half mir aus dem Mantel.

»Also«, sagte ich, »vielen Dank noch mal.« Das Licht im Wohnzimmer brannte, aber Ruth war nicht zu sehen. Sie musste oben sein. »Es hat wirklich Spaß gemacht. Genau das habe ich gebraucht.«

»Das hier auch«, sagte er, zog mich in seine Arme und küsste mich.

So viel zu Ruths Frage. Es *war* ein Date.

»Brian ...« Er hatte einen großen, weichen Mund, unten etwas haarig – sein Ziegenbärtchen. Er öffnete die Lippen und umklammerte mich, saugte mich in sich hinein. Hinter geschlossenen Augen hatte ich die Vision einer dunklen Höhle, tief und unheimlich und im Innern feucht. »Brian«, brachte ich heraus, »bitte nicht.«

»Warum nicht?«

Ich zögerte, um eine Antwort verlegen. Er nahm dies als Erlaubnis, mich unter den Armen anzuheben und an seine Brust zu ziehen, wieder ganz der Bär. Er umklammerte mich mit einem Arm und benutzte die andere Hand dazu, unter dem hoch geschobenen Pullover die bloße Haut meines Rückens zu reiben. Er hörte nicht auf, mich zu küssen, traktierte mich mit seinen Lippen, seiner Zunge. »Aufhören, hören Sie auf«, zischte ich. Am liebsten hätte ich ihn angeschrien, aber ich wollte nicht, dass Ruth es hörte. Ich reckte das Kinn in die Luft, um seiner Reichweite zu entfliehen. »Lassen Sie mich runter! *Verdammt noch mal!*« Ich hing fest wie in einem Schraubstock, eingeklemmt zwischen seinem Körper und der Haustür. Sein Gesichtsausdruck war freundlich und interessiert, erregt, aber nicht böse. Erwartungsvoll. »Brian, hören Sie auf!« Er presste seinen Mund auf meinen Hals und saugte.

Geschah das wirklich? Es konnte ein Witz sein – er war ein Witzbold, seine Scherze waren handfest, besonders wenn er sie an Chris ausließ, vielleicht war das hier eine Art –

Er schob seine große Hand zwischen uns, bekam meine linke Brust zu fassen und drückte zu.

Ich verwandelte mich in eine Frau mit besonders vielen Ellbogen- und Kniegelenken. Keines richtete irgendwelchen Schaden an – er war gebaut wie ein Safe –, aber schließlich erregten sie seine Aufmerksamkeit. Er nahm die Hände weg und ließ von mir ab.

Endlich hatte ich wieder festen Boden unter den Füßen. Mein Herz klopfte, ich hatte zittrige Knie. Ich sagte: »Herrgott, Brian«, und wischte mir mit dem Handrücken den Mund ab.

Er strich sich immer wieder mit einer Hand über das Revers seines Jacketts. Das tat er immer, wenn er unsicher war. »Schlechtes Timing, verstehe. Tut mir Leid, Carrie. Wusste nicht, dass Sie noch nicht so weit sind.«

Dass ich noch nicht so weit bin? Für was? Vergewaltigt zu werden? Ich bekam den Türknauf hinter mir zu fassen und stieß die Tür auf. »Gute Nacht.« Ich trat beiseite. Kalte Luft strömte herein.

»Ist doch nichts passiert, oder?« Er grinste, freundlich und hoffnungsvoll. Nur ein großer Teddybär. Zweifel überfielen mich und ich schaute ihn grimmig an. Konnte es sein, dass ich überreagierte? Nein. Aber – es war doch nur Brian. Nicht Jekyll and Hyde, nur Brian. Das lebhafte, neue Bild von ihm begann bereits zu verblassen, verschwamm wieder zu dem alten Bild von dem jovialen, ungezwungen gutherzigen Kerl, der Rosinenmuffins mit ins Büro brachte, weil er wusste, dass Chris sie gern aß. Ich wusste jetzt nur etwas mehr über ihn. Halt dich von ihm fern.

»Vielleicht habe ich einen falschen Eindruck vermittelt«, räumte ich widerwillig ein. »Aber ich bin nicht an einer Liebesbeziehung interessiert.«

»Es ist zu früh.« Er nickte verständnisvoll.

»Nein ... nie. Ich bin einfach nicht interessiert. Tut mir Leid.« Ich hätte mehr gesagt, den Schlag gemildert, mir selbst die Schuld gegeben – die alte Art und Weise, Schluss zu machen, war schnell wieder gegenwärtig –, aber ich war immer noch schrecklich wütend. Sogar das »Tut mir Leid« brachte ich nur durch die Zähne heraus.

Etwas huschte über sein Gesicht, zu schnell, als dass ich es deuten konnte. Wut? Schmerz? Aber er sagte: »Schon gut«, und grinste noch ein bisschen breiter, während er seinen sportlichen Mantel zuknöpfte, seine Haltung wieder fand. »Hab schon verstanden. Du musst es mir nicht zwei Mal unter die Nase reiben.«

Am liebsten hätte ich ihm richtig eins unter die Nase gerieben. »Es ist spät. Das Missverständnis tut mir Leid.«

»Ach, schon gut«, sagte er und verzieh mir offenbar. »Heutzutage ist das mit dem Ausgehen ganz schön verzwickt, wie? Wissen Sie, was wir anbieten sollten? Einen Kurs über den Krieg zwischen den Geschlechtern. Na?« Ich erstarrte, als er meinen Oberarm packte und ihn fest und herzlich drückte, während er an mir vorbei durch die Tür ging. Auf der Veranda drehte er sich noch einmal um. »Also, Carrie –«

»Gute Nacht«, sagte ich und machte die Tür vor seinem freundlichen Gesicht zu.

Im Bett spielte ich das Ganze in Gedanken noch einmal durch. Ich konnte nicht einschlafen, weil ich dummerweise nach dem Essen zwei Tassen Kaffee getrunken hatte. Das einzig Gute an dem schrecklichen Ende dieses Abend war, dass Ruth nichts davon mitbekommen hatte. Hoffte ich jedenfalls. Ich war, nachdem Brian weg war, auf Zehenspitzen nach oben geschlichen und hatte in ihr dunkles, ruhiges Zimmer gespäht – ruhig bis auf das leise Schnarchen. Was sie auch spielen konnte. Aber das glaubte ich nicht. Ich betete, dass es nicht so war. Im wahrsten Sinne des Wortes: *Lieber Gott, bitte, bitte, mach, dass sie wirklich schläft*, dachte ich, tief über das unordentliche Bett gebeugt, und beobachtete ängstlich, wie sich die Decke über ihrer Schulter hob und senkte. »Bist du noch wach?«, wisperte ich. Ihre zarten Lider mögen geflattert haben, aber in der Dunkelheit war das schwer zu erkennen. »Ich liebe dich«, murmelte ich und schlich hinaus.

Wie auch immer, beruhigte ich mich selbst, das Allerschlimmste, was passiert sein konnte, war, dass sie nur so getan hatte, als schliefe sie, und alles mitbekommen hatte – und warum sollte das so schrecklich sein? Peinlich und entwürdigend, widerlich. All das, ja, aber wenn sie es *gesehen* hatte, dann wusste sie jetzt ein für alle Mal, dass ich nicht an Brian Wright interessiert war. Das sollte eine Erleichterung sein, kein Trauma. In der Tat, so gesehen war alles nur zum Besten gewesen. Ein kleiner Kratzer an Ruths Seele – diesen Handel ging eine gute Mutter doch frohen Herzens ein.

Ein kleiner Trost um zwei Uhr nachts, als ich mich immer noch schlaflos hin und her wälzte. Ab wann genau war der Abend schiefgelaufen? Brian war ein Mistkerl, ich versuchte nicht, ihn zu entschuldigen, aber ich musste irgendetwas getan haben, unbewusst oder nicht, sodass er annahm, es könnte sich lohnen, sich wie ein Mistkerl zu benehmen. Aber was? Ich hatte ihn nicht gereizt, dass konnte es also nicht sein. Körpersprache vielleicht, als er mir aus dem Mantel half. Doch ich erinnerte mich an nichts, kein Aufblitzen nackter Haut, keine unbeabsichtigte Berührung. Nein, es musste einfach daran liegen, dass ich unwiderstehlich war. Ich machte Männer wahnsinnig.

Dieser Moment, den ich gezögert hatte, diese Sekunde, in der ich eine Antwort auf sein »Warum nicht?« schuldig blieb – wenigstens wusste ich sie jetzt: Neugier. Ich hatte experimentieren wollen, herausfinden wollen, wie es mit einem Mann war, der nicht Jess oder Stephen war. Deshalb fiel es mir so schwer, Brian zum Schurken abzustempeln, obwohl er es verdiente – ich hatte ihn heute Abend immer wieder mit den anderen Männern in meinem Leben verglichen. Meinen zwei großen Lieben. Wenn es nun atemberaubend gewesen wäre? Es hätte alles verändern können. So hatte ich wohl gedacht.

Nun, jetzt kannte ich die Antwort. Die Vorstellung, mit Brian zu schlafen – nein, nein, das wollte ich nicht, es wäre, als schliefe ich mit einem Bernhardiner oder einem ungarischen Hirtenhund, einem von diesen Tieren, die einen abschlecken. Mit Stephen zu schlafen war wie ... wie mit einem Computer zu schlafen. Allerdings einem sehr aufmerksamen, effizienten Computer, einem, der darauf programmiert war zu befriedigen. Physisch. Ich hatte keinen Grund zur Beschwerde gehabt – wie er mir oft versichert hatte. Aber irgendwie hatte sich unser Sexualleben von unserem normalen Leben abgekoppelt. Am Ende war es nicht mehr die Bereicherung unserer intakten Beziehung gewesen, nicht Ausdruck von Nähe oder Liebe, sondern einfach nur Sex. Es langweilte mich zu Tränen. Im wahrsten Sinne des Wortes.

Ich stand auf und nahm eine Schlaftablette. Ein paar hatte ich immer noch – der Arzt hatte sie mir nach Stephens Tod verschrieben. Ich hatte sie gehortet.

Als ich es mir wieder im Bett gemütlich machte, dachte ich endlich an etwas Lustiges. Auf der Fahrt zum Cactus Flats hatte ich eine Entscheidung getroffen. Falls der Abend gut verlief, wollte ich all meinen Mut zusammennehmen und etwas tun, was ich schon lange vor mir her schob. Ich wollte Brian um eine Gehaltserhöhung bitten.

12

»Lust auf einen Ausflug?« Raven rutschte mit dem Rücken an seinem Spind herunter, hockte sich auf den Boden und ließ die Hände zwischen den Knien baumeln. Er hatte eine schwarze, hautenge Hose an, ein weißes Oberhemd und schwarze Lederstiefel zum Schnüren. Er sah deprimiert aus. Ganz was Neues.

»Du meinst, in die Cafeteria?« Es war halb zwölf, Zeit zum Essen. Ich wühlte in meinem Schrank herum, tauschte das Mathebuch gegen das Englischbuch aus und holte ein neues Heft heraus.

»Nein, woandershin.«

»Oh.« Ich sah auf seinen Kopf hinab. Heute war die ganze rechte Seite in einem metallisch glitzernden Rot gefärbt. Es gefiel mir besser als das gelbliche Grün von letzter Woche. Und er hatte ein paar neue Piercings, sein linkes Ohr sah aus wie der Rücken eines Spiralheftes. »Okay«, sagte ich, »warum nicht. Fährst du?«

Er nickte langsam und starrte auf seine Finger.

»In der fünften Stunde schreiben wir einen Mathetest«, fühlte ich mich dummerweise genötigt zu sagen.

Er hob ganz langsam den Kopf, bis er hinten gegen den Schrank stieß. Bedächtig schaute er mich unter schweren Lidern an. »Einen ... Mathe ... Test?«

»Keine große Sache, kann ich auch schwänzen. Wo willst du hin?«

Mit Raven auf dem Friedhof. Das klang wie ein Song. Oder ein Ratespiel – Raven mit einem Joint auf dem Friedhof. Wir rauchten den Joint, bevor wir etwas aßen, weil Raven sagte, nur so wäre das Essen genießbar, das wir aus der Cafeteria für unser Picknick geklaut hatten. Aber es war Freitag, da gab es immer Hamburger mit Pommes frites, mein Lieblingsessen, ehe ich Vegetarierin wurde, deshalb musste ich eigentlich gar nichts rauchen, um Hunger zu haben. Doch ich zog ein paar Mal, um Raven nicht zu kränken und damit er nicht allein kiffen musste. Und damit ich nicht wie eine Idiotin dastand.

»Das hier ist so total irre.«

Er starrte eine Ewigkeit in die Wolken, drehte dann den Kopf zur Seite und sah mich an. »Was?«

»Sich hier zu bekiffen. Direkt neben seinem Grab. Ich meine, was glaubst du, würde er dazu sagen?«

»Er würde gar nichts sagen. Er ist tot.«

»Ja.« Ich legte mich neben Raven auf den Rücken und verschränkte die Arme hinter dem Kopf. »Ja. Er ist tot.«

Wenn man sich nur auf das Stück Himmel konzentrierte, das man im Blick hatte, konnte man alles andere ausblenden. Nur das Stück Himmel und die Gedanken einfach wandern lassen.

Wie Meditation. Nichts als deine Augen, blauer Himmel und weiße Wolken im Universum. Man konnte sich sogar den Raum dazwischen wegdenken, man konnte *im* Himmel sein. »Bist du der Himmel?«, fragte ich Raven, der jedoch nicht antwortete. »Bist du da oben? Ich spüre die Erde unter mir gar nicht mehr.«

Nach einer Ewigkeit sagte er mit kratziger Marihuana-Stimme: »Nein, ich sehe Wolken. Die da.« Er zeigte nach oben. »Ein Typ ohne Kopf. Er wurde exekutiert. Er war ein Massenmörder, er hat … alle Mathelehrer umgebracht.«

Ich schnaubte. »Nein, das ist eine Schubkarre. Und das da ist ein Pferd. Siehst du den Kopf? Die Mähne?«

»Das ist kein Pferd, es ist ein Tomahawk. Eine Axt. Die hat dem Mörder den Kopf abgeschlagen.«

»Nein, es ist ein Pferd. Es kommt, um den Mörder zu retten, weil er gar nicht tot ist. Er ist unschuldig. Es war eine Intrige.«

»Er hat keinen Kopf.«

»Doch, er steckt mit dem Henker unter einer Decke, es sieht nur so aus, als hätte er keinen Kopf, es ist ein Trick.«

Raven seufzte und machte die Augen zu. Er lächelt fast nie. Früher habe ich versucht, ihn zum Lachen zu bringen, aber ich hätte genauso gut versuchen können, die Wache vor dem Buckingham Palace aufzumischen. »Ich hab das in der Zeitung gelesen«, sagte er mit geschlossenen Augen. »Eine Familie, Mutter, Vater, zwei kleine Jungen. Sie sind mit ihrem klapprigen Lieferwagen von einem Ausflug gekommen, die beiden Jungs haben hinten geschlafen. Sie kommen nach Hause, es ist schon spät, sie tragen die Kinder ins Haus. Und dann merken sie, dass die Kinder gar nicht schlafen, sondern tot sind. Sie sind beide an einer Kohlenmonoxidvergiftung gestorben.«

»O Gott.«

»Es gibt keinen Gott. Das beweist es.«

»O Gott, keine Ahnung.«

»Du willst es nicht sehen. Niemand will es sehen.«

Ich setzte mich auf und schlang die Arme um meine Unterschenkel. Das braune Gras war immer noch feucht vom gestrigen Regen, ich konnte es durch meinen Mantel spüren, auf dem ich saß. Es war nicht kalt hier, der Hügel hinter uns hielt den Wind ab. »Bei meiner Mutter in der Familie ist bis jetzt noch keiner gestorben, obwohl sie schon so alt ist. Man kann vierzig, ja sogar fünfzig werden, und wenn man Glück hat, stirbt niemand.«

»Meine Tante ist gestorben.«

»Aber das kann mir nie passieren. Für den Rest meines Lebens nicht mehr. Ich werde immer ein Mensch sein, dessen Vater gestorben ist, als er noch jung war.«

Raven hob die Arme und hielt sie wie einen Bilderrahmen, durch den er den Himmel betrachtete. Die Ärmel seines Hemdes rutschten zurück und zeigten seine weißen, dünnen Arme. »Sie hatte so einen Aluminiumsarg. Wie eine Raumkapsel. Zwanzig Jahre Garantie, aber wer überprüft das schon? Jetzt ist es drei Jahre her, das Innenfutter muss schon durchlöchert sein. Dunkelblauer Samt. Der muss doch nass und schimmelig und kaputt sein! Aber egal, es ist sowieso nur noch ihr Kleid übrig, was soll's also.«

»Knochen. Sie hat bestimmt noch Knochen.«

»Sie haben ihr ein rotes Kleid angezogen und ganz viel Make-up ins Gesicht geschmiert. Als würde sie auf eine Party gehen.« Er setzte sich auf und zündete den Joint wieder an. Er nahm einen tiefen Zug und gab ihn an mich weiter. »Willst du den Rest?«, fragte er mit gepresster Stimme.

Ich schüttelte den Kopf. »Ich habe meinem Vater einen Brief in den Sarg gelegt. Bei der Totenwache. Ich habe ihn einfach neben seine Schulter gelegt.«

»Was hast du geschrieben?«

»Ach, du weißt schon. Auf Wiedersehen und so was.« Wie sehr ich ihn geliebt hatte, wie sehr er mir fehlen würde. Dinge, die ich ihm nicht sagen konnte, als er noch lebte.

Raven zog noch ein bisschen an dem Joint, der inzwischen höchstens noch einen Millimeter lang war, und drückte ihn im Gras aus. »Der Zaun da erinnert mich an etwas«, sagte er, während er sich wieder hinlegte. Ich warf einen Blick auf den spitzen, gusseisernen Zaun, der an einem Weg entlang verlief und den hügeligen Teil des Friedhofs, wo wir waren, von dem flacheren trennte. »An diesen Typen, der betrunken von einem Dach gerutscht und auf einem Zaunpfahl gelandet ist. Der Pfahl ging glatt durch ihn durch. Vertikal. Von seinem Hintern durch den ganzen Körper. Millimeter vor seinem Herz blieb er stecken. Er stand auf den Füßen und der Pfahl war in ihm drin.«

»War er tot?«

»Nein, er stand einfach da und heulte und schrie. Die Leute dachten, er wäre betrunken, wie immer, und niemand half ihm. Ein paar Stunden vergingen. Dann starb er.«

Ich legte die Wange auf die Knie. »Stimmt das wirklich?«

»Natürlich.«

»Wo hörst du solche Sachen?«

»Überall.« Er rollte sich auf die Seite. »Willst du jetzt essen?«

Alles war kalt und fettig und es fehlte Salz. Raven aß alle Pommes frites und fast meinen ganzen Hamburger. Ich knabberte an einem Apfel, während ich auf dem Grab meines Vaters Unkraut auszupfte und das Gras herauszog, das um die Bronzeplakette gewachsen war. Das hier war kein Friedhof mit Grabsteinen, die Gräber hatten einfach Plaketten, die flach auf dem Boden lagen, wahrscheinlich, damit man das Gras leichter mähen konnte. Im Auto hatte Raven gesagt: »Fahren wir auf den Friedhof«, aber er hatte den alten, den hübschen Friedhof an der Hickory Street gemeint. Ich erwiderte: »Fahren wir nach Hill Haven – das ist der an der Straße nach Culpeper.« Er wollte nicht hierher und ich nahm es ihm nicht übel, denn es war überhaupt nicht unheimlich oder gespenstisch oder so was, es war eher wie ein Golfplatz, doch als ich ihm erzählte, dass hier mein Vater begraben ist, war er einverstanden.

»Meine Mathearbeit ist mir total egal«, sagte ich, kniete mich auf meinen Mantel und wischte meine Hände an meiner Jeans ab. »Ist doch egal, wenn ich in Algebra durchfalle.«

»Al-ge-bra. Wozu soll das gut sein? Was heißt das überhaupt?«

»Nichts.«

»Nichts, genau.« Raven rauchte Nelkenzigaretten, die ungefähr zehn Mal so ungesund sind wie normaler Tabak. Er holte eine aus seiner Tasche, zündete sie an und blies Rauchringe in die Luft. »Alles ist nichts.«

»Fällst du wirklich dieses Semester in Englisch durch?«

»Leider.«

»Aber du bist doch so gut! Du könntest ohne Probleme lauter Einsen schreiben.«

Er öffnete ein Auge und sah mich an. »Scheiß drauf«, sagte er leise. »Scheiß drauf, Ruth. Scheiß auf alles.«

»Schon gut«, sagte ich schnell, versuchte, diese Worte ungesagt zu machen. Niemand weiß, was mit einem geschieht, alles ist möglich, also war es auch möglich, dass mein Vater uns hören konnte. Das ist dumm, ich weiß, aber trotzdem. Man soll nicht »Scheiße« sagen, wenn man am Grab seines Vaters sitzt, vielleicht sogar auf ihm drauf, wer weiß, das kam doch darauf an, in welche Richtung sich sein Sarg im Verhältnis zu der Plakette befand. Deshalb erzählte ich Raven auch nichts von Moms Verabredung mit Brian Wright. Denn wenn Dad das hörte, würde es ihn umbringen.

»Weißt du, was für eine Bedeutung es hat, eine Eins in Englisch zu kriegen?«, fragte Raven. Er malte mit dem Rauch seiner Zigarette kleine Muster in die Luft. Seine schwarz lackierten Fingernägel waren so kurz abgekaut, dass es aussah, als bluteten seine Finger.

»Gar keine?«, riet ich.

»Nichts hat eine Bedeutung. Alles ist nichts. So enden wir. Jetzt liege ich hier. In einer Weile liege ich einfach zwei Meter tiefer. Das ist das Ausmaß der Bedeutung unseres wertvollen Lebens. Ein paar Jahre lang atmen wir, dann nicht mehr.«

»Was ist mit Wiedergeburt?« Krystal glaubte fest an so was, an ein Leben nach dem Tod und Wiedergeburt.

Raven sah mich mitleidig an. »Das ist das beste Beispiel für Wunschdenken, das ich kenne. Sogar noch besser als ›Gott‹.«

»Aber glaubst du nicht, dass da irgendetwas ist, irgendeine Art Existenz oder eine Kraft, die wie ein Bewusstsein ist, wie Energie oder Elektrizität oder so was?«

»Warum?«

»Darum.«

»Weil du es so willst.«

»Genau! Aber nicht nur. Wie sollte die Welt sonst entstanden sein, ich meine, warum geht es immer weiter?«

»Chemie. Sauerstoff, Wasserstoff, Kohlen –«

»Aber spürst du nicht auch, dass es irgendwas außer uns gibt, etwas Göttliches oder so, keine Ahnung, aber –«

»Es gab mal eine Frau in New Jersey, die hat ihre Tochter in einem Schrank unter dem Waschbecken eingesperrt.«

»Ja, aber –«

»Seit das Kind ein Jahr alt war, musste es in einem Schrank mit einem Vorhängeschloss davor leben. Als man es schließlich fand – da war es ungefähr vierzehn – waren seine Muskeln verkümmert und der Körper war total krumm, die Wirbelsäule war in einer Kurve gewachsen, es konnte sich überhaupt nicht aufrichten.«

»Oh, hör auf.«

»Sag mir, welche göttliche Kraft sich das ausgedacht hat! Die soll mein Gott sein.«

»Ich sage ja nicht, dass es –«

»Weißt du, wie viele Menschen bis heute auf dem Balkan abgeschlachtet wurden?«

»Nein, ja, ich –«

»Oder in Algerien? Oder in Ruanda oder Irland oder Kambodscha? Wie viele Frauen vergewaltigt, wie viele Kinder ermordet wurden? Und meistens im Namen der Religion?«

Ich versteckte den Kopf zwischen den Knien und presste die Knie gegen meine Schläfen.

»Das hier ist nicht der Garten Eden. Wir sind schlimmer als die Tiere. Die würden nie tun, was wir Menschen tun. Wir sind Monster. Zum Beispiel dieser Typ im Norden von Kalifornien: Er hat eine Frau entführt und sie in seinem Keller in Ketten gelegt. Als Erstes hat er ihr einen Arm abgeschnitten, dann, nachdem die Wunde verheilt war, schnitt er … Ruth? Hey. Was ist, was machst du? Heulst du?«

Ich konnte nicht sprechen.

»Hey, komm schon, alles in Ordnung.« Er tätschelte meinen Arm, unsicher. »Hör auf, okay? Es ist alles in Ordnung.«

»Nein, ist es nicht. Alles ist Mist, alles ist schrecklich.« Ich kramte ein zerknülltes Papiertaschentuch aus meiner Jeans und wischte mir, ohne den Kopf zu heben, die Nase ab. So was absolut Peinliches.

»Nicht alles ist schrecklich. Komm schon, es wird Frühling, in drei Monaten haben wir die Schule hinter uns. Das ist kein Mist.«

»Alle Leute sterben, nur du hast ja Recht, was soll's? Es ist alles so bescheuert.« Und das war nicht mal der Grund, warum ich weinte. »Mein Vater, er – er –« Ich bekam einen Schluckauf und schluchzte wie ein kleines Baby in kurzen, abgehackten Stößen.

Raven legte den Arm um mich. Ich bekam wieder Luft und legte den Kopf auf seine Schulter. Sie fühlte sich durch das Hemd knochig und hart an, wie ein Junge, nicht wie ein Mann. Der weiße Puder in seinem Gesicht war streifig, da, wo ich mit meinen Tränen seine Wange nass gemacht hatte. Er trug ein Ankh, ein Henkelkreuz, an einem Samtband um den Hals, ein altägyptisches Zeichen für das Leben. Ich berührte es mit den Fingerspitzen, statt ihn zu berühren.

»Vielleicht wird man ja wieder geboren«, sagte er nach einer Weile. »Niemand weiß es, ich meine, weiß es *wirklich*. Alles ist möglich.«

Ich nickte dankbar.

»Es könnte sogar einen Gott geben. Scheiße. Es könnte sogar einen Himmel geben.«

Er war so süß, dass ich wieder anfing zu weinen – kein Schluchzen, mir liefen nur die Tränen hinunter. »Nein, das glaube ich nicht. Aber es ist mir auch egal. Ich will ja gar nicht, dass er im Himmel ist, ich will nur, dass er nicht tot ist. Ich kann einfach nicht glauben, dass ich ihn nie wieder sehe. Er war am Leben – und jetzt ist er *tot*.«

Raven hielt mich fest und wiegte mich und dann – es war wie im Film – küsste er mich. Nur dass er nicht meinen Mund erwischte, sondern hauptsächlich meine Wange. Ich drehte den Kopf ein bisschen und dachte: *Gut, machen wir das, ausflippen werde ich später*, und unsere Lippen trafen sich. Seine waren immer noch ganz schwarz von dem Lippenstift. Ich machte die Augen auf, um zu sehen, was er tat. Er hatte auch die Augen geöffnet, aber als er merkte, dass ich ihn ansah, schloss er sie. Seine Hände lagen auf meinen Schultern und er ließ sie tiefer rutschen, gleich würde er meinen Busen berühren. Ich beschloss, ihn zu lassen. Einmal hat Barry Levine beim Tanzen meine rechte Brust an der Seite angefasst. Ich hatte so getan, als hätte ich es nicht gemerkt, und nie wieder mit ihm getanzt. Es würde das erste Mal sein, dass ich es einem Menschen wirklich erlaubte. Dass dieser Mensch Raven war – nein, darüber würde ich später nachdenken, wenn ich es jetzt tat, würde es alles ruinieren.

Also küssten wir uns, mit Zunge, was ich schon einmal gemacht hatte, aber diesmal war es besser. Ich hatte Angst, dass ich Mundgeruch haben könnte, weil Raven welchen hatte, von dem Marihuana und seinen Zigaretten, aber es störte mich nicht. Zuerst merkte ich nicht, dass er mich anfasste, weil er so sanft war. Mir war schwindelig, weil ich die Augen geschlossen hielt, ich merkte gar nicht, dass ich langsam nach hinten sank, bis meine Schulterblätter den Boden berührten. Es war unheimlich und aufregend, da auf dem Rücken zu liegen und Raven praktisch auf mir drauf. Seine Haare waren bis auf die Stelle, wo er sie rot gesprüht hatte, viel weicher und sauberer als sie aussahen, und auf der anderen Seite, wo er sie sich fast ganz abrasiert hatte, war es ein schönes Gefühl, mit den Fingern über die weichen, kurzen Stoppeln zu fahren und dieses leise Geräusch dabei zu hören. Sollten wir nicht reden, irgendetwas zueinander sagen? Mir fiel nichts Richtiges ein, aber die Stille, in der nur unsere schweren Atemzüge zu hören waren, war seltsam.

Er fuhr mit der Hand unter meinen Pullover und meine Bluse und ich hörte auf zu denken. Dann fiel es mir wieder ein. *Ich knutsche auf dem Grab meines Vaters*. Ich setzte mich so schnell hin, dass ich mit der Stirn gegen Ravens Nase schlug. Wir sagten beide: »Aua«, beugten uns vor und hielten uns das Gesicht. »Entschuldigung«, sagte ich, »tut mir wirklich Leid. Ich kann das hier nicht. Ich habe vergessen, wo ich bin. O Gott! Ist das Blut?«

Ich hatte ihm eine blutige Nase verpasst. Raven stand auf und ging ein paar Schritte weg, mit dem Rücken zu mir und mit hochgezogenen Schultern. Typisch Raven, dünn und groß und düster. Und gerade hatten wir uns noch geküsst. Es war wie ein Traum. Manchmal dachte ich an ihn, stellte mir vor, dass wir ein Paar wären, aber eher wie ... wie ein altes Ehepaar, das keinen Sex mehr hatte. Oder wie eine Nonne und ein Priester, die beste Freunde waren. Letzten Herbst ist er mal im Rock zur Schule gekommen – nur zur ersten Stunde, dann schickten sie ihn nach Hause. Er erklärte, es sei ein Symbol, wir sollten alle die Geschlechterrolle in Frage stellen. Zwitter seien das einzige Geschlecht, das die Menschen nicht ausbeutete. Aber danach dachten ein paar Kids, er sei schwul. Ich hatte nicht gewusst, was ich denken sollte. Ich glaube, jetzt wusste ich es wohl.

»Blutet es wirklich?« Ich rappelte mich hoch und ging zu ihm. Er drehte sich halb um und sagte Nein, aber es blutete doch. Ich hatte nur mein zerknittertes Papiertaschentuch. Ich reichte es ihm über die Schulter. »Es tut mir ehrlich sehr, sehr Leid. Aber plötzlich ist es mir wieder eingefallen, du weißt schon.«

»Wir könnten da rüber gehen«, sagte er durch die Nase und zeigte auf ein paar Bäume.

»Äh, also ... Ich glaube, ich sollte zurückgehen.«

»Okay.«

»Weil ich doch den Mathetest habe.«

»Sicher.«

»Aber das war ...« Ich wusste nicht weiter. Ich wandte mich ab, begann, unser Zeug zusammenzusammeln, und tat so, als hätte ich nichts gesagt. Wie sollte man solch einen Satz auch beenden? Wer war schon so blöd, einen Satz überhaupt so anzufangen? »Das war schön«? »Das war lustig«? »Danke, dass du mich befummelt hast, vielleicht können wir das ja mal wiederholen«? Ich denke oft, dass mein Leben viel einfacher wäre, wenn ich stumm wäre.

Raven fährt einen alten Plymouth Kombi, den er schwarz angesprüht hat, damit er wie ein Leichenwagen aussieht. Im Auto riecht es nach vergammeltem Leder, alten Bananen und

Rauch. Er fährt immer langsam und vorsichtig, nicht wie die anderen Kids, die ich kenne, die fahren können. Ich warf ihm immer wieder einen Blick zu und versuchte herauszufinden, wie er sich fühlte. Ich hoffte, dass er nicht verletzt oder sauer auf mich war. Ich hätte mich noch mehr entschuldigt, aber ich wollte nicht unbedingt, dass er dachte, ich würde am liebsten gleich hier wieder damit anfangen oder so was – als wäre eine blutende Nase das Einzige, was uns an einer heißen Liebesaffäre hinderte. Aber eigentlich glaubte ich sowieso nicht, dass er das dachte.

»Hey, kennst du meinen Freund Jess? Ich hab dir von ihm erzählt, der Typ mit der Arche. Jess Deeping. Die Straße da führt zu ihm – wenn man hier rechts abbiegt, kommt man zu seiner Farm.« Raven nickte, fuhr aber nicht langsamer. »Bieg ab! Bieg ab, okay?« Das Auto wurde langsamer. Wir bogen in den Kiesweg zwischen den Torpfosten ein. »Wie wär's, wenn wir ihm hallo sagen, okay? Wahrscheinlich ist er sowieso nicht da. Schau, das sind seine Kühe, das ist alles sein Land, der ganze Hügel. Ist das nicht schön? Und am Fluss gehört ihm auch noch ein Stück.« Raven wandte den Blick nicht vom Weg ab. »Wir müssen nicht bleiben, wenn du nicht willst. Wir sagen nur schnell hallo.« Wir fuhren um die letzte Kurve und das Haus kam in Sicht und dann die Scheunen und Ställe. Raven fand eine Farm wahrscheinlich einfach verlogen oder altmodisch oder ausbeuterisch oder so was, aber ich fand Jess' Farm wunderbar. »Das ist Mr. Green, der für ihn arbeitet«, sagte ich und zeigte auf ihn. »Schau, er malt die Scheune rot an, obwohl es gar nicht unbedingt nötig ist. Ist das nicht eine wunderschöne Farm?«

Die Hunde umringten das Auto, bellten und jaulten und taten so, als wären sie schrecklich gefährlich. »Da ist Tracer! Hallo, altes Mädchen!« Sobald Raven anhielt, sprang ich aus dem Wagen und fiel auf dem Kies auf die Knie. Die Hunde wichen bellend zurück, aber ich rief sie bei ihren Namen und bis auf Tough Guy kamen sie alle langsam wieder, schnüffelten an meinen Händen und Klamotten. »Hey, Mouse, hey, Red! Hallo, ihr Süßen, habt ihr mich vermisst?«

Als ich merkte, dass Raven gar nicht ausstieg und der Motor des Autos immer noch lief, stand ich auf. Mr. Green kam herüber und wischte sich die Hände an einem mit Farbe bekleckerten Tuch ab.

»Hallo«, sagte er, »wie geht es dir?« Er stopfte den Lumpen in die Tasche seines schmutzigen Overalls und versuchte zu erkennen, wer auf der Fahrerseite des Plymouth saß. Mr. Green war ein alter Mann, vielleicht sechzig, mit einem rundlichen Gesicht voller Falten. Er redete nicht viel, aber er lächelte oft, wobei er seine zwei goldenen Vorderzähne zeigte. »Willst wohl Jess besuchen, was?«

»Ja«, sagte ich und erwiderte sein Lächeln. »Ist er da?«

»Oben im Haus. Geh nur rein, wenn du magst.«

»Danke. Alles in Ordnung bei Ihnen?«, fragte ich höflich.

»Ja, und bei dir?«

»Auch, danke.«

Mr. Green tippte sich mit dem Finger an die Schläfe und ging wieder an seine Arbeit.

Ich beugte mich zum Fenster auf der Beifahrerseite hinunter. Raven war in seinem Sitz zusammengesunken und zündete sich eine Zigarette an. Seine Haare verdeckten sein Gesicht. »Also, ...«

»Hör mal, meinst du, der Typ kann dich nach Hause fahren?«

Ich richtete mich auf. »Ja, wahrscheinlich. Willst du nicht mit reinkommen?«

»Ich muss noch ein paar Sachen erledigen.«

»Oh.« Ich fuhr besser mit ihm, zurück zur Schule. Ich würde Ärger kriegen. Ich ließ Raven ohne Grund im Stich und Jess brauchte wahrscheinlich mitten am Tag gar nicht unbedingt Gesellschaft. »Gut«, sagte ich. »Also dann, bis bald.«

»Ja.«

»Hey!«

»Was ist?«

»Bist du sauer auf mich?«

»Nein.«

»Bestimmt nicht?«

»Bestimmt nicht.«

»Okay.« Doch ich rührte mich nicht von der Stelle, sodass er mich ansehen musste. Er hat hübsche Augen, hellblau mit dunklen, gebogenen Wimpern. Ich zwang ihn mit meiner Willenskraft zu lächeln. Es funktionierte – ich sah ihm mit all meinem weiblichen Charme in die Augen und zwang ihn, mich anzulächeln. »Bis bald.«

»Ja. Bis bald.«

Er wartete noch einen Augenblick, dann fuhr er ganz langsam davon.

Und das war in Ordnung. Das hätte so ein Tag werden können, nach dem man sich abends im Bett herumwälzt, während man versucht einzuschlafen, ich meine, ich hätte diesen Tag leicht auf meine Liste mit den peinlichsten Momenten setzen können, aber ich hatte es doch noch hingekriegt. Am Ende bekam ich es irgendwie wieder unter Kontrolle, ich weiß nicht so genau, wie, aber ich hatte es geschafft. Deshalb hoffe ich, dass es jetzt in meinen genetischen Code eingebrannt ist oder so, damit ich es in Zukunft wieder abrufen kann, eine Art DNA-Gedächtnis, denn diese Sorte Mädchen-Power kann man bestimmt öfter ganz gut gebrauchen.

Jess' Haustür war zu, aber nicht abgeschlossen. Ich ging einfach hinein. Ich wollte gerade huhu oder so was rufen, als ich seine Stimme im Büro hörte. Ich durchquerte das Wohnzimmer, das nie benutzt wurde, und ging dann an der Küche und dem Esszimmer vorbei. Ich steckte den Kopf durch die Tür zu seinem Büro. Jess saß hinter seinem Schreibtisch und telefonierte.

Als er mich entdeckte, schaute er mich verwundert an. Und erfreut! Er stand auf, konnte aber das Telefongespräch nicht beenden. Er winkte, zeigte auf einen Stuhl, musste aber weiter reden. »Dann ist das ein Angebot? Natürlich bin ich interessiert, aber ich brauche einen Prospekt. Nein. Bis jetzt gibt es also noch keine öffentlichen Gelder? Noch keinen Gewinn?« Er lachte. »Klingt, als wäre es für mich … nein, schicken Sie mir den Prospekt, ich kann Ihnen erst was sagen, wenn ich es gesehen habe. Gut. Gut. Nein, ich bin ganz Ihrer Meinung. Das sage ich ja, ich will erst sehen, was es auf dem Markt gibt. Hören Sie, kann ich Sie zurückrufen –« Er lächelte mich entschuldigend an. »Gut, schicken Sie es. Großartig. Genau. Und wir reden nächste Woche weiter. In Ordnung. Ja. Okay, Bob. Danke. Bis dann.«

Er legte auf. »Hallo«, sagte er, kam hinter seinem Schreibtisch hervor und setzte sich auf die Kante. »Sieh mal einer an. Wie kommst du denn hierher? Alles in Ordnung?« Er hatte eine durchlöcherte Jeans und einen alten grünen Pullover an und trug verkrustete, altmodische Arbeitsstiefel und er sah gut aus, so *echt*. Ich grinste ihn an, so froh, dass ich gekommen war, auch wenn ich ihn bei der Arbeit störte.

»Alles in Ordnung«, sagte ich, »ich wollte nur hallo sagen – ein Freund von mir hat mich vorbeigefahren. Äh ... kannst du mich später, in ungefähr anderthalb Stunden zu Krystal bringen?«

Er legte den Kopf zurück und betrachtete mich über seine Nase hinweg. »Habt ihr heute schulfrei?«

»Ja. Studientag der Lehrer. Eine Fortbildung.«

Er hob eine Augenbraue. Verschränkte die Arme.

»Schon gut, ich schwänze.« Ich lachte und schaute ihn mit blitzenden Augen an. »Aber nicht Mom sagen, okay?« Ich wusste, dass er das nicht tun würde, dazu war er einfach zu nett. Und ich war zu süß – ich merkte, dass ich ihm gefiel.

»Kommt drauf an. Machst du das oft?« Er erwiderte mein Lächeln nicht.

»Nein. Wirklich, ich schwöre, eigentlich mache ich das nie. Ehrlich.« Das stimmte beinahe. »Nur – heute war es so schön draußen und dieser Junge schlug vor, irgendwo zu picknicken, also haben wir es gemacht.« Gut, das klang, als wären wir eine ganze Gruppe gewesen, nicht nur ich und ein Freund. Ich lächelte gewinnend, zuckte mit den Schultern und breitete die Hände aus. »Hast du früher nie die Schule geschwänzt?«

»Das tut jetzt nichts zur Sache.« Er schüttelte den Kopf, aber es gelang mir, ihm ein Lächeln zu entlocken. »Eigentlich müsste ich es Carrie erzählen«, sagte er düster. »Wenn es noch mal vorkommt, werde ich es tun.«

»Nie wieder.« Ich legte die Hand aufs Herz.

»Willst du was trinken?«

»Gern.«

Ich folgte ihm in die Küche, wo er eine Tüte mit Salzbrezeln hervorholte und eine Flasche Cola aufmachte. »Ich muss noch ein paar Anrufe erledigen«, sagte er. »Kannst du dich eine Weile allein vergnügen?«

»Klar, mach nur, keine Sorge. Du wirst gar nicht merken, dass ich da bin.«

Er schaute mich amüsiert an, sagte aber nichts. Wir gingen wieder in sein Büro und ich setzte mich auf das Sofa an der Wand gegenüber seines Schreibtischs, damit er das Knirschen nicht hörte, wenn ich die Brezeln aß. Er rief jemanden namens Bill an und bestellte Lebertranöl und TMR, was auch immer das ist, und noch jemanden, ich vermute, den Tierarzt, mit dem er über die entzündete Gebärmutter einer armen Kuh sprach und darüber, ob sie Antibiotika und Elektrolyte oder Dextrose und Östrogene bekommen sollte. Er telefonierte mit zwei verschiedenen Leuten wegen Kostenvoranschlägen für Gurte und Pumpen und Vakuumregulatoren für seine Melkmaschinen.

Ich betrachtete ihn, während er redete, und fand, dass er richtig geschäftsmännisch war und trotzdem nett zu den Leuten. Man kann eine Menge über die Menschen erfahren, wenn man ihnen beim Telefonieren zuhört. Meine Mom ist mit Fremden eher förmlich, manchmal fast zu höflich, ja beinahe so, dass es kalt klingt. Mein Dad war manchmal unhöflich, besonders zu Verkäufern oder Leuten, die um Spenden baten. Jess hatte eine beruhigende Stimme, gleichmäßig und leise. Ich konnte mir gar nicht vorstellen, dass er jemanden anschreit. Trotzdem war er irgendwie ein Geheimnis für mich. Obwohl er so friedlich und ausgeglichen war, ging bestimmt viel in ihm vor, dessen war ich mir sicher. Ob ich wohl einen Mann wie ihn wollte, wenn ich älter wäre? Einen Mann, der seine Gefühle zeigte und nicht nur nach dem Verstand handelte? Jess ist still, aber ich glaube, er würde mir alles sagen, alles, was ich wissen will, wenn ich nur die richtige Frage stellte.

Ich stand auf und ging im Büro umher. Alle Bücherregale waren mit Zeitschriften über Holsteinkühe gefüllt, mit Verkaufskatalogen, Aufzeichnungen und einer Million Bücher über Milchwirtschaft. Auf einem Korkbrett neben der Tür standen Fotos von Kühen mit Auszeichnungen um den Hals. Ich wollte Jess nicht stören, aber ich konnte sehen, dass hinter seinem Schreibtisch die viel interessanteren Fotos hingen, da waren Menschen drauf. Also schlich ich so leise wie möglich hinter seinen Stuhl und schaute sie mir an.

Wow, er sah genau aus wie seine Mutter. Ora – so hatte sie geheißen. Sie hatte dichtes, leuchtend braunes Haar, das sie zu einem altmodischen Knoten hochgesteckt trug, aber sonst sah sie überhaupt nicht altmodisch aus. Sie war schön, sehr groß und schlank, mit großen, dunklen Augen und einem weichen Mund. Auf dem Bild steht sie lachend neben einer Kletterrose und streckt die Hand aus – sie hat lange, weiße Arme –, als wollte sie jemandem ihre Hilfe anbieten. Jess wahrscheinlich. Wenn er das Bild gemacht hat, muss er noch ein kleiner Junge gewesen sein. Ich konnte sein Gesicht deutlich in dem seiner Mutter wieder erkennen: die gleichen langen Wimpern, die gleiche spitze Nase, der absolut gleiche Ausdruck in den Augen. Schwer zu beschreiben – weil sie nicht *wirklich* traurig waren, oder? Aber so schaute Ora und so schaute auch Jess manchmal, als wüsste er etwas Schmerzliches und Belastendes, was einen zum Weinen bringen würde, wenn er es erzählte.

Es gab auch ein Bild von seinem Vater, einen Schnappschuss, in seinem Zimmer aufgenommen, auf dem er an demselben Schreibtisch sitzt, an dem Jess jetzt saß. Er sah viel älter aus als seine Frau, ein kleiner, ernst blickender Mann mit Sorgenfalten zwischen den Augen und Lachfältchen in den Mundwinkeln. Er sah besorgt und freundlich aus.

Das Beste war ein Foto von der ganzen Familie, Jess in der Mitte. Die Arme um die Taillen seiner Eltern gelegt, grinste er in die Kamera. Er war so dünn! Er konnte nicht älter als sechzehn gewesen sein und seine langen, gesträhnten Haare, die er wie ein Rockstar trug, waren heller als jetzt. Ich hätte ihn überall erkannt, aber er sah auf dem Foto so *anders* aus, locker und verrückt oder so, unbekümmert. Ich schaute und schaute und versuchte den Mann, den ich kannte, in den Zügen des Jungen wieder zu finden. Seine Mutter lachte auf dem Bild nicht, sie sah Jess an und ihr hübsches Profil wirkte ausgesprochen nachdenklich. Sie waren nicht zu Hause, sie standen vor einem modernen Ziegelgebäude mit Aluminiumfenstern. Narzissen blühten zwischen den Büschen – vielleicht war es an Ostern. Jess' Vater hatte einen Anzug an, der ihm nicht richtig passte.

Jetzt waren sie beide tot und Jess lebte ganz allein. Er hatte Mr. Green und noch ein paar andere Angestellte, aber sie waren, glaube ich, keine besonders aufmunternde Gesellschaft. Er hatte all seine Kühe, die er mit Namen kannte (behauptete er). Er hatte eine Ex-Frau und wahrscheinlich Freunde, aber keine Kinder und er war Mitglied im Stadtrat. Ob er Freundinnen hatte? Vielleicht würde ich ihn fragen.

»Muss ins Bad«, formte ich mit den Lippen und er nickte, zeigte auf die Tür und redete weiter. Ich ging hinaus und den Flur entlang in das Bad neben der Küche.

Jess hatte die Klobrille oben gelassen. Warum auch nicht? Mom hat Dad immer deswegen ausgeschimpft, aber ich habe nie kapiert, warum die Frauen die Klobrille nicht selbst runterklappen können. Doch Jess lebte allein, deshalb war das Ganze sowieso kein Thema.

Nachdem ich auf dem Klo gewesen war, betrachtete ich mein Gesicht im Spiegel, besonders meine Lippen. Wie oft würde ich in meinem ganzen Leben geküsst werden? Bis jetzt waren es ungefähr vier Mal, aber der Kuss heute war bei weitem der ernsteste gewesen. Vorher hatte ich es erst einmal mit Zunge getan. Sehr seltsam, aber ich könnte mich daran gewöhnen. Caitlin machte es ganz oft, behauptete sie jedenfalls. Caitlin schlief wahrscheinlich sogar mit Donny Hartmann, der seit der neunten Klasse ihr Freund war, aber sicher wusste ich das nicht. Jamie wusste es, aber sie hatte geschworen, es nicht zu verraten, und ich konnte nichts aus ihr herausbekommen.

Ich streckte die Zunge raus und betrachtete die rosafarbenen Höcker darauf. Es war nicht fies, weil es meine Zunge war, aber mit Ravens Zunge war das etwas anderes. Zungen. Wer hatte sich das ausgedacht? Wer war der erste Mensch gewesen, der seine Zunge in den Mund eines anderen gesteckt hatte und es gut fand? Und was hatte der Mensch gedacht, in dessen Mund der andere die Zunge gesteckt hatte? Es war wie mit – Pesto oder so was. Wer war nur darauf gekommen, dass es gut schmecken könnte, *Blätter* zu zerkleinern und über Spaghetti zu streuen?

Und Brüste – was war daran Besonderes? Ich schob meinen Pullover hoch und studierte meinen Busen im Spiegel. Mein BH war Größe 70 A, Caitlin hatte 75 A. Jamie brauchte überhaupt keinen BH, trug aber trotzdem einen, welche Größe, wollte sie uns nicht sagen. Mein Busen war ganz okay, fand ich, ich war nicht so besessen davon wie manche anderen Mädchen. Leslie Weber zum Beispiel, die die ganze Zeit auf ihre Brust starrte. Sie saß mir in Englisch gegenüber und tat nichts anderes, als auf ihren Busen zu starren, als ob der vor ihren Augen wachsen würde.

»Die Jungen werden dich da anfassen wollen«, hatte Mom einmal zu mir gesagt, während des schrecklichsten, qualvollsten Gesprächs, das wir je hatten. Es ging nicht um Sex – das hatten wir schon hinter uns gebracht, als ich acht war. Es ging ums Ausgehen, ausgelöst durch Brad Donnelly, als er mich letzten Sommer gefragt hatte, ob ich mit ihm ins Kino gehen wollte, nur wir beide, nicht mit einer Gruppe. Riesengeschichte. Nur weil Brad älter war, beschloss Mom, dass es an der Zeit war, darüber zu reden, wie man sich bei Dates benahm, und über Kondome und AIDS und Syphilis und Busen und Zungenküsse. Widerlich. Als ob ich das nicht schon alles gewusst hätte. Sie benutzte doch tatsächlich das Wort »Petting«. Es war wie eine seltsam distanzierte Erfahrung, als stünde ich neben mir, und ich dachte: *Geschieht das wirklich? Spricht meine Mutter wirklich darüber?* Das Schreckliche war nicht, dass sie dachte, es hätte tatsächlich mit meinem Leben zu tun. Das war eher schmeichelhaft. Das Schreckliche war der Gedanke, dass sie das alles tatsächlich wusste – weil sie es nämlich selbst getan hatte. Das ist eigentlich logisch, aber trotzdem merkwürdig und eklig und bizarr.

Ich hörte Jess an der Tür vorbeigehen, hörte in der Küche Wasser laufen und vermutete, dass er mit seinen Anrufen fertig war. Es war lustig, ihn sich als Geschäftsmann vorzustellen, nicht einfach als den Typen, der Kühe melkte oder angeln ging oder seinen Hunden Tricks beibrachte. Ich weiß noch, wie überrascht ich war, als ich ihn bei der Beerdigung meines Vaters im Anzug und mit Krawatte sah. Als würde er, nur weil er Farmer war, immer Jeans und Flanellhemden tragen. Dumm. Ich entdeckte, dass ich einen Grasfleck an der Schulter meiner Bluse hatte. Doch das Nachdenken über Raven hob ich mir für später auf. Ich fuhr mir mit den Fingern durch die Haare und ging Jess suchen.

Wir liefen zum Fluss, zu dem Anlegeplatz an dem unebenen Ufer, das von Bäumen und Schilf gesäumt war. Der Steg war so hoch, dass man am Rand sitzen und die Beine baumeln lassen konnte, ohne nasse Füße zu kriegen. Außer im Frühling, nach einem schweren Regen – dann trat der Fluss über die Ufer und der Steg verschwand, bis das Wasser wieder sank. Jess war ein Experte im Fliegenfischen, doch vom Steg aus angelte er mit Würmern und was man so braucht, um Karpfen, Barsche und Rotaugen zu fangen. Letzten Sommer hat er mir beigebracht, wie man Maden auf einen Haken spießt, wie man eine Angelrute wirft, wie man einen dicken, fetten Karpfen einholt. Vielleicht zeigt er mir eines Tages das Fliegenfischen.

Wir setzten uns auf den Steg und redeten eine Weile über Fische und wie sehr wir uns auf den Frühling freuten, weil wir nämlich genug vom Winter hatten. Er dachte bestimmt, ich wollte ihm etwas sagen, wäre aus einem bestimmten Grund gekommen, denn er fragte ziemlich bald: »Alles okay?«, und schaute mich dabei nicht an, sondern aufs Wasser, falls es mir unangenehm war zu reden.

Ich hatte wirklich keinen besonderen Grund, jedenfalls nicht, dass ich wüsste. Ich hatte ihn einfach länger nicht gesehen und wir waren zufällig an seiner Zufahrt vorbeigekommen. Spontane Idee. Trotzdem platzte ich damit heraus: »Alles ist super, nur dass meine Mom gestern Abend ein Date hatte. Kannst du dir das vorstellen? Mein Vater ist erst ein halbes Jahr tot und sie geht mit diesem *Bodybuilder* aus.«

Jess beobachtete einen Bussard hoch oben am Himmel und sagte nichts.

»Natürlich behauptet sie, es war kein Date, weil der Typ ihr Chef ist, aber seit wann arbeitet man nachts in einer Kneipe?«

Jess ging immer noch nicht darauf ein und zeigte keine Regung, deshalb sagte ich: »Nicht, dass es mir etwas ausmacht, mit wem sie sich verabredet, das geht mich nichts an, von mir aus kann sie mit jedem Typ in Clayborne ausgehen. Ich finde nur, sie sollte mich nicht anlügen. Und ich finde es nicht gerade toll, wenn sie mit ihrem Chef ausgeht. Besonders mit *dem* Kerl, der ist nämlich ein echtes Arschloch. Stell dir vor, er hat einen Ziegenbart!« Ich stieß Jess mit dem Ellbogen an und versuchte, ihm eine Regung zu entlocken. »Ein *Ziegenbart!* Und er hat keinen Hals.«

Endlich grinste er. »Du sprichst über Brian Wright.«

»Ja. Kennst du ihn?«

»Flüchtig. Ich gebe einen Kurs an seiner Schule.«

»Ach ja, Fliegenfischen«, fiel es mir ein. »Und? Wie findest du ihn?«

»Ich kenne ihn nicht gut genug, um das zu sagen.«

Ich hatte nicht erwartet, dass er mir gegenüber so zurückhaltend sein würde. Jetzt wünschte ich, ich hätte ihm gar nichts erzählt. »Es ist nichts Besonderes. Ist mir wirklich egal, was sie tut.«

»Vielleicht war es ja gar kein Date«, sagte Jess nach einer Weile. »Hast du mit Carrie darüber geredet?«

»Ich muss nicht darüber reden. Sie ruft mich aus einem Nachtclub an, sie trinkt, sie ist mit einem Typen da. Ich nenne das ein Date. Ach ja, und sie kommt später nach Hause als *ich*. Ich hab so getan, als ob ich schliefe – ich *wollte* überhaupt nicht mit ihr reden.« Jess öffnete den Mund, um etwas zu sagen. »Es macht mir nichts aus«, fuhr ich schnell fort, »es ist ihr Leben, sie kann tun und lassen, was sie will. Aber ich … « Ich sah weg, den Fluss hinunter, bis dahin, wo er eine Biegung machte und sich an beiden Seiten die Platanen zum Wasser neigten. Von hier aus sah es beinahe so aus, als berührten sie sich in der Mitte. »Sie hat gesagt, niemand kann Dads Platz einnehmen – genau das hat sie gesagt: ›Niemand nimmt seinen Platz ein.‹ Sie erklärte, sie wäre nicht zu haben.«

»Ruth …«

»Was? Du musst sie nicht in Schutz nehmen.«

»Das tue ich nicht.«

»Ich weiß genau, was du jetzt sagst. Ich bin egoistisch, sie darf ihren Spaß haben, was sie gesagt hat, war kein richtiges Versprechen – ich weiß das alles, es gefällt mir nur nicht.« Ich beugte mich über meine Knie und starrte auf das bräunlich grüne fließende Wasser und dachte, ich rede immer zu viel, wenn ich bei Jess bin, woher das wohl kommt. Er konnte keine Vaterfigur für mich sein, weil er meinem Vater überhaupt nicht ähnlich war, und ein Freund war er eigentlich auch nicht, weil ich nicht viel über ihn wusste. »Hast du eine Freundin?«, fragte ich ihn.

»Wie bitte?«, sagte er, obwohl er mich genau verstanden hatte.

»Gehst du mit jemandem aus?«

»Nein. Zurzeit nicht.«

Er schien sich nicht besonders wohl zu fühlen, was mich irgendwie aufheiterte. »Hey, Jess, wusstest du, dass Becky Driver in meiner Klasse ist? Ich habe ihre Mutter kennen gelernt – ich habe neulich abends bei ihnen gegessen.« Er nickte höflich. »Sie ist nett, Mrs. Driver, meine ich«, sagte ich ermunternd. Ich meine, sie ist *echt* nett.«

»Ja, das ist sie.«

»Aber Becky ist nicht dein Kind, stimmt's?«

»Stimmt.«

»Und … « Was ist passiert? Warum hat eure Ehe nicht gehalten? Solche Fragen konnte man nicht geradeheraus stellen, man musste vorsichtig auf den Busch klopfen.

Ich überlegte noch, wie ich ihn danach fragen konnte, als Jess sagte: »Hast du einen Freund?«

»Ha.« Der war gut. Eins zu eins. Wir grinsten uns an. »Also«, sagte ich, »dieser Junge, Raven …«

»Der Vampir.«

Ich lachte. Er erinnerte sich! »Ja. Ich weiß nicht genau, ob er mein *Freund* ist«, sagte ich und verzog das Gesicht. Ein blödes Wort. »Er hat mich hier abgesetzt.«

»Aha, dann habt ihr zusammen blaugemacht.«

»Nur heute, nur das eine Mal. Ehrlich, normalerweise mache ich das nicht. Ich meine, das ist nicht mein Stil.« Ich beschloss, es ihm zu erzählen. »Wir waren am Grab meines Vaters. Haben so eine Art Picknick gemacht. Es war schön. Ich meine, wir waren respektvoll und so.« Wenn man den Joint und das Küssen nicht zählte. »Ich denke immer, wenn er doch nur nicht gestorben wäre! Verstehst du? Wie das wohl wäre. Oder, wenn er schon sterben musste, wie es wäre, wenn er wenigstens noch fünf Jahre zu leben gehabt hätte. Ich glaube, wenn ich zum Beispiel zwanzig gewesen wäre, hätten wir uns viel näher gestanden. Manchmal denke ich, er hat nur darauf gewartet, dass ich erwachsen werde, damit wir echte Freunde werden konnten. Und jetzt – wird er nie wissen, wie ich geworden bin«, brachte ich noch heraus, bevor ich anfing zu weinen. Scheiße. Ich wandte den Kopf ab, legte die Wange auf meine Knie, damit Jess es nicht sah.

Er legte den Arm um mich. Ich dachte, er würde versuchen, mich aufzumuntern, mir erzählen, dass mein Vater mich sehr geliebt habe, bla, bla, bla, aber er sagte nur: »Es ist traurig«, und das ging mir mitten ins Herz.

»Ja«, sagte ich froh, »es ist wirklich *traurig*. Ich glaube, wenn man versucht, nicht traurig zu sein, ist es noch schlimmer.«

»Das glaube ich auch.«

»Deshalb bin ich froh, dass ich an seinem Grab war.« Ich setzte mich auf. »Ich glaube, Mom geht nicht hin. Keine Ahnung, vielleicht doch. An Weihnachten waren wir zusammen da und am neunten Januar, seinem Geburtstag. Wenn sie hingeht, dann nimmt sie keine Blumen mit, weil nämlich keine da waren.«

»Ich glaube, sie versucht, stark zu sein. Für dich. Versucht, das Richtige zu tun, so zu sein, wie sie glaubt, dass du sie brauchst. Ich glaube, sie fühlt dasselbe wie du, er fehlt ihr und sie wünscht sich auch, dass sie mehr Zeit gehabt hätten. Und eins weiß ich genau – du bist der Mittelpunkt ihres Lebens.«

»Und warum hatte sie dann ein Date?« Ich lachte, damit es mehr wie ein Witz klang. Weniger weinerlich.

Jess machte ein bedrücktes Gesicht. »Und warum hattest du eins?« Mehr hatte er nicht zu bieten.

»Das ist nicht dasselbe. Er war mein *Vater*, nicht mein *Mann*. Er hätte gewollt, dass ich einen Freund habe. Er hätte nicht gewollt, dass *sie* einen hat.«

»Vielleicht solltest du mit ihr darüber reden.«

»Nein. *Nein!* Ich will ihre blöden Erklärungen nicht hören. *O Mann*, sie ist so *peinlich*.«

»Peinlich?« Jess lächelte mich schief an. »Als ich so alt war wie du«, sagte er, »fünfzehn oder so ...« Er lehnte sich zurück, stützte sich mit den Ellbogen ab und sah auf seine Gürtelschnalle. »Hast du das Foto von meiner Mutter gesehen?«

»Im Haus? Ja«, antwortete ich, »sie war wirklich hübsch.«

»Sie war schizophren.«

»Oh.« Ich schluckte.

»Es fing erst an, als ich zehn war. Bis dahin ging es ihr gut. Aber sie hatte eine Fehlgeburt und danach änderte sich alles.«

»O Gott, das tut mir wirklich Leid.«

»Immer wenn es ihr schlecht ging, musste sie in ein Krankenhaus. Mein Vater und ich standen uns sehr nahe, aber wenn sie weg war, waren wir verloren, wie zwei Waisenkinder. Dann kam sie wieder nach Hause und ich habe sie verrückt gemacht, weil ich ihr nicht von der Seite gewichen bin. Ich konnte nicht genug von ihr bekommen. Ich habe immer versucht, sie zu heilen, mit Geschenken, mit selbst gemachten Sachen, Essen, Zaubern. Alle möglichen Tricks.« Er lachte. »Manchmal schien es zu funktionieren, egal was es war – ein Getränk, das ich zusammenbraute, ein ganz besonderes Gebet. Aber nie lange. Und nichts funktionierte zwei Mal.«

Das war schlimm, aber es kam noch schlimmer. Ich ahnte schon so ungefähr, was es war.

»Sie hat lauter verrückte Sachen gemacht. Hat sich verirrt, zum Beispiel. Sie ging einfach los und verlief sich. Dann mussten wir die Polizei holen. Eines Tages waren wir einkaufen, Kleider für die Schule. Es war am Ende der Sommerferien. Es ging ihr seit Monaten gut, sie war ganz die Alte, aber dann fing es wieder an. Ich wusste immer, wann es wieder losging. Sie war so seltsam in dem Laden, sagte lauter unsinnige Sachen. Sie beschwerte sich bei mir, dass es zu heiß war, dass sie verbrannte und warum niemand die Klimaanlage im Laden einschaltete. Ich hatte Angst, dass sie sich auch bei der Verkäuferin beschweren würde und wollte nicht dabei sein, wenn sie es tat. Ich ging weg, in eine andere Abteilung des Ladens. Weit genug weg, damit ich so tun konnte, als wäre alles in Ordnung.«

»O Gott, Jess.«

»Dann hörte ich Lärm. Laute Stimmen. Man konnte es regelrecht in der Luft spüren – den Schock. Jemand rief über die Sprechanlage den Sicherheitsdienst. Ich wollte nicht, aber ich musste nachsehen.« Er streckte die Hand aus, berührte mich ganz leicht am Arm, wie um mich zu beruhigen, und lächelte mich hilflos an. »Sie hatte sich ausgezogen. Bis auf die Haut. Splitterfasernackt stand sie in der Herrenabteilung von Belk's.«

Ich nahm die Hand ein wenig vom Mund und flüsterte: »Was hast du gemacht?«

»Ich bin weggelaufen.«

»Nein.«

»Doch. Aber nur bis zum Lift. Wenn er sofort gekommen wäre, wäre ich eingestiegen und runtergefahren und gerannt – ich wäre einfach weggelaufen. Aber er kam ewig nicht.«

»Du musstest zurückgehen.«

»Ich habe mich immer dafür geschämt, wie kurz davor ich gewesen war, sie im Stich zu lassen. Ich liebte sie doch, mehr als irgendjemanden sonst auf der Welt. Aber sie ...«

»... war dir peinlich.«

Er lächelte.

Ich wurde rot. Doch ich fühlte mich nicht schuldig, hatte nicht das Gefühl, belehrt zu werden oder bei irgendeiner Sünde erwischt worden zu sein. Keine Frage, er hatte seine Haltung deutlich gemacht, aber er rieb es mir nicht unter die Nase. Im Gegenteil, er versuchte, dem Ganzen die Spitze zu nehmen, indem er zugab, dass er einmal das Gleiche getan hatte, nur schlimmer. Und mit einem triftigeren Grund, okay, aber trotzdem.

Wahnsinn! Wenn ich mir vorstelle, meine Mutter wäre geisteskrank! Richtig krank, nachweisbar, nicht nur seltsam oder ein bisschen verwirrt, wie Mom. Das rückt das Ganze wirklich gerade.

»Das ist ja schrecklich«, sagte ich und legte einen Finger auf Jess' Ärmel. Es war das erste Mal, dass ich *ihn* tröstete. »Richtig traurig. Auf dem Foto sieht sie so schön aus! Ich finde, du siehst ihr ähnlich. Glaubst du, dass man in den Himmel kommt? Vielleicht schaut sie dir zu. Bestimmt ist sie total stolz auf dich, du weißt schon, darauf, wie du geworden bist. *O Gott.*«

»Was ist?«

»Das haben die anderen zu mir auch immer gesagt«, erklärte ich. »Ältere Leute hauptsächlich – dass mein Vater immer noch bei mir sei, dass er stolz auf mich sei, bla, bla, bla. Tröstet dich das? Weil es mich nämlich überhaupt nicht tröstet. Aber jetzt kapiere ich wenigstens, warum sie es sagen.«

»Warum?«

»Na ja, weil sie nett sein wollen. Um zu zeigen, dass sie sich Gedanken machen und nicht wollen, dass man leidet.«

»Ja.«

»Das ist immerhin etwas, oder? Kann sein, dass es Mist ist, aber gut gemeint.«

»Ich glaube, es ist wirklich was. Ich glaube, mehr können wir nicht erwarten.«

Wir lagen auf dem Rücken und schauten in den Himmel, beobachteten, wie die Wolken und die Vögel vorbeizogen, friedlich wie zwei ganz alte Freunde. Beinahe hätte ich ihm von Raven erzählt, so wohl fühlte ich mich. Doch dann setzte er sich auf und sagte: »Vier Uhr.«

»Woher weißt du das?«
»Hör mal.«
»Ich höre nichts.«
»Hör genau hin.«
»Ach, die Kühe.« In der Ferne hatten sie angefangen zu muhen. »Musst du sie jetzt melken?«
»Bald. Mr. Green wird schon anfangen.«
Ich kletterte vom Steg. »Ich habe gar nicht gemerkt, dass es schon so spät ist«, sagte ich, während ich versuchte, mit Jess Schritt zu halten. »Jetzt hast du deinen Nachmittag für mich geopfert, oder?« Er lächelte mich nur an und mir ging's gut. »Hey, Jess, können wir mit dem Pick-up fahren?«
»Klar, wenn du willst.«
»Und … Jess?«
»Hm?«
»Darf ich fahren?«
»Hast du deinen vorläufigen Führerschein dabei?«
»Ja.«
»Na gut.«
»Super!« Ich klatschte in die Hände und führte einen kleinen Freudentanz auf. Jess' Pick-up hatte eine Gangschaltung, das machte richtig Spaß. »Und … Jess?«
»Was noch?«
Ich lachte. »Können wir Tracer mitnehmen? Können wir sie in die Mitte zwischen uns setzen? Das wollte ich schon immer mal machen, in einem Pick-up zusammen mit einem Hund und einem … du weißt schon, einem Mann fahren.«
Er schüttelte den Kopf. »Das Cowgirl.«
»Wahrscheinlich.«
»Erstaunlich, ich dachte, du stehst auf Vampire.«
»Na ja, tue ich auch.«
»Oder Naturkost und Vitamine.«
»Das auch.«
»Du bist ein sehr vielseitiger Mensch.«
»Danke.«
Vielseitig. Ich war vielseitig. Cool. Und ich dachte, ich wäre bloß verwirrt.

13

»Ärgere dich nicht, Dana, es hätte dir sowieso keinen Spaß gemacht. Der Frauenclub wimmelt von alten Ziegen. Ohne sie bist du viel besser dran.«

»Ich *ärgere* mich nicht«, erklärte ich Birdie jetzt schon zum dritten Mal, seit wir in den Wagen gestiegen waren. »Es ist mir völlig egal. Ich werde nicht eine schlaflose Minute deswegen haben, das kannst du mir glauben.«

»Das hoffe ich, denn es wäre pure Energieverschwendung. Wieso ist es bei euch so dunkel?«

»Was? Ach, er hat mal wieder vergessen, das Licht auf der Veranda anzumachen. Ich schwöre, es ist, als lebe man mit einem Maulwurf zusammen.«

»Bist du sicher, dass er da ist?«

»Natürlich. Entweder arbeitet er oder sitzt in seinem Arbeitszimmer vor dem Fernseher. Willst du mit reinkommen?«, lud ich sie ohne große Lust ein. »Eine Tasse Kaffee trinken, bevor du nach Hause fährst?«

»Um Gottes willen, nein, dann kann ich die ganze Nacht nicht schlafen.«

»Ohne Koffein, meinte ich.«

»Kann ich die Einladung als Gutschein aufbewahren?«

»Aber sicher.«

»Es sei denn, du möchtest gern, dass ich mitkomme. Es sei denn, du willst noch reden.«

»Ich will nicht reden«, sagte ich lachend. »Ich will schlafen. Mir geht es wunderbar, Bird. Das Ganze bedeutet mir nichts.«

»Oh, das weiß ich.«

»Morgen habe ich es schon vergessen.«

»Natürlich. Du bist einfach zu schlau für die, das ist das Problem. Die wissen eben nicht, was gut ist.«

»Danke. Und danke, dass du mich mitgenommen hast.«

»Ich rufe dich morgen an. Hast du Lust, ins Kino zu gehen? Oder einkaufen –«

»Morgen kann ich nicht. Vielleicht nächste Woche.« Birdies Mitgefühl fing langsam an, mir auf die Nerven zu gehen. Es wäre viel besser gewesen, wenn sie gesagt hatte: »Hab ich ja gleich gesagt«, und Schluss.

»Nacht, Dana!«, rief sie. »Wirklich, denk nicht mehr dran, das ist es nicht wert –«

»Fahr vorsichtig!«, rief ich zurück und knallte die Tür zu.

Es war nicht nur dunkel im Haus, es war auch kalt. Eher, als lebte man mit einem Bär zusammen, irgendeinem plumpen Tier, das Winterschlaf hält, dachte ich, während ich umherging, im Wohnzimmer die Lichter anknipste und in der Küche den Thermostat hochdrehte. Aus dem Arbeitszimmer kam blechernes Gelächter. George hatte zwei Leidenschaften, wenn man das so nennen kann: seine Bücher und alte Fernsehserien. Je älter desto besser, er bestellt sie sich sogar per Telefon als Videos, alte Folgen von *Lassie, Bonanza, 77 Sunset Strip, Die Loretta Young Show*. Ich weiß nicht, was ich davon halten soll. War das Leben für ihn in den fünfziger Jahren so viel besser als heute? Gab es da einen *Ton*, auf den er reagierte, irgendeinen Geschmack oder Stil, dem er nostalgisch nachtrauerte? Ich frage mich, was es ist. Ich würde es wirklich gern wissen. Aber wenn ich ihn frage: »Warum magst du dieses alte Zeug?«, sagt er nur: »Es ist lustig.«

Heute Abend war es *Hoppla Lucy*. Ich kam gerade herein, als Lucy ihren großen Mund weit aufmachte und weinte: »Wääääh«, weil Rickie sie nicht mit in die Ferien nehmen wollte. George sah zu mir auf und lächelte liebevoll – ich erwiderte sein Lächeln, ehe mir klar wurde, dass nicht ich es war, die ihn so glücklich und zufrieden machte. Hätte ich versuchen sollen, mehr wie Lucy zu sein? Eine törichte, verrückte, närrische Frau? War es das, was er gewollt hätte?

»Da bist du ja wieder«, sagte er und rutschte ein Stück, um mir auf dem Sofa Platz zu machen.

Wo war ich denn?, hätte ich beinahe gefragt, um ihn zu testen. Aber ich war heute Abend schon niedergeschlagen genug – wenn er den Test nicht bestand, würde es mir nur noch schlechter gehen. »Ich war ihm Frauenclub«, sagte ich stattdessen hilfreich. »Wahlabend.«

Im Fernsehen gab es Werbung und er machte mit der Fernbedienung den Ton leiser. »Und wie ist es gelaufen?«

»Ich habe verloren.«

»O je.« Er zwinkerte mir durch seine Gleitsichtbrille mitfühlend zu. Er sah richtig schmuck aus in der Tweedhose und dem blauen V-Ausschnitt Pullover, den Carrie ihm vor zwei Jahren zu Weihnachten geschenkt hatte. Doch er hatte Schuppen auf den Schultern und einen gelblichen Fleck auf der Brust, wahrscheinlich Orangensaft. Und er roch wie seine Pfeife. Früher waren wir ein recht hübsches Paar, alte Fotos beweisen es. Doch heute gehören wir zu der Art Menschen, die man nicht zwei Mal anschaut. Wer von uns beiden wird wohl zuerst in Cedar Hill landen? Das frage ich mich in letzter Zeit zu oft. Es fällt mir viel zu leicht, mir vorzustellen, wie ich George in einem Zimmer wie Helens besuche, ihn im Rollstuhl zur Mal- und Bastelstunde hinunterfahre und ihm zeige, wie man Topflappen macht.

»Jawohl«, sagte ich, »die neue Präsidentin des Frauenclubs Clayborne heißt Vera Holland. Und sie ist siebzehn Jahre alt.«

»Wirklich?«

»Oder siebenundzwanzig, was weiß ich. Eine junge Frau. Ihr Wahlspruch war ›Vielfalt‹. Im Klartext: Lasst uns losziehen und mehr von ihren ordinären, spießigen Freundinnen werben.«

»Tss.« Sein Blick flackerte kurz zum Fernseher. Eine Shampoowerbung.

»Ich wollte den verdammten Job überhaupt nicht, ich wollte nur nicht, dass sie ihn kriegt.« Das stimmte nicht. »Na ja, eigentlich wollte ich ihn schon. Ich wollte den Verein ein bisschen wachrütteln. Wollte aktiv sein.« Wohl eher lebendig. »Jeder kann Mitglied in einem Club sein, das hat nichts zu bedeuten. Ich glaube ... ich wollte mir etwas beweisen, bevor es zu spät ist.«

Ich war ein wenig atemlos von meiner eigenen Offenheit. George viel von mir zu zeigen, ihm meine tieferen Gefühle zu vermitteln – damit habe ich schon vor Jahren aufgehört, es hat sich nicht gelohnt. Eine einseitige Übung, nach der ich mir meistens lächerlich vorkam. Nicht, dass es mich weitergebracht hätte, ihm *nichts* zu erzählen. Es ist gehupft wie gesprungen.

»Ja«, sagte er.

»Ja, was?«

»Ja ... vielleicht ist es so am besten. Du sparst dir eine Menge Arbeit.«

»Ja, vielleicht.« Ich stand auf. »Wo mein Leben doch schon so voll und reich ist. Ich weiß gar nicht, was ich mir dabei gedacht habe.« Ich schnappte mir meinen Mantel und die Tasche.

»Dana!«

»Was ist?«

»Du wärst bestimmt eine ausgezeichnete Präsidentin geworden.«

»Keine Ahnung, aber ich hätte jedenfalls gern gewonnen. Ja, ich wollte wirklich gewinnen.«

Er zuckte die Achseln und schüttelte den Kopf. Schürzte die Lippen, zwinkerte mit den Augen. Der Versuch, durch Körpersprache Mitleid auszudrücken. *Worte, George, ich will Worte*. Im Fernsehen kamen Fred und Ethel in Lucys Wohnung. Fred sagte etwas aus dem Mundwinkel heraus und Ethel verdrehte die Augen.

»Also«, sagte ich, »ich gehe schon mal vor.«

»Ich komme in zwei Minuten«, rief George mir nach. Schallendes Gelächter folgte mir die Treppe hinauf.

Oben war es noch kälter als im Erdgeschoss. Während ich mich vor meinem Schrank auszog, hörte ich, wie unten die Lichter ausgemacht wurden, dann das Stampfen von Georges Schritten auf der Treppe, schwerfällig und langsam. Es klang widerwillig. Er hielt Wort, obwohl es ein bisschen früh für ihn war. Tat ich ihm Leid? Zum Teufel damit. Aber als ich meine Strumpfhose auszog, erhaschte ich einen Blick auf ihn, wie er hinter mir vorbeiging. Er sah einfach nur müde aus.

Ich im Badezimmerspiegel: ein grauenhafter Anblick. Seit 1979 bitte ich George immer wieder, die Neonröhre über dem Waschbecken durch eine richtige Glühbirne zu ersetzen. Er wird es nie tun. Wenn ich mich bei Carrie beschwere, sagt sie: »Überleg doch mal, wie gut du in Wirklichkeit aussiehst, wenn du schon in *dem Licht* halbwegs menschlich wirkst.« Nette Logik, aber sie funktioniert nicht mehr. Schon seit, sagen wir, zwanzig Jahren nicht mehr.

Ich putzte mir die Zähne und bürstete mir die Haare. Die immer dünner werden. Ich zog den Kragen meines Nachthemds herunter und betrachtete vornübergebeugt kritisch die neuen Falten an meinem Hals. Faltiger Hals, Hängebacken. Das ist ein abendliches Ritual, das ich wirklich nicht fortsetzen sollte. Komisch, aber je älter ich werde, desto eitler werde ich. Nicht umgekehrt. Nein, eitel ist nicht das richtige Wort. *Entsetzt*. Das ist es.

Würde George mit mir schlafen wollen, wenn ich hübscher wäre? Zehn Kilo weniger wiegen würde? Wohl kaum. Ehrlich gesagt, glaube ich, dass ihn nicht mal die Aussicht, mit Sophia Loren ins Bett zu gehen, erregen würde. Vielleicht mit June Allison, die hat er immer gemocht. Zu schade für ihn, dass er eine Frau geheiratet hat, die eher wie Ethel Merman ist. Joan Crawford. Eine ungeschliffene Brünette, nicht einen munteren Knochen im Leib.

Er blickte kurz von seiner Zeitung auf, als ich neben ihm ins Bett schlüpfte. »Müde?«, fragte er.

»Warum? Sehe ich so aus?«

Er zuckte die Achseln und widmete sich wieder seiner Lektüre.

»Eines habe ich heute Abend wenigstens geschafft«, sagte ich und störte ihn mit voller Absicht beim Lesen.

»Was denn?«

»Ich habe beantragt, dass wir eine Petition gegen diese idiotische Arche einreichen, und es ist durchgegangen.«

»Du meinst – die Arche auf dem Fluss?«

»Nein, die Arche auf der Autobahn.« Ich war wirklich schlecht gelaunt. »Ja, natürlich, die Arche auf dem Fluss.«

»Und warum?«

»Warum! Das ist öffentliches Gelände, George, dort liegen Boote.«

»Oh, aber ich glaube, nicht besonders viele.«

»Das Ganze ist ausgesprochen lächerlich.«

»Aha.«

»Und was ist mit der Trennung von Kirche und Staat? Ich sage dir was – Jess Deeping hat die Sache durch den Stadtrat gepeitscht, ehe irgendjemand wusste, worum es überhaupt geht. Was ist, wenn die überregionalen Zeitungen davon Wind bekommen? Das ist, als – als täte Charles Kuralt irgendeinen Irren in Idaho auf, der aus Flaschendeckeln einen Altar für die Jungfrau Maria baut.«

»Hat er das getan?«

»Nein, ich sage nur – wir machen uns alle lächerlich. Es wird wie ein Dorn im Auge sein, ein öffentliches Ärgernis, das dürfen wir einfach nicht zulassen.«

George nahm die Brille ab und putze sie mit dem Deckenzipfel. »Was ist mit Carrie?«

»Was soll mit ihr sein?«

»Interessiert sie sich nicht dafür? Ich dachte, sie wollte –«

»Aus purer Langeweile, das ist nur wieder so eins von ihren künstlerischen Projekten. Carrie muss sich jetzt auf ihren richtigen Job konzentrieren und sich nicht mit diesen fundamentalistischen religiösen Spinnern verbünden. Das wäre ja noch schöner! Und Jess Deeping steckt natürlich mittendrin. Wenn das nicht passt. Die Stimme des Blutes.«

»Wovon redest du?«

»Von seiner Mutter. Sie war geisteskrank, weißt du nicht mehr?«

»Nein.«

»Nun, sie war verrückt, sie ist in einer Einrichtung gestorben und er ist ihr wie aus dem Gesicht geschnitten.«

George schüttelte den Kopf, jetzt nicht mehr mitfühlend, und raschelte mit den Seiten seiner Zeitung. Unterhaltung beendet.

Das ist auch typisch: ein Problem zu ignorieren, indem man so tut, als existiere es gar nicht. Und Carrie fand meinen Antrag garantiert auch nicht gut. Sie würde vermutlich sogar meine Motive hinterfragen. *Danken* würde sie mir jedenfalls *nie* dafür, das war so sicher wie das Amen in der Kirche. Die Petition würde wahrscheinlich sowieso nichts nutzen, es war womöglich schon zu spät. Ein Wettlauf mit der Zeit. Jess Deeping sollte sich schämen. Vielleicht schreibe ich einen Brief an die Zeitung.

»Weißt du, was Birdie gesagt hat?«

George seufzte. »Was?«

»Sie hat gesagt, ich wollte nur Präsidentin werden, damit ich die Leute rumkommandieren kann.«

Da sah er auf. Ich wartete auf seinen Spott, aber er schaute mich nur an.

»Sie sagte, es sei ein Scherz gewesen, aber ich fand es gar nicht komisch.«

»Nein …«

»Findest du, dass ich die Leute rumkommandiere?«

»Absolut nicht, Liebes.« George zog seinen kahlen Kopf ein und warf mir unter den Augenbrauen her einen Blick zu. Seine Augen glitzerten hoffnungsvoll. Ich lachte. Da lachte er auch und für einen Augenblick war alles gut.

Er faltete die Zeitung zusammen, legte sie weg und machte die Nachttischlampe aus. Er schläft jede Nacht auf der rechten Seite ein, von mir abgewandt. Nach ungefähr vierzig Minuten dreht er sich auf den Rücken und schnarcht. Er fing an, seine Decke zurechtzuziehen, trat sie am Fußende frei, damit seine Füße nicht beengt waren – jeden Morgen stopfe ich sie wieder unter die Matratze.

»George.«

»Hmm.«

»Nichts. Schon gut.« Ich hatte plötzlich so ein drückendes Gefühl, wie in einem Schraubstock: Von unten schob etwas hoffnungsvoll, von oben drückte etwas Altes, Wissendes. »Was hältst du davon, wenn wir einen Tanzkurs machen?«

Er renkte sich fast den Hals aus, als er den Kopf verdrehte. Starrte mich an.

»Freitagabends im Ramada Inn. Sechs Wochen, nächste Woche fängt er an. Wir könnten dort erst etwas essen – mal wieder zusammen ausgehen. Das wäre etwas, worauf wir uns freuen könnten.«

»Also. Hmm.« Er runzelte heftig die Stirn. »Das Dumme ist, dass ich mich freitags immer wegen des Buches mit Albert treffe. Ich glaube, das ist der einzige Abend, an dem er Zeit hat.«

»Der Freitagabend ist der einzige Abend in der ganzen Woche, an dem er Zeit hat? Freitagabend?«

»Das hat er jedenfalls gesagt.«

»Schön. Dann nicht.«

»Tut mir Leid. Hätte bestimmt Spaß gemacht«, log er. »Vielleicht nächstes Jahr.«

»Das ist eine gute Idee.« Ich griff nach dem Roman auf meinem Nachttisch. »Lass uns warten, bis wir noch älter sind.«

»Dana ...«

»Vielleicht bieten sie ja nächstes Jahr einen Tanzkurs für Rollstuhlfahrer an.« Ich schlug das Buch auf und suchte die Stelle, wo ich am vergangenen Abend aufgehört hatte. Das war's. Ich war so sauer! Ich schlug seine Hand von meiner Hüfte und blätterte um. »Ich versuche zu lesen.«

Er seufzte wie ein Märtyrer, zupfte seine Decke zurecht und machte es sich auf seiner rechten Seite bequem. »Nacht.«

Ich habe George mit neunzehn kennen gelernt, als ich in der Kundenbetreuung in *Willie's Auto Repair* arbeitete. Meine erste Stelle. Ich tippte, machte die Buchhaltung und begrüßte die Kunden. Ich weiß nicht mehr, was für Aussichten ich mir von der Arbeit erwartete – gar keine wahrscheinlich. Damals heiratete man sowieso, man machte nicht Karriere, jedenfalls nicht die Mädchen aus meinen Verhältnissen. Eines Tages brachte George seinen klapprigen, alten Plymouth und ich bediente ihn, füllte das entsprechende kleine Formular aus, fragte nach seinem Namen und seiner Adresse, schrieb auf, was mit dem Wagen nicht in Ordnung war. Er trug einen Acrylpullover, daran erinnere ich mich, als wäre es gestern gewesen. Ein Junge vom College. Ich flirtete mit ihm, weil er süß und schüchtern war, aber ich hätte mich nie an ihn rangemacht. Ich wusste, wo ich hingehörte. Als er mich fragte, ob er mich anrufen dürfe, hätte ich fast Nein gesagt. Ich nahm an, dass er die Regeln nicht kannte. Er war aus Richmond, vielleicht wusste er nicht, dass die Jungs vom Remington College nicht mit den Mädchen aus Clayborne ausgingen. Jedenfalls nicht mit edlen Absichten.

Er lud mich an einem Freitagabend zu einem Konzert auf dem Campus ein. Selbst wenn er Casanova gewesen wäre oder Don Juan, eine verlockendere Einladung hätte er sich nicht ausdenken können. Ich war begeistert und ich hatte schreckliche Angst. An jenem Abend beschloss ich, dass ich ihn wollte. *Das will ich*, dachte ich. Mit Menschen zusammen sein, die leise reden und Dinge sagen, die über meinen Horizont gehen. *Vielleicht kann ich das lernen*, dachte ich. Campus – schon bei dem Wort wurde mir schwindelig. *Campus.* Es bedeutete Frieden und Ruhe und Sicherheit. Vor allem bedeutete es Ansehen.

Es war leicht, ihn dazu zu bringen, sich in mich zu verlieben. Damals war ich hübsch und ich tat einfach so, als wäre er der Mittelpunkt der Welt, ich konzentrierte mich nur noch auf George, ich sammelte mein ganzes Strahlen und blendete ihn. Heutzutage müsste ich wahrscheinlich mit ihm schlafen, aber damals reichte es, um ihn dazu zu bringen, dass er mich wollte. Er ist der einzige Mann, mit dem ich je zusammen war. Er sagt, ich sei auch seine einzige Frau, aber wer weiß. Ich hinterfrage es nicht allzu genau. Sicherlich die einzige seit vielen, vielen Jahren, *das* bezweifle ich nicht.

Ich glaube, der Grund dafür, dass ich Präsidentin des Frauenclubs werden wollte, war, herauszufinden, ob meine Verkleidung funktioniert hat, und zwar, bevor ich hundert bin und es endgültig zu spät ist. Ich komme aus armen Verhältnissen. Mein Vater war ein Trinker. Ich tue so, als gehörte ich in dieses Haus, in diese Stadt, Fakultätsveranstaltungen schrecken mich nicht mehr, aber ich weiß nie genau, ob die Leute mich akzeptieren. Dass ich die Wahl gegen Vera Holland verloren habe, sagt leider gar nichts. Es bestätigt nur, dass ich zu alt bin.

Ich frage mich, ob ich nicht lieber jemanden wie Calvin Mintz hätte heiraten sollen, den Mann unserer armen Helen. Er wäre mehr meine Klasse. Wer von uns beiden ist gemeiner? Cal oder ich? Wer hätte gewonnen? Wenigstens wäre es interessant gewesen. Wenn wir es überlebt hätten.

Als ich glaubte, einschlafen zu können, wandte ich George den Rücken zu und machte es mir auf meiner Seite gemütlich. Unsere Hinterteile stießen aneinander. Ich rutschte ein Stück weg, ich war immer noch sauer und wollte nicht, dass er mich berührte.

Man stelle sich vor, was für morbide Gedanken ich in letzter Zeit habe – ich denke darüber nach, dass ich mitten in der Nacht aufwache und er steif und kalt neben mir liegt. Ich habe Angst, ihn zu berühren. Ich rufe entweder Carrie oder den Notarzt an, ich weiß nicht genau, wen. Wahrscheinlich Carrie, dann kann sie den Notarzt rufen. Die Sanitäter kommen. Sie klopfen an die Tür, draußen flackert das Blaulicht und ich führe sie in Bademantel und Pantoffeln nach oben. Sie machen irgendwas … an dem Punkt wird meine Phantasie weniger realistisch. Wie ein Traum, der hart an der Realität beginnt und dann langsam verschwommen wird, bis man schließlich nur noch Unsinn träumt. Nie stelle ich mir vor, dass einer der Sanitäter sagt: »Er ist tot, Ma'am.« Nein. Dazu kommt es nie.

Die Zeit verwandelt mich in jemanden, den ich mir kaum vorstellen kann, ich schaffe es einfach nicht, es realistisch zu sehen. Eine alte Dame. Fühlen sich andere Menschen, die alt sind, alt? Ich dachte immer, es sei so, aber jetzt werde ich bald siebzig und bin kein bisschen klüger, nicht weiser, glücklicher, nicht zufriedener oder ausgefüllter oder erleuchteter als mit vierzig. Ja, eigentlich sogar weniger.

Ich könnte hundert werden, dachte ich und schloss die Augen gegen das Mondlicht, das durch die Vorhänge hereinschien. Willard Scott würde meinen Namen im Fernsehen nennen. Wer weiß, George könnte im anderen Flügel des Pflegeheims achtundneunzig werden. Der *Morning Record* würde ein Bild von uns beiden in der Sparte »Jubilare« bringen, wie wir verschrumpelt in unseren Rollstühlen sitzen, einander an den knotigen Händen halten und einen Blechkuchen anschneiden.

So ein Quatsch. Warum sollte ich meine Ehe mit George weitere dreißig Jahre fortsetzen? Haben mich die letzten fünfzig nichts gelehrt?

Ich glaube nicht, dass alles hoffnungslos ist, so bin ich nicht aufgewachsen. Aber das Gemeine an Hoffnung ist, dass sie ewig währt. Törichte alte Frauen glauben immer noch an Wunder. George drehte sich im Schlaf um und stieß mir das Knie in den Hintern. Die Wärme fühlte sich gut an, deswegen hielt ich still und stupste ihn nicht an, damit er sich bewegte. Verstehen Sie? Für irgendwas ist er eben doch gut. Das lässt hoffen.

14

Alla prima. In der Malerei bedeutet das *auf einmal*, man trägt alle Farben in einer Sitzung auf, nicht eine Schicht nach der andern. Man sagt, dass Van Gogh wahrscheinlich »Das Schlafzimmer des Künstlers« *alla prima* gemalt hat. Man nahm an, dass der Vorteil dieser Methode gegenüber einer sorgfältigeren darin lag, dass sie aufregender, intensiver und fließender ist. Dann muss meine Arbeit im Moment ganz schön aufregend sein, kann ich nur sagen. Und wie gut, dass es dafür auch noch ein künstlerisches Fremdwort gibt, *alla prima*. Das klingt so viel besser als *Pfusch*.

Nasses Otterfell. Wie malt man nasses Otterfell? Wenn ich in Öl oder Acryl auf einer gut gespannten Leinwand malen würde, würde ich mit einer neutralen Grundierung bestehend aus Ultramarin, Payne's Grau, vielleicht ein wenig Umbra natur und einer Spur Titanweiß beginnen. Wenn ich es mir leisten könnte, würde ich einen Pinsel der Marke Richardson, Stärke 10, aus der Serie 9050 benutzen und zuerst die Grundakzente setzen, dann würde ich versuchen, mir den Körper der Otter als Landschaft vorzustellen, Haut, Muskeln und Knochen als Hügel, Täler und Felsen. Ich würde ihn in einer ihm angemessenen Umgebung entwerfen, vielleicht, wie er nach einem Bad im Fluss auf einen Baumstamm klettert. In meinem Bild würden die Perspektive und die Proportionen stimmen. Anhand der Größe der Objekte, die den Otter umgeben, würden wir wissen, wie groß er ist. Er wäre grau, aber nicht unscheinbar, denn ich würde ihn hinter Herbstlaub platzieren (Siena natur, Zinnoberrot, Venezianisch Rot, Vandyke Braun) und vor einem gefällten Baumstamm (Siena gebrannt, Ultramarin, Lampenschwarz). Für die Details und die Feinheiten des Pelzes, der Barthaare, der Augen, Wimpern und Krallen, würde ich einen Pinsel der Stärke drei aus der Serie 9000 von Richardson nehmen.

Doch ich tat nichts dergleichen. Ich benutzte einen mittelgradigen seidenmatten Lack für Außenanstriche in einem grau-braunen Ton, der sich »Abschied« nannte. Ich trug ihn mit einem acht Zentimeter breiten Malerpinsel aus Nylon auf eine ein Meter zwanzig mal zwei Meter vierzig große, achtzehn Millimeter dicke geschäumte Polystyrolplatte auf, die man normalerweise zur Isolierung benutzte und die, wie ich hoffte, die Form eines Otters hatte. Das alles war ein Handikap.

Aber kein unüberwindliches. Und ich arbeitete sowieso nicht durchweg *alla prima*. Nachdem die graue Latexfarbe getrocknet war, fügte ich mit einem kleinen Zobelhaarpinsel, mein bisschen Luxus, weiße und schwarze Strähnen hinzu, um die scharfen, an den Seiten V-förmigen Konturen herauszuheben, die, wie ich für mich entschieden hatte, am ehesten wie nasses Otterfell aussahen. Der Trick dabei war, den Pinsel schnell genug anzuheben, wenn man ans Ende eines Fellbüschels kam, sonst war der Punkt nicht fein genug. Wenn ich Zeit gehabt hätte, hätte ich seine Augenlider mit Acrylfarben gemalt. Zu gern hätte ich die Ränder der Pupille aufgeraut, die Iris mit Turner's Gelb und ein bisschen mehr Weiß zum Leuchten gebracht. Denn ich hatte beschlossen, dass das Licht direkt von oben kam.

Doch dafür hatte ich keine Zeit. Gott gab Noah hundertzwanzig Jahre Zeit, seine Arche zu bauen, und die Tiere gab Er umsonst dazu. Eldon Pletcher hatte Landy, dieser wiederum Jess und der mir und seinen Helfern ungefähr drei Monate Zeit gegeben, eine dreistöckige Arche mit zirka achtundsiebzig verschiedenen Arten zu füllen, wenn man Fische, Reptilien und Insekten dazuzählte.

Landy sagte, es sei nicht leicht gewesen, den alten Mann auf achtundsiebzig festzunageln, und ich glaubte ihm. Am Anfang kam mir seine Wahl zum Teil sehr willkürlich vor. Er wollte eine Antilope, aber kein Karibu, den Wolf, aber keinen Kojoten, den Elch, aber nicht den Hirsch, den Maulwurf, aber keine Spitzmaus. Einen Leoparden, aber keinen Puma, einen Hund, aber keinen Dingo, einen Esel, aber kein Maultier – und so weiter. Wenn man jedoch darüber nachdachte, war es sinnvoll: Zwischen zwei ähnlichen Tieren hatte er konsequent dasjenige ausgewählt, das man entweder schneller erkannte oder das – sympathischer war, ein besserer Ausdruck fällt mir nicht ein. Die Menschen mochten Mäuse, aber Ratten mochten sie nicht.

Im Großen und Ganzen war ich mit Eldons Liste einverstanden. Besonders freute ich mich darauf, einen Schimpansen zu machen. Und eine Krake – das war nicht nur eine technische, sondern auch eine künstlerische Herausforderung. Landy wollte seinen Vater fragen, ob er mir einen gewissen Entscheidungsspielraum einräumte, weil ich langsame, schwerfällige Tiere liebte und auf seiner Liste weder ein Opossum noch eine Seekuh standen. Doch selbst wenn er zustimmte, hätte ich die Zeit nicht.

Es war auch gar nicht so schlimm, dass wir den absurden Termin, den siebzehnten Mai, auf keinen Fall einhalten konnten. So hatten wir keine Zeit zum Nachdenken. Meine linke Gehirnhälfte, wenn es so etwas überhaupt gab, war komplett ausgeschaltet. Ich handelte ungehindert nach meinem Instinkt, einfach, weil es nicht anders ging. So hatte ich noch nie gearbeitet. Ich kam mir vor wie ein Journalist, der seine Geschichte rechtzeitig für die Frühausgabe der Zeitung fertig haben muss. Es ging schneller, das war klar, aber war es auch besser? Ich wusste es nicht – ich wagte es nicht zu hoffen, vielleicht klappte es ja. Aber wie auch immer, ich hatte den größten Spaß meines Lebens.

Die Arbeit verführte mich, trotz aller Einschränkungen und exzentrischer Bedingungen, die Eldon uns auferlegt hatte. Sie schluckte mich langsam, wie eine Boa Constrictor ein Kaninchen. (Ich hatte über die Boa Constrictor nachgelesen – Eldon wollte, dass sie die Schlangen repräsentierte.) Während ich arbeitete, fiel ich beinahe in Trance, doch ganz anders als bei meiner Arbeit mit den Blumengestecken – das war eine Art Koma gewesen, jetzt war ich wie hypnotisiert. Ich war mir meiner Umgebung bewusst, es war kalt in der Scheune, draußen muhten die Kühe, es roch nach Öl, Diesel und Heu. Über mir summte die Neonröhre, die Jess zugleich mit einem unzulänglichen Propangasheizlüfter an der Wand angebracht hatte, als die Scheune zur offiziellen Werkstatt für den Bau der Arche und ihrer Tiere erklärt wurde. Doch nichts lenkte mich ab, nichts stellte sich zwischen mich und meine Arbeit. Es war, als würde mein Inneres in die Farbe fließen und die Farbe floss auf die Oberfläche und die Oberfläche wurde zu dem Objekt – in diesem Fall dem Otter. Außergewöhnlich! Es war eine Gabe, ein Schatz, die beste Art, Kunst zu schaffen. Früher war es mir auch so ergangen, aber ich erinnerte mich kaum noch daran. Ich hätte nie gedacht, dass es wiederkehren würde.

Landy unterbrach mein konzentriertes Arbeiten und sagte: »Tut mir Leid, dass ich heute schon so früh gehen muss.« Ich schreckte auf. Der zarte Strich meines Pinsels machte einen Ruck nach oben, wie die Nadel eines Lügendetektors, der jemanden bei einer faustdicken Lüge erwischt.

»Oh – 'tschuldigung – ich dachte, du hättest mich gehört!«

Ich lachte. Wir arbeiteten seit der Mittagszeit in Jess' Scheune zusammen, und obwohl unsere Werktische nicht allzu weit voneinander entfernt lagen, vergaß ich oft, dass Landy da war. Es lag nicht nur daran, dass ich von meiner Arbeit absorbiert war – er war so ein ruhiger Mensch, so zufrieden, er konnte stundenlang arbeiten, ohne ein Wort zu sagen.

»Gut«, sagte er und beugte sich vor, um meinen Otter anzuschauen. »Sieht ganz echt aus.«

»Mit dem Pelz bin ich noch nicht fertig. Ist er zu grau? Findest du, er braucht noch mehr Braun?«

»Hmm, vielleicht.«

»Ich benutze die Fotos und die Zeichnungen da als Vorlage.« Ich zeigte auf mein Material: Tierkalender und ein paar Zeitschriften. »Ja, ein bisschen mehr Braun, glaube ich. Sonst sieht er aus wie ein Robbenbaby.«

»Nein, nein, er sieht überhaupt nicht wie eine Robbe aus.«

Ich glaubte ihm und beschloss, mir wegen dieser Kleinigkeit keine Gedanken zu machen. Landy war mein zuverlässigster Kritiker. Er war immer höflich, aber er log nie: Wenn mein Schwein wie ein Gürteltier aussah, fand er eine nette Art, es mir zu sagen.

»Willst du deinen Vater besuchen?«, fragte ich.

Er nickte. »Tut mir Leid, dass ich so früh weg muss, wo doch so viel zu tun ist, aber um diese Zeit will er mich am liebsten sehen.«

»Mach dir keine Sorgen.« Eldon war wieder im Krankenhaus, er hatte Schmerzen in der Brust und Wasser in der Lunge. »Wie geht es ihm?«

»Besser. Wahrscheinlich kann er in ein paar Tagen nach Hause. Dienstag, sagen sie.«

»Das freut mich. Er ist ein starker Mann.« Ich hatte ihn noch nicht kennen gelernt, aber diese Bezeichnung schien mir unverfänglich.

»Ich habe sechs Paar Räder fertig, da drüben stehen sie. Tut mir Leid, dass es nicht mehr sind.« Er streckte die Hände aus und bewegte seine arthritischen Finger. »Kein besonders guter Tag heute.«

»Das liegt an der Kälte.« Ich trug fingerlose Handschuhe, wenn ich arbeitete, aber das wollte Landy nicht, er sagte, damit wäre er ungeschickt.

Er knöpfte seine karierte Jacke bis zum Kinn zu und setzte die schmutzige orangefarbene Kappe auf. »Für den Elefanten habe ich zwei Paar gemacht, wie du gesagt hast, eins für vorn und eins für hinten.« Er hatte den Nachmittag damit verbracht, Räder an den schweren hölzernen Plattformen anzubringen, die er ausgesägt hatte, weil Eldon die Tiere über eine Rampe auf die Arche rollen wollte. *Er sehe es schon vor sich,* hatte er gesagt.

»Großartig. Glaubst du, die Bremsen werden halten?«, fragte ich. Wir hatten Räder mit kleinen Fußbremsen gekauft, furchtbar teuer, aber wir bekamen Mengenrabatt.

»Ich glaube schon. Was machst du, wenn das Otterfell fertig ist?«

»Oh, dann wird es lustig«, erklärte ich ihm. »Heute ist Elefantentag.«

Wenn er grinste, verschwanden seine Augen beinahe. »Ach, könnte ich doch hier bleiben und zugucken. Das macht dir wohl richtig Spaß, wie?«

»Sieht so aus.«

»Warum hast du dich eigentlich entschlossen, uns doch zu helfen? Das hier ist doch im Grunde gar nichts für dich, Carrie.«

Die Leute fragen mich das immer wieder, inzwischen müsste ich eigentlich eine bessere Antwort parat haben. »Es hat mich gepackt.« Mehr fiel mir nicht ein. »Ich hätte nicht gedacht, dass es so aufwendig wird. Ich dachte, ich komme ein, zwei Mal vorbei, helfe ein bisschen, damit die Sache in Gang kommt.«

Er lachte, ein scheues, pfeifendes Lachen. »So ging's mir auch! Zum Teufel, und Jess auch. Schwächlinge sind wir. Bist du sauer deswegen?«

»Nein. Aber frag mich mal, ob ich *müde* bin.«

»Oho, ich weiß! Die Finches haben gesagt, sie können nächste Woche einen Abend vorbeikommen und nächsten Sonntag. Wenn dir das hilft.«

Ich murmelte etwas Unbestimmtes. Die Finchs, zwei ältliche Archisten-Schwestern, beide unverheiratet, wollten mir ernsthaft helfen, aber sie waren hoffnungslos – auf so vielen Gebieten, dass es gemein wäre, sie aufzuzählen. Doch Farbenblindheit gehörte dazu, Altersschwäche ebenfalls. Aber das Schlimmste war, dass sie *Ideen* hatten, sie machten ständig *Vorschläge*. Ich hatte gar nicht gewusst, wie bestimmend ich langsam wurde, bis Miss Sarah Finch letzte Woche sagte, es sollte eine braun-weiße Kuh sein, und Miss Edna Finch ihr zustimmte. Nein, nein, nein. Nein. Es war und blieb eine schwarz-weiße Holsteinkuh. Punkt. Hier gab es keine Demokratie.

»Ich wünschte, ich könnte dir was bezahlen«, murmelte Landy mit gesenktem Kopf. »Heute ist Sonntag und du solltest eigentlich zu Hause sein, bei deiner Fam – deiner Tochter. Ich kann nur hoffen, dass ich eines Tages in der Lage bin, es dir zu vergelten.«

Es machte ihm wirklich Kummer, das wusste ich, weil er es so oft sagte. »Vielleicht kannst du das ja, Landy. Wenn sich alles beruhigt hat, kannst du mir vielleicht bei ein paar Dingen in meinem Haus helfen, die ich nicht selbst machen kann.«

Er strahlte. »Das würde mich freuen! Alles, was ich tun kann, wäre mir ein Vergnügen. Abgemacht!«

»Gut.«

Niemand, nicht einmal Landy, wusste, wie viel Geld Eldon im Sparstrumpf hatte. Er musste etwas Geld haben, sonst hätte er nicht das Angebot mit den Geräten für den Spielplatz gemacht. (Wirklich?, dachte ich plötzlich. Und wenn er nun die ganze Stadt an der Nase herumführte? Ob Jess schon einmal daran gedacht hatte? Ich musste ihn fragen.) Wie auch immer, Landy wollte die Sache so sparsam wie möglich durchziehen, weil sie, wie er sagte, das Erbe seiner Mutter auffraß. Seins auch – aber das schien er wirklich nicht zu bedenken. Er sagte, er wollte nicht, dass die Besessenheit seines Vaters seine Mutter in Armut stürze, wenn sein Vater einmal nicht mehr da war. Deshalb benutzte ich die billigste gute Farbe, die das Malergeschäft zu bieten hatte, deshalb strich ich sie auf Polystyrolplatten anstatt auf Holz. Deshalb konstruierten Landy und Jess, deren beider Erfahrung im Bootsbau nicht mal eine Streichholzschachtel füllen würde, eine sechsunddreißig Meter lange Arche in ihrer Freizeit, allein mit der Hilfe von Archisten und ohne professionelle Anleitung. Ich war mir noch nicht ganz sicher, ob Eldon total durchgedreht oder nur ein bisschen verrückt war.

Ich verabschiedete mich von Landy und richtete meine Gedanken auf Elefanten.

Jeder mochte sie, jeder wurde weich, wenn er einen sah. Für meine Generation waren sie das, was für Ruths Dinosaurier sind. Aber die Kinder entwachsen dem Dinosaurieralter, niemand entwächst jedoch dem Elefantenalter. Na ja, vielleicht Ebenholzhändler, aber mit Sicherheit niemand, der ein weiches Herz hat. Elefanten hatten etwas und ich wollte versuchen, es einzufangen. Ihre Reinheit, ihre schwerfällige Intelligenz, ihre Beharrlichkeit und Unermüdlichkeit. Ihre Ehrlichkeit.

Wie alle Tiere sollte auch dieses Lebensgröße haben – ein kleiner Elefant, das war klar, aber lebensgroß. Die männlich-weibliche Darstellung auf unterschiedlichen Seiten schien zu funktionieren, obwohl es mir noch nicht gelungen war, zwei verschiedene Posen auf jeder Seite der ausgeschnittenen Silhouetten zu schaffen. Bis jetzt hatte ich nur die zwei Geschlechter eines Tieres mit Farbe erfolgreich darstellen können. Aber ich versuchte es weiter. Ich arbeitete mit ein Meter zwanzig mal zwei Meter vierzig großen Dämmplatten und bis jetzt waren sie mehr als groß genug gewesen, ja, meistens hatte ich aus einer Platte zwei kleine Tiere herausschneiden können. Doch für einen Elefanten würde es nicht reichen, deshalb hatte ich zwei Platten aneinander geleimt, Kante an Kante, und dann über die Naht auf jeder Seite zwei weitere Platten geklebt, um die Verbindung zu stabilisieren, und zum Schluss noch einmal vier halbe Platten, zwei auf jeder Seite, verklebt, um die Lücken zu füllen. Jetzt hatte ich eine große, quadratische Platte, die 36 Millimeter dick war. Später würde ich Ohren, Rüssel und Schwanz ausschneiden und ankleben, damit der Elefant noch größer wurde.

Die brillante Idee, mit Polystyrolplatten zu arbeiten, stammte von Chris. In einem früheren Leben hatte sie für Laienspieltheater Bühnenbilder entworfen. Sperrholz, gab sie zu bedenken, war schwerer, teurer, schwieriger zu verarbeiten und verzog sich bei Feuchtigkeit. Polysterolplatten klebten wunderbar, ließen sich mit einem Messer schneiden und nahmen traumhaft die Latexfarbe an. Chris kannte Landy nur von dem, was ich ihr über ihn erzählt hatte, aber der Gedanke, wie viel Geld er durch sie bereits gespart hatte, schmeichelte ihr.

Normalerweise legte ich die Platte auf den Boden, um die Umrisse eines Tieres zu zeichnen, doch bei dem Elefanten würde das nicht gehen – er war zu groß. Es sei denn, ich krabbelte auf Händen und Füßen herum, aber dann würde ich wahrscheinlich die Platte eindrücken. Sie war zwar fest, aber nicht unzerstörbar. Ich lehnte die zwei Meter vierzig mal zwei Meter vierzig große Platte gegen die Wand und sah mich nach einer Kiste um, auf die ich steigen konnte, um an die obere Kante zu gelangen. Nach Dutzenden von Probeentwürfen hatte ich mich für ein verkürztes Dreiviertel-Profil entschieden, sodass hauptsächlich Kopf, Rumpf und die linke Flanke dem Betrachter zugewandt waren und der Elefant uns mit einem kleinen, freundlichen faltigen Auge fixieren würde. Ich zeichnete nicht Freihand, ich übertrug das Ganze stückweise von einem kleinen Entwurf auf ein Gitterraster.

Die Füße. Überleg dir, wozu etwas gebraucht wird, hatte ich vor einer Ewigkeit in der Schule gelernt. Elefantenfüße mussten mehrere hundert Kilo tragen. Große, runde Füße, wie eine Plattform, am Ende von massiven, formlosen Beinen mit Lederhaut, die sackartig um das, was bei anderen Tieren die Knöchel waren, herumhing. Auch an den Schultern große Hautfalten, die wie Lappen herunterhingen – ich hoffte, dass es realistisch war. Hatte ein so kleiner Elefant derart faltige Haut? Nun, er war ein alter kleiner Elefant. Er war klein geboren. Seine Eltern waren klein gewesen und er war ihnen wie aus dem Gesicht geschnitten. Das ist meine Geschichte … davon lasse ich mich nicht abbringen.

Der Körper war fast einen Meter fünfzig lang und am Bauch nach innen gewölbt, auf das zierliche Maul zu. Es war ein indischer Elefant, dessen höchster Punkt der leicht gebogene Rücken war, höher als die Schultern. Die Ohren waren groß, aber nicht riesig, nicht die flatternden Segelohren des afrikanischen Elefanten – der leider nicht an Bord der Arche gehen würde. Derlei Ausschlüsse machten mich wirklich nachdenklich. Es tat mir zum Beispiel Leid, dass ich den Grislibären (wegen seines eindeutigen Aussehens) dem Braunbären, Malaienbären, Graubären und Pandabären vorziehen musste. Ich dachte bei mir, dass es dem alten Pletcher bestimmt genauso ging, als er das Walross statt der Robbe wählte und als er entschied, dass der Hai die Spezies der Fische repräsentieren sollte. *Armer Goldfisch, armer Lachs,* würde er hoffentlich denken, *arme Regenbogenforelle.*

Also, die Silhouette war nicht schlecht. Und die andere Seite würde sich gut für den weiblichen Part eignen. Ich würde sie in einem helleren Grau malen, obwohl das hieß, dass wir einen weiteren Eimer Farbe kaufen mussten, vielleicht Rauchblau, die Probe sah gut aus. Der Kopf war oben nicht flach genug. Aber den Muskel in der Mitte der Stirn, der, der den schweren Rüssel bewegte, hatte ich gut hinbekommen. Und die Ohren gefielen mir, eins nach innen, eins nach außen geschlagen, aber hatte ich da vielleicht einen Fehler gemacht? In die linke Hüfte war ich ganz verliebt, rund und ausladend, eine bewegte Muskelmasse. Man konnte deutlich erkennen, dass er das Gewicht gerade erst auf den linken Hinterfuß verlagert hatte und kurz davor war, den rechten Vorderfuß zu heben. Ich hatte die Bewegung genau getroffen.

Als ich die Schattierungen der horizontalen, parallel verlaufenden Falten auf dem Rüssel malte –, was dem Erstellen einer Landkarte gleichkam, auf der man zu zeigen versucht, wie das Licht die Hügel streift und die Schatten in die Täler fallen, hatte ich einen Geistesblitz. Ich konnte *mehr* als nur Schatten und Streifen malen, *ich konnte Konturen schnitzen*. Ich kam rein zufällig darauf, als ich den Pinsel mit zu viel Druck aufsetzte und in die geschäumte Platte stach. Wie wäre es, wenn ich die tiefsten Falten in seinem Rüssel und im Gesicht einritzte, jene traurigen Furchen um die weisen Augen, und diese dann mit dunkler Farbe ausmalte und eine zweite, hellere Schicht darüber legte? Struktur! Es würde funktionieren, dessen war ich mir beinahe sicher. Wie schön ich sie auch malte, ein Problem hatte mich von Anfang an geplagt: dass die Tiere flächenhaft dargestellt waren, dass sie bewegliche, vertikale Plattformen waren, wie Bühnenbilder auf Rädern. Das war jetzt auch nicht die hundertprozentige Lösung – schon ahnte ich die Nachteile, die sich dahinter verbargen –, aber es war ein Anfang. Ein richtig guter Anfang. Ich war voller neuer Energie. Ich würde es natürlich zuerst an einem Rest ausprobieren. Mit einem Stift? Einem Messer? Ich würde es mit einem Schnitzmesser mit einer neuen Klinge versuchen. Ich wollte mehr als eine hohle Einkerbung, ich wollte echte Klüfte, dramatische, schwarze Einschnitte. Aber ohne das Material zu zerfetzen. Und würde graue Latexfarbe auf Schwarz gut decken?

Steife Finger und Nackenschmerzen holten mich aus meiner Trance. Ich hatte meine Uhr vergessen, aber durch das verstaubte Fenster hoch oben in der Scheune sah ich ein Stückchen des blassen Mondes. So spät schon.

Ich stopfte den Abfall, den Landy und ich produziert hatten, die ganzen Reste der Dämmplatten und Holzspäne in Plastikmüllsäcke, säuberte meine Pinsel und räumte unsere Arbeitstische auf. Ohne mir noch einmal anzusehen, was ich heute Nachmittag geschaffen hatte, konnte ich nicht gehen – letzte Feinarbeiten an einem Eselhasen, ein beinahe fertiger Otter und der Entwurf eines Elefanten. Nicht schlecht. Überhaupt nicht schlecht. Aber, mein Gott, es waren noch *so viele!* Landy brauchte mehr Hilfe, all diese Tiere schaffte ich niemals in meiner Freizeit. Niemand schien dieser Tatsache ins Auge sehen zu wollen.

Ich hatte gehofft, dass Jess vorbeikommen würde, um mit mir zu reden, sich anzuschauen, was ich gerade machte. Wahrscheinlich war er noch mit dem Melken beschäftigt. Ich schaltete den Heizlüfter ab, machte das Licht aus und schloss die großen Scheunentüren, blinzelte im Zwielicht des kühlen Abends wie ein Maulwurf. Wahrscheinlich blinzelte ein Maulwurf gar nicht, seine Augen waren höchstens stecknadelkopfgroß, und da er sein ganzes Leben unter der Erde verbrachte, konnte er vermutlich nur grelles Licht von Dunkelheit unterscheiden. Den Maulwurf musste ich bald machen, ich hatte mich schon kundig gemacht.

Das Summen der Melkmaschinen zog mich über den holprigen Hof zu den offenen Türen des Stalls, aus denen helles Licht strömte. Drinnen standen immer acht Kühe nebeneinander auf zwei erhöhten Plattformen über einer flachen Grube und Jess und seine Helfer, Mr. Green und zwei Jungen aus der Nachbarschaft, gingen von einer zur anderen und brachten die Melkvorrichtung an. Ich kam einfach nicht darüber hinweg, wie fügsam Kühe waren, wie sie ganz von allein an ihren Platz trotteten, stehen blieben und geduldig warteten, bis sie an der Reihe waren, gemolken zu werden. Warum brachen sie nie aus? Jess hatte gelacht, als ich ihn das gefragt hatte. »Sie sind von Natur aus friedliebend«, hatte er geantwortet, »und am liebsten werden sie gemolken. Das kommt gleich nach dem Fressen.«

Ich stand an der Tür, genoss die Wärme und beobachtete den mechanischen, aber trotzdem urtümlichen Melkvorgang. Jess, in Gummistiefeln und Gummihandschuhen, wischte das Euter einer schwarzen Holsteinkuh mit Papiertüchern und Desinfektionsmittel ab, dann presste er mit der Hand ein wenig Milch aus jeder Zitze. Als er die Gummisaugkappen aufsetzte, gab die Melkmaschine vier Mal ein leises, aber deutliches saugendes Geräusch von sich. Ich warf einen Blick auf das breite, schwarze Gesicht der Kuh, erwartete einen freudigen Ausdruck, aber sie verzog keine Miene.

Am Geruch und an der Menge der Kuhfladen erkannte ich, dass sie fast fertig waren. Wenn sie mit Melken anfingen, war es blitzsauber im Stall, doch dann löste sich die Sauberkeit in Wohlgefallen auf. Wenn es vorbei war, wurde alles mit dem Schlauch abgespritzt und bald darauf war es wieder so sauber wie zuvor. Was für eine Arbeit.

Was für ein Leben! Nicht gerade das, was ich mir für den wilden, romantischen Jungen vorgestellt hatte, obwohl es eigentlich genau das war, was Jess immer gewollt hatte. Jedenfalls, soweit ich wusste. Einmal erzählte er mir etwas: Er sagte, er hoffe, dass er eine Mischung aus seinem Vater und seiner Mutter sei, dass er von jedem etwas, aber nicht alles habe. Ich fragte mich, ob er vor der Krankheit seiner Mutter Angst hatte. Vielleicht waren die harte, körperliche Arbeit, der ruhige, immer gleiche Ablauf, die langsame, tägliche Routine ohne Überraschungen für Jess ein Totem, ein Schutzwall gegen Geisteskrankheit. Wenn es so war, wusste ich nicht, was ich davon halten sollte. Es funktionierte, aber war es traurig? War es komisch? Das Problem war, dass ich keine Ahnung hatte, ob Jess glücklich war oder nicht. Ich konnte es nicht sagen – er hatte sich für mich in ein Geheimnis verwandelt. Auch etwas, das ich nie erwartet hätte.

Mr. Green drückte auf einen Knopf in der gefliesten Wand. Ein Eisengitter ging auf und eine Gruppe gemolkener Kühe trampelte aus dem Melkstall auf eine umzäunte Weide, wo Futtertröge auf sie warteten. Ein anderes Tor ging auf und eine neue Reihe Kühe trottete herein. Jess schaute auf und sah mich. Sein ganzes Gesicht veränderte sich. Freudig.

Er konnte kein Geheimnis sein. Ich wusste zu viel über ihn. Auf dem rechten Schulterblatt hatte er eine sichelförmige Narbe, er hat sie sich zugezogen, als er sich über den Motor eines Autos beugte und die Motorhaube sich löste und ihm auf den Rücken fiel. Er war dreizehn und der Wagen war der Ford Pick-up seines Vaters. Mit vierzehn brachte er sich das Gitarrespielen bei. Sein Lieblingsmusiker war James Taylor. Als wir sechszehn waren, zeigte er mir, wie ich meine Stirn in die weiche, ausgebeulte Seite einer Kuh pressen musste, um sie mit festen, sanften, rhythmischen Zügen zu melken. »Pass auf, dass deine Haare sie nicht kitzeln, Carrie, sie ist wirklich sensibel, sie spürt alles.« Der schlaksige Junge mit den langen, kräftigen Fingern erteilte mir meine erste Lektion in Sachen Sensibilität, als er mir zeigte, wie man Kühe melkt. Ja, das tat er und er behandelte das andere Geschlecht mit Respekt. Ich wollte, dass er mich mit derselben Sicherheit und Besorgtheit berührte wie jene behäbigen Rinderdamen, die ihre Weiblichkeit so groß und schwer zur Schau stellten. Dass Milchkühe eine sexuelle Komponente hatten, hätte eigentlich keine allzu große Überraschung für mich sein dürfen, aber damals dachte ich, es läge an meinen überschießenden Hormonen. Jetzt merkte ich, dass ich mich getäuscht hatte. Es war keine Sache des Alters, sondern der Empfänglichkeit.

Jess streifte die Handschuhe ab, rief Mr. Green etwas zu, der kurz aufsah und mir zuwinkte. Mr. Green war nett, aber er wurde langsam alt. Er wollte sich zur Ruhe setzen und zu seiner Tochter nach North Carolina ziehen, aber Jess redete es ihm immer wieder aus. Egoistisch – er war der Erste, der das zugab. Mr. Green fand, die Idee, eine Arche zu bauen, sei das Lustigste, was er in seinem ganzen Leben gehört habe.

»Hallo«, sagte Jess. Er hatte einen endlosen Vorrat an schäbigen Kleidungsstücken. Kühe zu versorgen war eine schmutzige Angelegenheit; warum sollte er sich dazu herausputzen? Doch es war jedes Mal ein kleiner Schock, wenn ich ihn in seiner Arbeitskleidung sah. Das heißt, verglichen mit seinem Schlips-und-Kragen-Outfit für den Stadtrat oder wenn er sich für die Stadt fein machte. Er führte ein Doppelleben. Heute Abend trug er fleckige Khakihosen mit Löchern an den Knien, ein ausgefranstes Hemd, eine schäbige Wolljacke und eine formlose Windjacke mit kaputtem Reißverschluss und abgerissenen Taschen. »Hallo«, erwiderte ich und wir gingen hinaus, lehnten uns an die Seitenwand des Stallgebäudes und schauten in den bläulich verfärbten, streifigen Himmel. »Riecht nach Frühling«, sagte Jess und ich sog die Luft ein, roch aber nichts anderes als Kühe. »Komm mit ins Haus«, fuhr er fort, »lass uns einen Kaffee trinken.«

»Ich kann nicht, ich muss nach Hause. Wie spät ist es?«

»Ungefähr sechs.«

»Ich habe Ruth gesagt, ich bin um sechs zu Hause.«

»Was macht sie heute?«

»Sie lernt bei einer Freundin für eine Französischarbeit.«

»Ich dachte, sie würde vielleicht mitkommen, weil heute Sonntag ist.«

»Sie wollte nicht«, gab ich zu. »Sie findet das alles total verrückt, Jess, sie hält uns alle für komplett durchgedreht.«

Noch am Morgen hatte sie mir mit viel Hohn und Spott mitgeteilt: »Herrgott, Mom, du wirst immer seltsamer.« Ich antwortete: »Ach, wirklich? Wart's ab, du wirst zehn Mal so seltsam werden.« »Niemals. Wie kommst du darauf?« »Weil dir niemand Vorschriften macht«, hatte ich gesagt und an meine Mutter gedacht. »Niemand hält dich zurück.«

Jess lächelte mitfühlend. »Ich weiß, wir sind ihr schrecklich peinlich. Kann man es ihr übel nehmen?« Ich war so froh, dass er Ruth mochte, und das nicht nur meinetwegen. »Und was hast du heute gemacht?«

»Den Elefanten – den Entwurf. Oh, Jess, ich glaube, er wird richtig gut.«

»Lass sehen. Zeig ihn mir.«

»Nein, ich kann nicht, ich muss los.« Doch keiner von uns rührte sich vom Fleck. »Was, glaubst du, würde Eldon dazu sagen, wenn der Tiger durch die Luft fliegt? Nicht einfach dasteht oder läuft, sondern *springt?*« Ich hatte ihn direkt vor Augen – alle vier Beine mit den großen Tatzen nach vorn ausgestreckt, der muskulöse Schwanz schwebt in der Luft, das Maul offen, die Zähne gefletscht, die Ohren flach angelegt und das Ganze in einem siebzig Grad Winkel. Ein riesiger Sprung durch die Luft.

»Wie wird er in der Luft gehalten?«

»Mit Holzpflöcken – man würde sie von weitem gar nicht sehen. Ich rede von höchstens zwei oder drei Metern über dem Boden. Oder findest du, dass das zu … sehr nach Raubtier klingt?«

»Ich finde, es klingt phantastisch. Eldon könnte allerdings anderer Meinung sein.«

»Na ja, er hat gesagt, er will alles ganz realistisch haben. Er will keine Comiczeichnungen oder lachende Gesichter, er will auf keinen Fall, dass die Tiere zu menschlich aussehen – das hat er gesagt.« In dem Moment hatte ich meine Hilfe zugesagt – als ich herausfand, dass Eldon und ich die gleiche Vorstellung von der Arche hatten.

»Stimmt«, sagte Jess, »aber vielleicht will er nicht, dass die Leute zu sehr darüber nachdenken, was der Tiger vierzig Tage lang auf der Arche frisst.« Er leckte sich die Lippen. »Köstliche Hühnchen, hübsche Gazellen. Zarte, saftige Kaninchen.«

»Daran habe ich nie gedacht. Ratten – die zum Glück nicht dabei sind. Oh, Jess, wenn du doch nur den Elefanten sehen könntest!«

»Zeig ihn mir.«

»Ich kann nicht. Und du musst sowieso noch arbeiten.«

»Nein, wir sind fertig.«

»Seid ihr nicht, ihr müsst noch alles sauber machen.« Nach dem Melken kam das Putzen, eine halbe Stunde scheuern, wischen und polieren, bis der Melkplatz wieder blitzte und blinkte. Und dann der Schreibkram – Jess musste genau Buch führen, wie viele Liter Milch jede Kuh täglich gab. »Ich verstehe nicht, wie du es schaffst, eine Arche zu bauen, bei dem, was du alles zu tun hast«, sagte ich. »Oh, Gott.«

»Was ist?«

»Ich rede wie meine Mutter.«

»Na ja, irgendwie hat sie Recht. Ich werde noch jemanden zum Melken einstellen müssen, bis die Arche fertig ist.« Er rieb sich die Augen und ich sah, wie müde er war. »Ich weiß, dass es nur eine Plattform ist, aber sie muss schwimmen können und ich bin kein Bootsbauer.«

»Du wirst das schon schaffen. Im Grunde ist es doch ein Floß, oder?« Er und Landy hatten mir erst kürzlich ihren neuesten Entwurf erklärt. »Mit einer Art imitiertem Rumpf und zwei Stockwerken, stimmt's?«

»Theoretisch ja. Aber sie muss trotzdem schwimmen«, wiederholte er bedeutungsvoll. »Und das Gewicht eines Mannes tragen, damit wir die Tiere an Bord bringen können.«

»Macht ihr eigentlich auch Bullaugen?«

»Bullaugen?«

»Ihr könntet falsche Bullaugen aufmalen – und ich könnte Gesichter malen, die herausschauen. So würden wir noch mehr Tiere an Bord bekommen.«

»Noch mehr Tiere?«

Es gab nicht viele Menschen, denen ich das sagen konnte. Vielleicht nur Jess. »Findest du es nicht schade, dass der Kojote nicht dabei ist? Oder der Puma? Und die Krähe oder der Pinguin – die Armen müssen alle in der Flut sterben. Sie werden aussterben. Ich mache mir nur Gedanken über die Differenzierung der unterschiedlichen Spezies, mehr nicht, die Proliferation – oder wie man das nennt.«

Er hielt den Kopf gesenkt, aber ich sah, wie er den Mund zu einem Lächeln verzog. Ich musste auch lächeln. Ich lehnte an der Stallwand, presste die Handflächen gegen das Holz und beobachtete, wie mein Atem in der kalten Abendluft kleine Wolken bildete. Jess ergriff meine Hand. Ich sah ihm ins Gesicht, während er auf meine Hand schaute und, immer noch lächelnd, mit dem Daumen über die kleinen Schwielen fuhr, die sich allmählich am Ansatz meines Ring- und Mittelfingers bildeten. Es fühlte sich richtig an, ihn zu berühren, überhaupt nicht erschreckend. Als liefe man in neuen Lederstiefeln durch den Schnee. *Zeit wird's.*

Doch dann, gerade als ich dachte, er würde meine Hand heben und sie küssen, zog ich sie zurück. *Meine. Du kannst sie nicht haben.*

Wir stopften unsere leeren Hände in unsere Jackentaschen und schwiegen. Was wollte ich? Was, zum Teufel, wollte ich? Manche Dinge änderten sich nie und eines davon war meine endlose Fähigkeit, Jess zu enttäuschen.

»Ruth sagt, du bist jetzt mit Brian zusammen.«

Es dauerte einen Augenblick, bis das zu mir durchgesickert war. »Nein, bin ich nicht. Ruth hat das gesagt? Es stimmt nicht.«

»Gut«, stellte er neutral fest.

»Wir sind einmal essen gegangen. Glaub mir, ich bin nicht mit Brian zusammen.«

»In Ordnung.«

»Wann hat sie dir das erzählt?«

»Vor ungefähr zwei Wochen.«

Ich würde sie umbringen. Sobald ich zu Hause war. Ich hatte gerade langsam begonnen, jenen Abend aus meinem Kopf zu verbannen. Bei der Arbeit benahm sich Brian, als wäre nichts passiert. Ich versuchte, es ihm gleichzutun – scheinbar war es der einzige Weg, um zusammen arbeiten zu können –, aber es gelang mir nicht so gut wie ihm. Ich hätte mich gern Chris anvertraut, aber ich konnte nicht. Sie mochte ihn, sie kannte ihn länger, sie würde ihm gegenüber loyal sein. Ich durfte ihr die Illusion nicht nehmen, nur damit ich mich besser fühlte. Also machte ich es wie Brian und tat so, als wäre nichts passiert.

Jess beobachtete mich. »Ich kann erst Mittwoch wiederkommen«, erklärte ich. »Aber dann werde ich früher im Büro aufhören und gegen vier hier sein. Ist das in Ordnung?«

»Ja.«

»Bist du dann auch hier?«

»Entweder hier oder unten am Fluss.«

»Na dann.« Ich rieb mir die Arme, plötzlich war mir kalt. »Also, ich gehe jetzt lieber, damit du weiterarbeiten kannst. Oh – und nächstes Wochenende kann ich auch nicht. Das ganze Wochenende nicht.«

Er nickte langsam, als hätte er das erwartet.

»Ich würde ja gern, wirklich, aber es geht nicht.«

»Macht nichts.«

»Wir fahren nach Washington. Meine Mutter, Ruth und ich. Übers Wochenende.«

»Aha.«

»Ja, das wird bestimmt interessant.« Ich ging ein paar Schritte rückwärts auf mein Auto zu. Aber er folgte mir nicht, deshalb blieb ich stehen. »Nur Frauen. Ich hoffe bloß, wir bringen uns nicht gegenseitig um.«

»Wie läuft die Petition deiner Mutter?«

Ich zuckte zusammen. Kein schönes Thema. Mama hat ihren Frauenclub dazu gebracht, eine Petition gegen den Bau der Arche einzureichen, mit der Begründung, dass öffentlicher Grund und Boden nicht für religiöse Zwecke genutzt werden darf. »Wie findet Eldon das öffentliche Interesse, das die Archisten plötzlich bekommen?«, fragte ich Jess, anstatt zu antworten.

»Weiß deine Mutter, dass du hierher kommst, Carrie?«

»Nein – ja – also, nein –« Reumütig und defensiv hielt ich inne. »Sie weiß, dass ich helfen will.«

Er lächelte.

»Ich werde es ihr heute Abend sagen«, sagte ich leichtsinnig. »Ich muss sowieso wegen des Wochenendes mit ihr telefonieren. Ich werde ihr *demonstrativ* alles erzählen. Dass ich so oft wie möglich herkomme – was sowieso nicht oft ist.«

»Warum?«

»Warum was?«

»Warum willst du es ihr sagen?«

Ich hob die Arme und ließ sie wieder fallen. »Warum hast du mich gefragt?«

»Nur so, Carrie.«

Wir sahen uns an, ich ängstlich, er amüsiert. Vielleicht – ich wusste wirklich nicht, was Jess' Lächeln bedeutete, ich wusste nur, dass es mir nicht gefiel.

»Ich habe keine Angst davor, was meine Mutter denkt. Ich bin nicht mehr achtzehn, weißt du.« Schon als ich es sagte, kam ich mir vor wie ein Kind.

Er antwortete: »Das ist gut«, aber jetzt klang alles, was er sagte, betont tolerant oder sarkastisch oder herablassend. Oder wie eine Falle. Und das wusste er genau. Er hörte nicht auf zu lächeln.

»Also, auf Wiedersehen. Ich gehe jetzt.«

»Nacht«, rief er, als ich zu meinem Wagen ging. »Ich werde Mittwoch da sein, Carrie, ich werde *demonstrativ* darauf achten.«

Wollte er mich jetzt verspotten? Ich stieg frustriert und viel zu hastig und unsicher in meinen Wagen und fuhr viel zu schnell die holprige Auffahrt hinunter. Was ging es ihn überhaupt an, was ich meiner Mutter erzählte? Und warum war ich so wütend? Ich wusste es nicht, aber es fühlte sich gut an. Unangemessen, ungerechtfertigt und gut. Genau das Richtige. Ich hoffte, dass er auch wütend war. *Zeit wird's*.

Wir hatten viel miteinander durchgemacht, aber wir waren noch nie wütend auf einander gewesen. Warum? In der zwölften Klasse, als ich nicht mit ihm hatte schlafen wollen, war er verständnisvoll und ich hatte Schuldgefühle. Als ich ihn nicht heiraten wollte, war er traurig und ich hatte Schuldgefühle. Als wir nach dem Klassentreffen zusammen waren und ich ihn abermals fallen ließ, war er wie erstarrt und ich hatte Schuldgefühle.

Ich hasste dieses Muster. Ich hätte einen guten Streit genossen, Geschrei, vielleicht sogar ein bisschen Schubsen und Schieben. »Du hast mir wehgetan«, könnte er sagen und ich könnte ihn anschreien: »Ich weiß! Und was glaubst du, wie ich mich dabei fühle!«

Ich war nicht mehr ich selbst. Ich fühlte mich, als hätte ich Drogen genommen, zur Abwechslung mal eine gute Droge, doch immer noch ungewohnt. Ich konnte Konfrontation nicht ertragen, ich hatte noch nie gern mit anderen

Menschen gestritten – aber jetzt hätte ich wirklich zu gern mit Jess einen Streit angefangen. Ich fand, das war ein gutes Zeichen. Es konnte bedeuten, dass wir einen Schritt weiterkamen.

Entweder das oder ich kam in die Wechseljahre.

15

Der Frühling ist da. Mom hat mir erlaubt, am Freitag die Schule zu schwänzen und wir drei, Gram, Mom und ich, sind übers Wochenende nach Washington gefahren. Ich durfte fahren, aber nur bis Gainesville, weil danach nur noch Autobahn kommt und dann – Wahnsinn! – der Beltway und Gott weiß, dass ich uns alle umgebracht hätte, wenn ich weiter gefahren wäre – Stöhn! Also tauschten Mom und ich die Plätze, während Gram an der Tankstelle ungefähr zum vierten Mal aufs Klo ging, seit wir losgefahren waren. Ich frage mich, ob mit ihr etwas nicht stimmt, aber sie sagt nein, das sei bei ihr immer so.

Eigentlich war die Fahrt lustig. Ich hab schon viel mit meiner Mutter und meiner Großmutter zusammen unternommen, aber diesmal hatte ich zum ersten Mal das Gefühl, dass ich dazugehörte und nicht mehr das kleine Mädchen unter lauter Erwachsenen war. Als wären wir drei Frauen, die zusammen auf ein Abenteuer gehen. Zum Teil lag das daran, dass meine Großmutter im Auto Sachen sagte, die sie normalerweise erst sagt, wenn ich nicht mehr dabei bin, Sachen, die ich gar nicht unbedingt hören will, zum Beispiel, dass dies ihre erste Reise seit zwei Jahren ist, weil Grampa nie irgendwohin fahren will. Und dass ihr Traum vom Alter – zu reisen und schöne Sachen miteinander zu unternehmen – offensichtlich geplatzt ist und nie in Erfüllung gehen wird. Sie lachte dabei nicht und machte auch keinen Witz darüber wie sonst. Ihre Stimme wurde hoch und dünn und eine ganze

Weile sagte keiner von uns was. Dann putzte sie sich die Nase und das war's.

Mom machte ein betretenes Gesicht. Ich frage mich, was sie gesagt hätte, wenn ich nicht dabei gewesen wäre. Ich meine, schließlich war es ihr Vater, über den Gram herzog. Es stimmt, Grampa kann einen ganz schön nerven, und ich verstehe, dass es manchmal deprimierend ist, mit ihm verheiratet zu sein, besonders, wenn man mal mit jemandem reden will. Aber ich fand es nie gut, wenn Mom über Dad gemeckert hat. Sie hat es nicht oft getan (und jetzt tut sie es *nie* mehr, eher im Gegenteil, ich wusste gar nicht, dass sie ihn so sehr mochte), und wenn, ging es immer nur um Kleinigkeiten: dass seine Barthaare immer im Waschbecken sind oder er zu negativ ist oder nicht nett genug zu Freunden. Aber ich hab's gehasst, und wenn sie damit anfing, bin ich immer raus gegangen, ich habe nie ihre Partei ergriffen, auch wenn sie Recht hatte. Ich wusste einfach nicht, zu wem ich halten sollte, zu ihr oder zu ihm. Wenn sie gestritten haben, hatte ich immer Angst und dachte, was ist, wenn das nicht mehr aufhört, wenn es zu einem logischen Schluss kommt und sie sich trennen. Also bin ich immer gegangen und habe versucht, an etwas Anderes zu denken. Wenn ich zurückkam, war in der Regel alles wieder okay, sie waren zwar etwas schweigsam, aber alles war wieder in Ordnung. Mom war niedergeschlagen und Dad verzog sich in sein Arbeitszimmer, aber wenigstens war der Streit vorbei.

Egal, die Reise war ganz schön, besonders, wenn ich fahren durfte, und unser Hotel war unglaublich. Es lag an der Massachusetts Avenue und vom achten Stock aus, wo unser Zimmer war, konnte man auf den Dupont Circle runterschauen. Wir hatten eine Suite. Mom und ich schliefen in einem Kingsize-Bett im Schlafzimmer und Gram bekam das Schlafsofa im Wohnzimmer. Hoffentlich schnarcht sie nicht, dachte ich noch.

Den Freitagnachmittag verbrachten wir in den Museen. Wir fuhren mit der U-Bahn zur Mall und gingen in die Nationalgalerie. Erst in den Ostflügel, wo Moderne Kunst ausgestellt ist, dann in den Westflügel mit Alter Kunst. Mir gefiel beides, aber Mom findet Moderne Kunst besser und Gram mag nur die Alte Kunst. Am besten hat mir die Sonderausstellung über Monet im Ostflügel gefallen. Er ist mein Lieblingsmaler und hat wunderbare Bilder von Gärten, Weizenfeldern, Küstenlandschaften und natürlich Seerosen gemalt. Er hat auch seine Frau Camille gemalt. In der Informationsbroschüre über ihn stand, dass er seine Frau betrog und mit der Frau eines anderen Mannes ein Kind hatte, zwei Jahre vor Camilles Tod. Wenn man so was über einen Menschen, den man mag, erfährt, weiß man gar nicht mehr, was man von ihm halten soll. Eine Weile lang, zehn Minuten oder so, fand ich Monets Bilder nicht mehr so toll, aber dann war ich drüber weg. »Künstlerfreiheiten«, nannte Gram es. »Ein Mann bleibt eben ein Mann.« Ich frage mich, ob Grampa sie je betrogen hat. Ich bezweifle es, jedenfalls nicht mit einer Frau. Vielleicht mit einem Buch.

Seit Mom denkt, dass sie wieder eine Künstlerin ist, nervt sie manchmal. Wir schauten gerade das Bild »Straßenbrücke in Argenteuil« von Monet an, auf dem man hauptsächlich einen Fluss und ein Segelboot auf der linken Seite und eine Brücke auf der rechten Seite sieht. Ich war total überrascht, als sie plötzlich, laut genug, damit es jeder hören konnte, zu Gram und mir sagte, dass die herausragende Verbindung zwischen den vier Grundobjekten die Brücke sei und wie hübsch der Mast des Segelbootes mit dem Wasser und dem Himmel und der Küste dahinter harmoniere, sodass das Auge mühelos – sie sagte tatsächlich »mühelos« – über die Leinwand schweift, in die Tiefe des Bildes und zurück zur Oberfläche, ein ständiges Wechselspiel zwischen Linien und Formen. Sie sagte wirklich »Wechselspiel«.

Ich bemerkte: »Weißt du, ›Formen‹ hört sich so hochgestochen an, die Leute denken automatisch, dass man klug ist. Stimmt's Mom? Sobald man ›Formen‹ sagt, klingt es, als wüsste man, wovon man redet, obwohl das Wort in Wirklichkeit gar nichts aussagt. Ding, es bedeutet ›Ding‹ – warum sagst du nicht einfach: *das Ding da*, warum musst du *Formen* sagen?«

Sie schaute mich überrascht an. Ich musste ziemlich feindselig geklungen haben. Sie wollte mir den Pony aus dem Gesicht streichen, aber ich wich ihr aus. Ich *hasse* es, wenn sie das tut. Sie sagte: »Ja, aber Form bedeutet ein bisschen mehr als Ding, es heißt, dass da eine Verbindung besteht. Die Form *organisiert* die Dinge. Sie diktiert den Zusammenhang, wie bei einem Sonett oder einer Ballade – oder einem Rock 'n Roll Song.« Oh, vielen Dank, dass du dich auf mein Niveau begibst. »Form meint eigentlich das Verhältnis der Dinge zueinander und Kunst ist die Suche nach Form. Wenn man darüber nachdenkt, ist es eigentlich nur eine andere Art der Suche nach einem selbst. Kunst macht aus dem Chaos eine Form – oder sie findet die Form *im* Chaos. Kunst heißt, aus Formlosigkeit Form zu schaffen –«

Ich ging weg.

Doch dann, als wir im Westflügel waren und uns die wunderbaren Küstenlandschaften von Turner ansahen, konnte ich mich nicht zurückhalten. Ich dachte, es würde sie ärgern – ich hätte es besser wissen müssen –, und sagte: »Ich verstehe nicht, warum die Leute überhaupt noch malen. Ich meine, was soll das noch, nachdem der Fotoapparat erfunden wurde? Wozu das Ganze?«

Mom versuchte, ein richtig geduldiges Gesicht zu machen, als wäre das nicht das Dümmste, was sie je gehört hatte. »Ja, aber denk mal nach: Wenn fünfzig Leute dieselbe Landschaft malen, bekommst du fünfzig verschiedene Landschaften – oder Nackte oder Vasen. Man malt nicht, um eine genaue Kopie von etwas zu schaffen, man malt –«

»Natürlich tut man das.«

»Nein, man malt, um dem Rest der Welt seine persönliche Sichtweise der Dinge mitzuteilen. Es ist ein *Ausdruck der Persönlichkeit*.«

»Also von sich selbst.«

»Genau.«

»Das klingt ganz schön egoistisch.«

»Ausdruck der Persönlichkeit? Nein, es ist natürlich, es ist – zwingend, es ist etwas, das wir –«

»Ich finde es eingebildet. Schau mal, was *ich* gemalt habe, schau mal, wie abstrakt *ich* das Gebäude gemalt habe, du erkennst nicht mal, dass es ein Gebäude ist, du Dummkopf.« Inzwischen glaubte ich selbst nicht mehr, was ich sagte, ich konnte nur einfach nicht aufhören.

»Der Ausdruck der Persönlichkeit hat nichts Eingebildetes«, sagte sie und wurde langsam ungeduldig. »Vor allem bringt die Kunst dich den Menschen näher. Wenn man malt – oder einen Song schreibt –, hat man das Gefühl, ein Teil des Ganzen zu sein. Man gehört dazu, man nimmt teil. Es ist wie – es ist beinahe wie eine Euphorie. Das Gegenteil von Einsamkeit. Rollo May sagt, Kreativität befreit uns von der Entfremdung, und ich glaube, das stimmt – ich weiß, dass Kunst für mich –«

»Wenn du für diese Verrückten in Jess' Scheune einen riesigen Tintenfisch aus Styropor machst, gerätst du also in Ekstase? Das ist richtig cool, Mom, super, dass du nicht einsam bist, wenn du Erdferkel malst, eine echte Befreiung für mich.« Und dann ging ich weg, um mir die Corbets allein anzuschauen. Ich weiß nicht mal, warum ich so wütend war, es war einfach so.

Anschließend fuhren wir zurück ins Hotel, um uns umzuziehen. Dann aßen wir in einem Café in Foggy Bottom früh zu Abend und so waren wir schon in der Nähe des Kennedy Centers, wo unser Theaterstück lief. Gram hatte es ausgesucht. In der Kurzkritik, die jeden Sonntag im *Times Dispatch* erscheint, klang es wahrscheinlich so, als wäre es genau das Richtige für uns. Da stand bestimmt so was wie: »In diesem herzzerreißenden Drama über Schmerz und Vergeltung entdecken eine Mutter und eine Tochter den wahren Wert der Familie«. Sie haben nur vergessen zu erwähnen, dass sich das herzzerreißende Drama in Bosnien abspielt und Mutter und Tochter den wahren Wert der Familie entdecken, als die Mutter die Tochter erschießt, damit die bösen Soldaten sie nicht vergewaltigen und verstümmeln. O Mann! Wir kamen wie Zombies aus dem Theater! Jeder! Und wenn irgendwo Vergeltung vorkam, muss ich es verpasst haben, denn ich habe nur den Schmerz gesehen.

Im Taxi auf dem Weg ins Hotel sagte Mom: »*Das* war vielleicht heiter«, und Gram war ganz beleidigt und tat so, als hätte es ihr gefallen, sagte, das Leben bestünde nicht nur aus

Lachen und ab und zu täte es uns ganz gut zu sehen, wie viel Glück wir hatten, verglichen mit Menschen in anderen Ländern, bla, bla, bla usw. In dem Stück gab es eine schreckliche Szene, in der die Darsteller aus lauter Hunger eine Ratte essen, eine echte RATTE (!!), und ich sagte zu Gram: »Ja, und ich weiß Moms Kochkunst jetzt wirklich zu schätzen.« Mom schnaubte und Gram versuchte, nicht zu lachen, aber sie konnte es nicht unterdrücken und es dauerte nicht lange und wir kicherten, peinlich berührt und schuldbewusst, aber irgendwie auch richtig vergnügt über die grauenvollen Dinge, die in dem Stück passiert sind. Ich hatte Angst, der Taxifahrer könnte denken, wir seien vom Teufel besessen oder schwachsinnig oder so was, aber er drehte sich nicht mal um.

Dann konnte ich nicht schlafen. Mom blieb lange auf und redete im Wohnzimmer mit Gram. So viel dazu, dass ich dazugehörte. Nein, ich durfte nicht aufbleiben und Conan O'Brian im Fernsehen anschauen. Nein, es wurde nichts aufs Zimmer bestellt, nein, ich durfte die Nüsse aus der Minibar nicht essen. Nein, wir würden keinen Futon kaufen, nein, ich bekam keine Lederjacke, nein, wir würden morgen nicht nach Georgetown gehen. Nur *da* wollte ich wirklich hin, aber nein, wir gehen nicht. Es gibt da keine U-Bahn-Haltestelle und heutzutage gibt es dort sowieso nur Schund.

Das hätte so eine tolle Reise werden können, wenn außer meiner Mutter und meiner Großmutter noch jemand anders dabei gewesen wäre.

Ich hatte mich geirrt – der Sonntag war super!! Als Erstes bekam Mom einen Anruf von einer alten Freundin aus dem College, die in Maryland lebt, und endlich zurückrief, um zu sagen, dass sie Zeit hätte, sich mit Mom zum Mittagessen zu treffen, zum Beispiel im Lord & Taylor in Chevy Chase. Dann verbrachten wir den Morgen mit Einkaufen in Filene's Basement in der Connecticut Avenue (ich habe zwei Leggings bekommen, einen echt coolen Pullover – blau mit einem roten Streifen auf der Vorderseite, ich hab ihn gleich angezogen – und ein bisschen Unterwäsche) und dann ist Mom gegangen, um sich mit ihrer Freundin zu treffen. Jetzt waren Gram und ich unter uns. Geplant war, dass wir uns die Stadt ansehen, irgendwo zu Mittag essen, vielleicht das Weiße Haus besichtigen, den Lafayette Square, das Corcoran usw. usw. Langeweile hoch zehn, aber man macht es, weil man mit seiner Großmutter unterwegs ist, und sie hat das Sagen.

Und dann saßen wir auf einer Bank in der K Street, überlegten, wo wir anfangen sollten, und Gram fragte plötzlich: »Willst du wirklich nach Georgetown?« Ich war total verblüfft, aber ich sagte ganz locker: »Ach, ich weiß nicht, ich glaube, es ist ziemlich weit. Ich weiß auch gar nicht, wie man da hinkommt. Du willst nicht, oder?« Manchmal kann Gram sehr streng sein und einem richtig Angst einflößen. Auch jetzt schaute sie ganz finster, guckte mir direkt in die Augen und sagte: »Ruth, willst du oder willst du nicht mit mir nach Georgetown? Jetzt sofort?« Ich schluckte und sagte: »Oh, Gram, das wäre super.« Sie stand auf, streckte den Arm aus, ein Taxi hielt mit quietschenden Reifen vor uns und weg waren wir!

Der coolste Ort, den ich kenne! Wenn ich da schon nicht aufs College gehen kann, möchte ich wenigstens dort leben. Über einem Laden oder einer Galerie. Ich könnte im ersten oder zweiten Stock über einer dieser abgefahrenen Galerien wohnen und mir einen Job suchen. Ich würde einen langen schwarzen Rock und einen schwarzen Pullover tragen. Die hohen Wände der Galerie wären weiß oder beigefarben gestrichen und es wäre so still wie in einer Bibliothek und ich würde gut aussehenden reichen Leuten die Bilder erklären, ein Vermögen verdienen, in einem Loft leben und Liebhaber haben. Das ist ein Tagtraum, aber unmöglich ist es nicht.

Georgetown also. Wir mussten ziemlich langsam laufen, weil Gram die falschen Schuhe anhatte und die gepflasterten Bürgersteige holprig und uneben sind. Noch bevor wir aus dem Taxi stiegen, sagte sie: »Häng dir deine Tasche um den Hals und halt sie gut fest«, als ob jeder andere Mensch definitiv ein Räuber wäre. Es ist wirklich lächerlich, ich werde *nie* so, wenn ich alt bin, so argwöhnisch und misstrauisch und immer ängstlich. Lieber werde ich ausgeraubt, als so mein Leben zu verbringen. Die meiste Zeit liefen wir durch die M Street und die Wisconsin Avenue, schauten uns die Leute und die Läden an. Zuerst wirkt Georgetown beinahe deprimierend, man denkt: Ich werde nie so cool sein, ich werde nie so reich sein, ich werde nie reich genug sein, um so cool zu sein. Richtig peinlich. Aber dann hört das auf und man gewöhnt sich dran und es ist nicht mehr so schlimm, obwohl man immer noch diese Sehnsucht in sich spürt, man wünscht sich nichts mehr, als dazuzugehören, und weiß genau, dass man es nicht tut. Manchmal habe ich das Gefühl, mir platzt der Kopf, wenn ich nicht bald erwachsen werde, wenn ich nicht bald aus diesem Leben rauskomme. Diesem schrecklichen Leben, in dem man sich wie im Gefängnis vorkommt oder eingesperrt in einem kleinen, dunklen Raum, in dem nichts passiert, NICHTS, außer, dass ich mich lächerlich mache und alle mich auslachen – zumindest würden sie das tun, wenn sie wüssten, was in meinem Kopf vorgeht.

Egal. Wir gingen in einen Laden, in dem nur Drachen verkauft werden. Wir gingen in einen Laden, in dem es nur Landkarten gibt. Clayborne ist so lahm. Du lieber Himmel. Es gibt ein paar süße Läden in der Nähe des Colleges, wie den Buchladen, Pearl's Jewels und den Kerzenladen, aber verglichen mit Georgetown sind das billige Imitationen. Ich glaube wirklich, ich brauche einen Ledermantel. Schwarz oder braun, ich weiß noch nicht. Schwarz. (Krystal würde es allerdings nicht gefallen, sie trägt nicht mal Lederschuhe, sie trinkt keine Milch und isst keinen Käse oder Quark, weil das Produkte aus Kuhmilch sind.) Wir gingen in einen Laden, in dem nur Hüte verkauft werden, und Gram sagte, ich dürfte mir einen aussuchen. Jetzt besitze ich einen Schlapphut! Als ich ihn sah, wusste ich sofort, dass es der sein musste. Er ist beigefarben (»Granit«, wie die Verkäuferin es nannte) und aus ganz weicher Wolle und alle fanden, dass er richtig gut zu mir passt. Obwohl ich das nicht verstehe, weil er so ausgefallen ist. Ich sehe damit viel älter aus, wie neunzehn oder zwanzig, besonders, wenn ich meine Sonnenbrille auf habe. ICH LIEBE IHN!

Kein Mensch in Clayborne hat so einen Hut, aber das ist ja sowieso klar.

Zum Essen waren wir in einem Restaurant namens *Purple Dog* (Pizza mit Ziegenkäse für mich und ein Truthahnsandwich für Gram). Eine Frau saß am Tisch gegenüber. Ganz allein. Ungefähr achtundzwanzig, schätze ich, älter nicht. Sie hatte lange, glänzende schwarze Haare, die ungefähr in Schulterhöhe von einer Haarspange gehalten wurden, und sie hatte keinen Pony oder so was. Sie trug kleine, silberne Ohrringe und einen Ring, ein schmales, silbernes Band auf dem Mittelfinger ihrer linken Hand, nur den, sonst keinen Schmuck. Sie hatte eine graue, enge Hose an und einen schwarzen Pullover, vielleicht aus Kaschmir. Schwarze Schuhe mit Plateausohlen, die nicht aus Leder, sondern aus irgendeinem Stretchmaterial waren. Sie war schon fertig mit Essen und trank einen Kaffee. Und sie las ein Buch, aber ich konnte den Titel nicht erkennen. Ein Taschenbuch mit einem sehr geschmackvollen Einband, nicht wie ein Liebesroman oder so. Einmal schob sie den Ärmel ihres Pullovers hoch und ich sah ihr Tattoo, das wie ein Armband war. Es war winzig, ganz klein und blau, es sah aus wie ein kostbares Kettenarmband um ihr Handgelenk. Und dann stand sie auf, zog ein Cape an, keinen Mantel, mit so einer großen, flatternden Kapuze auf dem Rücken, und sie hatte kein Portmonee, sie zog das Geld einfach aus der Tasche, als sie bezahlte.

Dann ging sie. Gram fragte: »Was ist los mit dir?«, und ich sagte: »Nichts«, aber ich weiß nicht, ich hatte ein schreckliches Gefühl. Nicht nur, dass mein Leben erbärmlich ist – schlimmer als das. Schlimmer als: Hier sitze ich in diesem absolut coolen Restaurant in Georgetown – mit meiner Großmutter. Eher wie: Na ja, ich könnte genauso gut tot sein. Ich werde nie kriegen, was ich will, weil ich gar nicht weiß, was ich will. Ich sah hinaus auf die Straße und betrachtete die vorbeigehenden Menschen und dachte: Bin ich wie die da? Oder wie die? Wie bin ich und wann werde ich es wissen? Wann werde ich in mich hineinwachsen? Jemals? Ich finde meinen neuen Hut super, aber das reicht einfach nicht. Und wenn ich all das hätte, was die Frau mit den schwarzen Haaren hatte, würde es auch nicht reichen. Man muss wissen, wer man innerlich ist, bevor man anfangen kann, sich zu stylen, und in meinem Fall ist da gar nichts, nur Geister. »Hallo? Passiert hier irgendwas?«, fragen sie. Man sieht mich nicht einmal.

»Wie geht's deinem Freund? Diesem Raven?«, fragte Gram vorsichtig – in dem Versuch, wieder gutzumachen, dass sie ihn mal dünner Hering genannt hatte. »Ist er noch aktuell?«

»Er ist nur ein Freund, Gram, ich habe nie gesagt, dass ich ihn mehr mag als andere.« Ich habe noch gar nicht erwähnt, dass er letzte Woche drei Tage von der Schule suspendiert war, weil er seine Wühlnatter, Rocky Horror, mitgebracht hatte. Er sagte, er wollte nur zeigen, dass es noch andere Haustiere gibt als servile Hunde und unterwürfige Katzen, aber ich glaube, er wollte einfach die Mädchen erschrecken.

»Oh, ich verstehe.« Sie machte ein Gesicht, als glaubte sie mir nicht. Nun, ich hatte auch keine Ahnung, ob ich die Wahrheit gesagt hatte oder nicht, weil ich mir noch nicht darüber klar bin, was ich von Raven halten soll. Ich finde, wenn er mein Freund sein will, hätte er sich längst ganz normal mit mir verabreden müssen. Glaubt er, ich küsse dauernd Jungs auf Friedhöfen? Er benimmt sich, als sei gar nichts gewesen. Von mir aus, es ist nicht so, als hätte die Erde gebebt oder so, ich meine, es ist mir sch ... egal. Ich finde nur, es ist blöd, so zu tun, als wäre nichts gewesen, wenn doch etwas war. Solch ein Verhalten verletzt die Menschen. Es gibt ihnen das Gefühl, als würden sie nicht existieren.

»Willst du einen Nachtisch?«, fragte Gram. Ich stotterte eine Weile herum, murmelte: »Ich weiß nicht, du?«, bis sie die Kellnerin rief und zwei Schokoladenkuchen mit Vanilleeis und eine Tasse Kaffee bestellte.

Ich betrachtete Gram und versuchte sie mit den Augen eines Fremden zu sehen. Sah sie so aus, als könnte sie meine Tutorin sein? Ich konnte eine Studentin sein und sie meine Professorin für Kunstgeschichte oder viktorianische Literatur. Sie will mich besser kennen lernen, weil ich so jung und vielversprechend bin. Sie geht nicht oft samstags mit Studenten essen, ja eigentlich nie, aber in meinem Fall macht sie eine Ausnahme. Sie will, dass ich ihre Koautorin bei einem wichtigen wissenschaftlichen Artikel bin, und versucht, mich zu bezaubern, weil sie fürchtet, ich könnte in eine höhere Abteilung an der Columbia Universität wechseln.

Wenn ihre Kleider nicht wären, die immer zu schick, zu bunt und zu damenhaft sind, frauenclubmäßig eben, könnte Gram wirklich wie eine Professorin vom College aussehen. Sie trägt ihr Haar zu einem lockeren Knoten geschlungen, ohne Scheitel und Pony, aber es sieht gar nicht so schlecht aus wie es sich anhört, ja, ich finde sogar, es steht ihr. Ihr Gesicht wird langsam faltig, aber sie ist immer noch hübsch. Na ja, »gut aussehend« ist wohl der bessere Ausdruck. Sie erinnert mich an ein Bild von Gertrude Stein, das ich im Museum gesehen habe, ich glaube, eins von Picasso, aber Gram ist dünner und grauer. Aber sie hat immer noch so etwas Felsenfestes an sich, als könnte sie nichts umhauen. Und sie hat immer noch richtig tolle Beine. Sie sagt, alle drei Danziger-Frauen, sie, Mom und ich, haben die gleichen tollen Beine. Es ist eine Art Familienerbstück.

Sie signalisierte der Kellnerin, dass wir zahlen wollten. »Deine Mutter hat mir erzählt, dass sie manchmal bei Jess Deeping ist«, sagte sie.

»*Manchmal?* Andauernd.«

»Ach ja? Wie oft denn?«

»Mindestens einen Abend in der Woche und immer einen Tag am Wochenende, na ja, eher einen halben, entweder morgens oder nachmittags.« So viel war das eigentlich gar nicht. Es kam mir viel mehr vor.

Gram schürzte die Lippen und schüttelte den Kopf. »Lächerlich.«

»Stimmt, es ist wirklich lächerlich.«

»Ich weiß gar nicht, was sie sich dabei denkt.«

»Ich schon! Solange sie die blöden Blumengestecke gemacht hat, war es okay, wenigstens war sie zu Hause, aber jetzt ist sie *nie* da.«

»Unmöglich.« Sie tupfte sich mit der Serviette die Lippen ab und fragte beiläufig: »War sie noch öfter mit Brian aus?«

»*Nein*, Gram.« Wir waren einer Meinung, was die Arche betraf: das war idiotisch und peinlich. Aber was Mr. Wright anging, waren wir beileibe nicht einer Meinung. Als ich ihr erzählt habe, dass Mom eine Verabredung mit ihm hatte, hat sie sich *gefreut*. Ich konnte es kaum glauben!

»Hat sie etwas über ihn gesagt?«

»Nichts, Gram, sie sagt gar nichts. Früher schon, aber jetzt nicht mehr.« Seit der Verabredung sagt sie nichts mehr. Wahrscheinlich ist sie in ihn verliebt und will nicht, dass ich es weiß. Quatsch, aber irgendeinen Grund muss es geben, warum sie ihn praktisch nicht mehr erwähnt. »Sie mag Chris sehr gern«, sagte ich. »Die beiden werden langsam richtig gute Freundinnen.«

»Hmm«, machte Gram, nicht besonders interessiert.

Ich wechselte wieder zu dem Thema, über das wir uns einig waren. »Ich verstehe einfach nicht, warum sie diese Tiere macht! Mom könnte so viel im Haus machen! Das Gästeklo zum Beispiel, seit einer Ewigkeit sagt sie, das sei ihr nächstes Projekt, und danach will sie die kleine Veranda renovieren. Fängt Wohltätigkeit nicht zu Hause an?«

Gram lachte, als hätte ich etwas Lustiges gesagt – als wäre ich ein Kind, das etwas Unangemessenes, Altkluges von sich gegeben hätte. Stimmt doch, oder? Wohltätigkeit *fängt* zu Hause an. Ich finde es nicht unmäßig, wenn man von seiner verwitweten Mutter erwartet, dass sie eine angemessene Zeit lang so bleibt, wie sie ist, wie sie *immer* war. Ich finde, das ist ganz normal, es gehört sich einfach so. Man macht nicht solch ein Theater, man geht nicht aus und verändert sein ganzes Leben, nein, man versucht Stabilität für die geliebten Mitmenschen zu schaffen, im Klartext: für mich.

Und was hat Mom an diesem Nachmittag gemacht, als sie mit ihrer alten Freundin aus war? Sie hat sich die Haare schneiden lassen! Es sah ganz gut aus, ziemlich gut sogar, fand ich, nachdem ich den Schock darüber überwunden hatte, wie kurz es war, aber ich habe mich halt gefragt, ob sie es für Mr. Wright getan hat. Ich sage ja nicht, dass sie den Rest ihres Lebens allein bleiben soll. So alt ist sie noch nicht. Ich habe nichts dagegen, wenn sie eines Tages wieder heiratet, sagen wir in fünf oder zehn Jahren. Jeder Mensch braucht Gesellschaft und ich bin dann sowieso weg.

An jenem Abend aßen wir in einem vietnamesischen Restaurant in der Nähe des Hotels. Ich fand, es war eine gute Gelegenheit, Gram zu fragen, woran die Menschen in unserer Familie gestorben sind. Erstens muss man das immer angeben, wenn man zum Arzt geht, und zweitens ist es gut, wenn man seine genetische Veranlagung kennt. Krystal sagt, die Vererbung wird total überbewertet, und ich bin sicher, dass das stimmt. Trotzdem sollte man wissen, was vor einem war, damit man auf das vorbereitet ist, was einen erwarten kann.

Es stellte sich heraus, dass es jede Menge Krankheiten in der Familie gibt, besonders bei den Danzigers. Auf der Seite der Van Allens hatte Dads Vater einen Herzinfarkt, was mir neu war, aber seine Mutter kam bei einem Autounfall ums Leben, als er acht war, also gibt es hier nur eine Krankheit, und dann lebte Dad bei seinen Großeltern, die damals schon alt waren und an Altersschwäche gestorben sind, als er ungefähr zwanzig war. Die Seite ist also nicht allzu schlimm belastet. Aber auf Moms Seite gab es alles Mögliche. Wahnsinn. Grams Vater, mein Urgroßvater O'Hara, den ich nie kennen gelernt habe, hatte Diabetes und Leberzirrhose, Großmutter O'Hara hatte einen Schlaganfall, Grams Bruder Ralph Venenentzündung, erhöhten Augeninnendruck, Gicht und Ischias und Gram glaubt, dass er an einer Blutvergiftung gestorben ist, und ihr Bruder Walter hatte Ekzeme und ein Geschwür und starb an einer Lungenentzündung. Der Vater meines Großvaters hatte es inzwischen an der Prostata und seine Mutter hatte Lungenkrebs, weil sie geraucht hat, seit sie dreizehn war. Sein Bruder, mein Großonkel Edgar, litt an Epilepsie und hatte einen Schlaganfall und seine Schwester Fan lebt noch, ist aber blutarm und hat grauen Star.

Wahnsinn! Ich meine, es ist ein Wunder, dass die, die noch leben, sich überhaupt trauen, auf die Straße zu gehen. Mir tut zum Beispiel zurzeit das Knie weh und ich sehe Flecken vor den Augen (nicht immer, nur manchmal). Ich will nicht sagen, dass ich Rheuma habe oder eine Makuladegeneration. Aber es könnte sein, es ist auf jeden Fall möglich und ich glaube einfach, dass es sich lohnt, aufzupassen und Vorsichtsmaßnahmen zu treffen. Manchmal schlägt mein Herz zu langsam, ich kann meinen Puls kaum finden, es ist, als wäre er verschwunden. Tue ich etwas dagegen? Ja. Ich nehme zweimal täglich 500 mg Arjuna – Krystal gibt mir Rabatt – und massiere jeden Abend den Ballen meines linken Fußes mit dem Daumen, das ist der Reflexpunkt für Herzkrankheiten. So bin ich wenigstens ein bisschen beruhigt. Denn man kann so tun, als wäre alles in Ordnung – der kleine Husten ist nur eine Erkältung – und peng, dann stellt sich heraus, dass dein Immunsystem zusammenbricht. Du hast AIDS, du hast Leukämie, du hast Muskelschwund. Mein Vater fühlte sich immer wohl. Es kam ganz plötzlich. Weil er keine Ahnung hatte. Er hat nicht darüber nachgedacht. Man kann viel kontrollieren, aber dazu muss man erst einmal wissen, *was*. Das ist der Trick. Man muss wachsam sein.

Und das tue ich, ich versuche, einfach immer wachsam zu sein. Manchmal zuckt zum Beispiel ein kleiner Muskel unter meinem Auge. Es könnte ein frühes Zeichen für einen Hirntumor sein oder für Parkinson. Es könnte aber auch gar nichts bedeuten. Die Zeit wird es zeigen. Das Wichtige ist, dass ich es weiß, es kann mich nicht kalt erwischen. Weil ich wachsam bin.

16

»Deine Tochter will ein Tattoo.«

»Ich weiß. Schläft sie schon?«

»Fast.« Mama machte die äußere der beiden Türen zum Schlafzimmer zu und tapste in Pantoffeln hin und her. »Mit offenen Augen. Was schreibt sie in dieses Tagebuch? Als ich ihr einen Gute-Nacht-Kuss gegeben habe, hat sie es versteckt, als wäre es die Formel für eine Atombombe.«

Was hatte ich letzthin zu Ruth gesagt, worüber sie so angewidert das Gesicht verzog? Ich wusste es nicht mehr, irgendeinen total altmodischen Ausdruck wie »Formel für Atombombe« wahrscheinlich. Ihr Zorn hatte keine Grenzen gekannt. Ich hatte ihren Hass gespürt – ein anderes Wort gibt es dafür nicht. Ich war verletzt, wahrscheinlich zu sehr. Ich wusste, dass ich für Ruth im Augenblick ein rotes Tuch war, ich verstand es wirklich, der designierte Punching-Ball, und sei es auch nur, weil niemand anders da war, an dem sie ihre Wut auslassen konnte. Aber es tat trotzdem weh. Hatte ich meine Mutter auch so verletzt? Bestimmt. Aber nicht auf diese Weise, das glaube ich nicht, nicht mit so viel unverhohlener Herzlosigkeit. Ich hatte meine jugendliche Geringschätzung schlauer verborgen als Ruth. Mitfühlender? Nein, wahrscheinlich nur ängstlicher.

Mama stöhnte leise, ließ sich ächzend aufs Sofa fallen und legte die Füße auf den Tisch. »Und sie hat beschlossen, dass sie einen silbernen Ring und ein Cape braucht. Sie will anfangen, Kaffee zu trinken. Wann hast du angefangen, Kaffee zu trinken?«

»Ich weiß nicht mehr, auf dem College, glaube ich. Sie findet ihren neuen Hut ganz toll – danke, dass du ihn ihr gekauft hast, Mama.«

»Sie sieht zum Anbeißen damit aus. Aber ich glaube, wegen des Tattoos wirst du noch ein Problem kriegen.« Mama beugte sich vor und massierte die Zehen ihres rechten Fußes. »Sie versucht sogar, mich auf ihre Seite zu ziehen. Ausgerechnet! Diese ordinären, neumodischen Launen!«

»Ich will nur, dass sie ohne Piercing, Tätowierungen oder sonstige Brandmale durch die Highschool kommt.«

»Viel Glück. Siehst du mal nach, ob im Kühlschrank irgendein Saft ist? Ich weiß auch nicht, warum, aber irgendwie fühle ich mich schwach.«

»Du hättest nicht zulassen dürfen, dass sie dich durch die ganze Stadt zerrt«, sagte ich schuldbewusst. Ich fand eine Flasche Orangensaft und goss ihr ein Glas ein. »Hier. Willst du ein paar Erdnüsse?«

»Sie hat mich nicht herumgezerrt, kein bisschen. Sie war ein richtiger Engel. Carrie, ich komme einfach nicht darüber hinweg, dass du dir die Haare hast schneiden lassen. Es steht dir, aber es ist so *anders*.«

»Ich weiß.« Ich beugte mich vor, um mich in dem Spiegel hinter dem Sofa zu betrachten. »Keine Ahnung, warum ich das gemacht habe – es war nicht geplant. Passierte ganz spontan.«

»Und bei einem gänzlich Unbekannten, das verstehe ich nicht. Sie hätten dich skalpieren können.«

Hätten sie. Aber Mr. Harold hatte alles richtig gemacht – hoffte ich jedenfalls. »Ich bin zu alt für lange Haare«, hatte ich ihm erklärt und gehofft, er würde mir widersprechen. Hatte er auch, aber aus reiner Höflichkeit, und dann hatte er sich daran gemacht, meine Haare –, die ich auf dem Rücken zu einem Zopf geflochten hatte –, auf Schulterlänge zu stutzen. »Volumen«, sagte er immer wieder, »Sie brauchen mehr Volumen. Mehr Fülle.« Jetzt musste ich mich immer wieder anschauen. Ich fühlte mich nackt und faszinierend. Voluminös.

»Was ist bloß in dich gefahren? Ich wusste gar nicht, dass du daran gedacht hast, sie abschneiden zu lassen.«

»Gefällt es dir nicht?«

»Doch, es ist süß. Wirklich. Du siehst jung aus.«

Das hatte Ruth auch gesagt, nur mit einem argwöhnischen Glitzern in den Augen. »Wahrscheinlich lag es daran, dass ich mich heute mit Barbara getroffen habe«, erklärte ich meiner Mutter, setzte mich wieder und legte die Füße neben ihre auf den Tisch. »Sie ist sogar älter als ich, ein halbes Jahr oder so, aber sie sieht klasse aus. Du solltest sie mal sehen.«

»Kenne ich Barbara?«

»Sie war einmal bei uns. Blond, wirklich sehr hübsch. Sie hatte einen Freund, der immer noch spät abends anrief –«

»Oh, jetzt erinnere ich mich. Er studierte Jura in Georgetown. Hat sie ihn geheiratet?«

»Nein.«

»Schade.«

»Sie hat einen Arzt geheiratet.«

»*Das* ist allerdings auch gut.«

»Aber sie haben sich getrennt. *Dann* hat sie einen Anwalt geheiratet.«

»Ach.« Ärzte und Anwälte waren sehr gut, Scheidung war schlecht. Jetzt war Mama in einer Zwickmühle und rieb sich das Kinn.

»Sie hat drei Kinder und einen reichen Mann, ein Haus in Chevy Chase und eine Putzfrau. Und sie spielt Golf.«

»Du beneidest sie.«

»Also, nicht ums Golfspielen. Vielleicht um die Putzfrau.« Ich lachte, aber meine Mutter sah mich nur an. »Natürlich beneide ich sie irgendwie, Mama. Ihr Mann lebt. Ihr jüngster Sohn ist viereinhalb, er braucht sie noch. Er *mag* sie sogar noch.«

Sie tätschelte meine Hand. »Du trauerst immer noch um Stephen, das ist alles, was in deinem Leben nicht stimmt. Das wird besser, es dauert nur eine Weile. Glaub es nur, auch wenn es ein Klischee ist. Und du hast jetzt einen guten Job, eine interessante Arbeit, neue Freunde.«

»Ich weiß, dass es mir gut geht – es sollte nicht so klingen, als ginge es mir schlecht. So ist es nicht.«

»Du bist einfach noch nicht mit der Trauerarbeit fertig, das ist alles. In der Trauer kann man keinen Schritt überspringen, so sehr man es auch will.«

Ein seltsamer Ratschlag aus dem Munde meiner Mutter, selbst, wenn sie es gerade in einer Frauenzeitschrift gelesen hatte. Warum erzählte sie mir, dass ich mit der Trauerarbeit um Stephen noch nicht fertig war? »Ruth hat neulich etwas Merkwürdiges gesagt«, erzählte ich nachdenklich. »Sie sagte, dass das Leben ohne ihren Vater eigentlich gar nicht so anders ist als mit ihm.«

»Oh, ich kann mir nicht vorstellen, dass sie das so gemeint hat. Was hast du geantwortet?«

»Ich weiß nicht mehr. Vielleicht habe ich gar nichts gesagt.«

»Jedenfalls stimmt es natürlich nicht.«

»Doch, es stimmt.« Diesmal würde ich nicht zulassen, dass sie mir erklärte, wie mein Leben zu sein hatte. »Irgendwie schon. In unserer Familie – blieb Stephen immer im Schatten. Er war kaum anwesend. Die *Familie*, das waren Ruth und ich, Mama, wir waren die, die Krach machten, oder wie man es nennen will. Wir haben alles getan und er … beobachtete und kritisierte. Ja, so war es, er beobachtete und kritisierte.«

»Aber er hat euch beide sehr geliebt.«

»Na ja.« Noch etwas, das endlich einmal richtig gestellt werden musste. »Er liebte uns so sehr, wie er konnte.«

»Ja. Ja, das tat er.« Sie stellte ihr Glas mit einem hörbaren Geräusch auf den Tisch.

»Es stimmt, manchmal fehlt er mir, ich fühle mich verlassen, verletzt und einsam, aber – die Sache ist die, Mama, ich habe mich auch so gefühlt, bevor ich ihn verloren habe.«

Sie stand auf. »Jeder ist einsam«, sagte sie kurz angebunden und ging aus dem Zimmer.

Nun, so viel zum Thema Offenheit. Drückst du auf den falschen Knopf, ist das offene Mutter-Tochter-Gespräch beim Teufel. Und doch war ich mir sicher, dass dies ein Grund war, warum sie diesen Wochenendausflug vorgeschlagen hatte: damit wir reden konnten, versuchen konnten, uns wieder wirklich nahe zu sein. Ich wollte es auch, aber meine Erwartungen waren nicht so hoch gesteckt. Ich kannte meine Mutter: Sie wollte unsere alte, leichte Freundschaft zurück, aber nur zu ihren Bedingungen. Sie wollte, dass alles wieder so war wie vor fünfundzwanzig Jahren. Als ich ihre beste Freundin war. Ehe ich aufs College ging und all die Flausen in den Kopf gesetzt bekam, die mit ihren Vorstellungen nicht übereinstimmten. Die gute alte Zeit.

Barbara und ich hatten an dem Nachmittag viel über ihre Mutter geredet. Ich erinnerte mich gut an Mrs. Cavanaugh, eine lebenslustige, rothaarige Witwe, verrückt aufs Golfspielen, jugendlich, voller Elan. Mit zwanzig war ich neidisch, weil Barbaras Mutter so jung und cool war. »Ich habe meine beste Freundin verloren«, erzählte sie mir nun mit Tränen in den Augen beim zweiten Glas Wein. »Sie fehlt mir jeden Tag, Carrie. Ihr konnte ich Dinge erzählen, die ich niemandem sonst auf der Welt sagen kann.« Ich vermochte es mir kaum vorzustellen. »Nicht, dass sie mich nicht zur Weißglut bringen konnte«, fuhr sie fort, »niemand konnte das besser als meine Mutter. Das Komische ist, dass ich jeden Tag mehr wie sie werde. Ist das nicht ein guter Witz? Wenn wir lange genug leben, werden wir immer mehr zu dem Menschen, der uns am meisten Kummer gemacht hat, von dem wir uns mit aller Macht distanzieren wollten. Ich finde das urkomisch.«

Oh, ja, herrliche, urkomische Ironie. Während wir uns vor Entsetzen schüttelten, ähnelten wir den Objekten unseres Abscheus immer mehr und gaben schließlich zu, dass wir sie verstanden. Dass wir sie geworden waren. Strafe und Belohnung in einem.

Die Toilettenspülung lief, ein Wasserhahn wurde aufgedreht. Mama kam aus dem Bad und ging zu ihrem Koffer, der offen auf dem Boden neben dem Sofa lag. Sie beugte sich darüber und holte ihr Nachthemd heraus.

Ich stand auf. »Ich habe gar nicht gemerkt, dass es schon so spät ist. Du bist wahrscheinlich völlig er –«

»Bleib, setz dich wieder. Ich bin nicht müde. Ich will nur aus diesem Kleid raus.«

Ich hatte vergessen, wie sie es immer schaffte, sich aus- oder anzuziehen, ohne dass man einen Streifen Haut sah. Der Reißverschluss wurde aufgezogen und das Kleid bis zu den Schultern abgestreift, der BH sittsam mit dem Rücken zum Betrachter geöffnet, das Flanellnachthemd über den Kopf gestülpt, dann wurden Kleid, Schlüpfer, Strumpfhalter und Strümpfe unter dem Nachthemd ausgezogen. Als kurz der blasse, fleischige Rücken meiner Mutter aufblitzte, weich und faltig, wo er früher straff und fest gewesen war, überfiel mich eine merkwürdig zärtliche Empfindung. Eine Art Beschützerinstinkt. Ich wollte nicht, dass das Leben sie noch mehr harte Lektionen lehrte. Wenn sie so glücklich war, wollte ich, dass sie genau so blieb: willensstark, anmaßend und kontrolliert, so wie in diesem Augenblick. Doch wie lange würde sie das durchhalten? Noch fünf Minuten?

Sie setzte sich neben mich, öffnete eine Dose mit Coldcream – von Jergen's, der blumige Geruch war mir sehr vertraut – und begann, sich die Wangen einzucremen. »Ich glaube, ich hätte Ruth nicht von ihrem Urgroßvater erzählen sollen«, sagte sie.

Ich wusste, was sie meinte, aber ich sagte: »*Was* hättest du ihr nicht über ihren Urgroßvater erzählen sollen? Über welchen?«

»Meinen Vater.«

»Oh – du meinst das mit der Leberzirrhose?«

»Jetzt kann sie den Zusammenhang wahrscheinlich noch nicht herstellen, aber irgendwann wird sie drauf kommen. Zwischen Leberzirrhose und Alkohol«, erklärte sie, wollte mich auf die Probe stellen, weil ich immer noch ein verständnisloses Gesicht machte. »Du weißt doch, dass dein Großvater Alkoholiker war.«

»Na ja …« Ich wusste es und auch wieder nicht. Mama hatte es noch nie so offen ausgesprochen: *Alkoholiker*. Aber ich hatte es mir zusammengereimt. Ich wusste, dass irgendwas mit Grampa O'Hara nicht gestimmt hatte – den wir nie besuchten, obwohl er nur eine Stunde entfernt in Nelson County lebte. Auf einer Farm. Einer gepachteten offenbar, über die Mama nur selten und mit sichtbarem Widerwillen redete. Dass sie jetzt davon anfing, ließ mich wachsam werden.

»Und er war nicht der Einzige. Auch Ralph hat getrunken und Walter war auf dem besten Wege zum Trinker, ehe er starb.«

»Das wusste ich gar nicht. Habe ich Onkel Ralph je kennen gelernt?«

»Du warst noch zu klein. Wir sind nur einmal mit dir dorthin gefahren, um sie zu besuchen.« So wie sie *sie* sagte, kalt und teilnahmslos, so sprach sie immer von ihrer Familie. »Ich konnte es nicht erwarten, dieses Haus endlich verlassen zu können.«

»Du bist gegangen, als du achtzehn warst.« Die Geschichte kannte ich. Sie hatte eine Arbeit in einer Autowerkstatt in der Ridge Street in Clayborne gefunden. Pop war Student auf dem Remington College. Sie gingen zwei Jahre lang miteinander aus und heirateten eine Woche, nachdem er seinen ersten Halbtagsjob bekommen hatte.

»Siebzehn. Ich habe immer gesagt, dass ich achtzehn bin. Ist das nicht ordinär?« Sie zog ein Knäuel sauberer Papiertücher aus der Tasche ihres Morgenmantels und begann, sich die Coldcream aus dem Gesicht zu wischen. Aus einem weichen, faltig werdenden, alten Gesicht, dessen Haut über ihrem festen Kiefer schlaff zu werden begann. Sie sah nicht mehr so selbstsicher aus wie früher. Das, was ich an meiner Mutter am meisten hasste, war ihre herrische Art, aber wie würde sie ohne sie sein? Eine *schwächere* Frau, keine andere. Das wollte ich nicht. Doch ich wusste nicht, was ich sonst wollte.

»Siebzehn?« Ich lachte. »Das hast du mir nie erzählt.«

»Ich habe dir auch nie erzählt, dass mein Vater und meine Brüder schwarz Schnaps gebrannt haben. Und wenn du das je einem Menschen weitersagst, grille ich dich bei lebendigem Leibe.«

»Mama!«

»Schhh, du weckst Ruth.«

Ich starrte sie an. »Schwarz Schnaps gebrannt«, flüsterte ich fasziniert.

»Und nicht mal besonders guten. Sie haben das meiste selbst gesoffen, ehe sie es verkaufen konnten. Wir waren arm wie die Kirchenmäuse. Ich hasste mein Leben. Niemand hat mir je etwas angetan – das nicht, das meine ich nicht. Aber sie waren ungehobelt, laut und schmutzig und meine Mutter hat es einfach hingenommen. Sie hatte so viel Rückgrat wie eine Krabbe. Ich floh. Ich floh und machte etwas aus mir.«

Ich hätte beinahe gelächelt, so erstaunlich waren diese Enthüllungen. In dem alten, rosafarbenen Bademantel und ohne Make-up sah meine Mutter nicht besonders tatkräftig aus. Nicht so, als hätte sie etwas aus sich gemacht. Sie sah aus wie – und eher wäre ich gestorben, als ihr das zu sagen – die Grandma O'Hara auf alten Fotos.

»Was meinst du mit ›ungehobelt‹?«

»Sie waren nicht gewalttätig«, wiederholte sie, »nicht physisch jedenfalls. Aber sie haben die ganze Zeit gebrüllt, egal, ob sie betrunken oder nüchtern waren. Alles drehte sich um sie, sie waren die Könige und meine Mama war ihre Dienerin. Und ich auch, ehe ich entkam. Ich sage dir, ich habe mich nie dorthin zurückgesehnt.«

»Dann kamst du in die große Stadt – und Pop hat dich umgehauen.«

»Umgehauen!« Sie schnaubte. Sie schloss die alte Cremedose, wischte sich mit dem letzten Papiertuch die Hände ab und stellte alles beiseite. »Ich wollte einen Mann, der mir nicht wehtun oder mich ändern würde. Ich wollte heiraten, weil ich dachte, die Ehe bedeute Sicherheit, aber das Letzte was ich wollte, war einen Ehemann mit Grips.«

Grips? Sie hatte nichts gesagt, was ich nicht schon wusste, aber trotzdem hatte ich das Gefühl, meinen Vater verteidigen zu müssen. »Dann hast du ihn nie richtig geliebt?« Ich wollte, dass sie das vehement und feurig abstritt – egal, ob es stimmte oder nicht.

»Ich habe ihn bewundert. Ich fand es toll, dass er ein Stadtmensch war. Er war gebildet – *das* hat mich umgehauen. Wahrscheinlich war er damals ärmer als ich, aber er trug immer einen Anzug und eine Krawatte. Du wirst nie verstehen, was das für mich bedeutete.«

»Dann hast du ihn also –«

»Ich habe gelernt, ihn zu lieben. Dein Vater ist ein guter Mensch, er hat viele gute Eigenschaften, mit Sicherheit. Eine solide Ehe entsteht, wenn beide Partner wissen, was sie wollen, und sich nicht von« – sie machte eine geringschätzige Handbewegung – »unwesentlichen Dingen blenden lassen.«

»Zum Beispiel?«

»Unwichtigen Kleinigkeiten. Dinge, die nicht von Dauer sind.«

Aufregung, Sex, Chemie, gutes Aussehen – meinte sie das? Meinte sie vielleicht Liebe? Und dann ahnte ich plötzlich, worum es bei dieser Unterhaltung eigentlich ging. Um Jess.

»Du hast gesagt, du seiest einsam«, fuhr sie fort und schloss den obersten Knopf ihres Bademantels. »Ich will nur sagen, dass das gar nicht so selten ist, nichts Besonderes. Jeder ist einsam. Und Männer können dich nicht glücklich machen.«

»Das weiß ich.«

»Man muss sich sein Glück schon selbst schaffen, nachdem man die bestmögliche Wahl getroffen hat. Man muss alles abwägen, Verträglichkeit, gute Herkunft, dieselben Ziele –«

»Gute Herkunft?«

»Niemand führt eine perfekte Ehe, mein Schatz. Deine Ehe mit Stephen war so gut wie die meisten.«

»Woher weißt du das?«

»Ich habe es gesehen. Und Mütter sehen alles«, sagte sie und lachte schnell, damit es wie ein Scherz klang. »Vergiss das nie.«

Ich erwiderte ihr Lächeln grimmig. »Wusstest du, dass ich bei einem Psychologen war, als wir in Chicago wohnten?« Natürlich nicht, ich hatte es ihr nie erzählt. »Einmal hat er zu mir gesagt: ›All meine weiblichen Patienten kommen zu mir, um über Mommy zu reden. Aber wissen Sie was? Nach einer Weile stellt sich fast immer heraus, dass nicht sie das Problem ist. Es ist Daddy.‹«

Wir sahen einander schweigend an.

»Ungefähr vor einem Jahr hat Ruth etwas gesagt. Nur eine beiläufige Bemerkung, aber ich habe es mir gemerkt. Stephen war in seinem Arbeitszimmer, die Tür war zu – wie immer. Sie wollte ihm etwas erzählen, ihm etwas zeigen, ich weiß nicht mehr genau, was, und sie beschwerte sich bei mir, weil er keine Zeit hatte. Sie nannte ihn ›Den Unsichtbaren‹. Und da fiel es mir wieder ein – so habe ich Pop auch immer genannt, als ich klein war. Nur für mich. ›Den Unsichtbaren.‹«

Mama schüttelte langsam den Kopf. »Nein, nein, das sehe ich nicht so. Stephen war überhaupt nicht wie George, wenn du darauf hinauswillst.«

Genau darauf wollte ich hinaus. »Das habe ich auch nicht geglaubt.« Aber dann hatte ich die beiden da draußen in der Kälte stehen sehen, an dem Abend, als Stephen starb, und es war wie ein Puzzle, das sich langsam zusammenfügte, das letzte Teilchen fand seinen Platz. *Klick.* »Es stimmt, Mama. Ich habe meinen Vater geheiratet.« Wie schlau von mir. Zwei Männer, die mir die gleiche Vernachlässigung und Unaufmerksamkeit entgegenbrachten, die das gleiche ironische, distanzierte, anspruchsvolle, intellektuelle Gemüt hatten. Eine deprimierende Erkenntnis, aber sie war für mich nicht brandneu. Doch es meiner Mutter zu sagen hatte etwas unerwartet Erfrischendes, als hätte man gerade noch rechtzeitig einen schlechten Geruch entdeckt und vertrieben, ehe er sich ausbreiten konnte.

»Nein«, spottete sie. »Nein, nein. Ich meine, *warum hättest du das tun sollen?*«

»Na ja, vielleicht … um es in Ordnung zu bringen. Angeblich machen wir *deshalb* solche Sachen. Du weißt schon, wir wiederholen eine Erfahrung, die uns in der Kindheit nicht befriedigt hat, versuchen, es als Erwachsene besser zu machen.«

»Nein, das glaube ich nicht. Sie sind beide Akademiker, das ist alles. Mehr nicht. Stephen hatte seine eigenen Ansichten, Herrgott nochmal. Er hatte Vorlieben und Abneigungen, er hatte *Ideen*. George hingegen …« Sie seufzte schwer und beendete den Satz nicht – zu meiner Erleichterung. Für heute Abend hatte ich genug über die Fehler meines Vaters gehört.

»Stephen war launisch«, stellte ich fest. »Er wollte immer seinen Kopf durchsetzen.« Mein Vater auch, aber er setzte sich mit Schweigen und Passivität durch, was einen wahrscheinlich noch rasender machen konnte. »Weißt du, eigentlich kannten wir uns gar nicht so gut, als wir geheiratet haben. Zehn Monate! Er war natürlich gebildet, sehr klug, engagiert, sehr ehrgeizig – wie Pop.« Ich flüsterte: »Ich glaube, es stimmt, Mama. Ich glaube, ich habe meinen Vater geheiratet.«

Sie sah aus, als wüsste sie nicht, ob sie weinen oder lachen sollte.

»Ich glaube«, sagte ich, »die erste Hälfte meiner Ehe habe ich versucht, sie auf festen Boden zu stellen, und in der zweiten Hälfte versuchte ich, glücklich zu sein, obwohl ich wusste, dass sie kaputt war. Ich wollte einfach das Beste daraus machen. Weißt du noch, wie ich dich einmal mitten in der Nacht angerufen habe? Aus Chicago, als Ruth noch klein war? Ich fing an, dir ein wenig darüber zu erzählen, was nicht in Ordnung war, und du hast gesagt – ich weiß es nicht mehr, aber danach –« Doch ich erinnerte mich sehr genau. Sie hatte sinngemäß gesagt, ich solle mir nichts vormachen, mich nicht so haben, so wäre es nun mal im richtigen Leben. »Danach habe ich es aufgegeben, irgendetwas zwischen mir und Stephen ändern zu wollen. Und jetzt, wo er nicht mehr da ist, zerbreche ich mir den Kopf, ob das richtig war. Vielleicht hätte ich mehr tun müssen, vielleicht hätte ich nicht so schnell aufgeben dürfen. – Erinnerst du dich daran?«, fragte ich, als sie schwieg.

»Ich erinnere mich, dass du getrunken hattest.« Sie presste fest die Lippen zusammen. »Ich nehme das Gerede von betrunkenen Leuten nicht ernst.«

Hatte ich getrunken? Möglich war es. Aber – »Ich war nicht *betrunken*, Herrgott nochmal. Nein!«

Sie zuckte die Achseln, als wolle sie sagen: Wer weiß? »Nun, Carrie, ich wusste nicht, dass du so unglücklich warst«, sagte sie missbilligend. »Wirklich nicht.«

»Ich war nicht so *unglücklich*«, sagte ich, entschlossen, ehrlich zu sein, obwohl ich schon nicht mehr wusste, warum. Die Vertrautheit, die wir beide mit diesem offenen Gespräch hatten herstellen wollen, schien uns eher zu trennen, je länger es andauerte. »Oder wenn ich es war, dann wusste ich es nicht. Ich glaube, ich habe lange Zeit in einem Nebel verbracht, nicht glücklich und nicht unglücklich. Wie eine Schlafwandlerin.«

Ich sah weg, plötzlich blind vor Sehnsucht, ein plötzlicher Drang nach dem, was sein könnte. *Ich könnte Jess anrufen. Ich könnte seine Nummer wählen und seine Stimme hören.*

»Schlafwandlerin«, wiederholte meine Mutter mit flacher Stimme. »Ich kann nur sagen, du hättest es viel schlechter haben können. Was ist so schlimm daran, wenn Stephen ein wenig wie George war?«

»Es ist nicht –«

»Eins weiß ich jedenfalls: Das Leben ist zu kurz, um es zu verschlafen.« Sie stand auf und begann, die Papiertücher aufzusammeln, die sie auf den Tisch geworfen hatte.

»Du hast ja Recht, ich bin –«

»Vielleicht solltest du einfach mal aufwachen. Du hattest einen guten Mann, du hast ein wundervolles Kind – in mancher Hinsicht wirklich ein privilegiertes Leben. Ich hoffe, du denkst nicht daran, es für etwas wegzuwerfen, das deiner nicht würdig ist. Bedenke, was du hast. Steh auf, Carrie, ich muss das Bett ausziehen.«

»Mama, worüber reden wir eigentlich?«, fragte ich und rührte mich nicht vom Fleck. »Was werfe ich weg? Was ist meiner nicht würdig?«

»Du hat jetzt einen guten Job und du hast Glück, dass du ihn bekommen hast. Du hast einen zuverlässigen Chef, der Interesse an dir zeigt. – Was ist daran so witzig?«

»Nichts.«

Oh, wie gern würde ich ihr erzählen, wie zuverlässig mein Chef war. Ich hatte es für mich behalten, aus vielen, fadenscheinigen Gründen – Verlegenheit, das Bedürfnis, ihr nicht die Illusion zu nehmen, Unsicherheit, wie sie reagieren würde – vielleicht glaubte sie mir ja nicht oder vielleicht würde sie Brian aufsuchen und ihn verprügeln. Es ihr in dem Moment zu erzählen kam mir gemein vor, obwohl der Zeitpunkt genau richtig gewesen wäre.

Mein Lächeln gefiel ihr nicht, es sah wohl eher wie ein Grinsen aus. »Brian Wright ist wohl nicht gut genug für dich? Du bist an einem Mann mit Zukunft nicht interessiert?«

»Einem Mann, der Anzug und Krawatte trägt, meinst du.«

»*Was ist daran falsch?*«

»Absolut nichts. Willst du wirklich darüber reden, Mama?«

Sie wurde rot. »Was meinst du? Wir reden doch darüber. Ich sage dir, was ich will: dass du aufstehst, damit ich mein Bett machen und schlafen kann. Ich bin müde, ich bin eine alte Frau.«

»Ich nehme an, das soll ›nein‹ heißen.« Ich war genauso wütend wie sie. Ich stand auf, weil ich es gewohnt war zu gehorchen, aber ich war noch nicht fertig. »Mir gefällt es nicht, wie du über die Archisten redest«, sagte ich und schob den Tisch aus dem Weg. Sie hörte auf, die Kissen vom Sofa zu zerren und starrte mich an. »Warum tust du das? Du kannst gegen das Projekt sein, das steht dir frei, aber warum musst du die Anführerin spielen? Du hättest keine Petition einreichen müssen, du hättest der verdammten Zeitung keinen Brief schreiben müssen.«

»Warum nicht? Ich bin ein Mitglied der Gemeinde, ich kann meine Meinung äußern.«

»Du weißt, warum. Weil es *mir* etwas *bedeutet*.«

Sie schnalzte mit der Zunge und machte sich wieder an die Arbeit. »Schwachsinn. Deine eigene Tochter sagt, dass du sie vernachlässigst. Und wofür? *Tiere für eine Arche*«, sagte sie mit unterdrücktem Hohn – wenn Ruth nicht im Nebenzimmer geschlafen hätte, hätte sie es herausgeschrien. »In einer Scheune mit einem Farmer. Mit *zwei* Farmern!«

»Na also, jetzt kommen wir langsam auf den Punkt. Es hat nichts mit Bürgerpflicht oder Trennung von Kirche und Staat oder gutem Geschmack oder – was war es noch? – Kleinstadtästhetik zu tun. Ich hätte es ausschneiden sollen, du hast dich nämlich wirklich selbst übertroffen.«

»Das hat das Komitee geschrieben, nicht ich.«

»Aber es ist dein Komitee.«

»Ich verstehe deine Haltung nicht.«

»Ich erkläre sie dir gerade.«

»Nein, das tust du nicht. Ich gehe jetzt ins Bett. Ehrlich, Carrie, ich bin müde.«

Wir starrten uns über das niedrige Schlafsofa hinweg an und ich wog das Für und Wider einer Fortsetzung des Streits ab. Ich war es nicht gewohnt, mit meiner Mutter Streit anzufangen, aber noch weniger war ich es gewohnt, dass sie sich zurückzog. Es kam mir pervers vor, auf den Kopf gestellt, und ich verspürte wieder den Impuls, sie zu schützen. Wie auch immer, wir hatten ein Ritual: Sie entschied, worüber wir stritten, ich besänftigte sie, bis ich es nicht mehr aushielt, wir stritten uns, sie gewann oder ich gab nach und es war vorbei. Bequem wie ein alter Pullover. Und was hatte es uns gebracht?

Sie wandte sich zuerst ab und ging zum Schrank, um ein paar Extrakissen herauszuholen. »Was machen wir morgen? Würde Ruth es sehr schlimm finden, wenn wir uns die Kathedrale ansehen und anschließend in den Botanischen Garten gehen? Ich möchte ihn so gern sehen, aber nur, wenn es für sie nicht schrecklich langweilig ist.«

Darin war sie gut. Ein Themawechsel zur rechten Zeit, eine kleine Erinnerung, wer der Gastgeber auf dieser Reise war und wer die Gäste waren. Dankbare Gäste unterhielten großzügige Gastgeber, sie fingen nicht um ein Uhr morgens einen Familienstreit an.

Nachricht erhalten, Mama. Wir küssten uns auf die Wange, wünschten uns eine gute Nacht und zogen uns in unsere getrennten Lager zurück.

Ich duschte, um mich zu beruhigen und um den Streit aus dem Kopf zu bekommen. *In einer Scheune mit einem Farmer*, klang es in meinen Ohren. Doch nach einer Weile verblasste die Schärfe, mit der meine Mutter den Satz gesagt hatte. Ich vermisste meinen Farmer. Vermisste seine Scheune. Ich streifte mein Nachthemd über, betrachtete in dem beschlagenen Spiegel meinen neuen, schrecklich kurzen Haarschnitt und überlegte, ob er Jess wohl gefallen würde. Männer mochten lange Haare bei Frauen – das hörte ich immer wieder. Wenn ich nun einen furchtbaren Fehler gemacht hatte?

Als wir das letzte Mal zusammen gewesen waren, hatte er mein Haar berührt. Mittwochnachmittag, in der Scheune. Ich hatte mir einen halben Tag frei genommen und war zu Jess gefahren, um Tiere zu malen. Landy war auch da und half ihm, die Plattformen mit den Rädern zu bauen, doch er musste früh gehen, um seinen Vater zu besuchen.

Nachdem er weg war, schwieg Jess. Er war nicht hochmütig oder abweisend, er sagte einfach nichts. Am vergangenen Sonntag hatte er meine Hand gehalten, doch drei Tage später wollte er nicht mit mir sprechen. Ich nahm es ihm nicht übel – ich hatte mich zurückgezogen, ich hatte den natürlichen Lauf der Dinge unterbrochen. Den unausgesprochenen natürlichen Lauf der Dinge. Ich glaube, wir wussten beide, dass wir uns näher kamen – aber langsam, sehr langsam und zu meinen Bedingungen natürlich. In meinem Tempo.

»Schau dir das mal an und sag mir, ob die Ohren komisch aussehen«, sagte ich in der dämmrigen, zugigen Scheune und trat von meinem fast fertigen Elefanten zurück. Mein Meisterstück, wie ich im Stillen fand. Jess legte den Bohrer beiseite, kam herüber und stellte sich neben mich. »Nein, sie sind gut.« »Sicher?« »Ja.« Er wollte wieder zu seinen Rädern gehen.

»Das mit Sonntag tut mir Leid«, sagte ich schnell. »Dass ich meine Mutter in Schutz genommen habe – es war wirklich blöd.« Ich vertraute darauf, dass er wusste, wofür ich mich in

Wirklichkeit entschuldigte. »Ich weiß nicht mal, warum ich so sauer war. Ich hatte wohl das Gefühl, mit dir streiten zu wollen. Aber das stimmt nicht, das will ich nicht.«

Er schloss die Augen halb und verbarg seine Reaktion. Mein langer, unordentlicher Zopf – jetzt gibt es ihn nicht mehr – lag auf meiner Schulter und er hob die Hand und strich mit den Fingern darüber. Ich spürte das leichte Gewicht seines Handgelenks auf dem Schlüsselbein, heiß wie eine Verbrennung. »Was willst du, Carrie?«

Ach, alles. Am meisten wollte ich ihn, aber ich fürchtete mich immer noch vor ihm. Ich wollte die Erinnerung an meinen Mann in Ehren halten. Ich wollte die Anerkennung meiner Mutter.

»Wenn ich es dir sage«, erwiderte ich und ließ es spielerisch klingen, »würdest du es mir geben? Alles, was ich will?«

»Nein.« Er ließ seine Finger unter meinen Kragen gleiten und streichelte meine Haut. »Aber ich würde es versuchen.«

Ich musste die Augen schließen. »Ich kenne niemanden, der so ist wie du«, flüsterte ich. »Ich brauche Zeit.« Ich sah ihn an und fürchtete schon, dass ich meine Worte bedauern würde, doch er nickte.

»Ich laufe diesmal nicht wieder weg, das schwöre ich. Aber es ist, als könnte ich mich nicht bewegen. Bitte, Jess – bleib du auch stehen. Bitte warte. Denn sonst kann es so leicht …«

»So leicht …«

»Zu schnell gehen.«

Er beugte sich herunter und sein Gesicht kam mir ganz nah. »Wenn du dich entschieden hast, sag es mir, laut und deutlich.« Sein Atem an meinem Ohr ließ meine Haut kribbeln. »Schreib es auf ein großes Schild, Carrie. Hau es mir auf den Kopf. Weil ich es nämlich nicht verpassen will.«

Ich glaube, dann hat er mich geküsst, aber es war nur eine so kurze warme Berührung an meiner Wange, dass ich mir nicht sicher bin. Als er sich wieder aufrichtete, lächelte er. Er machte sich erneut daran, Räder an hölzerne Plattformen zu schrauben, aber nach ein paar Minuten verließ er die Scheune, um die Kühe zu melken. Ließ mich verwirrt zurück. Ich hatte nicht einmal den Elefanten fertig machen können.

Ich könnte ihn jetzt anrufen, dachte ich wieder. Seine Nummer wählen und seine verschlafene Stimme hören. Und was sollte ich sagen? »Du fehlst mir. Gib nicht auf. Es tut mir Leid, dass es so lange dauert.« Das hätte er verdient. Aber wusste er das nicht schon? Wenn nicht, hatte ich mich wochenlang geirrt. Monatelang. »Sag es laut und deutlich«, hatte er gesagt. Ja, das würde ich tun. Bestimmt. Sobald die Zeit gekommen war.

Ruth hatte die Lampe auf meinem Nachttisch brennen lassen. Sie lag auf dem Rücken und schlief fest, eine Hand zur Faust geballt neben ihrem Kopf, die andere offen auf der Brust. Unter der dünnen Decke hob und senkte sich die sanfte Wölbung ihrer Brüste, klein, aber fest. Manchmal erkannte ich sie in ihrem neuen Körper gar nicht mehr. Sie roch sogar anders. *Wer bist du?* wollte ich oft fragen. Wenn ich die Macht hätte, die Zeit anzuhalten, jetzt sofort, würde ich es tun? Ja, auf der Stelle. Aber nach kurzer Zeit würde ich es bedauern.

Wen wird sie sich wohl einmal aussuchen? überlegte ich, während ich leise und vorsichtig neben ihr ins Bett schlüpfte, um sie nicht zu wecken – wir waren es beide nicht mehr gewohnt, mit jemandem in einem Bett zu schlafen. Würde sie einen Mann wie ihren Vater wählen oder jemanden, der ihm so wenig wie möglich ähnelte? Ich hatte die Chance einmal gehabt. O Gott, wie sehr ich mir wünschte, dass das Muster einmal eine Generation ausließ! Wenn wir doch wieder zu arrangierten Ehen zurückkehren oder die Institution Ehe ausklammern könnten, bis wir dreißig sind! Oder vierzig. Zum Glück hatte Ruth bis jetzt keinen festen Freund, sie verabredete sich immer noch mit der ganzen Clique. Das einzige Gesicht, das immer wieder auftauchte, war Ravens und seinetwegen machte ich mir irgendwie keine Sorgen. Was zweifellos bedeutete, dass es eigentlich nötig wäre.

Ich beugte mich hinüber und hauchte einen Kuss auf ihre Wange. Sie bewegte die Lippen und drehte sich um, wobei sie den Löwenanteil der Decke mitnahm.

Wenn wir doch einfach Käfige um sie bauen könnten! Große Kästen aus Plexiglas, mit Rädern, in denen sie umherrollen konnten, in denen sie es wirklich gemütlich hatten, aus denen sie aber nie herauskonnten. Unfreiwillige Sicherheit. Dass Ruth im nächsten Sommer den Führerschein haben würde, war schon schlimm genug. Der Gedanke, dass sie in zwei Jahren aufs College gehen würde, war so schrecklich, dass ich gar nicht darüber nachdenken konnte. Ich konnte es nicht, verscheuchte den Gedanken aus meinem Kopf. Ich hatte eine kleine Messerphobie, ich ertrug es nicht, an Messerklingen zu denken, und natürlich spielte mir mein Verstand manchmal schreckliche Streiche und verfolgte mich mit Bildern von Messern, Rasierklingen usw. – eine kleine Folter. Mit Ruth und dem College war es das Gleiche: Mein Verstand attackierte mich mit willkürlichen Bildern von Schlafsälen, Bibliotheken und Talaren. Ich schüttelte mich und schob sie beiseite. Grauenvoll.

Ich knipste die Lampe aus und versuchte, es mir gemütlich zu machen. Ich konnte in Hotels nicht schlafen. Würden Ruth und ich in zwanzig Jahren ein Wochenende zusammen verreisen und uns Geheimnisse erzählen? Würde ich für sie eine Mutter sein, der sie sich anvertrauen konnte? Doch eigentlich wollte ich gar nicht, dass sie Probleme hatte, die sie jemandem anvertrauen musste. Fehler, Bedauern, Niederlagen, verpasste Gelegenheiten – ich wollte, dass ihr das erspart blieb, dass sie mithilfe einer unglaublichen Glückssträhne daran vorbeischlitterte. Ruths Leben musste perfekt sein.

Ich drehte mich auf meine Seite, zog die Knie an und legte die Hände unters Kinn: die Haltung, in der ich immer Trost suchte. Und mich darauf einstellte, schrecklich enttäuscht zu werden.

17

Die Leute gingen, obwohl es noch nicht einmal acht war.

»Alte Langweiler!«, sagte ich meinen Freunden ins Gesicht, tat so, als sollte es ein Scherz sein, aber das war es nicht. Dabei war es so ein wunderschöner Abend, mild, beinahe richtig warm, über der Garage ging die Sonne in den hübschesten Farben unter, Fledermäuse flogen durch den roten Himmel. Es war der erste Abend nach der Umstellung auf die Sommerzeit, was für mich sowieso immer ein Grund zum Feiern ist. »George«, rief ich durch den Garten, »mach mir noch einen Whisky Sour.«

Ich lief ins Haus, um die tragbare Stereoanlage zu holen. Musik war es, was meiner Party fehlte. Wo, zum Teufel, blieb Carrie? Hätte schon vor zwei Stunden hier sein sollen. Birdie war dabei, schmutzige Gläser in die Spülmaschine zu räumen. »Lass das«, befahl ich und griff an ihr vorbei, um den Stecker der Anlage, die auf dem Kühlschrank stand, herauszuziehen. »Hör auf und komm mit raus, sofort.«

Sie hob ergeben die Hände. »Ich wollte nur die Gläser retten, bevor sie kaputtgehen.«

»Auf dieser Party? Keine Chance.« Ich legte den Arm um Birdies Taille und zog sie aus der Küche. »Ich will, dass die Leute tanzen. Ich habe eine neue Kassette, lauter Songs aus den Fünfzigern.« Schlagartig fiel es mir ein. »Mein Gott, Bird – heute vor fünfzig Jahren war ich zwanzig Jahre alt.«

»Ich war siebzehn.« Sie schmunzelte – sie ließ keine Gelegenheit aus, mir unter die Nase zu reiben, dass sie jünger war. »Oh, ich glaube nicht, dass irgendjemand tanzen wird, Dana. Menschenskind, es sind ja nur noch die Hoopers und die Dodges da.«

Und die Dodges wollten gerade gehen. »Nein!«, rief ich und breitete die Arme aus, um ihnen den Weg zu versperren. »Ihr könnt doch noch nicht gehen, *unmöglich!* Warum müsst ihr denn schon los?« Ich hörte den falschen, verzweifelten Ton in meiner Stimme und fragte mich, ob ich langsam betrunken wurde. Nun, wenn nicht, lag es jedenfalls nicht daran, dass ich es nicht versucht hatte.

»Tut mir Leid, wirklich«, sagte Sylvia und machte ein Gesicht, als ob es ihr das Herz breche. Sie hakte sich bei dem stummen, verdrießlichen Harvey unter und lehnte sich an ihn. »Wir müssen morgen früh raus. Susie und Earl kommen mit den Kindern.« Sie verdrehte die Augen, womit sie sagen wollte, dass ihr das alles zu viel war, Kinder und Enkelkinder, aber was tat man nicht alles. Sylvia ist Professorengattin, genau wie ich, wir sind nur befreundet, weil unsere Männer dreißig Jahre lang in derselben Abteilung gelehrt haben. Wir haben uns oft bei Veranstaltungen im College gesehen, wir waren immer herzlich zueinander, jedes Mal, wenn wir uns unterhielten, kamen wir bis zu einem gewissen Grad an Intimität – und jedes Mal machten wir einen Rückzieher. Keine Gemeinsamkeiten. »*Vielen* Dank für alles«, sagte sie und küsste mich auf beide Wangen, »und alles Gute zum *Geburtstag*.«

»Alles Gute zum Geburtstag«, echote der alte, sauertöpfische Harvey. Kaum zu glauben, aber er hatte sogar noch weniger zu sagen als George. »Gute Nacht.«

»Fahr zur Hölle«, murmelte ich und ließ mich in den Liegestuhl fallen, neben den George meinen Drink gestellt hatte. »Mach für Birdie auch noch einen«, rief ich ihm über den Rasen zu. »Was glaubst du, wo Carrie ist, Bird?«

»Oh, nein, ich möchte keinen mehr, ich bin –«

»Und tu diesmal ein bisschen Alkohol rein! Ich schwöre, der Mann kann keinen Drink mixen. Zweiundfünfzig Jahre Ehe und er ist mir immer noch einen guten Drink schuldig. Er scheitert am Verhältnis von Eis zu Alkohol. Was ist daran so schwer, kannst du mir das sagen?«

»Warum machst du ihn dir nicht selbst?«

»Weil es sein Job ist. Ich mache alles andere, da kann er doch wenigstens das tun.« Ich nahm einen Schluck von meinem Whisky Sour. »Brrr. Zu sauer.« Ich stellte ihn beiseite, um das Eis eine Weile lang schmelzen zu lassen. »Es trinkt sowieso keiner mehr, alle sind so verdammt alt geworden. Früher hatten wir doch richtigen *Spaß* auf Partys, oder?«

»Und wie. Wir haben regelrecht wilde Partys gefeiert.«

»Genau! Jedenfalls ist da niemand um acht nach Hause gegangen. Mein Gott. Klar, das war noch zu Zeiten, bevor die Alkoholiker alle tot waren oder aufgehört haben zu trinken.«

Birdie gähnte hinter vorgehaltener Hand.

Die Musik fiel mir wieder ein. »Ich lege jetzt die Kassette ein«, beschloss ich und stand auf. Ich trug ein langes rotes Kleid, ich fand es festlicher als Hosen. Als ich über den Rasen zu der Steckdose auf der Veranda ging, trat ich auf den Saum und musste mich am Gartentisch festhalten, um das Gleichgewicht nicht zu verlieren. »Diese verdammten Schuhe«, murmelte ich und schleuderte sie von den Füßen. Einer landete auf dem Tisch und ich ließ ihn da liegen. Ich fummelte den Stecker in die Dose und legte die Kassette ein.

Der Rekorder war viel zu laut gedreht, *Come on-a my house* tönte es wie eine Polizeisirene. Birdie kreischte und George und die Hoopers drehten sich irritiert und erschrocken um. Wo zum Teufel war der Lautstärkeregler? Ich fand ihn und drehte die Musik leiser. Birdie nahm die Hände von den Ohren.

»Tanz mit mir«, sagte ich und zog sie hoch. Sie hatte Hosen an, sie konnte der Mann sein. Doch sie war so mager und zerbrechlich, es kam mir vor, als tanzte ich mit einem Kind.

»Oh, Dana, ich will nicht tanzen.«

»Du musst, es ist mein Geburtstag. *I'm gonna give you cahandy*«, sang ich und versuchte stolpernd einen Foxtrott. Vielleicht war es ja auch ein Jitterbug. »Wann hast du das letzte Mal getanzt? Ich weiß es gar nicht mehr. Vielleicht auf der Hochzeit von Margaret Whitemans Tochter. Ja, das kann sein. Ich meine, mit einem Mann.« Ich wirbelte Birdie herum. »Weißt du was?«

»Was?« Ihre Wangen röteten sich, sie atmete mit offenem Mund. Keine Ausdauer.

»Es ist vielleicht das letzte Mal, dass du und ich tanzen. Ich rede vom Rest unseres *Lebens!* Stell dir das mal vor, Bird.«

»Süße, du bist betrunken.« Sie hörte auf zu tanzen und bewegte sich keinen Schritt weiter. »Komm schon, setz dich hin. Ich mache dir eine Tasse Kaffee.« Sie verzog mitfühlend das Gesicht und ich stieß sie weg.

»Ich bin nicht betrunken und ich bade auch nicht in Selbstmitleid. Wenn du mir eine Tasse Kaffee machst, schütte ich sie dir über deine Hose.«

»Das ist der Beweis.« Verletzt ging sie zu ihrem Stuhl und setzte sich. »Über meine Hose schütten! O ja, natürlich. Ich kenne jemanden, der morgen schreckliche Kopfschmerzen haben wird.«

Ein absolut ordinärer Ausdruck schoss mir durch den Kopf, etwas, das man in meiner Generation nie sagen durfte. In Carries war es schon erlaubt und Ruth sagte es so oft, dass es nichts mehr bedeutete. Schockierend, wie sehr ich mir wünschte, es Birdie an den Kopf zu werfen und diesen pikierten Ausdruck von ihrem Gesicht zu wischen. »Scheiße«, sagte ich stattdessen, aber das hat sie von mir schon oft gehört. Sie presste nur die Lippen noch ein wenig fester zusammen.

Die Hoopers mussten gehen, hatten morgen einen großen Tag, irgendeine Schachmeisterschaft in Richmond, und Edward war in der Endrunde. Ich schaltete ab, bekam die Details nicht mehr mit. Wie bei den Dodges war Edward ein Kollege von George und Esther eine falsche Freundin von mir. Wir sahen uns auf Veranstaltungen des Colleges, aber sonst nie, weil es einfach nichts gab, woran wir eine Freundschaft hätten festmachen können. »Vielen Dank, dass ihr gekommen seid«, sagte ich zu Esther, als wir uns umarmten, und dachte dabei, wie lustig es war, dass die Hoopers die Letzten waren, die gingen, und die Dodges die Vorletzten, und ich mich nicht einen Pfifferling um einen von ihnen scherte.

»Wo sind *meine* Freunde?«, fragte ich, als die Hoopers außer Hörweite waren. »Sind sie alle tot? Außer dir«, fügte ich hinzu, als Birdie wieder ein verletztes Gesicht machte. »Ich meine, natürlich außer dir.« Ich ließ mich auf die Lehne ihres Stuhls fallen und tätschelte ihre dünne Schulter. »Findest du es nicht komisch, dass Georges Freunde am längsten auf meiner Party geblieben sind? Seine langweiligen, alten Freunde?«

»Deine Freunde waren auch da, Roberta und Dan, Kathryn, Binnie, die Strouds. Sie mussten einfach nach Hause.«

»Das meine ich ja. Wie kommt es, dass meine Freunde schlimmere Partymuffel sind als *seine?*«

Birdie wusste es nicht. George hörte mich, sah aber nicht auf, was auch immer er da gerade am Grill tat, die verbrannte Holzkohle wegschütten oder so. Doris Day begann zu singen, *Once I had a secret love*, und ich sang mit. »Aus welchem Film ist das? Dem mit James Cagney? Den Film habe ich geliebt. Sie hatte absolut phantastische Kleider an.«

»Ich finde Doris Day großartig«, sagte Birdie. »Sie rettet jetzt Tiere, weißt du. Sie ist eine wunderbare Frau.«

»In dem Film trug sie eine Pelzstola. Ich wollte unbedingt auch so eine. Aber George verdiente damals nichts, sodass es gar nicht infrage kam. Aber wirklich, ich wollte unbedingt eine Pelzstola.«

»Ich wollte immer blond sein«, sagte Birdie.

»Ich wollte klein und zierlich sein.«

»Ich wollte einen Pferdeschwanz, aber Chester behauptete, das würde billig aussehen.«

Ich nahm einen Schluck von meinem Drink, der jetzt perfekt war. »Zu schade, dass man nicht wiedergeboren wird. Wirklich zu schade. Es ist eine verdammte Schande.«

»Oh, ich glaube schon, dass es eine Wiedergeburt gibt. Ich glaube, wir kommen immer wieder, bis wir endlich alles richtig machen.«

»Nein, tun wir nicht. Das ist lächerlich. Wir werden begraben und verrotten. Das war's.«

»Oh, nein, das glaube ich nicht.« Birdie faltete die Hände und wandte das Gesicht ab. Alte Närrin. Doch eine Welle von Zuneigung erfasste mich und spülte den Ärger weg. Birdie ist wie ein altes Lied, das einem auf die Nerven geht, weil man es schon so oft gehört hat. Aber es ist trotzdem ein schönes Lied und manchmal, wenn es jemand genau zur richtigen Zeit singt, weiß man wieder, warum es so gut ist, und man mag es wieder.

»Nun, du hast vielleicht Recht«, sagte ich großherzig. »Niemand *weiß* es, das ist sicher, jedenfalls nicht, bis man tot ist, also, was soll's. Wenn du glauben willst, dass du als Katze wieder auf die Welt kommst, bitte sehr, Süße, tu es.«

Die Fliegengittertür ging auf. »Als Katze! Gram kommst du als Katze wieder?«

»Da seid ihr ja. Endlich!« Ich stand auf und breitete die Arme aus. Ruth kam und umarmte mich. Sie fühlte sich so gut an, so quirlig und lebendig, ich wollte sie gar nicht wieder loslassen. »Wo wart ihr? Die Party ist schon vorbei, aber sie war sowieso langweilig. Ihr hättet ein bisschen Schwung reinbringen können. Hmmm, du siehst zum Fressen aus. Wo wart ihr?«

»Wir wurden aufgehalten«, sagte Carrie hinter einer gigantischen Azalee, die sie in den Armen hielt. »Wo sind die Gäste? Ruth, halt mal –« Aber sie bekam die Tür mit dem Fuß auf und schlüpfte durch, ehe sie wieder zuschlug. »Herzlichen Glückwunsch.« Als sie den schweren Topf auf den Tisch stellte, klang sie erleichtert. Wieder ein Punkt auf ihrer Liste, den sie abhaken konnte.

»Oh, wie hübsch«, sagte Birdie und stand auf, um Ruth schüchtern zu umarmen. »Dana, ist die nicht wunderschön?«

»Ich hab sie ausgesucht«, sagte Ruth. »Mom wollte eine weiße.«

»Weiß? Nein, nein«, sagte ich, »rosa ist viel schöner. Sie ist wirklich phantastisch und ich weiß schon genau, wo ich sie hinstellen werde.«

»Ich dachte dabei an die Abende«, sagte Carrie. »Du weißt doch, wie weiße Azaleen nachts im Garten leuchten.« Sie strich sich die Haare aus dem Nacken. Sie sah verschwitzt, müde und abwesend aus. Ich weiß immer, wann ihr Gesicht eine Maske ist, weil sie dann nicht natürlich lächeln kann, ihr Mund wird einfach nicht weich. »Egal, herzlichen Glückwunsch, Mama.« Sogar ihre Arme fühlten sich steif an und der Kuss, den sie mir auf die Wange gab, hatte keinen Schwung, keine Energie. »Tut mir Leid, dass wir die Party verpasst haben. Ich dachte, die Leute wären noch da«, sagte sie sanft und löste sich von mir. »Hallo, Pop, hab dich gar nicht gesehen.« Sie umarmte George und trat zurück, damit auch Ruth ihn begrüßen konnte. »Wie geht es dir? Du hast dich heute Abend ja ganz schön rausgeputzt.«

George lächelte unsicher und sah auf seinen Pullover und die zerknitterte Leinenhose herab. Er sah wirklich ungewöhnlich vornehm aus, aber nur, weil Carrie die Sachen in einem Eddie-Bauer-Katalog entdeckt und sie ihm zum Geburtstag geschenkt hatte. Letztes Jahr – als sie noch Geld hatte. »Danke.« Er zwinkerte ihr zu.

»Gefällt dir mein Kleid?«, fragte ich Ruth, weil Carrie mir nicht zuhörte. »Es ist eigentlich zu jung für mich, ich weiß.«

»Oh, nein, Gram, es ist super, wirklich hübsch.«

»Quatsch, alte Damen sollten kein Rot tragen. Sie sehen damit so zurechtgemacht aus.« Ruth kicherte. »Setzt euch. George, stell die Pflanze auf die Erde, damit wir uns sehen können. Habt ihr Hunger? Carrie, wie wär's mit einem Drink – ich nehme auch noch einen. Es ist noch jede Menge Essen da –« Birdie war bereits auf dem Weg in die Küche. Ich hinderte sie nicht daran, schließlich war ich das Geburtstagskind. »George, hol eine Cola für Ruth. Oder was willst du, Süße, Sprite, Eistee, wir haben auch selbst gemachte Limonade. Carrie, möchtest du einen Whisky Sour?«

Nein, sie wollte nichts trinken und sie war auch nicht hungrig – sie rief Birdie nach, dass sie ihr nichts mitbringen sollte. Und sie konnten auch nicht lange bleiben, weil Ruth morgen in aller Frühe ein Fußballspiel hatte, sie waren nur schnell vorbeigekommen, um mir mein Geschenk zu bringen und mir alles Gute zu wünschen. Ich konnte es kaum glauben. So leicht würden sie mir nicht davonkommen! Ich redete auf Carrie ein, bis sie schließlich nachgab und sagte, sie würde ein Bier trinken. »Das will ich auch hoffen«, schnaubte ich. »Heute ist mein Geburtstag, verdammt noch mal, ich bin siebzig Jahre alt geworden und da kannst du sehr wohl was trinken und mit mir anstoßen.«

Bei meinen Worten zog sie die Augenbrauen hoch, aber endlich lächelte sie ganz natürlich. »Wie viele hast du davon schon gehabt?« Sie wies auf mein Glas.

»Nicht genug.« Ich griff nach Ruths Arm und drückte ihn. »Du tust, was ich dir *sage*, und nicht, was ich gerade *tue*, hörst du?«

»Ja, Gram.«

»Und ich sage dir: Fang nie an zu trinken.«

»Ja, Gram.« Sie und ihre Mutter tauschten amüsierte Blicke aus, aber das war mir egal. Die Laune meiner Gäste war offensichtlich gestiegen. Vielleicht wurde es ja doch noch eine Party.

»Und«, sagte ich. »Warum kommt ihr so spät? Was hat euch aufgehalten? Wir haben Lachs gegrillt, hatten Gemüsekebabs, Birdie hat einen Kuchen gebacken. Was war los?«, wiederholte ich, als Carrie nicht antwortete und nur ein betretenes Gesicht machte.

»Ach, wir sind … einfach nicht fertig geworden und dann passierte noch etwas und ich dachte, es ist bestimmt nicht schlimm bei so vielen Gästen.«

Ruth hüpfte praktisch auf ihrem Stuhl auf und ab. »Sie wurde gefeuert«, sagte sie schnell, dann zog sie den Kopf ein.

»Du wurdest *was?* Du bist *gefeuert?*«

Carrie bedachte Ruth mit einem rabenschwarzen Blick – unter der Hand hervor, mit der sie sich die Stirn massierte. »Ja«, sagte sie müde. »Ja, ich bin gefeuert worden.«

»*Warum?*«

Ruth sagte: »Weil sie nicht mit Mr. Wright schlafen wollte! Ha – Mr. Schmiergesicht!« Carrie legte den Kopf zurück und schloss die Augen.

»Stimmt das? Nein, das glaube ich nicht.«

»Es stimmt, Mama.«

»Wir waren noch im Büro und haben ihre Sachen abgeholt, deswegen kommen wir so spät. Chris kam herunter – Mrs. Fledergast – und sie haben endlos miteinander gequatscht.«

George sagte ungläubig: »Brian Wright?«

»Ja, Pop, Brian Wright.« Carrie öffnete die Augen und sah ihn kalt an.

»Als sie dieses Date hatten«, meldete sich Ruth wieder zu Wort. »Mom wollte ihm keinen Gute-Nacht-Kuss geben, also hat er eine Weile gewartet, damit es nicht ganz so schlimm aussieht, und dann hat er sie gefeuert.«

»Es war kein Date. Ich habe dir doch gesagt, dass es *kein* Date war.«

»Es ist gestern Nachmittag passiert. Er hat ihr gesagt, dass sie ab Montag nicht mehr zu kommen braucht, er ihr aber noch zwei Wochen bezahlt. Was für ein Scheißkerl.«

»Mein Gott«, sagte Birdie und stellte einen Teller mit Essen vor Ruth. »Ich finde, du solltest ihn verklagen.«

»Das habe ich auch gesagt«, bemerkte Ruth.

»Wegen sexueller Belästigung«, fügte Birdie hinzu.

»Ich verklage niemanden«, sagte Carrie, als hätte sie es schon hundert Mal gesagt.

»Aber warum nicht? Er sollte nicht so davonkommen.«

»Ich verstehe nicht«, brachte ich schließlich heraus. »Woher weißt du – warum glaubst du –« Mir fielen die einfachsten Worte nicht ein. *Vergeltung*. Das war es. »Warum glaubst du – also erst einmal will ich wissen, was es mit dem Gute-Nacht-Kuss auf sich hat.«

»Wir können später darüber reden«, fuhr Carrie mich an und warf einen Blick auf Ruth.

»Herrgott nochmal«, explodierte Ruth, »für wie alt hältst du mich eigentlich, Mom? Für acht? Ich sage euch, was los war. Sie wollte ihm keinen Kuss –«

»Also – es war ein bisschen mehr als das«, unterbrach Carrie sie und wir glotzten sie alle an. »Aber nicht so viel, wie ihr jetzt denkt«, fügte sie mit einem Lachen hinzu. »Irgendwas dazwischen – die Details sind nicht wichtig.« Dachte sie. »Der Punkt ist, ich weiß, dass er mich deswegen gefeuert hat.« Als ich den Kopf schüttelte, funkelte sie mich an. »Ich war gut in meinem Job, Mama, es gibt keinen anderen Grund. Du kannst Chris fragen, wenn du mir nicht glaubst.«

»Ich glaube dir.« Ich hasste die Vorstellung, aber ich glaubte ihr. Ich hatte Pläne mit Brian Wright gehabt. Ich hatte ihn entdeckt, ein ungeschliffener Diamant, hatte ich gedacht. Ich wollte ihn dazu benutzen, meine Tochter glücklich zu machen. Mir war speiübel. »Widerlicher Hurensohn. Wenn er hier wäre, würde ich ihn in die – Eier – treten.«

Carrie schlug die Hände zusammen und legte sie dann auf ihre Wangen. »Mama, ich liebe dich. Du bist so durchschaubar.« Was auch immer das heißen sollte.

Birdie sagte: »Was wirst du jetzt tun?«

Carrie zuckte die Achseln, aber sie mied meinen Blick und ich kannte die Antwort. Sie würde zu Jess Deeping gehen und Tiere für die Arche bauen. Den ganzen Tag lang.

Mir blieb nichts anderes übrig, als noch etwas zu trinken.

»Okay«, sagte Carrie, »genug davon, können wir jetzt bitte über etwas anderes reden?« Sie sah müde, wütend und erregt aus, aber nicht besonders deprimiert. Für jemanden, dem man gerade den Boden unter den Füßen weggezogen hatte, war sie verdammt munter. Sie nahm das Bier, das ihr Vater ihr brachte, und hob das Glas. »Auf dich, Mama. Noch viele glückliche Jahre.«

Ich brachte kaum ein Lächeln zustande. Ich erkannte den Anfang vom Ende.

Birdie begann zu plappern – wie schön, dass es endlich Frühling wird, ist das Wetter nicht wundervoll und haben wir nicht ein Riesenglück, dass wir so früh im Jahr schon draußen sitzen können. George hatte vergessen, mir noch einen Drink zu bringen, deshalb stand ich auf, um ihn mir selbst zu holen. Dabei stieß ich gegen den Tisch, nur ein winziger Stoß, aber Carrie musste natürlich sagen: »Alles in Ordnung, Mama?«

»Mir geht's gut, wirklich. Sehe ich nicht so aus?«

Und ich war richtig verliebt in Ruth. Ich hockte mich neben sie auf die Stuhllehne und strich ihr das hübsche, lockige Haar aus dem Gesicht, streichelte ihren Nacken, nahm sie in den Arm und drückte ihre Wange an meinen Busen. »Ich könnte dich bei lebendigem Leibe auffressen.« Sie roch sogar gut, verschwitzt und süß und wirklich. Ich vergrub meine Nase in ihren Haaren und atmete ihren Duft ein.

»Dana, Himmel nochmal«, sagte Birdie, »lass das Kind in Ruhe.«

»Nein, sie ist so süß.« Ich gab ihr einen nassen, schmatzenden Kuss auf die Schläfe und sie sah verlegen weg. Gleich darauf rieb sie sich mit den Fingerknöcheln über den Wangenknochen.

Über den Tisch hinweg fing George meinen Blick auf und runzelte die Stirn. Seine Augen schweiften von meinem Glas zu mir und wieder zu meinem Glas. Wer zum Teufel war er, ein Mitglied von den Anonymen Alkoholikern? »Ihr müsst schon entschuldigen«, sagte ich, »aber ich habe heute mein achtes Lebensjahrzehnt erreicht und es steht mir zu, meinen Kummer zu ertränken. Wie alt bist du, Ruth, siebzehn?«

»Fünfzehn, Gram.«

»Genau, ich wusste es. Warte, bis du so alt bist wie ich, und dann schau dir an, worauf du zurückblicken kannst.«

»Mama«, sagte Carrie, »es gibt so vieles, worauf du dich noch freuen kannst.«

»Was denn? Nenn mir nur eine Sache. Mit siebzig sind die Aussichten nicht mehr so rosig, das sage ich dir. Was kann dir noch Gutes passieren? Wirklich Gutes? Nichts. Die Gelenke tun dir weh. Die Blase wird inkontinent – vielleicht musst du eine Windel tragen wie June Allison. Dann verlierst du den Verstand, kannst dich an nichts mehr erinnern. Schau dir Helen Mintz an – sie ist nur noch ein Hohlkopf.«

»Nein, das ist sie nicht«, sagte Birdie schockiert.

»Vielleicht bekommt man auch einen Schlaganfall. Oder einen Herzinfarkt oder Lungenkrebs, Brustkrebs, vielleicht müssen sie dir den Darm entfernen.«

»Wahnsinn«, sagte Ruth kichernd, »du klingst wie Raven.«

»Ruths Vampir-Freund«, erklärte Carrie Birdie.

»Was? Ihr Tierfreund?«

»Ich sage euch, das sind keine besonders hübschen Aussichten, wartet nur, bis ihr so alt seid wie ich. Was glaubt ihr denn, was ich jetzt tue? Eine neue Karriere beginnen? Plötzlich zu malen anfangen? Bienen züchten? Es ist *vorbei*.«

»Mama, um Himmels willen.«

»Herrje, Gram, du bist noch nicht *hundert!*«

»Die tragische Heldin«, sagte Birdie blasiert.

George rutschte mit dem Stuhl zurück, klopfte auf seine Tasche und murmelte etwas.

»Wo gehst du hin?«

»Ein Pfeifchen rauchen. Bin gleich wieder da. Entschuldigt …« Er ließ den Satz in der Luft hängen und schlurfte in Richtung Garage davon.

Ich lehnte mich zurück. »Da habt ihr's, oder? Da – habt – ihr's.« Ich prostete seinem Rücken zu, aber mein Drink schmeckte bitter. »Und glaubt ja nicht, ihr könnt *mit* jemandem alt werden, nur weil ihr mit ihm verheiratet seid«, sagte ich und wedelte Ruth mit dem Zeigefinger vor dem Gesicht herum. »Mach nicht denselben Fehler.«

»Mama«, sagte Carrie scharf.

»Es ist mir egal, das musste einmal gesagt werden.«

»Nein, musste es nicht.«

»Pass gut auf, wen du dir aussuchst, Ruth, Süße. Wenn man jung ist, machen sie noch einen guten Eindruck, sie tun das Richtige, du denkst, du wirst nie wieder einsam sein, aber dann verblassen sie. Plötzlich stellst du fest, dass du einen Geist geheiratet hast. Stimmt's Carrie? Du bist doch diejenige, die –«

Carrie stand auf. »So, wir müssen gehen. Gib deiner Großmutter einen Kuss und komm, Ruth, es ist schon spät.«

Ich blinzelte nur heftig, rührte mich aber nicht. Während ich darüber nachdachte, was ich gesagt hatte, verflog der Schock schon wieder. Sollten sie doch gehen. Ich meinte jedes Wort genau so, wie ich es gesagt hatte. Als Carries Wange meine berührte und sie sagte: »Gute Nacht, Mama. Herzlichen Glückwunsch nochmal«, antwortete ich ihr nicht, sondern blieb einfach mit ausdruckslosem Gesicht und verstockt sitzen. Bei Gott, an seinem Geburtstag wird man ja wohl noch die Wahrheit sagen dürfen.

»Nacht, Mrs. Costello,« sagte Carrie zu Birdie.

»Nacht, Kleines. Pass auf dich auf.« Ich sah nicht hin, aber das musste ich auch gar nicht. Über meinen Kopf hinweg wurden heimlich Blicke gewechselt. Carrie murmelte, dass sie hinten rausgehen würde, um ihrem Vater noch Auf Wiedersehen zu sagen. Schön, feiert doch da hinten eine Party, meinetwegen. Ein *Love-in*.

Dann wartete ich darauf, dass Birdie endlich anfing. Lange würde es nicht dauern, Stille ist ihr schlimmster Feind.

»Nun«, sagte ich schließlich, als sie tatsächlich den Mund hielt. »Hast du der *tragischen Heldin* nichts zu sagen?«

Sie stand langsam auf, wobei sie sich am Tisch abstützte. »Du hast zu viele Whisky Sour getrunken, es lohnt sich nicht, mit dir darüber zu reden.«

»Gut.«

»Aber eines will ich sagen.«

»Auf geht's.«

»Mein Chester war kein Engel und es gibt ein paar Dinge, die ich nicht einmal *dir* erzählt habe. Aber ich hätte sie mit Sicherheit niemals meinen Kindern erzählt. Ich habe nicht versucht, Mitleid zu erheischen, indem ich Chester vor Matt und Maddie schlechtmachte.«

»Was bist du doch für ein guter Mensch.«

»Nein, bin ich nicht. Ich weiß einfach, dass es Regeln gibt. Und zu viele Drinks und Selbstmitleid, nur weil du siebzig geworden bist, geben dir nicht das Recht, sie zu brechen. Ein Kind muss nicht wissen, dass sein Vater ein Versager ist, egal wie alt es ist. Das tut man einfach nicht.«

»So ein Blödsinn. Eine Mutter und ihr Kind sind sich die nächsten Menschen auf der Welt. Wenn du deinem eigenen Fleisch und Blut nicht sagen kannst, wie dein Leben ist, wozu dann das Ganze? Ich habe keine Grenze überschritten.«

»Doch, das hast du und du weißt es. Auch, als du Ruth als Entschuldigung benutztest. ›Pass auf, wen du dir aussuchst, Süße‹«, äffte sie mich nach. »Du solltest dich schämen.«

»Ach, geh doch nach Hause.«

»Das werde ich auch tun.«

»Wann?«

»Wenn ich fertig bin. Wenn du Probleme mit George hast, solltest du sie deinem Therapeuten oder einem Eheberater erzählen.« Ich schnaubte. »Vielleicht Reverend Thomasson.«

Ich griff nach Carries halb vollem Bierglas. »Ja, genau, Birdie, das werde ich tun, ich werde den Pastor besuchen. Eine wunderbare Idee und es passt so gut zu mir, es ist das Beste, was ich tun kann. Junge, Junge, bist du sicher, dass du mich gut kennst?« Ironie ist an Birdie reine Verschwendung, es sei denn, man reibt sie damit ein. »Ich dachte, du wolltest gehen.«

»Wie du willst, dann geh halt nicht hin, bleib zu Hause und versaure.« Sie beugte sich vor und sagte ganz ernst: »Tut mir Leid, aber du wirst immer verbitterter und ich bin nicht die Einzige, die das feststellt. Ich – ich finde nur, du könntest Hilfe gebrauchen, und zwar nicht von deiner Tochter, die genug eigene Probleme hat.«

»Danke.« Das warme Bier blieb mir im Hals stecken, beinahe spuckte ich es zurück ins Glas. »Und knall ja nicht die Tür, wenn du gehst.«

Birdie seufzte. Lächelnd und stirnrunzelnd kam sie um den Tisch herum. »Du bist die schwierigste Freundin, die ich habe. Ich liebe dich, Dana, aber manchmal bist du ein richtiges Ekel. Herzlichen Glückwunsch zum Geburtstag, Liebes.«

Als sie sich hinunterbeugte, um mich zu küssen, wich ich ihr aus, aber sie ließ nicht locker und es gelang ihr, mir einen harten Kuss auf die Wange zu drücken. Ich machte: »Mmpf«, und erwiderte ihr Lächeln nicht. »Vielleicht solltest du Kummerkastentante werden und Geld für deine Weisheiten verlangen. Du könntest dich Fräulein Besserwisserin nennen.«

Sie lachte und ging über den Rasen davon. Sie trug ein viel zu buntes Sommerkleid in Rosa und Weiß. Das Weiß leuchtete in der fahlen Dämmerung – Carrie hatte Recht. »Ich nehme es zurück«, rief sie von der Tür aus. »Du bist kein Ekel, du bist ein *Arschloch*.«

Oh, oh, das aus Birdies Mund, böse, böse, schlimmer als Fluchen. Aber sie hatte das »Arschloch« nur flüsternd herausgebracht, wie ein kleines Mädchen, sodass der Effekt dahin war. Allerdings knallte sie die Tür zu.

Ich starrte unschlüssig in die Gegend, lauschte den abendlichen Geräuschen und versuchte, mir darüber klar zu werden, was ich fühlte. Schuldbewusstsein? Wut? Beides. Aber hauptsächlich war ich müde, mein Geist war erschöpft, viel zu müde, um darüber nachzudenken, wer Recht hatte und wer nicht. Es war mir einfach egal. Morgen früh würde ich voller Reue und Verlegenheit aufwachen, weil ich einen Faux Pas begangen und die Menschen, die ich am liebsten hatte, verärgert hatte. Aber heute Abend war ich nur noch verdrießlich.

Der Mond war genau halb voll und die Luft süß und kühl. Es roch nach umgegrabener Erde und Dünger – echter Frühlingsgeruch. Sehnsucht nach einer Zeit, an die ich mich nicht erinnern konnte, die ich vielleicht nicht einmal erlebt hatte, erwachte in mir. Ich stand auf und machte mich auf die Suche nach George.

Durch die knospenden Zweige der Robinie hinter der Garage warf das Licht der Straßenlaterne Sprenkel auf Georges kahlen Kopf, der sich hin und her bewegte – er saß auf einer der beiden rostigen, alten Schaukeln, die wir vor Jahren hier draußen aufgestellt hatten und bis heute nicht hatten abholen lassen. Er saß mit dem Rücken zu mir, den Kopf an die Kette gelehnt. Mit seinen krummen Schultern wirkte er verträumt, er schaute dem Rauch nach, der aus seiner Pfeife in die Zweige des Baumes stieg, in Gedanken versunken, friedlich. Bei seinem Anblick fühlte ich mich plötzlich angespannt, fehl am Platze, irgendwie unbeholfen. Er hörte mich und drehte sich um, so dass sich die Ketten der Schaukel über seinem Kopf verdrehten. »Hallo«, rief er wachsam.

Ich schlenderte zu ihm, die Hände in den Taschen meines roten Kleides, vorsichtig einen Fuß vor den anderen setzend. Hier gab es Unmengen von Wurzeln. Wenn ich über eine stolperte, würde er sagen, ich sei betrunken.

»Hey«, sagte ich und quetschte mich auf die andere Schaukel. »Ich räume das Geschirr morgen früh auf.«

»Die Schaukel ist dreckig – du wirst dir das Kleid schmutzig machen.«

»Macht nichts.«

Er sah mich an und versuchte herauszubekommen, in was für einer Stimmung ich jetzt war. Das Licht der Straßenlaterne spiegelte sich in seinen Brillengläsern und blendete mich. Ich konnte seine Augen nicht sehen. Nach einer Weile sagte er: »Ist das mit Carrie nicht eine Geschichte?«

»Verrückt. Ausgerechnet!«

»Ich kenne Brian, seit er in Remington Buchhalter war. Hab ihn nie gemocht, aber so etwas hätte ich nie von ihm gedacht. Niemals.« Er schüttelte verwirrt den Kopf. »Vielleicht sollte Carrie ihn *doch* verklagen.«

»Das ist ordinär. Verdammter Hurensohn.« Ich meinte es ernst, aber ich bedauerte sogleich, dass ich es gesagt hatte. George beschwert sich zwar nicht, aber er hasst es, wenn ich fluche. Da sieht man, wie gleichgültig und verrückt ich schon war. Und dumm. Ausgetrickst, alt und reingelegt. Ich kam mir vor wie eine dieser alten Damen, über die man immer in der Zeitung liest, die auf einen Schwindler hereinfallen und sich ihr gesamtes Erspartes am Telefon abschwatzen lassen.

»Carrie muss jetzt wohl einen neuen Job finden. Sie kann mir jederzeit bei meinen Recherchen helfen. Das habe ich ihr schon mal gesagt. Nicht für immer, aber in der Übergangszeit…«

»Ich glaube nicht, dass sie das will«, bemerkte ich teilnahmslos.

Seine Pfeife ging aus, und als er sie wieder anzündete, glühte der Pfeifenkopf. »Ich glaube es auch nicht«, bestätigte er mit einem wehmütigen, unsicheren Lächeln. Ich sah ihn neugierig an. Er zog an seiner Pfeife und starrte ins Leere.

Eine Eule schrie, nicht die, die so heimelig hu-hu macht, sondern die, deren Schrei wie ein Schnarren oder Zischen klingt, dieses unheimliche, kratzende Geräusch, bei dem man eine Gänsehaut bekommt. Ich konzentrierte mich auf das freundlichere Rauschen des Verkehrs in der Ferne und das vertraute, beinahe hysterische Bellen von Maisie, dem Nachbarhund.

»Glaubst du, dass wir wie George und Martha sind?«

»George und Martha?«

»Du weißt schon, die beiden Alten aus *Wer hat Angst vor Virginia Wolf*. Sie hießen George und Martha. Er war Professor an einem College.« Sie war allerdings die Tochter des Dekans, da hinkte der Vergleich. Ich habe George nur geheiratet, um meinem alten Leben zu entkommen, aber ich habe nie gelernt, mich in das neue einzufügen.

George grunzte.

»Sie hassten sich«, sagte ich. »Aber gleichzeitig haben sie sich auch geliebt.« Ich ließ das wirken, ließ die Worte in der Luft hängen. Eine Einladung. Ein Versuch.

George sagte nichts.

Eine Welle von Traurigkeit durchflutete mich. »O Gott, wie wird es nur weitergehen?«

Er kam mit der Schaukel ein wenig näher. Ganz leicht tätschelte er meinen Oberschenkel.

Ich nahm seine Hand und betrachtete sie in dem spärlichen Licht. Eine von Adern durchzogene, alte Hand, eine faltige, alte Hand. Gelbe Nägel, die nach Nikotin rochen. Ich wollte sie an meine Wange legen, doch sie sah so fremd aus, wie ein Gerät, ein Werkzeug, nicht wie Fleisch. Je länger ich sie ansah, desto weniger sah sie aus wie eine Hand.

Ich legte sie auf mein Knie. »Warst du glücklich?«

»Was meinst du?«

»Auf einer Skala von eins bis zehn, wo würdest du das Glück in deinem Leben einordnen, George?«

»Oh.« Er lachte.

»Nein, ich meine es ernst. Was würdest du sagen? Wie lautet deine Antwort?«

Er seufzte. »Sieben.«

»Wirklich? Meine auch. Und ich dachte, wir hätten nichts gemeinsam.« Wir lächelten und sahen uns nicht an. Wir lehnten beide den Kopf an die rostigen Ketten unserer Schaukeln. Wenn wir ein winziges Stück zur Seite schwingen würden, würden wir uns berühren.

»Heute Abend wäre es allerdings nur eine Vier, George. Heute Abend bin ich nicht besonders gut drauf.«

»Du hast ein bisschen zu viel getrunken.«

»Vielleicht. Aber ... ich hatte mir etwas gewünscht. Irgendein Gefühl. Ich mag diese Sache mit dem Älterwerden nicht.« Ich tat so, als schüttelte ich mich. »Kaum vorstellbar, dass wir unsere Geburtstage mal *gefeiert* haben.«

Er gab meinem Bein einen Klaps, zog seine Hand zurück, um sich den steifen Nacken zu massieren, und zündete seine Pfeife wieder an.

Ich wollte gar nicht, dass er mit mir redete. Das erwarte ich schon seit langem nicht mehr, so wie ein Kind irgendwann nicht mehr erwartet, dass sein Stoffhund mit ihm redet. Ich wollte nur ... irgendwas. Genau an diesem Abend. Eine Art Verbundenheit.

»George?«

»Mmh?«

»Weißt du, du musst nicht draußen rauchen. Wenn du willst, kannst du im Haus rauchen. Ich habe nichts mehr dagegen.«

Er nickte nachdenklich. »Ich glaube, ich bleibe trotzdem dabei«, sagte er langsam. »So schlimm ist es nicht. Ich habe mich daran gewöhnt.«

Irgendwo auf der Straße quietschte ein Garagentor, ehe es zufiel, *krach*, Metall auf Beton. Ein hübsches, abschließendes Geräusch. Ich stand auf. »Mein Hintern tut weh. Ich gehe rein.«

»Ich komme auch gleich.«
»Gut.«
»Herzlichen Glückwunsch zum Geburtstag!«, rief er.
»Danke.«
Ich ging allein in das leere Haus. Etwas, das ich schon eine Million Mal getan habe, aber heute Abend hatte ich das Gefühl, als übte ich für die Zukunft.

18

»Vorsichtig, passen Sie auf Ihren Kopf auf. Achtung, die Tür!«
»Ich hab's, ich hab's. Alles okay.« Der Anflug von Verzweiflung in Mr. Greens Stimme ließ mich zum ersten Mal denken, dass ich womöglich eine Nervensäge war. Niemand war geduldiger als Mr. Green.
»Den Rest schaffe ich wahrscheinlich allein«, sagte ich. »Ich brauchte Sie nur für die großen Teile. Aber es wäre toll, wenn Sie mir noch bei dem Polarbären helfen könnten. Dann können Sie gehen, Sie haben bestimmt noch tausend andere Dinge zu tun.«
Mr. Green war besänftigt, lächelte und trat einen Schritt zurück, um den Standort der Giraffe zu bewundern, die, dreieinhalb Meter hoch, an der sonnigen Wand der Scheune stand. Wir brachten die Tiere hinaus, damit Eldon Pletcher sie bei Tageslicht anschauen konnte. Landy und Jess wollten an diesem Morgen mit ihm zum Fluss fahren, um die fast fertige Arche anzusehen. Dann kam er hierher, um die Tiere zu begutachten. Jede Minute konnte er eintreffen.
»Sieht gut aus«, sagte Mr. Green. Hohes Lob – schließlich fand er das ganze Projekt immer noch albern. Dabei ging auch er regelmäßig in eine Kirche, die sich *Die frommen Brüder des blutenden Lammes* nannte, was ich ziemlich widersprüchlich fand. Ich sagte ihm so etwas ins Gesicht – wir hatten sehr lebendige Debatten. Eigentlich sogar richtige Streite.

Er spielte gern den Advocatus Diaboli, fast noch lieber als ich.

»Glauben Sie, dass sie Mr. Pletcher gefallen werden?«, fragte ich und betrachtete kritisch meine an der Wand aufgereihten Tiere.

»Oh, sicher.« Ich musste sehr zweifelnd geschaut haben, denn er fügte freundlich hinzu: »Ich wette, er wird richtig froh sein. Sie müssen sich überhaupt keine Sorgen machen.« Er gab mir einen ermutigenden Klaps auf den Rücken und ich merkte, dass ich nervös die Hände rang. »Welches gefällt Ihnen am besten?«, fragte er.

»Mir?« Ich mochte sie alle. Ich *liebte* sie alle. Was nicht heißen sollte, dass ich nicht jede Gelegenheit wahrnehmen würde, sie alle noch einmal zu machen. »Ich weiß nicht, welches gefällt Ihnen denn am besten?«

Er ließ seinen Blick über die zwei Reihen schweifen: das Känguru, der Gepard, das Stachelschwein, das Lama, der Pandabär, das Frettchen, die Ziege. »Was ist das?«, fragte er und zeigte auf eines der Tiere.

Oh, oh. »Sieht man das nicht?«

Er verzog sein runzeliges Gesicht und sah genau hin. »Ein Ameisenbär?«

»Ja!« Erleichterung. »Finden Sie den am schönsten?«

»Nein, das da, glaube ich. Den Esel.«

»Wirklich? Wieso?«

»Wegen dem Gesicht. Er sieht aus wie einer, den wir hatten, als ich noch klein war. Er hieß Larry und hatte eine Engelsgeduld. Es ist irgendwas in seinem Blick«, sagte er und trat näher. »Einfach etwas Ruhiges in seinem Blick. Wie viele müssen Sie noch machen bis zum Tag X?«

Mr. Green nannte den 17. Mai, den Tag des Stapellaufs, den Tag X. »Nicht allzu viele. Ich glaube, wir werden es tatsächlich schaffen – wenn nichts schiefgeht.« Zum Beispiel, dass Eldon Pletcher sagt, ich soll noch mal von vorn anfangen.

»Gut, dass Sie bei Ihrem Job rausgeflogen sind, was?«

Es sollte ein Witz sein, aber genau das dachte ich am Tag ungefähr drei Mal. Ich danke dir, Brian, dass du dich als Arschloch entpuppt hast.

»Glauben Sie, dass Sie den Rest allein rausbringen können? Wenn Sie mich nicht mehr brauchen, gehe ich wieder an meine Arbeit.« Er tippte sich an die Mütze.

»Ja – danke. Ich hole sowieso nicht alle raus, nur ein paar. Und Jess kann mir helfen, sie wieder reinzubringen. Sie werden kein Tier mehr anfassen müssen.«

Er lachte und rief mir noch zu: »Sie meinen, bis zum Tag X.«

Wir wollten einen Lastwagen mieten, um die Tiere zum Fluss zu transportieren. Mr. Green würde uns helfen, sie alle ans Wasser und über die Rampe auf die Arche zu rollen. Ich würde sie dann auf Deck an der Reling des ersten und zweiten Stockwerks arrangieren, damit man sie möglichst gut sah. Eine leichte Aufgabe, könnte man meinen, die großen nach hinten, die kleinen nach vorn. Aber ein Museumskurator hätte seine Aufgabe nicht ernster nehmen können als ich. Nach all der Arbeit, die wir investiert hatten, wollte ich, dass es perfekt wurde.

Wir erwarteten eine Menschenmenge, aber niemand konnte voraussagen, wie viele tatsächlich kommen würden. Die Geschichte von der Arche war sogar von Zeitungen in Charlotte und Baltimore aufgegriffen worden. Journalisten hatten mich um Interviews gebeten. Sie hatten auch bei Jess angerufen und natürlich bei Landy. Ich holte mir schließlich Eldons Genehmigung und gab dem Radiosender des Remington Colleges ein Interview. Der einzig heikle Moment kam, als die Interviewerin, eine junge Studentin namens Marcy, fragte, ob ich mich als Kunstschaffende bezeichnen würde. Ich erging mich in einer Erklärung über die Reinheit des persönlichen Ausdrucks und darüber, dass die Kunst, die ich machte, apolitisch und in sich selbst nicht religiös sei – und Marcy unterbrach mich und fragte: »Dann sagen Sie also, dass das, was Sie machen, Kunst ist?«, mit einem nicht besonders schmeichelhaften Unterton. Ich erwiderte ausweichend, nun ja, es sei vielleicht nicht wie das, was man zu den schönen Künsten zählte, aber sicherlich sei es grafische Kunst, ja, ich glaubte schon, dass ich eine Art illustrative Kunst schuf, und es stehe den Menschen frei, es zu nennen, wie sie wollten. Sie hatte uns wahrscheinlich wieder auf sichererem Boden gewähnt, als sie aufzuzählen begann, wie grundsätzlich dumm das alles doch wäre, diese Idee, eine moderne Arche Noah zu bauen. Natürlich stimmte ich ihr zu – und doch verteidigte ich Eldon und vor allem Landy. Ich erzählte ihr, dass erst letztes Jahr eine Gruppe von Tiefseetauchern einen alten, unberührten Strand auf dem Grund des schwarzen Meeres gefunden hatten und Geologen von der Columbia Universität sich ziemlich sicher waren, dass das der Beweis für eine überraschende Flutkatastrophe vor ungefähr siebentausend Jahren war. Noahs Flut. Marcy sagte höflich, aber mit bedeutungsvollem Unterton: »Aha«, und hüllte sich ansonsten in Schweigen.

Es war ein seltsames Gefühl, so unverrückbar und eindeutig auf der falschen Seite einer öffentlichen Kontroverse zu stehen. Oder auf der Seite, die ich unter anderen als diesen außerordentlichen, besonderen Umständen nie gewählt hätte. Ich war keine sehr glaubwürdige Fürsprecherin der religiösen Seite. Aber nie hätte ich erwartet, das kann ich ehrlich sagen, dass ich diese Tatsache einmal bedauern würde.

Jess dagegen genoss die verrückte, verdrehte Zweideutigkeit der Situation, das »Fremde-Bettgenossen-Syndrom« nannte er es. Eine Arche zu Wasser zu lassen sei ein Phänomen, sagte er, ein Wunder, ein Spektakel, etwas, das man tat, weil man es sich leisten konnte. Ich solle mir mehr Mühe geben, die Menschen nicht ständig festzulegen, forderte er. »Ist Landy ein guter Freund? Liegt sein Vater im Sterben? Tun wir irgendjemandem weh?« Und die zwingendste Frage: »Fühlst du dich dabei gut?«

Diese Frage konnte ich, nicht nur aus Opposition gegen meine nächsten Verwandten, ohne Einschränkung mit Ja beantworten. Doch Ruths Spott hatte sich in Feindseligkeit verwandelt und meine Mutter stiftete immer noch Unruhe, mit der Begründung, die Sache sei gegen jeden guten Geschmack. Obwohl sie meinetwegen so unglücklich waren, war ich aus irgendeinem Grund glücklich bei der Arbeit. Ich hatte bis jetzt nicht die Zeit gehabt, mich zu fragen, warum das so war – ich hatte zu gar nichts Zeit, außer, die Tiere zu bauen! Und vielleicht war das die Antwort. Vielleicht war es so einfach.

Wenigstens konnte meine Mutter mir nicht mehr Verantwortungslosigkeit vorwerfen. Eldon hatte sich überwunden –

er bezahlte mir beinahe so viel, wie ich bei Brian an der Anderen Schule verdient hatte. Ruth merkte an, dass meine Arbeitszeit doppelt so lang sei, aber das war stark übertrieben. Wie kann etwas, das aufregend ist, dich fasziniert und Spaß macht, schlecht sein? fragte ich sie. Sie sah es anders. Also unterdrückte ich meinen Enthusiasmus und versuchte, meine lange Arbeitszeit vor ihr zu verheimlichen, indem ich das Haus erst verließ, wenn sie zur Schule gegangen war, und schon wieder zu Hause war, kurz bevor sie von Krystal zurückkam. Wenn ich jetzt darüber nachdenke, habe ich das Gleiche getan, als ich nach Stephens Tod so viel schlief. Ich sah, dass es nicht gut war, aber ich hatte nicht die *Zeit*, es in Ordnung zu bringen. Wenn ich die *Zeit* hätte, würde ich auf Offenheit zwischen uns bestehen, auf lange, ruhige, ehrliche Gespräche, stärker versuchen, mich zu erklären, würde Kompromisse machen. In weniger als drei Wochen sollte die Arche vom Stapel laufen, die Aufregung würde sich legen und das Leben wieder zur Normalität zurückkehren. Bestimmt konnten Ruth und ich diese drei Wochen noch in einem Missverständnis miteinander leben. Und am Ende plante ich eine große, gefühlvolle Versöhnung – das würde sie aufheitern.

Gegen Mittag fuhr Landy mit einem großen weißen Kombi auf den Hof, den ich noch nie gesehen hatte. Sofort umringten bellende Hunde den Wagen. Jess und Landy stiegen aus und öffneten die beiden anderen Türen. Auf Landys Seite erschien eine große, rundliche, weißhaarige Frau in einem violetten Sommerkleid, legte gegen die Sonne die Hände schützend vor die Augen und sah sich um. Landy öffnete den Kofferraum und holte einen zusammengeklappten Rollstuhl heraus. Jess befahl den Hunden, ruhig zu sein. Ich war überrascht, als er und nicht Landy sich in den Wagen beugte und einen alten Mann heraushob, ihn wie einen Invaliden auf den Arm nahm und sanft in den Rollstuhl setzte. Die Frau, Mrs. Pletcher – Viola –, schob ihn über die steinige Auffahrt und den holprigen, schmutzigen Weg auf die Scheune zu, auf die Jess gezeigt hatte. Schob ihn auf mich zu. Ich wartete im Schatten eines Baumes. Es erschien mir angebrachter, sie dort zu begrüßen, warum, weiß ich auch nicht, es war nicht so auffällig, schlichter – keine Ahnung. Weniger, als wäre ich die Gastgeberin.

Landy stellte uns vor, wobei er seinen Vater »Reverend« nannte. Mrs. Pletcher und ich gaben uns die Hand, ihre war rau und kräftig, und ich erkannte, wo Landy sein scheues Lächeln her hatte. »Reverend Pletcher«, sagte ich und beugte mich zu dem alten Herrn hinunter. »Ich freue mich, Sie kennen zu lernen.«

Er hatte einen Mund wie eine Schildkröte. Die dünnen Lippen trafen sich in der Mitte zu einem spitzen Punkt. Wenn er lächelte, glitzerten und leuchteten große, erstaunlich weiße falsche Zähne. »Carrie«, sagte er sehr leise. Ich wollte schon meine Hand zurückziehen, verärgert, weil er sie nicht nahm, aber schließlich löste er seine durchsichtigen, farblosen Finger voneinander und streckte mir langsam seine rechte Hand entgegen. Sie war kühl und weich, fühlte sich zerbrechlich an, dürr wie ein Bündel Reisig. Wir schüttelten uns sehr sanft die Hände.

Ich hatte einen groberen Menschen erwartet, ein Wrack, einen Mann, der viel Aufhebens um den Tod machte – so viele Jahre, nachdem er dem Verfall mit Fanatismus getrotzt hatte. Nicht diesen blassen, aufrechten Herrn mit Haut wie Pergament und mit sanften Augen. Es schien, als hätte die Krankheit alles Überflüssige weggebrannt, bis auf den Kern seiner Würde und ein großes, besessenes Herz. Als ich den Schmerz und die Geduld in seinen Augen sah, ahnte ich, warum Landy ihm und seinem letzten großen Einfall verpflichtet war.

Auch ich entsprach wohl nicht seinen Erwartungen. »Dachte, sie wären alt«, erklärte er. Langsam drehte er seine Hand, den Daumen nach oben gestreckt, und zeigte auf Landy. »Wie er.« Zu meiner Erleichterung lächelten Vater und Sohn. Es war ein Scherz.

»Oh, du hast sie rausgeholt«, sagte Landy, als er den Körper eines Rentiers entdeckte, der hinter der Scheune hervorlugte.

»Ein paar«, bestätigte ich, »nicht alle. Ich dachte, Sie würden sie vielleicht gern im Licht sehen. So wie sie an dem Tag aussehen werden.«

Die Haut auf Eldons Schädel glänzte rosa, nur eine weiße Haarsträhne war am Hinterkopf übrig geblieben. Mrs. Pletcher beugte sich über ihn. »Bist du bereit?« Er nickte, und als sie ihn vorwärts schob, wurde mir klar, was das Leuchten in seinen Augen und der kurze Druck seiner Hände auf die Armlehnen bedeutete. Er war aufgeregt.

Zuerst hielt ich es nicht in seiner Nähe aus, ich musste ein Stück weggehen, wie ein Regisseur, der im Foyer eine Zigarette raucht, während sein Film Premiere hat. Jess kam und holte mich. Sein wissender Blick veränderte etwas in mir. Er umfasste sanft meine Handgelenke und zog mich mit. »Komm schon. Rede mit ihm. Willst du, dass er den Wombat mit dem Jak verwechselt?« Ich verzog das Gesicht, tat, als wäre ich beleidigt. Er strich mit den Händen über meine Unterarme und legte die Daumen in die Kuhle meiner Ellbogen. »Komm und hol dir deine Belohnung, Carrie.«

»Woher willst du wissen, dass sie ihm gefallen? Was ist, wenn er sie schrecklich findet?«

»Das wirst du schon herausfinden.«

Doch ich wollte nur da stehen bleiben und Jess' Hände auf meinen Armen spüren. Über seine Schulter hinweg sah ich alle drei Pletchers vor dem springenden Tiger verharren. Der Reverend wirkte beinahe gelehrt, eher wie ein emeritierter Professor als ein Tabakfarmer, in der Wolljacke, der Khakihose mit Bügelfalte und den riesigen blauen Schuhen. Ich stellte mir vor, dass er mit meinem Vater zusammentraf, sich mit ihm unterhielt. Wahrscheinlich würden sie sich mögen. Mrs. Pletcher schob ihn zum nächsten Tier.

»Gut«, sagte ich und Jess ließ meine Arme los. Mir blieb nur, das Urteil zu hören.

Reverend Pletcher lächelte – ich hoffte, das hieß, dass ihm der Präriehund gefiel, nicht, dass er ihn zum Lachen fand. Man sah ihn nur von der Taille aufwärts – wenn Präriehunde überhaupt eine Taille haben –, nur der Kopf und die Pfoten schauten über den Rand eines braunen Erdlochs aus Pappmaché. »Gut«, sagte er. Und beim Känguru sagte er wieder: »Gut«, und ich zeigte ihm das Baby im Beutel der Mutter auf der anderen Seite. »Ich kann es übermalen, wenn Sie meinen, dass drei nicht erlaubt sind«, sagte ich. »Kein Problem, dauert zwei Sekunden. Ich war mir nicht sicher. Sie wissen schon, biblisch gesprochen.«

Er schürzte die Schildkrötenlippen. »Mutter?«, fragte er, nachdem er einen Augenblick lang nachdenklich geschaut hatte.

»Sie schmuggelt es hinein«, sagte Mrs. Pletcher sofort. »Wenn Gott sie erwählt und sie ein kleines Baby hätte, würde sie es verstecken. Genau so.«

»Ja … aber …«

»Der Herr wüsste es natürlich. Aber Er würde ein Auge zudrücken.«

Eldon lächelte und das war's. Das Känguru war dabei.

»Gut«, sagte er vor dem Elch und vor dem Stinktier. »Gut«, sagte er vor dem Luchs und dem Frettchen. Für einen Prediger war er kein Mann von vielen Worten. Ich war inzwischen verwöhnt, gierte nach mehr als nur nach einem »gut«. Er streckte die Hand aus, um die Eule zu streicheln. Ich hatte sie aus gekauften Truthahnfedern gemacht, die ich auf die ausgeschnittene Dämmplatte geklebt hatte. Als Beine hatte ich schwarzes Telefonkabel an L-förmige Teile von Kleiderbügeln gebunden, der Schnabel war aus Holz geschnitzt, die Augen auf ovale Steine gemalt, die ich in Jess' Einfahrt gefunden hatte. »Gut«, sagte Reverend Pletcher und seine Hand verweilte auf der Eule. »Sie ist sehr …« Sein Kopf schwankte auf dem sehnigen Hals hin und her. Er schloss die Augen. Seine Frau strich ihm beruhigend über die Schulter. »Okay«, sagte er, schnalzte und nickte.

Oh, er war so schwach! Das hatte ich nicht gewusst. Landy lächelte mir hinter dem Rücken seines Vaters aufmunternd zu und ich schüttelte den Schock ab. Man musste mir meine Betroffenheit angesehen haben. Danach wurde mir auf geradezu morbide Weise bewusst, wie die Zeit verging – wie heiß es war, wie die Sonne brannte, dass Eldon keinen Hut trug. Warum hatte er keinen Hut? Ich wollte schützend die Hände über seinen Kopf halten, ihm Schatten spenden. Ich zuckte jedes Mal zusammen, wenn sein Rollstuhl durch ein Schlagloch fuhr und er durchgeschüttelt wurde. Als er alle Tiere, die draußen standen, gesehen hatte, bemerkte ich: »In der Scheune sind noch mehr, aber vielleicht haben Sie ja genug gesehen. Drinnen ist es allerdings kühler. Ganz wie Sie wollen.«

»Oh«, sagte er, »… alle.« Ich glaube, es waren seine Zähne, die es klingen ließen, als hätte er etwas auf der Zunge, eine Lutschpastille oder einen Kaubonbon. Die Zähne waren viel zu groß für seinen Mund.

»Haben Sie Durst?«, fiel es mir plötzlich ein zu fragen.

»Durst?«, echote Mrs. Pletcher und beugte sich über seine Schulter. Ich wandte mich ab, wollte ins Haus gehen und ein Glas Wasser holen, aber sie sagte: »Wir haben etwas dabei«, und griff nach einer Plastikflasche, wie sie Radfahrer haben und die an der Rückseite des Rollstuhls festgemacht war. Während Mrs. Pletcher den biegsamen Strohhalm an seine Lippen hielt, legte Eldon seine Hände über ihre. Nach jedem Schluck sagte er: »Ahh«, niedlich und erfreut wie ein Baby.

Als wir den Rundgang durch die Scheune beendet hatten, war er blass und schwitzte und saß nicht mehr aufrecht in seinem Stuhl. Die schmale Brust war eingesunken, die Schultern gekrümmt. »Ich glaube, wir gehen jetzt lieber«, sagte Mrs. Pletcher, die ebenfalls müde aussah. Sie protestierte nicht, als Landy ihren Platz einnahm und den Rollstuhl mit seinem Vater zurück zum Auto schob.

Wieder war es Jess, der ihn vorsichtig hochhob und auf den Rücksitz des Kombis setzte. Ich wartete darauf, mich verabschieden zu können, doch als Jess sich aufrichtete, sagte er: »Er will mit dir reden, Carrie.« Ich trat näher. Der alte Mann lächelte zu mir herauf und klopfte auf den Platz neben sich. Ich ging um den Wagen herum und stieg ein.

»Also«, sagte er und machte ein Pause, um Atem zu holen. Die Haut um Nase und Mund war ein beinahe durchsichtiges, blauweißes Dreieck. »Gute Arbeit, ich bin wirklich glücklich.«

»Danke. Vielen Dank.«

»Sie haben keinen Glauben?«

Landy musste es ihm erzählt haben. Es stimmte, aber um ihn nicht zu verletzen, antwortete ich: »Ich gehöre keiner Religion an«.

»Warum haben Sie es dann getan?«

»Warum ich die Tiere gemacht habe?«

»Doch nicht wegen des Geldes.«

»Nein. Nun ja – es war schon hilfreich. Ich weiß nicht genau, warum ich sie gemacht habe. Aber ich wollte es von dem Moment an, als Jess mir davon erzählt hat. Mir kam es nie verrückt vor.«

Er nickte – als wüsste er das bereits. »Wissen Sie, was es bedeutet?«

»Die Arche? Ja, ich glaube schon.«

»Erklären Sie's mir.«

Mir wäre lieber gewesen, *er* hätte es *mir* erklärt. »Wiedergeburt«, wagte ich einen Vorstoß. »Ein Neuanfang. Gerettet werden – erwählt sein.« Ich würde mich nicht auf die Geschichte mit der Zerstörung der Welt für ihre Sünden und ihr Verderben einlassen, das war sein Metier. »Ich glaube, sie ist ein Symbol für Verjüngung. Ein neuer Anfang, alles ist rein und sauber.«

»Neues Leben.«

»Ja.«

Er seufzte flach, entspannte sich und ließ die Hände seitlich hängen. »So habe ich mir das auch gedacht.« Ich blinzelte ihn an. Mir wurde klar, dass es kein Test gewesen war, sondern eine Frage. Und meine zusammengestückelte Antwort hatte ihn bestätigt. »Wie viele noch?«, fragte er.

»Wie viele Tiere ich noch machen muss? Ungefähr sechs. Wir werden es schaffen«, sagte ich zuversichtlich.

»Eins noch. Die Kuh.«

»Die Kuh? Stimmt mit ihr etwas nicht?« Meine hübsche Holsteinkuh?

»Wenn Sie Zeit haben ... Für mich.«

»Bitte? Was immer Sie wollen.«

»Ich mochte immer ... die Guernseys am liebsten. Aber nur, wenn genug Zeit ist.«

»Sie meinen – zusätzlich?« Er nickte. »Das schaffe ich schon. Gut, eine Guernsey, ja, auf jeden Fall. Mit braunen Flecken, kleiner als eine Holsteinkuh. Ich mag sie auch.«

»Ich fand immer, sie haben ein hübsches Gesicht. Ich hatte eine. Als kleiner Junge.« Ich dachte an Mr. Greens Esel. An Larry.

»Ich werde gleich damit anfangen«, sagte ich.

Er lachte glucksend. Seine Augen funkelten, bezauberten mich. »Nein. Heben Sie sie bis zum Schluss auf.«

»Einverstanden. Aber ich werde Zeit dazu haben, ich verspreche es. Ich werde sie mir nehmen.«

Er hob seine zerbrechlichen Arme und legte sie mir um den Hals.

Ich war so überrascht, dass es einen Augenblick lang dauerte, bis ich seine Umarmung erwidern konnte. Er roch sauber und pudrig, wie ein Säugling, doch unter der kratzigen Wolljacke fühlte sich sein Körper zerbrechlich an wie ein Arm voller Zweige. Wir ließen einander lange nicht los. Ich küsste seine Wange und er küsste meine. Schließlich lösten wir uns voneinander. Sein Händedruck war erstaunlich kräftig. Ich sagte: »Bis zum Siebzehnten«, und er lächelte.

Ich wartete darauf, dass er *Gott segne Sie* sagte, ich *wollte*, dass er es sagte. Landy öffnete die Fahrertür und stieg langsam ein – unser Zwiegespräch war beendet. Da war *ich* diejenige, die panisch wisperte: »Gott segne Sie« – und das hatte ich in meinem ganzen Leben noch nie gesagt, zu keinem Menschen. Auf seinem Gesicht breitete sich ein überraschter, amüsierter und triumphierender Ausdruck aus. *Erwischt* schien er zu sagen, aber liebevoll.

Jess konnte keine Pause machen. »Mach dir ruhig was zu essen, Carrie, aber ich muss an die Arbeit.«

»Ich mache uns was und bringe es dir dann«, bot ich an. »Wo werde ich dich finden?«

»In dem kleinen Stall. Ein paar unangenehme Dinge warten auf mich. Wenn du mir ein Sandwich in der Küche lässt, wäre das toll.«

Unangenehme Dinge? Was denn? Einen Bullen kastrieren? Man konnte nur spekulieren. Ich machte ihm zwei Sandwiches, eins mit Truthahn und eins mit Käse, und packte sie zusammen mit einem Apfel, einer Banane und vier Keksen in eine Papiertüte. Im Küchenschrank fand ich eine Thermoskanne und füllte sie mit Eiswasser. Laut Ruth war es mega uncool, Mittagessen mit in die Schule zu bringen, deshalb hatte ich schon in Chicago nichts mehr zum Mitnehmen vorbereitet. Jetzt fiel mir auf, dass ich das Ritual vermisst hatte.

Unangenehme Dinge, in der Tat. Zuerst war ich mir nichtmal sicher, was Jess da tat. Er und Mr. Green waren mit einer Kuh – wahrscheinlich einer Färse, weil sie so klein war – im kleinsten Stall. Die Kuh steckte in einer Art Doppelgeschirr, hinten und vorn, und die Männer machten – ich konnte es wirklich nicht sagen, was. Irgendwas, das mit Reproduktion oder Elimination oder, was durchaus möglich war, mit beidem zu tun hatte.

»Hier ist dein Sandwich«, sagte ich und legte die Tüte auf dem Boden ins Stroh. Zwei Katzen schlichten sofort herbei, um sie zu inspizieren. Ich hob die Tüte auf und stellte sie auf einen Pfeiler. »Mr. Green, jetzt habe ich für Sie gar nichts gemacht.«

»Hab schon gegessen«, sagte er und schloss einen Metallbehälter zu seinen Füßen. »Trotzdem, vielen Dank. Flüssiger Stickstoff«, erklärte er – ich musste ein neugieriges Gesicht gemacht haben. »Damit das Bullensperma gefroren bleibt.«

»Oh, ich verstehe. Dann, äh, befruchten Sie sie?«

»Ja.«

»Aha. Und …« Ich hätte schwören können, dass einer von Jess' Armen mit einem langen Handschuh bekleidet im *Hinterteil* der armen Kuh steckte.

Mr. Green fing seinen Blick auf, zwinkerte ihm zu und reichte ihm ein langes, dünnes Rohr mit einem Saugstopfen am Ende. »Fertig«, sagte Mr. Green und hielt den Schwanz der Kuh fest, damit sie Jess nicht länger gegen die Brust schlagen konnte. Schnell, aber vorsichtig führte Jess die Röhre in die, wie ich vermutete, Vagina der Kuh ein, während er irgendwas mit der Hand machte, die ebenfalls immer noch in der Kuh steckte. Seine Schulter bewegte sich leicht und sein Gesichtsausdruck wurde noch konzentrierter. Langsam drückte er den Saugstopfen zusammen. Dann kam alles auf einmal wieder raus, die Röhre, Jess' Arm, und die Kuh wurde aus ihren Fesseln befreit. Jess führte sie in eine Box und sie folgte bereitwillig, aber ich konnte mir nicht helfen, sie schaute irgendwie indigniert drein.

»Ich habe nur eine Frage«, sagte ich schwach. »Wozu dient, äh … warum brauchst du *beide* Hände?«

Mr. Green, der sich prächtig zu amüsieren schien, sagte: »Man muss zuerst den anderen Weg nehmen, um den Gebärmutterhals zu ertasten. Man muss ihn rektal durch die Wand erwischen und antippen. Jess ist Experte dafür.«

»Ach wirklich.« Wie interessant. »Und jetzt … ist sie schwanger?«

»Das wissen wir erst in zwei Wochen«, sagte Jess und runzelte die Stirn, während er irgendwas auf einem Klemmbrett notierte.

»Das ist ihr erstes Mal«, sagte Mr. Green, »vielleicht stößt sie es ab.«

»Hat sie je den Vater ihres zukünftigen Kindes kennen gelernt?«, fragte ich.

»Nein. Soll ein süßer, kleiner Stier sein. Wenn man eine junge Kuh das erste Mal befruchtet, sucht man einen kleinen Bullen aus, damit das Kalb nicht so groß wird. Wir werden sehen, Sophie, nicht wahr? Wir werden sehen, was passiert.« Mr. Green langte über das Gatter und schlug Sophie liebevoll auf ihr Hinterteil. »Wer ist die Nächste?«

»Zwei-einundvierzig«, sagte Jess. »Carlene.«

»Carlene!« Mr. Green ging davon, um sie zu holen. Ich hatte ihn noch nie so munter erlebt. Entweder machte ihm die künstliche Befruchtung von Kühen wirklich Spaß oder er amüsierte sich auf meine Kosten.

»Du siehst ein bisschen grün aus«, bemerkte Jess, während er eine dieser Röhren mit irgendeinem Inhalt, vermutlich mit Bullensperma, in einem Kübel Eiswasser antaute.

»Ich? O nein, es geht mir gut.«

»Willst du noch ein bisschen hier bleiben?«

»Ich glaube, ich muss mich wieder an meine Arbeit machen. Eldon hat gesagt, er will eine Guernsey-Kuh.«

»Ich hab's gehört.« Wir lächelten uns zu.

»Hat ihm die Arche gefallen, Jess?«

»Hat sie. Sehr gut sogar.«

»Die Tiere auch.«

»Ich weiß.«

Mr. Green kam mit Carlene zurück. Sie war riesig, mit Sicherheit kein unerfahrenes Mädchen. Ich erklärte kurz, dass ich schrecklich viel zu tun hätte, und floh.

Aber ich konnte mich nicht konzentrieren. Ich blätterte meine Tierkalender und Bücher durch, auf der Suche nach der richtigen Kuh für Mr. Pletcher, dann fiel mir ein, dass er gesagt hatte, ich solle sie mir bis zum Schluss aufheben. Gute Idee: Für heute hatte ich genug von Kühen. Doch auch bei der Arbeit an meinem Keiler war ich nicht bei der Sache. Ich war ruhelos und angespannt. Ich ertappte mich dabei, dass ich hin und her lief. Ich wollte meine Trauer über Eldon und mein Glück über das Projekt mit jemandem *teilen* und niemand war da. Außerdem war ich nicht richtig angezogen. In dem engen Rock, den ich für den Besuch der Pletchers gewählt hatte, fühlte ich mich unbeholfen und eingezwängt. Und draußen war wunderschönes Wetter, ein richtiger Frühlingsnachmittag. Was ich wirklich wollte, war, mit Jess zusammen zu sein, und er steckte mit beiden Armen im Hintern einer Kuh.

Hoffnungslos. Schließlich gab ich es auf und ging nach draußen. Wenn ich schon nicht arbeiten konnte, sollte ich besser nach Hause fahren. Ich konnte zum Beispiel das Haus putzen, das ein absoluter Saustall war, ich konnte zur Abwechslung mal wieder was Richtiges für Ruth kochen, keinen schnellen Auflauf oder in der Mikrowelle aufgewärmte Reste. Ich konnte meine Mutter besuchen. Ich war ihr aus dem Weg gegangen, weil sie in letzter Zeit anscheinend nicht besonders gut auf mich zu sprechen war. Sie war wütend auf mich, wegen etwas, das ich noch nicht einmal getan hatte.

Noch nicht?

Ich ging spazieren. Einer von Jess' Hunden folgte mir, Tracer, der Schlaumeier. Wir nahmen den schmutzigen Pfad, der im Zickzack den Hügel hinaufführte und auf einer hoch gelegenen, weitläufigen Wiese endete. Wilde Apfelbäume blühten am Abhang. Ich fand einen mit einem glatten Stamm und suchte mir darunter ein Plätzchen ohne Wurzeln und Steine. Weiter unten verlief ein Bach, blau und braun, der Himmel spiegelte sich darin, verschlungen wand der Bach sich durch Jess' und Landys Land, bildete an manchen Stellen die Grenze zwischen den Farmen. Ein Nebenarm des Leap River. In heißen Sommern trocknete er manchmal aus, aber heute trat er beinahe über die abschüssigen Ufer. Kühe, aus dieser Entfernung kaum von Findlingen zu unterscheiden, rekelten sich unter früh blühenden Weiden, die sich wie grüne Markisen über den Bach wölbten. Vögel zwitscherten, Bienen summten, Grashüpfer hüpften. Tracer rannte davon, verließ mich wegen eines interessanteren Abenteuers auf der Wiese. War ich voreingenommen oder war Jess' Farm hübscher als Landys? Landys steinige Felder wellten sich nicht so anmutig. Seine Kühe sahen nicht so zufrieden aus. Sogar die Farbe von Jess' Feldern war süßer, ein weicheres Gelb-grün. Goldenes Ocker und oxydiertes Chrom. Jess' Farm war Italien und Landys die Ukraine, entschied ich für mich.

Alles war heute Jess. Ich konnte meine Gedanken nicht von ihm lösen. Auch der knospende, schwellende, erwachende Frühling half nicht dagegen. Ruth hatte mich eine Art Meditation gelehrt, die sie von Krystal gelernt hatte, bei der man versuchte, tief und gleichmäßig zu atmen und beim Ausatmen den Satz »Wer bin ich?« wiederholte. Die Antwort sollte lauten: *Ich bin eine Frau* oder *Ich bin eine Mutter*, und man sollte diese Antworten in tiefer Entspannung ganz objektiv überdenken. Als ich es versuchte, blieb ich mit meinen Antworten bei *Ich bin müde* und *Ich komme zu spät* hängen. Doch um meine Gedanken zur Ruhe kommen zu lassen, war es einen zweiten Versuch wert. Um Jess daraus zu verscheuchen. Ich sank an meinem Baumstamm in mich zusammen, schloss die Augen und faltete fest die Hände über dem Zwerchfell. *Wer bin ich? Wer, zum Teufel, bin ich?*

Ich schlief ein.

Nur für ein paar Minuten, aber lange genug, um gereizt aus einem wirren Traum aufzuwachen, in dem ich in einem Regenwald oder Dschungel mit Palmwedeln um mich schlug. Ich stand auf, klopfte den Schmutz und das Gras von meinem Rock und drehte meinen schmerzenden Hals hin und her. Ich wollte nach Hause.

Doch zuerst ging ich in Jess' Haus, um ein Glas Wasser zu trinken. In der Küche sickerte frischer Kaffee durch die Kaffeemaschine auf dem Tresen. Ich trat in den Flur und lauschte und hörte kurz darauf Jess' Stimme in seinem Büro. Ich goss mir eine halbe Tasse Kaffee ein und trank ihn, während ich aus dem Küchenfenster starrte und auf ihn wartete. Wenn er wollte, dass die Pflanzen dieses Jahr höher als das Unkraut wuchsen, musste er sich um seinen Garten kümmern. Ich auch – mein Garten zu Hause war der schäbigste von allen. Aber dafür würden wir eine Arche vom Stapel lassen und nur das zählte.

Des Wartens müde, füllte ich eine weitere Tasse mit Kaffee und trug sie den Flur entlang in Jess' Büro. Er saß auf der Schreibtischkante und redete am Telefon mit jemandem über Düngemittel – nahm ich an. Ich hörte »Nitrogenanteil« und »wie viel Prozent Kalium«. Als ich ihm den Kaffee reichte, lächelte er mich an. Ich stand vor ihm. Wir sahen uns in die Augen, während er sagte: »Ja, aber ich brauche ihn jetzt, ich kann nicht bis Ende nächster Woche warten. Ja, das wäre super. Wenn Sie können – genau. Das wäre mir sehr recht.« Er hatte immer noch seine Arbeitskleidung an, aber sein Gesicht und seine Haare waren feucht und die Ärmel hochgerollt, als hätte er sich gerade erst gewaschen. Ich roch Seife, Heu, Kuh und Kaffee. Was würde er wohl tun, wenn ich sein Kinn berührte oder seinen Hals? Ihn am Ohr zog?

Ich behielt meine Hände bei mir. Aber als ich mich in den Sessel vor dem Schreibtisch gesetzt hatte, schlug ich langsam die Beine übereinander, um zu testen, ob er sie anschaute. Er tat es.

Nachdem er aufgelegt hatte, nippte er an seinem Kaffee, ohne etwas zu sagen. Ich wusste nicht recht, ob es ein zufriedenes Schweigen war oder nicht. »Was ist los?«, fragte er schließlich. »Ich dachte, du arbeitest.«

»Ich habe irgendwie nichts zustande gebracht. Ich war so unruhig, keine Ahnung, warum. Was machst du?«

»Telefonieren. Geschäfte.«

»Du hast einen seltsamen Job«, sagte ich.

»Findest du?«

»Nun, vielleicht auch nicht. Zum Teil ist er so erdverbunden, zum Teil auch wieder nicht.«

»Der größte Teil nicht.«

»Ich bin traurig, Jess«, sagte ich. »Ich hätte nicht gedacht, dass ich Eldon so mögen würde.«

»Ich weiß.«

»Er ist so zerbrechlich! Wenn er nun nicht bis zum Siebzehnten durchhält? Der arme Landy.«

Jess senkte den Kopf, nickte und massierte mit dem Handrücken seinen langen Oberschenkelmuskel. »Sie werden die Arche trotzdem zu Wasser lassen, sagt Landy. Egal, was geschieht.«

»Das freut mich.« Aber wenn Eldon nun glaubte, seine Rettung hinge davon ab, dass die Arche segelte, solange er am Leben war? Wenn er überzeugt war, dass er in die Hölle kam, wenn er sein Versprechen Gott gegenüber nicht rechtzeitig erfüllte? »Gute Menschen sind manchmal wirklich hart mit sich selbst«, sagte ich.

Jess lächelte. »Manchmal. Landy sagt, sein Vater hat eine Menge zu bereuen.«

Ich überhörte das. Ich wollte mir Eldon nicht als großen Sünder vorstellen, als einen Mann, der seiner Familie aus Egoismus oder Gedankenlosigkeit oder noch Schlimmerem Leid zufügte.

Jess warf einen Blick auf die Uhr auf seinem Schreibtisch.

»Wie geht's Sophie?«, fragte ich, damit er noch blieb.

»Sie ruht sich aus.«

»Pflanzen sie sich auch auf natürlichem Weg fort?«

»Manchmal. Landy hat einen Zuchtbullen, der Vater von ungefähr vierzig Tieren in meiner Herde ist, so oder so.«

»Er hat mir erzählt, dass er es nicht erträgt, sein Vieh auf den Markt zu schicken« – was ein Euphemismus für die Schlachtbank war. »Ich weiß noch, dass du es auch immer schrecklich fandest. Ist das immer noch so?«

»Ja.«

»Aber du tust es?«

»Natürlich. Na ja, meistens. Wenn man Martha nicht mitzählt.«

»Martha?«

»Sie ist sechsundzwanzig.«

»Nein!«

»Sie hat vor ungefähr dreizehn Jahren aufgehört, Milch zu geben, aber ich konnte sie nicht auf den Markt bringen. Das wäre, als würde ich meine alte Tante umbringen.«

»Dann hast du sie auf der Weide gelassen? Kenne ich Martha?«

»Ich weiß nicht mehr. Damals war sie nicht berühmt, nur eine Kuh.«

»Wie alt können sie werden?«

»Achtundzwanzig, dreißig – wenn man sie wie Göttinnen behandelt.« Jess griff nach seiner Tasse und stellte sie gleich wieder ab, als er sah, dass sie leer war.

»Willst du noch einen Kaffee? Ich hole ihn dir.«

Er verschränkte die Arme und sah mich neugierig an. »Was steckt bloß hinter deiner Fürsorglichkeit?«

»Tut mir Leid. Ich wollte dich nicht bemuttern.« Ein bisschen beleidigt erhob ich mich. Ich wollte, dass er sagte: »Nein, es gefällt mir«, oder so was, aber er sah mich nur an. »Wann musst du melken?«

»Um vier. Wie jeden Tag.«

Die Uhr zeigte zwanzig nach zwei. Wie machte man einen Mann an, zu dem man so oft *Nein* gesagt hatte, dass er aufgehört hatte zu fragen? *Nein* war unser Lied geworden und über die Jahre hatten wir gelernt, mit einer gewissen Anmut danach zu tanzen. Wie sollte ich Jess so mir nichts dir nichts wissen lassen, dass ich jetzt ein anderes Lied hören wollte?

Gar nicht natürlich. So etwas musste man langsam angehen, man machte schelmische Bemerkungen, man flirtete. Man ließ die Temperatur langsam ansteigen, damit keiner einen Schock bekam.

»Was wäre, wenn jetzt sofort ein Notfall eintreten würde?«, fragte ich. »Sodass du keine Telefonanrufe oder Büroarbeit erledigen könntest? Würde dann etwas Schreckliches geschehen?«

»Nein. Warum?«

»Ich weiß nicht, ich dachte nur – du könntest vielleicht ein bisschen Entspannung gebrauchen.« Mein Gott, ich klang wie ein Callgirl. Das war völlig daneben. Ich verwarf die ganze

Idee und änderte die Taktik. »Wenn du mal nicht arbeitest, würdest du dann zum Beispiel gern essen gehen? Mit mir?«

Was dachte ich mir dabei? Jess' Umrisse schienen schärfer zu werden, klarer definiert, grenzten sich vom Schreibtisch und der Wand hinter ihm besser ab, wie ein Relief. Er verschränkte die Finger vor dem Gesicht, sodass Mund und Nase verdeckt waren. »Ja.«

»Gut. Dann sollten wir das mal tun.«

Ich stand auf, das war mein Abgangsvers gewesen. Aber statt zu gehen, sagte ich: »Fehlt dir eigentlich die Ehe? Ich meine nicht – ob dir Bonnie fehlt, aber vermisst du Gesellschaft? Mit einem Menschen zusammen zu sein?«

»Ja.«

»Ich habe mich immer gefragt, warum ihr euch getrennt habt.«

»Du weißt, warum wir uns getrennt haben.«

»Ich? Nein, das weiß ich nicht.«

»Carrie, was geht hier vor?«

»Wie bitte?«

»Warum hast du mir vorhin etwas zu essen gebracht? Und Kaffee? Warum hast du mir deine Beine gezeigt?«

Ich wurde rot. Ich überlegte kurz, ob ich eingeschnappt reagieren sollte – *ich habe keine Ahnung, wovon du redest* –, aber ich sagte: »Ich weiß nicht, was hier vorgeht«, was der Wahrheit entsprach. Ich war voller Verlangen nach ihm, ich platzte beinahe vor Verlangen und ich hatte keine Ahnung, wie ich es ihm sagen sollte.

»Bist du … einsam? Geht es darum?« Er fragte es *freundlich.*

»Ob es darum geht?«, wiederholte ich lachend. *Jetzt* war ich eingeschnappt. »Ob die Witwe ein bisschen Trost braucht, meinst du das? Die Antwort lautet Nein.« Ich trat beiseite. »Ich bin nicht einsam, ganz und gar nicht. Aber danke der Nachfrage. Ich kann mich übrigens nicht erinnern, wann ich weniger einsam war. Ich brauche wirklich nichts.«

An der Tür zum Flur blieb ich mit dem Rücken zu ihm stehen. »O Gott, ich bin einfach schlecht in so etwas.«

»In was?«

»Keine Übung, das ist das Problem.«

»Schlecht in *was*?« Er klang verwirrt – aber hoffnungsvoll.

»Dir zu sagen, dass ich bereit bin«, sagte ich und drehte mich um. »Aber ich bin nicht einsam, ehrlich, zumindest nicht mehr – ich weiß auch nicht, warum. Ich *brauche* dich nicht, ich *will* dich einfach. Bitte – du hast gesagt, ich soll es mit meinen Worten sagen.« Aber jetzt war ich panisch, hatte Angst, er würde mich anfassen, und Angst, dass er es nicht tun würde.

Er tat weder das eine noch das andere.

»Hast du gerade auf deine Uhr geschaut?«

Er lachte, ein frohes, echtes Lachen. »Tut mir Leid.« Immer noch lachend kam er herüber und legte die Arme um mich. Küsste mich. Hielt mich, drückte mich an die Wand, streichelte mich. Happyend.

War es wie in der Highschool, in dem dunklen, nach Elektrizität riechenden Geräteraum? Vielleicht – weil ich daran dachte, es damit assoziierte. Und es gab eine Vertrautheit, auf die ich nicht vorbereitet war, ich dachte, alles würde neu sein. Fremd. Verändert der Körper sich nicht alle … ich weiß nicht wie viel Jahre? Molekularbiologisch gesehen? Ich hatte nicht erwartet, dass unsere Körper sich wiedererkennen würden. »Es ist wie früher, nicht wahr?«, sagte ich zwischen langen, innigen Küssen, aber er widersprach: »Nein, es ist völlig anders.« Ich weiß es immer noch nicht.

Kurz darauf erwischte ich ihn wieder dabei, wie er hinter meiner Schulter auf seine Uhr spähte. »Hör mal, wenn ich dich von etwas abhalte …«

»Ich muss einen Anruf erledigen. Nur zwei Sekunden.«

Am Telefon fragte er, ob ein Mr. Turnbull statt heute auch morgen Nachmittag um dieselbe Zeit auf der Farm vorbeikommen könne. Sein Gesprächspartner musste Ja gesagt haben, denn Jess dankte ihm wortreich.

»Wer war das?«

»Ein Spezialist für künstliche Besamung.«

»Und er hieß wirklich Turnbull?« Das alles war so komisch! Wir lachten den ganzen Weg die Treppe hinauf bis in Jess' Zimmer und ich war richtig erleichtert, als ich sah, dass es sein altes Schlafzimmer war, das, in dem ich immer meine Hausaufgaben gemacht hatte. Froh, dass es nicht das Schlafzimmer seiner Eltern war, dieser düstere, große Raum voller dunkler, altmodischer Möbel. Jess' Zimmer war die alte Schlafveranda im hinteren Teil des Hauses: Er hatte eine Wand gezogen und große Fenster bis zur Decke eingebaut. Ich konnte durch die Bäume am Ende der langen, überfluteten Ebene das silberne Band des Leap Rivers sehen.

»Das Zimmer ist ja gar nicht hässlich«, sagte ich mit gespielter Überraschung und sah mich um. Einfache Eichenmöbel, ein robustes Bett – ungemacht. Männliche, marineblaue Bettwäsche – beide Nachttische voller Bücher und Zeitschriften. »Was ist denn hier passiert?«

»Mmhh. Wahrscheinlich dachte ich, hier kommt deine Mutter sowieso nie rauf.«

Wir zogen einander aus, als wären wir ein frisch gebackenes Liebespaar, lächelnd und ehrfürchtig, wir glühten förmlich vor Freude. Unter dieser Erregung war es wie nach Hause kommen. Ich weiß nicht, warum ich nicht unsicherer war, warum ich nicht wie gelähmt war. Die erneute Vertrautheit, nehme ich an – nicht das Gefühl, dass ich dies schon einmal erlebt hatte, eher das Gefühl, es hätte schon eher passieren sollen. Es störte mich, dass mein Körper zwölf Jahre älter war als das letzte Mal, als Jess ihn gesehen hat. Doch ihn störte es nicht. Er erklärte mir so hingerissen, wie schön ich sei, dass ich ihm glaubte. Wie es war, mit ihm zusammen zu sein, war mir schnell wieder gegenwärtig, und das Beste war, dass er mir das Gefühl vermitteln konnte, dass alles, was ich tat, richtig war. Ich war weder unbeholfen noch zögerlich oder dumm. Bei Jess war ich wunderschön, war ein schöner Fisch, der sicher und anmutig durchs Wasser glitt.

Wie ich es erwartet hatte, war Jess leidenschaftlich und zärtlich, offen und verloren. »Ich verspreche, dass ich diesmal nicht mittendrin abhaue«, wisperte ich ihm ins Ohr – mittendrin. Es war eine sehr fragwürdige Zeit für einen Witz, aber wenn wir beide an unser letztes Zusammensein dachten, konnten wir genauso gut auch darüber sprechen, konnten es entlarven und entwaffnen.

Es dauerte einen Augenblick, bis er reagierte. Ich sah, wie sein Blick gezielt wurde, aus völliger Versunkenheit in die Gegenwart zurückkehrte, und ich erinnerte mich daran, dass diese Versunkenheit, diese unbekümmerte Reise ins Nichts der Empfindungen zu den Dingen gehörte, die mich vor so vielen Jahren vor ihm zurückschrecken ließen. Damals war ich ein junges Mädchen, ich konnte mich nicht so verlieren wie Jess – das war ein Ziel, dem man sein ganzes Leben lang nachjagte. Wenigstens fürchtete ich mich jetzt nicht mehr davor.

»Diesmal würde ich dich auch nicht gehen lassen«, sagte er, über mir schwebend, das Haar ein bronzener Heiligenschein, von hinten angestrahlt. »Das war das Problem, dass ich dich habe gehen lassen.« Er lächelte nicht, es war kein Scherz. Konnte das die Wahrheit sein? War es wirklich so einfach – das »Problem«? Ich sehnte mich genauso danach, mit ihm zu reden wie mit ihm zu schlafen. Und dann wollte ich ihn malen!

Nostalgische Erinnerungen tauchten auf. Wie es war, mit einem Mann im Bett zu liegen, wie spannend die Zimmerdecke im Haus eines anderen Menschen sein konnte, ein anderer Geruch auf dem Kissen, ein anderer Lichteinfall durch unvertraute Fenster. Meine Gedanken wanderten zu früheren Liebhabern – nicht zu Stephen, sondern zu Männern, die ich vor ihm gekannt hatte. Nicht zu einem Bestimmten, einfach zu dem Gefühl, etwas Neues zu erleben. Wie aufregend es war, zum ersten Mal nackt mit einem nackten Mann zusammen zu sein, das zügellose, befreiende Gefühl von Haut auf Haut, von grenzenlosen körperlichen Möglichkeiten.

So war es mit Jess – und doch war es mehr. Alles zwischen uns vervielfachte sich, als würden wir in der Gegenwart von Spiegeln reflektiert, die dann eine unendliche Zahl von Bildern aus unserer Vergangenheit wiedergaben. Wir hatten das Jetzt und wir hatten alles, was früher zwischen uns geschehen war. Eine absolut außergewöhnliche Kombination. Genau dasselbe und etwas völlig anderes – wir hatten beide Recht.

Später lag ich mit dem Kopf auf seiner Brust, hörte sein Herz schlagen, spürte seine Hand in meinem Haar. Unser schweres, wortloses Schweigen war eine Zeit lang richtig, die einzig angemessene Antwort auf das, was uns gerade widerfahren war. Aber ich war ungeduldig. Ich wollte Antworten auf all die quälenden Warums – warum liebte er mich, warum wollte er mit mir schlafen, warum hat er mich ausgewählt und keine andere? Und warum wollte er mich erneut, nach dem letzten Mal, nach *all* den Malen, die ich ihn enttäuscht hatte?

»Wenn es nur alle zwölf Jahre regnet, verfluchst du den Regen nicht, wenn er schließlich fällt«, sagte er. »Du verfluchst die Dürre.«

Eine Analogie. Mein Farmer, mein Kuhhirte, mein Milchmann machte eine *Metapher* über mich. Ich sank noch tiefer hinein, badete in Liebe, angekommen. »Aber warum hast du mich *überhaupt* gemocht?« Ich dachte an die achtzehnjährige Jungfrau, die Streberin, Mamas Mädchen.

Er sagte so schöne Dinge – dass ich mutig gewesen sei, ein gutes Herz hatte, nett zu ihm war, ihn mochte, obwohl ich ihn nicht verstand. »Vorsicht« hätte am Ende die Oberhand über mich gewonnen – genau das sagte er, *Vorsicht* –, aber da sei es schon zu spät gewesen, sagte er, da liebte er mich schon.

»Es ist nicht falsch, es jedem recht machen zu wollen, Carrie. Es funktioniert zwar nicht, aber deshalb bist du kein schlechter Mensch.«

Nein, nur ein schwacher. Aber das Letzte, worüber ich im Augenblick mit Jess reden wollte, war meine Mutter.

»Ich wusste immer, dass du mich liebst«, sagte ich. »Es war ein Geheimnis, das ich vor mir selbst verbergen wollte. Aber ich konnte es nicht, all die Jahre wusste ich darum. Jetzt kann ich mir mein Leben nicht mehr ohne dieses Geheimnis vorstellen. Es ist ein Geschenk.«

Ich wollte mehr über seine Frau wissen, aber ich traute mich nicht zu fragen. Ja, ich wollte mehr über *alle* Frauen in seinem Leben wissen und ich wollte, dass er mich dazuzählte. Offen gesagt, hätte ich gern eine Rangfolge genannt bekommen, eine detaillierte Darstellung der Hierarchie aller Frauen, die Jess gehabt hatte, mit mir an der Spitze. Nicht, weil ich es brauchte oder unsicher war – ich wollte es einfach feiern. Auf der Spitze der Pyramide einen Tanz aufführen.

»Weißt du noch, wie du mir erklärt hast, ich müsse die Tiere für die Arche machen? Und ich habe dir nicht geglaubt. Da hast du gesagt: ›Du brauchst das‹, und ich habe nur gelacht. Woher konntest du das wissen, Jess? Weil es stimmte«, gab ich mir selbst zufrieden zur Antwort. »Ich brauchte es wirklich und es hat mich *gerettet*. Davor lohnte es sich nur noch, für Ruth zu leben. So wie …« So wie meine Mutter nur mich hatte, für die es sich zu leben lohnte. Möge Gott ihr helfen.

»Die Menschen sind wie Schäferhunde«, sagte Jess, aber er machte keinen Scherz, sein ehrliches Gesicht war ganz zerfurcht. Ich stützte mich auf den Ellbogen und starrte ihn an. »Wirklich. Ein Schäferhund ist nur glücklich, wenn er auf eine Herde aufpasst. Das ist seine einzige Aufgabe, das ist sein Werk. Du hast keine Aufgabe gehabt, aber jetzt hast du eine und es geht dir besser. Darum bist du jetzt hier bei mir.«

Kein Widerspruch von mir. »Aber was ist meine Aufgabe? Giraffen bauen?«

»Irgendetwas bauen oder schaffen. Vielleicht ist es egal, was.«

»Nein«, widersprach ich. »Es ist nicht egal. Es darf nicht nur für mich sein – es muss mehr sein als Bordüren an Wände malen oder Möbel restaurieren.« Oder Teppiche knüpfen. Ich schüttelte mich. »Aber ich weiß noch nicht, was, und ich habe keine Ahnung, was ich machen soll, wenn die Arche im Wasser ist.«

»Du wirst es herausfinden.«

»Was ist mit mir geschehen? Ich habe mein Künstlerauge verloren, ich habe verlernt zu sehen. Früher … früher habe ich mal ein Selbstportrait gemacht mit allen Zahlen, die mich definieren, mit meiner Sozialversicherungsnummer, Telefonnummer, Postleitzahl, Hausnummer, Geburtsdatum. Nur so, für mich. Ich habe Collagen gemacht, gezeichnet, ich habe Drucke von – ich weiß nicht, von Bürgersteigen, Baumrinden, Ziegeln gemacht. Ich habe versucht, ein Gefühl zu malen. Ich habe *Verbindungen* zwischen verschiedenen Dingen hergestellt, konnte in Bäumen Strukturen erkennen, in einer Frucht eine Madonna aus der Renaissance, ich konnte *sehen*. Aber dann habe ich diese Fähigkeit verloren, ich bin eingeschlafen. Ich hätte nie gedacht, dass ich sie wieder finden würde.«

»Deine Schafe.«

»Meine Herde, ja. Ich habe meine Aufgabe wieder gefunden.« Ich beugte mich über Jess, um ihn voller Leidenschaft zu küssen. »Ich sage nicht, dass ich gut bin – das ist ein anderes Thema.« Ich begehrte ihn, aber ich konnte nicht aufhören zu reden. »Aber zumindest weiß ich jetzt, was ich tun soll. Im Allgemeinen, nicht im Speziellen. Jess, Jess! Du bist so … hmm. Hast du andere Freundinnen? Findest du meine kurzen Haare gut? Du hast es mir nie gesagt.«

Nun, wir würden später reden. In Gedanken machte ich mir einen Knoten ins Taschentuch, ehe Jess meinen Mund mit einem Kuss verschloss. Wir liebten uns wieder, langsam und so süß, dass ich weinen musste. Und diesmal war es neu und erinnerte mich an gar nichts.

Dann war es Zeit zu gehen. »Vier Uhr, du musst die Kühe melken.« Unsere Affäre würde eine Herausforderung werden, das sah ich bereits. Eine Affäre am Tag. »Wenigstens ist Frühling«, sagte ich, während ich zusah, wie er sich anzog. O Gott, war es schön, ihn anzuschauen. »Es ist warm. Ich freue mich schon auf unsere Verabredungen im Freien. Wir werden uns im Heu wälzen.« Ich versuchte, lüstern zu wirken, was nicht besonders schwierig war, wenn man bedachte, dass ich flach auf dem Rücken im Bett lag, nackt und unverhüllt, so wie er mich zurückgelassen hatte.

»Ich mag deine Haare so«, sagte er, während er sich das T-Shirt über den Kopf streifte. Irgendwie sah er für mich anders aus, substanzieller. Sein ganzer Körper war jetzt echt, nicht mehr nur ein Gerücht.

»Du hast es nie erwähnt. Deshalb habe ich angenommen, es gefällt dir nicht.«

»Ich wusste nicht, was ich sagen darf. Ich kannte bisher die neuen Regeln nicht.«

»Früher brauchtest du keine Regeln.«

»Ich habe mich verändert.« Er lächelte.

»Ist das meine Schuld? Nimmst du es mir übel?«

»Früher schon. Heute versuche ich, niemanden für das verantwortlich zu machen, was ich mir selbst antue.«

Ein Lebensmodell, das ich auch öfter mal ausprobieren sollte. »Egal«, sagte ich, ihn unbewusst verteidigend. »Ich glaube nicht, dass du dich sehr verändert hast. Eher angepasst. Wirklich. Du bist nicht dein Haus, Jess.«

»Es macht nichts. Jeder verändert sich.«

Aber er war trauriger, stiller, er war diskreter geworden. Ich kannte einige Leute, die sagen würden: Das wurde aber auch Zeit, es gehört zum Erwachsenwerden, dass sich Ecken und Kanten abschleifen. Ich war nicht dieser Meinung, heute nicht und vor zwanzig Jahren auch nicht. Jess hatte sich meinetwegen verändert – das war nicht egoistisch, das war die Wahrheit. Aber verzweifeln konnte ich deswegen nicht, selbst wenn ein Teil von ihm verloren gegangen war, denn unter allem blieb er doch Jess – älter, weiser, trauriger, sanfter, stärker. Immer noch mein Jess.

»Womöglich schlafe ich ein«, sagte ich und streckte mich aufreizend. Wie lange war es her, dass ich überhaupt irgendeine sexuelle Macht gespürt hatte? Man wusste nicht, was einem fehlte, bis man es wieder fand.

»Aber nicht für lange.« Seine Socken hatten Löcher an den Fersen. Er zog seine Arbeitsstiefel an und machte Knoten statt Schleifen in die Schnürsenkel, weil sie kaputt waren. Jemand musste sich um ihn kümmern! Die Sache wurde immer besser.

»Nicht für lange?«

»Höchstens für ein Nickerchen.«

»Warum? Wirfst du mich raus? Kommt um fünf ein anderes Mädchen?«

»He, He.« Er beugte sich über mich und legte seine Hand auf meinen Bauch. Seine Barthaare kitzelten mich zwischen den Brüsten. »*Du* kommst um fünf, pass gut auf.«

»Oh, du kommst *wieder*«, sagte ich aufgeregt. Und schon begannen die Neckereien, die wunderbaren, zweideutigen Witze. Ich hätte vor Glück sterben können.

»Ich muss kurz mit Mr. Green reden und zusehen, dass die Jungen mit dem Melken anfangen. Geh ja nicht weg.«

»Keine Sorge.« Als er mich von der Tür her ansah, setzte ich mich auf. »Mr. Green wird es merken, nicht wahr?«

»Wahrscheinlich, es sei denn, ich denke mir was aus. Soll ich?«

»Nein, es ist mir egal. Total. Aber …«

»Die anderen?«

»Manche. Ruth besonders.« Meine Mutter brauchte ich nicht zu erwähnen, das war klar.

»Wird sie unsere Beziehung ablehnen?«

»Ich weiß es ehrlich nicht. Ruth liebt dich, Jess, aber ich glaube nicht, dass sie für so etwas schon bereit ist.«

»Sie ist Stephen gegenüber loyal.«

»Ja, sehr. Aber da ist noch mehr. Sie ist in einem komischen Alter«, versuchte ich zu erklären. »Sie benutzt dich dazu, erwachsen zu werden. Manchmal bist du ein Vater für sie, manchmal bist du ihr Freund. Und manchmal mehr als ein Freund.«

»Das weiß ich. Ich habe versucht, vorsichtig zu sein.«

Natürlich wusste er es. In dem Moment wollte ich ihm sagen, dass ich ihn liebe. Das Gefühl überrollte mich wie eine Flutwelle. Was hielt mich zurück? Gewohnheit, entschied ich, als ich seinen Schritten auf der Treppe lauschte, hörte, wie die Tür auf und wieder zu ging. Gewohnheit und Vorsicht. Jess war nicht der Einzige, der im Alter zurückhaltender geworden war. Doch unser beider Leben hatte eine Wendung genommen und wie durch ein Wunder befanden wir uns wieder an dem tückischen Punkt, der uns – mich – schon vor Jahren in Verwirrung gestürzt hatte. Nur ein Idiot würde sich eine zweite Chance entgehen lassen.

19

Wir sollen für Englisch ein Tagebuch führen. Mrs. Fitzgerald sagt, wir sollen jeden Tag reinschreiben, am besten jeden Morgen als Erstes, bevor unsere Gedanken richtig aufwachen, damit das, was wir schreiben, freier ist, wie eine Fortsetzung unserer Träume, oder, wenn wir das nicht schaffen, abends vor dem Einschlafen, weil ein müder Geist manchmal genauso frei ist wie ein gerade erwachter, also ist es dasselbe.

Na klar. Ich habe morgens nicht mal Zeit zu frühstücken, geschweige denn, tiefsinnige Gedanken aufzuschreiben, und abends schaffe ich vielleicht ein oder zwei Sätze, bevor ich einschlafe. Ich glaube, ich habe die Schlafkrankheit. Das Gegenteil von Insomnie. Wie heißt das denn? Somnie? Ich werde Krystal fragen. Egal, ich schreibe gern in mein Tagebuch, aber die Zeit … Wir müssen es Mrs. Fitzgerald zeigen, sie geht Freitag durch die Klasse, um zu sehen, wie sich unsere Notizhefte füllen. Sie liest nicht, was wir geschrieben haben, aber sie schaut nach, ob auf den Seiten Wörter stehen. Wahrscheinlich könnte man die Zeitung abschreiben oder ein Buch oder so was, um sie zu täuschen, aber ich kenne niemanden, der das tut. Ich jedenfalls habe nur im Unterricht Zeit. Also passe ich in Mathe oder Bio nicht auf und schreibe in mein Tagebuch und Mr. Tambor und Mrs. Reedy denken, ich mache mir Notizen. Cool.

Man muss nur immer im Hinterkopf haben, dass es jemand anderes liest. (Was passieren kann – Brad Leavitt hat seins im Bus vergessen und Linda Morrissy hat es gefunden und am nächsten Tag Mrs. Fitzgerald gebracht, die es Brad zurückgegeben hat. Das sind mindestens schon zwei Leute, die Brads Tagebuch gelesen haben könnten, ganz zu schweigen von Linda Morrissys gesamter Familie und ihren Freundinnen plus Mrs. Fitzgeralds Freunden und ihrem Mann und ihrem Sohn, der auf dem College ist, und allen Freunden ihres Sohnes. Wir sehen also, dass *Zeit* der einzig limitierende Faktor ist.) Egal, Mrs. Fitzgerald sagt, die einzige Möglichkeit, seine Unsicherheit zu überwinden, sei, peinliche Sachen über sich selbst aufzuschreiben. Beschönige sie nicht, versuch nicht, als Held dazustehen oder als unschuldiges Opfer, spuck es einfach aus, irgendwas richtig Dummes, das man getan oder gesagt hat, ohne es zu zensieren. (Aber dann pass gut auf, dass du dein Tagebuch nicht im Bus liegen lässt.)

Ich habe es probiert. Schwierig ist nur zu entscheiden, welche von all den peinlichen Geschichten man sich aussucht. Es gibt so viele. Einmal habe ich geschrieben: »Früher stand ich bei offener Tür vor dem Spiegel im Badezimmer und tat so, als gelte das Lachen und der Applaus aus dem Fernseher im Wohnzimmer mir. Ich war eine berühmte, beliebte Schauspielerin und das Publikum klatschte und lachte über meine Grimassen, weil sie so komisch waren. Während unten lange geklatscht wurde, übte ich Überraschung und Demut.«

Solche Geschichten sind zum Aufwärmen. Man überwindet das Gefühl, dass man paranoid ist, weil man so etwas zugibt, und dann kann man anfangen, die richtigen Sachen zu schreiben. Wie: »Ich hasse meine Mutter, die inzwischen gar nicht mehr meine Mutter ist. Sie hat sich in einen völlig neuen Menschen verwandelt. Als hätten Außerirdische sie entführt, ihr einen Chip ins Hirn gepflanzt und sie zurückgeschickt und jetzt ist sie nur noch eine Kopie ihrer selbst. Und sie hat einen echt beschissenen Job.«

Die Schule nervt. Caitlin schläft inzwischen definitiv mit Donny Hartmann und sie und Jamie haben sich total verschanzt und ich darf nicht dazu, für drei scheint das Geheimnis einfach zu groß zu sein. Inzwischen ist mir das sowieso egal. Ich wusste immer, dass sie besser miteinander befreundet sind als mit mir. Aber als wir von Chicago hierher zogen, hatten sie gerade Sendepause und ich habe Jamie kennen gelernt und Caitlin erst, nachdem sie sich wieder vertragen hatten. Also war ich immer das dritte Rad am Wagen, was bis heute ganz okay war, im Moment ist sowieso nicht viel mit mir los. Ich fange an, mich ziemlich gut mit Becky Drivers zu verstehen, aber auch sie hat Freundinnen, die sie hundert Jahre länger kennt als mich.

Wenigstens redet Raven wieder mit mir. Leider nur über Selbstmord und das ist nicht besonders erfreulich. Nicht *seinen* Selbstmord, nur so, im Allgemeinen, das heißt, ich mache mir jetzt keine Sorgen, dass er von der nächsten Brücke springt. Einmal sind wir zusammen ins Kino gegangen, aber ich weiß nicht, ob es ein Date war, weil ich ihn erst im Kino getroffen habe, am Freitag nach der Arbeit, und wir saßen mit lauter Kids aus der Schule zusammen. Während des Films hielten wir Händchen, aber dann haben Mark Terry und Sharon Waxman mich nach Hause gefahren, weil sie näher wohnen. Das soll einer verstehen. Nicht, dass es mir was ausmacht.

Die Schule ist also öde und die Arbeit ist in letzter Zeit auch irgendwie langweilig und dann, dann komme ich um halb sieben nach Hause, nach einem langen, harten Tag, bin müde und habe Hunger und vielleicht Lust, mich ein bisschen zu unterhalten, zu lachen, Lust auf ein bisschen menschlichen

Kontakt, nicht viel, aber ein bisschen, Sie wissen schon, um die Vorstellung aufrechtzuerhalten, dass in unserem Haus immer noch eine richtige Familie wohnt – aber was kriege ich? *Nada*, weil niemand zu Hause ist. Es ist, als sei das Haus leer, geschlossen, als würde niemand dort wohnen – ich habe Mom vorgeschlagen, dass wir das Haus tagsüber an Penner vermieten könnten, so würden wir wenigstens ein bisschen Geld kriegen und die würden es auch nicht unordentlicher verlassen, als es sowieso schon ist. Doch alles, was sie antwortet, ist: »Es ist nur vorübergehend.« In einer Woche, wenn diese blöde Arche im Wasser ist, soll alles wieder ganz normal sein.

Ich wünschte, es wäre schon morgen so weit. Es wird immer schlimmer, sie redet über nichts anderes mehr – soll das Pferd ein Schimmel sein oder lieber ein Fuchs, wäre es nicht passend, wenn es am Siebzehnten regnen würde, soll Jess die Arche weiß streichen oder in einer anderen Farbe oder gar nicht und so weiter und so weiter, als ob mich das interessieren würde. Es hat ihr überhaupt nicht gefallen, als ich ihr erzählte, dass Noah, als er wieder an Land war – und das steht in der Bibel –, als Allererstes einen Altar gebaut und ein paar Tiere geopfert hat. Wirklich Pech für die Spezies, die dran glauben musste! Sofortige Auslöschung. Mom beteuert die ganze Zeit, dass sie fast fertig sei, aber sie kommt jeden Abend später nach Hause und sie ist so *merkwürdig*, entweder ganz ruhig und in ihrer eigenen kleinen Welt versunken oder sie lacht und quasselt, als ob sie high wäre, und versucht, *mich* glücklich zu machen, indem sie mir blöde Witze erzählt oder mich kitzelt oder sagt: Komm, holen wir uns ein Eis – und das ist noch merkwürdiger, weil es irgendwie nichts mit mir zu tun hat, ich bin nur diejenige, die zufällig da ist. Egal, was für eine Laune sie hat, ich kriege sie ab.

Was wäre, wenn ich sterben würde? Wenn das Haus anfinge zu brennen und ich bin drin und Mom ist nicht da? Wenn ich schlafen würde und sie wäre die Einzige, die mich retten könnte? Aber sie ist bei Jess und baut Erdferkel. Dann käme sie nach Hause, würde in unsere Straße einbiegen und sich wundern, was die Feuerwehr hier macht, all die Blinklichter, der Krankenwagen. Je näher sie käme, desto mehr Angst würde sie bekommen. Und dann würde sie es sehen: die Trage mit der Leiche vor dem Haus, das Tuch ist über das Gesicht gezogen. Die Polizisten würden versuchen, sie zurückzuhalten, aber sie würde sich losreißen und sich auf die Leiche werfen. »Mein Baby!« Ich wäre an Rauchvergiftung gestorben, nicht an den Verbrennungen, deshalb wäre mein Gesicht immer noch hübsch. Ja, ich würde ganz friedlich und schön aussehen. Mom würde total zusammenbrechen. Sie wäre am Boden zerstört.

Manchmal gehe ich nach der Arbeit rüber zu Modean und spiele mit Harry. Das ist besser, als mit den Hausaufgaben anzufangen oder zu überlegen, was es zum Abendessen geben soll, wenn Mom mir keinen Zettel hinterlassen hat. Modean unterhält sich immer mit mir, fragt mich nach der Schule und nach der Arbeit, fragt, wie es mir geht. Sie hat bei Krystal ein Set für die Aromatherapie gekauft und einmal durfte ich sie mit essenziellen Ölen behandeln. Sie fand es super, irgendwann will sie es nochmal machen. Sie ist wirklich eine tolle Mutter. Harry wird ohne irgendwelche Probleme groß werden, das perfekte Produkt guter Eltern. Nicht wie ich, das Produkt von Vernachlässigung.

Manchmal rufe ich Gram an und wir reden darüber, wie bescheuert die Arche ist. Gram ist definitiv auf meiner Seite. »Ist deine Mutter schon zu Hause?«, fragt sie und ich sage: »Nein«, und sie: »Ich komme sofort vorbei und mache dir was zu essen. Es ist sieben Uhr!« Aber um die Zeit kommt Mom meistens nach Hause, sodass Gram in Wirklichkeit nie vorbeikommt, jedenfalls bis jetzt nicht. Wenn sie es doch täte! Das wäre Mom bestimmt peinlich.

Wenn ich meinen Führerschein schon hätte, wäre alles anders. Ich käme mir nicht mehr vor wie in Einzelhaft, weil ich jederzeit raus könnte, wie aus einem Gefängnis, bei dem die Tür aber offen steht. Ich habe Gram erzählt, dass es mir so vorkommt, als wäre die Zeit stehen geblieben und ich würde *nie* älter als fünfzehn dreiviertel werden. Sie sagte: Warte nur, bis du so alt bist wie ich, und dann erzähl mir noch einmal, was du über Zeit denkst.

Eigentlich sollte ich Mom melden. Sie wird langsam berühmt in Clayborne, ha ha, wegen der Arche. Im *Morning Record* haben sie sogar eine Titelgeschichte über sie und Jess gebracht und in der Zeitung in Richmond war auch ein Artikel darüber, wie wunderbar verrückt es ist, dass sie das tun, und was sie dazu inspiriert hat und bla, bla, bla, es war zum Kotzen, ich konnte die Artikel kaum lesen. Ich sollte den Kinderschutzbund anrufen und sie wegen Vernachlässigung anzeigen. Das wäre mal eine Schlagzeile! »Mutter der Arche quält eigene Tochter – ein Schlüsselkind.« »Erschafferin der Arche geht wegen Sorgerecht vor Gericht und verliert!« Man würde mich zu einer freundlichen, liebevollen Pflegefamilie geben. Mom dürfte mich nicht mal besuchen. Doch – sie darf mich besuchen, aber nur für eine Stunde in der Woche und sie würde die ganze Zeit weinen. Ich wäre nett zu ihr, aber dann müsste ich zurück zu meiner Pflegefamilie. Sie würde versprechen, sich zu ändern und die beste Mutter der Welt zu werden, aber das Gericht würde sagen, dass ich bei der Pflegefamilie bleiben muss, bis ich achtzehn bin. Dann wäre es Zeit, aufs College zu gehen. Sie hätte die besten Jahre meines Lebens verpasst und daran wäre nur sie allein schuld.

Das ist besser als die Geschichte mit dem Brand. Es ist erwachsener und ich bleibe am Ende am Leben. Ich glaube, das schreibe ich in mein Tagebuch.

20

Chris rief an, als ich am Samstagnachmittag bei mir zu Hause auf Harry aufpasste.

»Hallo, Carrie. Wie geht's?«

»Ich freue mich so, dass du anrufst«, sagte ich und platzierte das Baby auf meine andere Hüfte, um den Hörer besser halten zu können. »Ich wollte dich schon seit Wochen anrufen.« Ich hörte aus ihrem lauten, stoßweisen Lachen Erleichterung heraus und wusste, dass ich genau das Richtige gesagt hatte. »Ja, ich wollte dich wirklich heute oder morgen anrufen, Chris, ehrlich –«

»Na klar.«

»Nein, wirklich! Weil der Stress endlich vorbei ist und ich wieder durchatmen kann. Es war total verrückt, ehrlich, du kannst dir die Hektik nicht vorstellen.«

»Doch, ich glaube dir. Ich habe den Artikel über dich in der Zeitung gelesen.«

»O Gott.«

»Du bist eine Berühmtheit.«

»Eine berühmte Irre. Wie auch immer, jetzt ist alles vorbei – bis auf den Stapellauf und der ist übermorgen.«

»Ja, und wir kommen hin, die ganze Familie.«

»Das soll wohl ein Scherz sein!«

»Nein, absolut nicht! Nicht um alles in der Welt wollen wir das verpassen.«

Es war meine größte Angst und meine heimliche Hoffnung zugleich, dass am Montag beim Stapellauf im Point Park viele Leute dabei sein würden, eine richtige Menschenmenge. »Ich werde dich in der Menge suchen«, witzelte ich – mit Ironie konnte man sich gut gegen Enttäuschung wappnen.

»Du klingst großartig, Carrie, viel besser als das letzte Mal, als wir miteinander geredet haben.«

»Wirklich? Na ja, um die Wahrheit zu sagen: Es geht mir auch ziemlich gut.«

»Gott, bin ich froh. Ich bin wirklich erleichtert, weil es mir immer noch ganz schlecht geht, wenn ich daran denke, was passiert ist.«

Harry griff sich eine Hand voll von meinen Haaren. Um ihn abzulenken, suchte ich auf dem Tresen nach seiner Lerntasse, die halb voll mit Orangensaft war. »Warum sollte es *dir* schlecht gehen?«

»Es ist einfach so«, sagte Chris. »Ohne dich ist es langweilig. Wahrscheinlich war es auch schon so, bevor du kamst, und ich habe es nur nicht gemerkt.«

»Du fehlst mir auch.«

»Gott, Carrie, wenn ich ihn jetzt anschaue! Ich glaube jedes Wort, das du mir erzählst hast, wirklich, und trotzdem – wenn ich ihn ansehe, kann ich es mir immer noch nicht vorstellen. Ich verstehe einfach nicht, dass er so etwas tun kann. Aber ich *glaube* es, so ist es nicht –«

»Nein, ich weiß genau, was du meinst. Ich konnte es auch nicht glauben, als es passiert ist.«

Ich meinte nicht den Abend, als Brian mich im Flur traktierte, ich meinte den Tag, an dem er mich in sein Büro rief und feuerte. Es war an einem Freitag gewesen und er wartete, bis Chris schon gegangen war. Zuerst verstand ich gar nicht, was er sagte, ich dachte, es sollte ein Witz sein. Ich lachte. Doch dann hörte ich auf zu lachen. »Sie meinen das ernst«, sagte ich und starrte ihn ungläubig an. »Sie schmeißen mich raus!« Er sagte: »Ich will es eigentlich nicht. Ich wünschte, ich könnte sie behalten«, und rieb sich mit gespielter jungenhafter Nervosität die Hände. Seine Stirn glänzte rot und war von Sorgenfalten zerfurcht, seine Augen waren voller Mitgefühl. *Das ist das Schwerste, was ich je getan habe*, versuchte er mit seinem Gesicht auszudrücken und einen Augenblick lang glaubte ich ihm, dachte wirklich, seine unsichere Erklärung würde der Wahrheit entsprechen – dass es sich nicht auszahlte, dass er wirklich jemanden brauchte, der mehr Eigeninitiative entwickelte, jemanden, der keinerlei Anweisungen von ihm benötigte. Aber als er hilflos die Hände ausbreitete und sagte: »So etwas wie eine gleichwertige Partnerin«, erkannte ich die Wahrheit und wusste, dass er log.

»Erstens bezahlen Sie mir nicht genug, um Partner zu sein«, sagte ich – und seitdem sind mir ein Dutzend Versionen eingefallen, wie ich das hätte vernichtender sagen können. »Und zweitens, Brian, warum geben Sie es nicht einfach zu? Es geht doch um neulich Abend, oder?«

»Welchen Abend?« Diese gespielte Verständnislosigkeit, diese absolute Ignoranz! Ich wollte ihn anschreien, aber ich wusste, dass ich mich hinterher nur noch erniedrigter fühlen würde und er trotzdem gewonnen hätte. Also konnte ich ihn nur beleidigen, völlig unangemessen – »Sie sind ein Vollidiot!« –, und aus dem Büro stürmen.

»Was ist das nur mit den Männern«, klagte Chris. »Wie kann er erst so dumm und dann so *gemein* sein?«

»Aber bei dir hat er es nie versucht –«

»Nie, nein. Oz hat mich das natürlich auch gefragt, aber da war nie was, nicht das kleinste bisschen.«

»Es ist verrückt.«

»Es *ist* verrückt, ja. Und das Schlimme ist nicht mal, dass er es bei dir versucht hat, sondern dass er dich anschließend rausgeschmissen hat! Darüber komme ich einfach nicht hinweg. Wenn ich könnte, würde ich kündigen, aber das geht nicht.«

»Nein, du darfst nicht kündigen, das würde auch nichts bringen.«

»Das behauptet Oz auch, aber ich sage dir, ich hätte große Lust dazu. Ich sehe Brian in einem völlig neuen Licht. Ich kann ihm nicht mehr trauen und das ändert alles.«

»Chris, das tut mir Leid.«

»Es ist nicht deine Schuld. Wenn ich etwas anderes in Aussicht hätte … du weißt schon. Einen anderen Job. Aber im Augenblick brauchen wir das Geld wirklich. Ich komme mir vor wie festgenagelt.«

Harry warf seine Tasse auf den Boden und kreischte in mein Ohr.

»Modean musste weg, deshalb passe ich ein paar Stunden auf Harry auf. Wie man hört, ist Essenszeit.«

»Alles klar. Also, dann bis Montag. Beim Stapellauf.«

»Kommst du wirklich?«

»Natürlich!«

»Du bist eine wahre Freundin.«

»Hör mal, jetzt, wo du wieder arbeitslos bist, hast du nicht Lust, mal essen zu gehen? Wir könnten uns doch mal treffen. Außerhalb des Büros – du müsstest *ihn* gar nicht sehen.«

»Und wie ich Lust habe! Wie wär's nächste Woche?«

Wir verabredeten uns, und nachdem wir aufgelegt hatten, dachte ich: *Na bitte*. Ein Gutes war bei der Anderen Schule doch herausgekommen: meine Freundschaft mit Chris. Die konnte selbst Brian nicht zerstören.

»Wo willst du essen, junger Mann, hier oder zu Hause? Zu Hause«, entschied ich mit einem Blick auf meinen frisch geputzten Küchenboden. Wenn ich Harry hier fütterte, würde ich anschließend noch einmal wischen müssen. »Willst du nach Hause?«

»Mama.«

»Nein, Mama ist noch nicht da, sie kommt bald. Gehen wir essen.«

»Essen!«

In Modeans Küche setzte ich Harry in seinen Hochstuhl und gab ihm eine halbe Banane, während ich seine Spaghetti Bolognese in der Mikrowelle aufwärmte. Er war ein bequemes, gutherziges Kind und wirklich lustig, schon seine Grimassen brachten mich zum Lachen. Ein Nachmittag mit ihm war wie einen Zeichentrickfilm oder die Marx Brothers gucken. Man konnte richtig darin versinken. »Hübscher Junge«, gurrte ich und stellte ihm sein Schälchen hin. Ich gab ihm auch seinen Löffel, aber nur aus Höflichkeit, denn er aß alles mit den Fingern. »Soll ich dich füttern?«, bot ich an und winkte mit dem Löffel. Nein. Er hatte eine Plastikschüssel mit einem integrierten Unterteller, der das Essen, das daneben ging, auffing, und als Harry fertig war, war der Unterteller halb voll mit Spaghetti und die andere Hälfte war auf seinem Kopf gelandet. »Hast du überhaupt was *gegessen?*« Er lachte mich an, haute seine Tasse auf den Tisch und wippte dazu im Takt mit den Beinen. Er konnte lange Sätze sprechen, man hörte sogar die Interpunktion heraus. Man verstand nur die Worte nicht. Ich zumindest nicht – Modean schwor, dass sie jedes Wort verstand.

Ich machte ihn über der Spüle sauber, holte einen Pudding aus dem Kühlschrank und trug Harry in den Garten vor dem Haus. Musste ich ihn mit Sonnencreme einreiben? Wir würden unter dem Ahorn vor der Veranda bleiben, der Schatten des Baumes gab für eine halbe Stunde bestimmt genug Schutz. Ich konnte mich nicht daran erinnern, dass ich mir ständig Sorgen wegen des Sonnenschutzes gemacht hatte, als Ruth noch so klein war, aber wer weiß. Wie anders sie als Baby war! Harry saß wie ein Buddha auf dem Rasen, ganz versunken damit beschäftigt, eine Butterblume zu zerpflücken. Wenn ich Ruth in dem Alter den Rücken zugekehrt hätte, wäre sie längst drei Häuser weiter die Straße hinunter gewesen, in diesem süßen, schaukelnden Gang, über den man so lachen musste, die Hände immer in Bewegung, bis man realisierte, dass sie *weg* war.

Harry sagte: »Ba-ba-ba-ba«, und ich dachte, vielleicht meint er Seifenblasen, wer weiß, vielleicht wollte er das die ganze Zeit schon. Ich trug ihn ins Haus, fand Seifenblasen in seiner Spielzeugkiste im Wohnzimmer und nahm ihn wieder mit nach draußen auf die Verandastufen. Ruth hatte Seifenblasen geliebt. Ich auch. Harry ließ mich zuerst blasen. Ich blies einen perfekten Strom schillernder Kugeln in die Luft, so hübsch und nach Sekunden schon verschwunden, wie ein Feuerwerk. »Ba-ba-ba«, machte Harry und ich legte meine Wange an seine weiche Kinderwange und brabbelte: »Ba-ba-ba«, und zusammen machten wir eine große, schwebende Seifenblase, die erst zerplatzte, als sie von einem Grashalm aufgespießt wurde. *Pfff.*

Ein Auto fuhr heran und parkte vor meinem Haus. Kein Auto, ein Pick-up. *Jess'* Pick-up. Ich konnte ihn selbst durch die Windschutzscheibe nicht sehen, weil die Sonne blendete, aber er sah mich. Er setzte zehn Meter zurück und hielt vor Modeans Haus statt vor meinem. Ich hatte ihn drei Tage nicht gesehen.

»Tut-tut«, sagte Harry. Er saß zwischen meinen Beinen, an meine Brust gelehnt, und zeigte auf das Auto. Eigentlich hätte ich aufstehen müssen, aber nicht nur Harrys Gewicht hinderte mich daran. Jess trug weiße Tennisschuhe – oder waren es Laufschuhe? War er ein Jogger? Das hatte ich gar nicht gewusst. Der joggende Farmer. In schwarzen Jeans und einem blauen T-Shirt kam er mit schwingenden Armen auf mich zu. Jess. Er kam die Einfahrt herauf und Harry zog den Arm ein und drückte sich erstaunt gegen mich. Jess kam direkt zu uns und quetschte sich neben mein linkes Bein. Ich entdeckte an seinem Kinn eine Stelle, wo er sich beim Rasieren geschnitten hatte, und aus irgendeinem Grund fühlte ich mich schwach. Ich legte mein Kinn auf Harrys Kopf. Jess lächelte sein langsames Zwei-Stufen-Lächeln. »Hallo«, sagte er. »Wer ist das?«

»Das ist Harry. Darf ich vorstellen – Jess«, sagte ich leise in Harrys Haare. Manchmal fremdelte er. »Kannst du ›hallo, Jess‹ sagen?«

»Tut-tut«, sagte Harry.

»Er mag dein Auto.«

»Tut-tut.«

Also mussten wir aufstehen und zu Jess' Pick-up gehen, damit Harry ihn ansehen und anfassen konnte, und Jess ließ Harry auf dem Fahrersitz sitzen und mit dem Lenkrad spielen. Ich fragte mich, wie wir zusammen aussahen. Erkannten die Leute, dass wir ein Liebespaar waren? Ich musste mich zusammenreißen, damit ich mich nicht an ihn lehnte oder gedankenlos meine Finger in seinen Hosenbund oder seine hintere Hosentasche steckte – beiläufige Intimitäten, die für mich bereits selbstverständlich waren. »Du hast mir gefehlt«, murmelte ich und streifte verstohlen seine Hüfte mit meinem Handrücken. »Ich wollte dich heute besuchen, aber dann rief meine Nachbarin an und bat mich, auf Harry aufzupassen. Ich konnte nicht Nein sagen.« Besonders, weil Modean sich so nett um Ruth gekümmert hatte, während ich bis zum Hals in der Arbeit mit meinen Tieren steckte.

»Ich war den ganzen Tag nicht zu Hause«, sagte Jess. »Du hast mir auch gefehlt. Können wir irgendwohin gehen und uns küssen?«

Ich lachte, abermals ganz schwach. »Vielleicht. Was hast du gemacht?«

»Letzte Kleinigkeiten an der Arche. Rate mal, was ich gestern Nacht geträumt habe.«

»Was denn?«

»Die Arche sei untergegangen.«

»Oh, *nein*.«

»In zwei Teile zerbrochen und gesunken wie ein Stein.«

»Wie die Titanic. Konnten die Tiere schwimmen?« Er lachte mich an. »Sag schon, sind sie geschwommen?«

»Keine Ahnung. Ich bin aufgewacht.« Er nahm zum dritten Mal Harrys Hand vom Schalthebel. »Die Bullaugen sind perfekt.«

»Wirklich? Sieht man sie gut?« Eldon hatte mir gestattet, zusätzliche Tiere auf runde Sperrholzplatten mit neunzig Zentimeter Durchmesser zu malen, die Jess für mich ausgesägt hatte. Ich hatte sie noch nicht auf der Arche gesehen. »Hast du sie in allen drei Stockwerken angebracht oder nur unten?«

»In allen dreien. Die Schimpansen sehen klasse aus, wie sie auf dem Unterdeck herumturnen. Eine Superidee.«

»Vielleicht fahre ich heute Nachmittag mal rüber und schaue es mir an. Ich weiß, ich habe gesagt, dass ich es nicht tue, aber ich halte es nicht aus.« Um zu verhindern, dass ich immer noch einmal letzte Hand an die Tiere legte, die nach wie vor in Jess' Scheune standen, hatte ich alle Farbeimer und Pinsel zu Landy gebracht und in seinem Keller verstaut. Schluss. Es ist *vorbei*.

»Was hast du so gemacht?«, fragte Jess.

»Eine Million Sachen, alles, was ich die ganze Zeit aufgeschoben habe, seit das angefangen hat. Gestern habe ich das Haus geputzt und es hat den *ganzen* Tag gedauert. Ich habe Leute angerufen, sie informiert, dass ich noch lebe. Und ich habe versucht, darüber nachzudenken, welche Arbeit ich machen will, aber es hat nicht funktioniert – ich kann nicht weiter als bis Montag denken. Bist du froh, wenn es vorbei ist? Oder eher traurig?«

»Beides.«

»Ich auch.«

Harry wurde langsam sauer, er wollte die Handbremse lösen. »Es ist Zeit für seinen Mittagsschlaf«, erklärte ich Jess und nahm Harry auf den Arm. »Komm mit rein. Du musst doch nicht gleich wieder gehen, oder?« Harry ließ ein bitterliches Schluchzen hören. Sein weicher, runder Körper wurde plötzlich richtig muskulös, so sehr strengte er sich an, über meine Schulter zu krabbeln, die dicken Ärmchen flehentlich ausgestreckt. »Tut-tut! Tut-tut!«

Umarmungen, Apfelsaft und noch ein paar Seifenblasen beruhigten ihn. Ich setzte ihn auf den Boden und ließ ihn mit den Töpfen und Pfannen in »seinem« Schrank spielen (alle anderen waren mit Kindersicherungen versehen), während ich Wasser für seine Flasche heiß machte. »Modean muss jede Minute nach Hause kommen, aber ich lege ihn noch schnell hin –« Jess drehte mich herum und gab mir einen langen, heißen Kuss. »Ich hab dich so vermisst«, sagte ich und hielt ihn ganz fest. »Ich hätte nicht gedacht, dass du mir so fehlst.«

»Ich hab nur noch dich im Kopf. Das hatte ich zwar früher auch, aber das war gar nichts gegen heute.«

»Kannst du bleiben? Wenn Modean kommt, könnten wir rübergehen.«

»Wo ist Ruth?«

»Bei Krystal – sie arbeitet samstags den ganzen Tag.« Wir küssten uns wieder, aber irgendwie machte es Harry Angst, deshalb mussten wir aufhören.

Modean kam nach Hause. Zu dritt saßen wir noch eine Weile in der Küche. Wenn Modean sich wohlfühlte, konnte sie endlos reden. Und sie mochte Jess, das hatte sie mir schon gesagt, ehe ich seinen Namen erwähnte, damit ich mit jemandem über ihn sprechen konnte – eine der vielen Frustrationen einer heimlichen Affäre, wie ich herausgefunden hatte. Wertvolle Minuten verstrichen in der Küche und schließlich sagte Jess: »Ich glaube, wir sollten uns das fliegende Eichhörnchen noch mal ansehen, Carrie.«

Modean zuckte nicht mal mit der Wimper. »Alles klar, bis bald, Leute. Und danke nochmal, Carrie«, rief sie und winkte uns nach, als wir davongingen und versuchten, entschlossene Gesichter zu machen. Das war leicht.

Es war jetzt anders, mit Jess zu schlafen. Nicht gleich am Anfang, aber in letzter Zeit war es mit Jess, als hätte ich den Orgasmus mitten in mir. Als hätte ich ihn früher ein bisschen versetzt gespürt, nicht ganz in der Mitte, doch jetzt spürte ich ihn genau da, wo er sein sollte. Konnte das wirklich so sein? Wahrscheinlich nicht. Eher wollte mein Körper mir etwas sagen. Es war eine Analogie.

Auf dem Nachttisch auf der anderen Seite des Bettes, auf Jess' Seite, hatte ich ein Bild von Stephen stehen. Er hatte es sich auf die Brust gestellt, als ich aus dem Badezimmer kam. Das Foto schmeichelte Stephen, er sah darauf locker und witzig aus, schirmte mit den Händen die Augen gegen die blendende Sonne ab und zeigte bei einem seiner seltenen Lächeln die Zähne. Jess wandte den Blick von dem Foto ab und sah mich an und ich war gespannt, was er sagen würde. Er lag da, die Decke zwischen den langen Beinen zerknüllt, mit sich und der Welt zufrieden, und ich dachte daran, wie verschieden sie doch waren, die beiden Männer in meinem Leben. Einmal kam Ruth von einem Besuch bei Jess nach Hause und redete darüber, ob sie lieber einen Mann heiraten sollte, der seine Gefühle *zeigte,* oder einen Mann, der seine Gefühle nur dachte. Eine sehr einfache Unterscheidung, aber ich wusste, wen sie verglich. Frauen wollten natürlich beides, doch für gewöhnlich zog uns das eine oder andere mehr an. Meine Mutter wählte einen Denker, weil sich glaubte, es wäre sicherer. Und ich nehme an, so war es auch.

Ich legte mich neben Jess. Er stellte das Foto zurück und nahm meine Hand, ohne etwas zu sagen. Ich redete mehr als er. Das war mit Stephen auch so gewesen, und doch war es etwas anderes. Jess' Schweigen war sicher, interessiert, nicht unbeteiligt und nie gefährlich. Er war wie ein – ein Thermometer, irgendetwas mit Quecksilber. Mein heimliches Symbol für ihn war eine hohe, blaue Säule, aufrecht, so groß wie er und alles gehörte nur mir. Jess war ein unverfälschtes Blau.

»Du fragst mich nie nach Stephen«, sagte ich und legte die Arme auf seinen Bauch.

»Erzähl mir nur, was du willst.«

»Willst du denn nichts wissen?«

Er dachte nach. »Ich, hier in seinem Bett – wie ist das? Ich liege auf seinem Kopfkissen.«

»Ich weiß. Ich ... ich habe Schuldgefühle, weil ich *keine* habe. Mehr als genug. Die meisten Leute würden sagen, ich habe nicht ausreichend lange gewartet. Auf eine Art bin ich Stephen mit dir zweimal untreu gewesen. Einmal, als er noch lebte, und einmal jetzt.«

Jess berührte meinen Handrücken mit den Lippen und wartete. Beobachtete mich.

»Willst du wissen, warum ich ihn geheiratet habe? Willst du einen Grund hören?« Er nickte, aber er hatte nicht denselben Drang, den ich verspürte, zu beichten, es auszuspucken, den Sinn zu ergründen. »Ich wusste, worauf ich mich einließ. Er würde Professor am College werden und das war ein Leben, das ich kannte. Und ich, an seiner Seite, würde wirklich dazugehören, ich wäre gleichwertig.« Nicht wie meine Mutter, die nie dazugehört hatte. »Ich wäre die Künstlerin und er das Genie. Und wir würden perfekte Kinder haben.«

»Und deshalb hast du ihn geliebt?«

»Deshalb habe ich ihn geheiratet. Verliebt habe ich mich in ihn, weil ich ihn für jemand anderes hielt. Vielleicht *war* er anfangs auch jemand anderes und hat sich dann verändert. Oder ich habe mich verändert.«

»Wofür hast du ihn gehalten?«

»Für jemanden wie dich. Aber mehr Sicherheit bietend.« Das war ein hartes Eingeständnis. »Ich war dreiundzwanzig Jahre alt, als wir uns kennen lernten, wohnte in Washington und versuchte, eine Künstlerin zu sein. Was mir nicht gelang. Ich hatte keinen Pfennig Geld mehr und mir blieben zwei Möglichkeiten: Entweder ich suchte mir einen Job oder ich ging wieder aufs College. Das Ende meines Lebens, dachte ich. Und beides bedeutete, meiner Mutter klein beizugeben, die immer gesagt hatte, ich sollte einen Abschluss machen und Kunstlehrerin werden. Stephen und ich gingen miteinander aus, aber es war noch nicht ernst. Als er meine missliche Lage schließlich kannte und begriff, was es für mich bedeutete, sagte er ... Nun, er sagte: ›Lebe mit mir und sei meine Liebe.‹ Genau das waren seine Worte. Es klingt wahrscheinlich dumm, aber für mich bedeutete es die Welt. Seine erste und letzte poetische Äußerung. Er bot mir an, mich zu retten, und der einzige Grund war seine Großzügigkeit. Ich dachte, so wäre er. Ich dachte ... Ich wusste nicht, dass ... dass es eigentlich untypisch für ihn war. Also habe ich mich in ihn verliebt.«

»Und dann?«

»Oh ... wir zogen zusammen, aber das hat mich nicht gerettet. Wir heirateten zu schnell und dann wurde Ruth geboren und das Leben wurde sehr handfest. Keine Poesie mehr, keine Kunst. Kunstgewerbe – für Geld. Ich fing an, Kränze zu machen und sie zu verkaufen, Kränze für jede Gelegenheit. Dann stellte ich Zubehör für Kränze her und es verkaufte sich ziemlich gut, bis es mich krank machte. Im wahrsten Sinne des Wortes. Meine erste depressive Phase. Ist das zu viel? Mehr, als du wissen wolltest?«

»Ich glaube nicht, dass wir einander retten können«, sagte Jess.

»Nein. Aber – glaubst du wirklich nicht, dass du mich gerettet hast?« Er lächelte. »Nein, ich weiß«, sagte ich, »aber ich habe das *Gefühl*.«

Er begann mit der Zunge in die Zwischenräume meiner Finger zu tippen. »Wenn ich nicht existieren würde, wenn ich einfach wieder verschwände, würde es dir trotzdem gut gehen.«

»Oh, nein.« Ich sagte noch mehrmals Nein, aber langsam dämmerte mir, dass ich mich verändert hatte. Wenn ich Jess verlieren würde, wäre ich stärker, als ich es war, als ich Stephen verlor. Wo lag darin der Sinn? »Der Schäferhundfaktor«, fiel mir ein. »Du hast gesagt, es sei die Arbeit. Also – ich weiß nicht. Ich glaube immer noch, dass du es bist.« Ich presste mich an ihn, küsste ihn auf den Hals, unter sein Ohr. Zwei Monate harte Arbeit an der Arche hatten seine Hände noch rauer werden lassen und ich mochte es, wie sie über meine Haut strichen, sie zum Glühen brachten, mich erregten. »Lass uns für eine Weile nicht über unsere Ex-Partner reden. Vereinbaren wir ein Moratorium.«

»Okay.«

»Das klingt aber widerwillig.« Abermals liebten wir uns. Langsam diesmal, nicht so ungestüm. In dem Augenblick, als ich anfing zu zittern, mich zu winden, hielt Jess inne und ich hörte es auch – ein vertrautes Geräusch. Schritte auf der Treppe.

Ich schoss hoch wie eine Schlange und rannte zur Tür, die kein Schloss hatte. »Hallo?«, rief Ruth aus der Diele.

»Komm nicht rein!« Der Türknauf drehte sich bereits. »Ruth, lass die Tür zu!«

»Warum? Mom? Wer ist bei dir?«

Mein Bademantel lag am Fußende des Bettes auf dem Boden, aber ich hatte Angst, mich zu bewegen. Jess rollte aus dem Bett, schnappte sich den Bademantel und warf ihn mir zu. »Ich komme raus«, sagte ich, zog hastig den Bademantel über und zerrte am Gürtel. Jess war auf die andere Seite des Bettes gegangen, sodass man ihn von der Tür aus nicht sehen konnte. Ich versuchte zu lächeln – *tut mir Leid – ist das zu glauben*? –, aber es war eher eine Grimasse. Er strich sich die Haare aus dem Gesicht, entblößte die Zähne, zeigte sein Mitgefühl in einer humorvollen Geste und für den Bruchteil einer Sekunde beruhigte es mich. Einen Augenblick lang tat es mir nicht Leid. Ich machte die Tür auf.

Ruth sah blass und krank aus. »Alles in Ordnung?« Reflexartig streckte ich die Hand aus, aber sie zuckte zusammen und wich mir aus.

»Wer ist es?«, wisperte sie. Angst ließ ihre scharfen Gesichtszüge wächsern erscheinen. O Gott – sie dachte, es wäre Stephen. Ich sah es an der erschreckenden, irrationalen Sehnsucht in ihren Augen.

»Liebes«, sagte ich, »lass uns in dein Zimmer gehen.«

»Wer ist es?«

»Es ist Jess.«

Verständnislosigkeit. Dann ein winziges Aufflackern von Erleichterung – oh, Jess, na ja, dann – und schließlich Verstehen.

Meine Brust schmerzte. »Oh, Kleines.« Deutlich und zum ersten Mal erkannte ich, dass es das Herzloseste, das Schlimmste war, was ich mir aussuchen konnte, um ihr wehzutun. Sie wich zurück, öffnete den Mund, doch kein Wort kam heraus. Ich folgte ihr, weil ich dachte, sie wolle die Treppe hinunterstürmen, aber sie raste an mir vorbei in ihr Zimmer und schlug mir die Tür vor der Nase zu.

Jess, halb angezogen, ergriff meine eiskalten Hände und zog mich zurück ins Schlafzimmer. Ich spürte es kaum, als er die Arme um mich legte. »Lass mich hier bleiben«, sagte er, aber ich sagte nein, er müsse gehen. Er zog mich näher an sich, selbst, als ich mich wehrte. Gegen meinen Willen sickerte ein wenig Wärme zu mir durch. Ich legte den Kopf an seine Schulter. »Was habe ich getan? Ich wollte das nicht, es tut mir Leid, aber wenn du ihr Gesicht gesehen hättest – o Gott, Jess, ich glaube nicht, dass ich das je wiedergutmachen kann. Du musst gehen, bitte, ich kann nicht mit ihr reden, ich kann nichts tun, solange du da bist.«

Aber als er gegangen war, war es noch schlimmer. Meine Finger zitterten, als ich versuchte, meine Bluse zuzuknöpfen. Ich zog einen Pullover drüber, ich zog Schuhe an – merkte, dass ich versuchte, *angezogen* auszusehen. Ich fürchtete mich davor, in den Spiegel zu sehen. *Halt*, dachte ich, aber ich spürte, wie sie in mir aufstieg, die alte Geringschätzung meiner selbst. Nein, eine Szene aus einem billigen Film, mehr war es nicht. Ich würde ihr alles erklären und – es würde ihr das Herz brechen. Aber sie würde sich wieder fangen und danach würde es wenigstens keine Geheimnistuerei mehr geben. Ein gutes Ende für *mich*, doch was konnte an dieser grauenhaften Situation je für *sie* gut sein?

Ich fand sie zusammengekrümmt auf ihrem Bett, die Arme um den Bauch geschlungen. »Ist dir schlecht?« Als ich ihre Schulter berührte, schüttelte sie meine Hand ab, setzte sich auf und rutschte ganz in die Ecke. Die Augen in ihrem blassen, spitzen, gnadenlosen Gesicht waren schwarz.

»Wie lange geht das schon?«

»Es tut mir Leid, dass du es so erfahren musstest. Ich wollte es –«

»Das wette ich. Wie lange vögelst du ihn schon?«

»Hör auf. Hör auf!«

»Warum? Gefällt dir meine Ausdrucksweise nicht? Hey, tut mir echt Leid, ich bitte vielmals um Entschuldigung.« Ihre Schultern zuckten in Krämpfen. »Wie lange hast du schon Geschlechtsverkehr mit Jess Deeping?«

»Ich wollte es dir sagen. Ich hätte es getan, aber noch nicht. Weil –«

»Weil du dich schämst.«

»Weil ich wusste, dass es dich verletzen würde.«

»Weil es eine Schande ist.«

»Ruth – ich habe ihn mein ganzes Leben lang geliebt –«

Kaum hatte ich es gesagt, sah ich, wie falsch auch das war. Sie zog sich zurück, sprang vom Bett. »Dann hast du – hast du es mit ihm schon gemacht, als Daddy noch lebte?«

»Nein.« Aber ich antwortete nicht schnell genug.

»Doch. Du hast es getan. Mein Gott! Mein Gott!«

»Es ist nicht so, wie du denkst – ich hatte keine Affäre mit Jess. Ich habe deinen Vater geliebt, du weißt das.«

»Wie kommt es dann, dass du so glücklich bist, jetzt, wo er tot ist? Ach, wie auch immer – du lügst, ich sehe es.«

»Ruth –«

»Ihr habt euch wirklich verdient. Ich hasse euch beide! Ich ertrage dich nicht!«

»*Warte*. Bleib stehen.« Sie verharrte an der Tür, Überheblichkeit und Verachtung ausstrahlend, doch ihre Augen schwammen. »Bleib hier, wenn ich mit dir rede. Komm wieder zurück.«

»Nein. Du kannst auch so mit mir reden.«

Aber was sollte ich sagen? Ich kannte keine Worte, die die Sache reparieren konnten, und ich konnte mich nicht dagegen wehren, dass ich ihren Abscheu verinnerlichte. Ich hatte die Fähigkeit verloren, meine Position zu sehen, ich sah nur noch ihre.

»Hast du ihn betrogen oder nicht? Sag's mir einfach, Mom, sei ein einziges Mal ehrlich. Hast du?«

Wieder ließ ich zu viel Zeit verstreichen. »Einmal.« Sie krümmte sich. »Und es ist lange her.«

»*Lange her?*«

»Ich weiß nicht, wie ich es dir erklären soll! Alles, alles, was ich sage, wird dir wehtun. Wenn du nur –«

»Genau! Dann sag nichts, okay? Ich will kein einziges Wort von dir hören.«

Ich hatte ihre Unterlippe nicht mehr zittern sehen, seit sie zehn Jahre alt war. Sie zitterte immer dann, wenn sie versuchte, nicht zu weinen. »Liebling, bitte hör mir zu. Wenn du älter wärst –«

»Ich bin nicht zu jung, um zu erkennen, was *du* bist. Eine *Schlampe*. Bleib mir vom Leibe, okay? Vielleicht reden wir, wenn ich älter bin. Sagen wir, in fünf Jahren!«

Sie rannte aus dem Zimmer. Mein Herz blieb beinahe stehen – ich dachte, sie würde die Treppe hinunterfallen, ihre lauten, krachenden Schritte klangen so unbeholfen. Ich wartete darauf, dass die Haustür zuknallte. Doch stattdessen knallte einen Augenblick später die Küchentür. Wollte sie nach nebenan? Ich hoffte es – obwohl ich nicht wollte, dass Modean schon jetzt Näheres von Jess und mir erfuhr. So ein Pech, Enthüllung war der Preis, den wir Schlampen bezahlen mussten.

Kurz darauf stand ich neben meinem zerwühlten Bett und rang die Hände. Der Tatort. Wie konnten wir nur so unvernünftig sein? Was für eine Mutter tat so etwas, ging in ihrem eigenen Haus solch ein Risiko ein? Und warum fühlte ich mich wegen meines Glückes so leicht schuldig? Wer hat mich das gelehrt? Meine Mutter? Sie war mein ganzes Leben lang mein willkommener Sündenbock gewesen. Diesmal wusste ich, dass ich selbst schuld war, ich allein. Ich lief von einem Zimmer zum anderen, unfähig, mich zu beruhigen. In der Küche blinzelte ich durch die Jalousien, auf der Suche nach einem Anzeichen, dass Ruth nebenan war. Sollte ich rübergehen? Vielleicht war sie gar nicht dort, vielleicht war sie spazieren gegangen.

Ich duschte – weil ich es brauchte, sagte ich mir, nicht aus irgendwelchen Freud'schen Gründen. Anschließend ging ich nach draußen und setzte mich auf die Verandastufen. Irgendetwas stimmte nicht. Die Sonne stand zu hoch – es kam mir viel später vor als vier Uhr. Zeit zum Melken. Jess würde an mich denken, sich Sorgen um mich machen. Ich wünschte, ich könnte ihn anrufen, ihm sagen, dass es mir gut ging. Dass ich es mit Ruth vermasselt hatte, wir aber noch lebten.

Es dauerte noch ein paar Sekunden, ehe ich begriff, was es war. Was nicht stimmte. In der Umgebung fehlte ein Teil.

Mein Auto.

21

Raven war nicht zu Hause. Seine Mutter sah aus wie eine typische Mama aus einer Seifenoper, wie Florence Henderson oder so jemand, und das Haus passte auch nicht zu ihm. Er müsste in einem Schloss wie die Addams Family wohnen, nicht in einem lang gestreckten Bungalow mit grüner Aluminiumverkleidung und weißen Fensterläden.

»Nein, tut mir Leid, Martin ist nicht da«, sagte Mrs. Black an der Haustür und trocknete sich die Hände an einem Papiertuch ab. »Er ist übers Wochenende in Richmond. Bei seinem Vater«, fügte sie hinzu, als würde sie denken, ich sei krank oder hätte mich verlaufen oder so was und es würde mir helfen, wenn sie mir alles ausführlich erklärte.

»Ach so«, sagte ich. Ravens Eltern waren geschieden. Raven lebte bei seiner Mutter, aber er besuchte seinen Vater ziemlich oft. »Na gut, danke.«

»Soll ich ihm sagen, wer da war?«

»Ach ja, Ruth Van Allen. Ich bin, äh, nur durch die Gegend gefahren. Es ist nichts Wichtiges. Ich sehe ihn ja am Montag.« Ich lächelte und ging betont lässig den gepflasterten Weg zurück, stieg ein und ließ den Wagen an, als wäre es das Normalste auf der Welt, dass ich allein durch die Gegend fuhr. Im Rückspiegel sah ich mein graues, teigiges Gesicht und den Schweiß auf meiner Stirn. Ich hätte kotzen können. Ich ließ das Fenster beim Fahren offen, für alle Fälle.

Wo sollte ich hin? Nicht zu Jamie oder Caitlin. Nicht zu Becky Driver. Blieb nur Krystal übrig. Ich konnte das Auto in der Gasse parken, wo es niemand sah – falls jemand nach mir suchen sollte. Es war erst vier, der Mother Earth Palace war noch zwei Stunden lang geöffnet, aber Krystal würde mir erlauben, mich oben in ihrer Wohnung hinzulegen. Vielleicht hatte sie sogar Tabletten gegen Menstruationsbeschwerden, Paracetamol oder so was. Nein, wahrscheinlich nicht. Na gut, dann eben wieder was Pflanzliches, aber bis jetzt hatte es die Mischung aus Vitamin B 12, schwarzem Wanzenkraut und Kavapfeffer nicht gebracht.

Ich parkte hinter dem Laden, genau vor Krystals Garage, aber das war okay. Besser, als in der kleinen Straße rückwärts einzuparken. Mit dem Schlüssel, den Krystal mir gegeben hatte, schloss ich die Hintertür auf.

Krystal stand gerade im Lagerraum auf der Leiter und holte eine Kiste aus dem obersten Regal im Lagerraum. »Ruth!« Sie verlor beinahe das Gleichgewicht, so überrascht war sie. »Du hast mich vielleicht erschreckt. Ich dachte, du bist zu Hause mit einer Wärmflasche im Bett. Es ist nicht so viel los, dass du wiederkommen musstest.« Vorne im Laden klingelte das Telefon. »Oh, Scheiße, kannst du drangehen?«

Ich machte ein paar Schritte, doch dann blieb ich stehen. »Äh … es könnte meine Mutter sein.«

Krystal sah mich seltsam an. »Na gut«, sagte sie und stieg von der Leiter. »Dann gehe ich. Und was soll ich sagen –?«

»Ich bin nicht hier. Ich bin früh nach Hause gegangen, weil ich Bauchweh hatte, mehr weißt du nicht.«

Sie hob die Augenbrauen und schob wie ein Fisch die Lippen vor: *Interessant*. Dann rannte sie zum Telefon. Ich hatte sie noch nie um so etwas gebeten, ich meine, für mich zu lügen oder so was, aber ich war nicht überrascht, dass sie es tat. Krystal war ein Mensch, dem ich vertrauen konnte.

Ich konnte nicht hören, was sie sagte, und wollte nicht weiter in den Laden hineingehen. Nachdem sie aufgelegt hatte, musste sie einen Kunden bedienen, deshalb setzte ich mich auf eine Kiste, schaukelte hin und her und massierte meinen Bauch. Wenn man Krämpfe hat, ist es, als gehe innen drin alles drunter und drüber, wie Krieg in den Eingeweiden. Mir war wirklich speiübel. Je mehr ich darüber nachdachte, desto schlechter wurde mir. Das Bad war nur ungefähr sechs große Schritte entfernt, ich konnte es schaffen. Aber dann kam Krystal wieder und lenkte mich ab.

»Wer war dran?«

»Es war deine Mom. Sie hat gefragt, ob du hier bist, und ich habe Nein gesagt, du seiest früher nach Hause gegangen, weil dir schlecht war.« Sie runzelte die Stirn. »Meine Medizin hat nicht geholfen, wie?« Ich schüttelte den Kopf. »Mehr wollte sie nicht wissen, nur, ob du hier bist, und das habe ich verneint. Was ist los?«

»Kann ich mich oben eine Weile hinlegen?«

»Klar. Bist du von zu Hause weggelaufen?«, fragte sie grinsend. Die Glocke über der Ladentür bimmelte. »Nun geh schon. Ich bringe dir einen krampflösenden Tee, sobald ich Zeit habe. Wir kriegen dich schon wieder hin.«

»Mit krampflösendem Tee?«

»Absolut. Unterstützt die Muskulatur bei hormonellem Ungleichgewicht. Geh schon.«

Krystals Wohnung flößte mir Ehrfurcht ein, sie war wie in einem Film aus den sechziger Jahren, nur viel cooler, überhaupt nicht kitschig, eher retro. An den Wänden hingen große, orangefarbene und braune Skulpturen, die wie Kuchen aus Schlamm aussahen, und dicke Wandteppiche und irgendwelche Kunstwerke, die mir vorkamen wie mit Fingerfarben gemalt, und Teppiche, die sie selbst aus Garn und Kordel gewebt hatte. Die Möbel waren wirklich primitiv, Korbstühle und kaputte Schränke, aus denen die Nägel rausschauten, und ein Sofa, das einfach aus aufeinander gestapelten, großen, dicken Kissen bestand. Und alles in Erdtönen und aus irgendeinem Grund waren die Jalousien heruntergezogen und Krystal hatte einen Springbrunnen, der wie eine Grotte geformt war, und man hörte die ganze Zeit Wasser plätschern. Es war wie in einer warmen, düsteren, möblierten Höhle.

Ich musste pinkeln und ich brauchte einen neuen Tampon. Gott – wenn Krystal keine benutzte? Wenn sie – Blätter oder Moos benutzte oder Recyclingtücher aus – Hanf – oder ...

Tampax. Da waren welche, hinter dem Klo in einer kleinen, blauen Schachtel. Puh. Dann wollte ich in ihren Medizinschrank schauen, um zu sehen, ob sie Aspirin oder ganz normale Zahnpasta hatte, wie jeder andere auch. Es war ein komisches Gefühl herumzuschnüffeln, deshalb öffnete ich nur die verspiegelte Tür einen Spalt und spähte ganz schnell hinein. Aha. Eine Mischung aus allem. Sie hatte Aspirin und eine Tube Mobilat, aber es gab auch eine Flasche Rescue-Tropfen und einen Kräutertee für die Blase nach einer berühmten, alten chinesischen Rezeptur. Cool.

Das einzig Blöde an dem Kissensofa waren die Katzenhaare, die überall verteilt waren. Es war heiß in der Wohnung, die nach Westen liegen musste, weil hinter den handbemalten Jalousien vor dem großen Fenster die Sonne brannte. Aber die Hitze tat gut, ich hatte den ganzen Tag gefroren. Ich zog eine zerknitterte Decke über die Beine und rollte mich zusammen wie ein Embryo. Bevor ich anfing, über Mom und Jess nachzudenken, schlief ich lieber ein.

Krampflösender Tee schmeckte wie Dreck. Krystal zwang mich, alle fünfzehn Minuten eine Vierteltasse zu trinken, und ich beteuerte, dass er wirkte, weil die nächste Medizin nämlich zwei Gläser Apfel-Sellerie-Fenchelsaft gewesen wäre. »Für die Phytoöstrogene«, sagte sie. »Aber was du eigentlich brauchst, ist eine Reflexzonenmassage.«

Reflexzonenmassage war ein guter Kompromiss. Ich legte mich wieder aufs Sofa und ließ Krystal meine Füße massieren. Der Punkt für meine Eileiter lag auf dem Spann und hinter den Innen- und Außenknöcheln waren die Punkte für die Gebärmutter und die Eierstöcke. Und tatsächlich, nach ungefähr zehn Minuten stimulierender Massage ließen die Krämpfe langsam nach.

»Hey, das funktioniert«, sagte ich zu Krystal, die auch eine Tasse krampflösenden Tee trank, obwohl sie gar nichts hatte. Ich schob die weiße Katze, Charmian, auf meinem Bauch vorsichtig ein bisschen tiefer, mehr in Richtung Becken. Ich mochte die Wärme, aber nach einer Weile fühlte sich der Druck nicht mehr so gut an.

»Natürlich wirkt es«, sagte Krystal. Sie hatte die Augen geschlossen. Vielleicht meditierte sie, während sie meine Füße massierte. Im Augenblick machte sie einen Fernkurs im Handauflegen und in zwei Monaten bekam sie ihr Zertifikat, dann würde sie es im Laden anbieten. Vierzig Dollar die Stunde, was viel war, aber sie hatte vor, den Erfolg zu garantieren. »Niemand geht unzufrieden« sollte ihr Slogan heißen.

Ich wartete darauf, dass sie mir Fragen stellte – was ich hier wollte und warum ich nicht nach Hause konnte. Aber sie fragte nicht und das war cool, das mochte ich an Krystal am liebsten, ihre Leben-und-leben-lassen-Philosophie. Aber wenn man über etwas reden wollte, musste man selbst davon anfangen. Und das war schwer.

»Also«, sagte ich. »Rate mal, was passiert ist.«

»Mmhh«, machte sie verträumt. Sie trommelte gerade mit den Fingern über meinen Fußrücken, wobei sie schnappende Geräusche mit der Spitze ihres Zeigefingers machte.

»Also, ich bin doch heute früher nach Hause gegangen. Und niemand war da. Aber Jess' Pick-up stand vor dem Haus der

Harmonds, also dachte ich, er ist dort und unterhält sich mit Mom, die heute Nachmittag auf Harry aufgepasst hat.«

»Mmhh.«

»Also habe ich mir ein Glas Milch geholt und –«

»Milch? Oh, Ruth.« Sie verzog das Gesicht. »Das Schlimmste, was du machen kannst. Mandelmilch, na gut, vielleicht, aber richtige Milch? Oh, Kleines, kein Wunder.« Sie trommelte fester mit den Fingern auf meinem Fuß.

»Oh, das wusste ich nicht. Na ja, egal. Jedenfalls ging's mir richtig dreckig, aber ich wollte Jess sehen, weißt du, weil er … er war …« Ein Freund. »Deshalb wollte ich zuerst in mein Zimmer und mir die Haare kämmen, mich vielleicht ein bisschen schminken, damit ich nicht so krank aussah, irgendwas. Und was höre ich aus dem Schlafzimmer meiner Mutter, als ich oben bin? Hinter verschlossener Tür, die sie sonst *nie* zumacht?«

»Was?«

»Ihre Stimme und die von irgendeinem Typen.« Nur, dass es keine Stimmen waren, weil sie nicht geredet haben. Es waren Geräusche.

»O – mein – Gott!«

»Sie ruft: ›Komm nicht rein, lass die Tür zu!‹ Also bleibe ich stehen. Dann macht sie auf und – sie hat ihren Bademantel an. Und ihre Haare sind zerwühlt und sie ist ganz rot im Gesicht. Es war richtig unheimlich – ich hab sie kaum erkannt, so als wäre sie ihre Schwester oder so was. Und sie machte ein total schockiertes Gesicht, als hätte gerade jemand auf sie geschossen.«

»Und *wer war der Typ?*«

»Es war Jess. Mein Freund Jess.«

Krystal hörte auf, meinen Fuß zu massieren. Ihre runden Augen wurden ganz groß. Sie flüsterte: »Oh, nein, Scheiße.«

»Ganz schön komisch, nicht wahr?« Ich lachte und dann fing ich beinahe an zu heulen, aber ich schluckte so lange, bis ich darüber weg war. Auf keinen Fall, sie verdienten nicht eine Träne von mir. »Ja, es stellte sich heraus, dass sie es schon lange tun, sogar schon, als mein Vater noch lebte.«

»Sag bloß. Deine Mutter? Niemals.«

»Doch. Sie hat es mir erzählt, sie hat es zugegeben.«

»Oh, Ruth! O Mann, ein echter Hammer. Das ist wirklich furchtbar. Alles in Ordnung mit Dir? Das ist sicher sehr schwer! Herrje, wie konnte sie das tun? Ist der Typ wirklich so heiß?«

»Keine Ahnung. Woher soll ich das wissen?« Eine blöde Frage. »Ich dachte, er wäre unser Freund. Ich war oft – bei ihm –« Ich tat so, als hätte ich wieder einen Krampf und hörte auf zu reden, bis meine Stimme wieder kräftiger war. Ich wollte mich nicht wie ein Baby benehmen, nicht vor Krystal.

»Hast du mit ihm geredet?«

»Nein, er ist gegangen. Meine Mutter hat versucht, sich rauszureden –«

»Was hat sie gesagt?«

»Nur Scheiße, dass sie ihn schon immer geliebt hat und so. *Immer* – verstehst du? Oh, aber meinen Vater hat sie auch geliebt.«

»Aber sicher.«

»Genau – ich hab doch gesagt, es war Scheiße. Hauptsächlich meinte sie, ich soll erwachsen werden. Da bin ich gegangen, bin einfach raus und hab ihr Auto geklaut.«

»Miststück.«

Ich blinzelte, dachte, sie meinte mich. »Genau«, sagte ich, als mir klar wurde, dass sie Mom meinte. »Ein richtiges Miststück.« Es klang hässlich und gemein, aber es war ein tolles Gefühl, es zu sagen.

»Also wirklich. Es ist das Letzte, seinen Mann zu betrügen.«

»Ich weiß.«

»Auch wenn sie den anderen Typ liebt, bleibt es immer noch Betrug.«

»Ich weiß.«

»Du musst dich ja schrecklich fühlen.«

»Ich muss immer an meinen Vater denken. Er hätte ihr so was nie angetan, niemals. Er war so gut und er hat uns wirklich geliebt. Er war der Beste. Einmal, als ich acht war, hatte sie die Grippe und er hat alles gemacht – er hat das ganze Haus geputzt, gekocht, mich zur Schule gefahren, einfach alles.« Krystal sah nicht besonders beeindruckt aus. »Ich meine, das ist nur *eine* Sache, an die ich mich erinnere. Er hat nie ihren Geburtstag vergessen oder Weihnachten und er hat mir immer rechtzeitig Geld gegeben, damit ich ihr etwas kaufen konnte. Er war *fürsorglich*. Und ich weiß, dass er sie nie betrogen hat, ich *weiß* es einfach. Wie konnte sie nur? Wie konnte sie ihm so wehtun, wo er ihr doch nie etwas getan hat?«

»Glaubst du, er wusste es?«

»Nein, ich –« Plötzlich fror ich wieder. »Wenn er es gewusst hat, wenn er sie gesehen hat – o mein Gott! Und dann ist er gestorben. Es hat ihm das Herz gebrochen.«

»Hast du nicht gesagt, er hatte eine koronare Herzerkrankung?«

Ich zog meine Füße von ihrem Schoß und rollte mich zusammen. »Und wenn sie daran schuld war? Wenn sie ihn damit umgebracht hat?« Ich biss in mein Knie, bis es wehtat.

»Wahnsinn.« Krystal schüttelte unentwegt den Kopf. »Das ist zu viel.«

»Vielleicht hat er es nicht gewusst. Vielleicht ist es einfach passiert.«

»Ja, wahrscheinlich. Und trotzdem.«

Mein Mund produzierte zu viel Speichel, ich konnte nicht schnell genug schlucken. Ich stolperte vom Sofa und rannte los, zwang die Übelkeit zurück, ließ sie nicht raus, ehe ich den Klodeckel hochgeklappt hatte und den Kopf über die Schüssel hielt.

Dann – Explosion. Alles brach aus mir raus. Ich steckte mir den Finger in den Hals und erbrach, bis nur noch Speichelfäden rauskamen.

Krystal stand an der Tür, kam aber nicht rein. Mom wäre reingekommen. Sie hätte meinen Kopf gehalten oder meinen Rücken gestreichelt und hinterher hätte sie ganz ruhig mit mir gesprochen, damit ich mich nicht schämte oder Angst bekam oder sonstwie ausrastete. Als ich an all das dachte, wurde ich ganz verzweifelt, eine Mischung aus Wut und Verletztheit, zum Teil alt und kindisch und zum Teil neu und erwachsen, und diese Kombination wollte ich nie wieder spüren.

Krystal hatte eine Verabredung mit Kenny, ihrem derzeitigen Freund. Sie bot an abzusagen, wenn es mir wirklich schlecht ging, aber natürlich lehnte ich das ab. Geh nur, es ist Samstagabend, mir geht's gut. Bevor sie ging, fragte ich sie, ob ich den Chevy über Nacht in ihre Garage stellen könne. »Falls jemand nach mir sucht.« Ich dachte an die Polizei, aber ich wollte es nicht laut aussprechen. Krystal kniff sonst womöglich. Sie war so cool mit allem, aber ich hatte Angst, dass sie es sich anders überlegen würde, wenn sie genauer darüber nachdachte. Sie sagte: »Klar, fahr das Auto gleich in die Garage.« Also gingen wir zusammen raus und tauschten die Parkplätze.

Kenny kam um neun, aber ich sah ihn nicht. Krystal hatte beschlossen, unten im Laden auf ihn zu warten, damit sie mich nicht störten. Ich mag ihn, deswegen war ich ein bisschen enttäuscht. Kenny ist süß, er redet immer mit mir, erzählt Witze und so. Er arbeitet bei einer Telefongesellschaft. Krystal hat ihn gern, aber sie ist nicht in ihn verliebt. Einmal hat sie mir erzählt, das Problem mit Kenny sei, dass er zu viel Marihuana raucht.

Als sie weg waren, bekam ich Hunger. Krystal hatte gesagt, ich könne mir nehmen, was ich wollte, aber als ich in ihren Kühlschrank sah, konnte ich außer Milch nichts Essbares entdecken. Sogar das Gemüse sah merkwürdig aus, ganz zu schweigen von all den Sachen, die sie in Plastikdosen aufbewahrte. Alles war beigefarben und sah aus wie Haferschleim. Im Brotkasten fand ich so etwas Ähnliches wie Müsli und schüttete es in eine Schüssel mit Milch. Ja – es war Müsli. Dann schnitt ich eine rosagelbe Frucht auf und tat sie dazu. Ich hatte solche Früchte schon mal im Lebensmittelladen gesehen, aber noch nie gegessen, weil sie nicht auf Moms langweiliger Einkaufsliste standen. Köstlich. Aber was war es? Eine Persimone? Pomelo? Papaya? Dass ich das nicht wusste, sprach für sich, oder? Ich konnte mein Leben genauso gut im Gefängnis verbringen. Clayborne – ein Witz. Wenn man was wissen oder was tun will, wenn man etwas *verändern* will, nimmt man es besser selbst in die Hand, weil sich hier nämlich niemand darum kümmern wird.

Ich legte mich wieder auf das muffige Sofa und packte mir Charmian auf die Brust. »Ich puste in die Flohkiste«, erklärte ich ihr. Als ich lachte, ließ mein Bauch die Katze hüpfen. »Du bist die Flohkiste«, sagte ich und streichelte sie sanft zwischen den Augen. Das Telefon klingelte.

Nach dem vierten Klingeln sprang der Anrufbeantworter an. Nach Krystals Ansage sagte Mom: »Hallo, hier ist Carrie Van Allen. Ich wollte nur – ich wollte fragen, ob – Krystal, wenn Sie da sind, nehmen Sie ab, bitte, ja?«

Ich setzte mich aufrecht hin. Als die Katze auf dem Boden aufkam, machte sie ein zischendes Geräusch. Ich erstarrte – doch dann entspannte ich mich wieder. Mom konnte ja gar nichts hören.

Ihre Stimme klang dünn und hoch, richtig fertig. »Ruth ist noch nicht zu Hause«, sagte sie so schnell, dass sie sich verhaspelte, »und ich habe keine Ahnung, wo sie ist. Wenn sie bei Ihnen ist, wenn Sie etwas von ihr hören, rufen Sie mich bitte, bitte an. Sofort.« Und dann sagte sie die Nummer. Als wüsste Krystal die nicht! »Wenn Sie mich nicht erreichen können, wenn besetzt ist oder – keine Ahnung, nur – wenn Sie mich nicht erreichen können, rufen Sie einfach meine Mutter an.« Und dann sagte sie auch *die* Nummer. »Gut. Danke. Rufen Sie mich an, wenn Sie irgendwas hören. Auf Wiedersehen.«

Ich legte mich langsam wieder hin und presste alle Finger gegen meine Zähne. Mist. Mist. Schweiß prickelte unter meinen Achseln. Ich hatte das Gefühl, dass meine Nerven unter Hochspannung standen und Funken sprühten. Oh, Mist.

Ich hätte aufstehen und sofort nach Hause fahren können. »Bin rumgefahren«, hätte ich sagen können, wenn Mom mich fragte, wo ich war. Sie würde sauer sein, aber na und? Irgendwann wäre die Sache mit dem Auto vergessen und es hätte garantiert keine Folgen.

Dieser Gedanke machte mir die Entscheidung leicht. Scheiß drauf. Ich wollte Konsequenzen, ich wollte Ärger. Je schlimmer, desto besser – wenn es nicht richtig schlimm war, machte ich etwas falsch.

Krystal kam um 1:37 Uhr nach Hause, ich sah es an den Leuchtziffern auf meiner Armbanduhr. Ich schlief noch nicht. Ich hatte gerade den Fernseher ausgemacht – nachdem ich eine Million Videos geguckt hatte. Ich hatte ihn schon vorher ein paar Mal ausgeschaltet, aber jedes Mal, wenn ich kurz vor dem Einschlafen war, hörte ich die Stimme meiner Mutter, wie sie auf dem Anrufbeantworter geklungen hatte – als würde sie mich verfolgen oder so was. Hauptsächlich nervend.

Ich hörte, wie die Hintertür zuschlug und unten herumgepoltert wurde, hörte Kenny lachen und Krystal machte »*Schhh*«. Ob sie ihn mit nach oben brachte? Ich hoffte es, obwohl ich müde war. Es wäre bestimmt lustig, noch mit den beiden hier zu sitzen und darüber zu reden, was sie erlebt hatten. Vielleicht würden sie was trinken. Vielleicht würden sie mir auch etwas geben.

Doch dann wurde es ruhig. Nur der Regen, der ans Fenster klopfte, war zu hören.

Ich stand auf und schlich zur Tür. Jetzt sollten sie lieber nicht raufkommen, sonst hätte Kenny mich in meiner Unterhose gesehen. Ich machte die Tür zur Treppe einen Spalt auf. Nichts. Doch – ein Rascheln. Krystals heisere Stimme sagte ein Wort, doch ich konnte es nicht verstehen. Die Stille wurde immer schwerer, immer bedeutungsvoller. *Ich wette, sie tun's. Ich wette, sie tun's.* Ich wollte die Tür schließen, damit wieder eine ganz normale, unkomplizierte Stille herrschte, aber gleichzeitig wollte ich auch da stehen bleiben, bis ich etwas Bestimmtes hörte, irgendein Geräusch, das es bewies. Stöhnen oder so was. Ich hing an der Tür, bis mein Nacken steif wurde und mein Handgelenk anfing zu prickeln und mein rechter Fuß einschlief. Meine größte Angst war, dass sie hörten, wie ich die Tür zumachte und zurück zum Sofa schlich. Mich dabei erwischten, wie ich lauschte. Aber entweder das oder ich musste die ganze Nacht dort stehen bleiben. Also schloss ich so leise wie möglich die Tür und schlich mit riesigen, langsamen Schritten über den Teppich zurück zum Sofa, und als ich es geschafft hatte, hustete ich laut, sank in die Kissen und zog mir die Decke über den Kopf. Da lag ich und kam mir dumm und kindisch vor.

Jeder geht total cool mit Sex um – außer mir. Jamie und Caitlin reißen die ganze Zeit Witze darüber und interessieren sich eigentlich gar nicht richtig dafür, kichern nur und machen sich drüber lustig. Aber wie kann man sich über etwas lustig machen, das ein komplettes Geheimnis ist? Schwindelten sie die ganze Zeit? Logen sie alle? Ich habe Angst, Witze über Sex zu machen, weil ich was durcheinander bringen und etwas sagen könnte, was Quatsch ist und meine totale Unerfahrenheit aufdeckt. Nicht über den Akt an sich, da weiß ich Bescheid, aber über die … Kultur, die Atmosphäre. Die Sache, was erlaubt ist und was nicht, die Regeln. Na ja, so ziemlich alles.

Warum ist es eigentlich so toll? *Alles* dreht sich darum, und zwar nicht nur bei den Männern. Worum geht es genau? Manchmal denke ich, ich will es nur tun, weil es nicht erlaubt ist. Wenn ich es nie tun würde, wenn ich zum Beispiel Nonne werde, würde ich es vermissen? Wie oft macht man es, wenn man, sagen wir mal, achtzig wird und angeblich »normal« ist? Und wieso hat man es irgendwann satt – das ist das wahre Geheimnis –, nur weil man verheiratet oder alt ist? Es bleibt doch Sex und man ist immer noch nackt, wieso kann das je langweilig sein? Und wie kommt es, dass jeder außer mir die Antworten kennt?

Mom schläft mit Jess – ich muss gar nicht erst versuchen, mir das vorzustellen, weil ich es nicht kann. Selbst wenn ich wollte. Was ich nicht will. Ich kann mir Mom auch nicht mit Dad vorstellen, obwohl ich sie vielleicht einmal gehört habe – vor langer Zeit, aber ich wusste nicht, was ich hörte, es waren einfach komische Geräusche spät nachts hinter ihrer verschlossenen Schlafzimmertür. Aber ich muss schon mehr gewusst haben, als ich dachte, weil ich nicht ins Bad, sondern leise wieder in mein Zimmer gegangen bin, ohne aufs Klo zu gehen.

Mom und Jess. Du lieber Himmel. Warum? Konnten sie sich einfach nicht zurückhalten? Wie in einem Film, in dem zwei Menschen so heiß aufeinander sind, dass sie sich die Kleider vom Leib reißen? Widerlich – beinahe sah ich sie vor mir, eine Sekunde lang zuckte das Bild durch meine Gedanken. Ich sah sie in Jess' Scheune, in der, wo sie die Tiere für die Arche machen, und Mom war nackt und Jess war nackt und sie wälzten sich in den Sägespänen.

»Miez, miez, miez.« Ich ließ den Arm raushängen und schnippte mit den Fingern, um die Katze zu locken und mich abzulenken, denn daran wollte ich nicht denken, auf keinen Fall.

Ich fühlte mich betrogen. Von meiner eigenen Mutter, die sich als Heuchlerin mit zwei Gesichtern entpuppte. Eine Ehebrecherin. Letzten Sommer hatte Mom mal den Film *Zweite Chance* ausgeliehen und wir haben ihn zusammen angesehen, nur wir beide, Dad hatte keine Lust. Die arme Sandra Bullock, sagten wir, von ihrem schrecklichen, schleimigen Mann betrogen. Wie tief konnte man sinken? Mom saß da und predigte über Aufrichtigkeit und Treue und den Ernst des Ehegelübdes, bla, bla, bla, und es war, als wären wir zwei erwachsene Frauen, die über ein richtiges Thema sprechen, über Männer, die fremdgehen, und dass Frauen überlegen sind, weil sie verglichen mit den Männern nur selten ihre Partner betrogen. (Ich verstehe nur nicht, mit wem die Männer fremdgehen. Wenn die Männer es die ganze Zeit tun und die Frauen fast nie, wer sind dann ihre Partnerinnen? Immer die gleiche Hand voll Frauen? Junge, Junge, was mussten *das* für Schlampen sein.) Aber – im Nachhinein war es die *Scheinheiligkeit* dieser Unterhaltung, die mich fertig machte. Es zeigte, dass jemand, dem du vertraust, dir in die Augen schauen und das Blaue vom Himmel lügen kann, und du merkst es nicht. Wenn ich daran denke, wie Jess mir das Fischen beigebracht hat, mit mir geredet hat, mir zugehört hat, als ich von meinem Vater erzählte… wenn ich daran denke, könnte ich explodieren, ich könnte mir selbst wehtun. Als hätte ich Benzin an den Händen und Jess sei ein Feuer oder ein heißer Ofen. Sobald ich ihn berührte, würde ich in die Luft fliegen und alle um mich herum würden verbrennen.

Also dachte ich lieber nicht daran. Als plötzlich die Katze wie aus dem Nichts auf meinen Bauch sprang, ließ ich sie unter die Decke und redete mit ihr, lauschte ihrem Schnurren und erzählte ihr eine Geschichte über Mäuse und Käse und ein Loch in der Wand. Und dann schlief ich ein, bevor Krystal nach oben kam, sodass ich nie erfuhr, wie lange sie unten geblieben ist und mit Kenny Liebe gemacht hat.

22

Die Polizei kümmerte sich nicht um mein Problem. Unglaublich – ich versuchte, ruhig zu bleiben, aber unter der Haut breitete sich die Panik wie ein Virus aus. »Können Sie nicht eine Meldung rausgeben? Sie wird vermisst! Und das passt nicht zu ihr, sie läuft normalerweise nicht weg!«

»Ja, Ma'am, und Sie sagen, sie hat Ihren Wagen genommen?« Höfliches Desinteresse, mehr hörte ich aus Officer Springers Stimme nicht heraus. Ich umklammerte das Telefon und gab mir Mühe, nicht zu schreien.

»*Ja.* Sie ist weg und der Schlüssel ist auch weg. Schon mehr als *fünf Stunden.*«

»Nun, wir haben das Baujahr und das Kennzeichen und wir werden die Augen offen halten, aber wenn ich Sie wäre, würde ich mir keine Sorgen machen. Ich weiß, das –«

»Sie verstehen nicht, Sie verstehen einfach nicht, irgendwas ist passiert! Irgendwas stimmt nicht!«

»Aber sie hat keine Nachricht hinterlassen, sagen Sie, und Sie und Ihre Tochter hatten Streit.«

»Wir hatten – eine Auseinandersetzung, ja. Sie war erregt.«

»Nun, mit fünfzehn ist das so, Mrs. Van Allen. Da rasten junge Leute schon mal aus.«

»Ruth nicht, nein. Niemals.«

»Es gibt immer ein erstes Mal, Sie würden sich wundern. Meine Vermutung ist, dass sie jede Minute wieder auftaucht und hofft, Sie haben nicht gemerkt, dass das Auto weg war. Und wenn sie auftaucht –«

»Halt – wollen Sie damit sagen, dass Sie nichts unternehmen werden?«

»Ma'am, gibt es jemanden, den Sie anrufen können?«

»Ich telefoniere seit Stunden mit allen möglichen Leuten. Was –«

»Ich meine, einen Freund, einen Verwandten, jemanden, der bei Ihnen bleibt, solange Sie warten. Ich weiß, es ist zermürbend.«

»Ja, es ist zermürbend! Alles Mögliche kann passiert sein. Ich glaube, sie ist allein unterwegs – ich habe alle Bekannten angerufen, niemand hat sie gesehen –«

Officer Springer, dessen Stimme sehr jung klang, wartete höflich und verlegen, bis ich mich wieder unter Kontrolle hatte. »Gut«, sagte ich, als ich wieder sprechen konnte. »Sie werden mich bitte anrufen, wenn Sie irgendetwas hören.«

»Ja, Ma'am, natürlich tun wir das.«

»Und ich werde Sie anrufen. Ich rufe bestimmt wieder an.«

»Das ist völlig in Ordnung. Wenn es Ihnen irgendwie hilft ... wir bekommen jeden Tag solche Anrufe, jeden Tag, und neun von zehn Malen stellt sich heraus, dass die Kinder putzmunter wieder auftauchen.«

»Okay.«

»Denken Sie daran, uns Bescheid zu geben, wenn sie nach Hause kommt, ja?«

»Ja, mache ich. Danke.«

Mein linkes Ohr tat weh, so fest hatte ich den Hörer dagegen gepresst. Ich stand an der Tür, lauschte dem Summen des Kühlschranks, dem Ticken der Uhr über dem Herd. Ruth wollte eine Uhr, die wie ein Hund aussah. Jede volle Stunde bellte eine andere Rasse. Ich sagte Nein, sie koste nur Geld und das bräuchten wir für hundert andere Dinge. Jeden Tag stießen wir ein Dutzend Mal wegen solch unvernünftiger Sachen zusammen. Ich will das – das geht nicht. Ja – nein. Gefangener und Wächter. Meine Aufgabe auf dieser Erde war es, die Träume meiner Tochter zu zerstören. Die Hälfte der Zeit tat ich es wahrscheinlich aus purer Gewohnheit. Das Eltern-Kind-System funktionierte, bis die Kids in die Pubertät kamen, dann brach es zusammen. Im Alter von dreizehn Jahren bekam es einen fundamentalen Riss. Aus Eltern, die ihre Kinder lenkten, wurden Menschen, die Menschen herumkommandierten. Alle fanden es schrecklich, beide Seiten, aber niemand hatte eine bessere Idee.

Ich hasste das Ticken der Uhr. Der Geruch nach Fisch verursachte mir eine leichte Übelkeit – Modean hatte mir zum Abendessen einen Thunfischauflauf herübergebracht, aber ich bekam keinen Bissen herunter. Ruth konnte ihn essen, wenn sie nach Hause kam und Hunger hatte. Nein – von mir aus konnte sie ins Bett gehen und verhungern. Wenn alles in Ordnung war, wenn sie nicht entführt oder verprügelt oder belästigt worden war, wenn es ihr gut ging, wenn sie in Sicherheit war – würde ich sie an ihren dünnen Schultern packen und sie schütteln, bis ihre Zähne wackelten. Interessant: Nur wenn sie den Beweis dafür erbringen konnte, dass sie misshandelt worden war, war sie zu Hause willkommen.

Ich konnte tatsächlich immer noch so denken, trockene, zynische Gedanken, weil ich nicht glauben wollte, dass irgendetwas wirklich Schreckliches geschehen war, so viel Angst ich auch hatte. Ich musste diesem Gefühl trauen, ich musste es als Intuition annehmen, nicht als Feigheit oder Verleugnung. Mein Verstand bot mir abwechselnd Bilder von Katastrophen und Bilder von logischen, prosaischen Erklärungen, warum Ruth mit dem Auto abgehauen war. Die Katastrophenbilder brachten mein Herz zum Rasen, meine Haut zum Glühen, doch tief drinnen wusste ich, dass Officer Springer Recht hatte. Sie würde jede Minute hier zur Tür hereinkommen, mit einem beleidigten Gesicht und einer mürrischen Erklärung, und ich würde ihr den Kopf abreißen.

Das Telefon klingelte.

»Carrie?«

Ich sank aufs Sofa. »Oh, Jess.«

»Bonnie hat es mir gerade erzählt.«

»Ich hab sie angerufen, um zu fragen, ob Ruth bei Becky ist, aber da ist sie nicht.«

»Warum hast du mir nicht Bescheid gesagt? Bonnie meinte, dass sie schon seit heute Nachmittag weg ist.«

»Ich dachte die ganze Zeit, sie kommt bestimmt gleich nach Hause. Ich war mir sicher, dass sie inzwischen hier sein würde. Ich hätte dich anrufen sollen, Jess, es tut mir Leid, ich wünschte, ich hätte es getan.«

»Schon gut.«

»Jetzt ist es bereits dunkel und sie ist es nicht gewohnt, nachts zu fahren!«

»Hast du die Polizei angerufen?«

»Ja, aber sie machen sich keine Sorgen. Sie sagen, ich soll einfach abwarten.«

»Was ist passiert, nachdem ich gegangen bin?«

»Ich hab alles kaputtgemacht. Aber ich weiß immer noch nicht, was ich hätte sagen sollen. Sie war so wütend und ich konnte sie nicht trösten. Ich habe alles nur noch schlimmer gemacht.«

»Es geht ihr bestimmt gut.«

»Woher willst du das wissen?« Ich sagte es mir zwar auch, aber ich ertrug es nicht, wenn jemand anders mich aufmuntern wollte. »Es ist Samstagabend, beinahe zehn Uhr. Sie hat das Auto, sie ist weg, sie fährt irgendwo herum – wieso glaubst du, dass es ihr *gut* geht?«

»Weil sie klug ist, sie macht keine Dummheiten.« Doch wirklich ruhig klang er nicht. Das machte mir mehr Angst als alles andere – Jess blieb sonst immer ruhig.

»Abzuhauen war eine Dummheit«, sagte ich. »Wie auch immer, es ist nicht ihre Dummheit, wegen der ich mir Sorgen mache, es ist die Dummheit der anderen. O Gott«, hauchte ich und schlug eine Hand vors Gesicht. »Nein, ich weiß, du hast Recht, wahrscheinlich geht es ihr gut und es ist nichts passiert. Aber sie könnte mit jemandem zusammen sein und ich weiß nicht, mit wem.«

»Hast du all ihre Freunde angerufen?«

»Alle, die mir eingefallen sind. Auch diesen Jungen – ich habe seine Mutter sogar dazu gebracht, seinen Vater anzurufen – sie sind geschieden –, um sicherzugehen, dass er wirklich dort ist und nicht mit Ruth zusammen. Er hat es bestätigt. Und all ihre Freundinnen – keine weiß etwas –«

»Was ist mit Krystal?«

»Nein. Nichts. Ruth sei früher gegangen, weil sie sich nicht wohlfühlte, mehr wusste sie nicht. Die Polizei kümmert sich nicht drum, sie sagen, so was passiert dauernd, ich soll mir keine Sorgen machen –« Ich lachte, ein gurgelndes Geräusch. »Ich glaube, sie tun überhaupt nichts. Sie sagen, es sei harmlos, sie wird wieder auftauchen.«

»Bist du allein?«

»Modean war vorhin hier.«

»Soll ich vorbeikommen?«

»Nein. Doch, aber es würde sowieso nichts nutzen. Du kannst auch nichts tun.«

»Ich könnte rumfahren und sie suchen, nach dem Auto Ausschau halten.«

»Jess, würdest du das tun?«

»Ich fahre sofort los. Ich ruf dich von unterwegs an.«

»Danke. Vielen Dank.«

»Versuch, dir keine Sorgen zu machen. Ich weiß«, sagte er, als ich gequält auflachte. »Denk einfach dran, wie aufgeweckt sie ist.«

»Wenn sie nach Hause kommt, werde *ich* sie aufwecken.« Ein Witz.

Ich legte schnell auf – wir hatten zu lange geredet, die Leitung blockiert. Was, wenn Ruth gerade versuchte anzurufen? Und keine dreißig Sekunden später klingelte tatsächlich das Telefon.

»Was Neues?«, dröhnte die Stimme meiner Mutter in mein Ohr.

»Nein.« Ich hatte sie zuvor schon angerufen, in der winzigen Hoffnung, Ruth könnte zu ihr gegangen sein.

»Oh, Süße.«

Ich berichtete ihr von meinem Anruf bei der Polizei und dass sie keine Initiative ergriffen.

»Ich komme vorbei.«

»Nein, Mama.«

»Dein Vater ist zu Hause, falls sie anruft oder hierher kommt. Ich komme und bleibe bei dir.«

»Nein, tu's nicht, *ehrlich*, du kannst hier doch nichts tun.« Wir redeten noch eine Weile hin und her, während ich versuchte herauszubekommen, was sie wirklich wollte. Ich hatte ihr Angebot ohne nachzudenken abgelehnt, aber vielleicht wäre es wirklich besser, wenn jemand hier wäre. Mama würde das Kommando übernehmen, keine Frage. War das gut oder schlecht?

»Okay, aber ruf mich *sofort* an, wenn du was hörst, ja?«

»Mache ich. Versprochen.«

»Egal, wie spät es ist, ich kann sowieso nicht schlafen.«

»Also, du kannst genauso gut ins Bett gehen, es hat keinen Sinn, wenn wir beide aufbleiben.«

Da ging es wieder von vorn los. »Warum kommst du dann nicht einfach hierher und wir bleiben zusammen auf?«

»Weil es zu – lieber nicht – ich will einfach –«

»Schon gut, vergiss es«, sagte sie steif. Verletzt.

Scheiße. »Mama, mit mir ist sowieso nichts anzufangen. Du würdest dich nur ärgern.« Sie schnalzte angewidert mit der Zunge. »Egal, sie wird sowieso jede Minute hier auftauchen. Ehrlich, so große Sorgen mache ich mir gar nicht. Hör zu, wir sollten Schluss machen, falls sie versucht anzurufen. Oder die Polizei.«

»Gut, Carrie.« Immer noch verletzt, aber erträglich. »Du rufst an, wenn du was hörst, ja?«

»Hab ich doch gesagt. Gute Nacht, Mama. Danke. Es ist wirklich –«

Aber sie hatte bereits aufgelegt. *Es ist wirklich schön, dass du dir mit mir Sorgen machst*, hatte ich sagen wollen. Nicht um sie zu besänftigen, sondern weil es stimmte.

Ich konnte nicht stillsitzen. Ich rief wieder bei Krystal an, erreichte aber nur den Anrufbeantworter. Ich hinterließ eine Nachricht und legte auf, irgendwie wütend. Wie konnte sie ausgehen, wenn Ruth weg war? Unverantwortlicher Leichtsinn. Nein, das war nicht fair. Ruth war verrückt nach Krystal, deren einziger Fehler ihre Flippigkeit war. Es gab jede Menge schlechtere Eigenschaften, die sie an eine leicht zu beeindruckende Fünfzehnjährige weitergeben konnte. Trotzdem, wenn Ruth nun zu ihr gegangen war, zu ihr in den Laden, auf der Suche nach Rat oder Hilfe oder einer mitfühlenden Seele? Und niemand war da, nur das leere Haus. Ich schauderte, spürte ein Loch in der Magengrube, als ich sie im Auto vor mir sah, durch die Dunkelheit fahrend, verletzt und verwirrt, wütend über das Unrecht, dass ich ihr angetan hatte.

Oben, in ihrem Zimmer, begrüßte mich der vertraute Turnhallengeruch und das ärgerliche Durcheinander und Chaos, das ich zugleich hasste und liebte. Obwohl ich es oft versuchte, konnte ich mich nicht recht an die Zeit erinnern, als ich fünfzehn war, jedenfalls nicht so deutlich, dass es mir für den Umgang mit meiner Tochter nützlich gewesen wäre. Verwirrt und ungeduldig – ich erinnerte mich, dass ich so war, aber die Details waren verschwommen. Meine intensivsten Erinnerungen hatte ich an Jess und an meine Mutter. Woran würde Ruth sich erinnern? An den Verlust ihres Vaters? Wie sie mich mit Jess gefunden hatte?

Ihr Tagebuch schaute halb unter einem zerknüllten Kissen hervor. Ich legte die Hand darauf und ließ sie liegen, ohne an etwas Bestimmtes zu denken. Mit verschwommenem Blick strich ich mit dem Daumen über die obere Ecke, blieb an der Seite hängen, auf die sie zuletzt geschrieben hatte, sah das Datum: gestern. Blinzelnd, immer noch halb blind, las ich den letzten Satz. »Eine Drei schaffe ich in der letzten Prüfung mit geschlossenen Augen und kriege trotzdem noch eine Zwei im Zeugnis, nicht schlecht für jemanden, der Französisch hasst.«

Ich ließ mich aufs Bett fallen und legte den Kopf auf das Kissen. Der reife, süße Geruch nach Ruths Haaren beruhigte mich. Oh, Kleines, wo bist du? Wenn sie jetzt kommen würde! Genau jetzt. Jedes Mal, wenn ich auf der Straße ein Auto hörte, erstarrte ich und lauschte wie ein Tier. Wenn jetzt die Haustür aufginge. Ich fing an, Gott Versprechungen zu machen. Ich wollte so sehnlichst Ruths Tagebuch lesen, dass ich aufstand und durchs Zimmer lief. Ich hätte es wieder dahin legen sollen, wo ich es gefunden hatte, aber ich fürchtete, wenn ich es noch einmal berührte, würde ich es richtig öffnen.

Ich erhaschte im Spiegel über der Kommode einen Blick auf mein verstörtes Gesicht, besser gesagt, in dem kleinen quadratischen Fleck des Spiegels, der nicht mit Fotos, Aufklebern, Einladungen, lustigen Sprüchen und aus Zeitschriften ausgeschnittenen Bildern bedeckt war. Eines der Fotos zeigte eine Nahaufnahme von Ruth, Jamie und Caitlin, von Jamies Bruder, dem Amateurfotografen, kurz vor Weihnachten aufgenommen. Ruth, die größte, stand in der Mitte und alle drei hatten die Arme um die Schultern der anderen gelegt und lächelten in die Kamera. Fröhliche Mädchen, die ihre nette Freundschaft zur Schau stellten. Aber Jamies Bruder hatte auch den Blick in Ruths Augen eingefangen, den ich nur zu gut kannte, eine versteckte Ruhelosigkeit, eine Verwirrung, die nicht zu dem kecken, breiten Lächeln passte. Ein Blick, der sagte: *Was mache ich hier überhaupt? Eigentlich sollte ich doch woanders sein.*

Stephen hatte dieselbe dünnhäutige Ungeduld mit dem Hier und Jetzt gehabt. Es hatte ihn nicht glücklich gemacht. Ein unglückliches Erbe – aber Ruth konnte es überwinden. Schon jetzt hatte sie mehr Möglichkeiten, als Stephen je gehabt hatte. Ihr Innenleben war ruhiger. Sie äußerte sich – das bekam ich weiß Gott zu spüren, obwohl die Einzelheiten ihres Innenlebens in letzter Zeit mehr als geheimnisvoll für mich waren. Würden wir uns niemals näher kommen als jetzt? Das war eine meiner Schreckensvisionen – dass die Wege unseres Lebens sich zum letzten Mal gegabelt hatten und wir von nun an immer weiter auseinander treiben würden oder bestenfalls nicht mehr näher zueinander, bis zu dem Tag, an dem ich starb.

Aber es musste nicht so sein. Von Zeit zu Zeit glimmte eine neue Art von Nähe zu meiner Mutter durch das Dunkel. Nur ein Glimmen, keine strahlenden Leuchtfeuer. Unsere Egos prallten immer wieder aneinander, zu vieles konnte nicht gesagt werden, zu vieles war tabu. Warum war Liebe nicht genug? Warum reichte sie nie aus?

Ich ging langsam wieder nach unten. Draußen, hinter der Robinie, türmten sich die Wolken um einen blassen Mond. Im Westen flackerten Wärmegewitter, die Luft roch feucht und metallisch. Ich ließ die Tür offen, damit ich das Telefon hören konnte, und setzte mich in der Dunkelheit auf die Verandastufen. Ich hätte Jess erlauben sollen vorbeizukommen. Oder sogar Mama.

Dies ist der Schmerz, den ich hätte fühlen sollen, als Stephen starb. Keine Sünde blieb für immer ungestraft und ich trug so viele Sünden mit mir herum. Mit Jess zu schlafen war nicht die Schlimmste, es war nur die, auf die ich heute Nacht fixiert war. Stephen hatte immer gesagt, ich sei mit Ruth zu nachgiebig, und nun hatte ich den krank machenden Beweis, dass er im Recht gewesen war. Wenn ich eine bessere Mutter gewesen wäre, hätte Ruth nicht einmal davon geträumt wegzulaufen. Modean hatte mir heftig widersprochen, als ich ihr das heute Abend beichtete – in einem schwachen Moment. »Du bist eine großartige Mutter!«, hatte sie gesagt, resolut wie ein Cheerleader. »Du bist nicht zu nachgiebig, was redest du da? *Ich* bin zu nachgiebig. Dieser Knabe hier wird unter den Folgen leiden müssen.« Sie legte die Lippen unter Harrys Kinn und blies, sodass er vor Vergnügen jauchzte. »Carrie, du bist nicht zu weich mit Ruth, das glaube ich wirklich nicht.«

Aber ich wusste, dass ich Recht hatte. Meine Entschuldigung war, dass ich nicht wie meine Mutter sein wollte, deshalb schreckte ich immer wieder davor zurück, meiner Tochter meinen Willen aufzuzwingen – weil das bedeutete, dass ich ihr auch meine Moralvorstellung aufzwang, meine Weltanschauung, meine Prinzipien, meine Vorlieben, Abneigungen, einfach alles. Mama hatte mich mit all dem eingenebelt, als ich so alt war wie Ruth, und tat es eigentlich bis heute und man sieht ja, was dabei herausgekommen ist – Ressentiments, Distanz, Förmlichkeit. Ich sehnte mich nach Nähe und fürchtete sie zugleich, denn es bestand das Risiko, von ihr verschlungen zu werden. »Es ist nur zu deinem Besten« – dieser Satz entschuldigte eine Unmenge kleiner Übergriffe. Er bemächtigte sich des Willens der geliebten Tochter und brachte sie dazu, schreckliche, kaum wieder gutzumachende Fehler zu begehen.

Um Ruth davor zu bewahren, war ich zu weit in die andere Richtung gegangen, hatte sie ohne Führung, vielleicht sogar ohne Werte erzogen. Nein, das stimmte nicht, aber – ich war eine wenig eindeutige Mutter, ein Waschlappen. Außer, wenn es mich packte und ich mit einem unangemessenen, untypischen Elternakt der Tyrannei überkompensierte, der nichts anderes bezweckte, als Ruth fertigzumachen.

Meine eigenen Gedanken widersprachen sich. *Ich will nur das Beste für sie, ich will nur, dass sie glücklich ist, dass sie so ist, wie sie sein will, dass sie ein lebendiges Leben führt* – jedes Wort entsprach der Wahrheit und doch wusste ich, wie belastet jedes einzelne war, denn meine Mutter hatte auch all diese Worte zu mir gesagt und genauso verbissen daran geglaubt. Die Liebe war mal wieder schuld – Liebe allein genügte eben nicht. Wie fand man das richtige Gleichgewicht? Wie konnte man ein Kind loslassen und es dennoch in Sicherheit wiegen? Wie konnte man sein eigenes Ego vernichten? Bedingungslose Liebe – gab es so etwas überhaupt, außer bei Hunden? Ich dachte an Modean, die Harry Stunde um Stunde auf ihrer Hüfte schaukelte, mit ihm lachte, aufmerksam seinem Geplapper lauschte, ihn in den

Schlaf wiegte, sich um ihn sorgte, in ihn vernarrt war – nichts von all dem war eine Garantie. Er würde groß werden und sie verlassen, egal, wie gut sie in ihrer Liebe war, und wenn sie keine Heilige war, würde sie es schrecklich finden. Sie würde den Rest ihres Lebens in dem Versuch verbringen, über den Verlust ihres Sohnes hinwegzukommen.

Ich legte die Arme über dem Kopf zusammen und bohrte die Knie in meine Augen. Das Elend fühlte sich an, als würde man mit schwarzem Wasser aufgefüllt und darin ertrinken. Ich glaubte nicht an Gott, aber jetzt wünschte ich, er würde mich töten. Ich würde ihm mein Leben für Ruths Leben geben, wenn es nötig war. Wo war sie? *Bitte, lieber Gott, bitte, bitte, bitte.* Zum ersten Mal vermisste ich Stephen, ich vermisste ihn wirklich. *Ich habe unser Baby verloren*, beichtete ich und schluchzte in meine Knie. Im Haus klingelte das Telefon.

Ich rannte hin und rief: »Hallo!«, und Jess erwiderte überrascht: »Carrie?«

»Ja, ich bin's.« Ich klang nicht wie sonst. Mein Mund war klebrig, zäh kamen die Worte heraus. »Hast du sie gefunden?«

»Nein. Ich war schon überall. Ich bin in einer Telefonzelle auf der Madison Avenue. Ich suche noch weiter.«

»Gut.« Ich hörte den Verkehr im Hintergrund, schwirrend wie Elektrizität.

»Wie geht es dir? Bist du allein?«

»Jess?«

»Ja?«

»Ich wünschte, ich könnte alles noch einmal machen. Es tut mir so Leid, dass ich es kaputtgemacht habe! Wenn ich eine zweite Chance bekäme, würde ich alles anders machen. Ich würde dich nicht gehen lassen.«

»Carrie! Lass mich vorbeikommen, ich will dich sehen.«

»Nein, es wäre mir lieber, du würdest sie suchen. Weil kein Mensch sonst etwas tut. Die Polizei –«

»Ich werde dort anrufen. Sofort.«

»Okay, das ist gut.«

»Ruf deine Mutter an oder eine Nachbarin. Du solltest nicht allein sein.«

»Vielleicht. Ja, vielleicht tue ich das. Ich liebe dich, Jess«, sagte ich und legte auf.

Nieselregen setzte ein. Ich stand auf den Verandastufen, den Kopf zurückgelegt, und ließ die kalten Tropfen auf meine Haut regnen. Ein Windstoß holte mich wieder auf die Erde zurück. Ich drehte mich um und lehnte mich an die Fliegengittertür. Der nasse Maschendraht roch nach all den warmen, regnerischen Tagen meiner Kindheit. Ich streckte die Zunge raus und schmeckte den bitteren, salzigen Geschmack des Metalls und eine Erinnerung stieg auf, an meine Mutter, die mich auf dem Arm hält, wir beide sehen durch die Fliegengittertür in einen grünlichen Sturm. Ich muss drei oder vier Jahre alt gewesen sein, gerade noch klein genug, um getragen zu werden, aber schon so alt, dass ich mich erinnern kann. Ich spürte Mamas Arme fest um meine Taille, ich sah, wie der Hartriegelstrauch vor unserem alten Haus in der Pioneer Avenue hin und her schwankte. Ich liebte Stürme. Wahrscheinlich seit jenem Nachmittag, als wir ihn gemeinsam durch die Fliegengittertür beobachteten, Mamas Wange an meinem Ohr.

Auch Ruth liebte Stürme. Das war ein Trost. Ich ließ ihn zu, diesen kleinen Trost, dass ich doch nicht alles falsch gemacht hatte.

Der nächste Morgen.

Die zwei Polizisten kamen früh, kurz nach acht. Sie machten keinen besonders erfahrenen Eindruck, sie waren zu jung. Einer hatte einen weißlichen Fleck auf dem Revers, der andere fingerte die ganze Zeit am Kinn an einer Schnittwunde vom Rasieren herum. Ich mochte sie nicht. Aber ich war überfreundlich zu ihnen, damit sie mich mochten und sich Mühe gaben, Ruth zu finden. Die ganze Nacht hatte ich gewollt, dass die Polizei sich kümmerte, sich sorgte, etwas unternahm. Jetzt, da sie es taten, war ich wie gelähmt.

»Die habe ich alle schon angerufen«, sagte ich, als Officer Fitz, der mit dem Fleck auf dem Revers, nach den Namen und Adressen von Ruths Freunden fragte. »Aber in Ordnung, reden Sie nochmal mit ihnen, das ist gut«, fügte ich eilig hinzu, aus Angst, ihn gekränkt zu haben. Nachdem sie gegangen waren, fiel mir ein, dass keiner gesagt hatte, ich solle mir keine Sorgen machen.

Ich kochte eine frische Kanne Kaffee und holte die Zeitung herein. Eigentlich war ich so müde, dass ich auf dem Küchenstuhl zusammenklappen musste, aber vor lauter Anspannung konnte ich nur den Kaffee schlürfen und teilnahmslos die Wände anstarren. Gegen drei Uhr letzte Nacht hatte ich gedacht, ein Drink würde mir gut tun. Ich hatte mir ein Glas Weißwein eingeschenkt und die Hälfte davon getrunken, ehe ich es in den Ausguss schüttete. Er tat seine Wirkung nur zu gut, ich wurde schläfrig und schlaff, und das wollte ich nicht. Ich musste wach bleiben. Ich konnte Ruths Sicherheit mit meinen Gedanken beeinflussen – zumindest redete ich mir das ein. Wenn meine Wachsamkeit nachließ, weil ich mich entspannte oder, Gott bewahre, einschlief, konnte das Chaos gewinnen. Nein, die Macht der Sorge war meine beste, ja, meine einzige Waffe.

Als das Telefon klingelte, wusste ich, dass es meine Mutter war.

»Ja, sie waren gerade da. Sie ... ja. Gesagt haben sie nicht viel, aber langsam fangen sie an, die Sache ernst zu nehmen. Ich weiß. Wird auch Zeit. Wenn du willst, aber – nein, du kannst auch nichts tun – sicher will ich, dass du kommst. Okay. Gut. Nein, bring nichts mit, nur – gut. Tschüs.«

»Der Spaß ist vorbei«, sagte ich zu meinem Spiegelbild in der Backofentür. Schluss mit dem einsamen Bad in Elend und Verzweiflung, Schluss mit dem allein begonnenen Kampf gegen das Chaos. »Mama kommt.«

Aber ehe sie kam, hielt noch eine Wagenladung Fledergasts vor dem Haus. Ich saß auf meinem gewohnten Platz auf den Verandastufen und hörte das Motorengeräusch lange, ehe das Auto in die Leap Street einbog. Erpicht auf das Geräusch meines eigenen Wagens, registrierte ich erst, dass es Chris' Kombi war, als er anhielt und sie auf der Beifahrerseite ausstieg. Ich hatte sie noch nie in einem Kleid gesehen, einem blau-weiß gestreiften Seersucker-Hemdblusenkleid, und auf hohen Schuhen, die sie wie eine Riesin aussehen ließen. Sie bemerkte mich, nachdem sie halb den Weg heraufgekommen war. Ihr Gesicht glättete sich, sie winkte und lächelte. Sie kam doch nie einfach so vorbei! Wenn –

Ich sprang auf.

»Hallo, wir sind auf dem Weg –«

Ich rannte die Stufen hinunter, stürmte an ihr vorbei und versuchte, einen Blick in das Innere des Wagens zu erhaschen. Oz saß am Steuer, Andy und das kleine Mädchen, Karen, auf dem Rücksitz. Keine Ruth. Die Enttäuschung war wie ein Schlag ins Gesicht.

»Was ist los?«, fragte Chris und starrte mich an. »Alles in Ordnung? Du siehst nicht –«

»Ruth ist nicht bei euch?«

»Ruth?«

Ich sackte zusammen.

»Was ist passiert? Wo ist Ruth denn?«

»Sie ist weg. Ich dachte gerade, ihr bringt sie vielleicht nach Hause.«

»*Weg?*«

»Seit gestern Nachmittag.« Chris schnappte nach Luft. Ich wandte mich ab, aber sie drehte mich zu sich und nahm mich lange und fest in ihre Arme. Als es sich langsam gut anfühlte, entzog ich mich ihr. »Und?«, fragte ich. »Was habt ihr vor? Auf dem Weg zur Kirche?«

»Hast du die Polizei verständigt?«

»Sie suchen sie, sie behaupten, sie werden Ruth finden. Sie ist mit dem Auto los.«

»Oh, mein Gott. Sie macht bestimmt nur eine Spritztour. Das haben wir früher auch gemacht – ihr nicht?«

»Die ganze Nacht?«

Kurz spiegelte ihr Gesicht Erschrecken wider. »Sie wird nach Hause kommen, Carrie. Jeden Augenblick, das wette ich.«

»Ja.«

»Wer ist bei dir? Soll ich hierbleiben?«

»Nein, danke, meine Mutter kommt gleich.«

»Bist du sicher? Wir sind auf dem Weg zur Kirche, stimmt, aber sie können auch ohne mich gehen.« Chris zeigte auf den Wagen. Oz trommelte mit den Fingern aufs Lenkrad, aber als er merkte, dass ich ihn anschaute, hörte er auf und winkte mir.

»Nein, fahrt nur. Wir können doch nur warten.«

Sie wirkte unentschlossen. »Na gut, aber ich rufe dich nachher an. Ach, eh ich's vergesse – es klingt zwar jetzt blöd, aber ich wollte es dir schnell erzählen. Ich habe gekündigt.«

»Was? Du hast gekündigt?«

»Brian hat mich gestern Abend zu Hause angerufen, um mir das Neueste zu erzählen. Er klang so *verdammt* glücklich! Er hat eine Nachfolgerin für dich eingestellt. Rate mal, wen.«

Dieser Job schien Lichtjahre zurückzuliegen. »Wen?«

»Lois Burkhart.«

»Lois – die aus der Bank?«

»Lois aus der Bank! Kannst du dir das vorstellen?«

»Nein. Na ja – sie ist Buchhalterin, oder?«

»Brian hat eine Buchhalterin, Carrie, deswegen hat er sie nicht eingestellt.«

»Warum –«

»Sie sind liiert!«

»Wirklich? Aber ist sie denn nicht verheiratet?«

Chris zog die Augenbrauen hoch. »Oz hat sie letzte Woche im Ramada Inn gesehen, beim Frühstück.«

»Oh.«

»Deshalb hab ich gekündigt. So etwas brauche ich nicht. Wir haben die ganze Nacht darüber geredet. Oz wollte nicht, dass ich gehe, nicht sofort, aber das halte ich nicht aus, nicht nach dem, was er mit dir gemacht hat. Ich habe allen Respekt vor ihm verloren, Carrie. Ich habe ihn heute Morgen angerufen und es ihm gesagt.«

»Oh, Chris!«

»Er hat nicht mal versucht, mich zu überreden. Drei Jahre habe ich für diesen Mann gearbeitet. Wir haben diese Schule *zusammen* aufgebaut. Ich sage nicht, dass er es nicht auch ohne mich geschafft hätte. Ich bin –«

»Er hätte es nicht geschafft!«

»Nein, aber ich dachte, Loyalität bedeutet mehr als das«, sagte sie und blinzelte mit Tränen in den Augen. »Wahrscheinlich bin ich naiv. Wahrscheinlich war ich einfach zu blöd.«

»Brian ist zu blöd.«

Sie machte eine unbestimmte Handbewegung und ging einen Schritt rückwärts. »Ich wollte es dir nur erzählen. Du musst mich nicht trösten und du hast genug andere Sorgen. Ich ruf dich nachher an, wenn wir wieder zu Hause sind. Ich bin sicher, dass es Ruth gut geht.«

»Chris, es tut mir Leid.«

»Es ist nicht deine Schuld.«

Doch ich hatte das Gefühl. »Hast du irgendwelche Pläne, eine Idee, was du jetzt tun willst?«

»Nein!« Sie lachte ein bisschen zu laut. »Irgendwas wird sich schon finden, da mache ich mir keine Sorgen.« Was offensichtlich nicht stimmte. »Andy sagt, wir sollen alle um ein Wunder beten, und das tun wir jetzt.« Sie fuhr sich mit nervösen Fingern durch ihre widerspenstigen, schmutzig blonden Haare. »Ich weiß gar nicht, woher er das hat«, fuhr sie leise fort. »So oft gehen wir nicht in die Kirche. Ich habe eine Höllenangst, dass er Priester werden will.« Sie umarmte mich noch einmal. »Na gut, ich muss los, aber ich melde mich. Und mach dir keine Sorgen, ja?«

»Okay.«

»Andy wird Ruth in seine Gebete einschließen.«

»Großartig.«

Mit steifen Beinen ging sie in ihren klappernden, weißen Pumps zum Wagen. Sie hatte hübsche Beine. Als sie am Bordstein stehen blieb, stellte ich fest, dass sie doppelt so groß wie das Auto war. Sie beugte sich hinunter und klemmte sich unbeholfen und mit zusammengepressten Knien auf den Beifahrersitz. Als sie davonbrausten, winkten mir alle zu.

»Ich kann mir nicht vorstellen, dass sie einfach verschwindet und das aus freiem Willen.« Mama schüttelte ein Sofakissen auf, indem sie es an ihren Bauch drückte und mit der Faust traktierte. »Sie ist nicht so, mit Absicht würde sie uns nie solche Sorgen machen. Das *fühle* ich.«

»Ich fürchte, doch.«

»Nein, das glaube ich nicht. Die Polizei macht etwas falsch. Das Kind ist nicht weggelaufen. Irgendetwas ist passiert. Aber ich weiß nicht, was«, sagte sie und kratzte in letzter Sekunde die Kurve, lenkte von ihren schlimmsten Vorstellungen ab, dachte daran, dass sie hier war, um mich zu trösten, nicht, um meine Ängste noch mehr anzustacheln. »Ich will nur sagen: Wenn die Polizei immer noch glaubt, dass sie eine Spritztour macht – seit neunzehn Stunden! –, dann ist sie auf dem Holzweg. Wann hast du zuletzt mit ihnen geredet?«

»Ich habe dir doch gesagt, dass sie heute Morgen hier waren. Sie –«

»Das war das letzte Mal? Himmel, ich werde sie anrufen. Nichts als Ausflüchte, schlicht und einfach.«

Ich dachte, *gut, ruf an*, denn so vergeblich ein neuerlicher Anruf bei der Polizei auch sein würde, er nahm mir ein bisschen Verantwortung ab und das war ein Gefühl, als nehme mir jemand einen Sack mit Steinen von der Schulter. Und ganz tief drinnen, unter all dem Ärger, der Erschöpfung und der Hoffnungslosigkeit, existierte irgendein kindischer Glaube, dass Mama es irgendwie richten würde, so schrecklich es auch war.

Aber sie ließ sich aufs Sofa fallen und griff nicht nach dem Telefon. Sie war eitel, nie würde sie ohne Lippenstift und Wimperntusche aus dem Haus gehen. Sogar heute hatte sie darauf geachtet, dass der Lidschatten zu ihrer grauen Bluse passte. Aber sie hatte noch nie so alt ausgesehen. Es lag nicht an den Falten, mehr an ihrer Hautfarbe, die gelb war, weil sie nicht geschlafen hatte, und vor lauter Müdigkeit und Sorgen war ihr Gesicht ganz eingefallen. Getrieben von meinem Beschützerinstinkt wollte ich mich neben sie setzen.

»Ich sage dir, da *stimmt* etwas nicht«, sagte sie in dem Moment bestimmt zum vierten Mal, seit sie hier war, und ich drehte ab und setzte mich auf einen Stuhl. »Woher willst du wissen, dass nichts aus ihrem Zimmer fehlt? Da ist doch der dritte Weltkrieg ausgebrochen! Das kommt davon, wenn man einem Kind die Herrschaft über sein Zimmer überlässt.«

»Was?« Das musste sie aus einer Talkshow haben. »Mama, was hat ihr Zimmer damit zu tun?«

»Irgendjemand könnte hier hereingekommen sein und ihre Sachen gestohlen haben, ihre Wertsachen, und du wüsstest es nicht einmal.«

»Sie hat keine Wertsachen.«

»Sie hat eine Stereoanlage, oder?«

»Ja, aber –«

»Einen Fotoapparat?«
Ich zuckte die Achseln.
»Eine Geldkassette? Ein Telefon, einen Kaschmirpullover, Lederstiefel –«
»Sie hat keinen Kaschmirpullover. Nicht mal *ich* habe einen Kaschmirpullover. Wie auch immer, was hat das –«
»Jemand hat sie womöglich überfallen. Ich kann mir einfach nicht vorstellen, dass Ruth freiwillig aus diesem Haus wegläuft. Da ist etwas anderes passiert.«
»Mama, es ist nichts anderes passiert.«
»Woher weißt du das?«
»Ich weiß es.«
»Du weißt es nicht.«
»Doch.«
»Nein.«
Ich kniff die Augen zu. »Hörst du bitte auf? Sie ist nicht entführt worden.«
»Sag dieses Wort nicht.«
»Willst du nicht darauf hinaus?«
»Ich will auf gar nichts hinaus.«
»Willst du doch.« Ich stand ärgerlich auf und vergaß jede Vorsicht. »Du sagst, dass jemand in dieses Haus gekommen ist, ihre vier Jahre alte Stereoanlage gestohlen hat – die übrigens noch da ist, ich habe sie gesehen – und Ruth gleich noch entführt hat, wenn er schon mal da war.«
»Carrie, überall lungern Verrückte herum. Ich will dir keine Angst einjagen, Süße, aber dieser Junge, mit dem sie viel zu viel Zeit verbringt, dieser Vampirmensch –«
»Er ist bei seinem Vater in Richmond, das weiß ich zufällig.«
Sie wischte den Einwand vom Tisch. »Da, wo er herkommt, gibt es jede Menge von der Sorte, in der Highschool wimmelt es von ihnen. Sie müssten eine Schulordnung haben, sie müssten eigentlich Schuluniformen anziehen, aber das ist nicht der Punkt –«
»Genau, das ist nicht der Punkt.«
»Der Punkt ist, dass sie niemals ohne Grund weglaufen und das Auto stehlen würde. *Darauf* sollte die Polizei sich konzentrieren.«

»Sie ist nicht ohne Grund weggelaufen. Du hast Recht.«

»Es muss einen Grund geben, sie hätte nicht einfach –« Sie sah mich scharf an. »Was war denn los?«

Jetzt gab es kein Zurück mehr. Aber auch kein Voran. Als ich den Mund aufmachte, kam nicht eine einzige brillante Erklärung heraus.

»Ihr hattet Streit«, folgerte meine Mutter messerscharf. »Oh Carrie!« Sie schlug mit der flachen Hand auf die Sofalehne. »Warum hast du das nicht gesagt? Herrgott, Carrie, *verdammt nochmal*, wenn du wüsstest, was ich gedacht habe, was ich durchgemacht habe! Also? Was war los, weswegen habt ihr gestritten?«

Ihr das zu sagen wäre für mich genauso schlimm wie der Moment, als Ruth mich mit Jess im Bett fand. Noch schlimmer sogar, weil sie mich im Handumdrehen wieder in meine Kindheit versetzen würde. Ich holte tief Luft – und sprang auf, als das Telefon klingelte.

Ich rannte um meinen Stuhl, aber Mama war näher dran und hob zuerst ab. »Hallo. Ja – nein, ich bin die Mutter der Mutter.«

»Mama, gib mir das Telefon.«

»Wer?«

»Mama!«

»Es ist die Polizei«, zischte sie und gab mir den Hörer.

Ich drehte ihr den Rücken zu.

»Mrs. Van Allen?«

»Ja.«

»Hier ist Officer Springer. Ich habe Neuigkeiten für Sie.«

»Haben Sie sie gefunden?« Alles um mich herum wurde grau und verschwommen, vor meinen Augen tanzten kleine Punkte. Mamas spitze Finger, die sich in meinen Arm bohrten, hielten mich aufrecht. »Wo ist sie?«

»Äh, nein, Ma'am, wir haben sie nicht gefunden, aber wenigstens wissen wir, wo sie die letzte Nacht verbracht hat.«

»Warten Sie. Mama, *hör auf*.« Sie versuchte, mich von hinten zu umarmen. Ich befreite mich aus ihrem Griff. Sie sah mein Gesicht und erstarrte. »Entschuldigung«, sagte ich ins Telefon. »Was haben Sie gerade gesagt?«

»Ma'am, wir haben die Freunde Ihrer Tochter befragt, von der Liste, die sie uns gegeben haben, und wir haben mit Miss

Bukowski gesprochen, in diesem, äh, Mother Earth Palace, und Miss Bukowski konnte sich plötzlich daran erinnern, dass Ruth die letzte Nacht bei ihr verbracht hat.«

»Ruth war bei *Krystal?*«

»Ja, Ma'am, sieht so aus. Officer Fitz sagte, sie wurde erst gesprächig, als er sie daran erinnerte, dass es gegen das Gesetz verstößt, eine Minderjährige zu verstecken. Da fiel ihr plötzlich wieder ein, dass Ihre Tochter letzte Nacht bei ihr geschlafen, aber heute Morgen früh das Haus verlassen hat.«

»Wohin ist sie gegangen?«

»Nun, das wissen wir noch nicht. Officer Fitz sagte, dass Miss Bukowski auch hier ausweichend geantwortet hat.«

»Ausweichend?«

»Ja, Ma'am. Kann sein, dass sie es nicht weiß, wie sie behauptet, kann aber auch sein, dass sie es nicht sagen will. Eine Art Loyalität.«

»Loyalität!« Meine Mutter zog an meinem Arm und zischte: »Was ist? Was sagt er?« »Können Sie sie nicht zwingen, es zu sagen? Können Sie sie nicht *einsperren?*«

»Wir werden natürlich noch einmal mit ihr sprechen, Ma'am, ja, Ma'am. Aber es besteht auch die Chance, dass Ihre Tochter bald wieder auftaucht. So ist es normalerweise – sie bleiben eine Nacht weg, um Aufmerksamkeit zu bekommen, dann gehen sie wieder nach Hause. Vergessen Sie nicht, uns anzurufen, wenn sie kommt. Manche Leute denken nicht daran und das kostet unsere Zeit, weil wir natürlich weitersuchen.«

Ich versprach, dass ich daran denken würde, und legte auf.

»Wer ist ausweichend?«, wollte Mama wissen und ließ mich endlich los.

»Ruth war letzte Nacht bei Krystal –«

»Das habe ich mitgekriegt.«

»Und die hat der Polizei gesagt, dass sie nicht weiß, wohin Ruth gegangen ist, aber sie vermuten, dass sie lügt.«

»Wo ist das Auto?«

»Ich weiß nicht. Nicht bei Krystal, nehme ich an, sonst hätten sie es gesagt.«

»Also ist sie damit woandershin gefahren. Aber wohin?«

»Keine Ahnung.«

»Wie ist ihre Nummer?«

»Wessen Nummer? Krystals? Ich weiß nicht, sie ist eingespeichert, du drückst –«

»Ich weiß, wie man Kurzwahl drückt.«

Mama nahm mir das Telefon ab, suchte den Namen und wählte. Mit hoch erhobenem Kopf und vorgestreckter Brust, die Füße hüftbreit auseinander, die freie Hand in die Hüfte gestemmt, stand sie da. Keine Spur von Müdigkeit mehr in ihrem rüstigen, festen Körper. Der Frauenclub Clayborne hatte einen schweren Fehler gemacht. Meine Mutter nicht zur Präsidentin wählen? Gebt ihr einen gerechten Grund und sie wird zur Amazone. Unschlagbar.

»Hallo? Krystal Bukowski? Hier ist Dana Danziger, ich bin die Großmutter von Ruth Van Allen. Wo ist sie? Was? Ich glaube schon, dass Sie das wissen! Oh, das bezweifle ich. Hören Sie genau zu, wenn meiner Enkelin irgendetwas passiert, wenn ihr heute Morgen auch nur ein Haar gekrümmt wird und ich herausfinde, dass Sie wissen, wo sie ist – wie bitte? Das ist mir egal, die Polizei kann tun, was sie will, ich sage Ihnen, was *ich* tun werde. Ich werde Sie verklagen. Nein, vor einem Zivilgericht. Wegen unterlassener Hilfeleistung. Oh, ja, das kann ich. Oh doch, ich kann. Wenn ich mit Ihnen fertig bin, haben Sie nicht mal mehr zwei Sojabohnen in den Fingern. Sie finden das lustig? Ich meine es ganz ernst – Sie werden kein einziges Vitamin mehr haben, nicht ein Weizenkorn –«

»Mama –«

»Was war das? Nennen Sie es, wie Sie wollen, ich sage Ihnen, was ich tun werde. Ich frage Sie zum letzten Mal: *Wo ist Ruth?*« Ihre Augen hefteten sich auf meine. Plötzlich griff sie nach meiner Hand. Sie ging in die Knie und dann auf die Zehenspitzen. Ihre Stimme wurde eine Oktave höher. »*Und das haben Sie zugelassen?* Sie Idiotin! Sie dumme – Fruchtschnitte! Ja, das hätten Sie. Sie hätten ihre Mutter anrufen können, Sie hätten die Polizei verständigen können –«

»Wo ist Ruth? Was sagt sie?«

»Ich bin viel zu wütend, um mit Ihnen zu reden, Sie schwachsinniges Weib, aber das ist nicht das Ende, das verspreche ich Ihnen. Wie bitte? Was haben Sie gerade zu mir gesagt?« Mama nahm den Hörer vom Ohr und starrte ihn entgeistert an. Dann schmiss sie ihn so vehement auf die Gabel, dass er beinahe zerbrochen wäre.

»Was ist?«

»Weißt du, was sie gerade zu mir gesagt hat?«

»*Was?*«

»Einen schönen Tag noch.«

»Mama, wo ist Ruth?«

»Sie ist nach Georgetown gefahren.«

»Nach Georgetown! In Washington? Oh, mein Gott! Allein? Warum?«

»Um sich ein Tattoo machen zu lassen.« Mama welkte dahin. Sie sank aufs Sofa und schüttelte ununterbrochen den Kopf. »Ein Tattoo.« Sie schloss die Augen. »Mein Gott, wie unbeschreiblich ordinär.«

23

Der Anhalter sah aus wie Billy Zane. Das Mädchen war nicht dumm, es hätte ihn nicht mitgenommen, wenn es nicht in Strömen geregnet hätte. Bitterkalt war es auch. Der Anhalter hatte einen gefährlichen Blick, etwas Wildes und Rücksichtsloses lag in seinen stahlblauen Augen, doch sein Mund war freundlich. Regenwasser tropfte aus seinen gegelten Haaren in den Kragen seines Tommy-Hilfiger-T-Shirts. Nein, in seine abgetragene, brüchige schwarze Lederjacke. Lange fuhren sie, ohne zu reden, nur das Schlagen der Scheibenwischer und das Zischen der Reifen auf dem nassen Asphalt brachen die erotisch aufgeladene Stille. Schließlich, hinter Tulsa – nein, am Rande der Badlands, mitten im Nichts, wandte er sich ihr zu und sagte mit tiefer, warmer, rauer Stimme: »Du wirst mir helfen, das weiß ich.« Weil er auf der Flucht vor dem Gesetz war. Aber das musste er gar nicht sagen – sie wusste Bescheid. Und beide wussten, dass sie es wusste.

Sie fuhren weiter. Sie legte die Kassette von Lauryn Hill ein und da erkannte er, wie cool sie war und wie perfekt sie zusammen passten. In dieser Nacht mieteten sie zwei Zimmer in einem schmierigen Motel, wie Mulder und Scully in *Akte X*. Er kam in ihr Zimmer, als sie in Unterwäsche war, einęm cremefarbenen Bikinihöschen und dazu passenden Hemd, wie *Nikita*. Er konnte den Blick nicht von ihr wenden. Er sagte ihr die Wahrheit – er bekam Sonderaufträge und im Augenblick hatte er einen Job, bei dem er *vorgab*, vor dem Gesetz zu flüchten, und sie musste jetzt mit ihm zusammenarbeiten. Sie hatte glatte, blonde Haare und trug nur Schwarz. Sie beherrschte Karate. Sie war wunderschön und feminin, aber sie konnte Männer durch die Luft wirbeln wie Stofftiere. Ihr Name war Jade. Jada. Ihr Name war Kara. Ihr Name war ... Ally. Leg dich nicht mit Ally an, denn sie wird dich töten. Ally hat lange Beine und sie räkelt sich in Sesseln, und wenn sie aufsteht, streckt sie sich wie eine Katze nach einem Nickerchen. Sie trägt enge, schwarze Lederhosen. Wo sie auftaucht, starren die Leute sie an. Das macht es schwer, undercover zu arbeiten, aber ... sie ist eine Meisterin im Maskieren, deshalb ...

Die drei Typen in dem roten Pontiac überholten einfach nicht, sie fuhren die ganze Zeit genauso schnell wie ich (exakt fünfundsechzig Meilen pro Stunde) und blieben auf der linken Spur neben mir. Ich schaute nur einmal hinüber, weil sie schmutzig und dumm aussahen, wahrscheinlich waren sie hier aus der Gegend, Bauerntölpel aus Fredericksburg oder Stafford. Ich fuhr auf der Interstate 95 nach Washington anstatt hintenrum, weil ich schnell fahren wollte, doch alle außer mir fuhren neunzig. Ich *wäre* ja neunzig gefahren, aber ich war lieber vorsichtig. Wenn ich angehalten wurde – eine Katastrophe.

Aus dem Winkel meines linken Auges sah ich die Typen im Pontiac winken oder gestikulieren. Sie mussten glauben, dass ich sechzehn war, wahrscheinlich hielten sie mich für älter, hoffentlich. Ich hatte denselben langärmligen, schwarzweiß gestreiften Pullover wie gestern an und hatte die Haare hinter mein linkes Ohr gestrichen, damit man meine goldenen Kreolenohrringe und den einzelnen silbernen Knopf sehen konnte. Meine Uhr war blöd, ich hätte sie beim Fahren an den rechten

Arm tun sollen, aber mein cooler silberner Onyxring machte es wieder wett. Was mich verunsicherte, war meine Baseballkappe. Man konnte Baseballkappen von zwei Seiten betrachten: Entweder waren sie total out, und zwar schon immer, und sahen bescheuert aus, besonders, wenn man sie verkehrt herum trug, oder sie waren einfach ein Muss, wie T-Shirts, und kamen nie aus der Mode, und wenn man sie verkehrt herum trug und sowieso schon irre cool aussah – das war der Punkt –, ließen sie einen süß und verwegen aussehen, wie Cameron Diaz, eben so, als wäre einem alles egal. Und das war natürlich ultimativ das Beste.

Ein riesiger Lastwagen kam von hinten auf den Pontiac zu und blendete auf. Ich nahm den Fuß ein wenig vom Gas. Die Typen im Pontiac machten irgendwas, ich sah nicht hin, winkten oder zeigten mir den Mittelfinger, und brausten davon. Gerettet. Jetzt war alles bestens. Ich drehte das Radio an und versuchte, einen Sender zu finden, der keine Country Music spielte. Ich streckte den Ellbogen aus dem Fenster. Ich legte die Fingerspitzen an die Schläfe. Eine Frau mit interessanten Gedanken im Kopf. Nach einer Weile fing es an zu tröpfeln und ich musste das Fenster schließen. Scheiße, würde es anfangen zu regnen? Auf dem Rücksitz lag Moms Regenschirm, aber er war unglaublich hässlich, so ein winziger pastellfarbener Knirps für alte Damen.

Vielleicht sollte ich an einer Tankstelle halten und Zigaretten kaufen. Nur, dass ich keinen Ausweis dabei hatte. Caitlin hatte manchmal Zigaretten, Marlboro, aber sie rauchte eigentlich nicht und Jamie auch nicht, also tat ich es auch nicht. Bis jetzt. Aber wenn ich je anfangen wollte zu rauchen, dann war jetzt der richtige Zeitpunkt, heute. Ich verstand nicht, warum ich nicht richtig beunruhigt war. Eigentlich hätte ich ein Nervenbündel sein müssen. Aber es war, als hätte ich einen schützenden Panzer um mich herum. Mom war diejenige, die die Regeln gebrochen hatte, nicht ich. Wenn ich erwischt wurde – na und? Niemand konnte mir etwas tun. Ich war immun.

Der Radiosender war gestört, aber ich hörte den alten Eagles Song »Take It Easy«. *I'm runnin' down the road* sang ich mit und fiel in meinen zweitliebsten Tagtraum. Ich fuhr allein in einem Cabrio auf einem langen, geraden Highway im Mittleren Westen und neben mir auf dem Vordersitz saß Tracer. Ein Mädchen und ihr Hund. Die Männer verliebten sich in mich, aber ich blieb nie lange an einem Ort, ich verließ sie immer, blieb mit meinem Hund allein. Manchmal nahm ich einfach irgendwelche Jobs an, aber dann war ich wieder verschwunden und die Menschen in der kleinen Stadt, die ich verlassen hatte, sagten: »Wer war sie? Woher kam sie? Glaubt ihr, sie wird je wiederkommen?«

Jetzt regnete es richtig. Blödes Auto, es gab nur zwei Stufen bei den Scheibenwischern, normal oder rasend. Rasend war so schnell, dass man nur noch die Wischerblätter sah, außerdem machte das *klack, klack, klack* einen nach zwei Minuten wahnsinnig. Dadurch wurde es nur schwerer, die Abzweigung nicht zu verpassen, besonders, weil ich nicht genau wusste, wo die Abzweigung war. Vielleicht hätte ich doch den anderen Weg fahren sollen. Den kannte ich irgendwie – man nahm die 66 und dann kam man irgendwann nach Washington. Aber auch hier musste es rechtzeitig Schilder geben, nicht wahr? Und wenn ich auf der langsamen Spur blieb, konnte nichts passieren. Theoretisch. Auf so einem Superhighway zu fahren war viel leichter, als in der Stadt oder auf einer kurvigen zweispurigen Landstraße, weil man nur lenken musste.

Da kam eine Tankstelle mit Fast-Food-Schildern, Burger King, McDonald's. Ich war um acht bei Krystal weggefahren und hatte nicht gefrühstückt. Sollte ich anhalten? Nein, ich wollte noch warten. Ich hatte Hunger, aber es würde mehr Spaß machen, in Georgetown zu essen.

Plötzlich war viel mehr Verkehr. Wo wollten die Leute an einem Sonntagmorgen denn alle hin? Jedenfalls nicht zur Kirche. Jetzt kamen eine Menge Schilder, die mir irgendwas sagen wollten. Backlick Road. Franconia oder Old Keene Mill Road. Ich war immer noch in Virginia, noch musste ich nichts tun. Aber ich näherte mich dem Beltway. Gram hasste den Beltway, um nichts in der Welt würde sie ihn benutzen. »Mörder, Verrückte, eher bringen sie dich um, als dass sie langsamer fahren.« Mist, da war es! Was jetzt? Ich war auf der 95 und die 95 führte auf den Beltway! Die 95 wurde zu 495, wenn man nach

Alexandria wollte, und die 495 war der Beltway. Wollte ich nach Alexandria? Baltimore? Nein, aber ich war auf der falschen Spur, ich musste eine weiter nach links.

Du lieber Himmel, keiner ließ mich rein! Ich blinkte, aber eine Million Autos rasten vorbei, Stoßstange an Stoßstange, und nicht ein einziges ließ mich rein. Ich trat aufs Gas, aber da kam die Ausfahrt, kam immer näher – ich trat auf die Bremse und der Typ hinter mir hupte und fuhr beinahe in mich rein. »Scheiße, Scheiße, Scheiße!«, schrie ich und dann machte ich es – ich riss den Chevy auf die andere Spur, obwohl ich wusste, dass nicht genug Platz war. Aber es klappte und ich kam rein und die Ausfahrt zum Beltway flog vorbei und ich war in Sicherheit.

Meine Hände waren schweißnass und mein rechter Fuß zuckte auf dem Gaspedal, weil mein Bein zitterte, aber ich war auf der richtigen Spur und in Sicherheit und unsichtbar *und alle fuhren so*. Egal, ob es sicher war oder ob es genug Platz gab oder ob das Auto hinter ihnen hundert Meilen in der Stunde fuhr, sie fuhren einfach dahin, wo sie wollten.

Defensiv fahren? Ja, genau! »Meine Fresse!«, schrie ich und mein Herz schlug immer noch laut wie ein Trommel.

Okay. Okay, ganz ruhig. Drei fünfundneunzig. Ich war auf der 395 und da war das Pentagon, nein, Arlington, nein, Memorial Bridge, nein. Oder doch? Ich kannte die Brücke, sie führte direkt zum Lincoln Memorial, das definitiv in Washington war. Aber wenn man da entlang fahren wollte, musste man die 395 verlassen und ich wollte gar nichts verlassen. Auf keinen Fall umdrehen. Dieser Weg führte auch nach Washington, das stand auf dem Schild.

Rosslyn, nein, Flughafen, nein, Crystal City, nein. Herrje, noch eine Ausfahrt zur Memorial Bridge. Nein, ich würde auf der 395 bleiben – siehe da, George Mason Bridge und die 395 führte direkt drüber. Ha! Ich überquerte den Potomac, da war er und da lag Washington, genau vor mir. Und links war das Jefferson Memorial, mein zweitliebstes Denkmal. Richtig cool. Gleich würde ich in Georgetown sein. Ich konnte es kaum erwarten, das Auto irgendwo abzustellen und rauszukommen. Terra firma.

Aber nichts kam mir bekannt vor. Wollte ich in die vierzehnte Straße? Zu spät, die falsche Spur, ich fuhr wieder unter einer Brücke durch. Mist, der Southeast Freeway. Freeway, ich wollte keinen Freeway. Neunte Straße? Zu spät. Meine Hände lagen wie gelähmt auf dem Lenkrad, ich konnte nur geradeaus fahren. Wollte ich zum Capitol? Nein. Auch nicht in die South Capitol Street oder zum Navy Yard. Wo, zum Teufel, war ich? Hier war ich falsch, es war ein völlig falscher Stadtteil.

Okay, nächste Ausfahrt. Zum Teufel, einfach raus. Wieder schoss ich über den Fluss, aber das war in Ordnung, obwohl es der Anacostia und nicht der Potomac war. Richtung Süden, okay, ich fuhr zwar zurück, aber so konnte ich noch mal von vorn anfangen. Die *Zwei*-Fünfundneunzig und auf dem Schild stand, dass sie direkt auf den Beltway führte. Wenn ich nach Süden oder nach Westen fuhr, müsste ich wieder auf die 95 kommen. Keine Panik. Es würde einfach alles ein bisschen länger dauern.

An der Tankstelle in Annandale (Ausfahrt 6) kaufte ich eine Karte, weil der Mann an der Tankstelle an der Braddock Road (Ausfahrt 5) Inder oder so was war und ich seine Wegbeschreibung nicht verstand, aber ich wollte ihn nicht beleidigen, deshalb nickte ich oft, sagte: »Aha, gut, danke«, und fuhr bis zur nächsten Ausfahrt. Karten waren sowieso besser, da hatte man selbst die Kontrolle. Nikita hat nie irgendjemanden nach dem Weg gefragt.

Gut, jetzt erkannte ich mein Problem. Ich hätte über die 66 in die Stadt fahren müssen, man kam über die Memorial Bridge, bog links ab oder so und war in Georgetown. Oder war es die Roosevelt Bridge? Ich brauchte einen Stadtplan, aber sie hatten nur Karten von Virginia. Doch die reichte schon. 66, das war der Schlüssel. Und die sechs war meine Glückszahl.

Alles klar, die Theodore Roosevelt Bridge, nicht die Memorial. Jetzt – E Street? Das hörte sich nicht richtig an. Bleib auf der rechten Spur, das ist immer das Sicherste. Das war zwar eine hübsche Straße, aber wie hieß sie? Constitution Avenue. Scheiße, falsch! Da war das Washington Monument, überall Touristen. Hatten die Leute nichts zu tun? Wenigstens hatte ich ein Nummernschild aus Virginia. Die Leute hier kamen aus Minnesota, North Carolina, Oregon. Ha. Die kannten sich bestimmt noch weniger aus als ich.

In dem Auto, das neben mir an der roten Ampel hielt, saß eine nett aussehende Frau auf dem Beifahrersitz. Ich kurbelte die Scheibe herunter. »Entschuldigung!« Die Frau hörte mich und kurbelte ebenfalls das Fenster runter. »Können Sie mir sagen, wie ich nach Georgetown komme?«

Die Ampel wurde grün. Die Frau wandte sich an den Fahrer, wahrscheinlich ihr Mann. Hinter uns hupten die Autos. »Hier abbiegen«, sagte die Frau und sie und ihr Mann fuhren davon.

Hier abbiegen? Dreiundzwanzigste Straße? O-kay.

Scheiße! Scheiße! Ich war in dem Kreisverkehr um das Lincoln Memorial und kam nicht aus der rechten Spur raus. Sollte ich immer weiter fahren? Nochmal von vorn anfangen? Aber wenn der Typ in dem Auto da etwas wusste, vielleicht war das –

Nein! Da war die Memorial Bridge und da musste ich drauf und sie ließen mich nicht rein. Ich würde wieder über den Fluss und zurück nach Virginia fahren.

»Scheiße, Mist, verflucht, Idiot –« Auf der rechten Spur zu bleiben war Mist. Was jetzt? Arlington Cemetery, nein. Route 50, nein. George Washington Memorial Parkway? Nein, aber jetzt war ich schon drauf. »Gott!« Verfluchte Scheiße, leck mich! Ich versuchte, die Karte zu lesen und auf meiner Spur zu bleiben, nicht zu schnell zu fahren und nicht zu langsam, damit der riesige Laster im Rückspiegel nicht in meinen Kofferraum kroch. »Ich hasse Leute, die so dicht auffahren!«, schrie ich und schlug mit der flachen Hand aufs Lenkrad. Ich konnte Georgetown sehen – da lag es, vor meiner Nase, ich erkannte die roten Backsteingebäude der Universität. So nah. »Und doch so fern.« Ich lachte, aber es klang hysterisch.

Chain Bridge? Zu spät, ich war auf der falschen Spur. Niemand hielt sich an das Geschwindigkeitslimit, fünfundvierzig Meilen, also kein Wunder. Jetzt kam eine ewig lange Strecke ohne Ausfahrt. Na ja, zum CIA, aber da würde ich nicht rausfahren, kam nicht in Frage. Endlich – die 495, Maryland. Gut, Maryland. Virgina ging mir sowieso auf den Geist, warum nicht mal Maryland. Ich wusste nicht, ob es Hunger oder die Nerven waren, die meine Hände zittern ließen. Wenn ich auf dem Beltway war, würde ich bei der ersten Ausfahrt abfahren, eine Tankstelle suchen und einen Schokoriegel kaufen. Und einen verdammten Stadtplan.

Ich hatte noch nie in einem Parkhaus geparkt. Als ich unter ein paar niedrigen Rohren durchfuhr, bekam ich beinahe einen Herzinfarkt, weil ich dachte, sie würden das Dach wegreißen, aber sie streiften nicht mal die Antenne. Ich suchte mir mit Absicht einen Platz aus, der ungefähr drei Meilen vom Lift entfernt war, damit ich rangieren konnte, so lange ich wollte, bis ich den Chevy perfekt zwischen zwei gigantischen Betonsäulen eingeparkt hatte. Als ich die Zündung ausmachte und der Motor hustete und schließlich erstarb, war es, als wäre ich auf irgendeiner Insel angekommen, nachdem ich einen Schiffsuntergang überlebt hatte und eine Woche lang im von Haien wimmelnden Ozean geschwommen war.

Wenigstens wusste ich jetzt, wie man nach Georgetown kam: Man fuhr auf dem Beltway bis zur River Road, dann kam man auf die Wisconsin Avenue und fuhr immer geradeaus. Es dauerte länger, besonders, wenn man aus Versehen in der linken Spur zur Massachusetts Avenue landete und beim Observatorium umdrehen musste, was verboten war, aber theoretisch war es der direkte Weg und man musste nur rechts abbiegen und war auf dem Parkplatz. Und es war erst vier Uhr nachmittags.

Ich wusste ungefähr, wo ich hin wollte. Damals im März mit Gram waren wir an dem süßesten Tattoo-Salon in einer Seitenstraße der M Street vorbeigekommen und ich war mir ziemlich sicher, dass ich den wieder finden würde. Wenigstens war ich jetzt zu Fuß unterwegs. Es war Sonntagnachmittag. Es hatte aufgehört zu regnen und es sah so aus, als wäre die ganze Stadt zu einem Spaziergang in die M Street aufgebrochen. Wahnsinn, *allein* in Georgetown unterwegs, nicht mit deiner Großmutter, das war eine Neuneinhalb auf der Cool-Skala, vielleicht sogar eine Zehn. Nein, eine Zehn wäre es, wenn man mit seinem Freund hier wäre.

Vielleicht sollte ich etwas essen, bevor ich mich tätowieren ließ. Doch nirgends war ein billiges Restaurant zu sehen. Das Purple Dog, wo ich mit Gram gegessen hatte, war verschwunden, wenn ich mich richtig erinnerte. Jetzt hieß es Black Cloak Inn und die Preise waren gepfeffert. Acht Dollar für einen kleinen Salat! In der Wisconsin Avenue kaufte ich mir bei einem Obsthändler auf der Straße einen Apfel und eine Orange und aß beides auf dem Weg in den Tattoo-Salon.

Karma Chamäleon – Gott sei Dank war er noch da. Die Fassade war neongrün und gelb gestrichen und es sah wie ein glücklicher, psychedelischer Ort aus. Nichts für Motoradfahrer. Ich wollte die Bilder im Schaufenster ansehen und die Schilder lesen, die Atmosphäre in mich aufsaugen, die Luft schnuppern, aber ein Pärchen, das aus dem Laden kam, sah mich und der Mann hielt mir die Tür auf, sodass ich hineingehen musste.

Wow, Wahnsinn, ich wurde ganz ehrfürchtig. Drinnen sah es aus wie in einer Kunstgalerie. Es gab sogar Sofas und Sessel um einen Tisch, auf dem Tattoo-Zeitschriften und Fotos lagen. Geschmackvolle grau gestrichene Wände, grauer Teppichboden. Typisch Georgetown eben. Dass man in einem Tattoo-Salon war, erkannte man nur an dem Angestellten hinter dem Tresen und den großen gerahmten Bildern von den erstaunlichsten Tattoos, die ich je gesehen hatte. Mehrere Studenten von der University of Georgetown – man erkannte sie an ihren Sweatshirts – saßen in den Sesseln, redeten und lachten und schauten sich die Alben an. Ich schlenderte zur anderen Seite zu einem niedrigen Tisch, der mit großen Alben bedeckt war. Sie waren mit Ketten an der Wand festgemacht, wie die Gelben Seiten in einer Telefonzelle. Ich schlug eines auf, das »Tattootek« hieß, und begann, es durchzublättern. Wahnsinn. Solche Tätowierungen hatte ich noch nie gesehen. Alle Regenbogenfarben, leuchtendes Rot und Grün, ich konnte mir überhaupt nicht vorstellen, wie man das auf die Haut bekam. Auf jeder Seite explodierten einem die Farben und die Formen förmlich ins Gesicht, dreist und wild, manchmal konnte man nicht mal erkennen, was es darstellen sollte, wie moderne Kunst in einem Museum. Also, das wollte ich nicht, ich dachte eher an etwas Blumiges, Kleines oder so, ich wollte nichts, was meinen ganzen Rücken bedeckte. Das konnte ich mir sowieso nicht leisten, selbst wenn ich es gewollt hätte.

Im nächsten Buch waren ausschließlich Schädel und Knochen zu sehen, unglaublich, manche waren einfach wunderschön, außergewöhnlich, bis man plötzlich merkte, dass man sozusagen den Tod anschaute. Warum sollte man den Tod auf dem Arm haben wollen? Oder auf dem Hintern – da war ein Typ mit einem kleinen Sarg auf seinem Hintern und auf der anderen Backe hatte er zwei Skelette, die sich umarmten. Irre.

Jede Menge mittelalterliches Zeug, Kerker und Drachen, Teufel, Dämonen, Vampire, Hexen, bedrohlich aussehende Schwerter. Zwei ganze Bände mit religiösen Tätowierungen, einschließlich eines Bildes von Jesus auf einem Arm, das aussah wie eine Schwarzweißfotografie, richtig echt.

Ein Naturmotiv – das wäre vielleicht etwas. Besonders gut gefiel mir ein wunderschön gezeichneter Blauhäher, der von rosafarbenen und grünen Blumen umgeben war, und ein Bild von Mond und Sonne direkt über einem Schlüsselbein. Nein, das war zu nobel. Wahnsinn – eine Frau hatte dicke, schwarze chinesische Schriftzeichen auf beiden Brüsten und beide Brustwarzen waren mit Nägeln gepierct. Keine kleinen, schmalen Ringe, sondern Nägel, vielleicht einen halben Zentimeter dick!

»Das muss wehtun«, sagte eine Frau neben mir. Sie lächelte mit der einen Hälfte ihres Mundes, der, die nicht mit einer kleinen, silbernen Büroklammer durchstochen war. »Ich habe Piercings in der Zunge, im Bauchnabel, in der Nase und das hier« – sie zeigte auf die Büroklammer – »aber bei den Brustwarzen ist Schluss. Also *wirklich.*«

»Ja, wirklich«, sagte ich.

»Aber das ist nur meine Meinung.«

»Meine auch.«

»Mir ist es egal, was die anderen machen, von mir aus können sie sich das Hirn piercen.«

»Ich suche eigentlich mehr nach einem Tattoo«, sagte ich.

»Was anderes machen sie hier auch nicht. Keine Piercings. Ich hab mir dies hier machen lassen.« Die Frau hatte ganz kurz rasierte schwarze Haare, sodass man schwer schätzen konnte, wie alt sie war, sie konnte zwanzig, sie konnte aber auch dreißig sein. Sie schob den Ärmel ihres T-Shirts bis über die Schulter hoch und zeigte mir eine Ägypterin, die wie eine Göttin aussah, in prachtvollen Rot- und Orangetönen.

»Wow, fabelhaft. Haben Sie das hier machen lassen?«

»Gefällt's dir? Frag nach Stella, wenn du so was willst. Sie ist ein Genie. Das hier hat sie auch gemacht.« Sie zog ihr T-Shirt hoch.

»O mein Gott!« Es sah aus wie eine anatomische Tuschezeichnung, die über ihren ganzen vorderen Körper ging, alle inneren Organe waren maßstabsgetreu und an den korrekten Stellen auf den Bauch gezeichnet und unter jedem stand in altmodischer Schrift der Name: LEBER, GALLENBLASE, MILZ. »Das ist ja Wahnsinn«, hauchte ich.

»Klasse, oder?«

»War es teuer?«

»Und wie. Weil sie es nach Stunden berechnen, und das hier war kompliziert. Das ist kein billiges Matrosentattoo, wenn du weißt, was ich meine.«

»Ja. Wirklich nicht.«

»Jetzt will ich was mit meinem Bizeps machen und da denke ich entweder an Phoenix oder Pegasus, irgendwas aus der Mythologie oder vielleicht ein Tierkreiszeichen. Ich weiß nur nicht genau, ob ich für den Rest meines Lebens einen Krebs auf dem Arm haben will, wenn du verstehst, was ich meine.«

»Ja, sicher.«

»Und was willst du machen lassen?« Sie lehnte sich mit der Hüfte an den Tresen und verschränkte die Arme. Unter den Haarstoppeln schimmerte bläulich ihre Kopfhaut durch, sie wirkte irgendwie ganz zart. Über den Ohren konnte man ihre Venen und die Schädelknochen sehen. Vielleicht würde sie sich eines Tages auch die Kopfhaut tätowieren lassen, kleine Zeichnungen des Kleinhirns und des Hirnstamms mit Erklärungen darunter. »Ist das dein erstes Tattoo?«, fragte sie und beäugte meine nackten Arme.

»Ja. Ich weiß noch nicht genau, was ich nehmen soll. Äh – was passiert, wenn man etwas ausgesucht hat, und nachher gefällt es einem nicht mehr?«

»Laser.«

»Ach, ja richtig.«

»Aber das ist teuer, ein kleines Tattoo wegzumachen kostet schon ungefähr tausend Scheine und deine Versicherung wirft nicht mal einen Blick auf die Rechnung.«

»Oh.«

»Man muss sich also wirklich sicher sein.«

»Ja.«

»Man muss sich was aussuchen, was seinem Inneren total entspricht, deiner persönlichen Spiritualität. Dein Körper ist wie ein Tempel und du schmückst ihn gemäß seiner einzigartigen Natur.«

»Genau.«

»Tätowierungen sind eine künstlerische Art zu erklären, wer du bist, verstehst du? Woran du glaubst. Die Leute können von außen sehen, wie du innen bist.«

»Genau. So ist es.« Ich wandte mich wieder dem Buch zu, das offen auf dem Tisch lag. Meine Hand fuhr ziellos über zwei Seepferdchen, einen heulenden Kojoten, einen Indianerhäuptling, ein Einhorn, krabbelnde Hummeln. War irgendeins von diesen Motiven Ausdruck meines Innenlebens? »Als ob man eine Tapete aussucht.« Die Frau hob die Augenbrauen und lächelte nicht und ich fügte schnell hinzu: »Die Bücher, meine ich, so groß und schwer, Sie wissen schon, wie in einem Tapetenladen.«

»Ja. Hast du deinen Ausweis dabei?«

»Wie bitte?«

»Minderjährige tätowieren sie hier nicht.« Sie zeigte über die Schulter nach hinten.

»Oh.« Jetzt sah ich das kleine Schild, gleich hinter dem Computer auf dem großen Tresen. AB 18 – AUSWEIS ERFORDERLICH. »Oh, ja.« Scheiße.

»Ich glaube, manchmal machen sie es trotzdem – wenn ein Erziehungsberechtigter dabei ist, deine Mutter oder so.«

Ich lächelte schwach. »Ausgerechnet die.«

Die Frau zuckte mitfühlend die Achseln. »Fragen wir Tony.« Sie drehte sich um und ging zum Tresen.

Ich folgte ihr.

»Hey, Tone.«

»Fay, was gibt's?«

»Ich schaue mir gerade dein keltisches Kunstwerk an, du hast wirklich irres Zeug! Hör mal, diese junge Dame –«

»Ruth«, sagte ich höflich.

»Ruth könnte vielleicht ein kleines Problem mit ihrem Alter haben.«

»Wenn sie unter achtzehn ist, hat sie allerdings ein Problem.« Tonys Gesicht und Hals waren mit Piercings gespickt, silberne Ringe, Nägel und Klammern steckten in seinen Nasenlöchern, Augenbrauen, Wangen, Lippen, Ohren, dem Kiefer, der Stirn und seinem Hals. Ich wollte ihn nicht anstarren, aber wie sollte man das vermeiden? »Und wie alt bist du?«, fragte er mich.

»Äh, fast achtzehn.«

»Hast du deinen Führerschein dabei?«

»Zu Hause vergessen.«

Tony und Fay lächelten. Schließlich musste ich auch lächeln, um zu zeigen, dass ich wusste, dass sie wussten, dass ich log. Na ja, und das war's.

Tony hatte auch schwere silberne Ringe in den Falten zwischen Daumen und Zeigefinger. Sein linker Arm war mit zwanzig oder dreißig winzigen Tätowierungen bedeckt, die in einer geraden Linie vom Handgelenk bis zum Ellbogen verliefen und wie Fransen aussahen, wie der Ärmel einer Fransenlederjacke, nur dass es ein silberner Fransenarm war. »An was hast du gedacht?«, fragte er, »Flash oder Custom?«

»Äh ...«

»Wieviel Geld hast du?«

»Oh. Ungefähr hundert Dollar.« Alle meine Ersparnisse, die ich nicht auf die Bank gebracht hatte, und einen Vorschuss von Krystal.

»Flash«, entschied Tony.

»Ja.« Okay, ich hatte an einen Flash gedacht.

»Sie könnte es in Southeast versuchen«, schlug Fay vor.

»Ja, beim Navy Yard, da gibt's genug Scratcher, die würden es vielleicht machen«, sagte Tony.

»Southeast!«

»Oder in Anacostia.«

»Ja, in der Gegend gibt es noch mehr Leute, in der Good Hope Road. Ich meine, wenn du nur einen Flash willst.«

»Du könntest es bei Tex versuchen«, bemerkte Tony zweifelnd. »Aber pass auf, dass er nicht versucht, dir gebrauchte Nadeln unterzuschieben.«

Mir gefiel der Klang von Tex' Namen nicht. Und ich hätte wieder auf die 295 gemusst, hätte wieder über den Fluss fahren müssen. »Gibt es nicht irgendeinen Laden in Washington?«

Tony und Fay kniffen die Augen zusammen und dachten nach, dann schüttelten sie beide den Kopf. »Nein. Hier brauchst du überall deinen Ausweis.«

»Gut. Also – danke. Ich glaube, ich versuch es in Southeast.«

»Vergiss nicht, dir ein Bild auszusuchen, das dein Inneres widerspiegelt«, erinnerte Fay mich. »Du weißt schon, etwas, das dein wahres Ich zeigt.«

»Klar«, sagte ich. »Ich werd dran denken.«

Mein wahres Ich, überlegte ich, als ich draußen war. Religiöse Tattoos waren wirklich hübsch, aber ich war nicht besonders religiös. Vielleicht ein Tier, ich mochte Tiere. Oder Blumen. Aber Blumen waren bescheuert. Karen Angleman hatte sich in der neunten Klasse eine Rose aufs Schulterblatt machen lassen und es sah jetzt schon irgendwie blöd aus. Die wahre Ruth ... Wie wär's mit einem riesigen Fragezeichen auf der Stirn?

»Entschuldigung. Hallo, Entschuldigung!«

Ich drehte mich um. Ein Mann kam hinter mir hergeeilt. Sein Gesicht sah so freundlich aus, dass ich glaubte, ihn zu kennen. Er blieb vor mir stehen und wir sagten »hallo« zueinander.

»Hallo«, wiederholte er, »wie geht's?«

»Gut, danke, und Ihnen?« Nein, ich kannte ihn nicht. Ich war mir sicher.

»Du willst also ein hübsches Tattoo haben, wie?«

Er musste auch in dem Laden gewesen sein – komisch, dass ich ihn nicht bemerkt hatte. »Ja.« Er sah alt aus, mindestens wie vierzig, und er war wie ein Freak angezogen, in einem gelben, kurzärmligen Hemd, das in einer zu kleinen, grünen Hose steckte, und er trug einen schwarzen Gürtel um die Taille, der sehr eng geschnallt war. »Ich könnte dir helfen«, sagte er leise und lächelnd. »Ich kenne einen Laden nicht weit von hier, wo du hingehen könntest. Freunde von mir, ich bin sicher, sie würden es tun.«

»Äh, also, ich wollte in die Good Hope Road.«

»Oh, Ruth, da solltest du nicht hingehen«, sagte er mit geschürzten Lippen und versuchte ein trauriges Gesicht zu machen, was nicht leicht war, weil er so ein Gesicht hatte, das immer aussah, als würde es lächeln, als ginge es gar nicht anders. Er setzte sich wieder in Bewegung, während ich redete, deshalb musste ich mitgehen. »Good Hope Road ist nicht der richtige Ort für ein junges Mädchen. Ein junges weißes Mädchen«, sagte er mit gesenkter Stimme. »Keine gute Gegend, Ruth. Glaub mir, da willst du bestimmt nicht allein hingehen. Ich kenne einen Laden in der Georgia Avenue, da könnte ich dich hinbringen. Man kennt mich dort. Ich könnte dir helfen.«

»Also ...« Ich versuchte, schnell zu denken. Es war ein bisschen unheimlich, dass er meinen Namen kannte.

»Ist die Georgia Avenue hier in der Nähe?«

»Nicht weit. Wir müssten allerdings mit dem Auto fahren.«

»Oh, ich habe ein Auto.«

Er war überrascht. Als er die Augenbrauen hochzog, hob sich seine Stirn einen Finger breit. Er hatte wellige, tabakbraune Haare. Ganz natürlich sah es nicht aus. »Mein Auto steht gleich da drüben.« Er zeigte die Straße hinunter.

»Äh ...«

»Wenn du dich tätowieren lassen willst und noch nicht achtzehn bist, muss ein ›Erziehungsberechtigter‹ dabei sein.« Er lachte und malte kleine Anführungszeichen in die Luft. »Wir könnten sagen, ich sei dein Bruder.«

Eher mein Vater. Er lächelte die ganze Zeit. Und er sah mir ins Gesicht, schaute nicht auf meinen Körper – das gab mir Sicherheit. Wir waren bei einem grauen Wagen angekommen, ich glaube, einem Sedan. Ich betrachtete den Mann heimlich, bemerkte, wie seine rosigen Wangen sich von dem blassen, sommersprossigen Gesicht abhoben. Ich konnte keine Tattoos auf seinen Armen entdecken. Pummelige Arme, er quoll wirklich aus seinen Kleidern.

»Hör zu«, sagte er, »ich will dich nicht aufreißen. Um die Wahrheit zu sagen, die Leute, die den Laden haben, sind

Freunde von mir. Sie würden dieses Geschäft sicher gern machen.«

»Oh.«

»Ja, ich will ihnen wirklich nur einen Gefallen tun. Und dir übrigens auch.«

»Ich verstehe.« Ich musste sein Lächeln erwidern, es ging nicht anders, einem solchen Lächeln konnte man nicht widerstehen. »Also, in der Georgia Avenue, und wo genau in der Georgia Avenue?«

»Wie? Oh, in Richtung Silver Spring, aber nicht sehr weit. Missouri Avenue ungefähr.«

Ich würde auf meiner Karte nachschauen müssen. »Also …«

»Sie arbeiten nicht schlecht. Der eine ist ein richtiger Künstler, ein Genie – aber er hat gerade erst angefangen, hat noch nicht viele Kunden. Ich wette, du könntest ein Schnäppchen machen.«

»Wirklich?«

»Ja, klar, ein Sonderpreis für eine wirklich gute Arbeit, wahrscheinlich so groß wie du willst. Und du solltest die Farben sehen, mit denen meine Freunde arbeiten! Unglaubliches Zeug. Der Laden da –« Er zeigte mit dem Daumen über seine Schulter in Richtung Karma Chamäleon, grinste und schüttelte kurz den Kopf.

Wow, das klang richtig cool. Wenn dieser Typ ehrlich war, war das eine echt coole Sache. Ein großes, wunderschönes Tattoo, was richtig Besonderes, und das zu einem Preis, den ich bezahlen konnte.

Er kramte einen Schlüssel aus der Tasche und schloss die Beifahrertür des grauen Sedan auf. »Also, was meinst du? Willst du es versuchen?« Er legte die Hand auf den Türgriff, öffnete sie aber nicht. »Na? Versuchen kann man's doch mal, oder?«

Ich verschränkte die Arme und drückte mein Portmonee an meinen Bauch. Wenn er nur aufhören würde zu lächeln. »Wie wär's, wenn ich hinter Ihnen herfahre? Ich hole das Auto vom Parkplatz und halte direkt hinter Ihnen, dann fahren Sie los und ich folge Ihnen. So habe ich mein Auto und Sie brauchen mich nicht wieder zurückzubringen.«

Er hörte nicht auf zu lächeln, aber seine Augen wurden dunkler, es war beinahe, als würde er mich nicht mehr sehen.

Er fuhr sich mit der Zunge über die Lippen. »Klar. Ja, okay, das geht. Was für einen Wagen fährst du?«

»Einen weißen LeBaron. Ein Cabrio, aber das Dach ist zu.«

Er nickte und musterte mich. »Hübsches Auto.«

»Ja, mein Dad hat es mir geschenkt. Süße sechzehn.« Ich lächelte und log schamlos und es gefiel mir. Plötzlich fühlte ich mich beinahe high – so gut hatte ich mich den ganzen Tag noch nicht gefühlt. »Okay«, sagte ich, »bleiben Sie hier. Ich fahre direkt hinter Sie. Dauert keine fünf Minuten. Ich hupe, falls Sie eingeschlafen sind.« Ich lachte und der Mann sah mich durchdringend an, ehe er auch lachte. »Danke vielmals, das ist richtig nett von Ihnen.« Ich ging langsam weg.

»Keine Ursache.«

»Wahnsinn, ein billiges Tattoo – ich kann es kaum erwarten. Also, bis gleich!« Ich winkte, drehte mich einmal um die eigene Achse und ging schnell den Bürgersteig entlang. Ich sah mich nicht um, nicht mal am Zebrastreifen über die Wisconsin Avenue, denn wenn ich mich umgedreht hätte, hätte ich mich verraten. Das Gefühl von Macht war schon wieder weg. Ich war atemlos, panisch, wie damals, als Lisa Cromarty, meine beste Freundin in Chicago, und ich dachten, ein unheimlicher Typ würde uns von der Bowlingbahn nach Hause verfolgen. Schnell lief ich durch die düstere, unterirdische Parkgarage und versuchte, ein unschuldiges, entschlossenes und unbeteiligtes Gesicht zu machen, doch am Lift *musste* ich mich einfach umdrehen. Niemand zu sehen.

Es sei denn, er versteckte sich hinter einem Auto und beobachtete mich durch die getönte Windschutzscheibe. Eine Frau schob einen Kinderwagen um die Ecke. Der Lift kam und ich hielt ihr die Tür auf. Wir fuhren schweigend hinunter. Das Baby schlief fest, mit offenem Mund und angezogenen Beinen. Einen Augenblick lang fühlte ich mich sicher, bis die Tür aufging und die Frau ihr Baby in die entgegengesetzte Richtung schob.

Da stand das Auto, einsam und verlassen in der staubigen Betonhalle. Auf den letzten dreißig Metern hatte ich das Gefühl, als liefe ich über ein Minenfeld oder als wartete ich darauf, dass ein Scharfschütze mir in den Rücken schoss. Ich holte viel zu früh den Schlüssel heraus, aber meine Hand war verschwitzt und zitterte, ich bekam die Tür erst beim dritten Versuch auf. Dann ging sie nicht richtig zu, ich musste sie dreimal zuschlagen, und schließlich haute ich mit dem Daumen so fest auf den Knopf, dass ich mir den Nagel abriss. Dann sprang das Auto nicht an. Beim vierten Versuch klappte es endlich und ich legte mit klopfendem Herzen die Stirn aufs Lenkrad. Als ich den Rückwärtsgang einlegte, trat ich aus Versehen aufs Gas und krachte mit der Stoßstange hinten rechts an eine Säule.

Ich konnte nicht mal fluchen. Mir fiel einfach nichts mehr ein. Tränen brannten in meinen Augen, als ich ein Stück vorfuhr und aufs Neue zurücksetzte, diesmal ohne etwas zu rammen. Zumindest war immer noch kein Typ in Sicht, und als ich bei der Frau im Kontrollhäuschen fünf Dollar (!) fürs Parken bezahlte, lauerte weder rechts noch links auf der Wisconsin Avenue ein grauer Sedan. Ich bog rechts ab, in Richtung Fluss, dann wieder rechts in die K Street, ohne zu wissen, wo ich hinfuhr. Nur weg von hier.

Bis jetzt war das Ganze nicht besonders lustig.

24

»Ruth war die ganze Zeit dort. Sie war im Laden und diese Frau, dieses Miststück, hat mir direkt ins Gesicht gelogen.«

Ich hatte Carrie noch nie so wütend gesehen. Sie war außer sich vor Zorn, biss die Zähne zusammen und war ganz rot im Gesicht. Sie hatte die Hände zu Fäusten geballt und schlug im Takt mit ihrer erregten Stimme die Knöchel gegeneinander.

»Sie war da und Krystal hat mich angelogen und jetzt hat sie sie einfach gehen lassen!«

»Wahrscheinlich hat sie –«

»Mama, Ruth fährt allein mit dem Auto nach Washington!«

»Aber sie fährt gut«, sagte ich, so ruhig ich konnte, »sie macht das bestimmt gut.«

»*So* gut fährt sie nun auch nicht. Ganz allein in Washington? Ihr kann alles mögliche passieren. *Sie ist fünfzehn Jahre alt.*«

»Süße –«

»Und sie ist wütend. Ich kenne sie, sie fühlt sich sicher, ist unbekümmert, sie könnte – Oh, diese *Frau!*« Carrie lief unruhig hin und her, sah auf den Boden, zur Tür, zum Sofa, auf der Suche nach einem Gegenstand, den sie treten konnte. »Wenn sie hier wäre, würde ich sie erwürgen, ich schwöre bei Gott, ich würde es tun. Wie kann ein Mensch nur so *dumm* sein?«

»Warum war Ruth wütend?« Ich ergriff Carries Arm und versuchte, sie dazu zu bewegen, sich aufs Sofa zu setzen, aber sie befreite sich und stellte sich mit dem Rücken zum Fenster. Als ich ihren Gesichtsausdruck sah, beschloss ich, mich hinzusetzen. »Warum war Ruth wütend?«, wiederholte ich, obwohl ich mir inzwischen nicht mehr sicher war, ob ich es wirklich wissen wollte. »Worüber habt ihr zwei euch gestritten?«

Sie hatte dasselbe an wie gestern, weite weiße Shorts und ein altes T-Shirt von Ruth mit einer Zeichnung von Roadrunner vorn drauf. Sie musste in den Kleidern geschlafen haben. Wenn überhaupt. Sie war blass und sah fertig aus, weit mehr als nur erschöpft. »Ich werde es dir sagen«, begann sie und verschränkte die Arme über dem Bauch. Sie machte die Augen ganz weit auf, als würde sie sich darauf vorbereiten, von einer Klippe zu springen. »Wir haben wegen Jess gestritten.«

»Jess *Deeping?*«

Ich sprang auf. Da löste sie einen Arm und schlug mit der Handfläche auf die Wand hinter sich. »Jawohl, Mama, Jess *Deeping*. Ruth kam gestern Nachmittag nach Hause und hat uns überrascht. In meinem Zimmer.«

Es war wie ein Schlag in die Magengrube. Es tat weh und brachte alles in meinem Innern durcheinander, aber ich kann nicht sagen, dass ich besonders überrascht war. Ich hatte es kommen sehen. Ich bin zu alt, um zu kämpfen, und er hat gewonnen.

»Nun«, sagte ich. »Nun, ich liege wohl nicht so falsch, wenn ich sage, dass ihr da oben keine Lamas gebaut habt.«

»Nein.«

»Was hat Ruth gesehen?«

»Wenn du meinst ... ob wir im Bett –«

»Genau das meine ich.«

»Sie hat gar nichts gesehen.«

»Gott sei gedankt für die kleinen Gaben.« Ein Schwächegefühl stieg in mir auf, als bräuchte ich etwas zu essen. »So, so, so. Bist du stolz auf dich? Ein schönes Vorbild für ein junges Mädchen. Ich würde sagen, das ist wahrscheinlich das Ende von Ruths Kindheit, meinst du nicht auch?« Carrie wandte das Gesicht ab und ich verlor das Interesse daran, diese Spur weiter zu verfolgen. Man muss nicht jemanden strafen, der bereits selbst dafür Sorge getragen hat.

»Also gut«, sagte ich. »Was geschehen ist, ist geschehen, es hat keinen Sinn, darauf herumzuhacken, es ist vorbei. Komm her und setz dich hin. Du siehst nicht gut aus.«

»Es ist noch schlimmer.«

»Was denn noch? Mein Gott, du hast ihn schließlich nicht geheiratet, oder?«

Sie sah mich fest an, ein langer, suchender Blick. Einmal lächelte sie beinahe. Aber hauptsächlich sah sie verbittert aus. »Mama, erinnerst du dich daran, als ich aus Chicago zum Klassentreffen gekommen bin? Zum fünfzehnjährigen?«

»Nur du und Ruth? Ja, ich erinnere mich.«

»Jess und ich waren in der Nacht zusammen. Ich habe mit ihm geschlafen.«

Komisch, auch das war kein besonders großer Schock. Irgendwo im Hinterkopf hatte ich es, glaube ich, die ganze Zeit gewusst.

»Es war das erste Mal. Das überrascht dich vielleicht. Ich kann mir vorstellen, dass du glaubst, wir haben es bereits während der Highschoolzeit getan, aber das stimmt nicht. Nein, ich bin bis zum Schluss Jungfrau geblieben.«

Sie befeuchtete sich immer wieder die Lippen. Sie sah mir direkt in die Augen, aber ich hatte das Gefühl, wenn ich *huh* machen würde, würde sie vor Schreck bis unter die Decke springen. Sie wirkte auf mich wie ein kleines Mädchen, ängstlich, aber entschlossen, sie sah aus wie vor fünfundzwanzig Jahren. Dann blinzelte ich und die Frau mittleren Alters war wieder da.

»Wenigstens haben wir es nicht genossen, als es dann doch passierte«, sagte sie mit einem säuerlichen Lächeln. »Das sollte dich eigentlich glücklich machen.« Sie sah auf den Boden. »Entschuldigung. Der Punkt ist, dass Ruth …«

»Ruth? Ruth was? Sie war fünf Jahre alt.«

»Ich habe es ihr gesagt.«

»Du lieber Himmel. Warum?«

»Ich hätte lügen können. Vielleicht hätte ich das tun sollen, aber sie hat mich direkt gefragt.« Carrie raufte sich die Haare, sodass sie in alle Himmelsrichtungen abstanden. »Ich habe dir doch gesagt, dass es noch schlimmer ist.«

»Das stimmt allerdings.«

»Findest du, ich hätte lügen sollen?«

»Woher soll *ich* das wissen? Oh, mein Gott. Was für ein Chaos.«

Carrie kam rüber und setzte sich ans andere Ende des Sofas. »Es ist kein Chaos, Mama. Es ist keine unglückliche Situation. Ich liebe Jess. Es ist echt.«

»Du kennst ihn doch gar nicht mehr.«

»Du weißt einfach nichts über mich. Heute oder früher – du hast keine Ahnung.«

»Früher?«

»Ich habe ihn auch früher schon geliebt, aber das war dir unwichtig.«

Ich lehnte mich zurück. »Ich hatte doch gleich das Gefühl, dass alles meine Schuld ist.«

»Es geht nicht um *Schuld*. Ich versuche nur, es dir verständlich zu machen.«

»Oh, ich verstehe, aber ich glaube nicht, dass das so kompliziert ist. Du hast ein Verhältnis mit deiner alten Liebe aus der Highschool, und damit du dich nicht schuldig fühlst, sagst du, es sei Liebe. Schön, aber zieh mich da nicht mit rein.« Sie starrte mich nur an. Wir hatten beide ungefähr gleichzeitig kapiert, dass ich sie nur auf die Palme bringen wollte. Warum? Damit sie das Thema fallen ließ und wir es vergessen konnten? Wohl kaum.

»Du weißt, dass es mehr als ein Verhältnis ist, Mama. Und du wusstest es damals auch schon.«

»*Damals, damals.* Ich habe dir nie gesagt, dass du mit diesem Jungen Schluss machen sollst, das kannst du mir nicht vorwerfen. Ich will nicht sagen, dass ich nicht hoch erfreut war, als es geschah, aber das hast du ganz allein entschieden.«

Unerwartet lächelte sie. »Ich erwische mich dabei, dass ich das auch bei Ruth versuche. So zu tun, als wäre etwas, das sie tut, auf ihrem Mist gewachsen, obwohl ich genau weiß, dass sie es meinetwegen macht. Es ist mein Einfluss.«

»Ich habe keine Ahnung, wovon du sprichst.«

»O doch, das hast du, Mama.« Sie streckte die Hand aus und berührte mich mit einem Finger am Arm. »Du warst immer so stark! Zu stark für mich. Auf gewisse Weise hast du mich benutzt. Nicht mit Absicht, aber ich wollte es dir mehr als jedem anderen Menschen recht machen und das weißt du. Ich bin zu alt, um dich dafür verantwortlich zu machen, dass ich den falschen Mann geheiratet habe –«

»Aber du tust es«, fuhr ich sie verletzt an.

»Nein, das tue ich nicht. Ehrlich nicht. Oder – wenn ja, dann weiß ich, dass es eigentlich falsch ist. Aber – du hast mir deine Ängste eingeimpft.«

»Ich habe *was?*«

»Deinetwegen habe ich mich vor Jess gefürchtet. Ja, das stimmt. Weil er nicht ... kontrollierbar war. Es war nicht nur seine Herkunft, die du nicht ertragen konntest, sondern er selbst. Du hast geglaubt, er sei unberechenbar, du –«

»Er *war* unberechenbar.«

»Aber er war nicht *schlecht.* Und du wusstest, dass wir uns liebten –«

»Du warst achtzehn Jahre alt!«

»Alt genug.«

»Erzähl mir das noch einmal, wenn deinem Kind so etwas passiert!«

Carrie stellte ihre Füße nebeneinander und stand auf. »Es tut mir Leid. Ich habe gesagt, ich nehme es dir nicht übel –«

»Aber du tust es, das ist offensichtlich.«

»Mama, ich wünsche mir nur, du hättest mich loslassen können. Und ich nehme es *mir* übel, nicht dir, weil ich es dir so leicht gemacht habe, mich festzuhalten.«

»Oh, ich verstehe. Ich habe dich nicht richtig geliebt. Nun, verzeih mir, ich bitte um Entschuldigung, wie ich sehe, schaffst du es *wunderbar*, Ruth loszulassen.«

Das war unfair. Carrie wurde bleich. »Jetzt ist nicht der richtige Zeitpunkt für diese Unterhaltung«, sagte sie mit belegter Stimme.

»Ich bin absolut deiner Meinung.« Sie sah furchtbar aus, wie in dieser schrecklichen Zeit nach Stephens Tod. Es kostete mich all meine Willenskraft, nicht zu ihr hinüberzugehen und sie in den Arm zu nehmen. »Ich bringe das Geschirr in die Küche«, sagte ich und verließ den Raum.

Ich kochte Kaffee und hantierte dabei heftig in der Küche herum. Ich habe ihr *meine Ängste* übertragen. So ein Blödsinn. Ich war mit Jess Deeping nicht einverstanden, und zwar aus verdammt guten Gründen, ehrlichen, mütterlichen Gründen! Sie sollte mir danken, anstatt es mir übel zu nehmen. Wenn ich nicht gewesen wäre, hätte sie diesen Jungen geheiratet, hätte acht Kinder und würde auf einer Milchfarm leben. Gott steh uns bei! Deeping, was war das überhaupt für ein Name? Ich hatte ihn immer gehasst, er klang hinterwäldlerisch, gewöhnlich und bedrohlich. Van Allen – das war ein Name, auf den man stolz sein konnte.

Ich dachte daran, wie Jess Deeping vor vielen Jahren das erste Mal in unserem Haus war, im Winter. Die Bäume waren kahl und mit einer Eisschicht überzogen. Ich beobachtete ihn und Carrie durch das Küchenfenster. Sie tobten in ihren dicken Wintermänteln draußen herum, wo es ihnen besser gefiel als im warmen Haus, wo ich sie hätte hören können. Einmal legte er ihr von hinten die Arme um die Brust, bei der alten Sandkiste, hob sie hoch und wirbelte sie immer wieder herum, so schnell er konnte. Sie hing in seinen Armen und schrie und kreischte und war ganz außer Atem vor Lachen. Ich konnte den beiden kaum ins Gesicht sehen. Vor allem ihm nicht, der aufgeregt und zufrieden seine fröhliche Macht ausstrahlte. *Du gehörst mir, ich kann dich jederzeit haben*. Ich hatte mir erregt und angewidert die Nase am Fenster platt gedrückt. Männer wie er, Männer mit »Leidenschaft«, ha, einer Leidenschaft, die sie nicht verbergen konnten, hatten mir schon immer Angst eingejagt. Mir tat überhaupt nichts Leid! Wenn ich Carrie vor Männern wie Jess Deeping bewahrt hatte, war ich nur froh.

»Der Kaffee ist fertig!«, rief ich.

Sie kam in die Küche und setzte sich. Legte die Ellbogen auf den Tisch, fiel in sich zusammen und blies in die Tasse. Sie hat meine Schultern, die O'Hara-Frauen haben hübsche Schultern. Aber ihr goldblondes Haar hatte schon mehr weiße Strähnen, als ich bisher bemerkt hatte. Jeder Mensch wird alt.

»Es hat aufgehört zu regnen«, sagte sie. »Es nieselt nur noch. Aber es soll wieder anfangen. Morgen soll es den ganzen Tag regnen.«

»Werden deine Tiere dann nicht nass?«

»Das macht nichts. Die Farbe und das Holz sind wasserfest. Na ja – bei der Eule bin ich mir nicht ganz sicher.« Müde massierte sie sich die Stirn.

Morgen sollte die Arche zu Wasser gelassen werden. Im Grunde brauchte ich jetzt nicht mehr dagegen zu sein, da sie ihren Zweck erfüllt hatte. Das Schlimmste angerichtet hatte. »Willst du immer noch da hingehen?«

»Darüber kann ich im Moment nicht nachdenken.«

»Nein, wahrscheinlich nicht.«

Schweigend tranken wir den Kaffee.

»Ich nehme *meiner* Mutter gar nichts übel«, bemerkte ich. »Dabei gäbe es genug, wenn ich wollte. Einen schlechten Einfluss hatte sie auf mich. Ich wollte auf keinen Fall so werden wie sie.«

Carrie nickte müde.

»Ich wollte immer nur, dass du glücklich wirst, Carrie, und das ist die reine Wahrheit.«

»Ich weiß, Mama.«

»Und ich weiß gar nicht, was du hast – *ich* habe dich losgelassen. Erinnerst du dich nicht, *ich* war diejenige, die zugestimmt hat, als du woanders aufs College gehen wolltest. Es war dein Vater, der wollte, dass du nach Remington gehst.«

»Ja, ich weiß.«

Und später ist sie natürlich nicht zurückgekommen. Sie zog mit Stephen von einem Ort zum anderen und wäre wahrscheinlich nie wieder nach Hause gekommen, wenn Stephen nicht so dringend Arbeit gebraucht hätte. Das klang für mich nicht danach, als hätte Mama nicht loslassen können. Das klang nach einer unabhängigen Frau, die, weit weg von ihrer Mutter, in der Welt ihren Weg ging.

So weit weg von ihrer Mutter wie möglich.

Nun, da hatten wir es. Wir tanzten um das Thema herum, taten so, als wäre es nicht da, als hätte sich nichts geändert seit den alten Zeiten, in denen wir uns gern hatten. Eine reine Liebe – genau das war es, als ich jung war und Carrie ein kleines Mädchen, ich weiß es. Ich weiß auch, dass es unrealistisch ist zu glauben, man könne sie bewahren, und dennoch, genau das ist es, was ich wiederhaben will – diese reine Liebe aus jener Zeit, als Carrie nur mir gehörte. Als sie ich war.

Nein, so meine ich das nicht. *Du warst zu stark für mich, Mama* – aber wie sollte das überhaupt gehen? Das klang, als hätte ich sie besitzen wollen. Als hätte ich sie sein wollen.

»Noch was«, sagte ich. »Ist es nicht gut, stark zu sein? Will nicht jede Mutter ihren Kindern Stärke vermitteln? Und tut man das nicht am besten, indem man mit gutem Beispiel vorangeht? In allen Punkten: ja«, beantwortete ich mir die Frage selbst, als Carrie schwieg. »Wie auch immer, so stark bin ich gar nicht. Ich bin nur laut. Ich habe vor tausend Sachen eine Höllenangst.«

»Nenn mir eine.«

»Nein.«

Endlich lächelte sie.

»Ich habe immer nur versucht, dich vor Gefahr zu schützen«, sagte ich.

»Gefahr!«

»Aber niemand hat mir je dafür gedankt, o nein, du musstest *selbst* herausfinden, was dir Angst macht, du konntest meine Erfahrungen nicht annehmen.«

»Also, das hört sich total unlogisch an –«

»Was ist denn dabei, wenn ich es gut fand, dass du Stephen heiraten wolltest? Warum soll das schlecht sein? Wenn ihr nicht glücklich miteinander wart, ist das wohl kaum mein Fehler – und du hast Ruth bekommen, also kannst du es wohl sowieso kaum einen Fehler nennen.«

»Nein.«

»Und wenn Stephen zu sehr wie dein Vater war, ist das auch nicht meine Schuld, richtig?«

»Richtig.«

Ach, sie wollte einfach nicht mehr streiten. Aber sie glaubte, ich hätte sie beeinflusst – *meine Stärke* benutzt, ha, ha –, um sie dazu zu bringen, eine Art Doppelgänger meines Mannes zu heiraten. Aus reiner Geselligkeit wahrscheinlich, damit ich mich bestätigt fühlte. Entlastet.

Ich schüttelte mich innerlich und spuckte den letzten Schluck kalten Kaffee zurück in die Tasse. Ich glaube, ich hatte mich noch nie so alt gefühlt. Wenn ich eine schlechte Mutter war, würde ich als schlechte Mutter sterben müssen. Ich fuhr mit der Hand über die glatte Oberfläche des Eichentisches, den Carrie selbst abgezogen, geschliffen, eingelassen und lackiert hatte, und dachte: Woher hat sie die künstlerische Ader? Nicht von mir und ganz bestimmt nicht von George. Was für ein Segen. Kinder besaßen Talente, Fehler, Macken, Eigenschaften, die nichts mit ihren Eltern zu tun hatten. Das ist doch eine große Erleichterung, oder? So trägt man nicht die Schuld an jeder verdammten Kleinigkeit.

Als es an der Tür klingelte, schoss Carrie hoch wie von der Tarantel gestochen. »Ich geh schon.« Barfuß rannte sie aus der Küche.

Ich hörte eine Männerstimme auf der Veranda. Etwas langsamer stand auch ich auf und ging ins Wohnzimmer. In der Erwartung, einen Polizisten zu sehen, spähte ich um die Ecke und erkannte Jess Deeping. Kurz darauf hob Carrie die Arme und legte sie ihm um den Hals.

Ich konnte den Blick nicht von ihnen wenden. Er sah mich nicht, er hatte die Augen geschlossen, das Gesicht halb in ihren Haaren vergraben. Es war wie ein Film und sie waren so weit weg von mir und so unberührbar wie die Stars auf der Leinwand. Ich weiß nicht, wie lange sie so da standen, keiner bewegte sich oder redete, sie hielten sich nur fest, als ob … ach, ich weiß nicht. Als würden sie sich gegenseitig eine Bluttransfusion geben. Dann konnte ich nicht mehr hinsehen. Langsam, Schritt für Schritt, schlich ich rückwärts in die Küche zurück.

Ich ging zur Spüle und ließ Wasser laufen, wusch mir die Hände mit Spülmittel, zog ein Papiertuch aus dem Halter, und während ich mir mit dem raschelnden Papier die Hände abtrocknete, hörte ich Carries flehende Stimme, hoch und laut, nicht vorsichtig, und darunter Jess Deepings tröstenden Bariton. So sprach sie mit mir nicht, diesen Ton kannte ich nicht. Bei mir hielt sie sich zurück. Schützte sich. Die Fliegengittertür schlug zu und ich eilte wieder ins Wohnzimmer. Jess Deeping fuhr einen Pick-up. Was sonst? »Weißer Abschaum« durfte man ja nicht mehr sagen, aber trotzdem erkannte man ihn, wenn man ihn sah, und genau das war die ganze Familie Deeping gewesen, der Vater, dieser Kuhfarmer, und seine verrückte Frau und ihr schlampiger, langhaariger Sohn. Ich hatte sie verabscheut, da hatte Carrie Recht. Sie waren jenen Menschen, denen ich mein ganzes Erwachsenenleben lang zu entkommen versucht hatte, zu ähnlich. Ja, ich war auch weggelaufen.

Die beiden standen am Bordstein neben dem Wagen, ohne den Regen zu beachten. Er hielt ihre Hand, sah die Hand an, während er redete, und sie hatte den Kopf hoch erhoben und sah ihm direkt ins Gesicht. Sie reichte ihm bis zum Wangenknochen. Er war kein schlecht aussehender Mann. Er hatte sich gemausert seit den Tagen, als er wie eine hungrige Krähe um sie herumschlich, als er irgendwie immer wie ausgebrannt aussah, verwundet, immer dürr wie eine Mistgabel. Und immer mit diesem Blick, als wolle er sie mit dem Schnabel packen, mit den Klauen, und sie in sein Versteck verschleppen. Dieser Junge hatte immer nur Carrie gewollt. In dem Augenblick, in dem ich ihn zum ersten Mal sah, wusste ich, dass er der Feind ist.

Er beugte sich hinunter und legte seine Wange an ihre. Sie verabschiedeten sich voneinander. Als sie sich aufrichteten, sah es so aus, als würden sie sich küssen, aber sie taten es nicht. Er wollte gerade um seinen Pick-up herumgehen, als ein silberner Honda dahinter anhielt. George.

Ich hatte ihm gesagt, er solle zu Hause bleiben, er könne sowieso nichts tun, und doch war er gekommen. War er *mein* Ritter oder Carries? Irgendwie war es unfair, dass sie zwei hatte und ich gar keinen. Er stieg aus wie ein alter Mann, seine Tweedhose hing an ihm herunter und war voller Asche, die Brille an der Kette um seinen Hals stieß gegen seine Brust. Carrie ging zu ihm und umarmte ihn, aber er erwiderte die Umarmung kaum – nur ein besorgtes Lächeln und ein paar Klapse auf den Rücken, als sollte sie ein Bäuerchen machen. Doch er ließ seine Hand auf ihrer Schulter liegen, während die drei sich offenbar ernst unterhielten. Meines Wissens hatte George Jess Deeping seit fünfundzwanzig Jahren nicht gesehen, aber falls er irgendetwas daran seltsam fand, ihn vor Carries Haus anzutreffen, so ließ er es sich nicht anmerken.

Ich war es leid, sie nur aus der Ferne zu beobachten. Ich stieß die Fliegengittertür auf und stürzte mich ins Getümmel.

Carrie sah mich an, als wäre ich General Sherman auf dem Weg nach Atlanta. Ich sah, dass sie tief Luft holte und das Kinn hob, sich wappnete. Herrje, war ich so beeindruckend? Wenn sie wüsste! Ich hätte überhaupt nichts dagegen, wenn mich irgendjemand, vorzugsweise mein Mann, in den Arm nehmen, mich festhalten und mir sagen würde, dass alles wieder gut wird.

Ich stellte mich neben George und unterbrach ihn: »Was geht hier vor?« Er berührte mich nicht, aber das war keine Überraschung. Zur Abwechslung sah ich es sogar einmal aus seiner Sicht. *Eine Frau, die kämpft und marschiert und andere unterbricht, umarmt man nicht*. Man geht ihr aus dem Weg.

Jess Deeping deutete eine Verbeugung in meine Richtung an. »Mrs. Danziger«, sagte er mit seiner tiefen, sympathischen Stimme. Ein Außenstehender hätte geschworen, dass er mich bestimmt nicht verachtete. So war er immer gewesen, entsann ich mich, respektvoll und zurückhaltend. Ja, er hatte mich und auch George immer mit einer merkwürdigen Nachsicht behandelt. Das hatte mich jedesmal misstrauisch gemacht.

»Hallo«, sagte ich und einen Augenblick lang wurde ich ihm gegenüber ein wenig weicher, mag sein, dass es an seiner Größe lag oder an der Art, wie er Carrie zugewandt stehen blieb. Dann dachte ich daran, wie die arme Ruth ihn und Carrie im Schlafzimmer ihrer Mama überrascht hatte, und ich wurde wieder eisig. Raubgieriger Mensch, dachte ich. Gefräßige Krähe.

»Mama, Jess und Pop fahren nach Washington und suchen Ruth.«

»Wie bitte?«

»Jess wollte allein fahren, aber ich habe ihm angeboten, ihn zu begleiten.«

»Ich freue mich, wenn ich Gesellschaft habe.«

»Wir können meinen Wagen nehmen. Er ist kleiner.«

»Das ist gut.«

Es war schon alles abgemacht. Es war mir egal, dass George »Jess« sagte, als würde er ihn schon ewig kennen, als würden sie immer zusammen angeln gehen. Ich zog kurz in Erwägung zu sagen, dass ich mitkommen würde, nur um sie zu ärgern. Das ging mir alles zu schnell, alle taten etwas, außer mir.

»Fahr vorsichtig, Pop«, sagte Carrie und begleitete Jess auf die Beifahrerseite. Ich sah, wie sie ihm schnell einen verstohlenen Kuss gab, ehe er sich auf den Beifahrersitz des Hondas zwängte. Gegen meinen Willen musste ich lächeln, aber mein Herz sank.

»Habt ihr genug Geld? Eure Kreditkarten? Schnall dich an«, sagte ich zu George und hielt die Tür auf, während er es sich bequem machte und die Schlüssel aus der Hosentasche kramte. »Hüte dich vor den Irren auf dem Beltway. Ehe du dich versiehst, bringen die euch um.«

»Wir sind vorsichtig«, sagte er, »und wir rufen an, wenn wir da sind.«

»*Und* wenn ihr sie gefunden habt«, sagte ich.

»Die Polizei in Washington hat die Autonummer«, sagte Carrie und beugte sich zum anderen Fenster hinunter. »Ich weiß nicht, ob sie gründlich suchen, aber sie haben sie. Ich bin so froh, dass ihr fahrt. Danke, Pop.« Sie sagte noch etwas zu Jess Deeping, das ich nicht verstand.

»Ruft an«, wiederholte ich und trat zurück. »Falls sie in der Zwischenzeit hier auftaucht. Womit ich jede Minute rechne.«

»In Ordnung.« George ließ den Wagen an, löste die Handbremse, winkte und fuhr langsam davon.

»Fährt wie eine gottverdammte Schildkröte«, murmelte ich und winkte auch. Doch ich wünschte, ich hätte ihn geküsst.

Auf seine kratzige, alte Wange. Es hätte mich nicht umgebracht. Ich wünschte wirklich, ich hätte es getan.

Ab ins Haus mit den Frauen. Mir gefiel der Gedanke, dass die Männer loszogen, um etwas wieder in Ordnung zu bringen, und die Frauen zu Hause das Feuer in Gang hielten. Wenn es klappte, wäre es ein Wunder. Ich konnte keinen Kaffee mehr trinken, aber Carrie schenkte sich eine Tasse ein und saß kerzengerade, als sie ihn trank. »Ich bin so froh, dass ihr gekommen seid. Du und Pop. Und Jess«, fügte sie demonstrativ hinzu. »Ich wüsste nicht, was ich ohne euch tun würde.«

»Ohne die beiden vielleicht. Ich habe nichts getan.«

»Das stimmt nicht – wir wissen nur, wo Ruth ist, weil du es aus Krystal herausgequetscht hast.« Sie grinste. »Du warst vielleicht Furcht erregend, Mama! Sie hatte keine Chance.«

»Eine absolute Idiotin.«

»Ja, ich könnte immer noch vor Wut platzen! Ich könnte sie umbringen. Am liebsten würde ich hingehen und sie verprügeln.«

»Ich halte sie fest.«

Einen Moment lang lehnten wir uns aneinander. Ich hatte einen Frosch im Hals. »Lass uns nicht wieder anfangen«, sagte ich.

»Gut.«

»Aber eins muss ich dir noch sagen: Ich weigere mich, die Verantwortung für all das zu übernehmen, was in deinem Leben passiert ist.«

»Nein, nein, und ich –«

»Aber in einer Sache hattest du Recht. Ich habe mir deinen Vater aus einem bestimmten Grund ausgesucht. Er ist ein sehr guter Mensch, aber ich habe ihn geheiratet, weil er weich und schwer von Begriff war, und das ist die Wahrheit.«

»Oh, Mama.«

»Es ist in Ordnung, nichts wird sich ändern, wir werden uns nie trennen. Was geschehen ist, ist geschehen. Außerdem habe ich sowieso nicht vor, loszugehen und Ricardo Montalban zu suchen. Ich habe genau das erreicht, was ich damals wollte, mehr gibt es dazu nicht zu sagen.«

Carrie sah mich mit glitzernden, sorgenvollen Augen an.

»Es ist wirklich in Ordnung. Es geht mir nicht schlecht. Ich habe einen guten Mann, eine wunderbare Tochter und ein tolles Enkelkind. Meistens jedenfalls. Ich habe mein Nest vor fünfzig Jahren gebaut und ich schwöre bei Gott, dies ist das letzte Mal, dass du mich klagen hörst.«

Carrie legte ihren Unterarm an meinen. »Was ist mit Jess?«

»Was soll mit ihm sein? Was ist das überhaupt für ein Name, *Jess?*« Ganz abgesehen von Deeping. »Heißt er in Wahrheit Jesse? Woher kommt der Name?«

»Er heißt Jesse Holmes Deeping. Holmes war der Geburtsname seiner Mutter.«

»Holmes. Das hört sich ganz gut an.«

»Oh, Mama, da wird er sich aber freuen.«

Ich ignorierte ihre Worte. »Wenn du dir ihn ausgesucht hast …«

»Was dann?«

»Ich habe immer gedacht, wenn du bei dem Jungen endest …«

»Was, Mama?«

»Ich dachte, es bedeutet, dass ich vor all diesen Jahren die falsche Wahl getroffen habe. Ich dachte, es bedeutet, dass mein ganzes Leben, alles, was ich gewählt habe … Na ja, wie auch immer, so habe ich eben gedacht.« Carrie wurde ganz rot im Gesicht. Sie senkte den Kopf, aber ich sah eine Träne auf ihren Arm tropfen. Ich legte meine Hand auf ihren Rücken und massierte sie sanft zwischen den Schulterblättern. »Leider muss ich zugeben, dass Mr. Jesse Holmes Deeping zu einer verdammt guten Stütze der Gemeinde geworden ist. Was auch immer das wert ist.«

»Er macht mich glücklich.«

»Das habe ich bemerkt. So schlecht kann das wohl nicht sein.«

Carrie lachte.

»Also beenden wir das Thema. Du bist nicht ich und ich bin nicht du und du hast die Chance, dir jemanden auszusuchen, der womöglich der Richtige für dich ist. Also tu, was du willst, weil du nicht ich bist.«

»Ich weiß, dass ich nicht du bin.«

»Ich sage das zu meinen Gunsten.«

»Oh.« Sie schaute mich an, als hätte sie mich noch nie gesehen.

»Und glaub nur ja nicht, dass ich mit George schon fertig bin. Noch lange nicht. Ich habe Pläne mit dem Mann.«

»Was hast du vor?«

»Ich werde ihn quälen. Ich werde ihn zwingen, einen Tanzkurs zu machen, das ist das Erste. Wir machen bald Urlaub – es könnten zweite Flitterwochen werden.« Carrie lächelte, ohne mich anzusehen – das wäre wohl zu weit gegangen. »Vielleicht gehe ich auch mit ihm zu Krystal«, sagte ich. »Sie ist uns was schuldig. Ich dachte da an Aromatherapie. Oder noch besser, einen reinigenden Einlauf.«

Carrie seufzte tief. »Aber du liebst ihn, oder?«

Kurz tauchte das Bild unserer begrenzten, schwindenden Zukunft vor meinem inneren Auge auf. »Natürlich liebe ich ihn«, sagte ich und verdrängte das Bild. Ich spürte, wie Carrie sich entspannte. »Natürlich! Und er mich auch. Auf seine Weise.« Wir schwiegen und ich stellte mir vor, dass sie über meine letzten Worte nachdachte, Sein und Schein miteinander verglich, sie gegen das Offensichtliche abwog. Doch bis zu einem gewissen Maß stimmte es.

Was für eine dürftige, geizige Aussage das doch ist. Siebzig Jahre lang habe ich so gelebt. Habe mich klein gemacht und ruhig gehalten, als hätte ich Angst vor jemandem und wolle dessen Aufmerksamkeit nicht erregen. Aber eigentlich war ich nicht so – ich hätte auffälliger, lauter sein sollen. Wenn man genau hinsah, passte ich nicht in mein eigenes Leben.

»Hey«, sagte ich nach einer Weile. »Wie geht es dir?«

»Besser. Ich weiß auch nicht, warum. Wahrscheinlich, weil sie hingefahren sind. Jess und Pop.«

»Endlich tut jemand was.«

»Ich bin jetzt irgendwie ruhiger.«

»Vielleicht finden sie sie.«

»Vielleicht.«

»Ich hoffe nur, dass sie diejenigen sind und nicht die Polizei.«

»Ich auch.«

Carrie beugte sich vor und küsste mich auf die Wange. »Ich liebe dich, Mama.«

»Ich liebe dich auch.«

Sie ließ den Kopf auf ihre auf dem Tisch verschränkten Arme sinken, schloss die Augen und schlief beinahe sofort ein. Ich blieb still wie eine Statue sitzen und wagte kaum zu atmen. Leider wachte sie nach kaum fünf Minuten schon wieder auf und schreckte hoch.

»Geh nach oben und leg dich hin«, sagte ich zu ihr, »ich gehe ans Telefon, falls es klingelt.« Nein, das wollte sie nicht. Also schlichen wir den ganzen Tag im Haus herum, zogen von Zimmer zu Zimmer, um uns abzulenken. Draußen herrschte eine Luftfeuchtigkeit von bestimmt hundert Prozent. Nichts als grauer Regen vor den Fenstern. Nachmittags rief George an, um zu sagen, dass sie jetzt in Georgetown seien und mit der Suche beginnen würden. Danach rief zwei Mal die Polizei an – sie hatte nichts zu berichten. Gegen sechs, als Carrie an der Fliegengittertür stand und hinaus in den Regen starrte, klingelte das Telefon wieder. Ich ging ran.

»Hallo«, sagte George mit sanfter, unsicherer Stimme. »Bist du es, Dana? Ist Carrie da?«

Carrie kam angerannt und zischte: »*Wer ist es?*«

»Es ist dein Vater. George, was ist los?«

»Also, es tut mir Leid, aber bis jetzt hatten wir kein Glück.«

Carrie kauerte über mir wie eine Katze, mit weit offenen Augen, jeder Muskel gespannt. Ich schüttelte den Kopf und sie sackte in sich zusammen. Ließ sich neben mich aufs Sofa fallen. Lehnte sich an mich und presste ihr Ohr an den Hörer.

»Wir sind überall rumgefahren und rumgelaufen«, fuhr George fort. »Ich glaube, wir waren in jedem Laden in Georgetown.«

»Was ist mit den Tattoo-Salons? Da wollte sie schließlich hin – wart ihr in all diesen Läden?«

»Oh, ja, das haben wir als Erstes gemacht und es war auf gewisse Weise fruchtbar, allerdings auch beunruhigend.«

»Wie meinst du das?« fragte ich. Carrie umklammerte mein Handgelenk und meine Hand wurde ganz blutleer.

»Also, wir haben in einem Geschäft mit einem Mann gesprochen – ein ziemlich farbenfroher Laden –, der sich an ein

Mädchen erinnerte, das ein wenig wie Ruth aussah. Jedenfalls hörte es sich so an, als er sie beschrieb.«

»Und?«

»Er wollte sie nicht tätowieren, weil sie zu jung ist. Sie hatte keinen Ausweis dabei, deshalb hat er sie fortgeschickt.«

»Und? Was dann?«

»Also, das Beunruhigende ist, dass dieser Mann sagt, als das Mädchen ging – und natürlich muss es nicht Ruth gewesen sein – also, es könnte sein, dass ihr einer seiner männlichen Kunden gefolgt ist, als sie gegangen ist. Jedenfalls hat er gleich nach ihr das Geschäft verlassen. Kann sein, dass es völlig harmlos ist – aber irgendwie hat mir das Ganze nicht gefallen. Erzähl Carrie nichts davon, ja? Ist vielleicht besser so.«

Zu spät. Sie hatte sich bereits wie ein Embryo auf dem Sofa zusammengerollt und hielt sich die Ohren zu.

25

Ich fuhr viermal an *Rude Boy's Industrial Tattoos and Piercings* vorbei und sah kein einziges Mal das graue Auto von dem schmierigen Kerl. Allerdings wurde es langsam dunkel und alle Autos sahen irgendwie grau aus. Wenn er mich überhaupt suchte, was er wahrscheinlich nicht tat, würde er in Anacostia oder Southeast suchen und nicht in der Georgia Avenue, ausgerechnet bei dem Laden, den er vorgeschlagen hatte. Nein, ich hatte ihn auf eine falsche Fährte gelockt. Ich hatte ihm die Tour vermasselt.

Auf gar keinen Fall wäre ich in das Auto dieses schmierigen Kerls gestiegen. Ich war doch nicht verrückt! Ich würde nie in ein fremdes Auto einsteigen, besonders nicht in das von diesem Typen. Erstens war sein Körper irgendwie eklig. Sein Bauch war widerlich, diese spitze runde Kugel, die direkt auf mich zeigte, und der lange Hosenschlitz. Wahrscheinlich war er harmlos – man wurde nicht einfach an einem Sonntagnachmittag mitten in Georgetown entführt, das habe ich noch nie gehört. Aber trotzdem, irgendwas an diesem Typen machte mir Angst. Irgendwas an seinem Bauch.

Als ich das fünfte Mal an dem Laden vorbeifuhr, entdeckte ich zwei Häuser weiter vor einem verrammelten Perückenladen einen Parkplatz. Zu schade, dass ich nicht rückwärts einparken konnte. Ich hielt fast immer ungefähr zwei Meter von der Bordsteinkante entfernt und musste noch mal von vorn anfangen, was ich natürlich vermeiden wollte, vor allem, wenn sich hinter mir schon eine Schlange gebildet hatte und alle mich anstarrten. Besonders heute, wo ich doch möglichst wenig auffallen wollte.

Es war eine unheimliche Gegend. Am Anfang war die Georgia Avenue ganz okay, aber je weiter ich fuhr, desto rauer wurde sie und hier, um Rude Boy's herum, war der schlimmste Teil. In den Eingängen und an den Ecken hingen Typen rum, die wie Dealer aussahen, und ich entdeckte zwei Frauen, die Prostituierte sein konnten. Eine – eine Schwarze mit platinblonden Haaren trug durchsichtige Plastikstiefel mit hohen Absätzen, einen Leopardenrock und ein ärmelloses Hemd. Sie konnte aber auch Sängerin oder so was in einem der heruntergekommenen Clubs hier sein. Vielleicht sang sie Blues. Vielleicht fing sie gerade erst an, wie Diana Ross in diesem Film. Nein, eher nicht. Sie sah wirklich aus wie eine Prostituierte.

Hinter der Georgia Avenue lag eine holprige, stinkende Gasse mit Parkplätzen hinter den Geschäften. Auf verblassten Schildern, die aussahen, als hätte jemand darauf geschossen, stand: »Parkplatz nur für Kunden, Bingo's Armeebedarf«, und: »Reserviert für Ray's Spirituosen, unberechtigt parkende Fahrzeuge werden kostenpflichtig entfernt«. Alle Parkplätze hinter »Ray's Spirituosen« waren besetzt, obwohl Sonntag war. Der Rude-Boy's-Parkplatz war ebenfalls voll. Ich fand eine winzige Lücke neben der Mülltonne hinter Glorias Perückenladen, der offenbar nicht mehr existierte, wenn die verrammelten Fenster etwas zu bedeuten hatten, und es dauerte nur fünf Minuten, den Chevy da hineinzuzwängen. Ungefähr genauso lange dauerte es, bis der Motor endlich ausging, nachdem ich den Schlüssel abgezogen hatte. Echt peinlich. Es gibt nichts Schlimmeres als ein Auto mit chronischem Husten, wenn man nicht auffallen will.

Okay. Der Augenblick der Wahrheit war gekommen. Wenn ich mir ein Tattoo machen ließ, obwohl Mom dagegen war und es sozusagen verboten hatte, bis ich achtzehn war, dann war das hier eine Art Rache. Wenn man es so sah, wirkte es irgendwie unreif.

Na und? So hatte ich mich noch nie gefühlt. Es war ein kleiner Vorgeschmack auf das Erwachsensein. Bis jetzt konnte ich mich höchstens mit zwanzig oder fünfundzwanzig sehen, aber das war's dann auch. Alles, was danach kam, war verschwommen und uninteressant. Aber jetzt, wegen Mom und Jess, hatte sich das vorstellbare Alter auf dreißig erhöht. Das hier war eine richtige Erwachsenensache und mir war ganz schlecht davon, am liebsten hätte ich mich übergeben. Früher hatte alles eine Ordnung, aber jetzt war sie zerstört. Mein Leben hatte einen Riss. Das war der Erwachsenenteil dabei – ich hatte ein ganz starkes Gefühl, dass ich eine Grenze überschritten hatte und in eine neue Phase meines Lebens eingetreten war. Je älter man wurde, desto weniger Sinn hat manches, dachte ich. Und das war es, was wir alle so schnell erreichen wollten? Ich und Jamie und Caitlin und überhaupt alle in der Schule? Was für ein Mist! Es war wie in dem Film, wo der Typ aus der Sekte ein grauenhaftes Erlebnis hat und beinahe stirbt und zurückkommt und seinen Freunden in der Sekte erzählt: Tut es nicht, bringt euch nicht um, es gibt kein weißes Licht, alles Scheiße. Aber sie glauben ihm nicht und bringen sich alle um und am Ende gibt es ein widerliches, riesiges Blutbad.

Ich musste auf der Beifahrerseite aussteigen, weil die Fahrerseite zu dicht an die Mülltonne gequetscht war. Von irgendwoher kam Rap Musik, aus einem Auto offenbar, denn jetzt wurde sie leiser. In Clayborne hatte schon eine hohe Luftfeuchtigkeit geherrscht, aber hier war es unerträglich. Die Luft war richtig muffig und es roch nach Dreck, nach Abgasen und Müll und Schweiß und überhaupt nicht nach Bäumen. Wenigstens regnete es gerade nicht. Ich musste nur drei Blocks weit laufen, aber auf dem Weg sprachen mich zwei Jungs an.

»Hey, Baby, was hast du vor?«, fragte der eine und der andere machte Kussgeräusche. Ich versuchte, sie zu ignorieren, ohne gemein zu wirken. Es klappte, weil keiner von beiden mir folgte.

Im Rude-Boy's-Laden war es eiskalt. Ein super Gefühl, ich merkte, wie der Schweiß auf meiner Haut trocknete. Als ich reinging, bimmelte eine Glocke über der Tür, aber ich stand eine volle Minute mitten in dem hellen, leeren Verkaufsraum und keiner kam. Ich entdeckte keine »Ausweis erforderlich«-Schilder, nur eins, auf dem stand: »Keine Kreditkarten oder Schecks«, und eins mit »Trinkgeld erwünscht« drauf. Es roch nach Chemikalien und Alkohol und noch etwas anderem, so was wie Klebstoff. Das war vielleicht gut, wahrscheinlich bedeutete es, dass sie den Laden richtig sauber hielten. Doch ich hatte ein komisches Gefühl, so als sei ich beim Arzt. Auch wegen des Geräusches, das aus der offenen Tür im hinteren Teil des Ladens kam. Es klang wie der Bohrer beim Zahnarzt. Die Tattoomaschine.

Mein Magen revoltierte. Ich hätte wieder gehen können, noch hatte mich niemand gesehen.

Scheiß drauf. Ich trat an die Wand an der rechten Seite, die von oben bis unten mit Bildern von Tattoos bedeckt war. Die meisten schieden von vornherein aus: nackte Frauen, Skelette, Teufel, brennende Motorräder, grimmige Schnitter, Schlangen, Haie, Skorpione, Würmer, die Flagge der Konföderierten. Und das girlyhafte Zeug interessierte mich auch nicht, die Traumfänger und Schmetterlinge, die niedlichen Herzen und Rosenknospen. Es musste doch etwas geben, das mein Inneres widerspiegelte! Und das ich mir leisten konnte, natürlich – Rude Boy hatte netterweise die Preise neben die Bilder geschrieben. Marvin der Martialische kostete fünfundsiebzig Dollar und dauerte fünfzig Minuten. Der Totenschädel kostete doppelt so viel, aber man sah auch, warum: die ganzen Details in den unheimlichen, ausgehöhlten Augen und das böse Grinsen … Ich hatte noch ungefähr achtzig Dollar, weil ich die Parkgarage bezahlt und getankt hatte.

Ein Mann kam aus der hinteren Tür. Er blieb stehen und musterte mich, sagte aber nichts.

»Hallo«, sagte ich.

Er nickte. Ich vermutete zuerst, dass er schwarz war, wegen seiner Haare – dicke Dreadlocks, die unter einer riesigen Wollmütze verstaut waren –, aber er hatte sehr helle Haut und seine Augen waren silbrigblau, nicht braun. Er war ungefähr so groß wie ich, aber ganz schmal, mit einem langen, dünnen, geflochtenen Spitzbart, der unten mit Perlen zusammengehalten wurde.

Er sagte nichts, deshalb war ich mir nicht sicher, ob er hier arbeitete. »'ne Menge Tattoos«, sagte ich und zeigte auf die Wand.

Er sagte: »Ja«, ganz leise und mit einem schläfrigen Lächeln. Vielleicht war er high.

»Ich habe siebzig Dollar«, log ich. »Ich dachte an einen Flash.«

Er nickte.

»Das wären …«

Er hob den rechten Arm und machte eine langsame, verträumte Drehung und zeigte auf die Kunstwerke um uns herum.

»Oh. Egal, welches?«

»Hmm. Bist du achtzehn?«

»Oh, ja. Seit heute. Ich habe Geburtstag.« Hör auf zu plappern. »Ich dachte, ich schenke mir ein Tattoo.«

Er sagte nichts, aber er lächelte. Und ich wusste, ich hatte es geschafft.

Gut. Gut. Was sollte ich nehmen? Es war wirklich schwer, sich zu konzentrieren, so wie der Typ mich beobachtete. »Ich glaube, ich möchte etwas Einfaches. Und Billiges«, fügte ich lachend hinzu, doch er lachte nicht und machte auch keine Vorschläge oder zeigte mir die einfachen und billigen Tattoos. Er stand nur da und sah mich an. Seltsam. Es machte mich nervös.

Ich entdeckte ein paar schlichte, schwarze Muster, Kreuze, das Männlichkeitssymbol, ein Henkelkreuz. Ein Henkelkreuz? Raven trug eins um den Hals. Das Ankh war das ägyptische Symbol für Leben. Es war auf jeden Fall einfach und dies hier sollte nur fünfundfünfzig Dollar kosten. Leben – ich glaubte an das Leben. Ich war *für* das Leben, sehr sogar. Keine Frage, das drückte meinen vordringlichsten inneren Wunsch aus. Sicher, es war eine Art Grundglaube, nur wenig Menschen waren *gegen* das Leben. Ha, ha. Aber halt, was war mit all den Leuten, die sich Schädel oder Särge oder Leichen tätowieren ließen – sie waren gegen das Leben eingestellt oder taten zumindest so. Wenn man es so betrachtete, war das Ankh eine starke positive Aussage. Es würde mich von den morbiden Anti-Leben-Typen abgrenzen, den Angebern, die es für cool hielten, makaber, grässlich und negativ zu sein. Und das hier war erst mein erstes Tattoo, wahrscheinlich würde ich mir später noch mehr machen lassen, das Ankh war so etwas wie der Grundstein, auf dem alle weiteren aufbauten. Zuerst das Leben, dann … was auch immer.

»Das hier«, sagte ich und zeigte darauf.

Der Mann schlenderte näher. »Nein, *das?*« Er klang, als glaubte er mir nicht. Er hatte wunderschöne Augen, wenn er sie weit aufmachte. Er sah mich plötzlich mit einem neuen Interesse an, als hätte er angenommen, das wäre das Letzte, was ich mir aussuchen würde. Zweifel überkamen mich. Nicht das? War es uncool? »O-kay«, sagte er fröhlich. »Für siebzig Dollar kann ich es farbig machen.«

»Farbig?«

»Eine Farbe. Wenn du willst.« Er hatte einen Akzent, jetzt, wo er mehr als ein Wort sprach, hörte ich es. Seine Stimme war sehr melodisch.

»Äh … rot?«

Er zuckte mit den Schultern.

»Ich will, dass man es richtig gut sieht.«

»Wo willst du es haben?«, fragte er nach einer langen Pause.

Darüber hatte ich lange nachgedacht. Ich wollte, dass man es sah, ich wollte, dass es einem *ins Gesicht sprang*. Also nicht auf dem Knöchel, dem Busen oder dem Schulterblatt, all den Verlegenheitsstellen. Sogar auf meinem Arm wäre es meistens verdeckt. »Hier, ich will es genau hier.« Ich hob meine rechte Hand und fuhr mit dem Finger über das Gelenk. »Halb auf dem Handrücken und halb auf dem Handgelenk. Direkt neben dem Knochen. Und so groß, wie es geht.«

Er dachte für einen Augenblick darüber nach, ehe er bedächtig nickte. »Okay«, sagte er. »Dann mal los.«

Mein Magen machte wieder einen Sprung. Jetzt sollte es tatsächlich geschehen! Ich folgte dem Mann durch die Tür nach hinten, an kleinen Kabinen vorbei, die mit Duschvorhängen aus Plastik abgeschirmt waren, und die Stimmen und die Rap Musik und das Summen der Tattoomaschinen, die man im Laden kaum gehört hatte, klangen plötzlich laut und geschäftig und aufregend – hier ging's richtig ab! Hinter den Vorhängen befanden sich noch andere Menschen, die sich gerade tätowieren ließen, was irgendwie beruhigend war. Ich fühlte mich groß, wurde noch aufgeregter und hatte weniger Angst. Der Mann blieb an der letzten Tür auf der rechten Seite stehen, ganz hinten, vor dem Notausgang, trat beiseite und hielt den zerfetzten, blauen Plastikvorhang für mich auf, damit ich zuerst hineingehen konnte. »Danke«, sagte ich und trat ein.

Es war nur ein unscheinbarer Raum. Irgendwie war ich enttäuscht. »Setz dich«, sagte der Mann und ich setzte mich auf einen der beiden einfachen Holzstühle. Ich weiß nicht, was ich erwartet hatte – vielleicht einen Friseurstuhl, eine Zahnarztliege, etwas, das man flach stellen konnte. Ich sah mich um, aber es gab nicht viel zu sehen, ein paar Zeichnungen von ziemlich protzigen Tattoos, die an die Wand gepinnt waren, offensichtlich die Spezialität dieses Typs. Ach ja – sein Name war Julian. Das wusste ich, weil er ein paar der Tattoos signiert hatte.

Er stand mit dem Rücken zu mir und machte irgendwas an einem Tisch in der Ecke. Er trug Kordhosen im Baggy-Style und einen ausgeleierten Pullover mit einer undefinierbaren Farbe, durch den ich seine Schulterblätter und seine Hüften und den knochigen Ansatz seines Hinterns sehen konnte. Er schien sehr nett zu sein. Ich stellte mir vor, dass er mich einlud, mit zu ihm nach Hause zu gehen, wenn das Tattoo fertig war. Er würde gleich über dem Laden wohnen. Er würde etwas Würziges für mich zu essen kochen und es mir auf seinem durchgesessenen Sofa servieren. Dann würden wir ein Liebespaar werden und es wäre ganz natürlich und echt, weil er ein

Fremder und älter war. Ich würde eine Menge von ihm lernen. Wir würden über dem Laden leben und für einander sorgen, bis es Zeit für mich war weiterzuziehen, was sehr traurig und bittersüß, aber unvermeidlich wäre.

Er drehte sich um, eine Flasche mit Alkohol und ein paar Tupfer in der Hand. Ganz plötzlich fror ich. Kein Wunder, dass er einen Pullover trug, hier drin waren es wohl höchstens zehn Grad. Er zog sich den anderen Stuhl heran und nahm meine Hand von meinem Schoß. Er begann, sie mit dem Alkohol und den Tupfern zu reinigen, und ich starrte auf seinen Kopf, auf die Haare, die in ordentlichen Reihen wuchsen, dick und wollig aus seinem Schädel sprossen. Wenn wir zusammen lebten, würde ich sie für ihn flechten. Ich würde hinter ihm stehen, während er mit einer Katze auf dem Schoß auf einem Küchenstuhl saß und den Kräutertee trank, den ich für ihn gekocht hatte.

Nachdem er meine Hand zum ersten Mal gereinigt hatte, begann er wieder von vorn, schrubbte sie richtig, und dann sprühte er sie mit irgendetwas ein, vermutlich mit einem Antiseptikum. Das war gut, dann war das hier ein sauberer Laden. Ich dachte daran, was der Mann vom Karma Chamäleon über die Nadeln gesagt hatte, aber ich wusste nicht, wie ich Julian danach fragen sollte. Ach, übrigens, sind eure Nadeln sauber? Wie unhöflich. Egal, ich hatte bereits beschlossen, dass ich ihm vertraute.

Er ging wieder zu dem Tisch. Ich wünschte, er würde mit mir reden, würde versuchen, es mir leicht zu machen, wie Dr. Lane, unser Zahnarzt, ehe er bohrte. Da war die Tattoomaschine, ich konnte sie sehen, silbern glänzend und kleiner, als ich gedacht hatte. Julian machte irgendwas mit kleinen Fässern, füllte rote und schwarze Tinte hinein. Ich wandte mich ab, ich konnte nicht hinsehen.

Oh, *Gott*. Ich konnte nicht mal eine Spritze aushalten und das hier war wie eine Million Spritzen! Wenn ich nun ohnmächtig wurde? Ich war nicht besonders tapfer. Reiß dich zusammen, befahl ich mir, das ertragen dauernd irgendwelche Leute. Es ist wie Sex. Man glaubt einfach nicht, dass so viele Menschen Sex haben, aber schau es dir doch an: auf der Erde leben sechs Milliarden Menschen oder so, also muss es ja irgendjemand tun. Genauso ist es mit Tattoos. Schau dir doch die Basketballspieler an oder Dennis Rodman oder Madonna. Die *Red Hot Chilly Peppers*. Sie waren keine Kleinkinder mehr und ich auch nicht. Wenn sie es konnten, konnte ich es auch und Raven hat gesagt, es sei mehr eine Art Vibrieren als ein Schmerz. Er hat gesagt, es sei überhaupt nichts, man gewöhne sich daran und dann fände man es beinahe angenehm, als wäre man high oder so –

»Ich fange jetzt an.« Julian rollte eine kleine Ablage heran und legte meinen Unterarm darauf. Als er sah, dass meine Hand zitterte, blickte er auf. »Hast du Angst?«

Ich versuchte zu lächeln, aber meine Lippen waren total verkrampft. »Nein. Eigentlich nicht. Tut es weh?« Ich lachte hoch und kindisch und wurde rot. Da hätte ich noch abhauen können, hätte aufspringen, meinen Geldbeutel schnappen und wegrennen können. Mir war speiübel. Ich hatte solche Angst, dass mein ganzer Körper bei jedem Herzschlag erzitterte.

»Es ist nicht so schlimm«, sagte Julian sanft und ich versuchte, ihm zu glauben. »Ich arbeite hier, nicht auf dem Knochen.« Er zeigte auf eine Stelle an meinem Handgelenk, aber er berührte sie nicht. »Auf dem Knochen ist es schlimmer. Aber da werde ich nicht arbeiten.«

»Gut.« Ich atmete ein und befeuchtete meine Lippen. »Also gut. Fangen wir an. Schlag zu.«

Er machte die Maschine an. Das Heulen ging mir durch und durch, mein Mund wurde trocken und ich biss die Zähne zusammen. Aus dem Augenwinkel sah ich, wie er Nadeln in die Tinte tauchte. »Ich fange mit einer Linie an«, erklärte er mit seiner melodischen Stimme. Ich machte die Augen ganz fest zu.

Aaaaahhhh. Es tat wirklich richtig *weh*. Es tat richtig weh! *Auuuuu!* Das würde ich nicht aushalten. »Vergiss nicht zu atmen«, sagte Julian, aber er hörte nicht auf zu bohren. Ich bleckte die Zähne und wandte das Gesicht ab. Atmen. La la la la, sang ich innerlich. Okay, so schlimm war es nicht. Doch, es war schlimm. Aber ich konnte es aushalten. Kaum hatte ich erkannt, dass ich es schaffen würde, tat es nicht mehr so weh. Nicht mehr ganz so weh. La la la la la.

Ich wünschte, Julian würde reden. Ich hätte ja ein Gespräch anfangen können, aber ich wollte ihn nicht ablenken, wollte nicht, dass er abrutschte oder so. Ich warf einen Blick auf meinen Arm. Wahnsinn, er hatte den Kreis auf meine Hand gemacht, es blutete ein wenig, aber nicht sehr doll. Mir wurde ein bisschen mulmig und ich musste wegschauen.

»Das war leicht«, sagte er, »aber hier ist es nicht so einfach«, und ich spürte, wie er dem Knöchel näher kam, um das Kreuz zu machen. Auf diesen tiefen, beißenden Schmerz war ich nicht vorbereitet. Tränen stachen in meinen Augen. Ich blinzelte heftig, um sie loszuwerden, und ballte immer wieder meine linke Hand zur Faust, um mich abzulenken. Ich dachte an alle Filme, in denen der Held angeschossen wird, und jemand muss die Kugel rausholen, während der Getroffene auf ein Stück Holz beißt, das immer zerbricht, *krach*, kurz bevor er das Bewusstsein verliert. Wenn ich ein Stück Holz im Mund hätte, würde es genau ... jetzt ... zerbrechen.

»Jetzt wird's besser«, sagte Julian und fing an, meinen Arm zu bearbeiten.

Es war besser, es war sogar erträglich. Ich beschloss zu reden. »Sind Sie der Rude Boy?« Nein, ich hielt lieber den Mund, sonst redete ich nur Mist. Julian schüttelte den Kopf, ohne aufzusehen.

Ich schlug die Beine übereinander. Jetzt fror ich nicht mehr. Da, wo er arbeitete, fühlte es sich warm an und die Wärme strömte durch meinen ganzen Körper. »Machen Sie schon lange Tätowierungen?« Schon gut, das reicht. Er schüttelte wieder den Kopf, genau wie vorher, und ich hielt die Klappe. Draußen, im Flur, begannen zwei Leute zu sprechen, ein Mann und eine Frau. Ihre Stimmen wurden schnell leiser, sie mussten nach vorn in den Laden gegangen sein. Wenn ich sie doch nur sehen könnte! Der Rap, den man von irgendwoher gehört hatte, war in ein Trommeln übergegangen, eine Art Dritte-Welt-Musik. Julian hatte nicht mal ein Radio in seinem Raum. Er arbeitete gern in Ruhe.

Als er den zweiten Teil des Kreuzes machte, wurde es wieder schlimm, weil es so nahe an dem anderen Knöchel war.

Doch diesmal war ich darauf vorbereitet, deshalb war es kein allzu großer Schock.

»Okay. Nur noch die Farbe. Das Schlimmste ist vorbei.«

Ja. Das war sicher genau das, was Raven gemeint hatte, kein Schmerz mehr, eher eine Art elektrische Hitze, ein Summen. Und Julian nahm wirklich ein hübsches Rot mit einem Rosastich, eine klare Farbe, aber auch weich. Stark, aber feminin. Ich fand sie toll.

Als er fertig war, fand ich ihn auch toll. Ich stellte mir vor, dass ich nackt sei. Seine Hände waren sauber und schlank. Ich wollte seinen geflochtenen Bart berühren, daran ziehen. Seinen Mund zu mir heranziehen und ihn küssen. Ich fühlte mich ein bisschen wie betrunken.

»Fertig.« Er schaltete die Maschine ab, stand auf und ging zu seinem Tisch. »Gefällt es dir?«

Mein Arm hob sich vom Tisch. Schwerelos. »Es ist wunderschön. Danke, vielen Dank.« Kleine Blutstropfen sickerten aus den oberflächlichen Blutgefäßen auf meiner Hand. Nichts tat weh. Es war ein wunderschönes Tattoo. »Sie sind ein echter Künstler.«

Er lächelte, nicht aus Bescheidenheit oder Dankbarkeit, eher als würden ihn meine Worte amüsieren.

»Wieviel bin ich schuldig?« Ich beugte mich vor, um meinen Geldbeutel zu holen.

»Siebzig.«

Ich nahm drei Zwanziger, einen Zehner und fünf Ein-Dollar-Scheine heraus. Trinkgeld war erwünscht. Jetzt hatte ich noch einen Fünf-Dollar-Schein und ein bisschen Kleingeld, um nach Hause zu kommen, aber das müsste reichen. Der Benzintank war voll.

Bevor ich ihm das Geld geben konnte, legte er meinen Arm noch einmal auf die kleine Ablage und begann, einen Verband um das Tattoo zu wickeln. »Den musst du ungefähr zwei Stunden lang tragen«, wies er mich an. »Dann wäscht du es mit kaltem Wasser und Seife. Lange spülen und gut abtrocknen. Drei Tage lang sprühst du es alle fünf Stunden mit Neosporin ein.«

»Gut.«

»Zwei Wochen lang keine direkte Sonne.«

»Wirklich? Wieso?«

»Weil es sonst verblasst. Schon nach fünf Minuten Sonne fängt es an zu verblassen.«

»Im Ernst?«

»Vielleicht juckt es. Nicht kratzen, lieber schlagen.«

»Schlagen?«

»Wenn es sich infiziert, tu Mundwasser drauf.«

»Mundwasser?«

»Dreimal täglich.«

»Okay.«

»Das war's.«

Ich stand auf. Mir war nicht schwindelig oder so was, ich fühlte mich phantastisch. »Vielen Dank. Es gefällt mir wirklich gut.«

»Schön.« Er hielt mir den Duschvorhang auf, und nachdem ich hinausgegangen war, folgte er mir. Ich war überrascht, dass er mich noch in den hellen Ladenraum begleitete. An der Tür sah er auf seine schmutzigen Turnschuhe mit den offenen Schnürsenkeln und sagte leise: »Ich hätte nie gedacht, dass du lesbisch bist.«

Ich lachte.

Er sah lächelnd auf. »Normalerweise weiß ich es. Aber bei dir ...« Er lächelte und zuckte die Achseln. »Hätte ich nie gedacht. Egal, macht nichts. Pass auf dich auf.«

Er wartete darauf, dass ich ging. Ich stand wie angewurzelt da und starrte ihn mit offenem Mund an. Als ich mich nicht rührte, trat er einen Schritt nach hinten. »Okay«, sagte er und ging zurück in den Flur. Er schlüpfte in eine der anderen Kabinen. Ich hörte leise Männerstimmen. Ein Lachen.

Wenn ich doch sterben könnte. Auf der Stelle. Gott. O Gott, ich wollte wirklich sterben.

Niemand belästigte mich auf dem Weg zum Wagen. Der letzte Ort, wo ich jetzt hin wollte, war nach Hause. Aber vielleicht hatte ich ja Glück und kam auf dem Weg bei einem Unfall ums Leben. Ich könnte von einer Brücke oder einem Felsen ins Wasser stürzen, gegen eine Mauer fahren. Das Auto würde in Flammen aufgehen, ich würde verbrennen und niemand außer Julian würde je von meinem Tattoo wissen.

Das Auto sprang nicht an.

Jetzt war alles perfekt. Ein gelungener Tag von Anfang bis Ende. Wie sollte ich in Washington Selbstmord begehen? Ich konnte auf die Georgia Avenue rennen und mich von einem Auto überfahren lassen. Aber bei meinem Glück würde ich nur zum Krüppel werden. Ich konnte an einer Ecke warten, bis ich überfallen wurde, und hoffen, dass ich dabei umkam. Allerdings wollte ich nicht vergewaltigt werden. Ich hatte immer gehofft, keine Jungfrau mehr zu sein, wenn ich je vergewaltigt werden sollte.

Mir fiel ein, dass ich zwei Blocks weiter einen Schnellimbiss gesehen hatte. Unglaublich, aber ich hatte Hunger. Ich ging hinein und setzte mich an den Tresen, auf den einzigen Platz, der noch frei war, zwischen zwei Schwarze, einen dicken und einen dünnen. Hier drin war praktisch jeder schwarz. Ich bestellte ein getoastetes Käsesandwich und eine kleine Sprite und dachte darüber nach, dass ich in Clayborne nie die einzige Weiße war. Sie mussten doch Angst vor uns haben, weil sie immer in der Minderheit waren. Ich hatte Angst, aber ich zeigte es nicht, denn das wäre auf jeden Fall unhöflich gewesen.

Ich entdeckte mich in dem blinden Spiegel hinter dem Tresen. Mein Haut war grau, meine Haare schmierig, ich sah schrecklich aus. Wie ein Waschbär mit den dunklen Ringen unter den Augen. Mein Hand tat weh – gut, vielleicht entzündete sie sich. Ich sah nicht aus wie achtzehn. Auf keinen Fall, eher wie vierzehn. Ich hoffte, dass Rude Boy's geschlossen wurde und Julian ins Gefängnis kam.

Ich war so blöd! Eine echte Vollidiotin. *Jeder Idiot* kannte den Unterschied zwischen einem Henkelkreuz und dem Weiblichkeitssymbol. Aber – Julian hatte mich unter Druck gesetzt, weil er mich so angestarrt und nichts gesagt hatte. Er hatte mich nervös gemacht. »Das da«, hatte ich gesagt und er hatte vor Überraschung seine wunderschönen Augen aufgerissen. Am liebsten wäre ich gestorben.

Von dem Sandwich bekam ich nur noch mehr Hunger. Ich bezahlte, ehe ich zusehen musste, wie der dicke Schwarze seinen Nachtisch aß, ein Stück Kirschkuchen mit Vanilleeis. Wenn ich fünfzehn Cent Trinkgeld gab, hatte ich noch genau zwei Dollar und neunzig Cent übrig. Das müsste reichen. Ich legte einen Vierteldollar und fünf Cent neben meinen Teller, bedankte mich bei der Kellnerin und ging.

Als ich an der ramponierten Telefonzelle auf der Straße vorbeikam, legte ein Mädchen gerade den Hörer auf. Es war wie ein Zeichen.

Ich musste mir den Finger ins Ohr stecken, um die Vermittlung hören zu können, bei all dem Verkehrslärm und dem Krach, den die Kinder in der Seitenstraße machten, die Seilchen sprangen, obwohl sie eigentlich um die Zeit längst im Bett sein sollten. »Ich möchte ein R-Gespräch«, sagte ich und gab ihr die Nummer. »Von Ruth. Egal, wer drangeht.

Mom hob ab.

»Hallo?«

»Hi.«

»Ru-uth?« Ihre Stimme brach mitten drin ab. Auch mein Mund war plötzlich ganz trocken und ich konnte einen Augenblick lang nicht reden. Dann sagte Mom: »Wo, zum Teufel, bist du?«

»Sag ich nicht. Ist doch egal, was kümmert's dich?«

»Jess sucht dich, Jess und Grampa, sie sind zusammen nach –«

»Jess und *Grampa?*« Unglaublich.

»Sag mir, wo du bist!«

»Na gut, ich bin in Washington.«

»Das weiß ich.«

»Woher weißt du das?«

»Deine Freundin hat es uns am Ende doch gesagt.«

»Wer? Krystal?«

»Bist du in der Nähe einer Polizeistation? Ich will, dass du –«

»Nein, ich bin nicht in der Nähe einer Polizeistation. Das Auto ist kaputt, deshalb schlafe ich heute Nacht auf der Straße. Ich bin in einer richtig runtergekommenen Gegend, Mom. Hörst du's? Es hat allerdings wieder angefangen zu regnen – vielleicht gehe ich auch mit jemandem mit, statt auf dem Bürgersteig zu schlafen.«

»Ruth –«

»Ich könnte mit einem Obdachlosen gehen, die hängen hier überall rum. Ein Pädophiler hat schon versucht, mich abzuschleppen. Er wollte, dass ich in sein Auto steige, und fast hätte ich es getan. Er wollte für mich sorgen.«

»Hör zu, hör mir zu!«

»Danach hab ich gedacht, ich wär besser mit ihm mitgegangen. Ich hätte sein kleines Mädchen sein können.« Mom machte ein Geräusch, ein hohes Heulen. »Vielleicht setze ich mir mit einem von den Typen von der Straße einen Schuss. Vielleicht schlafe ich mit einem, kriege AIDS und sterbe.« Ich redete immer weiter, obwohl ich heulte. »Warum nicht? Ich meine, so wie's aussieht, bin ich lesbisch.«

»Ruth, bitte, oh, Süße, um Gottes willen –«

»Was macht es dir schon aus? Wenn ich tot bin, hättest du deinen Liebhaber endlich für dich allein, du und Jess, und sie lebten glücklich bis an ihr Ende.«

»Ruth –«

Ich legte auf, ich zitterte und fühlte mich innerlich wie ausgehöhlt, wie ein Strohhalm, es war nichts in mir außer Luft. Ich wusste nicht mal, warum ich so wütend war. Ich fürchtete mich vor mir selbst.

Mit steifen Beinen lief ich zum Auto. Beinahe wäre es angesprungen, aber dann gab ich zu viel Gas und würgte es ab.

Ich krabbelte über die Lehne und rollte mich auf dem Rücksitz zusammen. Ich legte den heilen Arm übers Gesicht, damit mich die Straßenlaterne nicht blendete. Der Geruch aus der Mülltonne war im Dunkeln viel stärker. Ich bekam kaum Luft und schwitzte, aber ich hatte Angst, das Fenster runterzukurbeln. Meine Hand tat weh. Es war Zeit, den Verband abzumachen, aber ich wollte mein Tattoo nicht sehen. Ich wollte, dass mein Arm über Nacht abstarb und abfiel.

Ich lauschte der Musik und den zischenden Reifen, den schreienden Kindern und den gefährlichen und interessanten Geräuschen von lachenden Männern und Frauen. Ich dachte darüber nach, wie viele Minuten unser Telefongespräch Mom am Ende ihres Lebens kosten würde und ob es wohl so viele waren, wie ich ihr mit meinen guten Taten gespart hatte, als ich klein war. Ich erwog, sie noch mal anzurufen und ihr zu sagen, dass es mir gut ging. Kurz nach Mitternacht schlief ich ein.

26

Die Polizei verließ das Haus um kurz nach zehn am nächsten Morgen. Langsam wirken sie verlegen, dachte ich, während ich Wasser in ihre halb geleerten Kaffeetassen laufen ließ, aber besorgt schienen sie immer noch nicht. Was musste geschehen, damit sie sich Sorgen machten? Mussten erst Leichenteile gefunden werden? Auf die Ellbogen gestützt hing ich über der Spüle und mein Blick wurde ziellos. Mein Gehirn fühlte sich an wie das Wasser, das über dem Abfluss kreiste, ziellos, nur von der Physik getrieben. Man konnte unmöglich mit den schlimmsten Ängsten, die man sich je ausgemalt hat, denen, die man verdrängt hatte, seit dem Tag, an dem das Kind geboren wurde – man konnte unmöglich Stunde um Stunde damit leben und klar im Kopf bleiben. Ich spürte, wie meine Gedanken verschwommen, nicht vor Müdigkeit, sondern um mich zu schützen.

Was hatte ich gerade gemacht? Oh. So etwas passierte mir in letzter Zeit häufiger, ich konnte mich nicht mehr daran erinnern, was ich gerade gesagt oder gedacht hatte, warum ich in einem bestimmten Zimmer war, worum es bei einem Gespräch unter vier Augen ging. Bis auf eine Stunde heute früh hatte ich zwei Tage lang nicht geschlafen. Wie viele Stunden waren das? Ich versuchte, sie zu zählen, kam aber immer wieder durcheinander. Wozu sollte es auch gut sein?

Meine Mutter tauchte hinter mir auf – ich schreckte hoch, als sie ihre Hände auf meine Schultern legte. »Steinhart«, sagte sie und grub ihre Daumen hinein – ihre Vorstellung von Massage. »Hör zu, heute geschieht etwas. Entweder kommt sie heute allein nach Hause oder sie finden sie. So wird es sein, ich bin mir ganz sicher.«

Ich nickte, das war leichter, als zu sprechen. Aus irgendeinem Grund begann ich, abgesehen von allem anderen, auch meine Stimme zu verlieren.

»Und es geht ihr gut. Das ganze Geschwätz – das war nur dummes, freches Gerede, sie hat letzte Nacht bestimmt *nicht* auf der Straße geschlafen. Sie wollte sich nur an dir rächen.«

Mein Hals schmerzte, sonst hätte ich gesagt: »Du hast es nicht gehört, den Lärm im Hintergrund, sie war auf der Straße.« Albtraumgeräusche, sie hatten mich die ganze Nacht in einen Zustand der Bedrohung versetzt. *Mein Baby ist in der Hölle und ich kann es nicht finden.*

»Es geht ihr gut, Carrie. Komm schon, du darfst dich nicht so gehen lassen.«

»Es ist alles in Ordnung.«

»Tss. Lass mich das machen.«

»Ich bin fertig. Ist Jess noch da?« Er und Pop saßen seit einer Stunde nebeneinander auf dem Sofa im Wintergarten, unterhielten sich leise und teilten sich die Zeitung. Ich wusste, dass er noch da war – ich wollte nur, dass Mama mit mir über ihn sprach.

»Ja.« Abrupt hörte die Massage auf. »Ich hab ihm gesagt, dass er gehen soll, aber er wollte nicht.«

Ich drehte mich ungläubig um. »Du hast ihm gesagt, er soll gehen?« Gestern Abend hatte sie sich anständig benommen und heute Morgen war sie fast nett zu ihm gewesen. Hatte ihm Kaffee gebracht, ihn Jess genannt, ihm eine höfliche, beinahe scharfsinnige Frage über die Einstellung des Stadtrats zur Frage der Erhöhung der Schulsteuer gestellt – ich dachte, sie gibt sich wirklich Mühe.

»Zum Stapellauf. Ich habe ihm gesagt, er soll zuschauen, wie die Arche ins Wasser gelassen wird.«

»Oh.«

»Aber er will nicht.«

»Nein.«

»Er will lieber hierbleiben.« Sie schnaubte, ob zustimmend oder missbilligend, konnte ich nicht sagen. »Es ist eine Schande, dass ihr es beide verpasst habt. Nach all der Arbeit, die ihr da reingesteckt habt.«

Ein verblüffendes Eingeständnis. Hatte ich richtig gehört? »Sie wird noch eine Weile da sein«, sagte ich. Das war ein wunder Punkt für Mama. Die Stadt hatte Eldon erlaubt, die Arche bis zum sechsundzwanzigsten Juni auf dem Fluss zu lassen – vierzig Tage und vierzig Nächte.

»Sie wird eine Weile da sein«, stimmte sie mir düster zu. »Trotzdem. Ich weiß, dass du dabei sein wolltest, wenn sie die

Tiere an Bord bringen. Tut mir Leid, aber deine Tochter hat eine Menge auf dem Gewissen.«

»Ich will nur noch, dass sie nach Hause kommt. Inzwischen ist es mir egal, was sie getan hat.«

»Ich weiß.« Sie legte den Arm um mich. »Du hast mir nie solche Sorgen gemacht. Und es ist mir nie in den Sinn gekommen, mich dafür zu bedanken.«

Ich wollte nicht schon wieder weinen. »Gern geschehen«, sagte ich und versuchte zu lachen. »Es ist nie zu spät, die Lorbeeren dafür einzuheimsen, dass man ein gutes Kind war.«

»Leg es nicht drauf an«, sagte sie und umarmte mich.

Das Telefon klingelte. Sie ging aus dem Weg – sie hatte tatsächlich gelernt, mich rangehen zu lassen.

»Hallo, Carrie?«

»Ja? Bist du das – Landy?«

»Ja, ich rufe vom Steg aus an. Langsam löst sich die Versammlung hier auf.«

»Oh – wie geht es dir? Ist alles gut gegangen? Jess ist hier – es tut mir Leid, dass wir nicht kommen konnten. Ich weiß nicht, ob du das mit Ruth gehört hast, aber –«

»Ja, hab ich, Jess hat es mir gestern Abend erzählt. Ist sie immer noch nicht wieder da?«

»Nein.«

»Das habe ich mir schon gedacht. Ich wollte nicht umsonst anrufen, aber dann dachte ich, wenn du wüsstest, dass sie wieder zurück ist, wärt ihr bestimmt hier. Es ist übrigens alles gut gegangen. Daddy konnte nach dem Stapellauf nicht mehr lange bleiben, aber er war richtig zufrieden mit allem.«

»Das ist gut. Aber was hast du da über Ruth gesagt –«

»Na ja, ich hab sie vorhin gesehen, als wir die mittelgroßen Tiere an Bord brachten.«

»Was? Was hast du gesagt?«

»Ich konnte nicht weg und dann habe ich sie aus den Augen verloren – es waren so viele Menschen, sogar das Fernsehen war da, wir waren richtig zufrieden –«

»Ruth war *dort?* Landy, bist du sicher?«

»Sie war es ganz bestimmt. Es hat geregnet und sie hatte keinen Regenschirm, sie sah ziemlich –«

»Ist sie immer noch da?«

»Das kann ich nicht genau sagen. Ich habe sie seitdem nicht mehr gesehen und das war vielleicht vor einer Stunde, aber sie könnte noch da sein. Ich wünschte, ich hätte zu ihr gehen können und mit ihr reden, aber ich wusste nicht, ob sie schon zu Hause war und du Bescheid weißt. Tut mir Leid, wenn ich es vermasselt habe –«

»Hast du nicht. Danke – ich komme sofort.«

»Ruth ist dort?« Mama folgte mir aus der Küche durch das Wohnzimmer in den Wintergarten, während ich die ganze Zeit rief: »Sie ist wieder da! Wir haben sie gefunden!« Die Männer sprangen auf. »Sie ist unten im Point Park, jedenfalls war sie da, Landy hat sie gerade gesehen.«

Jess schüttelte voller Erstaunen den Kopf.

»Wer ist Landy?«, fragte Pop strahlend und tätschelte Mamas Schulter.

»Landy Pletcher, Eldons Sohn«, sagte Jess. »Was macht sie da?«

»Ich habe keine Ahnung. Pop, kann ich dein Auto haben? Er hat gesagt, der Stapellauf sei gelungen«, sagte ich zu Jess, »sogar das Fernsehen war da.«

Mein Vater kramte die Schlüssel aus der Hosentasche und warf sie mir zu. »Soll ich mitkommen?«

»Ich komme auch mit«, sagte Mama und sah sich suchend nach ihrer Handtasche um.

»Nein, Mama, nein. Pop – danke. Ich fahre allein.«

Im Flur schnappte ich mir von der Garderobe meinen Regenschirm. Ich war schon halb draußen, da fiel mir etwas ein. »Ach – Jess, kannst du meine Eltern nach Hause bringen?« Sie waren mir alle in den Flur gefolgt.

»Ist mir ein Vergnügen«, sagte er. Wir wechselten einen Blick. Ich wusste, dass wir beide dasselbe vergnügliche Bild vor Augen hatten: Mama, die zwischen Jess und Pop im Pickup durchgeschüttelt wurde.

Der Leap River war ein prachtvoller Fluss, der in Culpeper seinen Ursprung hatte und nach Süden durch das Greene County floß. Am Point und von dort aus ein paar Meilen in östlicher

Richtung an der Leap-River-Farm vorbei, an Jess' Farm, war er am tiefsten. Danach verwandelte er sich wieder in ein Flüsschen und sickerte schließlich in den Rapidan. Der Point Park, Claybornes Erholungsgebiet, begann bei der Brücke und zog sich über eine halbe Meile am Fluss entlang. Es gab Radwege, Picknickplätze, einen Spielplatz – der bald mit Eldon Pletchers Geld neu ausgestattet werden würde –, hübsche Ausblicke, einen Joggingpfad, einen Musikpavillon, Spielfelder. Das Herzstück waren zwei breite, nebeneinander gelegene Fischerstege, die aus Flusssteinen gebaut waren und sich halb bis zum anderen Ufer erstreckten. Jess, Landy und die Archisten hatten die Arche zwischen den beiden Stegen konstruiert, die etwas weniger als zehn Meter auseinander lagen – eine perfekte Entfernung für eine sechs Meter breite Arche. Auf einer Werft hätten sie sie nicht besser zur Schau stellen können.

Vom Parkplatz aus konnte ich sie nicht genau erkennen, sie war zu weit entfernt, zu viele Bäume waren im Weg. Aber das, was ich sah, ließ mich nervös auflachen: eine *Arche*, die auf dem braunen Fluss hüpfte. Sie hatten sie in einem hellen Anthrazitgrau gestrichen, das verwittertem Holz ähneln sollte, und die Türen und Bullaugen und die Reling waren in fröhlichem Weiß und Schwarz gehalten. Es war eine hübsche Arche, sehr beeindruckend, man wäre nie darauf gekommen, dass sie innen hohl war, einfach eine schwimmende Bühne. Was mich endgültig zum Lachen brachte, war der Blick auf meine wunderbare männliche Giraffe, die mit hoch gerecktem Kopf ganz oben auf dem dritten Deck stand. Sie sah so verwegen und gleichzeitig dumm aus – und im Vorbeifahren sah ich die andere Seite, die Kameradin, die schüchtern dreinblickte und ihre langen Wimpern aus schwarzen Pfeifenreinigern niederschlug. Ja, es war gelungen. Gepriesen sei der Herr, es war wirklich gelungen. Es hätte ein solches Desaster werden können!

Der Himmel klarte langsam auf, aber von den Bäumen, die den gepflasterten Weg zwischen den vielen Parkplätzen überschatteten, fielen immer noch schwere Tropfen. Ich schaltete den Scheibenwischer ein und kauerte über dem Lenkrad, das Gesicht dicht an der beschlagenen Scheibe. Autos und Menschen blockierten immer noch den Weg. Wenn sich das Spektakel bereits vor einer Stunde aufzulösen begonnen hatte, wie Landy gesagt hatte, musste es eine riesige Menschenmenge gewesen sein. Lufballonverkäufer packten zusammen, Imbissbuden wurden abgebaut. Ich fuhr an einem weißen Lieferwagen mit einer Satellitenschüssel auf dem Dach vorbei – das Fernsehen? Ich verlangsamte die Geschwindigkeit, um eine Mutter mit ihrem kleinen Jungen vorbeizulassen. Auf dem T-Shirt des Jungen stand in roten Buchstaben: ICH HABE DIE ARCHE NOAH GESEHEN und darunter das Datum von heute. Welches unternehmerische Genie hatte sich das ausgedacht? Bestimmt nicht die Archisten, da war ich mir sicher. Gott sei Dank war Mama nicht hier.

Am Ende des Weges wendete ich, ohne den Chevrolet entdeckt zu haben. War Ruth vielleicht schon nach Hause gefahren? Doch dann wären wir uns begegnet – ich hatte sorgfältig aufgepasst. Vielleicht war sie auf der anderen Seite des Flusses.

Langsam lenkte ich den Wagen aus dem Park, über die Brücke und bog in den Kiesweg oberhalb des Uferweges ein. Noch mehr Menschen, noch mehr Autos.

Da, ich sah ihn. Nein – der Wagen hatte eine Riesenbeule in der Stoßstange. Ich hielt neben dem Chevy, wobei ich dem Auto hinter mir den Weg versperrte, und kurbelte die beschlagene Scheibe herunter. Ha! Da, unter dem Rückspiegel, klebte Stephens abgelaufene Parkerlaubnis. Ruth war nirgends zu sehen.

Ein verfallener geteerter Weg führte steil den Hügel hinauf zur Ridge Road, wo sich ein weiterer, kleinerer Parkplatz befand. Jess und ich hatten vor einer Ewigkeit immer hier geparkt. Ich entdeckte einen Parkplatz für den Honda in der Nähe des Aussichtspunktes. Als ich ausstieg, ging gerade wieder ein Schauer nieder. Ich öffnete den Regenschirm und lief die rutschige Straße zum Fluss hinunter. Auf den Weg achtend, sah ich Ruth erst, als wir beinahe zusammenstießen.

»Oh«, sagte sie unwillkürlich. Ihr überraschtes Gesicht verschloss sich und wurde zu Stein. Mein Impuls, sie in den Arm zu nehmen, verschwand beinahe genauso schnell – doch das

Dunkle, die tief sitzende Bedrohung in meinem Innern, löste sich endlich. War einfach weg.

Sie sah aus, als wäre sie halb ertrunken. »Alles in Ordnung?« Sie nickte beiläufig. »Na komm«, sagte ich und drehte mich um. Ich versuchte, den Schirm mit ihr zu teilen, aber sie schlich betont langsam neben mir im strömenden Regen den Berg hinauf. *Dann ertrink doch*, dachte ich. Ich musste mir große Mühe geben, damit meine Erleichterung nicht in Wut umschlug. Nie hatte ich stärker das Bedürfnis verspürt, meiner Tochter in ihr beleidigtes Gesicht zu schlagen. Aber das Bedürfnis, sie anzufassen, festzuhalten und nie wieder loszulassen, war mindestens genauso stark.

In Pops Wagen fand ich im Handschuhfach ein sauberes Taschentuch. »Hier, trockne dir die Haare ab. Oder wenigstens das Gesicht.« Sie drehte sich gehorsam um, aber jede Bewegung, jede Linie ihres Körpers war ein Ausdruck purer Verdrießlichkeit. Einen Augenblick lang war ich wie betrunken davon, die alte, vertraute höhnische Verachtung, die Intimität, das Liebenswerte erfüllte mich, süß wie Honig, salzig wie Tränen. *Wir müssen da durch und es wird schrecklich sein, aber, oh, ich liebe dich, ich liebe dich.*

Der Regen ließ wieder nach, nur noch Tropfen liefen die Windschutzscheibe hinunter. Durch den Dunst und die Bäume wirkte das Wenige, das man vom Fluss von hier aus sehen konnte, wie ein schlammiger, sich bewegender Schleier. »Ist dir kalt?«

Sie schüttelte den Kopf und starrte stur geradeaus. Sie sah erschöpft aus, mit roten Augen und ganz zerzaust, das zerknitterte, nasse Hemd klebte an ihren kindlichen Brüsten. Sie schaute mich nicht an. Aber ich konnte nicht aufhören, sie anzusehen.

»Warum bist du hierher gefahren? Warum bist du nicht nach Hause gekommen?«

»Ich bin vorbeigefahren, hab die Unmengen Autos gesehen. Und die Polizei.«

Sie musste auch Jess' Pick-up gesehen haben. »Alles in Ordnung?«, fragte ich wieder.

Sie hob eine Schulter und starrte aus dem Fenster.

»Hast du dich tätowieren lassen?«

Ihre Nasenflügel bebten. »Ich muss dir gar nichts erzählen.«

Trotz allem war ich auf diese Feindseligkeit nicht vorbereitet. Sie beugte sich vor und wischte die beschlagene Scheibe auf ihrer Seite ab, dann schaltete sie den Scheibenwischer ein und gleich wieder aus. Die Nachricht lautete: Alles da draußen ist interessanter als das hier drinnen.

»Es tut mir Leid, was passiert ist«, sagte ich. »*Wie* es passiert ist. Ich weiß, dass du verletzt bist. Aber wenn du erwartest, dass ich mich entschuldige, weil ich Jess liebe, dann hast du dich getäuscht.«

»Wen interessiert das schon, Mom, es ist mir total egal.«

Ich seufzte, weil sie die Arme vor der Brust verschränkte, einfach dichtmachte. Es blieb mir nichts anderes übrig, als viel weiter auszuholen. »Du weißt, dass Jess und ich zusammen zur Schule gegangen sind. Als wir in der Highschool waren, haben wir uns ineinander verliebt. In der elften Klasse.«

»Wieso hast du mir das nie erzählt?« Sie ließ ihre Stimme ironisch klingen, als beantworte sich die Frage von selbst. »Wieso hast du ein Geheimnis daraus gemacht?«

»Ich habe es deinem Vater erzählt«, wich ich aus. »Es war kein Geheimnis.«

»Ach ja, und was hat er gesagt?«

»Nichts. Er – hat sich nichts dabei gedacht.«

»Armes Schwein.«

Ich wurde blass, nicht weil sie *Schwein* gesagt hatte, sondern weil sie es mit derart beiläufiger Ironie gesagt hatte. So erwachsen hatte ich sie nie haben wollen.

»Ruth, ich weiß, wie du dich fühlst.«

»Blödsinn, du weißt gar nichts.«

»Dann sag es mir.«

»Nein.«

Ich drehte das Lenkrad hin und her, bis das Schloss einrastete. »Dann sage ich dir, wie *ich* mich fühle. Es tut mir Leid, dass ich dir wehgetan habe. Ich hätte mir lieber selbst wehgetan. Wenn du mich bestrafen wolltest, hättest du dir keine bessere Art aussuchen können. Und deswegen bin ich wütend. Ruth, ich bin stinksauer auf dich.«

Sie blickte mit finsterem Gesicht stur geradeaus.

»Ich weiß wirklich, wie du dich fühlst. Du glaubst, ich hätte deinen Vater entehrt. Du glaubst, die zwei Menschen, denen du am meisten vertraut hast, haben dich betrogen, dich ausgetrickst. Du bist zornig und du bist verletzt.« Ihre Wangen wurden feuerrot. Sie sah aus dem Seitenfenster, um ihr Gesicht zu verbergen. »Wie hätte ich es dir sagen sollen?«, fragte ich gepresst. »Glaubst du, ich habe das alles mit Absicht getan? Ich wollte mich nicht wieder in Jess verlieben.«

»Warum hast du ihn nicht gleich geheiratet?«, fragte sie mit verstopfter Nase.

»Ich hätte es tun sollen.«

Mit brennenden Augen wandte sie sich zu mir um. »Oh, super, Mom, dann würde ich gar nicht existieren. Dann hättet ihr ja, was ihr wollt.«

»Hör auf. Ich hätte ihn heiraten sollen, weil er der Richtige für mich war. Ich habe mich in Jess verliebt, als ich siebzehn war. Nein – elf, gleich bei unserem ersten Treffen.« Gegen meinen Willen musste ich lächeln, doch da wandte sie sich heftig und angewidert ab. »Ich habe ihn nicht geheiratet, weil ich zu feige war. Er war … ein ungestümer Junge. Deine Großmutter konnte ihn nicht ausstehen«, sagte ich mit einem vorsichtigen Lachen. Ruth sah mich nicht an, aber ich merkte, dass sie genau zuhörte. »Aber er war eigentlich gar nicht ungestüm, nicht so, wie meine Mutter dachte. Ich bezweifle, dass er jemals gegen das Gesetz verstoßen hat – vielleicht ist er mal zu schnell gefahren. Er war einfach anders und das hat einige Leute beunruhigt.«

»Wie Gram.«

»Ja.«

»Vielleicht dachte sie …« Sie hielt inne, offenbar fiel ihr gerade wieder ein, dass sie ja nicht mit mir redete. Aber dann musste sie den Satz doch beenden: »Vielleicht dachte sie, es wäre ansteckend. Die Krankheit von Jess' Mutter.«

Er hatte Ruth von seiner Mutter erzählt? Ich verbarg meine Überraschung. »Ich glaube, du hast Recht, ich denke das war ein Teil ihrer Angst. Und ich glaube, deshalb hat er sich verändert, als er erwachsen wurde. Zumindest teilweise. Er ist gesetzter geworden. Cooler.«

»Alle Erwachsenen werden so.«

»Wahrscheinlich.« Ich gab auf. Ich konnte Jess einfach nicht erklären, es ging über meinen Horizont. Nicht Ruth und nicht jetzt. Und es war eine gefährliche Aufgabe, meiner Tochter zu verdeutlichen, warum ich jemand anderen geliebt hatte und nicht ihren Vater. Wie ich es auch ausdrückte, es konnte nur verletzend sein.

»Mom?« Sie fummelte am Radio herum, an den Heizungsreglern, beugte sich vor, sodass ich ihr Profil ganz aus der Nähe sah. »Als du, äh, wie nennt man das … Ehebruch begangen hast, hat Dad das gewusst? Hat er … hat er deswegen den Unfall gebaut?«

»*Nein.*«

»Woher weißt du das?«

»Weil – weil es Jahre her ist – du warst noch ein *Baby.*« Sie starrte mich mit offenem Mund an, jetzt mehr erstaunt als wütend. »Aber ich bin nicht – darüber will ich mit dir nicht reden. Ich habe es dir einmal gesagt und das reicht. Es war ein Fehler und ich habe dafür bezahlt.«

»Oh, ja, das wette ich.«

»Ruth, hör zu. Die Menschen können sich nicht immer aussuchen, wen sie lieben, manchmal geschieht es einfach. Manchmal können wir –«

»Aber wir können uns aussuchen, mit wem wir schlafen!«

Mitten ins Herz. Sie sah mich nicht an, mein Gesicht fiel in sich zusammen und ich atmete durch den offenen Mund, hoffend, dass ich nicht weinen würde. »Das können wir«, bestätigte ich mit zittriger Stimme. »Du hast Recht.«

»Und du hast Unrecht.« Unerbittlich.

»Das ist es, was ich dir die ganze Zeit zu sagen versuche.«

Sie wischte die Frontscheibe mit Pops Taschentuch ab und schaltete wieder den Scheibenwischer ein. Überflüssig – die Sonne brach durch. Ein böiger Wind wühlte die Oberfläche des Flusses auf und dämpfte den Glanz. Es war klamm im Wagen. Ich kurbelte mein Fenster ein Stück herunter. Schließlich hatte ich keine Wahl mehr, ich musste ein Taschentuch suchen und mir die Nase putzen.

»Herrje, Mom.«

Ich registrierte kein Mitleid in ihren Worten. Ich wischte mir das Gesicht ab und schniefte. Eine wahre Meisterleistung, die ich hier vollbrachte. »Ich hatte Unrecht, ich gebe es zu. Aber nicht nur in der Sache mit Jess. Ich war auch feige.« Aber war sie für diese Enthüllung schon alt genug? Nein, entschied ich und hielt mich zurück. Sollte Stephen noch eine Weile lang der unschuldige, verwundete Part bleiben. Vielleicht für immer. Genau.

»Das Wichtige ist, dass dein Vater es nie erfahren hat.«

»Woher willst du das wissen?«

»Ich weiß es einfach. Ich schwöre – da kannst du ganz beruhigt sein.«

Sie fixierte mich eine ganze Minute lang. »O-kay«, sagte sie schließlich und wir entspannten uns beide ein wenig. Ein schwaches Licht im Dunkel.

»Es ist so«, sagte ich, »irgendwann müssen wir uns selbst vergeben. Ich weiß, dass du denkst, ich sei eine Heuchlerin, eine Lügnerin, eine – eine Isebel –«

»Was ist eine Isebel?«

»Eine Art …«

»Nutte?« Aber sie errötete, als sie es sagte, und grinste, damit es wie ein Scherz klingen sollte.

»Das, was ich getan habe und was du für falsch hältst – ich habe es aus Liebe getan und deshalb vergebe ich mir.« Sie verzog den Mund, ich konnte sie förmlich denken hören: *wie praktisch*. »Das ist natürlich keine Entschuldigung. Oder – es ist die einzige Entschuldigung. Hör mir zu. Ich glaube nicht, dass wir zusammengeblieben wären, wenn Stephen noch leben würde. Nicht wegen Jess – denk das nicht. Ich weiß, dass du das nicht hören willst, aber ich kann es dir erst erklären, wenn du alter bist.«

»Warum?«

»Weil es deinem Vater gegenüber nicht fair wäre. Aber, Ruth – Jess ist für mich bestimmt, ich kann nichts dagegen tun. Glaubst du, er nimmt dir etwas von meiner Liebe für dich weg? Ganz bestimmt nicht. Du bist das Beste in meinem Leben, das war immer so und das wird sich nie ändern. Selbst wenn du – dir den ganzen Körper tätowieren lässt.«

Sie schnaubte, wurde wieder rot und starrte auf ihren Schoß. Beinahe lächelte sie.

»Ich weiß, dass ich manchmal zu locker mit dir war. Das war mein größter Fehler als Mutter, aber der Grund dafür –«

»Nein, warst du nicht.«

»Der Grund dafür – und es fällt mir schwer, dir das zu sagen, aber ich werde es tun –, der Grund ist, dass ich nie so sein wollte wie meine Mutter. Die, offen gesagt, mein Leben für mich führen wollte – und das sage ich dir im Vertrauen, von Frau zu Frau. Aber auch sie tat es aus Liebe – da hast du es wieder –, deshalb habe ich ihr auch verziehen.« Die Realität war nicht so einfach und sauber, wie diese scheinbare Parallele implizierte, aber ich wollte keine moralische Lektion erteilen, ich wollte einfach nur die Wahrheit sagen. Endlich. »Aber das ist nebensächlich, wir reden hier nicht über meine Mutter, wir reden über deine. Ich habe versucht –« Ich seufzte, plötzlich erschöpft, und legte den Kopf in den Nacken. »Ich habe versucht, eine gute Mutter zu sein. Und ich weiß, ich *höre*, dass das nicht besonders großartig klingt. Und es tut mir Leid, wenn ich zu nachgiebig oder locker war oder wenn du das Gefühl hattest, du seist mir egal –«

»Mom –«

»– oder es interessiere mich nicht. Denn, glaub mir, ich könnte nicht *mehr* –«

»Mom. Du bist nicht zu nachgiebig. Ich weiß gar nicht, woher du das hast.«

»Nicht?« Das hatte ich von Stephen.

»*Nein. Herrgott!* Du bist eine Menge, aber nachgiebig gehört nicht dazu.«

»Oh.« Das nahm mir den Wind aus den Segeln. »Ich dachte immer, es wäre so. Wie eine Art Reaktion.«

»Nun, bist du nicht. *Meine Güte*.«

»O-kay. Also dann.«

Wollte sie, dass ich mich besser fühlte? Oder schlechter? Ich dachte noch darüber nach, was ich als Nächstes sagen sollte, als Ruth ansetzte: »Ich habe nicht gemeint, dass es *viele Dinge* sind. Du weißt schon, die nicht in Ordnung sind. Ein paar, wenige. Das ist alles.«

Mein Herz schwoll bei dieser Eröffnung. »Ach«, sagte ich betont lässig. »Wenigstens etwas. ›Ein paar‹, das ist besser als viele. An dir … gibt es fast nichts auszusetzen. Für mich jedenfalls. Na ja, eins vielleicht, das mir jetzt einfällt, aber mehr nicht.«

Gespannte Pause.

»Was? Das Auto, stimmt's? Das war ein Unfall. Ich habe zurückgesetzt –«

»Nein, nicht das Auto, sondern die Sachen, die du gestern Abend am Telefon gesagt hast. Und ich wusste nicht, wo du bist, und konnte dich nicht finden, wusste nicht, was ich tun sollte.« Die schlimmste Zeit meines Lebens. Als hätte man mich lebendig begraben.

»Ich weiß.« Ihr blasses Gesicht rötete sich. »Da ging's mir richtig dreckig.«

»Ich weiß«, sagte ich, mehr als willig, ihr zu verzeihen.

»Tut mir Leid«, murmelte sie und spielte mit dem Türgriff. »Ich hab dran gedacht, noch mal anzurufen. Ich weiß, es war gemein, und ich hab's – trotzdem gesagt.« Sie schüttelte verwirrt den Kopf, als passe dieses Beispiel erwachsener Grausamkeit nicht zu ihrer Vorstellung von sich selbst.

Ich streckte die Hand aus und strich eine dunkle, nasse Strähne hinter ihr Ohr, etwas, das ich schon seit einer Viertelstunde tun wollte. »Schon gut. Es ist in Ordnung.« Ich hatte mir Sorgen gemacht, dass ich zu nachgiebig war, aber offensichtlich war *das* nicht mein Fehler. Andererseits mochte Ruths Sichtweise nicht unbedingt objektiv sein.

»O Mann, ich bin so müde! Ich erzähle dir alles, was passiert ist, aber nicht jetzt, okay?« Ihr Blick, milde und billigend, während sie meine zunehmenden Liebkosungen erduldete, wurde plötzlich scharf. »Ach ja – eh ich's vergesse …«

»Was?«

»Das Auto ist abgesoffen. Ich habe es da unten geparkt –«

»Das habe ich gesehen.«

»Und jetzt springt es nicht mehr an. Ich glaube, diesmal ist es ganz kaputt.«

Waren wir fertig? Fürs Erste? Ruth musste noch viel erklären und ich musste über Strafen nachdenken. Aber wir waren beide nicht in der Stimmung, jetzt damit weiterzumachen. »Schauen wir mal, ob er anspringt«, sagte ich. »Wenn nicht, holen wir ihn später.«

»Gut. Hey, die Sonne kommt raus.«

Ich ließ den Wagen an und fuhr den Berg hinunter. Ich hielt in zweiter Reihe und wartete, während Ruth ausstieg und versuchte, den Chevy anzulassen. Kein Glück. »Nichts«, berichtete sie, als sie wieder bei mir einstieg. »Alles, was er von sich gibt, ist ein klickendes Geräusch.«

»Könnte die Batterie sein.«

»Oder vielleicht der Anlasser.«

Wir fuhren auf die Hauptstraße und über die Brücke.

»Mom, ich muss sagen, sie sieht richtig cool aus.« Sie meinte die Arche. Ich warf ihr einen argwöhnischen Blick zu, doch in ihrem Gesicht war keine Ironie zu entdecken. »Zu schade, dass du die ganze Aktion verpasst hast«, sagte sie und die Normalität in ihrer Stimme nahm mir beinahe den Atem. »Halt mal für einen Moment an, ja? – Schau dir an, wie sie von hier aussieht.«

Ich hielt hinter einer Reihe von Autos, die gleich hinter der Brücke am Straßenrand standen, und wir sahen staunend auf die schwimmende, schaukelnde Arche hinunter, die mit vielen Tauen zwischen den beiden langen Stegen festgezurrt war. »Lass uns aussteigen«, sagte Ruth und das taten wir, standen auf der Wiese, lehnten uns ans Auto und betrachteten die Arche. »Innen ist sie hohl, nicht wahr? Sie sind nämlich darin rumgelaufen, als sie die Tiere an Bord gebracht haben. Ist es nicht cool, dass es dabei geregnet hat? Irgendwie symbolisch.«

»Sie hat ein solides Deck, aber der Rumpf ist hohl, innen ist nichts«, sagte ich. »Eigentlich ist es ein Floß –«

»Aber sie liegt doch im Wasser, ich kann sehen, dass die Seiten unter Wasser sind.«

»Ich weiß, aber es ist nichts dahinter, sie besteht nur aus gestrichenen Sperrholzplatten und die sind nicht mal einen Meter tief im Wasser. Es ist eine Illusion.«

»Cool.«

»Es ist ein Floß mit zwei hohlen Kästen darauf. Auf dem Hauptdeck kann man stehen, aber die anderen sind nur vorgetäuscht. Auf denen hast du bestimmt niemanden laufen sehen, wetten?«

»Nein, sie sind mit den Tieren reingegangen und haben sie auf den beiden oberen Decks in die Fenster gestellt. Ich dachte, innen sei eine Treppe.«

»Nein. Eine Leiter.«

»Wahnsinn. Alle waren begeistert.«

»Wirklich?«

»Es waren mindestens eine Million Leute da, ich meine, es war fast wie am vierten Juli, du hättest es …« Sie zwirbelte eine Haarsträhne um einen Finger, eine kindliche Angewohnheit und meistens ein Zeichen von Unsicherheit.

»Ich war ungefähr um halb zehn hier«, fuhr sie langsam fort. Die Berichterstattung. »Da fingen sie gerade an, die Tiere auf die Arche zu bringen. Ein paar Fernsehteams waren da und Leute vom Rundfunk haben Interviews gemacht. Glaube ich jedenfalls – sie hatten Kassettenrekorder und Mikrofone dabei. Ich habe Landy gesehen, er hat mit ungefähr sechs Männern, wahrscheinlich Archisten, Tiere die Gangway oder wie man das nennt raufgerollt. Jetzt ist sie weg, als sie fertig waren, haben sie sie weggenommen. Alle fanden die Tiere super. Eine Zeit lang stand ich neben einer Familie, Eltern mit ihren zwei kleinen Mädchen und einem Jungen. Sie waren ganz aus dem Häuschen, besonders wegen der Affen, Mom, aber auch wegen der fliegenden Katze und dem Elefanten. Und der Eule! Und alle fanden den Polarbären gut. Ich glaube, die großen Tiere sind besser angekommen, aber das lag wahrscheinlich daran, dass die meisten Leute so weit weg standen – alle, die auf den Stegen standen, konnten die kleinen Tiere gut sehen. Mir hat der Präriehund am besten gefallen. Und die Küken. Die Maus – echt cool, wie du sie an der Kette hochklettern lässt.

Ich habe gehört, wie der Typ neben mir gefragt hat, wieso es denn von jeder Sorte nur eins gibt und nicht zwei, und ich habe ihm das mit den unterschiedlichen Seiten erzählt. Das fand er richtig gut. Ich hab ihm nicht erzählt, dass ich mit derjenigen, die die Tiere gemacht hat, verwandt bin, ich wollte es erst, aber dann, ich weiß auch nicht, hab ich's doch nicht getan.

Ich habe auch Mr. Pletcher gesehen. Und seine Frau. Er hatte einen schwarzen Anzug an und sie ein dunkelblaues Kostüm und einen Blumenhut. Man konnte genau erkennen, welche Frauen zu den Archisten gehörten, weil sie alle Hüte trugen. Mr. Pletcher wurde gefilmt, ich glaube er hat ein Interview gegeben. Er sah hübsch aus, du weißt schon, ganz verzückt. Vielleicht hatte er was genommen. Landy ist zu ihm gegangen und bei ihm geblieben, nachdem sie alle Tiere an Bord gebracht hatten, und dann hat er eine Rede gehalten.«

»Landy hat eine Rede gehalten?«

»Ja, und sie war gar nicht so schlecht. Aber man konnte sehen, dass er nervös war. Er stand genau da unten, auf der Kiste da drüben, gleich am Wasser. Er hat sich dafür bedankt, dass so viele gekommen sind, und die Namen der Leute genannt, die geholfen haben. Er hat natürlich auch deinen Namen gesagt. Und – Jess'. Und noch ein paar andere. Er hat aus der Bibel die Geschichte von der Arche vorgelesen. Dann hat er das Mikrofon seinem Vater gebracht. Die Anlage muss echt billig gewesen sein, am Anfang hörte man nur Quietschen und Rauschen. Landy hielt einen Regenschirm über den alten Mann und er sagte etwas, aber wir konnten es nicht hören. Da wurden alle ganz still. Seine Stimme war so schwach und es dauerte ewig, bis er gesagt hatte, was er sagen wollte. Was nicht viel war, aber ich kann es nicht genau wiederholen. Dass die Arche nicht Gottes Zorn bedeute, sondern Vergebung und so was, einen Neuanfang. Reinigung. Und dann noch, dass alle Leute so nett zu ihm seien, seine lieben Freunde und seine Familie. Wie viel Liebe er für sie empfindet. Wie großzügig sie sind, weil sie ihn gerettet haben. Dann verabschiedete er sich und – manche haben geweint, was komisch war, weil es vorher fast wie ein Karnevalsfest war. Die Archisten haben ein Lied gesungen, einen Choral, und das war wirklich ... wie soll ich sagen ... schrecklich. Dann war der offizielle Teil vorbei und die Leute haben sich um die Arche gedrängelt und versucht, so nah wie möglich ranzukommen, um alles zu sehen. Jeder, der einen Fotoapparat dabei hatte, hat ungefähr eine Million Fotos gemacht. Es hat den Leuten wirklich ... gefallen.« Sie hielt inne und dachte nach. »Ich glaube, das war's«, sagte sie und stieg wieder ein.

Ich schaute hinunter und konnte mir dank Ruth mit Leichtigkeit eine riesige Menschenmenge vorstellen, die unter Regenschirmen um eine provisorische Plattform versammelt war. Landy, der in ein Mikrofon murmelte, all seinen Mut zusammennahm, um vor Hunderten von Fremden die Geschichte der Arche Noah aus der Bibel vorzulesen. Und Eldon, der mühsam seinen Vers aufsagte in der kurzen Zeit, die ihm noch blieb. Der für einen Akt der Liebe dankte, dessen Gleichnis vor ihm auf dem Fluss schwamm. Eine Arche.

»Hey, Mom. Willst du mein Tattoo sehen?«

»Oh.« Ich versuchte, interessiert zu klingen. »Unbedingt. Ist es schön geworden?«

Sie lachte.

»Ich habe mir überlegt, ob ich mich vielleicht auch tätowieren lassen sollte«, platzte ich heraus. »Glaubst du, ich bin zu alt dafür?«

»Auf keinen Fall. Ich finde, du solltest dir genau das Gleiche wie ich machen lassen.«

»Wirklich?«

»Unbedingt. Mutter-Tochter-Tattoos.«

In ihren Augen war ein Funkeln, das mich ernüchterte. O Gott, was hatte sie sich ausgesucht? Ein Hakenkreuz? Schlangen? Als wir uns vom Fluss abwandten, legte ich ganz leicht, ganz zaghaft, die Hand auf ihre Wirbelsäule, eigentlich nur die Fingerspitzen. Sofort schoss ihr Arm hoch und legte sich um meine Taille.

»Willst du fahren?«

Sie warf mir einen überraschten Blick zu. »Klar«, murmelte sie, freute sich und wurde wieder rot. »Danke.« Ganz beiläufig lösten wir uns aus der Umarmung.

»Den Chevy holen wir morgen.«

»Gut.«

Im Auto zeigte sie mir ihr neues Tattoo. Und dann fuhren wir nach Hause.

27

Endlich Ferien. Ganz zum Schluss hat uns Mrs. Fitzgerald in Englisch noch aufgegeben, zwei oder drei Dinge in unseren Tagebüchern aufzulisten, an die wir hauptsächlich denken, jetzt, wo wir ins dritte Jahr kommen. Und dann sollten wir versuchen, über den Sommer Strategien zu entwickeln, wie wir mit diesen Dingen umgehen. Die meisten Kids dachten gar nicht daran, weil sie nie nachprüfen würde, ob wir es auch wirklich gemacht haben, aber ich brachte eine ellenlange Liste zusammen. Der erste Punkt war:

1. *Mein Tattoo*

Diese Erfahrung nervt immer noch höllisch und ist nur blöd und peinlich. Am Anfang habe ich einen Verband drumgewickelt und gesagt, ich hätte mich verbrannt. Dann habe ich Jamie die Wahrheit erzählt, nachdem ich sie gezwungen hatte zu schwören, keiner Menschenseele etwas davon zu sagen, nicht mal Caitlin. Und – Überraschung, Überraschung – innerhalb eines Tages wusste die ganze Schule Bescheid.

Gram fand mein Tattoo schrecklich und sagte, sie bezahle das Lasern, also ist Mom mit mir zu Dr. Ewing, einem Dermatologen, gegangen, der gesagt hat, es wäre eine ziemlich große Sache, das ganze Ding wegzumachen, und ob er nicht nur die beiden kurzen Arme des Kreuzes und das obere Stück des Kreises entfernen soll, und wenn es abgeheilt ist, könnte ich in einen anständigen Tattoo-Salon gehen und die kurzen Arme des Kreuzes tiefer setzen und den Bogen ovaler machen lassen, also ein echtes Ankh über das alte tätowieren lassen.

Außer mir fand das niemand gut. Zum Glück kam der Geldfaktor ins Spiel, deshalb werden wir es wahrscheinlich jetzt so machen. Ich bin ziemlich bedient, aber vor August wird nichts passieren und bis dahin habe ich diesen Lolli auf der Hand. Ganz zu schweigen von den blöden Lesbenwitzen, die ich ertragen muss. Ein Typ in der Schule nannte es einen »Lolli lebenslänglich«. Wenn ich es recht bedenke, trifft es das genau.

Inzwischen habe ich nachgedacht. Warum wird das Weiblichkeitssymbol nur mit *Lesben* in Verbindung gebracht? Männer lassen sich idiotische Macho-Symbole tätowieren, Schwerter und Waffen und brennende Motorräder und was sonst noch alles, und kein Mensch sagt, dass sie *schwul* seien. Im Gegenteil. Ich weiß nicht, ich bin hin und her gerissen. Manchmal denke ich: Scheiß drauf, ich behalte es, es ist ein Zeichen meiner weiblichen Macht. Ich bin stark, ich weiß, wer ich bin, zum Teufel mit jedem, der etwas anderes denkt. Gut, aber dann denke ich: Warum muss es so schwer sein? Und will ich wirklich ein Tattoo, das mein ganzes Leben bestimmt? Und außerdem *möchte ich ein Ankh*. Weil ich *für* das Leben bin.

Ich weiß es also noch nicht. Ein paar Tage habe ich ja noch Zeit.

2. *Raven*

Ich nehme an, er ist nicht mehr mein Freund. Nicht, dass er das je wirklich war, bis auf einmal für fünf Minuten vielleicht. Ich hatte gemerkt, dass er nicht mehr so nett zu mir war, und ich habe auch herausgefunden, warum nicht. Die andere Frau. Cindy. Sie ist in der zehnten Klasse, steht total auf Gothic, glaubt an Gott und sieht aus wie eine Leiche. Soweit ich weiß, hat man sie schon zwei Mal nach Hause geschickt, weil sie sich wie eine Leiche geschminkt hatte. Ich habe sie zweimal mit ihm in der Bibliothek gesehen und einmal in seinem Auto. Sie passen perfekt zusammen. Er fehlt mir nicht. Eigentlich ist es sogar eine Erleichterung, dass ich seine Gruselgeschichten nicht mehr hören muss.

Ich kann mir gar nicht mehr vorstellen, dass ich mal gedacht habe, mein Name sei nicht düster genug oder so was, und dass ich mich vielleicht Hecuba nennen sollte – und jetzt das. *Cindy*??

3. *Krystal*

Mom hat mich gezwungen, im Mother Earth Palace aufzuhören. Sie ist immer noch total sauer. Viel mehr auf Krystal als auf mich, was ziemlich unlogisch ist. »Sie ist erwachsen, du nicht.« Mehr sagt sie dazu nicht. Einmal bin ich Krystal abends zufällig in der Videothek begegnet – zum Glück war Mom nicht dabei. Am Anfang war es komisch, aber nachdem wir eine Weile miteinander geredet hatten, war es wie in alten Zeiten. Sie hat mit Kenny Schluss gemacht. Jetzt geht sie mit einem

Mann, der bei UPS arbeitet – Walt, ich hatte ihn oft im Laden getroffen. »Er ist ein ganz sanfter Fleischesser,« behauptet sie. Als wir uns alle Neuigkeiten erzählt hatten, sagte Krystal: »Melde dich mal und vergiss mich nicht.« Ich sagte, das würde ich tun, und dann dankte ich ihr noch mal dafür, dass sie mir geholfen hatte und ich auf ihrem Sofa schlafen durfte und so. Sie sagte: »Kein Problem«, und ich war drauf und dran, ihr auch noch für das andere zu danken, aber als ich mir vorstellte, wie sich das anhören würde – »Danke, dass du meine Mutter angelogen hast und den Bullen nicht erzählt hast, dass ich das Auto genommen und allein, sozusagen illegal, nach Washington gefahren bin« –, brachte ich es einfach nicht heraus. Es hätte irgendwie ironisch geklungen.

Ich sage nicht, dass Mom Recht hat, was Krystal betrifft – ich glaube nach wie vor, dass sie das Herz auf dem rechten Fleck hat und sich wie eine echte Freundin verhielt. Es gibt einfach verschiedene Arten, eine gute Freundin zu sein, aber vielleicht ist es gar nicht immer richtig, in jedem Fall zu helfen und zu unterstützen, egal, was die andere getan hat. Das ist alles.

4. *Strafe*

Ich habe drei Wochen Hausarrest bekommen und durfte zu keiner von den vielen Partys gehen, zu denen ich zum Schuljahrsende eingeladen war. Ich muss die Reparatur des Autos von meinem Geld bezahlen. Damit ist Moms Spruch, dass sie zu nachsichtig sei, ein für allemal ad absurdum geführt. Ha ha ha ha ha ha ha ha.

Das Schlimmste war, dass die Polizei androhte, dass ich den Führerschein erst ein Jahr später machen darf. Das wäre das Ende gewesen, dann hätte ich mich genauso gut umbringen können. Aber irgendjemand hat interveniert (dreimal darf man raten, wer: Jess, der anscheinend eine große Nummer im Stadtrat ist), sodass der Kelch an mir vorübergegangen ist. Gott sei Dank.

5. *Mein neuer Job*

Grampa hat mich eingestellt, damit ich die Korrekturen und Verbesserungen an dem Buch, das er mit einem Kollegen schreibt, in den Computer eingebe. Bis jetzt sind es nicht viele, ganz offensichtlich hat er mich nur aus Mitleid angestellt. Er zahlt mir genauso viel wie Krystal, aber es macht längst nicht so viel Spaß. In den ersten Wochen muss ich bei ihm zu Hause arbeiten, bis ich weiß, wie es geht. Es ist mehr oder weniger ein Halbtagsjob.

Eins habe ich dabei schon gelernt, abgesehen von allen möglichen Kleinigkeiten über irgendwelche unbekannten englischen Dichter aus dem achtzehnten Jahrhundert: Grampa ist gar nicht so still, wie ich immer gedacht habe. Manchmal kann ich ihn gar nicht zum Schweigen bringen. Worüber er redet? Viel über das Wetter, er hört andauernd den Wetterbericht im Radio und guckt gern den Wettersender im Fernsehen. Gestern hat er darüber geredet, was für ein unglaubliches Schnäppchen er mit den vier neuen Reifen für seinen Honda gemacht hat. Also, er erzählt es in aller Ausführlichkeit. Er redet über alles Mögliche, über seinen Rasen, seine Tomaten, darüber, dass Rechtsanwälte das ganze Land ruinieren, warum die Atlanta Falcons nicht so gut sind wie die Carolina irgendwas oder alle anderen. Es ist langweilig. Aber irgendwie ist es auch nett, weil es oberflächlich ist und entspannend, ich kann zuhören, kann es aber auch lassen. Ich weiß, dass er mich mag. Wir werden beinahe so was wie Freunde. Er ist nett. Ich hab den Grund dafür rausgefunden, warum er nicht mit Gram redet: weil *sie* nämlich die ganze Zeit redet. Das ist wirklich lustig, sie beschwert sich immer wieder bei Mom, dass sie kein Wort aus ihm herausbringt und genauso gut einen Stummen hätte heiraten können. Am liebsten würde ich ihr einen anonymen Brief schicken – »Halt doch mal den Mund, steck einen Korken rein!« Aber ich wette, sie würde es gar nicht auf sich beziehen. Würde denken, er sei für jemand anderen.

6. Die Arche

Der alte Mr. Pletcher ist gestorben. An dem Tag, als die Arche zu Wasser gelassen wurde, musste er am späten Nachmittag wegen Herzbeschwerden mit dem Krankenwagen ins Krankenhaus gebracht werden. Er ist vier Tage dort geblieben, dann sagte er, er wollte zum Sterben nach Hause. Und genau das hat er getan, zwei Tage später. Die Zeitung hat wieder einen langen Artikel gebracht und bei der Beerdigung waren mehr Menschen, als man sich vorstellen kann, inklusive Mom, und danach war die Arche noch berühmter. Die Zeitung in Richmond hat eine Glosse darüber geschrieben, aber nicht gemein, und es hieß, die »Konstruktion der Tiere sei phantasievoll und reizend« und »unerwartet bewegend«. Mom ist vor Freude an die Decke gesprungen. Das einzig Blöde war, dass eines Nachts ein paar Kids von außerhalb (so stand es in der Zeitung, aber woher wollen die das wissen, wenn sie sie nicht geschnappt haben?) vom Steg aus einen brennenden Stock auf die Arche geworfen haben und ein Feuer ausbrach, das beinahe die Eule, den Pelikan, den Panther und den Grislibären zerstört hätte. Na ja, das rüttelte die Leute auf und lockte noch mehr Besucher an. Die Arche war eine richtige Touristenattraktion.

Aber dann, nach vierzig Tagen und vierzig Nächten, war es vorbei und sie bauten die Arche ab und verkauften die Teile als Feuerholz und der Erlös ging an die Archisten. Bis dahin hatte niemand darüber nachgedacht, was mit den Tieren geschehen sollte. (Ich dachte, sie würden sie einfach wegwerfen, aber das war noch, bevor mir klar wurde, wie *phantasievoll* und *reizend* sie waren.) Eines Abends rief Mrs. Pletcher an, die ja jetzt eigentlich die Besitzerin der Tiere ist, und erzählte Mom, dass ein Streichelzoo in Pennsylvania, der zufällig »Arche Noah« heißt, dreitausend Dollar für die ganze Menagerie geboten habe und sie in seine Empfangshalle stellen wolle. Sie wusste nicht, was sie tun sollte – sollte sie die Tiere dem Zoo verkaufen und Mom die dreitausend Dollar geben, nach Abzug der Materialkosten würden uns dann zweitausend übrig bleiben, oder sollte sie die Tiere für die neue Kirche der Söhne Noahs spenden, die sie an der Route 634 im Gedenken an ihren Mann bauen ließ? Wir könnten zweitausend Dollar wirklich gut gebrauchen. Aber Mom sagte, sie solle sie der Kirche geben – der Streichelzoo hätte niemals alle Tiere aufstellen können und ein paar wegwerfen müssen. Und Mom gefiel die Vorstellung, dass einige Tiere den Mittelgang in der Kirche der Söhne Noahs schmücken würden. Das ist wie die Kreuzwegstationen, sagt sie.

7. Moms Job

Bis jetzt hat sie noch keinen richtigen Job, aber alle sind guter Hoffnung. Ihre Freundin Chris, die auch arbeitslos ist, hatte die Idee, dass Mom die Bücher illustrieren könnte, die Chris für Kinder schreibt. Erst war es nur ein Experiment, um herauszufinden, ob sie es überhaupt kann, und Mom hat nur ein paar Tuschezeichungen gemacht. Aber sie waren gut und Chris gefielen sie sogar sehr gut, also hat sie es als Nächstes mit Wasserfarben versucht. Na ja, das war der Hit und jetzt sind sie ein Team. Wer weiß, was daraus wird, jetzt wollen sie erst mal sehen, ob sie zusammen Bücher für Kinder zwischen sieben und zehn schreiben und illustrieren können. Ich habe das erste gelesen und es war nicht schlecht.

Das ist das eine. Das andere ist ein Job bei einer Professorengattin aus Clayborne, die will, dass Mom ein Wandgemälde in ihrem Esszimmer malt, auf dem Menschen an einem großen Tisch sitzen und essen. Es soll über zwei ganze Wände gehen und altmodisch sein, französisch, wie bei Renoir oder Toulouse-Lautrec, mit jeder Menge Baguettes und Weinflaschen und Kerzen auf dem Tisch, und die Leute sollen wie im neunzehnten Jahrhundert gekleidet sein – *außer* – vier Gästen, die aussehen sollen wie sie, ihr Mann und die beiden Kinder! Mom findet die Idee irre und wird es wahrscheinlich machen. Die Dame zahlt gut, mehr als der Streichelzoo für die Tiere geboten hat, deshalb versucht sie es.

Und das Dritte ist – Mr. Wright hat sie gefragt, ob sie im nächsten Semester einen Kunstkurs an der Anderen Schule geben will!! Der Kerl hat Nerven. Sie hat natürlich Nein gesagt, vor allem, weil er so wenig bezahlt, aber inzwischen denkt sie über ihre Entscheidung noch mal nach. Sie könne es als »Übung« machen, sagt sie, vielleicht habe Gram ja von Anfang an Recht gehabt und sie sollte noch mal aufs College gehen, einen Abschluss machen und Kunstlehrerin werden. O Mann. Ich bin nur froh, dass ich bis dahin hier weg bin und sie nie meine Lehrerin sein kann. Wer weiß, was draus wird. Scheint eine Art letzter Strohhalm zu sein, so wie ich es verstanden habe, falls aus den anderen Sachen nichts wird. »Etwas, worauf man zurückgreifen kann«, sagt Gram immer wieder. Mom sagt, sie findet den Gedanken nicht mehr so schrecklich wie früher. Und das will wahrscheinlich was heißen. Aber ich – egal, was aus mir mal wird, am allerwenigsten jedenfalls das, was ich furchtbar finde. Ich werde das tun, was ich am meisten liebe –

was es auch sein mag. Das habe ich neulich Abend auch zu Mom gesagt, aber sie ist nicht darauf eingegangen. »Gut für dich«, hat sie nur gesagt, mehr nicht. Das gab mir zu denken. Ich hab's leicht. Ich habe kein Kind, das ich in zwei Jahren aufs College schicken muss.

8. Jess

Ich habe Hausarrest, also saß ich natürlich gestern Abend in meinem Zimmer und habe E-Mails geschrieben, als Mom reinkam und sich aufs Bett setzte. Sie hatte ihr ernstes Gesicht aufgesetzt, sodass ich wusste, wir würden reden, und ich war mir auch ziemlich sicher, worüber, aber ich habe nichts gesagt, um ihr den Anfang so richtig schwer zu machen. Es hat nicht funktioniert, weil sie sofort zur Sache gekommen ist. »Was wirst du wegen Jess machen?«

Ich bin eigentlich nicht mehr sauer, ich hab's eher verdrängt. Oder probiere es jedenfalls. Ich versuche einfach, mein Leben zu leben, ohne mir über all das den Kopf zu zerbrechen, und bis jetzt hat sie das akzeptiert. Ich meine, vielleicht geht sie heimlich andauernd zu ihm, vielleicht haben sie jede Nacht heißen Telefonsex – keine Ahnung und ich will es auch gar nicht wissen. (Ich kann immer noch nicht fassen, dass er mit Grampa nach Washington gefahren ist. Ich wäre zu gern eine Fliege auf der Windschutzscheibe gewesen!)

Wie auch immer, ich habe versucht, die Unterhaltung abzukürzen, indem ich sagte, ich will gar nichts wegen Jess machen und wenn sie seine Freundin sein will, kann sie ihn gern mitbringen, bitte sehr, mir doch egal. Ich meine, er braucht schließlich nicht meine Erlaubnis, wenn er ihr den Hof machen will, stimmt's? Das fand Mom gar nicht lustig. Wir haben eine Weile hin und her geredet und schließlich hat sie zugegeben, dass sie will, dass ich mit ihm rede.

Langer Rede kurzer Sinn, Jess hat heute Morgen angerufen und mich zu einem Ausflug mit ihm und Tracer in seinem Pickup eingeladen. Ich durfte fahren. Wahnsinn, ganz große Sache. Die Cowgirl-Phantasie habe ich schon seit einer Ewigkeit hinter mir. Aber das habe ich natürlich nicht gesagt, nein, ich war ausnehmend höflich. Eiskalt, sozusagen. Es ist viel besser, in solchen Situationen Ruhe zu bewahren und so zu tun, als wäre gar nichts unter der Oberfläche, kein Drama im Kopf. Man hat viel mehr Schlagkraft, wenn man cool bleibt und nicht beleidigt ist oder streitet oder seine Karten offen auf den Tisch legt. Das habe ich in den letzten Jahren gelernt und es hat mich ganz schön Kraft gekostet.

Aber Jess hat mich ausgetrickst. Wir sind nach Süden gefahren, auf Nebenstraßen in Richtung Orange, eine hübsche Kleinstadt, und ich habe mir extra Mühe gegeben, nicht zu schnell zu fahren, damit er mir nichts vorwerfen konnte. Es war heiß, aber wir haben die Klimaanlage nicht eingeschaltet, weil die Luft so gut duftete, sogar der Dünger roch gut, als wir an den frisch bestellten Feldern vorbeifuhren. Überall Kühe – früher habe ich ihn immer gefragt, was es für Rassen sind, und er hat es mir erklärt, aber diesmal habe ich ihn gar nichts gefragt, weil ich genau wusste, wie leicht es sein würde, in unsere alte Freundschaft zurückzuschlüpfen, so als wäre nichts gewesen. Ich glaube, zum Teil liegt es an der Stille, wenn ein Zusammensein mit anderen Menschen komisch ist, es sei denn, es handelt sich um deine Eltern oder deine beste Freundin, aber bei Jess habe ich nie ein komisches Gefühl, wenn wir schweigen. Warum ist das so?

Es war also ein schöner Tag und wir fuhren einfach dahin und redeten nicht viel, weil ich so cool war, als er plötzlich sagte: »Wenn du willst, verziehe ich mich.« Ich antwortete etwas so Geniales wie: »Hä?«, und er sagte: »Es liegt bei dir.«

Scheiße! Ich wußte nicht, was ich sagen sollte. Schließlich erklärte ich ihm, ich glaubte nicht, dass meine Mom damit einverstanden wäre, sie würde ganz bestimmt nicht sagen, dass es bei mir liegt. Er erwiderte, dass sie vieles bei mir als selbstverständlich voraussetzt, dass sie vermutet, irgendwann würde ich nichts mehr dagegen haben, dass sie zusammen sind, aber nur, weil sie es sich *wünscht*. Doch er sehe die Situation klarer. Er sagte: »Ruth, ich tue, was du willst.«

Oh, super! Ich antwortete: »Hör mal, es geht mich nichts an, was ihr tut, ihr seid zwei erwachsene Menschen.« Er lächelte, als ich das sagte, »erwachsene Menschen«, und ich wurde innerlich … ich weiß auch nicht … ganz weich. Ich mochte ihn wieder, so wie früher, und das ärgerte mich, als wäre ich ein richtiger Schwächling, lustig und liebenswert. Und das bin ich auch. Ein Schwächling, meine ich.

Wir fuhren eine Weile durch Orange, aber als er fragte, ob ich in einem Café was essen oder trinken wollte, sagte ich nein danke. Schließlich war das Ganze keine Vergnügungsfahrt. Ich wendete und fuhr auf die Route 15 in Richtung Heimat, weil es schneller ging.

Da begann er erneut: »Ich habe nachgedacht.« Tracer lag halb auf seinem Schoß und hing halb aus dem Fenster, Zunge und Ohren flatterten im Wind. Ich wollte nicht hören, worüber Jess nachgedacht hatte, und hätte beinahe das Radio angemacht, aber das wäre unglaublich unhöflich gewesen und außerdem hatte ich nicht die Nerven dazu. Er sagte: »Ich habe mich gefragt, wie ich mich gefühlt hätte, wenn mein Vater nach dem Tod meiner Mutter eine andere Frau geliebt hätte.« (Oder vorher, dachte ich, aber ich hielt den Mund.) Er sagte, wahrscheinlich hätte er so getan, als würde er sich für seinen Vater freuen, aber innerlich hätte er es bestimmt nicht kapiert, weil seine Mutter der Mittelpunkt ihres Lebens gewesen war, sie hatte die Familie zusammengehalten.

»Das ist nicht dasselbe«, sagte ich, »mein Vater war nicht so.«

Ich hasste es, das zugeben zu müssen, aber immerhin versuchte er, einen Kreis zu schließen, eine Parallele zu seinem Leben zu ziehen, und das funktionierte nicht. Es ist seltsam – wenn ich in letzter Zeit an meinen Vater denke, kann ich ihn mir nur in seinem Arbeitszimmer in Chicago vorstellen. Woanders im Haus kann ich ihn nicht sehen, weder in der Küche noch im Bad oder im Garten. Ich sehe ihn immer an seinem Schreibtisch sitzen. Er trägt sein hellgrünes Hemd, die Krawatte ist gelockert und er schaut nicht auf, wenn jemand hereinkommt. Er ist beschäftigt. Er legt die linke Hand an die Stirn und schreibt weiter.

Ich wechselte das Thema und fing an, über das neue Buch von Mom und Chris zu reden, es handelt von einer kleinen Ente namens Schwartz, die nie ihr Zimmer aufräumt und deswegen ihr Lotterielos nicht findet, mit dem sie gewonnen hat. Ich hatte keine Lust, mit Jess über meinen Vater zu reden. Das ist meine Privatangelegenheit. Auf dem Heimweg versuchte er die ganze Zeit, wieder darauf zu sprechen zu kommen – aber ich bin nicht darauf eingegangen. Ich gebe zu, es gefiel mir zu beobachten, wie er immer frustrierter wurde. Aber er hat es nicht erzwungen, mir nicht die Daumenschrauben angelegt oder so was.

Als wir zu Hause ankamen, machte ich den Motor aus und blieb sitzen. Ich meine, ich bin nicht rausgesprungen und weggelaufen. Ich wusste, dass er noch nicht fertig war, und tatsächlich fing er an, davon zu reden, wie sehr er es immer genossen habe, wenn ich ihn besuchen kam und wir angeln oder einfach spazieren gegangen sind, und dass ihm so was jetzt überhaupt keinen Spaß mehr machen würde. Er sagte: »Ich war einfach gern mit dir zusammen.« Ich dachte, jetzt ist es an der Zeit zu sagen: »Ich war auch gern mit dir zusammen«, und dann würden wir uns wieder vertragen. Ich *wollte* es sagen. Aber ich tat es nicht. Ich konnte einfach nicht. Ich saß da und spielte mit dem Lenkrad.

Wir stiegen aus und ich dachte eigentlich, er würde mit reinkommen. Ich wollte es sogar ein bisschen, damit das alles endlich vorbei war. Aber er setzte sich wieder in den Pick-up. Ich murmelte so etwas wie: »Es macht mir nichts aus, wenn du mit reinkommst, ich meine, wegen mir musst du nicht wegbleiben, das ist mir völlig egal.« Das war so gemein, dass ich ihn nicht anschauen konnte. Warum konnte ich nicht nett sein? Ich glaube, ich habe immer noch das Gefühl, nicht loyal zu sein – als würde ich meinen Vater betrügen, wenn ich nett zu Jess war. Ich war einfach total egoistisch und machte nur, was ich wollte, anstatt das, was man von mir erwartete. Jess meinte: »Wie wär's, wenn wir es ganz langsam angehen lassen?«, und ich sagte: »Ja, das klingt ganz gut.« Und er sagte: »Ich liebe deine Mutter. Ich habe nicht auf sie gewartet, weil ich nie geglaubt hätte, dass es mit uns klappen könnte. Aber jetzt glaube ich es und es ist egal, wie lange es dauert.« Ich weiß nicht mehr, was ich geantwortet habe. Ich war verlegen. Ich meine, das war so persönlich.

Und dann sagte er ganz ruhig: »Dich liebe ich auch.« Ich sah ihn an. »Wirklich«, fügte er hinzu.

Ich brachte kein Wort heraus. Aber das war so eine Art letzter Strohhalm. Er legte die Hand draußen auf den Wagen und es kam mir so vor, als berührte er meine Hand oder meinen Arm. Dann ließ er den Motor an und fuhr weg.

Wir werden sehen, was passiert.

Aber eigentlich ist es schon klar.

Mom sagt, wir müssen einander die Dinge vergeben, die wir aus Liebe getan haben. Kann sein. Sie hat mir vergeben, dass ich gesagt habe, ich würde bei Obdachlosen auf der Straße schlafen. Habe ich das aus Liebe gesagt? Vielleicht, aber um das zu erkennen, muss man ganz schön Abstand gewinnen. Und wenn man sich die Mühe macht, so weit Abstand zu gewinnen, muss man einen Menschen schon ganz schön lieben. Gut, ich werde daran arbeiten. Aber Jess mogelt irgendwie, er macht es sich zu leicht.

Ich glaube, das reicht für den Sommer an Punkten, die ich im Kopf habe, und an Strategien, wie ich mit ihnen umgehen will. Es war ein … ich weiß nicht, was. Ein besonderes Jahr eben. Ein Jahr, das ich erst im Laufe der nächsten Jahre richtig verstehen werde. So wie das Jahr, als ich zwölf wurde und zum ersten Mal meine Periode bekam und wir von Chicago hierher gezogen sind – jetzt erkenne ich, was für ein interessantes Jahr das war, aber damals hatte ich das Gefühl, als passierte eine blöde Geschichte nach der anderen.

Dies ist das Jahr, in dem mein Vater starb. Ich bin ein anderer Mensch geworden. Habe mich für immer verändert. Das Problem ist nur, dass ich nicht weiß, was für ein Mensch ich vorher war. Woher soll ich also wissen, wie ich geworden bin? Die Zeit. »Die Zeit wird es zeigen« ist eine sehr wahre Redensart. Trotzdem möchte ich irgendwann mal verstehen, was mit mir passiert, *während es geschieht*.

Irgendwo habe ich gelesen, dass es bei der Trauer eigentlich nur um den Trauernden geht, nicht um den Menschen, den man verloren hat. Wenn ich über das vergangene Jahr nachdenke, erkenne ich, wie wahr das ist.

Gut. Das war's.

Außer: 9. Es gibt einen Jungen. Er heißt Robbie Warriner und wohnt im Haus neben Chris. Er geht in die Klasse über mir, ist ein totaler Computerfreak und ein Riesenbaby (glaube ich jedenfalls. Becky sagt Nein, sie findet, er sei ein Streber, aber sie mag auch Jason Bellinger, also, was weiß sie schon.) Robbie ist wirklich nett, er besucht Chris und hilft Andy, ihrem Sohn, mit seinem neuen Computer und bringt ihm Spiele und so was bei. Und natürlich ist er manchmal da, wenn ich zu Chris gehe, weil Mom dort ist. Im Herbst geht er auf die University of Virginia, um Informatik und Virtual Reality zu studieren. Ich habe ihm erzählt, dass ich gern lernen würde, wie man Tabellen anlegt, weil ich nächstes Jahr vielleicht Statistik wählen will, und jetzt zeigt er es mir. Er hat rote Haare, aber es ist ein dunkles Rot, nicht orange, und er hat keine Sommersprossen. Er ist größer als ich. Er hat lange, anmutige Finger und ein richtig gefühlvolles Gesicht, und wenn er sich über die Tastatur beugt und auf dem Monitor eine Tortengrafik anstarrt, ist es, als beobachte man Van Cliburn oder so jemanden. Er kaut Zimtkaugummis. Manchmal sitzt er hinter mir, um mir zu zeigen, wie man Formulare bearbeitet oder Felder einrichtet. Dann rieche ich den Zimtgeruch und das lenkt mich völlig ab. Laut Chris hat er keine feste Freundin. Ich glaube, anderthalb Jahre sind genau der richtige Altersunterschied zwischen einem Jungen und einem Mädchen. Mom mag ihn sehr gern. Nicht, dass das wichtig wäre.

28

Ruth hat Ja gesagt.

Ich konnte kaum glauben, dass es so leicht sein würde. Ich hatte die Frage ganz beiläufig gestellt: »Ich dachte, ich fahre zu Daddys Grab, zupfe ein bisschen Unkraut und bringe frische Blumen hin. Es ist so ein schöner Tag! Aber du hast wahrscheinlich keine Zeit, oder? Nur für eine Stunde. Ich dachte nur … weil es so schön draußen ist.«

»Klar, Mom. Aber ich fahre.«

Gerade, als wir gehen wollten, tauchte Mama in ihrem neuen Auto auf, einem Kleinwagen in sportlichem Rot mit Schiebedach. »Wo wollt ihr hin?«, rief sie aus dem Fenster, als sie uns auf dem Bürgersteig entdeckte. Ich sagte es ihr. »Großartig, ich komme mit. Steigt ein, das Auto fährt traumhaft. Ruth, Süße, willst du fahren?«

Und das war's. Ich kochte auf der ganzen Fahrt nach Hill Haven vor Wut. Meine Mutter mochte ja dominant sein, aber sie war doch nicht blind, oder? Bestimmt sah sie, dass diese besondere Mutter-Tochter-Unternehmung schon schwierig genug war, gespickt mit Fallen, ein Minenfeld voller potenzieller Desaster. Vielleicht dachte sie ja, ein Dritter würde die Sache erleichtern, aber ehrlich, sah sie denn nicht, dass die Intimität, das Persönliche, der Mutter-Tochter-Teil, genau das Entscheidende war?

Nein. Es stellte sich heraus, dass sie tatsächlich blind war, aber den Grund dafür erkannte ich erst später. Bis jetzt wusste ich nur, dass sie eine fürchterliche Laune hatte und Gesellschaft suchte.

Nach einer Woche stickiger, feuchter Hitze war nun ein milder, herrlicher Tag, der Himmel so leuchtend blau und mit kleinen Wolken übersät, dass mir die Brust schmerzte. Ruth sagte, sie hätte das Gefühl, sie wäre zur Frühlingszeit in Chicago und nicht in Virginia im Juli. Außer einem Strauß Zinnien und Sonnenhut, den frischesten Blumen aus meinem vernachlässigten, glühend heißen Garten, hatte ich eine Decke und eine Thermoskanne mit Limonade mitgenommen. Ich hatte die hoffnungsvolle, aber naive Vorstellung gehabt, dass Ruth und ich Seite an Seite auf der Decke sitzen und bei einem Glas Limonade Vertraulichkeiten austauschen würden. Drei hatten in diesem Wunschtraum keinen Platz. Auch auf der Decke nicht – Mama ließ sich, von dem kurzen Aufstieg schwitzend, schwerfällig darauf nieder und schlug ihren Rock unter die Waden, während Ruth abseits stand und in die Ferne blickte, die Hände auf den Hüften, die langen Beine in den schwarzen Shorts viel zu braun, trotz meiner ständigen Ermahnungen, sie mit Sonnenschutz einzucremen. Mit einem Seufzer angesichts der verpassten Gelegenheit setzte ich mich neben meine Mutter.

Kurz darauf ging Ruth in die Knie und begann, das Unkraut um die Bronzeplakette auszuzupfen. Sie hatte sich zum Sommer die Haare schneiden lassen, noch kürzer als ich, eine von der Sonne gebleichte Kappe aus weichen Locken. Ich fand es wunderschön, genoss es, es zu berühren, auch wenn sie dann wegzuckte und sagte: »*Mom!*« Nächsten Monat wurde sie sechzehn. Ich erinnerte mich noch sehr genau daran, was es für mich bedeutet hatte, den Führerschein zu bekommen – Freiheit, Unabhängigkeit, der herrliche Beginn meines wirklichen Lebens. Doch für eine Mutter bedeutete es nur eines: den Anfang vom Ende.

»Carrie, du siehst müde aus.« Mama schenkte sich einen halben Becher Limonade aus der Thermoskanne ein und trank. Sie klang mürrisch. »Ruth, Süße, findest du nicht, dass deine Mutter müde aussieht?«

Ruth sah auf und musterte mich mit zusammengekniffenen Augen. »Nein. Ich finde, sie sieht hübsch aus.« Sie zuckte die Achseln und zupfte weiter Unkraut aus.

»Danke«, sagte ich nach einer Sekunde überrascht. Wie lange war es her, seit sie mir ein Kompliment gemacht hatte? Die Ressentiments begannen zu bröckeln, vielleicht, weil sie älter wurde, vielleicht, um neuen Platz zu machen, aber ich genoss unseren Waffenstillstand und es war mir egal, was ihn auslöste. Ruth mochte mich, war nett zu mir – ich hatte nicht gewusst, wie sehr mir das gefehlt hatte.

»Hey«, sagte sie, »schau mal.«

»Nicht mit dem Finger zeigen«, sagte Mama scharf. »Wir sehen es auch so.«

»Was?« Ich wechselte einen Blick mit Ruth – *was ist denn mit der los?* – und sah über meine Schulter. »Oh.« Eine Beerdigung, ungefähr zehn Meter von uns entfernt, auf dem Hügel, nach dem der Friedhof benannt war. Es waren nicht viele Trauergäste. Ihre schwarzen Silhouetten zeichneten sich vor dem blauen Himmel ab: eine sehr alte Frau in einem langärmligen, schwarzen Kleid – sie musste ja ersticken! –, zwei ältere Männer, eine junge Frau und ein kleiner Junge. Ein Pfarrer las aus einem Gebetbuch und das eine oder andere Wort driftete mit dem Wind zu uns herunter. *Allmächtiger Herr … geliebten … wir bitten …*

Ruth legte ihre schmutzigen Hände auf die Schenkel und starrte hinauf. »Man weiß es nie, oder? Es sieht aus wie eine ganz gewöhnliche Beerdigung, der Mann ist gestorben, das ist die Witwe, das da die Kinder und Enkelkinder, alle sind traurig. Aber es könnte auch ganz anders sein. Es könnte *alles* sein.«

Meine Hand erstarrte auf dem Weg zur Thermoskanne. War das ein Angriff? Ruths Art zu sagen, dass meine Trauer bei Stephens Beerdigung unaufrichtig gewesen war? Eine Lüge?

»Ich meine, die alte Dame könnte auch die Mutter und nicht die Witwe sein und eine von den Frauen die Ehefrau des Toten. Oder die beiden Männer könnten Brüder sein und ihre Schwester verloren haben. Du weißt schon. Das ist alles möglich.«

»Oh.« Erleichterung. »Stimmt«, sagte ich, »wir stellen Vermutungen an, die auf –«

»Klischees basieren«, beendete Ruth den Satz. »Jeder zieht irgendwelche voreiligen Schlüsse über andere Menschen. Das ist es, was zu Rassismus und Sexismus und Intoleranz gegenüber den Religionen führt. Ich glaube, es ist besser, *gar nichts* über die Menschen zu denken. Man sollte einfach versuchen, immer für alles offen zu sein.«

Ich nickte nachdenklich. Mir fiel ein, dass *Sohn dieses Landes* von Richard Wright auf ihrer Bücherliste für den Sommer stand. Ich schloss für einen Moment die Augen. Ich hatte die Vision, dass ich mich erhob und über die Gräber des Friedhofs schwebte, über alle Gräber auf unserem runden, blauen und grünen Planeten. Abermillionen von Toten und Lebenden, zahllose Menschen, die an den Gräbern ihrer geliebten Mitmenschen standen und beteten, weinten und trauerten.

»George hat gelogen.«

Ich machte die Augen wieder auf. »Was ist, Mama?«

»Dein Vater hat sein Versprechen nicht gehalten.« Sie rupfte ein Grasbüschel aus und warf es weg. »Ich hätte es wissen müssen, ich hätte es schon lange kommen sehen müssen.«

»Was ist passiert?« Ich sah Ruth an, die den Kopf gesenkt hielt. Sie kauerte über der Plakette, hauchte sie an und rieb sie mit dem Saum ihres T-Shirts blank. *Sie weiß es*, dachte ich. Was es auch ist, sie weiß es bereits.

»Wir machen keine Reise«, sagte Mama mit flacher Stimme.

»Oh ... nein. Warum nicht? Ich dachte, Pop ist mit dem Buch

fertig.« Er *war* fertig, Ruth hatte es mir vorgestern Abend erzählt. Sobald das Buch, an dem er seit zwei Jahren ununterbrochen arbeitete, beendet war, wollten Mama und er zusammen verreisen. Nur auf die Bahamas und nur für eine Woche, aber es wäre ihre erste gemeinsame Reise seit – fünfzehn Jahren, behauptete sie, aber das war unmöglich, sie musste übertreiben.

»Oh, er ist ja auch fertig. Schon seit Monaten, wenn du mich fragst, und dieses so genannte Korrekturlesen ist nur eine Ausrede.«

Eine Ausrede? Mit großen Augen sah jetzt sogar Ruth auf.

»Aber habt ihr denn nicht schon die Tickets und eine Reservierung?« Das war wirklich schlimm. Ich hatte den Einzelheiten im Leben meiner Mutter während der letzten Zeit nicht viel Aufmerksamkeit geschenkt – zu viel anderes ging mir im Kopf herum –, aber ich wusste, dass diese Reise mehr für sie war als ein kleiner Ausflug. Sie hatte es als Übergang von der Vergangenheit in die Zukunft gesehen, von ihrem alten Leben in ihr neues – vielleicht. Als Anfang von etwas Neuem oder wenigstens als eine Chance für etwas anderes zwischen ihr und Pop. »Oh, Mama, warum kann er nicht weg?«

»Wegen eines Symposions in Toronto. Er soll einen Vortrag halten. Sehr prestigeträchtig, sagt er. Man hat ihn erst in letzter Minute eingeladen«, erzählte sie mit säuerlichem Triumph. Sie stand umständlich auf, stützte sich dabei mit den Händen ab und klopfte sich nachdrücklich den Rock ab. »Ich bin so sauer, ich könnte in die Luft gehen.«

Sie ging weg und wandte uns den Rücken zu. Langsam bekam sie die typischen Füße alter Leute: die Sohle ihres einen marineblauen Schuhs war außen abgelaufen, die andere innen, als würden ihre Füße langsam übereinander purzeln. Sie trug immer langärmlige Blusen, egal, wie das Wetter war – »Meine Arme sind häßlich«, behauptete sie, »meine Ellbogen sind ganz runzlig.« Ich drängte sie, Kalzium zu nehmen, aber sie wurde trotzdem immer kleiner. Nach zweiundvierzig Jahren war ich endlich größer als sie.

Ruth sah auf und machte sich geistesabwesend die Fingernägel sauber. Ihre Loyalität war in letzter Zeit geteilt. Ich liebte es, wenn sie von ihrem besinnlichen Ferienjob nach Hause kam und Bruchstücke ihrer Unterhaltungen mit ihrem Großvater wiedergab, Grampa hat dies gesagt, Grampa meint das. So lernte sie ihn endlich kennen, kam ihm sogar richtig nah, und ich beneidete sie darum. Doch diese Erfahrung brachte natürlich das vertraute, unkomplizierte Familienbild von der lebendigen, lustigen und interessanten Großmutter und dem Großvater, der im Prinzip nicht anwesend war, durcheinander.

Der gesenkte Kopf meiner Mutter beunruhigte mich. Sie weinte doch nicht etwa? Ich schlenderte zu ihr an den Zaun hinüber, wo sie mit den Händen über die spitzen gußeisernen Pfosten strich. »Mama?«

»Es geht mir gut.«

»Okay.«

»Ich bin nur wütend. Ich wollte so gern fahren. Verdammt noch mal, ich wollte diese blöde Reise unbedingt machen.«

»Ich weiß.«

»Am liebsten würde ich trotzdem fahren. Nicht um Spaß zu haben, sondern um ihn zu ärgern.« Sie lächelte, langsam fand sie ihren Galgenhumor wieder. »Ich könnte Calvin Mintz fragen, ob er mitkommt. Ich wette, er ist einsam, jetzt, wo er Helen nicht mehr rumkommandieren kann. Wir wären doch ein tolles Paar, oder?«

Der harte Zaunpfosten hinterließ eine Beule in meinem Daumen, so fest drückte ich ihn hinein. Für mich verging der Sommer in einem Nebel, einer Art goldenem Balsam, etwas Ähnliches hatte ich noch nie erlebt. Ich war nicht in Liebe oder Lust verloren, ich blieb immer noch ich, konnte Jess' Fehler erkennen – Launenhaftigkeit, eine Selbstgenügsamkeit, die an Verschlossenheit grenzte – und er sah meine – zu zahlreich, um sie aufzuzählen. Aber wir passten zusammen, wir hatten immer zusammengepasst und die Zeit, die wir miteinander verbrachten, füllte Lücken, die so lange, all die Jahre, da gewesen waren. Wir befanden uns immer noch in jenem Stadium chemischer Abhängigkeit, süchtig nach einander. Das würde nicht ewig dauern, aber ich war neugierig und freute mich sogar auf das, was danach kam. Ihn jetzt zu verlassen wäre wie ... eine Dürre nach einem langen, heilenden Regen.

»Ich fahre mit dir.«

»Was? Oh, nein.« Mama lachte unsicher und tupfte sich mit einem Tuch die Schweißperlen unter der Nase ab. Doch an der Art, wie sie die Augen niederschlug, erkannte ich, dass die Idee bereits Wurzeln schlug.

»Warum nicht? Ich war seit einer Ewigkeit nicht mehr weg. Ruth könnte solange bei Pop und Modean bleiben.«

»Ich kann auch allein bleiben!«, rief Ruth uns zu. *»Oh, Mann.«*

»Du hast im Moment keine Zeit zu verreisen«, wandte Mama ein, schlenderte ein paar Schritte weg, drehte um und kam zurück. »Du steckst mitten in dieser Geschichte mit Chris, du hast« – sie wedelte unbestimmt mit der Hand – »andere Probleme.« Das sollte Jess heißen. Sie war alles andere als mit ihm versöhnt. Er war für sie wie Rheuma in einem neuen Gelenk, wie der Ausbruch einer Schuppenflechte, eine weitere Alterserscheinung, die sie mit Anmut und Würde akzeptieren musste.

»Also, in einer Woche wird die Welt nicht untergehen. Komm schon, es würde bestimmt schön.«

»Oh, hör schon auf.« Sie wollte sich bitten lassen. »Du willst doch nicht mit deiner alten Mutter verreisen.«

Doch, das wollte ich. Ich wollte ihr geben, was sie sich so lange gewünscht hatte, umsonst und ohne Gegenleistung. Von Herzen. Mama hatte so lange die Liebe aus mir herausgequetscht wie Zahnpasta aus einer Tube und man sah, wohin uns das gebracht hatte – zwischen uns war eine heikle Distanz entstanden, die Jägerin und die Gejagte, sie verhungerte und ich hatte Angst, gefressen zu werden. Auch Jess hatte damit zu tun. Meine Liebe zu ihm zuzulassen und ihn anzuerkennen – das hatte mich schließlich befreit, als ich am stärksten in mir selbst gefangen war. Jetzt konnte ich meiner Mutter dieses nicht gerade kleine Opfer bringen, dieses Geschenk machen, aus dem einzigen Grund, weil sie es nicht erwartete und nicht darum gebeten hatte. Sie hatte es nicht aus mir herausgequetscht.

»Doch, Mama. Ich will mit meiner alten Mutter für eine Woche auf die Bahamas fahren. Wir werden am Strand liegen und all die Bücher lesen, die wir schon so lange lesen wollten.«

»Oh …«

»Wir werden jeden Abend Fisch essen, einkaufen gehen, ins Kino, wir werden richtig faulenzen. Wir tun nur das, wozu wir Lust haben. Und wenn wir zwei hübsche Jungs in der Bar kennen lernen, lassen wir uns von ihnen zu Mai-Tais einladen.«

Sie kicherte wie ein junges Mädchen. »Genau, das würde ihm recht geschehen, oder? Oh, Süße.« Sie ergriff meinen Arm und drückte ihn fest. »Weißt du was, ich werde Birdie fragen.«

»Birdie? Was – ob sie mitfährt?«

»Sie braucht Abwechslung, sie war in letzter Zeit so depressiv.«

»*Ich* brauche Abwechslung.« Jetzt war ich verletzt. »Du kannst unmöglich Birdie fragen, sie wird dich wahnsinnig machen.«

»Wirklich, Gram«, stimmte Ruth zu und gesellte sich zu uns. »Sie wird dich wahnsinnig machen.«

»Wahrscheinlich.« Wieder lachte sie, ein fröhliches Lachen, und ich dachte, *ich liebe dein Gesicht, Mama, ich liebe dich.* »Aber ich glaube, ich frage sie trotzdem. Carrie, du bist ein Schatz, aber du hast im Moment genug um die Ohren. Ich rufe Birdie heute Nachmittag an, das wird sie aufheitern. Wer kümmert sich hier eigentlich um die Blumen? Ruth, Süße, weißt du, wie die Halterung an der Plakette funktioniert? Man zieht sie heraus und dreht sie um und schon ist es eine Vase. Sind die aber hübsch! Carrie, sind die aus deinem Garten oder aus Modeans?«

Also arrangierten wir die Blumen auf Stephens Grab und ich sann über die interessante Tatsache nach, dass meine Mutter mich immer wieder überraschen konnte, immer noch eine Karte im Ärmel hatte. Man kann sagen, was man will, aber eine Familie wird nie langweilig. Und Mutter sein ist immer kompliziert. Man konnte nur wie ein Arzt hoffen, dass man niemandem Schaden zufügte. Aber das war eine vergebliche Hoffnung, denn irgendein Schaden war unvermeidlich und dann blieb einem nur zu hoffen, dass eines Tages jemand (bald würde es Ruth sein) die guten Absichten würdigte.

Mama rappelte sich mit einem Grunzen von den Knien hoch, ging mit steifen Schritten ein Stück weg, massierte sich mit beiden Händen das Kreuz, streckte sich und reckte das Kinn. Ich blieb, wo ich war, und streifte Ruths Arm mit meinem. Ich strich mit dem Finger über die erhabenen Buchstaben: STEPHEN EDWARD VAN ALLEN, UNSER GELIEBTER EHEMANN UND VATER, und versuchte, meine Gedanken zu ordnen. Jetzt hatte ich die Gelegenheit, etwas Weises oder Wahres oder Versöhnliches über Stephen zu sagen. Ich drückte Ruths Tennisschuh und sagte: »Dein Vater –«

»Mom, glaubst du, er kann uns sehen? Oder hören? Glaubst du, er kann uns wahrnehmen?«

»Mmhh. Also, ich weiß nicht, aber es ist möglich, es ist durchaus –«

»Manchmal kann ich ihn nämlich richtig neben mir spüren, aber dann …« Sie senkte die Stimme und fuhr flüsternd fort: »Ich kann mich fast nicht mehr daran erinnern, wie er aussah. Wenn ich mich auf das grüne Kordhemd konzentriere, dann kann ich ihn sehen.« Sie atmete tief ein und aus. »Aber wie lange noch? Was ist, wenn er unsichtbar wird?«

»Na ja, dann –«

»Dann werde ich wahrscheinlich nur noch so ein *Gefühl* für ihn in mir haben. Ja, das werde ich immer haben, das *Gefühl* für meinen Vater.«

»Du siehst aus wie er«, sagte ich. »Hier.« Ich fuhr mit dem Finger über die entschlossene Linie ihres Kiefers. »Du wirst ihn nie verlieren, weil er in dir ist.« Sie lächelte. »Allein deshalb konnte ich nie aufhören, ihn zu lieben.«

»Ja, aber …« Eine leichte Röte überzog ihre Wangen. Verlegenheit? Das war mir auf jeden Fall lieber als Wut. Ich setzte erneut zum Sprechen an, aber sie sagte: »Sprich hier nicht darüber, Mom, okay? Du weißt schon.« Sie strich über das trockene Gras auf dem Grab. »Für alle Fälle.«

Natürlich. Für alle Fälle. Jetzt war *ich* verlegen – wegen meiner Unsensibilität.

Die Beerdigungsgesellschaft über uns auf dem Hügel begann, sich aufzulösen. Auch wir wollten nach Hause, warteten jedoch respektvoll, bis die Trauergäste den Weg hinunter zu ihren Autos gegangen waren, wo sie noch einen Augenblick stehen blieben und sich besprachen – *du fährst mit ihm und wir fahren da mit, bis gleich* –, all die nötigen sozialen Kleinigkeiten, die zur Trauer gehörten. Dann gingen wir drei zurück zum Wagen meiner Mutter. Ich ertappte mich dabei, wie ich dachte: *Wir hatten unsere Beerdigung schon, für eine Weile sind wir also in Sicherheit*. Als wären Verluste gerecht verteilt und ereilten uns in angemessenen Abständen. Aber Hoffnung war ein geschickter Betrüger und ich war voller Hoffnung, an diesem wohligen, sanften, süß duftenden Hochsommertag auf dem Friedhof Hill Haven. Die Zukunft verhieß Aussichten, Möglichkeiten, sie war wie der pastellfarbene Himmel. Die einzige Wolke, die ihn verdüsterte, war, dass die, die ich liebte, nicht genauso optimistisch und hoffnungsvoll waren. Ein Neuanfang hatte etwas, es war, wie das Boot mit frischen Kräften zu füllen und in den strömenden Regen hinauszufahren. Dein neuer Tag würde nicht lange dauern, aber das hatten neue Tage so an sich. Alter Groll kam wieder an die Oberfläche, schlechte Angewohnheiten kehrten zurück, Kränkungen, Verletzungen und Gemeinheiten würden das Wasser trüben, noch ehe sie sich einmal richtig zurückgezogen hatten. Doch dann begann man von vorn. Solange man lieben und verzeihen konnte, musste es nie enden. Und das war gut so, denn man machte es nie lange richtig.

»Mama, lass mich mit dir fahren«, sagte ich noch einmal vom Rücksitz aus und beugte mich vor, wobei ich darauf achtete, Ruth nicht die Sicht im Rückspiegel zu versperren. »Es könnte richtig lustig werden. Komm schon. Ich würde wirklich gern mitkommen.«

Aber sie ließ sich nicht erweichen. Sie würde mit Birdie fahren, Punkt, und ich wusste nicht recht, warum. Sie wollte nicht die Märtyrerin spielen – ich erkannte es genau, wenn sie diese Rolle spielte, und heute spielte sie sie nicht. Großzügigkeit? Eine verspätete Demonstration – besser zu spät als nie –, dass sie die Kunst beherrschte loszulassen? Ich genoss es, es nicht zu wissen. Zu gern ließ ich den Zweifel für sie sprechen.

»Ich habe eine super Idee«, sagte Ruth, als sie den Blinker einschaltete und langsam und gewissenhaft auf die rote Ampel zufuhr. Sie würde eine exzellente Fahrerin werden. Oder sie hatte die ganze Familie zum Narren gehalten und würde ein Schrecken der Landstraße werden. Geistesabwesend suchte ich bereits nach meinem Portmonee. Wir kamen wieder in die Stadt und Ruths super Ideen in dieser Gegend endeten meistens in der Eisdiele oder bei McDonald's. Aber sie sagte: »Warum lassen wir uns nicht *alle* ein Tattoo machen?«

Ich schnaubte. Mama verdrehte die Augen.

»Hört zu, ich meine, das wäre doch unglaublich! Wenn ich meins neu machen lasse, könnten wir doch gleich alle drei eins machen lassen. Nur ein ganz kleines für dich, Gram. Es tut nicht sehr weh und es wäre doch irre, wenn wir es zusammen machen! Was haltet ihr davon?« Sie warf mir im Rückspiegel einen flehenden Blick zu. »Mom, du könntest dir ein sexy Tattoo machen lassen, vielleicht einen Schmetterling auf den Hintern.«

Mama johlte vor Lachen. »Und was soll ich mir für eins machen lassen?« Sie schob den Ärmel hoch und zeigte uns ihren mit Altersflecken gesprenkelten Unterarm. »Ein großes, blutendes Herz mit einem Pfeil mittendurch? Und drunter steht: ›George, für immer und ewig.‹«

Ruth wieherte und hüpfte vor Vergnügen auf ihrem Sitz herum. »Cool, oder einen Totenkopf mit zwei gekreuzten Knochen, Gram, mitten auf dem Schlüsselbein oder so. Oder auf dem Busen! Das würde die Frauen im Club echt umhauen.«

Sie gackerten und kicherten und dachten sich immer wildere Tattoos an immer ordinäreren Stellen aus. Was meine Tochter da ins Auge gefasst hatte, ja, explizit vorgeschlagen hatte – und zwar ganz offensichtlich nicht im Spaß, nämlich, sich mit ihrer Mutter und ihrer Großmutter zusammen tätowieren zu lassen –, war noch nicht ganz zu mir durchgedrungen. Ich würde später darüber nachdenken.

Jetzt dachte ich daran, was ich mir für ein Tattoo aussuchen würde, wenn ich wirklich eins machen lassen wollte. Keinen Schmetterling auf den Hintern. Vielleicht das Symbol der Schlange, die sich selbst in den Schwanz beißt. Versinnbildlichte es nicht den Kreislauf der Jahre, Unendlichkeit, Zeitlosigkeit? Doch für mich war es auch ein Bild für den Kreislauf der Liebe, die immer Kraft kostete, niemals aufhörte, sich immer weiter drehte, nie perfekt war und immer verzeihlich. Das Beste, was wir für einander tun konnten.

Die beiden hatten inzwischen eine Entscheidung getroffen. Ein perfektes Ankh für Ruth, irgendeine Blume für Mama – allerdings keine Rose: viel zu gewöhnlich. »Machst du mit, Mom?« Ruth nahm die rechte Hand vom Lenkrad und ballte sie hoch erhoben zur Faust. Arme Hand, immer noch rot und geschwollen von der letzten Laserbehandlung. Mama ergriff sie kichernd. Ich umfasste sie sanft mit meiner Hand und wir drei streckten unsere vereinten Fäuste aus dem Schiebedach und stießen sie in die Luft.

Ich lehnte mich zurück, ein bisschen schwermütig von all den stolzen, unsicheren Hoffnungen. Pastellfarbener Himmel oder nicht, manchmal kam die Zukunft zu schnell. Sie flog verschwommen vorbei. Aber was konnte man tun? Nichts, außer das Beste hoffen. Entspann dich, genieß es und lass dich von deiner Tochter, der Expertin, nach Hause fahren.